GRAÇA & GLÓRIA

Coordenadora editorial *Francine C. Silva*
Tradução *Iana Araújo*
Preparação *Mariana Martino*
Revisão *Silvia Yumi FK*
Tainá Fabrin
Projeto gráfico *Francine C. Silva*
Capa e diagramação *Renato Klisman | @rkeditorial*
Tipografia *Adobe Caslon Pro*
Impressão *GrafiLar*

Dados Internacionais de Catalogação na Publicação (CIP)
Angélica Ilacqua CRB-8/7057

A757r Armentrout, Jennifer
Graça & Glória / Jennifer Armentrout ; tradução de Iana Araújo. —— São Paulo : Inside books, 2024.

384 p. (The Harbinger ; 3)

ISBN 978-65-85086-39-4

Título original: *Grace & Glory*

1. Ficção norte-americana 2. Ficção fantástica
I. Título II. Araújo, Iana III. Série

24-4359 CDD 813

JENNIFER L. ARMENTROUT

AUTORA DA SÉRIE **DE SANGUE E CINZAS**

SÉRIE **THE HARBINGER**

São Paulo
2024

A todos os profissionais da saúde, aos socorristas e aos trabalhadores essenciais que trabalharam incansável e incessantemente para salvar vidas e manter o comércio aberto durante a pandemia da COVID-19, com grande risco para as suas próprias vidas e para as vidas dos seus entes queridos.

Obrigada.

Capítulo 1

Zayne estava a poucos metros de mim, a brisa surpreendentemente fresca de julho levantando as pontas de seus cabelos loiros dos ombros nus.

Ou era isso o que eu *acreditava* estar vendo.

Eu estava ficando cega aos poucos. A minha linha de visão já estava severamente comprometida, com pouca ou nenhuma visão periférica. Mais cedo ou mais tarde, não restaria nada além de um pontinho de visibilidade. Para tornar a minha vista ainda mais problemática, cataratas tinham se formado em ambos os olhos, fazendo com que a visibilidade central que eu tinha ficasse embaçada e com os olhos ainda mais sensíveis à luz. Era uma doença genética conhecida como retinite pigmentosa, e nem mesmo todo o sangue angélico que corria nas minhas veias podia impedir a progressão da doença. Luzes brilhantes de qualquer tipo faziam com que eu tivesse dificuldade para ver, e pouca luz melhorava em nada, tornando tudo sombrio e difícil de enxergar à noite.

Então, com apenas os postes de luz dentro do Parque Rock Creek iluminando o caminho atrás de mim, era bem provável que eu não estivesse vendo o que achava que estava vendo. Eu também tinha passado por um trauma daqueles há poucos dias, levando uma surra de proporções épicas do psicótico arcanjo Gabriel, também conhecido como o Augúrio de Monólogos Excessivamente Longos, então só Deus sabia o que isso tinha feito aos meus olhos.

Ou ao meu cérebro.

Zayne poderia ser uma alucinação causada por lesões no cérebro ou tristeza. Na verdade, qualquer uma dessas duas opções fazia mais sentido. Porque, como é que ele estava parado ali na minha frente? Zayne estava... Meu Deus, ele tinha morrido, seu corpo já havia se transformado em pó àquela altura, como acontecia com todos os Guardiões depois que morriam. O vínculo que tinha nos ligado, feito dele o meu Protetor, nos dado força e velocidade, voltara-se contra nós no momento em que reconheci de verdade o quanto estava apaixonada por ele. Zayne tinha ficado fisicamente enfraquecido, e Gabriel se aproveitara disso. Eu tinha ouvido Zayne dizer as suas últimas palavras. *Tá tudo bem.* Eu o tinha visto dar o último suspiro. Sentira aquele laço que tinha nos ligado como Protetor e Legítima se arrebentar dentro de mim.

Ele tinha morrido.

Ele estava morto.

Mas ele estava bem ali, de pé na minha frente, e eu sentia o cheiro de neve fresca e menta — *menta invernal.* Estava mais forte do que antes, como se o ar do verão estivesse encharcado de inverno.

Por causa daquele cheiro, perguntei-me por um momento se ele era um espírito — alguém que tinha morrido e atravessado para a luz. Quando as almas que tinham atravessado para o além voltavam para saberem dos entes queridos, as pessoas muitas vezes sentiam o cheiro de algo que os lembrava do falecido. Um perfume. Pasta de dentes. Um charuto. Uma fogueira. Poderia ser qualquer coisa, porque o Céu... o Céu tinha um certo aroma; cheirava ao que quer que a pessoa mais desejasse, e eu desejava que Zayne estivesse vivo mais do qualquer coisa.

Eu sentia o cheiro do Céu neste momento.

Mas mesmo com a minha visão prejudicada, podia ver que Zayne não era um espírito. Podia ver que ele era de carne e osso — de carne e osso *reluzentes.* A pele dele tinha um leve brilho fulgurante que não existia antes.

A tontura se apossou de mim enquanto eu encarava os olhos que não eram mais do azul mais pálido. Agora eles tinham uma tonalidade intensa e vibrante, lembrando-me do breve momento no crepúsculo em que o céu assumia o mais profundo tom de safira. Guardiões nem sequer tinham olhos assim, nem brilhavam como uma daquelas antigas bonequinhas que brilham no escuro encontrada por Jada no sótão quando éramos crianças.

E os Guardiões com toda certeza não tinham o tipo de asas que se estendiam dos ombros largos de Zayne. Não eram asas de Guardião, as que muitas vezes me lembravam couro liso. Ah, não, estas eram emplumadas — brancas e espessas, com listras de ouro brilhando com fogo celestial, com *graça.*

Apenas duas coisas neste mundo e além, com exceção de Deus, carregavam a potente e toda-poderosa *graça* dentro de si. Eu era uma dessas coisas.

Mas Zayne não tinha sido um Legítimo como eu, e nem tinha sido como os poucos seres humanos com um anjo empoleirado em suas árvores genealógicas, dando-lhes uma *graça* diluída e bem menos poderosa que os permitia ver fantasmas e espíritos ou os levava a desenvolver outras habilidades psíquicas. Por toda a minha vida me disseram que eu era a única

Legítima, uma filha de primeira geração entre um anjo e uma humana, mas isso não tinha sido exatamente verdade. Havia Almoado, filho de Gabriel, mas Zayne o tinha matado, então imaginei que eu estava de volta a ser a pessoa única que eu era. Tudo isso era irrelevante, porque Zayne tinha sido um Guardião.

O único outro ser com esse tipo de *graça* e asas era um anjo, mas Zayne também não tinha sido um deles.

Mas ele super tinha asas de anjo agora — asas de anjo emplumadas que reluziam com a *graça*.

— Trin...? — ele disse, e eu respirei fundo. Ah, meu Deus, era a voz dele mesmo, e todo o meu corpo pareceu tremer. Eu teria dado qualquer coisa para ouvir a voz dele de novo, e agora estava ouvindo.

Dei um passo em frente.

— Eu posso... te sentir. — A confusão encheu sua voz enquanto ele olhava para mim.

Ele estava falando do vínculo de Protetor? Procurei pelo zumbido de reconhecimento, pelo indício de emoções que não eram minhas. Não encontrei, nada. Não havia laço. Não havia vínculo.

Ele não era mais o meu Protetor.

— Trinity — ele repetiu suavemente, e então eu ouvi. O tom da sua voz. Estava estranho. Havia ali mais do que confusão. — O nome... significa alguma coisa.

Meu coração vacilou, acelerando.

— Porque é o meu nome.

Ele inclinou a cabeça para as sombras, mas eu ainda conseguia sentir seu olhar. Ele... ele não se lembrava de mim? A preocupação floresceu no meu peito. Eu não tinha ideia de como ele voltou ou por que ele se parecia com um anjo, mas, se algo tivesse acontecido com ele para afetar sua memória, eu o ajudaria. Daríamos um jeito juntos. Tudo o que importava era que ele estava vivo. Dei mais um passo, levantando o braço...

Em um segundo, ele estava a vários metros de distância, e no outro ele estava bem na minha frente, aquelas asas incríveis bloqueando o mundo atrás dele. Zayne tinha se movido mais rápido do que qualquer Guardião poderia se mover — mais rápido até mesmo do que eu.

Eu me encolhi de surpresa, sacudindo a cabeça. No fundo da minha mente, eu sabia que Zayne, tendo ciência de como minha visão funcionava e de como era difícil para mim rastrear movimento, não teria se movido assim. Mas algo estava claramente errado com a sua memória e...

Zayne agarrou a minha mão enquanto abaixava o queixo, inspirando profundamente. Ele estremeceu, levantando a cabeça. Os meus olhos se arregalaram. Ele estava tão perto agora que eu podia ver as linhas e ângulos familiares do seu rosto, mas eu as via... com mais clareza, e isso também não fazia sentido. As asas dele bloqueavam a luz do luar, e o brilho dos postes de luz próximos não estava perto o suficiente para explicar como eu conseguia vê-lo tão bem. Seu semblante estava delineado demais, e havia... realmente havia um brilho sob...

— Você acha que pode me enfrentar, pequena nefilim? — ele exigiu.

Espera. Quê?

Todos os meus sentidos ficaram em alerta máximo enquanto eu o encarava.

— Pequena...?

A pele e os músculos em processo de cicatrização protestaram, ardendo em chamas quando ele me puxou contra seu peito. Ele envolveu a minha cintura com um braço que parecia feito de aço. A força era esmagadora, mas o contato do corpo dele contra o meu ainda era um choque para o meu sistema nervoso, bagunçando os pensamentos e silenciando os sinais de alerta que estavam começando a disparar dentro de mim. Ele abaixou a cabeça mais uma vez, e todo o meu corpo ficou tenso de expectativa. Havia muita coisa estranha acontecendo, mas ele ia me beijar, e eu jamais deixaria de querer...

Ele enterrou o rosto no meu cabelo, inspirando profundamente mais uma vez.

— Seu cheiro... é familiar. Ele me chama. Por quê?

— Porque você, hã, me conhece? — sugeri.

— Talvez — Zayne murmurou e, por um momento, ele ficou apenas me segurando, e comecei a interpretar isso como um bom sinal. — Mas você... eu reconheço a *graça*. É poderosa. Como um *arcanjo* — ele disse, cuspindo a última palavra como se estivesse falando de algum tipo de doença incurável.

Mas o que diabos estava acontecendo?

Virei a cabeça, incapaz de levantar os braços de onde estavam presos ao lado do meu corpo.

— Zayne, sou eu — eu disse, tentando entender o que estava acontecendo. — Trinity.

Ele ficou incrivelmente imóvel.

— Há algo importante: seu nome, seu cheiro — ele interrompeu, estremecendo mais uma vez à medida que seu abraço sobre mim afrouxava.

— Eu sinto coisas demais. Toda a ganância e a gula, a aversão e o ódio. Está *dentro* de mim, me preenchendo.

Isso... isso não me parecia nada bom.

— Mas você tem um cheiro maravilhoso. Intoxicante. É familiar — ele repetiu. Ele inclinou a cabeça, e senti a boca dele contra a minha mandíbula.

Ofeguei, meus sentidos sobrecarregados pela explosão de sensações conflitantes. Meu corpo aprovava completamente a proximidade dele, mas meu cérebro e coração não.

— Me solta e a gente vai descobrir o que tá acontecendo.

Zayne não me soltou.

Ele *riu*.

E aquela risada... não se parecia em nada com o som que eu amava e estimava. Calafrios rastejaram pela minha pele, e não do jeito bom e divertido. A risada dele era fria, até mesmo cruel, e não havia uma única parte dele que fosse daquele jeito.

— Me coloca no chão, Zayne.

— Pare de me chamar assim.

O meu coração vacilou.

— Esse é o seu nome.

— Eu não tenho nome.

— Tem, sim. É Zayne...

— E vou te colocar no chão quando eu quiser — ele interrompeu. — Adivinha só, pequena nefilim. Eu não quero.

Certo. Eu o amava com todo o meu ser — o amava mais do que tudo no mundo. Eu também estava muito preocupada com o estado mental dele naquele momento. Queria ajudá-lo, e eu iria, mas ele estava realmente começando a me irritar.

— Pare de me chamar de *pequena nefilim* — adverti.

— É o que você é.

— O que eu sou é uma Legítima, mas nenhuma dessas coisas é o meu nome. Me chame de Trinity ou Trin. — Eu me contorci, tentando soltar-me. Um som grave e animalesco irradiou do fundo da garganta dele. — Me solta ou eu juro por Deus...

— Deus? Você jura por Deus? — Ele riu novamente. — Deus abandonou a todos nós.

Senti um choque passando pelo meu corpo. Uma mistura selvagem de alívio, confusão, irritação e algo muito mais forte e devastador. Pela primeira vez desde que eu conhecera Zayne, senti medo estando em seus braços.

O meu corpo ficou gelado, e o meu sistema de alerta interno reagiu à explosão de medo. No meu âmago, a minha *graça* se acendeu.

Zayne sibilou — *de verdade* — como um gato selvagem e furioso. Um gato feroz muito grande e furioso no momento em que minha *graça* pulsou dentro de mim. Isso era mais do que estranho.

O instinto assumiu o controle. Torcendo o corpo, eu ignorei a dor de todos os ferimentos que estavam cicatrizando e levantei o joelho, acertando-o na virilha.

Ou pelo menos foi o que eu tentei.

Zayne antecipou o movimento. O meu joelho acertou a coxa dele. Uma onda de raiva e pânico que crescia rapidamente me invadiu enquanto a minha *graça* me pressionava, exigindo ser liberada, mas eu lutei contra ela. Ele estava confuso e tinha acabado de voltar dos mortos com asas de anjo, então eu não queria machucá-lo *muito.* A minha *graça* faria mais do que isso. Ela o mataria.

Conseguindo soltar um braço, eu lhe dei um soco na mandíbula, com força suficiente para causar uma explosão de dor nos nós dos meus dedos, e ele sorriu. Sorriu como se eu nem tivesse lhe dado um soco, e a curva de seus lábios estava toda errada. Era fria e desumana.

— Ai — ele murmurou. — Você vai precisar fazer mais do que isso.

Eu dei um golpe com a palma da mão, pegando-o embaixo do queixo. Ele grunhiu de dor enquanto me empurrava — não, enquanto *me jogava* para o lado. Bati no chão a vários metros de distância com um grito agudo. O choque ainda me controlava, amortecendo a ardência de uma nova onda de dor enquanto eu olhava para ele, entendendo.

Este era Zayne, mas não era ele.

Ele nunca me jogaria como um disco de frisbee. Ainda que eu merecesse, e Deus sabe que eu era capaz de ser extremamente detestável, Zayne nunca faria isso. Eu poderia dar-lhe um chute na cara e ele jamais levantaria um dedo contra mim de qualquer forma que pudesse me machucar.

Afastando a dor e a confusão, eu fiquei de joelhos e...

Vi um borrão de pele dourada e asas, tudo rápido demais para que eu pudesse acompanhar, e então ele agarrou a gola da minha camisa. Ele me levantou do chão e me pendurou no ar. Eu estava *bem* longe do chão.

Cacete.

As asas dele se ergueram e se abriram. Elas eram enormes e lindas. E também eram muito assustadoras, no momento. Ele me segurou ali como se eu não passasse de uma criança pequena fazendo birra! Uma criança bem pequena, aliás.

E isso realmente acionou o meu lado irracional.

Dei um chute, acertando Zayne no abdômen. Ele afrouxou o aperto na minha camisa e, de repente, eu estava *voando*.

Aterrissei de barriga para baixo, caindo no chão mais uma vez. A dor envolveu as minhas costelas enquanto o ar se esvaía dos meus pulmões. Certo. *Essa* era a sensação de ser arremessada como um disco de frisbee. Agora eu entendi a diferença. Bom saber. Grunhindo, eu me virei e comecei a me sentar. Não consegui ir muito longe. Ele estava ali, em cima de mim, com o rosto no meu. Aqueles olhos azuis brilhantes pareciam estilhaços de gelo. O olhar dele gelou a minha carne, a minha alma.

— Zayne, por favor...

Ele segurou meu queixo, seus dedos apertando minha pele.

— Pare de me chamar assim.

— É seu nome...

— Não é.

— Então como devo chamá-lo? — gritei. — Otário?

Um canto de seus lábios se ergueu.

— Pode me chamar de morte. O que acha disso?

Uma onda de medo me varreu, mas eu a escondi.

— O que eu acho disso? Acho bastante idiota.

O sorriso irônico congelou.

Eu golpeei com o punho.

A mão dele se ergueu abruptamente, agarrando o meu pulso. Ele nem sequer tinha tirado os olhos dos meus — nem mesmo tinha soltado o meu queixo.

— Isto me parece familiar.

— Eu te dizendo que alguma coisa que você disse é idiota? Porque deveria...

— Não. — Seus olhos se estreitaram. — Isto. A luta.

— Isso é porque treinávamos juntos! A gente já lutou um com o outro — eu disse a ele de maneira apressada, tentando superar o meu pânico e a raiva. — Não pra nos machucar. Nunca pra machucar um ao outro.

— Nunca pra machucar um ao outro — ele repetiu lentamente, como se não conseguisse entender como essas palavras se encaixavam. A cabeça dele virou para o lado e seus olhos se fecharam. — Isto não é... — Seus dedos cravaram em mim, apertando até que eu tive certeza de que a minha mandíbula seria estilhaçada. — Você me conhece. Você é importante.

Engoli o medo.

— Porque... porque a gente se conhece, sim. Estamos juntos. Você não faria isto. Você não me machucaria.

— Não? — Ele parecia ainda mais confuso. — Por que não? Você é uma nefilim. Você tem a *graça* de um arcanjo.

— Isso não importa. Você não me machucaria porque me ama — sussurrei, com a voz embargada. Lágrimas encheram os meus olhos. — É por isso.

— Amo? — Ele se sobressaltou como se tivesse sido queimado, soltando o meu queixo. — Eu amo você?

— Sim. Sim! Nós nos amamos, Zayne, e seja lá o que for que tenha acontecido com você, a gente pode consertar isto. Nós podemos resolver isso juntos e...

— Nós? — A mão dele se fechou ao redor da minha garganta, o aperto quase mortal. — Não existe nós. Não existe Zayne — ele cuspiu. — Eu sou *Caído.*

Não houve tempo para que essas palavras causassem algum mal ou fizessem sentido. Sua mão se apertou até que apenas a menor quantidade de ar pudesse passar para os meus pulmões. Eu não fazia ideia se ele iria me estrangular ou não. Se sim, teria ele voltado à vida apenas para me matar? Parecia adequado de uma forma irônica. Se fosse o caso, obviamente eu ia acabar super morta e super irritada, mas também estaria muito arrasada. Porque quando Zayne saísse do que quer que isso fosse, saber o que ele havia feito o mataria novamente.

Eu não merecia isso.

Ele também não.

O que eu fiz em seguida era difícil de explicar. As minhas mãos se ergueram sem eu pensar conscientemente. Coloquei os meus dedos trêmulos na bochecha dele e pressionei a palma da minha outra mão contra seu peito. Carne contra carne.

Zayne piscou, soltando meu pescoço enquanto recuava. Houve um breve lampejo de confusão em seus olhos brilhantes enquanto eu me virara para o lado, inalando o glorioso oxigênio. Eu não sabia o que o tinha feito me soltar, o que o impediu de aplicar um pouco mais de pressão. Feliz demais por estar respirando novamente, eu realmente não me importava no momento.

Sua mão se fechou sobre o meu ombro e fiquei tensa, mas tudo o que ele fez foi me virar de costas. Foi *quase* gentil.

— O que... — Ele balançou a cabeça novamente, fazendo seus fios de cabelos loiros se sacudirem no ar. — Por que você não me atacaria? Por que você me tocaria? Consigo sentir o poder em você. Você pode lutar comigo. Você não vai ganhar, mas é melhor do que ficar aí deitada.

Melhor do que não matá-lo, eu queria dizer, mas até eu conseguia entender que não havia sentido em dizer aquilo. Não adiantava argumentar com ele. Eu poderia gritar do alto de um prédio que o amava, e não faria diferença. Eu tinha de sair daqui, ir para algum lugar seguro e descobrir o que diabos estava acontecendo. Eu odiava fazer o que estava prestes a fazer, mas não havia outra opção.

Levando a mão à coxa, desembainhei a adaga de ferro que havia ficado escondida sob o comprimento da minha camisa.

— Por que você não vai lutar comigo? — ele exigiu. — Você é o inimigo. Deveria lutar comigo.

Eu não conseguia nem mesmo processar o fato de ele ter me chamado de inimigo.

— Eu não vou lutar com você porque eu amo você, seu grande idiota. — Os meus dedos envolveram o cabo da adaga enquanto o semblante dele se assentava no olhar que Zayne sempre me dava quando eu fazia algo que ele não conseguia entender, o que tinha sido frequente. Aquilo mexeu com o meu coração. — Me desculpa — sussurrei.

Zayne inclinou a cabeça para o lado novamente.

— Desculpar por...

Eu me alcei da terra e da grama, girando o meu braço em um arco alto. A ponta afiada da lâmina o pegou embaixo do queixo. Mantive o golpe rápido e superficial, apenas o suficiente para atordoá-lo.

Zayne cambaleou para trás, seu belo rosto contorcendo-se em fúria. Ele apertou a garganta, soltando um rugido que causou arrepios na minha alma. Levantando-me apressadamente, não hesitei. Saí como se o próprio diabo estivesse atrás de mim.

Corri sem parar, atravessando o trânsito às cegas e quase colidindo com inúmeras pessoas enquanto os meus tênis ressoavam no asfalto. Eu não sei como não fui moída por um carro. Todas as partes do meu corpo doíam, mas eu não diminuí o ritmo. Eu nem sequer sabia para onde estava indo.

Siga-me.

Os meus pés tropeçaram quando a voz que super não era a minha ecoou ao meu redor. Com a respiração pesada, desacelerei. Os postes de luz amarelada lançavam sombras sinistras ao longo das calçadas. Rostos e corpos não passavam de borrões disformes enquanto buzinas soavam na rua e as pessoas gritavam.

Siga-me, Legítima.

Ou eu estava enlouquecendo, o que, na minha humilde e imparcial opinião, seria completamente compreensível a esta altura, ou eu estava realmente ouvindo uma voz na minha cabeça.

Mas ouvir vozes dentro da cabeça não significava também que você estava endoidando?

Siga-me, filha de Miguel. É a sua única esperança de restaurar aquele que Caiu por você.

Uma imagem repentina do que tinha parecido ser uma estrela caindo na Terra se formou. Zayne... Tinha sido Zayne.

Caído.

Ele disse que era Caído.

Eu sabia o que isso significava, mas não era possível.

Siga-me.

A voz... parecia que sangrava poder. Não era uma voz que eu pudesse imaginar. Engoli em seco, o meu olhar desviando para os lados de forma errática, vendo nada. Zayne havia voltado dos mortos — ele havia voltado diferente, de um jeito bem *O Cemitério*[1], e com asas, mas ele havia voltado. Era ele, e ele estava vivo, então eu poderia muito bem estar ouvindo uma voz de verdade na minha cabeça.

A esta altura, tudo era possível.

Mas se a voz era real, como eu poderia seguir algo que não podia ver?

Assim que eu tinha acabado de pensar isso, ouvi: *Confie na sua* graça. *Ela sabe para onde ir. Você já está na metade do caminho para onde precisa estar.*

Confiar na minha *graça*? Quase ri, mas estava muito sem fôlego para isso. Já estava na metade do caminho para onde eu precisava estar? Tudo o que eu estivera fazendo era correr...

Eu estivera correndo às cegas.

Eu tinha corrido sem qualquer pensamento consciente. Assim como quando toquei em Zayne. O instinto havia tomado conta de mim nas duas vezes, e instinto e *graça* eram a mesma coisa.

Eu estava disposta a tentar qualquer coisa que me ajudasse a descobrir o que havia acontecido com Zayne.

Acelerando o passo, comecei a correr e segui em frente até virar à esquerda. Não havia motivo. Eu simplesmente virei em uma rua e continuei indo. Então, virei à direita. Começou a chover, caindo de forma constante.

---

1 Romance de terror escrito por Stephen King, lançado em 1983, nos EUA. (N. E.)

Eu não tinha ideia de para onde estava indo. Com o coração batendo contra as minhas costelas, atravessei uma esquina congestionada. Eu não tinha ouvido a voz novamente, e bem quando estava começando a temer que tivesse imaginado aquilo, eu vi a... igreja do outro lado da rua, lentamente se tornando mais visível. Construída em pedra e com muitos campanários e torres, parecia algo saído diretamente dos tempos medievais. Cada parte de mim sabia que era para lá que eu estava sendo levada. Como, ou por que, eu não fazia ideia.

Pensei reconhecer a igreja ao subir os degraus largos, passando entre dois postes de luz acesos. São Patrício ou algo do gênero? A luz da lua cintilava na cruz acima da entrada e, por um momento, pareceu que ela brilhava com luz celestial.

Passando para baixo da átrio, respirei fundo. A chuva escorria pela lateral do meu rosto e pela roupa. O sangue secou embaixo da minha boca. Era meu? De Zayne? Não tinha certeza. Eu suspeitava que poderia ter quebrado uma costela que provavelmente havia acabado de cicatrizar, mas não sentia dor. Talvez porque eu estivesse sentindo tanto que não havia espaço para o meu corpo implorar por um intervalo.

— Vamos ver no que dá — murmurei, aproximando-me da porta, e parei abruptamente.

Todos os pelos do meu corpo se eriçaram e a sensação de desconforto aumentou até que eu ficasse com dificuldade para engolir. Sem ter ideia do que esperar, abri as pesadas portas e entrei na igreja construída há mais de dois séculos. Uma fissura imediata de eletricidade dançou sobre a minha pele, como um aviso de que eu estava... de que eu estava em um lugar ao qual não pertencia.

A prole de qualquer anjo, ainda mais a de um arcanjo, era uma grande infração, apesar de eu basicamente ter sido criada para lutar por todos os jogadores do bem. Eu não deveria estar tão surpresa pelo fato de que cada pedacinho do meu instinto exigia que eu me virasse e fosse embora.

Mas não fui.

Meus músculos se contraíram quando uma portinhola à minha direita se abriu com um rangido. Um padre jovem, usando vestes brancas com detalhes vermelhos, saiu.

Ele acenou com a cabeça para mim.

— Por aqui, por favor.

Sem saber se eu deveria ficar agradecida ou muito assustada por parecer que me esperavam, comecei a andar. Em silêncio, segui o padre por um corredor estreito. À medida que avançávamos, ele parava a cada poucos metros para acender velas. Se ele não tivesse feito isso, eu provavelmente teria dado de cara com uma parede.

A estátua de São Brandão, o Navegador, guardava a entrada da nave da igreja. Ele segurava um barco em uma mão e um cajado na outra. Santa Brígida da Irlanda estava em frente a ele, uma mão sobre o coração.

Tive uma sensação esquisita de que as estátuas estavam me encarando enquanto o padre me conduzia ao santuário. Meus passos vacilaram quando meus olhos lentamente discerniram o que eu estava vendo.

Quatro anjos de pedra se ajoelhavam ao chão, suas asas dobradas para trás. Em suas mãos havia bacias com o que imaginei ser água benta, pois duvidava que estivessem coletando água da chuva ou algo assim.

O padre se afastou, indicando com um movimento que eu devia avançar. Com o coração saindo pela boca, entrei no santuário. Logo à frente, uma cruz de quatro metros de altura pendia sobre o altar principal, trazendo tanto o Jesus crucificado quanto o ressuscitado.

Uma brisa gélida chegou até mim, e a próxima respiração que soltei formou vapor. Isso era... estranho. Assim como o rico aroma de sândalo que acompanhava o ar frio. Virei-me e vi que o padre se fora. Desapareceu.

Excelente.

Sem querer ser sacrílega ou algo do gênero, mas este não era um lugar em que eu gostaria de ficar sozinha. Comecei a andar entre anjos de pedra...

Em uníssono, eles levantaram suas cabeças curvadas e estenderam suas bacias.

Ah, meu Deus, aquilo era uma caçamba de pesadelos. O meu estômago se revirou enquanto eu resistia à vontade de correr de volta pelo corredor enquanto pedras se arrastavam contra pedras. O braço de um dos anjos se separou da bacia, movendo-se lentamente para apontar à direita do altar. Calafrios percorriam a minha pele enquanto eu me virava, vagarosamente.

Eu ofeguei.

Ele estava diante do altar, vestido com uma espécie de túnica branca e calças que ninguém poderia achar na Amazon. O contorno do seu corpo pareceu oscilar quando ele tomou forma corpórea completa. Desde as pontas dos cachos loiros esbranquiçados até os pés descalços, ele era a coisa mais linda que eu já tinha visto.

Abri a boca para falar, mas então as asas dele se desdobraram do corpo, estendendo-se por pelo menos dois metros para cada lado. Elas eram tão luminosas e brancas que cintilavam na luz fraca. Elas se moviam silenciosamente, mas a força daquelas asas agitava o ar, soprando meu cabelo para trás mesmo com vários metros entre nós. Apertei os olhos, inclinando-me para a frente. O que havia na ponta de cada asa? Alguma coisa estava...

Ah, meu Deus.

Havia olhos nas pontas das asas. Centenas deles!

Minha pele se arrepiou quando meu olhar voltou para o seu rosto, mas tive de desviar rapidamente. Era doloroso — a pureza de sua beleza cortava a minha pele, iluminando cada pensamento sombrio que eu já tivera.

Eu sabia o que ele era — que tipo de anjo.

Um Trono.

Olhar para eles era expor todos os segredos que se guardava e ser julgado por cada um deles. E eu estava sendo julgada agora. Todo o seu comportamento, desde a maneira como ele inclinava a cabeça para o lado até a forma como seus olhos azuis brilhantes atravessavam pele e músculos, dizia-me que ele estava vendo *tudo*.

E ele não estava impressionado.

Havia morte naqueles olhos cristalinos. Não uma morte do tipo "passar para o próximo estágio da vida" ou "ficar diante dos portões perolados do Céu", mas o vasto vazio da morte final — a morte de uma alma.

Respirei fundo e comecei a falar.

O anjo abriu a boca.

Um som estridente e ensurdecedor sacudiu os vitrais e os bancos da igreja, atingindo uma oitava que nenhum ser humano conseguiria produzir ou suportar ouvir. Eu me dobrei, apertando as orelhas. Era como se mil trombetas tocassem ao mesmo tempo, sacudindo-me até o âmago. O som ecoou pelo santuário, ricocheteando no meu crânio até eu ter certeza de que a minha cabeça iria explodir. Uma umidade quente escorreu dos meus ouvidos e pelas minhas mãos.

Quando achei que eu não conseguiria mais aguentar, o som cessou.

Tremendo, abaixei as mãos manchadas de sangue e levantei a cabeça. O anjo olhava para mim sem piedade enquanto as suas asas continuavam seu movimento silencioso.

— Isso foi especial — eu disse baixinho.

Ele não falou, e o silêncio que se estendeu era insuportável.

— Você me chamou aqui — eu disse, preparando-me para outro grito sobrenatural. Não aconteceu. Nem ele respondeu. — Você disse que era a única maneira de ajudar Zayne.

Ainda nada.

E eu simplesmente perdi o controle. Toda a dor, o medo, a tristeza e até mesmo a felicidade de ver Zayne novamente desmoronaram sobre mim.

— Você falou dentro da minha cabeça, não foi? Você me disse pra vir até você.

Silêncio.

— Você não tá me ouvindo? Seu próprio grito estourou seus tímpanos? Ou isto é divertido pra você? É isso? Gabriel tentar destruir o mundo e o Céu não é entretenimento suficiente pra você? Maldito seja! — bradei, minha garganta arranhando com o esforço. — Tudo bem. Você só quer ficar aqui me encarando? Posso fazer a mesma coisa. Melhor ainda, que tal eu sair e começar a dizer pra todo mundo que os anjos existem de verdade? Posso provar. Vou só usar a minha *graça*. Depois, posso apresentá-los a alguns demônios e quando terminar...

— Isso não será necessário. — Ele falou com uma voz bastante musical, infinitamente gentil, sem qualquer traço de humanidade. Era tão contraditório consigo mesmo que eu estremeci.

— Estais aqui por ele, aquele que morreu protegendo a vós.

Então eu me encolhi.

— Sim. Mas ele tá vivo.

— Eu sei.

— Ele não tá como deveria.

— Claro que não.

Eu estremeci. Cada parte de mim estremeceu.

— O que aconteceu com ele? Como ele chegou aqui?

O Trono inclinou a cabeça para o lado.

— Ele cometeu um ato de abnegação e sacrifício ao ir em seu auxílio. Ele o fez pelo mais puro amor. Foi restaurado à sua Antiga Glória.

— Antiga Glória? — Eu não tinha ideia do que ele estava falando. O Trono afirmou com a cabeça.

— Mas ele escolheu a vós. Ele optou por Cair.

Capítulo 2

O cômodo pareceu girar enquanto eu começava a entender o que o Trono estava dizendo. Não fazia sentido, mas eu sabia o que o anjo queria dizer ao falar que Zayne Caiu. Eu sabia o que Zayne queria dizer quando falou que ele era um Caído.

O que eu não entendia era como isso era possível.

Tive de respirar fundo várias vezes e me acalmar antes de voltar a falar.

— Zayne era um Guardião e o meu Protetor. Como ele pode ter Caído se nunca foi um anjo?

As asas dele se ergueram e depois abaixaram.

— O que achais que os Guardiões eram antes de serem lançados à forma de pedra? Acreditais que o Criador os fez brotar pelo tédio?

Comecei a franzir a testa. Sim, era exatamente nisso que eu acreditava.

— Não. Deus não estava simplesmente entediado. O que chamam hoje de Guardiões já foram os protetores da humanidade, grandes protetores, mas falharam. Eles cederam à tentação do pecado e do vício. Eles Caíram.

— Não tô entendendo. Me disseram...

— Que os Caídos foram eliminados da Terra pelos Guardiões? — Ele sorriu levemente. — Eles reescreveram suas histórias. Não podeis culpá-los por quererem esconder sua vergonha. — Ele desceu do altar, fazendo com que eu ficasse tensa. — Eles enterraram seus feitos tão profundamente que muitas gerações nasceram e foram para os Céus nunca conhecendo seu verdadeiro passado. Alguns dos que Caíram foram destituídos de suas asas e de suas *graças* pelos arcanjos e Alfas. Outros fugiram para o Inferno. Mas aqueles que não correram, aqueles que reconheceram seus pecados, receberam seu castigo. Foram sepultados em pedra.

— Vivos? — sussurrei.

— Eles se tornaram o aviso de que o mal estava por toda a parte e de que ninguém, nem mesmo os anjos de Deus, estava imune a ele.

— Eles se tornaram as primeiras gárgulas de pedra. — Puxei o ar, horrorizada ao pensar que alguém havia sido aprisionado em pedra. — Quanto tempo?

— Séculos — o Trono respondeu com um dar de ombros.

Meu queixo caiu. Séculos aprisionados em pedra? Como que qualquer um deles conseguiu sair dessa situação com a mente no lugar?

— Mas com o aumento da população de demônios, Deus interveio, e os Alfas deram a alguns dos sepultados uma escolha: ficar livre para lutar contra os demônios e proteger a humanidade ou permanecer sepultado.

Isso não me pareceu muito com liberdade ou escolha, mas o que eu sabia?

— Aqueles que aceitaram a escolha se tornaram os primeiros Guardiões, sua verdadeira forma de pedra projetada para servir-lhes como um lembrete, e a forma humana foi devolvida para que pudessem misturar-se aos seres humanos. As *graças* continuaram removidas para que não houvesse risco de uma rebelião e eles pudessem criar uma linhagem que continuaria a proteger a humanidade e servir à vontade de Deus — ele explicou. — Isso é o que os Guardiões realmente são.

De repente, lembrei-me do que o príncipe demônio havia me dito no dia em que eu fora ao *coven* para recuperar Bambi, sua familiar. *Ainda bem que os Guardiões eliminaram os Anjos Caídos eras atrás, não é?* Depois, Roth deu uma risadinha como se soubesse de algo que eu não sabia. Roth sabia! Era por isso que ele estava sempre fazendo comentários maldosos sobre os Guardiões.

— Espera aí. Aqueles que não aceitaram a escolha ou que não receberam uma — comecei a perguntar —, o que aconteceu com eles?

— Já sabeis a resposta para isso.

Puxei uma respiração aguda. Eu sabia. Só não queria que fosse verdade.

— Eles ainda estão sepultados.

— Estão.

Santo Deus.

O Trono observou-me.

— Então, quando um Guardião morre, ele ou ela vai à julgamento. Eles serão conduzidos à paz eterna ou receberão a Glória. Serem renascidos como outrora foram.

Aprender como os Guardiões se tornaram quem eram era arrebatador, e eu tinha perguntas. Por exemplo, como diabos os demônios mantiveram isto em segredo? Se Roth sabia a verdade, e eu estava apostando que sim, então outros também sabiam. Mas, no momento, apenas Zayne importava.

— Então quando você diz que ele foi restaurado, ele se tornou um... um anjo?

Ele assentiu com a cabeça.

— Zayne tinha asas. Asas grandes e fofinhas de anjo. E tinha a *graça*. Muita. Eu não achava que os Caídos tinham asas ou *graça*. — Isso foi o que sempre tinham me dito, e até mesmo Roth havia confirmado. Somente Lúcifer mantivera suas asas e sua *graça*, porque ele havia sido expulso antes que Deus percebesse que deveria removê-las.

— Nem todos recebem a redenção. Somente aqueles que realmente merecem ou são considerados úteis são restaurados à sua Glória, recebendo a *graça* e asas. Ele foi escolhido — o Trono repetiu —, ele foi restaurado.

Eu abri a boca, mas não havia palavras quando, finalmente, me dei conta do que estava acontecendo. Zayne havia se tornado um anjo, um anjo de verdade, e então ele Caiu...

Como ele poderia ter feito isso?

Eu queria voltar para o parque, encontrá-lo e dar um tapa na cara dele. Não porque eu não estivesse agradecida. Eu queria Zayne de volta. Eu estava preparada para ir até o Ceifador para ver o que eu poderia fazer, mas ele tinha se tornado a porcaria de um anjo no Céu. Os anjos eram praticamente inúteis no grande esquema das coisas, mas eram *anjos*. Eu não fazia ideia de como seria a sensação de ser um anjo de sangue puro, mas devia ser incrível. Tinha de ser como... como voltar para casa.

Eu nunca o teria tirado disto. A emoção me sufocou e as lágrimas queimaram os meus olhos. Desviei o olhar, pressionando os lábios. Como ainda tinha restado lágrimas quando eu já havia chorado tanto? Como ele pôde fazer isso? Vê-lo esta noite fora como um sonho que se tornou realidade, mas a que custo? Ele... ele Caiu por mim, e ele não parecia saber quem eu era.

— Você deveria querer chorar — o anjo disse suavemente.

Eu olhei para ele. Havia uma tristeza na sua voz e em seu sorriso que me chocou. Eu sempre acreditara que os anjos não tinham emoções, mas o que ouvi em suas palavras era real.

— Zayne realizara o que pouquíssimos conseguiram fazer por conta própria — ele disse. — Se eu fosse ele, teria permanecido nos Céus. Eu teria ajudado a garantir que o paraíso não pudesse mais ser acessado, selando os portões antes que qualquer alma corrupta pudesse entrar.

— Selar os portões? — Pisquei, afastando as lágrimas.

O Trono confirmou com a cabeça.

— Muitos de nós sentimos que este mundo — ele disse, abrindo bem os braços — se tornou uma causa perdida. Que não haverá como deter Gabriel, e que tudo o que podemos fazer é impedir que sua mácula chegue até nós.

Atônita, fiquei olhando para ele.

— Basicamente, você quer colocar o Céu em quarentena em relação à Terra?

— Mas, em vez disso, aqui estou eu — ele disse, como se isso justificasse o fato de que havia anjos que queriam simplesmente lavar as mãos de sua própria sujeira chamada Gabriel.

A única coisa que poderia ter me distraído do quanto os anjos eram totalmente irritantes foi o que ele disse em seguida.

— Zayne foi apresentado a muitas opções. Ele poderia ir para a paz eterna. Renascido, ele poderia permanecer nos Céus para guardar os portões. Ele poderia ter escolhido treinar com nossos exércitos para a batalha final que virá, não importa o que Gabriel concretize. Ele poderia ter escolhido voltar à Terra no momento certo, em que ele mais seria necessário. Mas ele escolheu voltar para vós, para lutar ao vosso lado agora e para sempre, apesar de termos avisado que, se voltasse agora, ele Cairia. — Houve uma risada curta que soou como o vento nas montanhas. — Mesmo que ele não tivesse admitido tão abertamente o que queria ou se não tivéssemos apresentado a ele essas opções, sabíamos que ele encontraria uma maneira de voltar para vós.

E não tinha sido isso que ele me prometera? Que, não importaria o que acontecesse, ele encontraria o caminho de volta para mim?

— Então, ele Caiu, e um Caído só pode ser despojado de suas asas e *graça* quando estiver preso à Terra — o Trono explicou. — Nenhum anjo com o poder de fazer isso tentaria tal coisa nestes tempos. — Houve uma pausa. — Além disso, esperávamos que, mesmo enquanto um Caído, ele ainda fosse... útil para a nossa causa. Que ele fosse preservar quem era, em seu coração, e ser capaz de ajudar a derrotar Gabriel. Nós o alertamos sobre o ardor na reentrada.

— O que isso significa exatamente? O ardor na reentrada?

— Quando ele Caiu, perdeu sua Glória e foi exposto ao pior da alma humana. Avareza. Luxúria. Gula. Preguiça. Soberba...

— Ira. Inveja. Entendi — interrompi o Trono, e se eu não tivesse já enfrentado Gabriel, e se meu pai não fosse *o* arcanjo Miguel, eu poderia ter ficado intimidada pelo olhar que o Trono me lançou. — Ele disse algo sobre sentir demais. Era como... não sei. Ele parecia me achar familiar, mas o que ele estava sentindo o bloqueava ou algo assim. Ele pareceu ser capaz de sentir a *graça* em mim. Ele atacou.

— Isso porque, quando ele Caiu, não apenas testemunhou o pecado da humanidade, mas também foi exposto à raiva e à amargura daqueles que Caíram antes dele.

Abri a boca e depois a fechei. Eu... eu não conseguia sequer compreender isso, não conseguia nem começar a entender o que Zayne deveria estar sentindo.

— Nós o avisamos que a Queda poderia sobrecarregar seus sentidos e infectá-lo, potencialmente apagando quem ele era, mas ele estava disposto a arriscar tornar-se algo tão vil e maligno quanto qualquer demônio, por você.

As palavras do anjo foram como uma punhalada no coração.

— Quando ele a viu esta noite, sentiu sua *graça*. A pureza mesmo em seu sangue sujo o atraiu — ele disse, e eu não consegui nem mesmo ter energia para ficar ofendida com a parte do sangue sujo. — Em seu estado conflituoso e com a raiva e a amargura de todos os que Caíram antes dele, ele provavelmente a viu como uma dos irmãos que o expulsaram dos Céus. Ele verá os Guardiões da mesma forma. Quanto mais tempo ele permanecer em tal estado, maior será a probabilidade de agir de acordo com a violência que está infiltrando-se em cada um de seus poros. Ele se tornará um perigo não apenas para vós ou para os Guardiões, mas para os humanos, para inocentes. — O Trono suspirou. — Um Caído em posse de sua *graça* é um adversário muito perigoso, não importa o quanto seu coração e sua mente estejam limpos. Esperávamos que ele reentrasse ileso. Estávamos enganados. Então, aqui estamos nós.

Essas quatro palavras foram tão definitivas.

Um peso insuportável apertou meu peito. Tola eu por acreditar que meu coração havia suportado toda a dor que pudesse. Eu estivera errada. Ainda estava lá, despedaçando-se tudo de novo. Ele havia desistido de tudo para ficar comigo e, em uma reviravolta horrível do destino, parece que ele se tornaria algo que teria desprezado.

— Não há esperança, então? — perguntei, minha voz soando pequena e cansada. — Ele não vai voltar a ser o que era? Sair desta?

O Trono recuou, e a luz ao seu redor desapareceu lentamente.

— Se houver fé, sempre haverá esperança.

Fé. Quase ri na hora, mas, se eu risse, provavelmente nunca mais pararia. O jovem padre teria de chamar alguém.

Se o padre ainda estivesse aqui. Ele pareceu ter desaparecido no ar.

A forma do Trono começou a oscilar, mas se solidificou.

— Fostes bem apesar das suas dificuldades. Muitos não acreditavam que sobreviveria à sua primeira batalha com Gabriel.

Uau. Isso fez com que eu me sentisse muito melhor em relação a tudo.

— Mas teu pai acreditava em ti.

— Ele acreditava? — A descrença soou como um sino de igreja na minha voz.

Pensei que ele tivesse sorrido novamente, mas com o seu brilho ficando opaco, o semblante do anjo estava embaçado.

— Por isso ele lhe dera um presente.

— Um presente? — perguntei com cautela. Eu não queria um presente. Eu queria Zayne de volta, o Zayne que eu conheci e amei. Não o louco psicopata que estava à solta por aí fazendo só Deus sabe o quê.

Fazendo coisas que destruiriam cada pedacinho de Zayne, porque ele era bom em sua essência.

— Já recebestes o presente. — O anjo estendeu a mão, deslizando os dedos pelo meu rosto. Um choque de eletricidade me atravessou, fazendo com que a minha *graça* se acendesse e os cantos da minha visão ficassem brancos. — O que está dentro de ti é o presente. É tanto *graça* quanto Glória, um poder que está além do que vossa mente pode compreender, e, ainda assim, um poder que pertence a vós. Use-o para atingir o coração envolto em caos.

Olhei para ele e comecei a entender.

— A Espada de Miguel.

Ele deu um passo para trás, os olhos em suas asas piscando em sincronia.

— Você tá dizendo que eu devo usar a Espada de Miguel contra Zayne? — Minha voz ficou esganiçada. — Apunhalá-lo no coração com ela? Isso o mataria!

— Sua *graça* nunca pode prejudicar o que vós valorizais. Ela somente pode restaurar.

Aquilo soou como uma baboseira Jedi.

— E eu devo simplesmente acreditar no que você tá dizendo? — exigi. Quando a *graça* era invocada, ela destruía. Demônios. Humanos. Guardiões. Até mesmo anjos. Ele esperava que eu acreditasse que, por eu amar Zayne, a Espada de Miguel não o machucaria, quando ela era capaz de cortar a pele de um Guardião como se fosse água? Eu gostava de Misha, e a minha *graça* tinha acabado com a vida dele.

— Não tendes nenhuma fé?

Abri a boca para responder.

— Eu já sei a resposta. — Suas asas se agitaram e todos aqueles olhos se fixaram diretamente em mim. — Era uma pergunta retórica, Legítima. Vós, prole de um dos arcanjos mais poderosos, sempre tivestes pouca fé. — O Trono sorriu para mim. — É bom que nem Deus, nem vosso pai tenham deixado de ter fé em vós.

Eu me sobressaltei, ficando sem palavras.

— Não falheis, Legítima. Precisarás dele para derrotar Gabriel. Precisareis de tudo para derrotar o Augúrio — o Trono disse, e eu me perguntei se ele sabia onde Roth e Layla estavam no momento. Decidi sabiamente não falar sobre isso enquanto o intenso brilho dourado se espalhava sobre ele. Meus olhos lacrimejaram e doeram. — Talvez já seja tarde demais para ele. Muitos dos que Caíram estavam perdidos demais, mesmo depois de serem sepultados, para terem a opção de redenção. Espero que, para vosso bem, esse não seja o caso. Gabriel será a menor de vossas preocupações. Vosso Caído, no estado atual em que se encontra, pode matá-la. Portanto, tende cuidado. Seria demasiado desagradável para vós morrer pelas mãos daquele que Caiu para ficar convosco.

Desagradável?

Eu poderia pensar em palavras muito mais descritivas. Horrível. Desolador. Perturbador. Agonizante. Trágico.

Soltei o ar com força.

— E se funcionasse — comecei, e depois me corrigi. — Se eu for bem-sucedida, Zayne vai voltar a ser um anjo? — perguntei, agora com o coração apertado por um motivo totalmente diferente.

Os anjos não tinham emoções. Ou ao menos é o que eu sempre acreditara, e Gabriel meio que confirmava isso. Se Zayne fosse restaurado, eu não o teria de volta. Não como antes. Mas ele ficaria bem. Ele estaria vivo, e isso... isso tinha de ser suficiente.

O Trono me estudou em silêncio por alguns segundos.

— Muitos acreditam que demônios são incapazes de amar, não é mesmo? Por não terem uma alma humana.

Um arrepio de inquietação me percorreu. Ele estava lendo a minha mente?

Meu Deus, eu esperava que não.

Mas demônios eram capazes de amar. Roth amava Layla, e ele era o Príncipe da Coroa do Inferno.

O anjo inclinou a cabeça.

— Ao contrário do que é sabido e do que alguns de nossos irmãos até mesmo alegarão, os anjos não são incapazes sentirem emoções, Legítima.

Nós apenas sentimos as coisas... de forma diferente. Para os mais velhos entre nós, é difícil, mas não somos incapazes de amar, desejar ou odiar — ele continuou. — Aqueles que Caíram são a prova disso. Gabriel é a prova disso agora.

Enquanto eu o encarava, percebi que ele estava certo. Os anjos que Caíram o fizeram porque cederam a uma série de emoções humanas, e Gabriel... ele sofria de um caso sério de ciúme e amargura. O alívio tomou conta de mim e...

— Mas Zayne não se tornaria um anjo. Ele não se tornaria um Guardião. Permaneceria como está — o Trono falou —, um Caído que está atado à terra, com um pé no Céu e o outro no Inferno. Há apenas um outro que foi banido pelos Céus e manteve sua *graça*.

Meu peito ficou oco.

— Lúcifer.

— E vedes como isso acabou para ele.

Com essa pequena informação super angustiante e o apoio moral mais desmotivador que já existiu, o Trono desapareceu, levando consigo o ar gelado e o aroma de sândalo.

Eu não tinha ideia de quanto tempo fiquei ali, olhando para o local do Santíssimo Sacramento, minha mente alternando entre a incapacidade de acreditar no que o anjo havia dito que eu precisava fazer e sabendo, sem sombra de dúvidas, que não havia escolha.

E isso era verdade, quer o Trono estivesse certo ou errado.

Lentamente, eu me virei. Os anjos de pedra estavam curvando-se sobre suas bacias mais uma vez. O meu olhar se voltou para os bancos da igreja. Eu não poderia deixar que Zayne se tornasse algo que o deixaria horrorizado, um monstro que acabaria manchando e destruindo tudo de bom que ele havia sido. Eu jamais seria capaz de permitir isso, pois, para ele, esse seria um destino pior do que a morte.

Realmente não havia escolha.

Suspirei pesadamente, mas, na respiração seguinte, fui tomada por uma determinação inabalável que atenuou a dor e substituiu a exaustão que me roía os ossos. Havia uma pequena faísca de esperança alimentando a energia que agora estava despertando dentro de mim, mas eu sabia o que enfrentava.

Ou eu salvava Zayne, ou o matava.

Ou... ele me matava.

Capítulo 3

Havia muitas coisas nas quais eu precisava me concentrar agora. Durante a próxima Transfiguração, que estava a apenas algumas semanas de distância, Gabriel planejava criar uma ruptura entre a Terra e o Céu para que o demônio Baal e as almas que pertenciam ao Inferno pudessem atravessar os portões perolados. Eu precisava encontrar uma maneira de detê-lo. Esse era o meu dever como Legítima — a missão pela qual eu estivera esperando —, mas eu sabia que não seria capaz de derrotar Gabriel sozinha. Era por isso que Roth e Layla estavam tentando trazer Lúcifer para a superfície. Era por isso que o Trono dissera que eu precisava de Zayne para derrotar o arcanjo. Eu deveria trabalhar em um plano para o caso de Roth e Layla falharem, mas Zayne... agora ele era a prioridade.

Meu dever teria de esperar, e eu não me importava se isso deixasse Deus fulo da vida.

Portanto, a primeira coisa que fiz quando saí da igreja foi tirar meu celular do bolso de trás da calça. Para a minha alegria, o aparelho tinha sobrevivido ao de fato de eu ser arremessada de um lado para o outro como uma boneca de pano.

Apertando os olhos para a luz da tela, abri a lista de contatos. Em algum momento, Zayne tinha adicionado o número de Nicolai no meu celular. *Em caso de emergência*, ele dissera em uma noite enquanto caçávamos o Augúrio e o demônio Baal.

Se isto não era uma emergência, eu não sabia o que era.

Eu precisava avisar Nicolai e o clã sobre Zayne, caso eles entrassem em contato com ele. Se Zayne não se lembrava de mim, duvido que os reconhecesse.

Com o coração pesado, meus dedos apertados ao redor do telefone, Nicolai, o chefe do clã de Guardiões de DC, atendeu no segundo toque.

— Alô?

— Nicolai? É Trinity — eu disse, mantendo meus olhos bem abertos, apenas para o caso de Zayne decidir que ficar escondido dos humanos não estava no topo da sua lista de prioridades. — Preciso ver você. É uma emergência.

— Tá tudo bem? — ele perguntou, com preocupação evidente em sua voz. Ele tinha me visitado mais de uma vez, junto com Danika, enquanto eu estivera me recuperando. Os dois estavam... namorando? Não era bem o que os Guardiões faziam. Eles se conheciam e acasalavam, mas Nicolai e Danika estavam quebrando essa tradição. — Caramba — ele disse depois de um momento —, que pergunta idiota. Tá tudo bem, na medida do possível?

— Bom — eu alonguei a palavra, observando os rostos desfocados das pessoas que passavam segurando seus guarda-chuvas como se tivessem esperança de parar o temporal que agora caía de lado. O que eu precisava dizer a ele não era algo que podia ser feito por telefone. — Mais ou menos. E meio que não. Preciso falar com você pessoalmente.

— Você tá no apartamento? Posso chegar aí em vinte minutos.

— Não tô no apartamento — respondi. — Acho que tô na igreja de São Patrício?

Após essa declaração, houve um momento de silêncio.

— Vou querer saber o que você tá fazendo aí?

— Provavelmente não, mas vou te contar tudo.

— Certo. Me dê um segundo. — Houve um farfalhar de papéis, e então ele disse: — Dez deve estar perto daí. Vou pedir que ele pegue um carro e te traga até aqui. — Outra pausa, enquanto eu me perguntava se ele mantinha o itinerário dos Guardiões em papel. — Você tá sozinha?

— Tô sem demônios — disse, mantendo a voz baixa.

— É sensato da sua parte andar por aí sozinha? — ele perguntou.

Com a mente ocupada demais para me irritar com a pergunta, respondi:

— Provavelmente não. Diga a Dez que estou esperando por ele.

Ao encerrar a ligação, fiquei embaixo do átrio da igreja, pensando em como eu contaria a Nicolai que Zayne estava vivo e todas as coisas que isso implicava. Eu duvidava que ele soubesse a verdade sobre o que ele era, mas o Trono não havia dito que isso era algo que precisava permanecer em segredo.

Encostei-me na parede, sentindo dor nas têmporas enquanto observava. Meu olhar cauteloso percorria o fluxo constante de pessoas e carros, esperando que Dez se lembrasse de que eu não tinha o melhor par de olhos do mundo. Eu realmente não queria acabar entrando no carro errado.

Cerca de dez minutos depois, um SUV esportivo de cor escura parou no meio-fio e, logo em seguida, a janela do passageiro se abriu. Eu não consegui ver o interior do carro, mas reconheci a voz.

— Trinity? — Dez chamou.

Obrigada, meu Jesus Cristinho, ele se lembrou. Comecei a me apressar, mas diminuí a velocidade, já que nunca conseguia avaliar a distância entre os degraus com pouca luz. Consegui descer as escadas sem cair de cara. Acabei esbarrando direto em uma pessoa enquanto navegava pela calçada lotada. Eu tinha ficado tão acostumada a andar pelas ruas com Zayne, que abria caminho pelas calçadas como se fosse um Moisés gostosão. De alguma forma, ele guiava o caminho, embora ficasse ao meu lado em vez de andar na minha frente.

Meu coração se apertou quando abri a porta do SUV e embarquei. *Eu vou trazê-lo de volta. Eu vou*, prometi a mim mesma enquanto me acomodava no assento de couro com um barulho molhado.

— Desculpa. — Estremeci, fechando a porta. — Tô encharcada.

— Sem problema — ele respondeu, e eu olhei para o Guardião. Ele era jovem, alguns anos mais velho que Zayne. Ele era pai dos gêmeos mais fofuchos que eu já tinha visto. Izzy, a menina, estava aprendendo a se transformar. Ela também tinha o hábito de morder dedos dos pés, o que era estranhamente adorável. — Nicolai disse que você precisava falar com ele. Que era uma emergência.

Acenei positivamente com a cabeça enquanto colocava o cinto de segurança.

— Obrigada por me pegar... — Eu perdi o fio da meada enquanto olhava pela janela do passageiro.

Um homem idoso estava na calçada. À primeira vista, ele parecia normal. Vestido com calça escura e camisa branca de botão, ele poderia ser qualquer um dos homens de negócios ao seu redor esperando para atravessar a rua. Só que ele não tinha um guarda-chuva e as gotas não pareciam tocá-lo enquanto ele ficava ali, parado, olhando para mim através da janela. Metade da sua cabeça parecia... ter sido afundada, uma sujeira sangrenta de ossos e carne enquanto ele me encarava, um olhar de horror absoluto gravado no lado de seu rosto que não estava destruído.

Eu o reconheci.

Era Josh Fisher, o Senador que vinha ajudando Gabriel e Baal ao comprar a escola Heights on the Hill sob o pretexto de que o espaço seria reformado e transformado em uma instituição que atenderia a crianças com doenças crônicas. Na realidade, o terreno em que a escola se situava era basicamente uma Boca do Inferno saída diretamente do seriado *Buffy*, situada bem no meio de um centro de poder espiritual onde várias Linhas de Ley poderosas se cruzavam. Gabriel precisara de acesso à escola para chegar ao que havia embaixo dela. Lá, ele já havia criado o portal que acabaria por se tornar a porta de entrada para o Céu.

E Gabriel e Baal haviam encontrado a pessoa perfeita para ajudá-los. O Senador Fisher tinha topado na mesma hora, em uma tentativa desesperada de se reencontrar com a esposa falecida. Um homem pelo qual eu não queria sentir pena, mas que agora, mais do que nunca, eu sentia. Entendia como esse tipo de perda e tristeza levava alguém a fazer o impensável.

Mas agora ele estava morto. Havia pulado pela janela de sua cobertura, ou sido jogado por dela.

— Merda — sussurrei.

— O quê? — Dez dirigiu o carro para longe do meio-fio. — Você tá olhando pra onde?

Eu torci o pescoço, prestes a dizer a ele para parar o veículo, mas, em um piscar de olhos, o Senador Fisher desapareceu. Droga. Eu me recostei no assento. Ele havia contado tudo sobre o Augúrio e Baal depois de alguns minutos de "conversa" com Zayne, mas poderia estar escondendo informações — informações que ele poderia estar mais propenso a compartilhar agora que estava mortinho da silva.

— Era o Senador Fisher — respondi.

Apenas alguns poucos Guardiões sabiam o que eu era — Dez e Nicolai eram dois deles. Gideon, outro Guardião, só sabia que eu podia ver fantasmas, mas com tudo o que havia acontecido com Zayne, eu tinha certeza de que a Legítima estava escancarada para todo o clã.

— Ele não tá morto... Espera. — Ele olhou para mim quando chegamos a um semáforo fechado. — Você quer dizer que viu o fantasma dele?

— Sim, ele... não parecia muito bem. — Perguntando-me se o Senador estivera procurando por mim, mantive meu olhar fixo nas janelas do carro para qualquer sinal de um possível anjo Caído atormentado. Não que eu seria capaz de vê-lo chegando antes que fosse tarde demais, mas que seja.

— Se alguém é um fantasma, isso significa que a pessoa não atravessou, certo? E os espíritos são aqueles que fizeram a travessia. — Dez supôs corretamente.

— Isso. — Apertei os joelhos com meus dedos gelados. — Não posso dizer que tô surpresa de que Fisher não tenha atravessado.

— Deve ser porque ele tem medo de pra onde ele vai.

— Sem dúvida.

Ficamos em silêncio enquanto Dez dirigia, as luzes cintilantes da cidade dando lugar a trechos de escuridão enquanto cruzávamos Potomac. O silêncio não durou muito.

— Você tá conseguindo lidar com as coisas? — ele perguntou.

Assenti com a cabeça.

— Como tá o processo de cura?

— Ótimo — eu disse, com os dedos apertando os joelhos enquanto reprimia a explosão de irritação. Dez não estava apenas sendo legal. Ele *era* legal, como Zayne. Eu não deveria ficar incomodada com sua preocupação. — Parece pior do que realmente é.

— Isso é um alívio, porque tenho que ser honesto com você... parece doloroso.

— Não foi muito... divertido no começo. — Na verdade, tinha sido um Inferno. Não apenas a pele rasgada se curando ou os ossos quebrados se unindo, mas a pior parte tinha sido acordar e me lembrar que Zayne realmente havia morrido. Eu viveria de bom grado por mil horas do meu corpo se curando repetidas vezes, para não experimentar a realidade fria e desoladora da morte dele.

E havia uma chance de eu ter de passar por isso novamente.

Inspirei fundo, afrouxando o aperto nos joelhos.

— Eu sei... sei que Zayne significava muito pra você — Dez disse depois de um momento, e eu fechei os olhos com força. O movimento fez com que a pele sensível, ainda em processo de cicatrização, repuxasse. — Sei que você significava muito pra ele. Ele significava muito pra todos nós. — Ele soltou um suspiro trêmulo, e precisei de todo o meu autocontrole para não contar naquele exato momento o que estava acontecendo, mas eu só queria explicar tudo uma única vez. — Ele era...

Zayne era tudo.

Dez limpou a garganta.

— Ele era o melhor de nós. Acho que ele nunca percebeu isso, e tenho certeza de que ele não entendeu que todo mundo o apoiaria se ele assumisse o cargo depois que o pai morreu. A gente não se importava com o que tinha acontecido no passado. Ele poderia estar com uma parte da alma faltando, mas ele... ele tinha mais alma do que a maioria de nós.

Olhei para ele, desejando que Zayne estivesse ali para ouvir aquilo, mas Dez teria a chance de contar a ele. Eu só tinha de... apunhalá-lo no coração com a Espada de Miguel.

Deus do Céu.

Desviando o olhar, soltei um suspiro irregular.

— Isso incomodou Zayne por um tempo, essa história de não assumir o papel de líder do clã, mas ele tinha se conformado. Ele... percebeu que quem ele estava se tornando não se alinhava com muito com o que os outros Guardiões acreditavam. Ele não se importava com isso. De verdade.

— Ele te disse isso?

— Sim.

— Ele estava falando sobre a postura de "matar todos os demônios à vista" que a maioria dos Guardiões tem? — ele chutou. — Nem todos nós somos assim. Eu não sou. Nicolai também não é.

Eu já tinha imaginado isso, considerando que eles haviam trabalhado com Roth e Cayman no passado.

— Mas eu entendo — Dez continuou —, especialmente depois do que aconteceu com Layla. Não havia como voltar atrás depois daquilo.

Não, não havia. Não quando o pai de Zayne e quase todo o clã estiveram prontos para matá-la depois que ela tinha acidentalmente tomado uma parte da alma dele. Eles a tinham criado e deveriam saber que não havia tido qualquer intenção maliciosa por trás de suas ações, apenas estupidez tanto da parte dela quanto de Zayne.

O ciúme do relacionamento anterior de Zayne e Layla já havia desaparecido há muito tempo. O mesmo tinha acontecido com a estranha mistura de amargura envolvendo saber que eu deveria ter sido criada para estar ao lado de Zayne.

Nada disso importava agora, e me irritava o fato de eu ter perdido tempo com isso.

— A propósito — Dez disse —, você tá sangrando.

— O quê? — Levantando uma mão, toquei o queixo. Meus dedos voltaram manchados. Então *era* meu sangue. Limpei os dedos na calça jeans. — Não é nada.

— Aham — ele murmurou.

Por sorte, ele não falou mais nada depois disso, mas a viagem até o complexo dos Guardiões pareceu demorar uma eternidade. Quando ele finalmente parou em frente à casa enorme, quase me joguei para fora do carro. Dez estava logo atrás de mim. Comecei a avançar.

E prontamente tropecei no primeiro degrau, por não tê-lo visto.

Levantando-me, suspirei e caminhei com cuidado para a frente. Dez passou um braço à minha frente, abrindo a porta, e entramos. Demorou alguns instantes para que os meus olhos se ajustassem à luz forte do saguão enquanto eu seguia o Guardião em direção ao escritório de Nicolai. No caminho, passamos por alguns Guardiões que estavam saindo ou chegando da patrulha. O olhar distante que eles nos deram me dizia que provavelmente tinham descoberto a verdade sobre mim.

Eu deveria ficar preocupada. Havia Guardiões por aí que não se sentiam exatamente à vontade com a ideia de um Legítimo por perto. Muito disso tinha a ver com uma história que estava praticamente esquecida, uma história que eu não conhecera até que Thierry, o chefe do clã das Terras Altas do Potomac, que era mais pai para mim do que Miguel, me contou. Aparentemente, isso tinha a ver com um vínculo e levou a uma rebelião. Vários Guardiões foram mortos, os vínculos com os Guardiões foram cortados e os Legítimos morreram.

Até que existisse eu.

E Almoado.

Mas ele estava morto, então, que seja, até eu existir.

Dez abriu a porta, e vi Nicolai primeiro. O mais jovem líder de clã estava sentado atrás do tipo de escrivaninha à que Thierry costumava sentar-se. Ele tinha uma cicatriz bem impressionante ao longo do rosto, o que só aumentava o seu ar de durão. A Guardiã de cabelos escuros e brilhantes que estava ao lado dele também elevava o nível da cena. Danika era diferente de todas as Guardiãs que eu conhecia. Ela nem se comparava à Jada, que também era ousada. Danika simplesmente não agia em acordo com as regras arcaicas que envolviam as fêmeas, e o fato de Nicolai não ter a colocado de volta naquela gaiola dourada me fazia gostar ainda mais dele.

Gideon também estava presente, em pé do outro lado de Nicolai, com o celular na palma da mão. Zayne sempre se referia a ele como o especialista em tecnologia da casa, enquanto eu o considerava como o hacker e o pau para toda obra.

Ele me olhou enquanto eu caminhava em frente, e me perguntei se ele estava pensando na vez que esteve aqui com Nicolai e Zayne, quando soube que eu podia ver fantasmas. Ele achara que eu tinha sangue de anjo diluído em mim. Com base no passinho para trás que deu, eu acreditei que agora ele sabia que eu tinha muito sangue de anjo em mim.

Os cabelos castanhos na altura dos ombros caíram para trás quando Nicolai levantou a cabeça. Ele começou a falar, mas Danika se antecipou. Sua voz estava cheia de preocupação quando ela se endireitou.

— Você tá machucada, Trinity?

Desejando ter parado para limpar o sangue do rosto, balancei a cabeça.

— É coisa pouca.

— Posso chamar minha irmã — ela ofereceu, afastando-se da escrivaninha. — Tem sangue saindo das suas orelhas. Não sou médica, mas isso não parece ser coisa pouca.

Porcaria.

Também me esqueci disso.

— Isso não é necessário. — Olhei para a cadeira e comecei a me sentar, mas lembrei que estava encharcada. Eu já havia estragado bastante estofamento por hoje. — Eu tô bem.

Danika parecia querer discutir.

— Se você diz. — Ela olhou para Gideon. — A gente estava de saída...

— Tá tudo bem. Vocês não precisam ir embora. — Cruzei os braços. — Acho que é melhor se todos vocês ouvirem isto em primeira mão.

— O que você tem a nos dizer explica por que você está pior do que na última vez que te vi? — Nicolai perguntou.

Meus lábios se contraíram. Eu achava que estava muito melhor do que da última vez. Por outro lado, eu não tinha visto o meu reflexo.

— Sim.

— Certo. — Ele acenou com a cabeça para a cadeira. — Sente-se, pelo menos. Eu não me importo se você molhar o estofado.

Murmurando um agradecimento, sentei-me. O alívio imediato que me percorreu era uma indicação de que a observação de Nicolai sobre a minha aparência provavelmente não estava muito longe da realidade.

— Não sei como dizer isso, então vou só dizer sem enrolar — falei enquanto Dez se posicionava contra a parede. — Zayne tá vivo.

Capítulo 4

Todos paralisaram. Eu acho que eles não estavam respirando, e ficaram em silêncio por tanto tempo que eu estava prestes a repetir o que tinha dito quando Dez finalmente se recuperou.

— Trinity, ele não pode estar vivo — ele disse, com uma voz suave e gentil demais.

— Confie em mim, eu sei que parece loucura, mas ele tá vivo. Eu o vi. Eu conversei com ele. Eu o *senti*. Ele é de carne e osso e tem asas — eu disse a eles. — Ele tá vivo, mas não é exatamente o mesmo. Ele é um anjo Caído, ainda com suas asas e um monte de fogo celestial. A *graça*.

Nicolai e Danika me encaravam sem piscar, e presumi que Dez e Gideon estavam fazendo o mesmo.

— E ele é parcialmente responsável por isto. — Fiz um gesto indicando a mim mesma. — E o Trono com quem acabei falando depois de ver Zayne é o responsável pelas orelhas sangrando.

O celular escorregou da palma da mão de Gideon e caiu no chão com um baque forte.

— É melhor deixar esse telefone aí, já que tô apenas começando — eu disse a ele.

— Certo — Gideon sussurrou.

— Zayne me encontrou no Parque Rock Creek e não me reconheceu de verdade. Era como se ele tivesse me reconhecido, mas depois não conseguiu mais, e deu uma de *Clube da Luta* pra cima de mim. Consegui escapar... bem, eu meio que desviei e fugi, e, enquanto corria, ouvi uma voz dentro da minha cabeça me dizendo pra ir até a igreja.

À minha frente, Nicolai piscou os olhos lentamente.

Sabendo que tudo isso soava muito esquisito, ainda assim continuei falando.

— Foi lá que eu vi o Trono e um monte de anjos de pedra assustadores, mas eles são meio irrelevantes, ainda que a imagem deles se mexendo vá me assombrar pelo resto da vida. O Trono me contou o que aconteceu

— expliquei, e então contei a eles tudo o que o Trono havia me dito até a parte do que eu tinha que fazer. Como Zayne teve uma escolha. A queima na reentrada. E como, em seu estado atual, ele via os Guardiões e qualquer coisa que tivesse *graça* neles como inimigos. Eu contei a eles sobre o Trono alertar que Zayne... que ele poderia se tornar um risco para pessoas inocentes. Quando terminei, tudo o que eu queria fazer era sair por aí e encontrá-lo.

Encontrá-lo antes que ele se tornasse o que o Trono advertiu — antes que ele fizesse algo pelo qual nunca pudesse se perdoar.

— Ele... ele recuperou a Glória, o que... não tenho certeza do que isso significa, e ele Caiu para que pudesse... — Minha voz embargou, e cada parte de mim ficou tensa. Expirei lentamente pelo nariz enquanto os meus olhos ardiam. — Ele Caiu pra voltar e lutar ao meu lado. Por mim.

— É a alma — Gideon disse com voz rouca, chamando a minha atenção. — A Glória é basicamente o equivalente a uma alma humana, mas para os anjos.

Ah.

Isso fazia sentido.

E, também, tornava tudo muito pior, porque... isso significava que Zayne havia perdido a alma?

— A Glória é o motivo pelo qual nós, Guardiões, temos uma alma pura — Gideon continuou, e parecia que precisava se sentar. — Sem isso, ele seria...

Pensei no que o Trono disse e tive vontade de vomitar.

— Ele seria como um espectro?

Gideon assentiu com a cabeça, e, se eu não estivesse sentada, provavelmente teria caído. Os espectros eram humanos que tinham sido despojados de suas almas após a morte. Alguns demônios eram capazes de fazer isso. Às vezes, isso acontecia quando um fantasma permanecia na Terra por tempo demais e se recusava a atravessar. Não havia limite claro para o que era "tempo demais". Era diferente para cada fantasma. Era algo que poderia simplesmente acontecer. De qualquer forma, os espectros eram incrivelmente perigosos, vingativos e rancorosos. Eles eram o ódio e a amargura personificados. Pura malevolência.

— Mas isso não pode ser a única coisa que acontece a um Caído — argumentei. — O Trono disse que esperavam que Zayne saísse ileso durante a Queda. Eles esperavam que ele fosse útil na luta contra Gabriel, mesmo depois que ele decidiu Cair. A falta de Glória ou alma ou o que quer que seja não deve ser a única coisa que guia o comportamento de um Caído.

— Todos estavam olhando para mim. — Eu realmente espero que vocês estejam acreditando em mim.

— O que você tá dizendo tem de ser verdade. É a única maneira de você saber de onde viemos. — Gideon se virou para Nicolai. — É a única maneira.

Nicolai assentiu lentamente com a cabeça e depois se sentou para trás, passando a mão sobre a cabeça e segurando a nuca.

— Ele realmente voltou.

— Sim. Voltou mesmo. — Franzi as sobrancelhas. — Vocês dois sabiam que os Guardiões eram originalmente anjos Caídos?

— Fiquei sabendo quando assumi esta função. Os Alfas me contaram — Nicolai respondeu, referindo-se à classe de anjos que se comunicavam com os Guardiões.

— O quê? — Danika se voltou para Nicolai. — Você sabia? — Parecia que ela estava a um segundo de bater nele. — E você não me contou?

— Tem várias coisas que eu não te contei. — A expressão no rosto de Danika fez com que ele se inclinasse para trás. — Que eu não posso te contar.

Ela cruzou os braços sobre o peito.

— É mesmo?

— Por que você não está brava com ele? — Nicolai apontou para Gideon.

— Porque ele não tá dormindo na mesma cama que eu — ela respondeu.

Opa.

Era hora de mudar o assunto para algo menos constrangedor.

— Como você sabia? — perguntei a Gideon. — Imagino que isso seja algo que os líderes dos clãs levam pro túmulo.

— E é, mas eu... tenho acesso a muitos livros antigos. Cartas e diários de, bem, muito tempo atrás. Deparei-me com os diários de um dos Guardiões da segunda ou terceira geração. Foi lá que eu li sobre o assunto, e falei com Abbot — ele explicou, referindo-se ao pai de Zayne. — Ele confirmou.

— Então, Zayne tá... — Danika levou a mão à boca, e esse deve ter sido o momento exato em que ela realmente percebeu que Zayne estava vivo. — Como ele... como é a aparência dele?

— Como Zayne, exceto pelas asas. Elas são brancas e têm linhas de *graça*. Os olhos dele também são de um azul super profundo. Tipo, a cor é irreal. — Olhei para minhas mãos sujas. — Ele parecia bem. Perfeito, na verdade. — Engoli com força. — Ele é muito poderoso... mais até do que eu.

— Porque ele é um anjo Caído que ainda tem a *graça* — Dez disse, e parecia que ele estava passando os dedos pelos cachos castanhos durante todo o tempo em que conversamos. — Ele é basicamente um anjo.

— Não qualquer anjo. — Gideon estava olhando para mim. — Pelo que pude perceber, a maioria dos que Caíram era da segunda esfera. Eles eram os Poderes, a Primeira Ordem de anjos que Deus criou. Eram como guerreiros de elite, protegendo os reinos humano e celestial. É disso que descendemos. Ele é um Poder, e é por isso que a *graça* era visível nas asas. Ele tem tanta tração quanto um arcanjo.

Excelente.

Por que eles não poderiam ter se originado de, sei lá, anjos da guarda, ou tipo aqueles que só cantavam sobre Deus ou algo assim? Mas não, tinham de ser guerreiros *de elite*.

— Um Poder Caído — Nicolai sussurrou, agora passando a mão pelo rosto. — Jesus Cristo. Ele seria praticamente invencível. O clã já está em alerta máximo com toda a confusão do Augúrio-barra-Gabriel, mas precisamos garantir que eles fiquem sabendo de Zayne e de que ele seria... imprevisível no momento.

— Vou me certificar de que todos estejam cientes — Gideon disse.

Fiquei arrasada ao pensar que os Guardiões precisavam ser avisados para ficarem longe de Zayne. Era por isso que eu tinha vindo aqui, mas...

— Ele ainda não tá completamente mau. Havia uma parte dele que me reconhecia. Isso não é minha percepção, porque ele poderia ter acabado comigo. Ele poderia ter me matado, mas não matou. Ele ainda tá lá dentro, e o Trono me disse o que eu precisava fazer pra trazê-lo de volta antes que fosse tarde demais. Eu só...

— O quê? — Dez perguntou.

— Eu só... não tenho certeza de como o que eu devo fazer não vai acabar matando-o de fato.

— Vou precisar de detalhes, Trinity — Nicolai disse.

Esfreguei as palmas das mãos nos joelhos.

— O Trono disse que a minha *graça* nunca faria mal a alguém que eu ame. Que eu precisava usá-la para atingir um coração envolto em caos.

— A Espada de Miguel. — As sobrancelhas de Nicolai se ergueram. — Acho que isso significa que você deve apunhalá-lo no coração com a Espada de Miguel.

— Basicamente.

— Como é que isso não vai matá-lo? — Os olhos de Danika se arregalaram.

— É nisso que eu tô pensando, mas o Trono ficou todo, tipo, "você precisa ter fé" — eu disse a eles.

— Não consigo imaginar que o Trono tenha mentido pra você — Gideon disse.

— Sério? — foi a resposta de Dez. — Os anjos não costumam mentir abertamente, mas com certeza omitem muita verdade.

— Mas os Tronos são diferentes. Eles são os oradores das verdades e os videntes das mentiras — Gideon argumentou, e eu pensei em todos aqueles olhinhos assustadores. — Se o Trono disse isso a ela, então tem de ser verdade.

— Verdade ou não, eu preciso fazer isso. — Minhas mãos se acalmaram. — Zayne tá por aí agora, e não tenho ideia do que ele tá fazendo. Espero que esteja cochilando ou comendo porcaria. Esse provavelmente não é o caso, e o Trono... ele avisou que já podia ser tarde demais. Que todas aquelas coisas que ele sentiu quando Caiu, o que ele tá sentindo agora, já poderiam ter... infectado quem ele é.

Danika virou a cabeça para o outro lado, e eu sabia que ela, assim como eu, não conseguia suportar essa ideia.

Puxei o ar, trêmula.

— Se eu não tentar trazê-lo de volta e correr esse risco, ele vai se tornar maligno. Ele vai fazer coisas que Zayne nunca faria.

— Ele já fez, pelo que parece — Nicolai disse suavemente, olhando para mim, e eu sabia o que ele estava vendo. Novos hematomas.

A verdade nisso me queimou por dentro.

— Não posso deixar que ele se transforme em um monstro. Não vou fazer isso com ele. Não vou deixar que isso aconteça a ele. Não posso.

— Concordo — Dez disse sem hesitar um segundo.

— Então, qual é o plano? — Nicolai colocou as mãos sobre a mesa. — O que acontece agora?

Um banho? Eu estava coberta de terra e lama. E dc sangue. Duvidava que fosse isso o que Nicolai quis dizer. Eu também duvidava que houvesse tempo para isso.

— Vou sair e procurar por Zayne. Ele me encontrou uma vez e acho que vai me encontrar de novo. O Trono deu a entender que ele seria atraído pela minha *graça*. Então eu... eu o trarei de volta.

— Tá bem, então. — Ele se voltou para Dez. — Vamos sair.

Levei um momento para perceber o que isso significava.

— Vocês não podem sair por aí procurando por ele. Eu disse a vocês que ele voltou pra que fiquem longe dele.

Nicolai me encarou.

— Estamos nessa com você. Se você sair pra achar Zayne, vamos estar lá com você.

— Valeu, mas não acho que isso seja sensato. Ele tá muito...

— Confuso. Possivelmente até perigoso para nós. Sim, eu sei. Todos nós sabemos, e é por isso que você não deve sair por aí sozinha.

— Você é uma Legítima — Gideon disse. — Isso é muito legal. E isso também é algo que eu deveria ter percebido, especialmente por Zayne ser seu Protetor. Você é forte e mortal por si só, mas ele é um anjo caído, Trinity. Ele pode não estar totalmente Caído, no sentido de o termos perdido, mas você tá encarando uma classe de anjo muito poderosa que pode não ser capaz de se impedir de fazer um grande estrago. Você não pode fazer isso sozinha, e duvido que ele vá permitir que você vá até ele e o apunhale. Você vai precisar da gente para distraí-lo.

Fiquei tensa, lisonjeada pela disposição deles de não ficarem parados e, também, completamente apavorada.

— Olha, eu agradeço a oferta, mas não vim aqui pra pedir ajuda...

— Eu sei. Todos nós sabemos disso — Nicolai afirmou. — Você veio aqui para nos alertar, e eu agradeço a intenção, mas não estou oferecendo a nossa ajuda. Você vai tê-la, quer queira, quer não.

Um nó se formou no meu peito quando me inclinei para a frente.

— E o que vai acontecer se Zayne matar um de vocês?

— Esse é um risco que correríamos — Nicolai respondeu.

— Com prazer — Dez acrescentou, e, quando olhei para ele, vi Gideon acenar positivamente com a cabeça. — Teríamos o prazer de arriscar as nossas vidas pra ajudar a trazê-lo de volta.

— É ótimo ouvir isso. Todos vocês são incríveis. De verdade. Mas e se isso acontecer? E eu conseguir trazê-lo de volta? — perguntei, examinando os presentes na sala. — Como vocês acham que Zayne vai ficar com isso?

Todos ficaram em silêncio.

— Ele já vai ter de lidar com muita porcaria. — Eu esperava que a porcaria fosse mínima e que se limitasse a me atirar por aí, mas, conhecendo-o, isso o afetaria profundamente. — Não queremos aumentar essa lista.

— Você tem razão — disse a voz de Danika. — Não queremos aumentar a lista, mas também não vamos ficar parados e fazer nada. — Ela veio para a frente, sentando-se ao meu lado. — Acho que conheço Zayne muito bem — ela disse, e isso era verdade. Eles eram amigos e, em um determinado momento, poderiam ter se tornado mais do que isso. Era isso que o pai de Zayne queria. — Se isto estivesse acontecendo a qualquer Guardião, ele não ficaria de fora. Você sabe disso. Ele estaria bem ali, certificando-se de que o Guardião voltasse pra casa e que não acrescentasse nada à bagunça, assim como qualquer um de nós.

— Mas você não pode garantir isso. Nem eu posso garantir — argumentei.

— E você não pode garantir que vai funcionar — ela rebateu. — Que Zayne sequer vai sobreviver a isto.

Ar frio encheu o meu peito.

— Você tem razão. Vocês querem estar lá pra isso?

— Não — Nicolai respondeu. — Queremos estar ao seu lado se isto não funcionar.

Capítulo 5

Não houve jeito de convencer Nicolai ou os outros de que o mais inteligente e sensato era ficarem no complexo. Não era como se a cidade fosse mergulhar no caos se eles ficassem. Desde que o Augúrio aparecera, a atividade demoníaca tinha diminuído muito. Eles poderiam passar os próximos dias assistindo à Netflix. Tinha umas paradas realmente interessantes nesse serviço de *streaming*, de acordo com Cayman, o demônio que era uma espécie de gerência intermediária no mundo demoníaco. Quando saí do apartamento no início da noite, ele havia apagado enquanto assistia a algum tipo de documentário sobre assassinato, felinos e um cara com um *mullet*.

Mas os Guardiões não estavam interessados nesse tipo de vida.

Então, depois de tirar um momento para lavar o sangue do queixo e das orelhas, vi-me caminhando sem rumo pelo Parque Rock Creek com Dez ao meu lado e vários outros Guardiões por perto. Gideon havia ficado no complexo, conectando-se à central da polícia para o caso de receberem alguma chamada que nos desse uma possível pista sobre o paradeiro de Zayne. Nicolai estava em algum lugar por aqui, mas tinha saído depois de mim e Dez para "conversar" com Danika. Ela queria ajudar. Nicolai era totalmente contra isso. Eu não tinha ideia de quem venceria essa batalha, mas estava apostando em Danika.

Antes de irmos para o parque, passamos no apartamento para o caso de Zayne se lembrar da polícia e para eu avisar Cayman e meu colega de quarto fantasmagórico, Minduim, que eu estava viva.

O apartamento estava vazio, sem todos os três.

Imaginando que Minduim estava com sua nova amiga que podia vê-lo — algo que eu *ainda* precisava verificar —, ou fazendo o que quer que os fantasmas faziam no tempo livre, Dez e eu fomos para o parque. Na verdade, Cayman havia enviado uma mensagem logo antes de chegarmos lá. Eu não fazia ideia de como ele havia conseguido o meu número de telefone, mas ele tinha enviado uma mensagem que dizia: "você ainda tá viva?" Enviei um rápido "sim" e recebi uma resposta exigindo provas de que era eu e não um "arcanjo babaca" com o meu telefone.

Respondi com a seguinte mensagem: "você tem medo de mim."

Ele respondeu: "É. É você. Se cuida. Roth ficaria furioso se você fosse assassinada sob minha supervisão."

Eu realmente não tinha ideia de como responder.

Mas tudo isso parecia ter sido há uma eternidade.

A frustração me invadiu quando passamos pelo banco em que eu estivera sentada quando Zayne chegara, pelo que parecia ser a centésima vez. Dessa vez, parei, examinando a linha escura das árvores. Pelo menos havia parado de chover. O ar ainda estava estranhamente frio para julho.

Apenas alguns passos à minha frente, Dez se virou. Em sua forma de Guardião, a pele dele era de um cinza profundo e dura como granito, e os dois chifres grossos que saíam do seu cabelo eram capazes de perfurar aço. Ele manteve as grandes asas encouraçadas dobradas para trás, para o caso de eu esbarrar em uma delas e perder um olho. Naquele momento, a maior parte da imagem dele se misturava à noite.

— Você tá vendo alguma coisa?

— O Godzilla poderia estar escondido naquelas árvores e eu não conseguiria vê-lo.

— Desculpa. Eu quis dizer, você tá sentindo alguma coisa?

— Não. — Coloquei as mãos nos quadris. — Ou ele não tá mais no parque ou tá mantendo distância.

— Ele te pareceu do tipo que mantém distância? — Dez perguntou, com a voz mais rouca em sua verdadeira forma.

— Não muito, mas como é que eu vou saber? Não é como se eu já tivesse encontrado um anjo caído antes. — Balancei a cabeça enquanto meu olhar se voltava para o contorno do banco. — Acho que precisamos dar uma olhada em outro lugar. — Ou eu precisava estar aqui sem os babás-Guardiões, porque poderia haver uma pequena chance de Zayne não estar se aproximando por causa deles. — Mas onde? Não tenho a menor ideia.

— Ele pode estar em qualquer lugar da cidade.

— Esse conhecimento óbvio não é exatamente útil — respondi.

Dez deu uma risadinha enquanto caminhava na minha direção. Para alguém tão grande, ele se movia tão silenciosamente quanto um fantasma. Zayne também tinha sido assim.

Uma forte explosão de agonia perfurou o meu coração.

Ele também é *assim.*

— Mas a gente poderia tentar pensar como Zayne — ele disse, parando perto o suficiente para não ser mais uma mancha de sombras. Agora ele era uma massa escura na forma de um Guardião. Progresso. — E eu sei que não temos ideia do que pode estar passando pela cabeça dele, mas sabemos o que passaria se houvesse alguma parte dele ainda em funcionamento, e sabemos onde o mal tende a se reunir.

Fiquei olhando para a direção em que o rosto dele poderia estar enquanto refletia sobre isso.

— Isso é inteligente. — Soltei um suspiro. — Tudo bem. Se uma parte de Zayne ainda estiver operando, acho que ele iria... ele iria para o apartamento, mas estivemos lá e não havia sinal dele. Acho que ele iria para... — Esfreguei a palma da mão no meu quadril dolorido. — A casa da árvore! A que tá no complexo. Era importante pra ele.

— Vou pedir a Gideon que verifique lá — ele disse, tirando o celular do bolso de trás da calça esportiva que, de alguma forma, não se rasgou quando ele se transformou. — Algum outro lugar?

— Um lugar que venda sanduíches sem pão? — eu disse, e o aperto no meu coração ameaçou me deixar no chão. — A sorveteria! Mas não tá aberto. Acho que ele poderia invadir no entanto. — Eu vasculhei minhas memórias. — Acho que ele costumava gostar de caminhar pela área do parque ao redor do National Mall.

— Mandei uma mensagem pra Gideon dar uma olhada na casa da árvore — ele disse —, podemos olhar nos outros lugares.

— Você não acha que a gente deveria dar uma olhada na casa da árvore também?

— Gideon vai ser inteligente ao investigar a área. Vai fazer isso sem ser visto — Dez disse. — E se Zayne estiver lá, ele nos avisa.

Parecia que eu teria de acreditar nele. Outro lugar me veio à cabeça.

— Droga. E quanto à Stacey? Zayne é muito próximo dela. Você acha que ele a procuraria?

— Se não pareceu que ele te reconheceu de verdade, duvido que ele fosse atrás dela — ele disse, e isso era um alívio. — Mas vou mandar ficarem de olho na casa dela.

— E quanto aos lugares aonde... aonde os maus vão? — perguntei enquanto nos dirigíamos para a saída do parque. — Não que Zayne seja mau — acrescentei. — Ele pode estar... inconscientemente mau.

— Não acho que Zayne seja mau. Se fosse, não acho que você estaria aqui.

Não precisei me concentrar para sentir as mãos de Zayne ao redor da minha garganta, apertando-a — mãos que estavam frias. Eu não fazia ideia se ele teria me matado caso eu não o tivesse tocado, mas ele havia parado. Se ele já fosse, de fato, um caso perdido, meu toque não teria significado nada.

— Eles iriam aonde as pessoas estão. A esta hora da noite, estariam nos bares e nas boates — Dez continuou. — Tem um clube onde muitos deles se encontram. Roth tem ou teve um apartamento em cima do clube. Ele poderia dar uma olhada, mas não tenho ideia se um Caído iria até lá... se os demônios podem sentir o que ele é ou o que ele faria a eles.

Considerando que nenhum dos Guardiões tinha ideia de onde Roth e Layla estavam no momento, murmurei algo no sentido de pedir para que Roth desse uma olhada no clube.

Dez voltou à sua forma humana quando nos aproximamos do SUV estacionado. Ele vestiu uma camisa lisa, de cor escura, que havia pegado em algum lugar do banco traseiro, e eu me perguntei exatamente quantas delas ele tinha naquele carro.

Então partimos, e tentei me convencer a não ficar esperançosa. O que era praticamente como dizer a mim mesma para não comer o saco inteiro de batatinhas.

Embora já passasse da hora de dormir da maioria das pessoas, ainda havia trânsito, mas chegamos à sorveteria em tempo recorde, diminuindo a velocidade para que Dez pudesse dar uma olhada no prédio. Nenhuma luz acesa. Nenhum sinal aparente de arrombamento. A minha esperança foi abalada, mas aquilo tinha sido um tiro no escuro. Dez minutos depois, chegamos ao nosso segundo destino.

O National Mall.

Havia uma quantidade surpreendente de pessoas para aquela hora da noite. Dez permaneceu em sua forma humana quando começamos a caminhar, e não demorou muito para que eu sentisse o forte formigamento de consciência ao longo da nuca.

Meus sentidos se aguçaram quando observei um grupo amontoado sob uma árvore. Eu não conseguia distinguir nenhum de seus rostos, mas sabia o que estava sentindo.

— Tem demônios aqui.

Dez seguiu meu olhar.

— Tô vendo.

Eles não pareceram nos notar quando passamos.

— Acho que são Demonetes.

Demonetes eram demônios de status inferior que eram praticamente os arruaceiros do mundo dos demônios, a personificação viva da Lei de Murphy. Eles gostavam de bagunçar as coisas, especialmente eletrônicos.

A menos que alguém ficasse preso em um engarrafamento porque um deles estava entediado e decidiu esbarrar em vários quarteirões de postes de luz, imaginei que alguns não os veriam como bagunceiros inofensivos.

— Vou ficar de olho neles — Dez avisou.

Olhei para ele.

— Você não quer despachá-los para os anéis ardentes do Inferno?

Ele bufou quando o vento afastou seus cabelos da testa.

— Se não estiverem machucando ninguém, não tenho nada contra eles. Você tem?

Olhei de relance para eles, mal conseguindo distingui-los das sombras das árvores.

— Você sabe que eu cresci na comunidade das Terras Altas do Potomac. Obviamente. — Ele tinha ido até lá com Zayne quando Nicolai chegou antes da Premiação, onde os Guardiões em treinamento se tornavam os guerreiros que protegiam as cidades. — Fui educada desde sempre a acreditar que todos os demônios eram ruins, mas Zayne... ele meio que abriu os meus olhos pra o fato de que nem sempre era esse o caso. É estranho que um Guardião tenha sido a fonte desse tipo de esclarecimento, mas depois conheci Roth e Cayman, e... — Como eu poderia descrever o Príncipe da Coroa do Inferno e um corretor demoníaco que realizava os desejos e as vontades dos seres humanos em troca de pedaços da alma deles? Não era como se eles fossem cidadãos íntegros ou algo assim. — Eles não são exatamente bons, mas são... cuidadosamente maus. — Cuidadosamente maus? Revirei os olhos ao ouvir isso. — Isso provavelmente faz de mim uma Legítima muito ruim.

Dez riu baixinho.

— Nunca ouvi ninguém descrever demônios assim, mas entendo o que você tá querendo dizer. Há um mal necessário no mundo, certo? Um equilíbrio entre o bem e o mal que deve ser mantido para que o acordo entre Deus e Lúcifer seja honrado. Desde que cada um permaneça na sua raia, é o que é.

Dez tinha razão. Os demônios eram uma necessidade e, também, serviam a um propósito. Eles eram a personificação do fruto proibido. Seus sussurros, dons e manipulações eram um teste que todo ser humano enfrentava. Os demônios faziam com que os humanos exercessem o livre-arbítrio. Fazer o certo ou o errado. Fazer do limão uma limonada ou criar o Inferno na Terra. Perdoar ou buscar vingança. Ser aquele que oferece uma mão amiga ou aquele que passa a perna. Educar ou desinformar. Amar ou odiar. Fazer parte da solução ou do problema. Manter-se no caminho para a justiça eterna ou desviar-se para a condenação eterna.

Havia um mundo inteiro em tons de cinza entre cada uma dessas coisas, e o que as pessoas faziam nessa área cinzenta era o que determinava onde elas terminariam.

O problema era que muitos demônios não se mantinham em suas raias. Havia aqueles que recebiam ordens para ficar no Inferno, mas vinham para a superfície, como Torturadores, Rastejadores Noturnos e outros que não poderiam se passar por seres humanos. Depois, havia os demônios de Status Superior, e eles quase nunca respeitavam esse equilíbrio.

Também duvido que Roth ou Cayman permanecessem em suas raias.

Mas tanto faz.

Eu não estava aqui por eles.

Eu deveria estar aqui por causa do Augúrio. Por causa do arcanjo Gabriel, que lançou uma bomba nuclear sobre esse frágil equilíbrio. Mas naquele exato momento? Eu estava aqui por causa de Zayne.

Dez e eu percorremos o National Mall por um bom tempo, e não foi exatamente um passeio no parque. Doía pensar que Zayne tinha planejado fazer um tour comigo, levar-me aos museus e coisas do gênero, mas era assim que eu estava sendo apresentada ao lugar.

No entanto, isso ainda poderia acontecer e, além disso, não era como se eu pudesse ver algo além de alguns metros à minha frente e formas genéricas. Eu poderia fingir que nunca estivera naquele lugar, porque, a cada minuto que se transformava em dez, ficava claro que Zayne não estava ali.

Restavam apenas os bares e clubes em que os humanos se reuniam. De acordo com Dez, tínhamos menos de uma hora antes de fecharem.

Eu nem queria perguntar por que Dez tinha pensado que um Caído iria procurar pessoas, mas acabei tendo de perguntar quando chegamos a Dupont Circle, onde as ruas eram iluminadas por placas e pelo fluxo constante de faróis de carros.

— Por que você acha que um Caído seria atraído pra mesma área que um demônio? — Eu me mantive perto de Dez enquanto passávamos por vários bares lotados, sempre procurando por portas que se abriam aleatoriamente e bêbados cambaleantes que teriam mais dificuldade do que eu para andar pela calçada.

— Não existem muitas informações sobre os Caídos por aí — Dez disse quando notei um grupo de garotas rindo enquanto andavam pela calçada —, mas eu me lembro do que fez Deus ir atrás deles.

— Além de produzir descendentes nefilins a cada cinco segundos, e eu sinceramente não vejo qual o problema nisso, porque, tipo, eu tô aqui.

— Pensei que você não gostasse desse termo.

— Não gosto.

Achei que ele tivesse sorrido, porque o grupo de garotas que passava por nós ficou completamente em silêncio enquanto olhavam para ele. Ele não pareceu notar.

— Isso eu não posso responder, mas os Caídos eram atraídos pelos humanos da mesma forma que os demônios são. Quando ainda eram anjos celestiais plenamente licenciados, eles trabalhavam ao lado da humanidade para alcançar um modo de vida melhor, mas, depois que Caíram, usaram seu carisma e charme pra... bem, deleitar-se com o pecado.

Meu estômago ficou azedo. Eu não queria nem pensar em Zayne deleitando-se com o pecado.

— Os anjos caídos tinham o mesmo tipo de talento que alguns dos demônios de Status Superior?

Ele hesitou, e eu sabia que essa era a minha resposta.

— Acredito que sim.

Ah, meu Deus.

Os demônios de Status Superior podiam levar as pessoas a fazerem todo tipo de coisa perturbadora apenas proferindo palavras.

Meu olhar se dirigiu a uma cafeteria 24 horas. Havia algumas pessoas sentadas nas mesas do bistrô e algumas na fila. Dois jovens se dirigiram à porta com copos térmicos descartáveis na mão. Atrás deles, uma criança pequena demais para estar na rua a esta hora da noite os seguia. Ele estava muito longe para que eu pudesse distinguir o rosto do menino, mas sabia que ele era um espírito. Talvez filho deles? Um irmão mais novo? Eu não tinha certeza, porém sabia que ele havia feito a travessia e agora estava de volta.

Abrandei o passo quando os jovens saíram para o ar úmido da noite. De repente, o pequeno espírito correu para a frente, passando pelo rapaz de pele marrom profundo. O homem tropeçou, olhando para baixo enquanto o espírito passava e desaparecia em um piscar de olhos.

— Você tá bem, Drew? — perguntou o outro homem, tocando seu braço.

— Sim. Eu... — Drew olhou fixamente para o local onde a criança havia desaparecido. — Sim, estou. Tá tudo bem.

Observando-os, eu me perguntei o quanto Drew havia sentido ou estava ciente do ocorrido. Muitas vezes, as pessoas podiam sentir a presença de um fantasma, principalmente se ele fazia aquela coisa assustadora e irritante de atravessar uma pessoa. E, dependendo do grau de atividade e força do fantasma, elas poderiam até mesmo avistar um. No entanto, os espíritos eram diferentes. As pessoas frequentemente sentiam um cheiro familiar. Às vezes, de súbito, sentiam calor ou se lembravam sem motivo algum da pessoa que havia falecido. Sentir um espírito tão intensamente quanto o homem chamado Drew sentira me fez pensar que ele tinha um pouco de sangue angelical.

Dez tinha parado, e eu voltei a andar. Meu estômago vazio roncou, e percebi que eu não tinha ideia de quando havia comido pela última vez. Normalmente, nestas patrulhas, eu já teria comido três dias de refeições e metade do que... do que quer que Zayne tivesse escolhido comer.

Meu apetite desapareceu imediatamente.

O tráfego de pedestres aumentou quando os bares começaram a fechar, tornando muito mais difícil caminhar pelas calçadas, mas eu me mantive próxima aos estabelecimentos. Mais ou menos na mesma hora, senti a presença de demônios. Nada tão sério quanto um demônio de Status Superior, no entanto, e a frustração crescente estava rapidamente tornando-se desespero.

Onde ele poderia estar? Levantando meu olhar para o céu, não vi nada além de escuridão. O que ele estava fazendo? Segui em frente, recusando-me a reconhecer as dores que não havia sentido antes, mas que agora estavam mostrando as suas caras feias. E se ele fosse embora da cidade? O pânico floresceu, dando lugar a uma sensação de impotência. Meu Deus, eu não podia nem pensar naquilo. Não conseguia. Não pensaria.

Os minutos se transformaram em mais uma hora. As ruas se acalmaram. O trânsito ficou mais lento. Cada passo se tornava mais cansado.

Dez finalmente parou.

— Trinity — ele disse, com a voz cansada e pesada. — Tá na hora.

Eu sabia o que ele queria dizer, mas ainda assim perguntei:

— Do quê?

— De ir pra casa. — Ele se aproximou, parando ao meu lado. — Podemos retomar isto amanhã, mas se ele tá por aqui, não quer ser encontrado. — Houve uma pausa. — Você precisa descansar, Trinity. Encontrá-lo enquanto você tá morta de cansaço não vai ajudar nenhum de nós.

Dez estava certo, mas eu queria discutir. Eu queria ficar zanzando até encontrar Zayne, mas assenti e segui Dez até o carro. Sentei-me no banco do passageiro, fechando os olhos e rezando a quem quer que estivesse ouvindo para que Zayne ainda estivesse na cidade, que estivesse seguro e que não fosse tarde demais.

Capítulo 6

Já estava quase amanhecendo quando entrei mancando no apartamento mal iluminado. Parei quando a porta do elevador se fechou atrás de mim, sem conseguir me mover enquanto olhava ao meu redor.

Tudo o que eu via me fazia lembrar de Zayne. Não o Zayne Caído, mas o *meu* Zayne.

As vigas metálicas expostas do teto e as paredes nuas davam ao apartamento uma atmosfera muito industrial. A maior parte da sala de estar era ocupada por um grande sofá modulado cinza, largo o suficiente para dois Guardiões deitarem lado a lado. As mesinhas de apoio simples com acabamento cromado e a mesa de centro não tinham qualquer adorno pessoal. Havia um saco de areia pendurado acima dos tapetes de treinamento enrolados, no canto do que eu imaginava ser normalmente usado como área de jantar. Olhando para baixo, vi um par de tênis de Zayne ao lado da porta, colocado ali quando ele se preparava para uma corrida. Ninguém havia tocado neles nos dias que se seguiram à sua morte. Nem Roth ou Layla. Nem os vários Guardiões que entraram e saíram do apartamento. Meu coração ficou apertado enquanto eu levantava o olhar.

Bem, *quase* tudo me fazia lembrar de Zayne. Deixar a TV ligada na sala vazia não era algo que Zayne faria. Isso foi cortesia de Cayman, o corretor demoníaco, ou de Minduim, meu colega de quarto fantasmagórico. Os sacos de batatinhas enrolados, as latas de refrigerante vazias na ilha da cozinha e os pratos na pia definitivamente não eram Zayne. A bagunça era resultado de várias pessoas que estiveram aqui, mas o pacote de Oreo rasgado no meio era obra minha, sem dúvidas.

Se Zayne estivesse aqui para ver isto, ele... provavelmente suspiraria e começaria a limpar como se o local precisasse ser descontaminado. Isso trouxe um sorriso aos meus lábios.

E outra pontada no peito.

Tirando os meus tênis com os pés, arrastei-me para longe da porta, fui até o sofá e encontrei o controle remoto. Desliguei a TV e, não conseguindo lidar com o silêncio, liguei-a de novo cinco segundos depois.

Em seguida, entrei no corredor estreito e curto que levava a dois quartos. O da esquerda estava vazio. Zayne dissera que aquele era o seu quarto para quando eu ficasse irritada com ele. Havia apenas uma cama, e ele a tinha colocado no meu quarto, mas o meu quarto era, na verdade, *nosso* quarto. Fiquei olhando para a porta entreaberta. Fiquei ali parada pelo que pareceu uma eternidade antes de abri-la.

Não me atrevi a olhar para cima. Eu não conseguia fazer isso — não conseguia olhar diretamente para as estrelas que Zayne havia colocado no teto. Eu mal conseguia lidar com o brilho fraco e suave que elas emanavam. Mantendo a cabeça baixa, tateei na parede até encontrar o interruptor de luz, depois passei pela cama desarrumada e vasculhei as roupas que estavam derramando da minha mala para o chão até encontrar um pijama limpo.

Entrando no banheiro, acendi a luz e fechei a porta atrás de mim. No espelho, eu me vi pela primeira vez desde que saíra do apartamento.

A calça do pijama escorregou dos meus dedos, caindo silenciosamente no chão. Deixei-a lá enquanto eu caminhava para frente. Meu reflexo me chocou.

O meu cabelo escuro estava um ninho de rato depois de ter secado, mas isso não era novidade. Nem os hematomas azulados curando ao longo das minhas bochechas e sob os meus olhos. Eram os novos, os hematomas que estavam mais arroxeados ao longo do meu queixo. Os novos que tinham se juntado aos que estavam desaparecendo ao redor do meu pescoço.

Fechei os olhos e apertei a mandíbula, lutando contra o grito que se formava. Eu queria gritar até que a minha garganta doesse e os meus ouvidos zunissem. Eu queria gritar até não conseguir sentir mais nada, porque isso não estava certo. Não era justo. Não era justo comigo. Não era justo com Zayne. Se não fosse tarde demais, se eu pudesse trazê-lo de volta e se ele se lembrasse disto, ele...

Uma parte dele morreria.

Meu Deus. Eu sentia falta de Zayne.

Sentia falta de Jada.

Sentia falta de Thierry e de Matthew.

Sentia falta do abestalhado do Minduim.

Mas eu sabia que, se falasse com Jada ou Thierry e Matthew, eles ficariam preocupados comigo — com tudo isto —, e eu não queria fazer isso com eles. Especialmente quando não havia nada que eles pudessem fazer. Não era como se eles pudessem vir aqui. Com Gabriel à espreita, era muito perigoso.

No entanto, havia uma pequena parte infantil em mim que queria não só voltar no tempo, mas também mudar o passado para um em que estivéssemos todos em... um churrasco ou algo assim. Até Cayman estaria lá, e Minduim estaria fazendo algo estranho, como fingir comer o cachorro-quente que alguém estava comendo.

Mas eu não podia voltar no tempo ou mudar o passado.

Com o coração e o peito pesados, afastei-me do espelho e liguei o chuveiro, aumentando a intensidade da água quente. Tirando a roupa suja do corpo, entrei no banho. O ar sibilou por entre os meus dentes cerrados enquanto o jato quente atingia machucados antigos e novos. Eu me segurei, observando a água rosa e marrom escorrer pelo ralo até que ficasse limpa. Lavei o meu cabelo duas vezes e enchi a bucha com tanto sabonete líquido que o gel com aroma de abacaxi e manga escorreu pelo meu braço. Quando terminei, o banheiro era uma cesta de frutas fumegante.

Depois de vestir o pijama, peguei o pente de Zayne e trabalhei nos emaranhados do meu cabelo, esperando que houvesse uma chance de ele se irritar com isso mais tarde. Saindo do banheiro, peguei o travesseiro e o cobertor e os levei para a sala de estar. Transformei o canto do sofá em uma cama e me deitei, enrolando o cobertor em volta de mim. O tecido tinha um cheiro doce, como chocolate e o vinho açucarado que Matthew gostava de beber. Tinha o cheiro de Bambi — a familiar de Roth. A cobra de quase dois metros tinha passado os últimos dias enrolada ao meu lado, descansando com a cabeça na minha perna enquanto eu me recuperava. Acho que ela fizera isso porque eu tinha ajudado a retorná-la para Roth. Mas o travesseiro...

Virei a cabeça, pressionando a bochecha no travesseiro. Tinha cheiro de menta invernal. O fundo dos olhos ardia quando eu os fechei com força.

Ainda havia esperança.

Ele estava vivo.

Não era tarde demais.

Era isso que eu dizia a mim mesma até começar a cair no sono. Parecia que minutos haviam se passado quando fui acordada de súbito.

— Trinnie! — gritou uma voz diretamente no meu rosto.

Eu me levantei rapidamente, meu coração lançando-se para algum lugar nas proximidades do teto enquanto meus olhos se arregalavam. Pairando a vários metros do chão estava a forma fantasmagórica de Minduim.

— Jesus Cristo — eu disse, piscando várias vezes. A parca luz do dia entrava pelas janelas. — Acho que você me fez ter um ataque cardíaco.

— Você? Eu *te* causei um ataque cardíaco? — ele gritou, e ainda bem que 99,5% da população não podia ouvi-lo. — Onde você esteve a noite toda? Cheguei em casa e você não estava aqui. Eu continuei voltando e então *aconteceu.*

Afastando o cabelo do rosto, esperei até que a minha visão clareasse. O cabelo escuro de Minduim estava bagunçado, como se ele tivesse entrado em um túnel de vento. A camiseta do show do Whitesnake era tão vintage quanto seus tênis Chuck Taylor vermelhos, mas, quando me concentrei em seus pés, percebi que dos joelhos para baixo ele era completamente transparente.

Ergui as sobrancelhas.

— Que horas são?

— Não sei. Estou morto. Parece que tenho um relógio ou preciso de um?

— Bem, você acha que precisa de um banheiro próprio, então por que não acharia que precisa de um relógio? — murmurei.

— Isso é diferente — ele contrapôs, abaixando-se. Parecia que a mesa de centro tinha comido metade de seu corpo. — Só porque estou morto, não significa que não preciso de privacidade.

— Como se você respeitasse a privacidade de qualquer outra pessoa. — Peguei meu telefone na mesa auxiliar. Olhei para a tela e vi que apenas algumas horas haviam se passado desde que eu tinha caído no sono. Nem de longe o suficiente para descansar de verdade.

Mas tempo suficiente para Zayne se meter em qualquer problema.

— Quem se importa com a privacidade neste momento? Você ficou fora a noite toda e aconteceu... aconteceu alguma coisa. — Sendo famoso por sua teatralidade dramática, ele bateu com as mãos nas bochechas. — *Aconteceu.*

— O que aconteceu? — perguntei enquanto afastava o cobertor e me levantava. Conhecendo Minduim, o que quer que ele estivesse estranhando era provavelmente algo normal. Tipo, "aconteceu" seria ele ouvindo a geladeira funcionando.

— Algo super estranho, broto.

Com os ossos e os músculos rígidos, fui em direção à cozinha, sentindo-me como se tivesse cem anos de idade.

— O que aconteceu, Minduim? — Abri a porta da geladeira e peguei uma Coca-Cola.

Minduim saiu da mesa de centro e se virou para a cozinha. A parte inferior do seu corpo ficou mais sólida.

— Não sei o que era — ele disse enquanto eu abria a lata e a levava à boca. — Mas fui sugado pra dentro do nada.

O líquido gaseificado atingiu a minha garganta, queimando da melhor maneira possível, assim que ele falou. Quase me engasguei ao engolir com força.

— O quê? O nada?

Ele se aproximou o suficiente para que eu pudesse ver o quanto seus olhos estavam arregalados.

— Sim. Foi exatamente isso que eu disse. Eu estava de boa com a Gena lá embaixo — ele disse, e eu fiz uma anotação mental de que agora eu sabia que a garota morava em um dos andares inferiores... Um dos muitos andares inferiores. Por alguma razão preocupante, Minduim era super vago quando se tratava dessa garota. — E então pareceu que uma corda invisível tinha me agarrado e houve um lampejo forte de luz branca, mas a luz estava, tipo, caindo? Pensei: caramba, estou indo pra vida após a morte, querendo ou não.

Fiquei olhando para ele, tomando outro gole enquanto me perguntava se era possível que fantasmas usassem drogas. E, em caso afirmativo, eu teria de ter uma conversa com ele.

— Mas não era a vida após a morte. Não. De repente, eu estava em um lugar super cinzento e estagnado, com todas estas pessoas que eu nunca tinha visto antes. E era muita gente *mesmo*. — Ele passou pela ilha da cozinha e veio para o meu lado, de modo que ficou a cinco centímetros de mim. — Tá vendo como a gente tá perto um do outro?

— Hã. Sim.

— Isto era o quanto o lugar estava cheio. A gente estava amontoado neste mundo de nada, primeiro pra ficarmos todos invadindo o espaço pessoal uns dos outros. Eu estava tão confuso e assustado. Me borrando. Onde quer que eu estivesse, não era da hora ou supimpa. Então, um tempo depois, fui empurrado de volta pra cá. Mas esse lugar. Estava... — Ele voltou a flutuar, sacudindo os ombros. — Estava vazio, Trinnie. Estava cheio de gente, mas *vazio.*

A névoa do sono e da exaustão se dissipou quando eu o encarei. Aquela não era uma de suas reações exageradas a algo extraordinariamente comum. Ele estava falando sério e...

Abaixei a lata de refrigerante.

— Você disse que houve um estouro de luz brilhante que caía? Por volta de que horas?

— Não sei. Algumas horas depois de o sol se pôr? Eu não estava realmente prestando atenção. — Minduim começou a se levantar. — Eu estava assistindo a *Ginástica Poodle para humanos* no YouTube.

As minhas sobrancelhas se uniram e comecei a questionar isso, mas balancei a cabeça, afastando essa ideia.

— E você não sabe pra onde foi?

— Não, Trinnie. Quero dizer, não sei se era *aquele lugar* — ele disse, chegando bem perto de um dos ventiladores de teto.

— O que você quer dizer com *aquele lugar*?

— Você sabe, aquele lugar. — Ele alcançou o ventilador. As pás o cortaram no topo da cabeça. — O purgatório. Fui sugado pro purgatório.

Certo. Eu não esperava que ele dissesse isso.

— Você tem certeza?

— Nunca estive lá, então posso estar enganado. O lugar não parecia nada maneiro — ele disse, enquanto o ventilador continuava a agitar-se em sua cabeça. Era algo muito perturbador de testemunhar-se. — Mas é assim que eu imagino que um lugar tão deprimente seja. Como se não houvesse esperança e só existisse... o nada.

— Isso parece... estranho — murmurei, preocupada. Era altamente improvável que o que havia acontecido com ele tivesse algo a ver com Zayne, mas uma luz brilhante caindo que o sugou para o que poderia ser o purgatório no mesmo instante em que Zayne chegou? Mesmo que isso não tivesse relação, poderia acontecer novamente? Minduim podia ser mega irritante, mas eu... bem, eu o amava como imaginava que as pessoas aprendiam a amar um irmãozinho irritante ou algo assim.

Imaginei que deveria acrescentar isso à lista cada vez maior de coisas para me deixar estressada.

— Enfim, é óbvio que eu fiquei mega apavorado e vim te procurar, mas você não estava aqui. — O ventilador de teto agora estava cortando o rosto dele. — O que você estava fazendo? Não estava caçando demônios ou o Augúrio da Babaquice, não é?

Augúrio da Babaquice? Eu quase ri.

— Não, eu não estava caçando. Eu só precisava sair, espairecer e... — Franzi a testa. — Sei que não enxergo muito bem, mas consigo te ver. Você pode sair do ventilador, fazendo o favor? Acho que você não tá entendendo como isso é bizarro.

— Ah, foi mal. — Ele desceu e até se sentou na banqueta da cozinha, dobrando uma perna sobre a outra, sentando-se de maneira elegante e adequada. — Então, você precisava de um pouco de paz mental? Encontrou a paz que estava procurando?

— Hm. Sim e não. — Dei a volta na ilha e me sentei ao lado dele. Foi então que percebi que ele havia se afundado no assento até a cintura. Desviando meu olhar disso, coloquei o refrigerante sobre o porta-copos e me preparei para as cento e uma perguntas que, compreensivelmente, estavam prestes a vir em minha direção. — Eu vi Zayne ontem à noite.

— Séééério? — Minduim disse, alongando a palavra antes que eu pudesse continuar.

— Eu sei o que parece, mas é verdade. — Encontrei seus olhos mais ou menos visíveis. — Ele tá vivo, Minduim, e é um anjo caído.

Agora ele estava me encarando da mesma forma que eu imaginava que o estive encarando momentos antes. Contei tudo a ele e demorou cerca de uma hora, porque eu tinha que ficar repetindo as coisas. Comecei a comer os Oreos que tinham ficado no balcão na parte em que Zayne não me reconheceu e quase tinha terminado o pacote inteiro quando cheguei na parte sobre precisar esfaqueá-lo no coração. Durante todo o processo, Minduim simplesmente surtou, desaparecendo e reaparecendo várias vezes. Ele flutuou até o teto novamente e até as pás do ventilador. Em seguida, ficou saltando pelo apartamento, mas finalmente voltou para a ilha da cozinha e parecia ter se acalmado.

— Então, era isso que eu estava fazendo ontem à noite. — Terminei a minha Coca-Cola. — Eu estava com Dez e a gente estava procurando por Zayne. Obviamente, não o encontramos.

Minduim ficou olhando para mim.

— E eu que pensava que Gabriel era o pior dos seus problemas.

Um riso estrangulado saiu de mim.

— Eu também. — Esticando-me, peguei a caixa de barrinhas de cereais. Eu não havia comprado aquilo, mas acho que também não tinha sido Zayne, porque elas eram da variedade não saudável, com gotas de chocolate. — Eu não consigo nem pensar no Augúrio neste momento ou em como diabos eu vou detê-lo antes da Transfiguração.

— Ou permanecer viva até lá — Minduim comentou. Mordendo a barra, lancei-lhe um olhar sombrio. — O que foi?

— Isso não ajudou — eu disse, com a boca cheia de granola e chocolate.

— Estou apenas vestindo o meu chapéu de Capitão Óbvio, tá bem? Sei que não ajuda, mas nem sei como ser útil. Ah! Espera. Talvez eu possa perguntar aos outros fantasmas se eles o viram. — Ele se inclinou para a frente, enfiando-se até a metade da ilha.

Suspirando, olhei para as migalhas e meus medos mais sombrios meio que saíram de mim.

— Não tenho ideia de onde ele tá, se é que ainda tá na cidade. Não sei o que ele tá fazendo ou se é tarde demais.

— Ele tem que estar na cidade — Minduim disse. — E não pode ser tarde demais. Nem pense nisso. Isso não vai ajudar você nem ele.

A princípio, não reagi à resposta surpreendentemente calma e ponderada do fantasma. Por fim, assenti com a cabeça.

— Eu sei, mas é meio difícil não pensar assim. É impossível não pensar em encontrá-lo e ter de lutar com ele pra valer. Não porque ele seja forte, mas...

— Mas porque você o ama — ele disse baixinho.

Assenti com a cabeça.

— Eu não consigo... — Puxando o ar com força pelo nariz, tentei mais uma vez: — Não consigo nem pensar em como vai ser usar a Espada de Miguel nele, mesmo que funcione.

Passaram-se alguns minutos, e então Minduim perguntou:

— O que você vai fazer? Não responda. Você já sabe o que precisa fazer. Você precisa encontrá-lo. — Ele estendeu a mão, colocando-a sobre a minha que estava apoiada no mármore cinza e branco. Sua mão atravessou pela minha, deixando pra trás uma onda de arrepios.

— Eu sei. — E sabia mesmo. — Mas se não funcionar... se eu fizer isso e ele morrer...

— Se isso acontecer, você sabe, bem lá no fundo, que vai ser a coisa certa. Vai doer pra caramba. Vai doer mais do que ser eletrocutada, e eu sei do que estou falando. Mas Zayne... ele não pode ser ruim. Ele não é assim. Ele é uma raridade. É uma boa pessoa. Tipo, bom demais pra você. — Eu ri, porque era verdade. — Mas você tem de tentar, Trinnie.

Comecei a responder enquanto olhava para baixo, para a mão dele sobre a minha. Não estava mais afundada no mármore. Estava acima da minha, como uma mão normal, e eu devia não ter dormido o suficiente, porque eu jurava que podia... podia sentir a mão dele. Isso era impossível, mas havia um toque frio que realmente parecia sólido. Tangível. Lentamente, levantei o meu olhar para o dele.

— Você precisa encontrar Zayne. Precisa cuidar dele — ele disse e, por um momento, Minduim ficou totalmente corpóreo. Era quase como se ele fosse uma pessoa viva, respirando, sentada ao meu lado, e ele não se parecia... com Minduim. Sua pele era quase... luminosa, e seus olhos eram brilhantes demais, quase como se houvesse uma luz branca por trás deles. — E, depois disso, você precisa deter o Augúrio. Caso contrário, nada disso terá importância. Nem agora e nem mesmo após a morte.

Capítulo 7

Horas depois da minha conversa com Minduim, eu ainda estava ansiosa. Mesmo quando estava fazendo a ronda nas ruas com Dez no final da tarde e durante a noite, não conseguia me livrar daquela sensação. Não era que Minduim tivesse dito algo que eu já não soubesse, mas havia algo estranho na maneira como ele disse aquilo.

Ou algo estranho nele, que era simplesmente diferente.

Mas, segundos depois, ele tinha voltado ao seu estado normal de bizarrice.

Esfregando a mão direita, resisti ao impulso de chutar uma lata de lixo próxima quando Dez e eu chegamos a um cruzamento. A esta altura, parecia que tínhamos percorrido todos os quarteirões da cidade. Também lutei contra a vontade de olhar o celular, o que eu vinha fazendo a cada dez minutos, ao que parecia.

Eu tinha tentado entrar em contato com Cayman naquela tarde, ligando mais de uma vez para o número do qual ele havia enviado a mensagem, mas não obtive resposta. Com base na reação inicial que todo mundo teve à notícia sobre Zayne, achei que não era algo que eu deveria falar por mensagem. No entanto, ele não tinha retornado à ligação. Ele nem sequer respondera à minha mensagem.

É claro que a minha mente tinha imediatamente se voltado para o pior cenário possível. De alguma forma, Zayne encontrara Cayman, fez algo terrível nível anjo caído, e eu iria ficar triste, porque gostava do demônio idiota. Layla iria ficar muito triste, e depois Roth iria querer matar...

De repente, o telefone de Dez tocou.

— É Gideon — ele me disse ao atender. — Pode falar.

Por favor. Por favor, que haja alguma pista. Qualquer coisa a esta altura, mesmo que fosse apenas um boato. Não houvera sinal de Zayne — nem nós ou qualquer um dos Guardiões que também estavam vasculhando a cidade em busca de qualquer sinal dele tínhamos conseguido alguma coisa —, e não apenas isso: eu não havia sentido um único demônio durante todo o tempo em que estivemos andando, nem mesmo um Demonete que fosse. Havia menos deles na cidade desde a chegada de Gabriel, mas eu sempre sentia ao menos um deles por perto.

— O quê? É. Isso pode ser alguma coisa — Dez disse, virando-se, enquanto eu me forçava a ficar em silêncio. — Na verdade, não estamos muito longe. Vamos dar uma olhada.

— O que foi? — indaguei no momento em que ele abaixou o telefone. — Gideon descobriu alguma coisa?

— Não quero que a gente tenha muita esperança, mas ele ouviu uma ligação estranha pra polícia — ele disse.

— Não tenho muita esperança — menti. Estava totalmente transbordando de esperança. — Que tipo de ligação?

— Um homem acabou de ligar dizendo que viu um homem sendo espancado por um anjo.

Pisquei uma vez e depois duas.

— Isso... com certeza pode ser Zayne. — Fiz uma pausa. — Com sorte, ele tem um motivo muito bom pra bater em alguém.

— Ou pode ser alguém bêbado ou drogado — Dez respondeu.— Gideon disse que ficaria surpreso se os policiais dessem sequer uma passada de carro no parque pra verificar a chamada.

— Onde fica esse parque? Você disse que é perto?

Dez se virou para a esquerda.

— Cerca de duas quadras pra frente...

Disparei naquela direção, com o xingamento dele atingindo-me os ouvidos. Não diminuí a velocidade. Dez estava logo atrás de mim. Atravessamos o cruzamento felizmente vazio, meu coração dando um pulo quando os muros de tijolos do parque ficaram à vista. Continuei correndo até ver a entrada.

O portão estava fechado do chão até o topo do arco de pedra.

Engolindo um grito de fúria, recuei em direção ao meio fio da rua no momento em que Dez chegou. O muro tinha talvez três metros de altura.

Era possível pulá-lo com um pouco mais de espaço. Dando uma olhadela para a rua atrás de mim para ter certeza de que estava vazia, corri para o meio.

— Trinity... — Dez começou.

Empurrando-me do chão, corri com força em direção ao muro, meus braços e pernas em movimento frenético. Os músculos de todo o meu corpo ficaram tensos. A cerca de um metro e meio de distância, eu me lancei, subindo no ar. Houve um momento em que eu senti como se estivesse voando. Leve.

Eu havia julgado a distância corretamente.

Mais ou menos.

Passei pelo muro e voei direto por cima dele.

Droga!

Preparando-me para uma aterrissagem difícil, caí no chão com os dois pés. O impacto vibrou pelas minhas pernas, quadris e ao longo da coluna. Esse tipo de queda certamente teria quebrado um osso ou a coluna vertebral de um ser humano. Se eu estivesse em ótima forma, não teria sequer me perturbado. Entretanto, eu não estava na melhor forma, então a aterrissagem doeu. Muito. Mas todos os ossos importantes estavam intactos. Levantei-me do agachamento no exato momento em que Dez passou por cima do muro, sua aterrissagem muito mais graciosa e leve do que a minha. Sem nem mesmo olhar, eu sabia que isso significava que ele tinha se transformado para a forma de Guardião.

Houve outro xingamento atrás de mim quando os meus pés bateram na pedra do caminho ladrilhado. Seguindo a passarela iluminada por energia solar, passei correndo pelo tipo de árvore que me lembrava o Natal, chegando a uma clareira bem iluminada. O som da água corrente de uma enorme fonte parecia mover-se no ritmo da minha pulsação. Para além disso, havia... eu apertei os olhos.

Você tá brincando comigo.

Havia, tipo, um milhão de degraus do outro lado da fonte e, embora eu pudesse ver o formato deles, não estavam nem de longe tão iluminados quanto esta área. Que se dane...

— Pare! — Dez gritou.

Derrapando até parar, olhei para baixo e vi que quase havia batido em uma massa irregular no chão. Uma massa irregular que era definitivamente um corpo.

— Droga — sussurrei, recuando um passo.

Era um homem. Eu não conseguia ver o que ele estava vestindo, por causa do... sangue que estava saindo... Apertei os olhos. Ah. Uma grande quantidade de sangue jorrava do local onde seus olhos deveriam estar.

Meu estômago se revirou.

— Por acaso você acha que, hm, os olhos dele foram, tipo, queimados?

— Sim — foi a resposta brusca. Mantendo as asas para trás, Dez se ajoelhou e verificou o pulso do homem. — Ele tá morto.

Eu realmente não achava que isso precisasse ser confirmado.

— Isso não significa que foi Zayne — Dez disse antes mesmo que eu pudesse expressar meu medo em voz alta. Ele levantou a cabeça na minha direção. — Alguns demônios podem mudar a aparência. Você sabe disso.

Eu sabia.

— Mas por que um demônio mudaria a aparência e ficaria com asas de anjo?

— Porque eles são perturbados nesse nível? Enganar alguém pra que acredite que tá vendo um anjo quando, na realidade, é um pesadelo encarnado — ele respondeu. — Deixe-me ver se consigo descobrir quem é esta pobre alma.

Olhando em volta enquanto Dez gentilmente virava o cara de lado e ia atrás de uma carteira, respirei fundo e segurei a respiração. Meus olhos arderam. O mesmo com meu nariz e minha garganta. Eu não iria chorar. Não. Chorar resolvia nada. Dez poderia estar certo. Um demônio poderia ter feito tal coisa. Nada disso queria dizer que era Zayne.

Porque se fosse, e Zayne já tivesse tirado uma vida, então será que ele já estava...

O ar atrás de Dez ondulou.

Inclinei a cabeça para o lado. Poderiam ser os meus olhos. Eles estavam exaustos.

Um segundo depois, percebi que não eram os meus olhos.

A súbita percepção de um demônio — um demônio muito poderoso — me atingiu quando a estática carregou o ar ao nosso redor.

— Dez! Cuidado! — gritei, já em movimento. Pulei sobre o corpo, colocando-me entre o portal e Dez. O ar se agitou ao meu redor quando Dez se levantou, girando.

Um vento quente e fétido soprou o meu cabelo para trás, afastando-o do meu rosto, enquanto uma sombra enorme e corpulenta tomava forma no espaço à minha frente. Por um momento, pensei que fosse um Capeta ou Rastejador Noturno e, embora essas duas coisas não fossem nada que alguém deveria ficar feliz em ver, eu fiquei. Senti uma pulsação de resposta da *graça*. Ela se misturou com toda a raiva e o desespero, e se transformou em uma necessidade de violência.

Mas no segundo em que o demônio tomou forma completa, eu soube que não era um Capeta ou Rastejador Noturno. O demônio era algo que eu nunca tinha visto antes.

Sua pele era branca leitosa, e o corpo não tinha qualquer pelo. A cabeça em forma de ovo era... bem, consistia em um olho vermelho-carmesim, dois buracos do tamanho de moedas que eu imaginava serem as narinas e uma boca gigante e redonda cheia de fileiras de pequenos dentes de tubarão.

Parecia uma minhoca gigante — uma minhoca gigante e musculosa com dois braços e duas pernas.

— Que diabos é isto? — perguntei.

— Um Carniçal — Dez rosnou. — Comedores de carne. Também gostam de comer almas. Definitivamente proibidos na superfície. É o primeiro que vejo de verdade.

Abaixei a vista sobre o corpo da criatura, e eu quis arrancar meus globos oculares.

— E por que os demônios estão *sempre* pelados?

O Carniçal abriu a boca e dela saíram grunhidos distorcidos e guinchos agudos.

— Foi mal. — As asas de Dez se abriram. — Eu não falo vermês-demoníaco.

Os sons aumentaram e depois... depois se transformaram em palavras — palavras que soavam lamacentas e eu ouvia com perfeição.

— Nós estamos aqui pela nefilim.

Revirei os olhos. Eles devem ter sido enviados por Gabriel. Imaginei que ele me queria sob suas ternas e amorosas asas até a Transfiguração.

— Legítima. O termo adequado é *Legítima*.

— Nós não nos importamos — respondeu o Carniçal, e antes que eu pudesse questionar a parte do "nós", todo o lado esquerdo do corpo dele se esticou e meio que cuspiu outro Carniçal.

— Mas o que caral...? — Fechei a boca quando outro saltou do lado direito do corpo.

— Acho que esqueceram de mencionar a questão da multiplicação nos livros de estudo — Dez comentou.

— Você acha?

O que estava à direita do Carniçal principal foi direto para Dez. O Guardião foi rápido, girando para longe de suas garras. Os outros dois vieram na minha direção.

Eu ainda tinha as adagas de ferro comigo, mas a minha *graça* estava incitando-me. Eu queria usá-la. Eu já havia superado a ideia de usar a *graça* apenas no pior dos casos, tendo percebido que o que me foi ensinado era um obstáculo muito maior do que a minha visão.

Mas o problema é que eu não tinha mais um vínculo com um Protetor. Eu não conseguiria extrair forças para evitar a fraqueza que se seguia depois de usar a *graça*. Meu nariz provavelmente sangraria, possivelmente atraindo mais demônios em minha direção, embora isso não tivesse acontecido na noite anterior.

Mas não tinha problema se eu não usasse a minha *graça* naquele momento.

Eu estava mais do que feliz em esfaquear um ou outro.

Empurrando a *graça* para o fundo, desembainhei as adagas. A adrenalina despertou os meus sentidos quando os Carniçais me atacaram. A expectativa me invadiu e os meus músculos se retesaram. Eu sabia que deveria manter uma distância entre nós para que os demônios não ficassem fora da minha linha de visão limitada. Esperei até o último momento possível e então girei, dando um chute. Acertei o Carniçal com o tênis em um lugar inominável. Ele guinchou e se dobrou enquanto eu voltava a ficar em posição.

O outro Carniçal se moveu com uma rapidez perturbadora, alcançando-me com mãos do tamanho da minha cabeça. Passei por baixo de seu braço e girei, cravando a adaga no centro das costas da criatura, bem onde estaria o coração. Ao puxar o ferro para fora da carne, esperei a explosão de chamas que sinalizava sua morte.

O Carniçal se virou e abriu a boca, rugindo diretamente na minha cara.

— Credo. — Meus olhos lacrimejaram. — Teu bafo...

— A cabeça! — Dez gritou, aterrissando atrás de um Carniçal e colocando um braço em volta do pescoço dele. — Você precisa separar a cabeça do corpo.

Fiz uma careta.

— Eca. Que nojo.

O Carniçal à minha frente fez outro surgir, e eu grunhi.

— Ah, pelo amor de Deus.

Enquanto Dez enfiava as mãos com garras na garganta do demônio, olhei em volta. Ao avistar a borda da fonte atrás do Carniçal, disparei para a frente.

O Carniçal Número Três havia se recuperado — mais ou menos — do meu golpe baixo e se moveu na minha direção. Eu fui para o chão, chutando e dando uma rasteira nas pernas dele. A criatura caiu com força enquanto eu me levantava e corria. Pulei no parapeito de cerca de um metro e meio e me virei.

— Ah, meu Deus! — gritei, apontando para a entrada. — Veja! Tanta carne saborosa!

O Carniçal idiota à minha frente se virou na direção que apontei. Chamas irromperam do Carniçal com o qual Dez lutava e o cheiro de esgoto me atingiu quando me lancei da borda. Aterrissando nas costas do demônio, envolvi o meu braço ao redor do pescoço dele enquanto seus braços começavam a girar. Um punho enorme me atingiu na lateral da cabeça, mas eu me mantive firme, enfiando a adaga na lateral de sua garganta, logo abaixo do meu braço.

Sangue pútrido jorrou quando eu empurrei mais a lâmina, arrastando-a pelo pescoço da criatura enquanto ela se debatia. A adaga atingiu a medula espinhal e, cara, isso exigiu toda a força que eu mal tinha no braço. Enquanto ele dava a volta, vi o Carniçal Número Quatro indo na direção de Dez como se fosse um atacante de futebol americano.

Assim que senti a cabeça se soltar, usei os meus joelhos e saltei do Carniçal. Aterrissei a alguns metros de distância e o corpo à minha frente explodiu em chamas.

— Ah! — A cabeça que eu segurava pegou fogo. Eu a joguei para longe de mim, estremecendo.

Uma mão pesada pousou na minha nuca e, pela segunda vez em dois dias, fui erguida do chão. A única diferença desta vez era que eu não estava deslumbrada com quem estava me segurando.

Só muito enojada.

O ar à minha frente começou a distorcer, e eu senti o coração afundar. Ah, não — não seria um truquezinho de mágica bizarra que me tiraria daqui.

Com uma das mãos, agarrei o braço que me segurava, puxando as minhas pernas para cima em direção ao peito e, em seguida, balançando-as para fora e para trás. Acertei com os pés o abdômen do Carniçal, fazendo-o me soltar.

Caí, torcendo-me no último segundo para cair sobre o quadril. Aquele pobre osso já tinha chegado ao limite. A dor nos quadris me deixou mais lenta enquanto eu rolava de costas, gemendo.

Quando tudo isto terminasse, eu entraria para o livro dos recordes como uma das pessoas mais jovens a precisar de uma prótese de quadril.

Antes mesmo que eu pudesse ficar em pé, o Carniçal surgiu na minha linha de visão. Empurrando os cotovelos para trás, dei um chute. O demônio segurou o meu tornozelo.

— Droga! — Sentando-me, comecei a balançar o braço que tinha a adaga enquanto ele me puxava na direção dele. O ar se encheu de eletricidade mais uma vez.

Este Carniçal não era tão burro assim. Ele percebeu o movimento e prontamente levantou todo o meu corpo no ar. Ele me sacudiu como um chocalho. Minha *graça* voltou à vida mais uma vez e, naquele momento, não a interrompi. Se eu fizesse isso, aquele cretino me levaria por algum portal, e eu tinha certeza de que, onde quer que fosse dar, seria onde eu não gostaria de estar. Os cantos da minha visão ficaram brancos e...

Sem aviso prévio, o Carniçal me soltou, e eu caí no chão como um saco de batatas velhas. Caindo primeiro sobre o ombro e depois nas costelas, grunhi. Pelo menos eu não deixei as minhas adagas caírem. Então eu estava no lucro?

Eu também precisaria de uma prótese de costelas, se isso existisse. A *graça* se retraiu quando coloquei uma mão na grama e comecei a me erguer.

Algo passou por mim. Algo em forma de projétil e branco. Ele se chocou contra a borda da fonte.

Era uma cabeça de Carniçal.

Sem reação, observei-a pegar fogo enquanto soltava um suspiro cansado.

— Valeu, Dez — eu disse, quase deitando-me para fazer um intervalo.

— Não fui eu — Dez respondeu, com a voz um pouco mais alta do que um sussurro.

Os cantos dos meus lábios caíram enquanto eu olhava para o cimento queimado da fonte. O cheiro de um banheiro químico transbordado diminuiu, e um aroma diferente tomou conta de mim — um aroma mais fresco e limpo.

Menta invernal.

O meu coração falhou.

Devagar, rolei até ficar de costas e para o outro lado, olhando para cima. A primeira coisa que vi foram pés descalços. De alguma forma, estavam limpos. Eu não tinha ideia de por que havia notado isso, mas notara. Como é que os pés dele ainda estavam limpos? Será que ele estava voando o tempo todo, até agora? Ergui o olhar e, por ele estar tão perto agora, percebi que a calça era do mesmo tipo de linho que o Trono usara, um linho que parecia incrivelmente sob medida. Eu continuei olhando para cima. A barriga e o peito ainda estavam nus. Então, vi asas, asas gloriosamente brancas com matizes de *graça*, bem abertas e bloqueando tudo para além delas.

Zayne estava sobre mim, olhando-me com olhos azuis demais para serem reais, frios demais para serem dele.

— Zayne — sussurrei.

Ele não se mexeu.

— Aquela coisa ia matar você.

Meu coração começou a bater forte.

— Possível. Em algum momento.

Zayne inclinou a cabeça.

— Eu não deixaria isso acontecer.

Aquilo era bom. Na verdade, era mais do que bom. Alívio começou a infiltrar-se em mim e...

— Se você tiver de morrer — ele continuou —, então parece apropriado que seja pelas minhas mãos.

Capítulo 8

Bem.

O alívio e a crescente sensação de esperança duraram pouco, caindo por terra e virando pó de forma espetacular.

— Que romântico — murmurei, ignorando o vazio doloroso que essas palavras causavam.

— Você acha? — ele perguntou de uma forma totalmente apática que era ao mesmo tempo desconcertante e incrível. — Afinal de contas, você disse que morri por sua causa. Então, você não deveria morrer por minha causa?

— Eu disse que você morreu *por* mim, não por minha causa — corrigi.

— Em que isso é diferente? — Ele virou ligeiramente a cabeça, e pude ver que não havia ferimento sob seu queixo. O corte que eu fizera nele não foi fundo, mas ele já estava curado. — Eu não faria isso se fosse você.

Eu não conseguia ver além de suas asas, mas não era preciso pensar muito para deduzir que Dez esteve prestes a fazer algo muito corajoso e muito estúpido. E que ele havia escutado o aviso de Zayne.

— Escolha inteligente — Zayne disse, voltando a fixar seu olhar em mim. Houve um breve momento em que pude realmente olhar para o tom dourado de sua pele, para a luminosidade que não existia antes de Gabriel matá-lo. Era um brilho sutil que provavelmente não seria perceptível para a maioria das pessoas, mas era a *graça* dele.

Meu estômago despencou. Ele realmente estava repleto de fogo celestial, e eu sabia que, se algum Guardião o enfrentasse, servindo de distração para eu atacar, este Guardião não sobreviveria. Se Dez fosse para cima de Zayne...

Pensei em Jasmine, a esposa dele, e como ela tinha sido gentil comigo, e em seus bebês gêmeos. Dez precisava ficar muito, muito longe daqui.

Mas Zayne estava na minha frente, e eu tinha que tentar, não importava o risco. Não importava o quanto isso fosse egoísta.

Consegui manter a voz firme quando disse:

— Estávamos procurando por você.

— Eu sei.

— É mesmo? — Esforcei-me para esconder o quanto sua resposta me irritou. — Por que você esperou até agora pra compartilhar isso? Da última vez que te vi, você ficou me enfrentando.

— Sim — ele respondeu, sem emoção. — Mas tenho andado ocupado.

Meu coração se encheu de pavor. Será que havia mais corpos que ainda não tínhamos encontrado?

— Com o cara morto atrás da gente? Esse tipo de ocupado?

Zayne se ajoelhou, abaixando-se e fechando as asas para trás tão rapidamente que ofeguei. Os nossos rostos estavam a apenas alguns centímetros de distância e, com a nossa proximidade, eu podia ver que não era apenas a cor de seus olhos que estava diferente. O brilho sobrenatural da *graça* estava por trás de suas pupilas.

— Você lamenta a morte dele? — ele perguntou, e a pergunta me surpreendeu. O fato de ele estar ajoelhado de costas para Dez nos dizia que ele não considerava o Guardião como uma ameaça real. — Você acha que ele teve uma morte injusta?

— Por que você o matou?

— Isso importa?

— Sim — eu disse —, importa.

Ele me olhou com frieza.

— Aquele homem, se é que podemos chamá-lo assim, não passava do pior dos predadores. Senti todo o pecado dele.

Meu coração disparou.

— O que... o que você quer dizer com isso?

— Posso sentir o pecado dos homens, seus pensamentos mais sombrios e íntimos — repetiu em um tom sugerindo que ele não achava que eu tivesse dois neurônios funcionando. Seu olhar se voltou para o corpo atrás de mim, e eu praguejei mentalmente o Trono por ter se esquecido de me informar sobre este novo talento de Zayne. — Ele não tinha apenas *pensamentos* sobre crianças. Ele tinha *lembranças* do que havia feito.

Juntei dois e dois e acabei com gosto de bile na garganta. Eu não sabia se era certo ou errado sentir um pouco de alívio por saber que o cara não tinha sido um bom sujeito. Matar alguém era algo ruim e tal, mas se o que Zayne dizia era verdade, eu não conseguia me sentir tão mal assim pelo homem. Eu só não sabia o que isso significava para Zayne.

Ou para mim.

Mas tanto faz.

— Você tá tomando uma decisão ruim — Zayne disse, tirando-me de meus pensamentos. Ele estava me observando, mas não estava falando comigo.

O que Dez estava fazendo?

— Eu tô me sentindo excessivamente generoso no momento — Zayne disse —, mas dê mais um passo e será o último.

Ele tinha olhos na nuca? Eu não fazia ideia, mas a ameaça fria carregava o peso da verdade. Ficou claro que aquele era seu último aviso.

Olhando-o fixamente, tentei conciliar o fato de que, mesmo com o tom de voz baixo e o brilho predatório em seus olhos, ele se parecia com Zayne. Sim, havia coisas que eram diferentes. O brilho e as asas. Mas eu não conseguia processar o quanto ele estava mudado. Como sua Queda poderia apagar tudo? A Glória — sua alma — era tão poderosa assim? Havia alguma lembrança da sua vida nele, ou apenas sensações vagas associadas a uma consciência à qual ele não estava mais conectado? Era por isso que eu era familiar para ele, mas ele não sabia o porquê? Ou não se importava? Ou será que a razão pela qual ele matou o Carniçal, pela qual ele não tinha quebrado meu pescoço, foi porque aquela consciência ainda o impulsionava em algum nível primitivo que ele não conseguia entender? Já era tarde demais?

— Você ainda tá aí dentro? — sussurrei.

Houve um lampejo de emoção que retesou a pele ao redor de seus olhos e boca. Confusão? Era o que parecia para mim. Aquilo me fez lembrar de como ele tinha me encarado quando eu tocara seu rosto em vez de bater nele.

Se Zayne estivesse realmente perdido, não se sentiria confuso agora. Pelo menos, era o que eu achava — o que eu tinha de achar.

— Você ainda sente coisas demais? — perguntei, lembrando-me do que ele e o Trono haviam dito sobre sua Queda. — Você sabe o que você era antes desta noite? Quem você era?

Ele não respondeu.

— Você era um Guardião, como ele. Você era meu Protetor, vinculado a mim. Você morreu me protegendo. Não se lembra disso?

O peito de Zayne se ergueu com um suspiro agudo.

— Você morreu por mim porque me ama e não por qualquer vínculo ou dever — apressei-me em dizer. — Você não se lembra de nada antes da Queda? Você ao menos se lembra do seu nome?

— Já te disse como pode me chamar — ele rosnou, fazendo um calafrio disparar pela minha pele.

— O quê? Morte? Caído? Não é seu nome. É Zayne — afirmei, forçando tudo o que eu sentia naquelas palavras. Todo o meu amor e medo por ele, toda a minha esperança e a minha dor. — Você se lembra do nome dele? Do Guardião? Ele é como um irmão pra você...

— Pare. — Ele torceu o pescoço de um lado para o outro, com os olhos se fechando brevemente. — Isso é irrelevante. Quem eu era não importa...

— Como isso não importaria? — rebati. — Você não pode ser apenas raiva e ódio. Isso não pode ser tudo o que você é. Você não começou a existir no momento em que aterrissou no parque. Você teve uma vida inteira. Você é gentil, bom e justo. Você ama. Você sofre. Você...

— Eu não sou nada disso! — ele rugiu, com as asas se abrindo bruscamente e se espalhando. O brilho se intensificou, pulsando com tanta força que uma dor atravessou os meus olhos. Uma luz branca dourada brilhava em seus braços, em *ambos* os braços, e...

Várias coisas aconteceram ao mesmo tempo.

Eu sabia que ele estava invocando sua *graça* e, embora estivesse curiosa para ver que tipo de arma ela produziria, eu não era idiota o suficiente para querer descobrir. Dez gritou pelo nome dele e mais alguma outra coisa, e Zayne se virou. As pontas de suas asas roçaram sobre a minha bochecha como uma carícia suave enquanto se elevavam acima de mim. Arquivei aquilo para ficar pensando obsessivamente mais tarde, surpresa por ele não ter me acertado na cabeça com elas. Concentrado em Dez, ele estava de costas para mim, e aquele era o momento. Ele estava distraído, e eu não podia deixá-lo chegar em Dez. Esta era a minha chance de trazê-lo de volta ou...

Ou de dar-lhe paz.

Ele se afastou de mim, e eu invoquei a minha *graça*. Finalmente liberada, ela me atravessou, fazendo os cantos da minha visão ficarem brancos. A *graça* passou pelo meu braço direito enquanto eu me levantava, e então...

Zayne girou com tanta rapidez que era quase inacreditável. Ele segurou meu braço direito antes que a *graça* pudesse alcançar meu pulso. Girando-me, ele colocou o outro braço em volta da minha cintura, puxando-me contra ele. O contato de sua pele fria foi um choque quando ele imobilizou o meu braço esquerdo na lateral do meu corpo.

— Acho que não.

A Espada de Miguel flamejava, ofuscante, cuspindo e crepitando fogo celestial, mas a mão dele era como um torno. Eu mal conseguia movimentar o pulso. Ele soubera que eu estava invocando a *graça*. Fui de atordoada direto para sabe-se lá que território do Inferno.

— Como você sabia?

— Eu pude sentir a *graça* ganhando vida. Posso senti-la agora, dentro de você. Chamando por mim — ele respondeu, pressionando sua bochecha fria contra a minha. — É um fogo que sinto no meu sangue e nos meus ossos. Como eu não saberia?

— Essa é uma habilidade bem bacana e super inconveniente — eu disse, mal resistindo à vontade de berrar. O Trono havia insinuado algo assim, mas ele poderia ter sido muito mais claro sobre o que quis dizer com Zayne sendo capaz de sentir a minha *graça*.

— Não é? — Sua mão se abriu pelo meu quadril. — Você ia me atacar quando eu estava de costas pra você. Não era você que me amava?

Com o coração retumbando contra as minhas costelas, eu estava bem ciente do quão perto sua mão estava do cabo da minha adaga e do aperto que ele tinha sobre o meu pulso. Não era um aperto doloroso. Isso pareceu importante lembrar.

— Eu amo você, sim. Eu amo você mais do que tudo...

— Não parece ser uma coisa muito amorosa de se fazer. — Ele arrastou o queixo pela minha bochecha enquanto sua cabeça se movia uma fração de centímetro. — Talvez você não dê valor à sua vida, porque eu posso jurar que você acabou de se mexer, sendo que eu avisei pra não fazer isso. Talvez você valorize mais a vida dela? Continue andando, e eu a matarei e depois a você.

O Guardião congelou, mas um rosnado baixo e estrondoso irradiou dele.

Zayne deu uma risada, e o som foi tão gelado que eu estremeci.

— Isso deveria me assustar?

— Sim. — Dez fechou as garras em punhos. — Deveria.

— Pois não funcionou.

Tentei libertar a mão, mas não cheguei a lugar algum com a espada. Ela se projetava para o espaço vazio.

— Você não vai me matar — eu disse.

— Não vou?

— Se fosse, já teria feito isso — bufei, ainda lutando contra seu aperto.

— Talvez eu goste de brincar com você. — Ele moveu a cabeça de novo, deslizando sua bochecha ao longo da minha de uma forma que era assustadoramente familiar e totalmente diferente. — Talvez eu fique entediado. Talvez não? Mas o que eu realmente sei é que você vai se esgotar quanto mais usar a sua *graça*, pequena nefilim.

— É claro que você se lembraria *disso* acima de qualquer coisa. — Usando toda a força que havia em mim, que era muita, puxei contra seu braço e seu aperto. Um grito de frustração saiu de mim. Eu não havia me movido nem um centímetro.

— Você parece irritada, *pequena nefilim*.

— Não é nefilim! É Legítima!

Levantando um pé, eu pisei com força sobre o pé descalço dele. Zayne deu um grito, mais de surpresa do que de dor, mas sua mão afrouxou o suficiente na minha cintura. Eu me libertei, balançando meu braço esquerdo sobre o dele que me segurava. Seus dedos escorregaram um centímetro enquanto eu girava sob seu braço, torcendo-o. Pontas de penas macias fizeram cócegas no meu rosto quando uma forma escura pousou ao meu lado. Dez agarrou o braço de Zayne, com os dentes à mostra.

Em um segundo, eu estava tão perto de me libertar do controle de Zayne — tão perto de usar a Espada de Miguel — e, no seguinte, era tirada do chão e lançada ao ar. Minha *graça* se esvaiu quando atingi a grama. O impacto foi brutal, mas poderia ter sido pior. Poderia ter sido Dez.

Ele bateu em uma das bacias da fonte, rachando a pedra, e caiu no tanque de água.

Zayne havia nos arremessado como se fôssemos aviões de papel, mas, de alguma forma, eu acabei em uma área muito mais macia e gentil para o corpo. Dez estava em sua forma de Guardião. Ele ficaria bem, mas, se eu tivesse batido na bacia àquela velocidade, apagaria feito uma vela.

Comecei a convocar a minha *graça*. Ela se acendeu fracamente em meu peito, logo abaixo do meu coração. Eu não deveria estar tão esgotada como estava naquele momento. Tinha de ser pelo fato de meu corpo ainda estar se recuperando da surra de Gabriel, porque eu não deveria estar *tão* exausta assim.

Asas agitaram meu cabelo, servindo como um aviso de que Zayne estava próximo. Virei-me de lado, inclinando a cabeça para trás. Ele estava acima de mim, com a *graça* se espalhando por suas asas largas. Os nossos olhares se encontraram e se fixaram um no outro. Ele me observou, com narinas dilatadas, enquanto eu lutava para me erguer, sem quebrar o contato visual. A oportunidade para acabar comigo era infinita. A qualquer momento, ele poderia acabar com minha vida antes mesmo que eu percebesse o que estava acontecendo. Mas ele não fez qualquer movimento contra mim. Talvez fosse uma ingenuidade tola ou desespero, mas esperança me invadiu. Se ele estivesse realmente perdido e me visse apenas como uma ameaça e um desafio — e dos bastante miseráveis no momento, aparentemente —, ele me eliminaria.

Mas Zayne não o fez.

Ele inclinou a cabeça quando dei um passo em sua direção, mas não se mexeu. Com o coração agitado como um pássaro em uma gaiola, dei mais um passo, e depois outro, andando sem parar até que apenas poucos centímetros nos separassem.

Eu não fazia ideia do que estava acontecendo comigo. Talvez eu tivesse perdido alguns parafusos da cabeça. Faria sentido, considerando o número de vezes que eu havia sido arremessada de um lado para o outro na última semana. Ou talvez eu fosse burra demais para viver e aquilo fazia parte da seleção natural.

— Você vai me matar agora? — indaguei.

Um músculo se contraiu na mandíbula dele.

Cada respiração minha era muito superficial, rápida demais.

— Você poderia fazer isso, certo? Não iria nem suar. Por que ainda não me matou?

Seus olhos se arregalaram ligeiramente.

— Você quer morrer?

Neguei com a cabeça.

— Eu quero você. É isso que eu quero. Quero *você* de volta.

Suas sobrancelhas franziram, e então vi seu olhar descer para a minha boca. O brilho predatório em seu semblante mudou, tornando-se intenso de uma forma totalmente diferente. Reconheci aquele olhar por instinto, e a súbita tensão da necessidade, do desejo. Era uma das primeiras coisas humanas que vira nele desde que voltou. Seus lábios entreabriram, e eu não sabia se ele estava prestes a dizer algo ou não. Eu me mexi mais rápido do que sabia que conseguiria naquele momento. Levantando as mãos, segurei seu rosto gelado enquanto me esticava na ponta dos pés. Puxei sua cabeça para junto da minha e pressionei meus lábios contra os dele.

Eu o beijei.

De certa maneira, a sensação dele era a mesma. Sua pele era macia sob as minhas mãos. A forma dos seus lábios era a mesma. Ele ainda tinha gosto de ar fresco da manhã. Mas era aí que a semelhança terminava. Ele não se mexeu. Seus lábios estavam muito frios. Eu não tinha certeza se ele estava respirando quando inclinei a cabeça, rezando e implorando por alguma reação que provasse que Zayne ainda estava ali, que ele não havia se tornado completamente esta criatura desumana.

Não havia nada.

Lágrimas brotaram nos meus olhos. Eu o beijei várias vezes seguidas, minhas bochechas ficando úmidas...

Então Zayne *mudou*.

Sua boca cedeu sob a minha, suavizando e abrindo-se. Ele inclinou a cabeça, alinhando melhor sua boca na minha, e eu poderia ter gritado "aleluia", mas isso teria sido estranho e contraproducente no momento. Essa era a última coisa que eu queria ser. Senti o toque da sua língua, e ela não estava fria. Meu corpo esquentou e enrubesceu. Não era apenas eu que o estava beijando. Ele estava me beijando de volta, e o beijo não permaneceu suave ou incerto. Ele se aprofundou, tornando-se faminto e selvagem, fulminante e potente. Uma onda de calafrios eriçou a minha pele. Um som profundo brotou do fundo da garganta de Zayne, e o rubor ficou ainda mais intenso. As pontas de seus dedos tocaram minha bochecha, meu cabelo. Sua mão se abriu, sua pele fria, mas quente contra a minha...

Zayne afastou a cabeça tão repentinamente que quase caí. Atordoada, abri os olhos e vi que ele estava parado a vários metros de distância, sob uma das luzes brilhantes do parque. Até mesmo eu podia ver que seu peito estava subindo e descendo tão bruscamente quanto o meu.

— Você ainda tá aí dentro — sussurrei.

Sua cabeça girou para a esquerda e depois para a direita, esticando os tendões do pescoço enquanto seus olhos se fechavam.

— Não sei o que você tá querendo dizer.

— Não tem problema — eu disse, enxugando as lágrimas do meu rosto com as mãos trêmulas —, porque ele sabe.

— Quem? — ele perguntou roucamente.

— Zayne.

Os olhos dele se abriram bruscamente. Aquelas asas se ergueram, arqueando-se para o alto, e, por um longo instante, pensei que eu tinha entendido tudo errado. Ele usaria a *graça* que ardia em suas asas contra mim, e o tal Trono ficaria mega desapontado comigo.

— Cansei de brincar com você — ele advertiu. — Da próxima vez que eu te vir, vou te matar.

E, com isso, ele tomou impulso com aquelas asas poderosas e decolou. Subiu tão rápido que parecia uma estrela ascendente em vez de cadente. Ele disparou para o céu noturno, tornando-se rapidamente nada mais do que uma lembrança.

A água jorrou quando Dez saiu da fonte, grunhindo ao chegar ao chão.

— É sério que você acabou de beijá-lo?

— Sim. — Não desviei os olhos do céu noturno. As nuvens mais escuras que haviam permanecido desde a tempestade de ontem estavam se dissipando. Calor úmido escorreu pelo meu nariz. Levantei a mão, limpando o sangue antes que ele caísse no chão.

— Sinceramente, não sei nem o que dizer sobre isso.

— Ele ainda tá lá dentro. — Apertei os olhos e fechei o olho direito, o que tinha a catarata mais espessa.

Houve uma pausa.

— Tem certeza disso, Trinity? Porque não havia nada naquela coisa que se comportasse como Zayne.

Eu os vi. Pequenos pontos de luz. Eu vi *estrelas*.

— Sim. Tenho certeza.

Capítulo 9

Pela segunda noite consecutiva, voltei mancando para o apartamento vazio na calada da noite. Tirando os sapatos perto da porta, deixei o cartão-chave no balcão e fui direto para o chuveiro. Desta vez, no ralo do box só havia terra e pedaços de grama que, de alguma maneira, tinham ido parar no meu cabelo. Não tinha sangue. O que já era um avanço, pensei enquanto vestia uma das camisas limpas de Zayne. Dava um belo pijama, e, no presente momento, eu duvidava que ele se importasse.

Pegando o cobertor e o travesseiro de onde os deixei no sofá, levei-os de volta para o quarto — para o que deveria ser nosso. Usando um quadril dolorido para fechar a porta, virei-me para a cama. O brilho suave e esbranquiçado do teto não era luz suficiente, mas eu me desloquei para a frente, apertando os olhos na escuridão...

Meu joelho acertou a base da cama. A dor era profunda e latejante.

— Droga.

Respirando em meio à dor desagradavelmente intensa, deixei o cobertor cair na cama e joguei o travesseiro na cabeceira. Em seguida, subi na cama e, depois de respirar fundo, olhei para o teto. Senti uma pontada no coração ao acompanhar a luz fraca de cada estrela espalhada aleatoriamente pelo teto.

Quando eu morava nas Terras Altas do Potomac, eu tinha estrelas no teto do meu quarto. Algumas pessoas podiam achá-las incrivelmente cafonas, mas era muito difícil para eu ver as estrelas de verdade. Na metade das vezes que achava que estava vendo uma estrela, na verdade eram luzes de um avião ou de uma torre de celular. Um dia — que eu percebia estar aproximando-se bem rápido —, eu olharia para o céu e não conseguiria mais ver nem sequer algo tão simples e impressionante como um céu pontilhado de estrelas.

Zayne soubera o quanto era importante para mim poder ver estrelas, mesmo que fossem estrelas falsas que brilhavam no escuro. O que ele fizera ao colocá-las no teto, durante um período em que eu estive convencida de que ele me odiava e se arrependia do vínculo de Protetor, foi uma das coisas mais bonitas que alguém já tinha feito por mim. Esse era o Zayne que eu sabia que ainda estava dentro do anjo caído.

Eu tinha esperanças.

Não a esperança do tipo sonho impossível, mas a esperança real. Eu sabia que não era tarde demais. Zayne teve inúmeras oportunidades de me matar. Desde o momento em que chegou, até o momento em que decolou como um foguete há pouco mais de uma hora, ele poderia ter feito um grande estrago em mim. E se ele queria me ver morta, acabar com aquele Carniçal não ajudou em nada.

Por outro lado, toda aquela história de "sou eu quem precisa te matar" não me deixava muito de boas, mas talvez quando ele jogou Dez e eu, não tenha sido uma coincidência que acabei caindo em uma área muito mais confortável. Ou que, quando ele tinha se virado, evitou me derrubar com as suas asas. Poderia ter sido tudo em um nível inconsciente, que ele não conseguia entender em seu estado atual.

E o homem que ele matara? Tecnicamente, ainda não tínhamos um veredicto sobre aquilo. Antes de sairmos do parque, Dez tinha encontrado a identidade do homem e pedido a Gideon que verificasse se havia algo sobre ele. Se o que Zayne tinha alegado fosse verdade, ele não havia tirado a vida de uma pessoa inocente. Eu poderia discutir o dia inteiro sobre a semântica de um assassinato ser ou não justificável, mas não era como se os Guardiões não tivessem matado humanos ruins no passado, humanos que não apenas vinham ajudando demônios, mas que ativamente estavam cometendo atos horrendos. Portanto, pelo menos por hora, não havia arrependimentos quanto a isso.

O importante era que Zayne ainda estava lá dentro. Eu só precisava descobrir como, em nome de Deus, eu conseguiria fazer o que precisava ser feito.

Puxei o cobertor até o queixo e fiquei olhando para as estrelas. Encontrar Zayne parecia quase impossível. Será que eu precisaria me colocar em perigo com um demônio para que ele aparecesse de novo? Eu não servia para donzela em apuros, então duvidava que esse plano funcionasse. Além disso, e se eu acabasse nas mãos de Gabriel? Mesmo que eu descobrisse uma maneira de atrair Zayne para fora da toca novamente, como eu usaria a Espada de Miguel? Visto que ele conseguia sentir que eu estava invocando a minha *graça*, não haveria o elemento surpresa. Eu teria de lutar com ele e, de alguma forma, levar a melhor. Eu precisaria de tudo em mim para conseguir fazer isso. Seria como lutar com Gabriel de novo, e eu sabia como *isso* tinha terminado.

Desejei que pudesse encontrar algo que não apenas o trouxesse até mim, mas que o deixasse inconsciente.

Suspirei. Eu sabia que os desejos feitos a estrelas cadentes não eram atendidos, mas estava disposta a tentar, e...

Meus olhos se arregalaram. Foi então que, enquanto eu olhava para a Constelação de Zayne brilhando suavemente, o meu desejo foi realizado na forma de uma ideia.

Havia uma pessoa que eu tinha a sensação de que conseguiria fazer com que Zayne viesse até mim, quer ele quisesse ou não. E, se alguém sabia como incapacitar um anjo caído, seria ela.

A Anciã.

Não havia como dormir depois de descobrir o que esperava ser uma maneira de levar Zayne para onde eu precisava que ele estivesse.

Energizada, atirei as pernas para fora da cama e acendi a luminária de cabeceira. O único problema era que eu não fazia ideia de onde ficava o hotel a que Roth havia me levado quando tínhamos nos encontrado com as bruxas. Não era como se eu tivesse conseguido ver alguma placa de rua ou tido a ideia de perguntar sobre o caminho. Havia também a possibilidade de a Anciã já ter saído da cidade, como o resto do *coven*. Bem, o resto que ainda estava vivo.

Não era como se eu pudesse perguntar a Roth ou Layla, pois imaginei que o Inferno não tinha área de cobertura de celular. Gideon provavelmente conseguiria encontrar a localização, mas eu não tinha certeza se queria colocar o que restava do *coven* no radar dos Guardiões. Claro, eles tinham problemas maiores no momento. Todos nós tínhamos, mas as bruxas estavam definitivamente na lista de marcados-para-morrer dos Guardiões. Algumas delas, como Faye, tinham merecido por fornecerem ao Senador um feitiço que basicamente transformou seres humanos em bucha de canhão, mas nem todas as bruxas mereciam.

Apenas as que queriam usar partes do meu corpo.

Mas poderia haver uma chance de que, depois de tudo, se houvesse um depois, os Guardiões fossem atrás das bruxas. Por mais que eu precisasse saber da informação, não poderia fazer isso.

No entanto, eu conhecia um certo demônio que não estava retornando as minhas ligações e que havia aparecido no hotel para quebrar o contrato que libertou Bambi.

Percebendo que eu havia deixado meu celular na cozinha, levantei-me e fui até a porta, abrindo-a.

A explosão de formigamento ao longo da base do meu crânio foi repentina e aguda. Levei uma mão até a coxa, mas descobri que não tinha as minhas adagas de ferro comigo. Elas estavam na cômoda? Não. No balcão do banheiro. Droga.

No entanto, eu tinha a minha *graça*. Ela pulsava no peito, porém não com tanta intensidade como de costume. Eu precisava de descanso e de um tempo, mas nada disso ia acontecer.

O espaço aberto no corredor estreito se distorceu. Esperando de verdade que não se tratasse de outro Carniçal assustador, e tentando não me assustar com as implicações de que um demônio estava prestes a entrar no apartamento, eu canalizei a minha *graça*.

Um segundo depois, um demônio de cabelos escuros estava na minha frente. Fiquei muito aliviada ao reconhecer Cayman.

Puxei a *graça* de volta para dentro de mim.

— Eu estava prestes a te matar. Como você entrou aqui?

— Como fui convidado a entrar, posso aparecer sempre que quiser. — Ele soltou essa bomba de informação como se fosse nada, afastando os cabelos bagunçados do rosto. — E sim, antes que você pergunte, foi daí que surgiu o mito dos vampiros. Precisar de permissão pra entrar. E não, vampiros não são reais. Demônios são.

Eu não estive planejando perguntar sobre aquela história dos vampiros, e também não me lembrava de Zayne ou eu tê-lo convidado para entrar em momento algum. Eu também duvidava muito que Zayne ficaria feliz em saber disto, mas, no momento, não importava.

— Eu estava tentando falar com você.

— É mesmo? Bem, veja só, tenho estado ocupado correndo por toda a cidade, tirando todos os Demonetes daqui enquanto tento me manter vivo — ele me disse, e, por falar nisso, ele realmente parecia um trapo. Ele normalmente estava bem arrumado, mas a camisa preta com a banda BTS estava amassada e rasgada no colarinho, e eu não tinha ideia se o buraco no joelho da calça jeans era pra ser estiloso ou não.

— É por isso que não senti nenhum demônio hoje à noite. Por quê? — perguntei, imaginando o que mais poderia estar acontecendo de errado. — O que tá acontecendo?

— O que tá acontecendo? — Suas sobrancelhas escuras subiram pela testa. — Você tá falando sério? Como se não soubesse? — Ele se aproximou e senti cheiro de... madeira queimada? E seus olhos, normalmente dourados, agora pareciam carvão aquecido. — O que você fez, Trinity?

Franzi a testa.

— Hm, bem, não tenho ideia do que você tá falando. Não fiz nada e, olha só, aqui tá você, invadindo o meu espaço pessoal. Preciso te lembrar de que você tem medo de mim?

— Sim, você *era* uma das criaturas mais poderosas perambulando por estas ruas, e eu *tinha* medo de você, mas isso foi até eu conhecer um certo anjo caído com uma tonelada de *graça* celestial que aparentemente tem amnésia e uma aversão repentina e extrema a todos os demônios.

— Ah — sussurrei, ficando tensa —, você tá falando de Zayne.

— Ah? *Ah?* É só isso que você tem a dizer? Sim! Eu tô falando de Zayne, que, por um acaso do destino, é um anjo caído muito, muito poderoso, caso você não tenha me ouvido da primeira vez.

— Eu te ouvi. É por isso que estava tentando falar com você. Eu não fazia ideia de que ele iria atrás de você ou de qualquer demônio, mas tentei te avisar. Você não atendeu.

Os olhos dele se estreitaram.

— Não gosto de falar ao telefone.

— Mandei uma mensagem pra você! — respondi. — E eu disse exatamente "preciso falar com você, é importante".

— E, como eu disse, eu estava meio ocupado tentando me manter vivo.

Cruzei os braços.

— E como eu poderia saber disso?

— Não te ocorreu de deixar uma mensagem que dissesse "ei, meu demônio corretor favorito, Zayne tá de volta. Ele é um Caído, então é melhor você correr pro meio do mato"?

— Não achei que isso fosse algo que deveria ser falado por mensagem de texto ou áudio, considerando que ninguém tinha acreditado em mim quando eu disse isso pela primeira vez — argumentei. — E eu não tinha ideia de que ele iria atrás dos demônios.

— É claro que ele vai atrás dos demônios! — ele disse isso como se fosse algo que eu já devesse saber. — Ele é obviamente um Caído recente. Eles perseguem tudo e qualquer coisa que tenha um pingo de poder, e odeiam os demônios em particular. Demora décadas pra que eles superem toda a coisa do "ainda sou melhor do que vocês, reles demônios", o que, alô, de onde você acha que os Guardiões tiraram isso? É por isso que muitos deles não se juntaram ao Time Inferno.

— Espera aí. — Olhei fixamente para o demônio. — Você sabia o que os Guardiões eram originalmente?

— Dã, Trinity. Dã. — Ele se virou e caminhou até a cozinha. Enquanto andava, as luzes se acendiam. — Correr pra salvar a própria vida abre o apetite, então tô morrendo de fome.

— Como é que você e Roth sabiam disso e conseguiram manter a boca relativamente fechada? — Fui atrás dele. — Como os demônios não saíram por aí gritando isso aos quatro ventos?

— Nem todos os demônios sabem disso. — Cayman levantou a mão e uma caixa de mix de bolachinhas salgadas voou pelo cômodo até a sua mão.

Cara, eu queria tanto ter esse poder.

— Somente os mais antigos e os mais ligados ao Chefe conhecem a verdadeira origem dos Guardiões. Gritar isso aos quatro ventos derrotaria o propósito dessa coisa chatinha da fé cega, não é mesmo? Isso tiraria do sério o Cara lá em cima e o Cara lá embaixo. Ninguém tem tempo pra isso. — Ele abriu a caixa enquanto se sentava no sofá. — E quaisquer que sejam os Guardiões que tenham descoberto suas origens, eles iriam pro túmulo antes de admitir que vieram daqueles que Caíram — disse, repetindo quase a mesma coisa que o Trono havia dito. — Foram os Guardiões que reescreveram o que aconteceu com os anjos caídos. Eles mataram seu próprio segredinho sujo.

— Certo. Excelente. Você sabe tudo sobre os anjos caídos, mas ainda tá errado. — Deixei-me cair no canto do sofá. — Eu não fiz nada. Zayne escolheu Cair.

Cayman virou a cabeça na direção da minha, e eu queria ser capaz de ver se seus olhos tinham perdido o tom preto avermelhado.

— Conte-me mais.

E eu contei.

Contei a Cayman tudo o que sabia, até momentos antes, quando percebi que a Anciã poderia me ajudar.

— Então, você acha que o que o Trono disse é verdade? Que minha *graça* não vai matar Zayne, mas o trará de volta?

— Sendo bem sincero? Não faço ideia — ele admitiu, colocando a caixa vazia no balcão da cozinha. O jeito que ele tinha comido a caixa inteira de bolachinhas de queijo fez com que eu me identificasse muito com ele. — Eu nunca conheci um Caído que se tornasse outra coisa senão um Guardião ou um jogador realmente importante lá embaixo. E sabe os que fazem parte do meu time? Aqueles que conseguiram chegar ao Inferno com as asas e *graça* ainda intactas, não as mantiveram por muito tempo. Nosso Chefe não é burro o bastante pra permitir que algo quase tão poderoso quanto Ele ocupe o mesmo código de área 666. Ele tirou as asas dos Caídos, o que significa que tirou a *graça* deles. Mesmo assim, esses Caídos ainda são ultrapoderosos. Nem mesmo Roth quer se meter com um deles. Pra sorte dele e de todos nós, eles sentem uma imensa satisfação no trabalho que fazem.

— Os anjos caídos no Inferno trabalham? — perguntei.

— Todo mundo tem um trabalho, Trin, a Legítima. Nós os chamamos de Juízes. Eles passam o tempo garantindo que pessoas realmente ruins passem o resto da eternidade desejando terem feito escolhas melhores em vida — Cayman disse. — Mas a questão é que tem muito tempo que anjos não Caem, desde, tipo, o Império Bizantino, e tem a Layla. Ela é a coisa mais próxima de um Caído, mas não é um de fato.

— Hã? Eu pensei que ela fosse parte Guardiã e parte demônio?

— Ela é e não é. Resumindo, ela recebeu o sangue de um dos originais. Sabe, um dos primeiros anjos a Cair. A mãe dela também, mas, é aquela coisa, ela não é uma verdadeira Caída. Nem Lilith.

Eu não soubera disso, e senti que havia muita história ali a ser contada.

— De qualquer forma, não sou especialista no que é possível pra um recém Caído que ainda tem as asas e a *graça*, então não posso dizer se esse Trono tá dizendo a verdade ou não. Eu confio menos nos anjos do que na maioria dos demônios, mas tipo, isso é meio fofo.

Meu olhar se voltou para ele.

— Que ele Caiu por você. Isso é... isso é pesado, garota. O tipo de amor verdadeiro mesmo. Você sabe que Roth foi contra as ordens do Chefe pra ficar com Layla. — Ele se inclinou para a frente. — Isso é equivalente a um anjo caindo, e isso é amor verdadeiro e profundo que ele tem por você.

— Eu sei — sussurrei, afundando nas almofadas do sofá.

— E pode me chamar de demônio romântico bobo, mas tenho de acreditar que tudo é possível com esse tipo de amor. — Inclinando-se para trás, ele colocou um tornozelo sobre o joelho da outra perna.

— Também acredito nisso. — E eu precisava acreditar. Soltei um suspiro cansado. — Zayne matou algum demônio?

— Sim. Alguns. Bom, mais do que alguns. Pra ser sincero, ele destruiu uma casa inteira deles — Cayman respondeu.

— Ah, não. — Esfreguei o rosto com uma mão.

Cayman deu uma risadinha.

— Olha só pra você, se sentindo mal por causa de demônios mortos. Você é uma péssima Legítima, sabia?

— Eu sei, mas Zayne não era do tipo que matava... bem, demônios não muito maus.

— Sim, eu sei. Ele é um Guardião progressista — o demônio disse, e eu deixei minha mão cair no colo. — Ou era. De qualquer forma, não se preocupe. Os que morreram não eram demônios "não muito maus" assim. Ele pegou alguns que iam levar a pior de qualquer forma. Uns que estavam ficando desleixados, ultrapassando limites. Os que estavam na casa não eram nada além do que um bando de Torturadores.

— Você poderia ter começado falando isso, sabe? — Os demônios Torturadores eram como ratos demônios gigantes que andavam sobre duas pernas e comiam de tudo, inclusive pessoas... e os ossos delas.

— E você poderia ter começado falando "meu namorado agora é um anjo caído" — ele respondeu, e pensei ter visto um sorriso em seu rosto —, então acho que estamos quites.

— Acho que sim. Sinto muito por ele estar te perseguindo — desculpei-me. — De verdade, mesmo.

— Eu sei que sim. E não levo isso pro lado pessoal. — Ele fez uma pausa. — E foi meio que um tesão.

Meu olhar se voltou para ele e arqueei as sobrancelhas.

— Que foi? Zayne como anjo caído tá no topo do pódio de gostosura. Não posso fazer nada. — Ele deu de ombros. — Eu sou um demônio.

— Tenho certeza de que Zayne vai ficar feliz em saber que não te perdeu como fã número um — eu disse com ironia.

— Ah, não sou eu o fã número um dele. Bambi que é.

— Como é que é? — Levantei uma mão. — Espera. Não responde. Não tenho espaço mental pra lidar com o que você iria dizer.

Cayman deu uma risada, e foi tão bizarro quanto eu imaginava que a risada de um demônio seria.

— A propósito, ele veio aqui desde que Caiu? Se sim, adoro bater um papo com você, mas vou ter que sair daqui feito um foguete.

— Ele ainda não veio aqui. Não sei se é porque não se lembra de onde mora ou se tá evitando o apartamento.

— De qualquer forma, tô contando isso como uma vantagem. — Ele apoiou um braço no encosto do sofá. — E você também deveria.

Era verdade, mas a questão era que se Zayne viesse para cá, encontrá-lo seria muito mais fácil. Mas isso não ajudaria a pegá-lo desprevenido.

— Então, você sabe se a Anciã ainda tá naquele hotel? — Eu nos coloquei de volta nos trilhos, e foi estranho ser a pessoa que estava fazendo isso quando geralmente era eu quem desviava todo mundo do assunto. — E você pode me dizer onde fica esse lugar?

— Posso te levar até o hotel, mas não tenho ideia se a Anciã ainda tá na área, e você vai ficar por conta própria quando chegar lá — ele acrescentou. — Acho você uma meio-anjo legal, mas não mexo com as bruxas a menos que seja convocado pra fazer uma negociação. Não quero provocar uma delas sem querer e acabar com certas partes do corpo de que gosto muito caindo de mim ou algo igualmente terrível.

— Compreensível.

— E antes que você exija que eu te leve até lá agora mesmo ou quando o sol nascer, você na certa não vai encontrar a Anciã acordada a esta hora ou em qualquer outro lugar que não seja com a família dela num domingo.

Eu nem tinha percebido que amanhã era domingo. Ou hoje. Tanto faz.

— As bruxas guardam o domingo?

— Pode apostar que sim. O mesmo acontece com alguns demônios.

Muito bem, então.

— Você vai ter mais chances tentando na segunda-feira à tarde. — Apoiando os pés na mesa de centro, ele levantou a mão. O controle remoto se lançou sobre ela. — Descanse um pouco. Eu seguro as pontas.

Embora dormir parecesse ser a última coisa que eu conseguiria fazer, eu precisava descansar, mas Cayman não podia ficar aqui.

— Você precisa ir embora — eu disse a ele.

Cayman arqueou uma sobrancelha.

— Isso é falta de educação.

— Não é que eu não queira você aqui. Mas simplesmente não é seguro pra você — argumentei. — Zayne ainda não veio aqui, mas isso não significa que ele não virá. Até você estava preocupado com isso, e se eu estiver dormindo e ele chegar, você já era.

— E se você estiver dormindo e ele chegar, você já era — ele apontou.

— Ele ainda não me matou e já teve muitas oportunidades. Não acho que ele vá vir até aqui, mas se você estiver aqui, não vou conseguir descansar me preocupando com a possibilidade de você ser assassinado enquanto eu durmo meu sono de beleza — respondi. — Você tem onde ficar, certo?

Ele assentiu.

— Tem uns lugares que Zayne ainda não foi.

— Então vá pra lá. Te envio uma mensagem pela manhã.

Cayman me estudou por um momento.

— Isso significa que você gosta de mim? Que se importa comigo? Que vai dar meu nome a algum filho no futuro?

Revirei os olhos.

— Eu não iria tão longe.

— Mas você *gosta* de mim. — Ele apontou o controle remoto para mim e depois para si mesmo. — Uma pequenina Legítima se preocupa com a segurança de um demônio. O mundo realmente vai acabar.

— Tanto faz. — Eu sorri. — Saia da minha casa.

— É um apartamento.

— Calado.

Cayman riu ao levantar-se do sofá.

— Não vou mentir. Prefiro ficar longe de onde quer que Zayne Caído-mas-gostosão, esteja, portanto, tente não acabar morta entre hoje e amanhã.

— Vou tentar não fazer isso.

— Até mais tarde, gatinha. — Cayman mostrou o sinal da paz e, em seguida, fez o truque de desaparecimento dos demônios e sumiu no ar.

Eu realmente invejava isso.

Certificando-me de que a porta estava trancada, voltei para a cama e, assim que a minha cabeça tocou no travesseiro, adormeci.

Não sei o que me acordou, mas alguma coisa o fez. Desorientada, eu me sentei na cama. Ainda estava escuro lá fora e o quarto estava suavemente iluminado pela Constelação de Zayne. Desejando que os meus olhos contribuíssem um pouquinho, olhei ao redor do cômodo.

Uma série de arrepios irrompeu entre as minhas omoplatas, dissipando a névoa persistente do sono.

Um demônio estava por perto.

Será que Cayman tinha voltado? Duvidava disso quando empurrei o cobertor e me levantei. A camisa emprestada deslizou pelos meus quadris e coxas enquanto eu ia pegar as adagas...

Droga, elas ainda estavam no banheiro. Corri até lá, pegando-as do balcão. Fui até a sala de estar. A luz da cozinha havia sido deixada acesa, cortesia de Cayman, e pude ver que não havia ninguém no apartamento. No entanto, a sensação permaneceu, zumbindo entre os meus ombros. Será que havia um demônio em um apartamento próximo?

E onde diabos estava Minduim?

Comecei a dirigir-me à porta de entrada quando ouvi — um som de estalido e arranhão contra o vidro. Lentamente, virei-me para as janelas que iam do chão ao teto. Eu não conseguia ver nada além de escuridão e a mancha de luzes distantes, mas isso não significava que não houvesse algo arranhando as janelas.

— Ah, cara — murmurei, avançando. Considerando que estávamos em um andar bem alto do prédio, eu sabia que não havia um animal inofensivo e fofinho ali fora.

Segurando as adagas de ferro com mais força, passei pelo sofá e os meus passos abrandaram. Havia, de fato, algo lá fora — as sombras estavam mais densas. O clique sinistro soou mais uma vez, seguido pelo som de algo afiado cavando contra o vidro grosso.

Parei em frente à janela, apertando os olhos enquanto me inclinava para frente, pressionando o rosto contra o vidro frio...

Olhos vermelho-carvão, logo acima de narinas achatadas e cobertas de pelos, me encararam.

Eu gritei, pulando para longe da janela. De repente, entendi por que parecia que as sombras estavam se movendo. O que eu estava vendo eram asas, e definitivamente havia algo peludo do lado de fora das janelas.

— Diabretes — murmurei, suspirando pesadamente. A última vez que eu os vira, tinham sido enviados pelo Augúrio. Ou seja, se eles estavam aqui agora, era porque Gabriel sabia onde eu estava.

Não era exatamente surpreendente, mas ainda assim assustador.

E irritante.

Porque eu só queria mesmo era dormir, conversar com a Anciã e consertar meu namorado ligeiramente psicótico. Era pedir demais? Talvez se eu simplesmente ignorasse o diabrete, ele fosse embora.

Ele bateu com um punho cheio de garras na janela, sacudindo toda a vidraça.

Parecia que não.

A coisinha maldita iria quebrar a janela, possivelmente até mesmo estilhaçá-la, e isso era a última coisa com que eu queria lidar.

Suspirando, virei-me para a janela. O diabrete bateu no vidro novamente.

— Tá bem, tá bem. Eu tô te ouvindo. Você quer brincar. Vamos brincar.

Descalça, seminua e sem me importar, entrei no elevador e digitei o código para o terraço. Esperando que não houvesse mais ninguém lá em cima, fiquei aliviada ao descobrir que parecia vazio quando as portas se abriram silenciosamente.

Eu nunca tinha estado aqui antes, mas lembrei de Zayne ter dito uma vez que o local foi projetado como um espaço verde para os locatários. Cordões de luzinhas movidas a energia solar cintilavam com suavidade, penduradas em postes altos conectados a toldos brancos estendidos em grandes áreas do telhado. Pelo cheiro de cloro no ar, havia uma piscina em algum lugar. Calafrios eriçavam a minha pele enquanto eu navegava cuidadosamente pelas espreguiçadeiras e mesas redondas. Poderia ser por causa da minha visão ruim, mas com certeza não via nenhum espaço "verde" enquanto andava pelo telhado. Uma brisa gelada atingiu os toldos quando me aproximei do guarda-corpos de vidro que impedia que as pessoas caíssem da laje.

Batendo a adaga de ferro no vidro, chamei:

— Tô aqui em cima esperando. Faça o favor de se apressar. Tô cansada e mal-humorada.

Silêncio, e então um esganiço agudo chegou aos meus ouvidos. Afastando-me da parede de vidro, respirei fundo. A iluminação das luzinhas e da lua eram quase insuficientes para que eu pudesse enxergar, mas era administrável. Eu já havia lidado com condições piores com muito menos treinamento.

Um segundo depois, uma forma escura surgiu da lateral do prédio e passou por cima da parede de vidro. Ela aterrissou sobre duas patas com garras a cerca de trinta centímetros de mim e, por um momento, eu realmente desejei não ser capaz de ver o diabrete.

A coisa devia ter caído de uma árvore demoníaca e batido nos galhos mais feios no caminho. Parecia um morcego bípede gigante, levantando as asas quase translúcidas e soltando um guincho.

Cravei a adaga de ferro em seu peito, bem fundo.

— Idiota — murmurei quando o demônio entrou em chamas.

Os diabretes eram notoriamente violentos e as suas garras eram bastante tóxicas para humanos e Guardiões, mas não eram exatamente conhecidos por sua inteligência, como acabava de ser comprovado.

Bocejando, girei e comecei a andar para a porta, a sensação do travesseiro macio e perfumado de Zayne permeando meus pensamentos. Dei dois passos quando uma sombra caiu do céu, aterrissando no telhado com um baque forte, e depois outra e outra...

Sete diabretes estavam diante de mim, com seus corpos curvados. Talvez oito.

Parei subitamente, meus olhos arregalando quando um deles sibilou. Eles nunca viajavam sozinhos. Eu havia me esquecido.

— Eu é que sou a idiota — sussurrei, recuando enquanto minha *graça* latejava dentro de mim.

Um deles se lançou para frente e eu me joguei no chão. Seu braço estendido passou por cima da minha cabeça, e eu me ergui às pressas, cravando a adaga nas costas da criatura. O calor soprou sobre mim enquanto eu girava, acertando a adaga no peito de outro diabrete.

Chamas irromperam quando uma asa cortou o ar, acertando-me no flanco e me jogando de lado. Tropecei em uma espreguiçadeira que surgiu do nada, caindo em... uma grama macia.

Ah, olha aí, encontrei o espaço verde.

Levantei-me de supetão, examinando o telhado escuro, e girei, meu coração batendo forte enquanto procurava por algum sinal dos demônios. Devia ter sobrado cinco ou seis deles. Eu não tinha certeza. Contar era difícil.

Um borrão de pelo emaranhado e vermelho apareceu na minha frente. Ele estava muito perto. Dei um pulo para trás, agarrando a espreguiçadeira que havia acabado de me atacar. Erguendo-a, joguei-a contra o diabrete.

Ele guinchou quando a cadeira de metal acertou seu rosto. Eu parei, pois nunca tinha ouvido um som como esse vindo de um diabrete antes.

— Você parece um brinquedo de cachorro. Até que é bonitinho.

Lançando a cadeira de lado, ele me atacou.

Desviei para o lado, acertando o demônio na garganta com a adaga. O cheiro de enxofre me sufocou enquanto eu cambaleava sobre os restos da espreguiçadeira.

— Mas o seu cheiro não é nada bonitinho. — Tive ânsia de vômito. — Nem a sua cara...

Garras foram cravadas na parte de trás da minha camisa e, um instante depois, eu estava no ar, bem acima do telhado e subindo em alta velocidade. A camisa, grande demais, foi levantada quando o diabrete voou sobre o telhado. Comecei a escorregar dela. O pânico explodiu dentro de mim. Que calcinha eu estava usando? Ah, meu Deus do Céu, era a que tinha "Quarta-feira" estampado na bunda. Eu ia despencar desta maldita camiseta para a morte e ser encontrada esparramada na calçada com uma calcinha que dizia quarta-feira e era *domingo*.

As pessoas iam pensar que eu estava usando a mesma roupa íntima há dias. O médico legista ia ficar horrorizado.

Eu não poderia deixar isso acontecer.

Ainda sobre o telhado, lancei as adagas em um arco alto e largo e cortei os braços do diabrete.

Ele gritou, esganiçado, enquanto o sangue quente e úmido atingia o topo da minha cabeça, e então eu estava caindo, e rápido. Uma sensação perversa de *déjà vu* me atingiu, mas desta vez não havia um Protetor para me salvar. Esta queda não me mataria, mas iria doer para cacete, com um monte de ossos quebrados, e meu corpo tinha recém acabado de se curar.

Pelo menos eu não achava que a queda fosse me matar. Meu coração parou enquanto eu me preparava para a dor e...

Um braço me agarrou pela cintura, interrompendo a minha queda livre de maneira tão repentina que o ar foi arrancado dos meus pulmões. Eu era um ioiô, puxado para cima tão rápido que meu corpo inteiro teve espasmos. As minhas mãos se abriram e as adagas caíram, terminando no terraço enquanto as minhas costas se chocavam contra um peito duro que era mais frio que o ar.

Fui cercada pelo aroma de menta invernal.

Com o coração batendo disparado e pesado, virei a cabeça e vi penas brancas e cheias com listras douradas cortando o ar.

Zayne havia me pegado.

Não importava de onde ele tinha vindo ou por que estava aqui. Ele me pegou, assim como havia feito antes, e isso era mais uma prova de que ele ainda estava ali dentro.

— Você me salvou — ofeguei. — De novo.

— Salvei?

— Obviamente — forcei a palavra, mal conseguindo respirar com a rajada de vento frio enquanto olhava por cima do ombro.

Olhos azuis vívidos, iluminados pela *graça,* encontraram os meus.

— Hm.

Comecei a franzir a testa.

— O que "hum" significa?

Ele se desviou para a esquerda, saindo do caminho de um diabrete.

— Significa isto.

Zayne soltou.

Ele me deixou cair.

Capítulo 10

Zayne realmente me soltou.

Eu estava atordoada demais para sequer gritar enquanto despencava. Houve um guincho quando a forma escura de um diabrete disparou em minha direção, e não seria uma merda se um maldito diabrete salvasse a minha vida.

Zayne pegou a criatura no ar e então...

O choque da água tomou conta dos meus pulmões quando ela me cercou e me engoliu, puxando-me para baixo. O cloro queimou meus olhos e nariz.

Encontrei a porcaria da piscina.

Atingindo o fundo como um saco de batatas, uma fúria incandescente me invadiu, despertando a minha *graça*. Os cantos da minha visão ficaram brancos enquanto eu colocava meus pés no chão da piscina e tomava impulso. Nadei para cima, impulsionada pela mais pura raiva. Cheguei à superfície, puxando o máximo de ar que podia enquanto gritava:

— Babaca!

A risadinha que ouvi como resposta me deixou ainda mais perturbada. Acho que eu tivera uma perda de memória induzida pela raiva, porque eu nem sabia como tinha conseguido chegar ao deque da piscina. A água escorria de mim enquanto eu *deslizava* para a frente, a camiseta ficando grudada em alguns lugares inomináveis. O calor desceu pelo meu braço, seguido de um fogo branco rodopiante. A *graça* explodiu da minha mão, cuspindo chamas enquanto os meus dedos se fechavam em torno do cabo aquecido que se formava contra minha palma. A espada era pesada, mas inerentemente familiar.

Um diabrete caiu do céu e aterrissou na minha frente. Ele abriu a boca.

— Cala a boca — rosnei enquanto passava a Espada de Miguel no demônio, minha atenção voltada apenas para as asas branco-douradas à frente.

Alguém estava prestes a perder algumas penas bonitinhas.

Um diabrete explodiu em chamas quando Zayne girou em minha direção. Sua boca se abriu como se ele estivesse prestes a dizer algo. Ele cerrou a mandíbula com força, baixando o queixo junto com o olhar.

— Isso não foi legal — eu disse.

— Você fede a sangue de demônio — ele respondeu com aquela voz sem emoção dele. Sua cabeça se inclinou para o lado. — Você tá muito molhada, pequena nefilim.

Observando que o olhar dele estava fixo em duas áreas bastante íntimas que estavam claramente visíveis através da camisa encharcada, percebi que eu não teria qualquer problema em apunhalá-lo no coração naquele momento.

Muito pelo contrário.

— Eu tô muito furiosa, também. — Juntei as mãos no punho da espada enquanto a balançava para a frente. A *graça* subiu e crepitou, carregando o ar.

— Percebi — Zayne avançou rapidamente, prendendo meus pulsos antes que a espada pudesse alcançá-lo. — E eu meio que tô excitado.

Um grito de raiva saiu de mim enquanto eu me inclinava para trás, apoiando meu peso em um pé. Dei um chute, atingindo-o no estômago.

Zayne grunhiu, mas não me soltou.

— Ai. — Ele torceu o braço, fazendo-me girar. Ele me puxou de volta contra ele e o frio da sua pele se infiltrou através da camisa fina e molhada. — Não nos encontrávamos nesta mesma situação poucas horas atrás?

O fogo branco crepitava e latejava à medida que eu me retraía contra ele.

— Quando você disse que me mataria na próxima vez que me visse? — respondi, cuspindo as palavras. — Em vez disso, você me salvou.

— Mas eu ainda tô te vendo. — Ele abaixou o queixo, roçando a minha bochecha. — Não estou?

— Sim, e a noite é uma criança. — Joguei a cabeça para trás, mas ele evitou o golpe. — Por que você tá aqui?

— Eu estava observando a sua casa.

Eu enrijeci. Bem, agora eu sabia que ele se lembrava de onde morávamos.

— Isso é assustador.

— É mesmo?

— Sim, e também tá errado. É a *nossa* casa.

Seu aperto em meus pulsos ficou mais forte.

— Não sei do que você tá falando.

— É claro que não. Continue dizendo a si mesmo que vai me matar ou que não me salvou porque precisava fazer isso. O que quer que faça você se sentir bem.

Seu outro braço envolveu a minha cintura.

— Você tá fazendo eu me sentir bem.

Houve uma onda de calor vergonhosa em resposta às suas palavras, à forma como sua voz finalmente mudou, tornando-se mais áspera e grave. Naquele momento, eu não sabia se estava mais irritada comigo mesma ou com ele.

— Você vai se desgastar. — Seus lábios roçaram a curva da minha mandíbula, provocando um arrepio bastante inadequado sobre a minha pele. — E depois disso, pequena nefilim? Você vai ficar sem a sua *graça*. Sem adagas. Seremos apenas eu e você.

— Sempre fomos só eu e você, *Zayne*.

Ou foram minhas palavras, ou o uso do seu nome o que o atordoou, seu aperto afrouxou o suficiente para que eu pudesse soltar meu pulso esquerdo. Eu me afastei dele e, por um segundo, a Espada de Miguel latejou intensamente entre nós.

Então ele sorriu, e o meu coração pareceu parar, porque era um de *seus* sorrisos. Caloroso. Charmoso. Gentil. Familiar.

— Talvez eu te deixe viva, então — ele disse. — Deixo você em uma gaiola, minha nefilim lindinha. Você pode ser meu animalzinho de estimação.

Seu animalzinho de estimação? Pisquei os olhos, incrédula. Ele não poderia ter sugerido o que eu achava que tinha sugerido.

— Talvez eu corte fora o seu...

Ele me puxou para a frente e eu tentei frear o impulso, mas os meus pés escorregaram no deque molhado. Um formigamento se espalhou pelos meus ombros.

Ele me girou para o lado. Suas asas bateram para trás quando o meu olhar se voltou para as sombras que se acumulavam e corriam pelo telhado em nossa direção.

Cadeiras e mesas se ergueram no ar, voando para os lados enquanto dois ciclones de... fumaça vermelha e preta vinham em nossa direção.

Apertei os olhos.

— Mas que diabos é isso?

A fumaça se expandiu e depois dispersou, revelando a pele lisa e cerosa dos demônios, os olhos ovais e sem pupilas e os buracos que serviam de narinas acima das bocas largas e cruéis.

Aqueles não eram Carniçais. Eram demônios Rastreadores que eram frequentemente enviados para reaver coisas de valor para o Inferno.

Como diabos Gabriel conseguiu que ficassem do lado dele?

Eles pararam de repente quando olharam... não para mim.

Para Zayne.

— Caído — um deles sussurrou em uma voz gutural.

Zayne levantou suas asas. Eu não vi, mas as senti fazendo o ar mover meu cabelo enquanto se elevavam sobre nós.

O outro demônio Rastreador praguejou.

— Eu não topei isso. — Ele deu meia-volta e começou a correr, com fumaça vermelha e preta acumulando-se ao seu redor.

Pois bem.

Zayne se ergueu como um foguete. O Rastreador não chegou muito longe.

Olhei de relance para o outro demônio. Ele começou a avançar, claramente não tão afetado por mim.

— Você virá comigo, nefilim.

Agora eu estava um pouco ofendida.

— Não dificulte as coisas — o demônio ordenou. — Você vai só acabar se machucando.

— Sério? — A Espada de Miguel pulsava intensamente. — Pelo amor de Deus — murmurei, dando um passo para o lado. — Esta é a *pior noite* da minha vida.

Eu ergui a espada. O demônio Rastreador era rápido, mas não tanto quanto eu. Ele pulou para trás, mas eu girei, deixando a espada bem alta, atingindo-o no abdômen. A lâmina ardente o atravessou como se seus ossos e músculos não passassem de papel de seda.

— Droga — o Rastreador murmurou pouco antes de as chamas ondularem sobre seu corpo... ou de partes dele.

— Últimas palavras estimulantes — eu disse, virando-me.

O outro demônio teve o mesmo fim. Mais ou menos isso. Havia sons de um corpo... sendo rasgado e partido sobre os quais eu não queria nem pensar.

Meus braços tremiam enquanto a *graça* latejava no centro do meu peito. Eu não deveria estar esgotada ainda, mas estava chegando perto. Normalmente eu aguentaria mais tempo, mas não era como se eu estivesse descansando muito. Eu tinha energia suficiente para fazer o que precisava ser feito. Meu coração voltou a acelerar enquanto o calor úmido se acumulava sob meu nariz. Sangue. Zayne já sentiu a minha *graça*, portanto, usá-la não o alertaria sobre o que eu estava fazendo.

Agora era um momento melhor do que qualquer outro. Foi isso que eu disse a mim mesma quando comecei a atravessar o terraço até onde Zayne estava. Eu nem precisaria da Anciã. Zayne estava aqui e, embora eu quisesse socá-lo com toda a minha força, ele estava ali dentro. Ele tinha de estar. Por que mais ele estaria me observando? Por qual outra razão ele tinha aparecido não uma, mas duas vezes para me ajudar? Ele estava ali dentro, e eu iria libertá-lo, de uma forma ou de outra.

Uma pressão apertou meu peito quando aquelas asas magníficas se afastaram silenciosamente. Ele olhou para mim por cima do ombro. Um canto de seus lábios se curvou para cima em um meio-sorriso enquanto ele arrastava o lábio inferior entre os dentes.

Meu coração mais do que idiota pulou no peito e os meus passos vacilaram por apenas um milésimo de segundo.

E ele só precisou disso.

Zayne era tão rápido, rápido demais, e, mesmo que eu estivesse em ótima forma, não teria feito diferença. Ele pegou o meu braço antes mesmo que eu pudesse levantar a espada.

O brilho sob sua pele aumentou quando ele abaixou a cabeça, ficando a poucos centímetros da Espada de Miguel.

— Você tá sangrando.

Não tive a chance de responder.

Seu outro braço me envolveu, puxando-me contra ele. Senti seus músculos retesarem. Por um momento, pensei que ele fosse se lançar no ar e me levar embora. Colocar-me em uma gaiola, como ele disse que faria.

Mas ele não alçou voou. Ele deu um pulo para o lado, e tive um segundo para entender. Perdi meu controle sobre a minha *graça*. A Espada de Miguel se desfez pouco antes de batermos na água.

Descemos juntos, um emaranhado de pernas e bolhas agitando-se. Seu olhar encontrou o meu através da água que passava agitada entre nós enquanto afundávamos cada vez mais. Seus lábios se moviam enquanto ele falava e, Jesus Cristo, os anjos eram parte peixe ou algo assim? Havia guelras naquelas asas?

Havia uma pergunta melhor de se fazer. Será que ele iria me afogar? Era tudo muito fácil, com a força com que ele me segurava. Não tinha como eu me libertar do seu abraço.

Antes que essa pergunta pudesse dar lugar ao pânico, ele tomou impulso no fundo da piscina. Momentos depois, emergimos na superfície e ele me soltou. Não afundei novamente, encontrando-me em uma parte mais rasa, onde a água chegava à minha cintura.

Com falta de ar, recuei e limpei debaixo do nariz. Olhei para baixo e, nos traços tímidos do amanhecer que se aproximava, pude ver que a mancha escura do sangue não estava presente nos meus dedos.

Meu coração voltou a apertar. Será que ele... será que ele sabia ou tinha se lembrado do que o meu sangue era capaz de fazer? Foi por isso que nos jogou na piscina?

Olhei para cima, observando-o... enquanto ele me observava. Nenhum de nós falou enquanto eu recuava contra a parede da piscina. Ele estava perto, seu semblante mais nítido do que deveria ser para mim. Havia uma tensão em seus lábios que eu mal tinha começado a entender o que significava, mas que reconhecia mesmo assim. O meu coração batia forte agora por um motivo totalmente diferente. Ele se aproximou, suas asas cortando a água atrás dele. Eu enrijeci, mas não me mexi.

Zayne parou na minha frente, e tive de inclinar a cabeça para trás para encará-lo.

— Por que você me beijou, antes?

Sua pergunta me pegou desprevenida, e levei um pouco para responder.

— Porque eu... eu queria chegar até você.

Os cílios grossos que eu não deveria conseguir ver se abaixaram, cobrindo seu olhar.

— E conseguiu? — ele perguntou, com a voz mais suave. Mais... mais parecida com Zayne do que eu já tinha ouvido dele.

Uma onda trêmula de compreensão passou por mim.

— Você tá aqui — eu disse asperamente, tirando as mãos da água. Eu nem sabia o que estava fazendo até que fiz, colocando as minhas mãos contra o peito dele.

Ele pareceu respirar fundo ao contato, enquanto eu mantinha as mãos em sua pele fria demais. Eu não o afastei. Eu apenas... apenas o toquei.

— Você me diz se eu consegui — sussurrei enquanto a camisa flutuava ao meu redor, ameaçando subir à superfície.

Seu olhar se levantou até o meu, e aquele brilho... a luminosidade em sua pele e em seus olhos cintilava ainda mais forte. Era quase doloroso olhar para ele, mas eu não desviei o olhar.

— Não sei por que eu tô aqui — ele disse.

Eu me recusava a acreditar nisso.

— Sim, você sabe. De algum jeito, você sabe.

Suas feições se contraíram e depois ficaram embaçadas quando ele abaixou a cabeça até a minha.

— Então me diga o porquê.

Capítulo 11

Como eu poderia contar a ele de uma forma que ele ouvisse ou entendesse, se eu já havia contado antes? Que era porque eu o amava e ele me amava, mas as palavras... as palavras pareciam não ter significado algum.

E eu não sabia se era por isso que fiz o que eu fiz em seguida. Se era para alcançá-lo, como antes, ou se era impulsionado pela aflição que se instalou em mim, ou se era apenas a minha impulsividade irresponsável que operava sob o mantra de agir primeiro e pensar depois.

O motivo não importou quando levei minha boca até a dele. Tudo o que importava era que aquilo parecia o certo, embora ele estivesse ameaçando me matar ou me colocar em uma gaiola, e eu quisesse esfaqueá-lo no coração momentos antes. Literalmente. Em um mundo normal, nada disso seria minimamente aceitável. Certamente o que eu estava prestes a fazer não era. Muita gente ficaria em choque, mas isto... nada disto era normal. Nós não éramos normais, e as normas, regras e expectativas não eram óbvias aqui. Elas eram confusas, e nós estávamos abusando disso, mas eu soube, quando ele me beijou antes, que ainda havia uma parte de Zayne ali que me reconhecia — que reconhecia a nós e a tudo o que significávamos um para o outro. Alcançar essa parte de Zayne valeu a pena.

No momento em que meus lábios tocaram os dele, eu estremeci — ele estremeceu. O beijo... não foi nada parecido com o do parque. Não houve um estímulo hesitante ou a expectativa por uma reação da parte dele. Estava lá, e sua reação foi imediata.

— Eu... eu preciso de você — ele disse, a voz grossa.

— Você me tem sempre, Zayne.

Sua boca pressionou a minha, e o beijo tinha gosto de água e hortelã, familiar, mas desconhecido.

E aquele beijo, o toque de seus lábios, de sua língua... tudo rapidamente se tornou algo a mais, algo mais profundo e mais forte. E tudo rapidamente ficou espetacularmente fora de controle.

Seu braço me envolveu, e o meu, foi para o seu pescoço. Empurrei-me da parede, pressionando-me contra ele, e então ele estava me prendendo de volta contra a parede, o peso e a sensação de seu corpo dispersando quaisquer pensamentos antes que pudessem se formar. Meus dedos se afundaram nos fios molhados de seu cabelo e sua mão estava debaixo d'água, deslizando sobre minha coxa e meu quadril, sob a camisa flutuante e subindo até o que havia chamado sua atenção antes. Minhas costas se arquearam enquanto um som estrangulado saía dos meus lábios.

O grunhido foi capturado no beijo enlouquecedor e vertiginoso, e perdido em todos os sons suaves que se seguiram. O calor me queimava por dentro, aquecendo a pele dele e incendiando o meu sangue. Levantei as pernas e as envolvi em torno de sua cintura, balançando-me contra ele enquanto nos beijávamos sem parar até que senti falta de ar, e não parei por aí. Era um tipo de necessidade primitiva que nos conduzia, que ia além do físico, e era como dançar precariamente perto da beirada — o modo como sua língua se movia com a minha, o modo como suas mãos exploravam e se demoravam nas protuberâncias e nas concavidades do meu corpo, movendo-se sobre a pele nua e depois descendo, deslizando sob as frágeis barreiras de roupas. Sua mão abrindo e fechando ali, incitando-me a me mover, mas eu não precisava de incentivo. E foi como cair daquele limite agora — a maneira como eu agarrei sua pele, seus ombros, seus braços, tentando trazê-lo para mais perto, e a maneira como me movi e contorci, pressionando-me contra ele até que o desejo latejante se tornou algo tão agudo que era quase doloroso. E foi na maneira como eu puxei o cós escorregadio e encharcado da calça dele e no modo como meus quadris se agitaram quando ele rasgou a roupa.

Em seguida, estávamos tombando, rolando e girando sobre a beirada daquele precipício.

E não havia como voltar atrás nisto — nele —, e não importava qual fosse o resultado, eu não iria querer. Eu não me arrependeria, porque isto era ele. Era Zayne quem me segurou e tocou, e era ele quem criou a tensão dentro de mim. Aquela espiral já estava se apertando e retorcendo quando Zayne me levantou da parede da piscina, quando a imensa pressão dele empurrou cada vez mais para dentro de mim, até que seus quadris encontraram com os meus. Houve um breve desconforto, um choque de plenitude que me fez enrijecer e ofegar em sua boca, mas foi Zayne quem se manteve imóvel, e foi um som áspero que saiu de sua boca. E então ele se moveu. Nós nos movemos, e não houve nada lento enquanto tomávamos um ao outro.

E sua boca nunca deixou da minha. Nunca parei de beijá-lo, nem mesmo quando os nossos corpos se juntaram, nem agora, quando eles se moviam juntos; e quando a espiral se desenrolou, liberando uma enxurrada de prazer intenso e ondulante, os meus gritos caíram em seus lábios enquanto ele estremecia ao meu redor, dentro de mim.

Foi somente quando a loucura abrandou, muito depois do último dos tremores que assolaram os nossos corpos, que nossos lábios finalmente se separaram. Eu não disse nada. Ele também não, mas ainda me mantinha segura contra ele, com os braços cruzados nas minhas costas, e eu ainda me agarrava aos seus ombros. Ele se mexeu, passando a testa pela minha antes de deixá-la cair no meu ombro. Seus lábios roçaram a pele e houve uma mordida suave.

Com o coração mais controlado, abri os olhos. A primeira coisa que notei foi a asa dele. Estava tão perto do meu rosto que pude ver que cada seção de penas era, na verdade, várias penas menores. Eu conseguia ver a fina rede de veias cintilando com *graça*.

Ergui uma mão. As pontas de meus dedos roçaram a penugem suave...

Sua cabeça se levantou e sua mão foi ainda mais rápida. Ele pegou meu pulso, afastando os meus dedos.

— Não faça isso — ele advertiu, com o outro braço tenso em volta de mim. — Elas são...

Meu coração estava batendo forte novamente.

— Elas são o quê?

Seus olhos procuraram os meus, mas ele não disse nada por um bom tempo. Ele apenas me segurou ali pelo que pareceu ser uma pequena eternidade.

— Agora eu sei — ele disse — porque venho até você. É isto.

Houve uma centelha de esperança, mas então os meus olhos se estreitaram.

— Não é pelo que acabamos de fazer.

— Não é? — Seu braço me apertou novamente, puxando-me com firmeza contra ele e provocando um arquejo meu. — É *isto*. — Um olhar de arrogância se instalou em suas feições, mas desapareceu rapidamente quando sua testa voltou para a minha. — É *algo mais*.

A esperança já não era mais apenas uma centelha. Ela rugiu como uma fogueira.

— É, sim.

— Eu sei. — Ele soltou minha mão e minha cintura, agarrando meus quadris. Ele me ergueu, afastando-me dele de uma forma surpreendentemente gentil, ao menos para esta... versão de Zayne. Suas mãos permaneceram ali por alguns instantes e depois se afastaram. Ele se afastou de mim, o brilho diminuindo em sua pele até ficar fraco. — É por isso que você precisa ficar longe de mim, porque vou te machucar. Mesmo que eu não queira ou não tenha a intenção, a coisa que tá ocupando uma parte de mim vai te machucar. Fique longe de mim.

E então ele desapareceu em um fino jato de água.

Encostei-me na parede da piscina e fiquei olhando para o local onde Zayne estivera.

A coisa que está ocupando uma parte de mim vai te machucar.

Aquelas palavras foram importantes. Houve um reconhecimento ali. Havia mais provas de que, em algum nível funcional, Zayne estava lá. Não que eu precisasse de muito mais provas.

Suas palavras deixaram um arrepio, mas meu coração... Apertei o punho contra o peito. Não estava doendo tanto quanto antes.

Eu não sei quanto tempo fiquei na piscina, mas o cinza perolado do amanhecer começou a percorrer o céu antes de eu finalmente me mexer. Não havia sinal da minha calcinha... ou das minhas péssimas habilidades de tomada de decisão quando saí da piscina.

Eu me arrependia do que aconteceu? Não. Deveria? Alguns podem pensar que sim, e até mesmo eu reconhecia que não foi a melhor escolha de vida enquanto caminhava pelo terraço, encontrando minhas adagas no maldito "espaço verde" que era do tamanho de uma caixa. Eu havia perdido uma oportunidade de usar a Espada de Miguel enquanto ele estava... distraído? Provavelmente não. Além do fato de estar igualmente distraída, eu sabia que ele ainda teria sentido que eu estava invocando minha *graça*.

Digitei o código do apartamento enquanto a minha mente examinava tudo. Considerando que não tínhamos... não tínhamos usado proteção e que não fizéramos ideia se engravidar era algo que poderia ocorrer entre nós antes, muito menos agora, isso não tinha sido exatamente a mais inteligente das ideias. Eu sequer sabia se era possível que os Legítimos reproduzissem. O pouco que eu sabia não incluía educação sexual.

Mas aconteceu.

Nada iria mudar isso.

E eu teria de acrescentar isso à lista cada vez maior de coisas com que me preocupar, juntamente com o fato de que tanto Zayne, o Caído, quanto os lacaios de Gabriel sabiam exatamente onde me encontrar.

Cara, eu estava realmente grata por Jada não estar aqui, porque eu falaria tudo para ela em cinco segundos, e ela... bem, ela teria muito a dizer.

No entanto, eu não tinha espaço mental para aquilo no momento. Eu não conseguia nem pensar no que tinha acabado de acontecer. Vesti uma camisa seca de Zayne e voltei para a cama, adormecendo com as adagas no travesseiro ao lado da minha cabeça.

Dormi boa parte do domingo, acordando apenas para responder mensagens de texto e ir ao banheiro. Até então, eu não havia percebido que realmente não havia dado ao meu corpo todo o tempo necessário para se curar. Eu provavelmente precisava de mais tempo, mas uma das mensagens que eu respondera era de Dez.

Algo havia acontecido na pior escola de ensino médio do mundo. Ele tinha planejado me contar mais sobre isso quando me buscasse, mas, considerando o que estava rolando por lá, eu duvidava que o que quer que tivesse acontecido me deixaria saltitando de felicidade depois.

Felizmente, não houve novas visitas de demônios ou anjos caídos enquanto eu estava praticamente desmaiada, mas eu não sabia quanto tempo esse respiro duraria. O apartamento podia estar comprometido e, mesmo que eu faça Zayne recobrar o juízo, talvez não possamos ficar aqui.

Entretanto, isso era um problema para mais tarde. Assim como o que eu fizera com Zayne nas primeiras horas da manhã e se Minduim de fato foi sugado momentaneamente para o purgatório.

Vi Minduim depois que vesti uma calça jeans e uma camisa larga o suficiente para esconder as adagas. Ele perguntou sobre os arranhões na janela e, quando eu disse que tinha sido um demônio tentando entrar, ele deu um grito e desapareceu.

Eu não o tinha visto ou ouvido desde então.

Depois de comer uma caixa inteira de bacon de micro-ondas — adeus, minhas artérias —, fui ao encontro de Dez.

Apertando os olhos para o céu nublado, aproximei-me cautelosamente do SUV preto parado ao meio-fio. Eu esperava que fosse Dez e não que eu estivesse prestes a ser sequestrada.

A janela do passageiro se abriu e o rosto embaçado do Guardião apareceu.

— Ei — ele chamou. — Entre.

Abrindo a porta, eu me sentei no banco do passageiro. Olhei para ele e imediatamente pensei em Zayne e naquela piscina. Sentindo minhas bochechas queimarem, fiquei grata por ele estar concentrado em arrancar com o carro. Eu realmente precisava não pensar em nada daquilo no momento.

— Então, o que tá rolando com a escola? — perguntei enquanto me inclinava para trás e tirava um elástico de cabelo do bolso. Coloquei-o na boca e, em seguida, juntei meu cabelo.

Ele cheirava a cloro.

Ugh.

— Além de alguma coisa nada boa? Não tenho certeza — ele respondeu. — A capitã de polícia entrou em contato conosco há mais ou menos uma hora sobre algo que ela acha ser mais da nossa especialidade.

A relação entre os Guardiões e as autoridades da lei era estranha, já que noventa e nove por cento do mundo estava alheio à verdade por causa de regras idiotas. Até onde eu sabia, somente os mais altos escalões dos departamentos sabiam o que os Guardiões realmente caçavam. A maioria deles descobriu por algum nível de exposição aos demônios. Exceções às regras foram feitas, e alguns foram informados após provarem que podiam ser confiados com a verdade. Não sei como alguém poderia provar que era tão confiável assim, mas Thierry me disse uma vez que oficiais de todos os estados e de todas as agências federais, do FBI ao Departamento de Defesa, e todas as agências de inteligência intermediárias, estavam cientes de que os demônios estavam definitivamente entre nós. Matthew tinha dado a entender que havia um departamento super-mega-ultra-secreto em uma das agências que lidava com atividades demoníacas. Eu não fazia ideia se isso era verdade, mas, se fosse, estariam eles dando o fora desse problemão chamado Gabriel?

Eu não poderia culpá-los se estivessem.

— Aparentemente, a polícia recebeu várias ligações sobre pessoas desaparecidas de famílias de trabalhadores que estavam na escola no sábado — Dez continuou. — Nenhum deles voltou pra casa ou tá atendendo ao telefone.

— Ah, cara... — murmurei sobre o prendedor de cabelo enquanto juntava o cabelo e trançava rapidamente a bagunça. Aquela escola estava repleta de almas perdidas. A maioria delas era de fantasmas que não tinham atravessado e se tornaram espectros vingativos e raivosos. Representavam uma ameaça para qualquer pessoa naquela escola, mas não eram os únicos ali. A escola estava repleta de Pessoas das Sombras, a essência deixada por um demônio que morreu, e elas eram muito mais perigosas e aterrorizantes do que um espectro tendo um dia ruim na pior de todas as segundas-feiras. Todos os fantasmas, espectros e Pessoas das Sombras estavam basicamente presos lá dentro, esperando que o portal se abrisse para que pudessem entrar no Céu, infectando-o como um surto muito forte de catapora. Como alguém conseguia trabalhar naquele prédio estava além da minha compreensão, mas a fachada de restauração estava em pleno andamento. Mesmo os humanos que não acreditavam em fantasmas percebiam algo de estranho na escola.

— Pois é. — Dez acenou com a cabeça enquanto reduzia a velocidade do SUV em uma faixa de pedestres. — Uma dupla de policiais saiu pra verificar o que estava acontecendo e perderam contato com eles depois que entraram no prédio.

Ao amarrar a ponta da trança, olhei para Dez.

— Isso não é bom.

— Não é.

— E deixa adivinhar, tem mais notícias nada boas a serem compartilhadas.

— Sim. Outra dupla saiu pra verificar o que aconteceu com a primeira. Eles entraram no prédio e apenas um deles saiu.

Minhas sobrancelhas se ergueram.

— A escola comeu o parceiro?

— De acordo com o policial, seu parceiro foi sugado pra dentro do teto por uma massa preta gigantesca.

Meus lábios se entreabriram.

— Então a escola de fato comeu o parceiro dele. Jesus Cristo. — Neguei com a cabeça. — Essa escola precisa ser fechada.

— Concordo, e foi isso que disse à capitã. Como provavelmente vai se tornar uma espécie de cena de crime, isso impedirá que as pessoas entrem por um certo tempo. Ela tá procurando saber o que pode fazer pra que a construção seja interrompida por um prazo mais longo. — Ele virou à direita e o carro andou cerca de um metro antes de parar novamente.

Franzi a testa e fiquei olhando pela janela. Por que diabos havia tanto trânsito em um domingo à noite?

Dez tinha uma pergunta melhor.

— Por acaso você viu uma massa preta gigantesca da última vez que esteve lá?

Eu bufei.

— Não, mas vi uma tonelada de fantasmas e Pessoas das Sombras. Não sou especialista no assunto, mas isso pode ser algo que eles fizeram. Sabe, sugar alguém pelo teto.

— Isso vai ser divertido — ele comentou. — Achei que, como você consegue vê-los e nós não, seria uma boa ideia trazer você nessa.

Assenti com a cabeça. Fazia sentido.

— E alguma coisa tem de estar acontecendo lá. Por mais louco que pareça, os trabalhadores estiveram lá há tempos sem maiores problemas.

Antes disso, teve a escola de verão. E a única coisa que sei que aconteceu foi um aluno sendo empurrado pelas escadas. Então, o que poderia ter mudado agora? — Pensei bastante naquilo. — E assim, sabe o espírito de Sam? Ele voltou pra avisar Stacey pra ficar longe da escola, porque pressentiu que algo ruim estava prestes a acontecer. Achei que era o portal que ele estava sentindo.

— Talvez eles quisessem limpar a escola pra se preparar pra Transfiguração? — Dez sugeriu. — Mas isso não faz muito sentido. — Ele passou a mão pelo cabelo. — Ela é daqui a pelo menos duas semanas.

Olhando pela janela, eu me perguntei se algo teria feito com que os fantasmas e as Pessoas das Sombras se tornassem mais violentos. Ou será que era apenas a natureza seguindo seu curso? Qualquer fantasma ou espectro se tornaria mais perigoso quanto mais tempo ficasse preso.

— Você tá muito quieta aí.

— Desculpa. Só tô pensando.

— Sobre Zayne?

Dei de ombros. Eu não havia contado a ele sobre os meus planos de ir até a Anciã, mas decidi não dizer nada. Era melhor não compartilhar isso até amanhã. Eu tinha a impressão de que ele tentaria me convencer a não ir ou que se convidaria para ir junto.

Dez ficou em silêncio por um momento.

— Nicolai não queria que eu te chamasse pra isso.

— O quê? — Olhei para ele.

— Com tudo o que tá acontecendo com Zayne, ele tá preocupado que você esteja distraída.

Eu? Distraída? Quase ri.

— Em primeiro lugar, eu tô sempre distraída. Estou em um estado constante de distração. — Levantei dois dedos. — Em segundo lugar, vou admitir. Zayne é uma prioridade. Certa ou errada, não me importa. Mas lidar com o Augúrio ainda é meu dever. Foi pra isso que eu fui... gerada. — Meu lábio se curvou. Gerada? Aquilo soou terrível. — É pra isso que eu venho *treinando.* Se algo coisa estiver acontecendo com qualquer coisa que envolva o Augúrio, eu preciso estar envolvida. Consigo separar o que tá ocorrendo com Zayne e com o Augúrio. em terceiro lugar... — Olhei fixamente para meus três dedos levantados e depois abaixei a mão. — Eu não tenho um terceiro lugar. Eu só tenho o primeiro e o segundo.

Dez sorriu.

— Eu sei, mas ele tá preocupado que isso possa ser uma armadilha. Uma maneira de Gabriel tentar te atrair.

— Pode ser — eu disse, e Dez olhou para mim. — Não sei se ele acha que os Guardiões iriam me incluir ou não. Talvez ele ache que sim, mas não é como se ele não soubesse onde eu moro. Diabretes e um outro demônio apareceram ontem à noite.

— Como é que é? E só agora você fala isso?

Meus olhos se arregalaram quando Dez pisou no freio. Um carro vermelho menor passou na frente dele.

— Não é nada demais. Eu dei cabo deles.

— Não é nada demais? Você não tá segura lá se Gabriel sabe onde você tá ficando.

— Ele provavelmente sempre soube onde eu estava e, por qualquer motivo que seja, enviou seus lacaios atrás de mim na noite passada — apontei.

— Você pode ficar com a gente...

— E colocar vocês em perigo? Sua esposa e seus filhos? É isso que você tá sugerindo? — Observei sua mandíbula enrijecer. — O que o impede de me encontrar lá? Eu não tô disposta a correr esse risco. Acho que você também não.

Ele ficou quieto enquanto guiava o carro esportivo pela colina arborizada.

— Você não deveria ficar lá sozinha.

— Não tô sozinha. Eu tenho o Minduim. — Dez olhou para mim. — Ele é um fantasma — eu disse com outro encolher de ombros.

— Eu nem sei o que dizer sobre isso.

— Não há nada a dizer. — Batuquei no assoalho do carro com o pé. — Agradeço sua preocupação. Até mesmo a de Nicolai. Mas eu tô bem onde estou, e se isso mudar... — E era bem possível que mudasse. — Bem, aviso vocês.

— Entendo por que você não quer sair do apartamento.

— Entende? — Arqueei uma sobrancelha.

— Você não quer ir embora para o caso de Zayne voltar. Você quer estar lá.

Abri a boca para falar, mas a fechei enquanto olhava para o azul escuro do céu. A pressão apertou meu peito. Eu não queria colocar mais ninguém em risco, e sabia que poderia chegar um momento em que eu teria de deixar o apartamento, mas Dez também estava certo. Eu queria estar lá para o caso de Zayne de alguma forma sair daquele estado sem a minha intervenção. Eu queria estar lá caso ele fosse me procurar.

Mesmo que não fosse para se aconchegar comigo.

Se Dez soubesse que Zayne já tinha estado no apartamento — no telhado do apartamento, para ser exata —, ele provavelmente me amarraria e me guardaria em algum lugar.

E eu sabia que estava sendo irracional. Eu sabia que deveria empacotar as minhas porcarias e me esconder, mas quando foi que eu fiz a coisa racional e sensata? Nunca. Comecei a mordiscar a unha do polegar. No entanto, talvez amanhã à noite, a esta hora, eu tenha uma maneira de neutralizar Zayne para poder trazê-lo de volta.

Ou libertá-lo.

— Você precisa ter cuidado, Trinity — Dez começou.

— Eu tenho. — Mais ou menos. O peso se instalou em meus ombros quando a escola de ensino médio se tornou visível. Uma viatura policial estava do lado de fora, ao lado de outro carro preto, sem identificação.

Nunca pensei que ficaria tão feliz ao ver uma escola de ensino médio mal-assombrada.

Dez parou atrás do veículo sem identificação. Desligando o motor, ele se virou para mim, e o instinto me disse que ele estava se preparando para algum tipo de conversa séria.

— Veja! A policial mulher! — Soltei o cinto de segurança e abri a porta. Eu simplesmente caí do SUV.

A policial estava do lado de fora do carro, falando ao telefone. Fosse pelo meu grito ou pela extraordinária saída-caída do veículo que chamou sua atenção, a mulher negra e alta se virou para mim.

Eu lhe dei um aceno de mão bastante jovial.

— Você ligou para os Caça-Fantasmas? Se sim, estamos aqui.

Ela abaixou lentamente o telefone e se virou para Dez.

— Capitã Washington, esta é Trinity. — Dez já soava cansado. — Ela está, hã, prestando consultoria pra nós.

— Sério? — O tom da capitã da polícia estava repleto de dúvida.

— Ela é uma especialista nesse tipo de coisa — Dez insistiu.

— "Eu vejo gente morta."

A capitã abriu a boca e demorou um pouco para dizer:

— Sabe, por mim tudo bem.

Eu sorri.

— Então, o que tá acontecendo lá dentro, Capitã Washington? — Dez perguntou enquanto me lançava um olhar que eu podia ler claramente.

Cale. A. Boca.

— Não tenho a menor ideia, Dez. Tenho três policiais desaparecidos e um sentado em sua viatura — ela disse e, ao colocar o telefone no bolso da frente de sua calça escura, o blazer de mangas curtas foi empurrado para trás, revelando a arma guardada à lateral do corpo. — Tudo o que ele tem feito é rezar.

Minhas sobrancelhas se ergueram.

— Sério?

Ela me lançou uma breve olhada, acenando com a cabeça.

— Ele não tem falado muito. Tudo o que sei é que eles não passaram do saguão principal antes do policial Lewis ser pego.

— Por uma massa preta no teto? — Dez esclareceu.

— Sim, e vou te contar, o policial Lee tá na polícia há trinta anos. Tem pouquíssima coisa que o assusta. — Colocando as mãos nos quadris, ela olhou para a escola. — Eu nunca o tinha visto assim. Acredito que ele viu o que disse que viu. Foi por isso que os chamei, mas, como eu disse aos outros, não posso prometer por quanto tempo conseguirei que vocês sejam os primeiros nesta. Tenho policiais desaparecidos, e, embora a segunda chamada não tenha sido feita pelo rádio, a primeira foi.

Franzi a testa.

— Outros...?

Uma sombra caiu do alto, aterrissando com um baque alto na minha frente. Eu guinchei, dando um pulo para trás. Tudo o que vi foi a pele dura e cinzenta de um Guardião.

— Cruz credo!

— Desculpa. — Foi a resposta áspera enquanto as asas lisas recuavam. O Guardião se afastou quase um metro de mim. A cabeça de cabelos escuros se inclinou. Seus chifres eram da cor de obsidiana polida. — Eu não queria te assustar.

— Tá tudo bem. — Olhei para o telhado, semicerrando os olhos. Outro Guardião estava empoleirado na borda. Ele saltou, juntando-se ao primeiro Guardião. Este tinha cabelo castanho claro, cortado rente à cabeça, e chifres, como o outro. — Tá chovendo gárgulas.

— Esperamos, como você pediu — o primeiro Guardião disse e, enquanto eu me recuperava do meu mini ataque cardíaco, percebi que ele estava usando uma camisa. Enquanto estava em sua forma de Guardião e com as asas expostas.

Hm.

— Não ouvimos nada vindo de lá de dentro — o outro Guardião disse enquanto eu me afastava para ter uma visão melhor.

A camisa que o primeiro Guardião usava tinha duas fendas em ambos os lados da coluna vertebral. Espaço mais do que suficiente para suas asas saírem. Isso era ridiculamente inteligente, e de uma maneira quase constrangedora, considerando que ninguém mais parecia ter percebido esse método.

— Nem um único som — o primeiro Guardião confirmou, olhando para mim.

Juntei as mãos e sorri.

— Gosto da sua camisa.

Ele se virou brevemente para Dez e depois engoliu em seco.

— Valeu?

— Ela é uma... consultora? — a capitã Washington perguntou. — Com que capacitação, além de ver pessoas mortas?

— *Daquele* tipo — eu disse, apontando para o céu que estava escurecendo, enquanto permitia que a *graça* pulsasse dentro de mim.

As pessoas normalmente não faziam ideia do que eu era. Não até que eu permitisse que um pouco da minha *graça* viesse à tona. Eu não tinha ideia do que elas viam ou se era algo que sentiam — algo que se comunicava com qualquer instinto de sobrevivência que houvesse ali —, mas a Capitã Washington deu um passo para trás, batendo no para-choque do sedã.

E ela não parecia ser o tipo de mulher que dava um passo para trás com frequência.

— Legal. Legal — ela sussurrou, limpando a garganta. — Vocês deviam entrar lá.

— Encontraremos seus policiais — Dez prometeu, e achei que provavelmente aquilo não era a coisa mais inteligente a se fazer.

Dez segurou minha camisa ao passar, levando-me com ele.

— Achei que você não deveria revelar o que é — ele disse em voz baixa.

— Ela não sabe o que eu sou, e os Guardiões já sabem, então tanto faz. — Respirando fundo, finalmente levantei meu olhar para a escola.

Imediatamente, desejei não ter feito isso. As luzes estavam acesas no interior, um brilho que era bem-vindo e, ao mesmo tempo, grotesco. Eu me arrepiei, eriçando cada pelo no meu corpo. Como antes, parecia que milhares de olhos estavam voltados para mim, embora as janelas iluminadas do primeiro andar estivessem vazias.

Eles ainda estavam lá dentro — os fantasmas, os espectros e as Pessoas das Sombras. E eles estavam esperando.

Capítulo 12

Subi os degraus largos com cuidado, sem querer tropeçar e quebrar o pescoço na frente da capitã. Isso arruinaria totalmente a minha suposta marra. O meu passo vagaroso nada tinha a ver com a sensação rastejante e assustadora que estava dançando sobre a minha pele. Não. De forma alguma.

Quando chegamos à entrada coberta da escola, respirei fundo e olhei para os dois Guardiões. A sensação de estar sendo observada aumentou em dez vezes.

— Acho que não conheço vocês dois.

— Só de passagem — respondeu o que tinha a camisa inteligente. — Meu nome é Jordan. — Ele, então, acenou com a cabeça para o outro Guardião. — Esse é Teller.

O Guardião de cabelos claros acenou com a cabeça.

— É um prazer conhecê-los. — Voltei a me concentrar na escola. — Espero que vocês sejam espertos e me ouçam quando digo que deveriam ficar aqui fora.

— Isso não vai acontecer — Dez disse em uma voz grave, tendo se transformado enquanto subíamos os degraus.

— Já sei que você não é esperto. Esperava que eles fossem. — A tensão se instalou em minha nuca. — Vocês não vão conseguir ver o que tem lá dentro, a menos que eles sejam realmente poderosos. Vocês podem ter sorte ou azar de conseguir ver as Pessoas das Sombras se elas quiserem ser vistas. De qualquer forma, não deve ter muita coisa que vocês possam fazer.

— Sabemos disso — Teller respondeu enquanto examinava as janelas —, mas não vamos deixar você entrar lá sozinha. Já é ruim o suficiente que você esteja aqui. Só por isso, Nic já vai nos dar um sermão.

— Você não vai nos convencer a ficar de fora — Jordan confirmou. — Vamos entrar lá com você. Discutir só vai nos atrasar, e que bem isso faria?

Nenhum. Porque, se alguém ainda estiver vivo lá dentro, precisava ser resgatado. Pior ainda, eu tinha a impressão de que a capitã teria de tomar uma atitude para tirar seus oficiais de lá, o que significava que mais pessoas estariam entrando ali, e isso era a última coisa que eu queria.

— Certo. Se vocês precisarem de anos de terapia por causa disso, não vão poder dizer que eu não avisei — eu disse, começando a avançar.

Meu pé imediatamente se prendeu no degrau que eu não vi. Cambaleei para a frente, segurando-me enquanto Dez agarrava o meu braço.

— Você tá bem? — Jordan perguntou.

— Sim. — Suspirei. — Sou meio que cega. Na verdade, tenho baixa visão — eu disse, surpreendendo a mim mesma com a verdade.

— Caramba — Jordan murmurou —, eu nunca teria notado.

— Sério? — eu disse, duvidosa.

Achei que tinha visto um meio sorriso.

— Só presumi que você não era muito observadora.

— Bem, isso também é verdade — Dez comentou.

Revirei os olhos, mas eu... eu não podia acreditar que tinha acabado de admitir para completos estranhos que eu não conseguia enxergar bem. Eu sempre escondi os meus problemas de visão ou fingi que não eram nada demais, o que geralmente terminava comigo esbarrando em algo pontiagudo e doloroso ou sendo incapaz ler as instruções e improvisando com resultados desastrosos. Demorou eras para que eu confessasse isso para Zayne, e eu confiava nele com minha vida, mesmo agora. Eu nem sabia por que era tão relutante em contar às pessoas.

Tudo bem, isso era uma mentira.

Eu sabia exatamente o motivo.

Eu não queria que as pessoas pensassem que a minha falta de visão me tornava fraca ou incapaz. Eu não queria a compaixão ou pena das pessoas. Eu queria ser vista como eu e não como a garota que estava ficando cega, mas o fato é que eu era eu — uma Legítima que sabia lutar e estava pronta para se defender, que adorava maratonar seriados antigos dos anos 1990 e sentia falta da mãe, que sabia o que era perda e que estava profundamente apaixonada. Eu também era a garota que estava ficando cega. O que estava acontecendo comigo não era a soma de quem eu era, mas era uma parte de mim.

Não sei por que demorou dezenove anos para que eu percebesse isso, mas me senti muito madura. Eu estava sorrindo quando entrei na escola.

O sorriso não durou muito.

Assim que a porta se fechou atrás de nós, o ar pareceu ficar mais espesso e girar ao nosso redor. Continuamente examinando os expositores vazios de vidro e as portas fechadas dos armários, caminhei em frente. Os arrepios voltaram com força e as minhas orelhas ficaram em brasa. Os meus passos ficaram mais lentos enquanto eu me esforçava para ouvir...

— É impressão minha ou parece que tá quase congelando aqui dentro? — Jordan perguntou.

Eu estava meio que esperando ver a minha respiração embaçar quando respirei, mas não era nisso que eu estava focada. Com as sobrancelhas franzidas, inclinei a cabeça para o lado, ouvindo por mais alguns instantes.

— Imagino que vocês não estejam ouvindo isso.

— Não ouço nada além da voz sussurrando dentro da minha cabeça que este lugar me dá arrepios — Teller murmurou. — E é a minha própria voz.

Eu dei um sorriso.

— Eu tô ouvindo... um falatório.

— Você não tá vendo nada? — Dez se virou para mim.

Neguei com a cabeça.

— Ainda não. — Olhei para o que parecia ser um teto normal. — O policial que foi comido pelo teto... Eles não conseguiram passar daqui, certo?

— Certo — Jordan respondeu.

Virei-me para a direita, com o corpo todo tenso. As portas do ginásio estavam fechadas e as luzes estavam acesas lá dentro, mas lembrei do que havia além das portas da última vez. Uma quadra cheia de pessoas mortas que não estavam jogando basquete.

— O portal é acessado por ali, não é? — Jordan perguntou.

Assenti com a cabeça.

— Tenho certeza de que todos vocês estão ansiosos pra vê-lo, mas não acho que seja prudente ir até lá, a menos que seja necessário. Era lá que a maior parte das Pessoas das Sombras estava da última vez. Matei muitas delas, mas aposto que foram substituídas.

— Elas estão guardando o portal — Teller afirmou.

— Elas definitivamente... — Uma forma escura passou pelas janelas das portas do ginásio e, um segundo depois, um rosto apareceu na janela, cinza e distorcido, enquanto a boca se abria, soltando um grito silencioso.

Outro fantasma apareceu, este pendurado de cabeça para baixo. Os cabelos escuros e fibrosos lhe cobriam o rosto. Uma mão arranhou o vidro, a pele enrugada e de um tom escuro nada natural.

— Vou querer saber o que você tá olhando? — Dez perguntou.

— Pode acreditar que não. — Soltei o ar ruidosamente enquanto caminhava em direção ao ginásio. Os pelos de meus braços se eriçaram enquanto a minha *graça* pulsava e latejava. Estendi a mão para a maçaneta.

— Não deveríamos estar procurando no andar de cima, já que o policial foi sugado pelo teto? — Teller se perguntou.

Poderíamos, mas eu tinha a sensação de que não precisávamos.

— Fiquem aqui fora até que eu diga que a barra tá limpa.

Com a esperança de que me ouvissem, abri bem as portas.

E os fantasmas se espalharam pelo corredor, passando por mim e *através de mim* enquanto eu olhava para dentro. Da última vez que estive aqui, as luzes estavam apagadas. Eu não tinha conseguido ver o que havia aqui dentro, e achava que aquilo já tinha sido um pesadelo que ganhou vida.

Eu estava enganada.

Ver era muito pior.

O ginásio estava abarrotado de fantasmas. Os que estavam circulando aleatoriamente pareciam mais... frescos. Alguns deles quase pareciam vivos, tendo morrido de causas naturais ou de alguma causa que não era visível. Eles não pareciam notar os outros ao seu redor e nem mesmo se viraram para a porta aberta. Tive a sensação de que eles não estavam aqui da última vez. Meu coração doeu ao vê-los. De alguma forma, eles tinham sido trazidos para cá e depois presos aqui dentro pelas proteções angelicais. Eram pessoas boas que provavelmente nunca teriam a chance de atravessar.

Um homem de camisa branca com algum tipo de estampa azul no peito e calça jeans azul andava de um lado para o outro, puxando o cabelo castanho.

— Não estou entendendo. Não estou entendendo — ele murmurava várias vezes.

Com esforço, desviei meu olhar dele. Mas os outros?

Eca.

Eles já estavam mortos há algum tempo e presos aqui há tempo suficiente para estarem a um passo de se tornarem espectros. A pele deles era de uma cor macabra, cinza ou cerosa, e alguns tinham ferimentos muito nojentos. Furos na cabeça e no peito. Ferimentos de tiro. Gargantas cortadas. Rostos inchados e machucados. Corpos inchados e deformados.

Eles estavam bem cientes de nossa presença e sorriram, cheirando a pura malevolência.

— Mas o que...? — As asas de Jordan se agitaram enquanto ele olhava ao seu redor. Um homem com um buraco sangrento e feio na cabeça tinha acabado de passar através dele. Os olhos azuis do Guardião se arregalaram. — Por acaso um...? Sabe de uma coisa? Não responda. Não quero saber.

Engolindo com dificuldade, levantei a cabeça e desejei não tê-lo feito.

— Meu Deus.

Eles se aglomeravam no teto como mil baratas, rastejando sobre as vigas e uns sobre os outros. Sufocavam as paredes e as arquibancadas empilhadas.

Um fantasma deslizou por mim e entrou no corredor, entrando em detalhes bastante infelizes. Ela era jovem, não devia ser mais velha do que eu quando morreu. Sua garganta e peito estavam rasgados, revelando um tecido espesso e gelatinoso. Parecia que um Torturador a tinha pegado, mas veias escurecidas cobriam seus ombros e braços. Talvez um Rastejador Noturno? As garras e dentes deles eram venenosos, e definitivamente havia algo muito errado dentro dela.

Seus pés não tocavam o chão quando ela parou na frente de Dez.

— Você veio buscar seus mortos? — ela perguntou com uma voz fina e cantante. — Ou você veio pra morrer?

— Ele não consegue ver ou ouvir você — eu disse a ela. — Eu consigo, então deixe-os em paz.

Dez olhou para mim quando a cabeça do fantasma balançou bruscamente em minha direção. Eu acenei para ela.

— Sim. Oi. Onde estão as pessoas?

Teller e Jordan trocaram olhares enquanto outro fantasma saía do meio da multidão, arrastando uma perna mutilada que estava pendurada por alguns tendões fibrosos. Ele era mais velho e sua camisa lisa estava manchada de sangue.

— Estamos aqui — ele sussurrou —, bem na sua frente.

— Não vocês. As pessoas que trabalhavam aqui. Os policiais? — esclareci. — Aqueles que esperamos que ainda estejam vivos e respirando?

— Isso é bem bizarro — Teller murmurou.

— Não há ninguém vivo aqui — o homem rosnou. — Nem mesmo você. Você já está morta e você...

— Blá-blá-blá. Tanto faz, cara. Não era pra vocês estarem aqui. Você provavelmente era uma pessoa boa que deveria ter atravessado, mas aqui estamos nós. Não vou usar isso contra você, a menos que me dê um motivo. — A garota morta estendeu uma mão para a minha trança. Lancei-lhe um olhar de advertência. — Nem pense em me tocar — avisei, invocando a minha *graça* até que os cantos dos meus olhos ficassem brancos. — Não vou apenas exorcizar sua cara feia pra fora daqui, eu vou acabar com você. Tipo, permanentemente. Então é bom ficar bem longe, cacete.

Os lábios dela se retraíram, e ela deu um gemido baixo que os Guardiões pareciam ter ouvido. Eles pararam e se voltaram para nós.

Arqueei as sobrancelhas.

— Ah, você é das antigas, não é? Já tá morta há algum tempo. Legal. Estou muito impressionada. Por que não me diz onde as pessoas estão?

Ela se inclinou para trás, a cabeça pendendo em um ângulo não natural.

— Eles estão bem atrás de você.

— Não estou falando das pessoas que vieram comigo. — Minha paciência estava se esgotando. — Obviamente.

— Eu também não — ela cantarolou.

Senti cócegas na nuca. Eu me virei, vendo primeiro Dez e os outros esperando no corredor. Teller esfregava o rosto como se estivesse tentando se livrar de um fio de cabelo perdido. Não havia cabelo. Um dos fantasmas estava passando os dedos na bochecha dele.

Os fantasmas podem ser esquisitos assim.

Lentamente, levantei meu olhar para cima das portas, para o grande placar...

Ah, meu Deus.

Eles estavam pendurados no topo do placar, de cabeça baixa, com os braços frouxos e as pernas balançando suavemente. Havia uma... uma dúzia deles. Nove pessoas usando calças jeans. Três vestindo uniformes azuis escuros.

Dei um passo para trás, ignorando o frio que me pressionava pelas costas. Um deles tinha longos cabelos castanhos. Usava uma camisa branca com algo azul estampado na frente e calças jeans. Com o coração apertado, olhei para trás e encontrei o homem que vagava. Engoli com dificuldade.

Era ele. Um dos trabalhadores desaparecidos.

— O que tá acontecendo? — Dez permanecia na porta.

— Encontrei as pessoas desaparecidas. — Limpei a garganta. — Acho que todos eles.

Dez avançou, passando direto por uma mulher idosa inchada pela decomposição.

— O quê? — Ele parou, olhando para cima. — Jesus Cristo.

Um fantasma riu enquanto outro entoava:

— *Jesus me ama, sim, ele me ama...*

Algo rápido e escuro como breu saiu da multidão de fantasmas. Uma Pessoa das Sombras. Droga. A maioria dos fantasmas não era capaz de causar muito estrago. Os espectros eram uma outra história, mas as Pessoas das Sombras? Elas podiam ferir e matar.

— Cuidado! — gritei, girando em direção ao corredor.

— Mas o que...? — As asas de Teller arquearam atrás dele quando Jordan se virou.

Caramba, eles conseguiam ver Pessoas das Sombras, assim como os demônios.

Teller se ergueu do chão, mas não foi rápido o suficiente. A Sombra se chocou contra ele, derrubando-o enquanto o *atravessava*. O Guardião caiu para trás. Os armários balançaram quando ele deslizou por eles, com a pele manchada de rosa quando começou a se transformar para sua forma humana.

— Você tá bem? — Dez gritou.

— Meu Deus do Céu — ele ofegou, tossindo enquanto mantinha sua forma de Guardião. — Mas que diabos foi isso?

— Uma Pessoa das Sombras — eu disse, examinando o corredor. — Ela se foi. — Atrás de mim, um dos fantasmas deu uma risadinha. — Eu acho.

— Estou bem. — Teller se levantou, sacudindo as asas. — Foi como ser atingido por um trem de carga. — Ele se endireitou. — Um trem de carga em chamas.

— Pelo menos ele não pegou você — eu disse, pensando no que um deles havia feito com Cayman.

— Tem outra! — Dez se levantou no ar. — Saindo pela maldita parede.

Girando para onde ele apontava, vi uma delas saindo do local em que a parede encontrava o teto.

Ela se lançou para baixo em uma bola, desdobrando-se em toda a sua altura a meio caminho do chão. Ela aterrissou na forma de uma pessoa, uma combinação de fumaça preta e sombra, com olhos vermelhos como brasas.

— Deixem comigo. — Avancei, invocando a minha *graça*. Os cantos da minha visão ficaram brancos quando o fogo dourado e esbranquiçado se espalhou pelo meu braço, fluindo para a minha mão. O peso do cabo da espada se formou contra minha palma enquanto a lâmina irrompia em faíscas e chamas.

— Isso também é algo que eu nunca tinha visto — Jordan comentou atrás de mim.

A Sombra avançou rapidamente, deixando uma corrente de fumaça preta atrás de si. Ao atacar, cortei o meio do corpo dela. Ela se dobrou em si mesma, desfazendo-se em fagulhas de fumaça.

— Elas podem ser fortes — eu disse, abaixando a Espada de Miguel. Os fantasmas abriram espaço, ficando bem longe. — Mas não são das mais inteligentes. — Voltei-me para os outros. — Tem que haver mais aqui.

— Tem certeza de que você tá bem? — Jordan perguntou, e Teller assentiu. Ele se voltou para nós. — Eles estão mortos, não estão? As pessoas desaparecidas?

— Sim — Dez grunhiu. — E os policiais.

Tirando meu olhar de Teller, voltei-me para os corpos. Meu estômago se revirou.

— Por quê? — Minha voz estava rouca enquanto eu olhava para a garota morta.

— Porque esperavam que você viesse — ela respondeu com uma voz fraca.

O instinto disparou alarmes dentro de mim no mesmo momento em que a porta que levava ao porão e ao portal se abriu. Tive uma sensação de déjà vu e me retesei, à espera dos DEFS — demoninhos feiosos que se assemelhavam a ratos de trinta centímetros de altura... se os ratos pudessem correr nas patas traseiras.

Não foi isso que entrou pela porta. Pensando bem, eu teria preferido os DEFS.

Uma explosão de luz branca e brilhante irrompeu da porta, carregando o ar com poder enquanto ondulava sobre o teto e as paredes, espalhando-se pelo chão. Levantei uma mão para proteger os olhos, mas a intensidade foi tão repentina e extrema que ainda me cegou momentaneamente.

Algo grande se chocou contra a parede atrás de mim enquanto eu abaixava a mão. Eu realmente esperava que não fosse Dez. Pisquei os olhos e consegui ver que os fantasmas haviam se dispersado para os lados. Minha *graça* vibrou em resposta ao... brilho celestial.

Uma forma enorme entrou pela porta, e a primeira coisa que vi foram as asas — as enormes asas brancas com veias escuras por toda parte.

Meu coração se apertou no peito.

Gabriel.

Capítulo 13

O medo abriu um buraco em meu peito quando Gabriel entrou no ginásio, e todo o meu corpo exigia que eu me mandasse daqui, mas me segurei onde estava — segurei à minha *graça*.

— Trinity — ele falou, e o som daquela voz era como pregos enferrujados contra os meus nervos. — Eu sabia que você viria.

Nicolai ficaria tão furioso ao saber que estava certo.

Isto era uma armadilha.

— Uau — eu disse, forçando minha voz a ficar firme. — Essa foi uma entrada nada impressionante.

Gabriel parou, inclinando a cabeça para um lado. Ele estava mais perto, suas feições estavam mais claras para mim, e eu também conseguia notar que o preto em suas veias estava se espalhando pelos tons de pele mutáveis do seu pescoço.

Isso não podia ser bom.

— O que aconteceu com as trombetas e os terremotos? Você brochou? — perguntei, fazendo uma careta. — Ouvi dizer que existe uma pílula pra isso.

Sua cabeça se endireitou.

— Vejo que ainda não tens controle sobre tua boca.

— E aposto que você não tem ideia do que eu estava me referindo, o que torna a minha imaturidade menos divertida. — A Espada de Miguel cuspiu fogo enquanto eu dava um passo cuidadoso para trás. Não ouvi nenhum movimento atrás de mim e sabia que não deveria desviar meu olhar do Augúrio. Eu só esperava que os Guardiões estivessem caídos, mas não muito feridos.

— Não se preocupe, filha de Miguel. Eu sempre a acho divertida.

— Fico feliz em ouvir isso. — Concentrei-me para que meu coração desacelerasse. Eu precisava conservar energia. Sem um Protetor, eu ficaria cansada, lenta para me mover e propensa a erros. Não havia um limite de tempo definido para que isso acontecesse, mas, considerando que eu ainda estava me recuperando, provavelmente não demoraria muito.

— Tenho certeza de que sim. — Ele baixou as asas. — Admito que estou surpreso por vê-la tão beligerante. Talvez eu só precise quebrar mais alguns de teus ossos e matar um desses Guardiões atrás de ti.

Uma raiva potente me invadiu, e a Espada de Miguel se acendeu intensamente.

Gabriel riu enquanto sua cabeça caía para trás.

— Estais com muita raiva. Posso sentir o gosto dela. Minhas palavras machucam? É porque eu matei teu Protetor? Não deverias estar com raiva de mim. Se Deus se importasse, tuas perdas não teriam se acumulado. Tu tens de querer se vingar pela morte de teus entes queridos.

Gabriel matara Zayne e fora parcialmente responsável pelo que tinha acontecido com Misha e até com minha mãe, e ele queria que eu culpasse a Deus? Ele estava fora de si, mas também me ocorreu que ele poderia não saber da Queda de Zayne e de seu posterior retorno. Isso poderia ser bom para mim.

Se Zayne se recuperasse.

E se eu tivesse a chance de trazê-lo de volta.

— Isso não é um jogo, Legítima. Não há nada que tu possas ganhar. Já acabou. Por que dificultar isso? Não conseguiste salvar teu Protetor — ele disse, e eu me encolhi. — E ninguém pode salvar a raça humana, não quando ela não está disposta a se salvar. O tempo dela chegou ao fim. Não há como impedir o que virá.

— De novo essa conversa — resmunguei.

— É a verdade. Tudo o que precisas fazer é sair na rua para ver. Eles se permitiram ser consumidos pelo ódio, pela ganância, pelo orgulho e pela gula. Eles se alimentam da dor alheia. São inerentemente egocêntricos. Não há como consertar isso, Legítima. Não há como salvá-los.

— Você fala como se todas as pessoas fossem assim, e não vou mentir. Tem uma porrada de seres humanos ruins, mas sabe de uma coisa? — eu disse. — Pintar todos eles com o mesmo pincel seria como dizer que todos os anjos são homens crescidos que se comportam feito criancinha e fazem birra porque não são mais o *best* de Deus.

— *Best*? — ele repetiu.

— Jesus Cristo — murmurei. — "*Best*" significa serem melhores amigos. Sério, pergunto mais uma vez: como é que eu vou ter medo de você se você nem sabe o que isso significa?

A *graça* corrompida se incandesceu nele.

— Mas tu já estás com medo. Medo de mim, do papel que desempenhaste na morte de tantas pessoas. Aterrorizada porque estou certo sobre *eles*. — Ele fez uma careta zombeteira. — A raça humana não merece mais qualquer chance. Eles não têm fé e estão condenados, e Deus está tão perdido quanto Suas criações. Ceda à tua ira e junte-se a mim. — Gabriel levantou as mãos com as palmas para cima. — Serei o pai que você nunca teve e, se estivermos juntos, terás a tua ruína.

Soltei uma gargalhada — uma gargalhada alta, detestável e cacarejante que não consegui conter enquanto o encarava.

Gabriel começou a franzir a testa.

— Foi mal. Eu sei que você tá tentando ser assustador, ameaçador e tal — eu disse. — Mas tudo o que você precisa acrescentar a esse falatório é "Luke, eu sou seu pai" e seria simplesmente perfeito.

— Não compreendo.

— É claro que não. — Sacudi a cabeça. — Essa coisa nojenta nas suas asas tá infectando seu cérebro ou algo assim? Porque você tá perdendo o juízo. — Agarrei o punho da espada com as duas mãos. — Você tem razão. Estou com raiva, mas não sou irracional ou idiota o suficiente pra culpar alguém além de você. Você é a única coisa contra a qual quero me vingar. Você pode ser a fonte da minha ira, mas não será a minha ruína.

Seu lábio se curvou em um rosnado.

— É incrivelmente decepcionante ouvir isso, especialmente quando estou sendo tão generoso ao dar-lhe não uma, mas duas chances de facilitar as coisas para ti. Não lhe darei mais nada.

Antes que eu pudesse formular uma resposta não muito sensata, Gabriel veio até mim. A única sorte foi que ele não tinha invocado a sua *graça*.

Foi uma sorte pequena.

Eu brandi a Espada de Miguel, mas ele segurou meus dois pulsos com as mãos.

— Conheço alguém que está louco para passar um tempo contigo. — Gabriel me ergueu pelos braços, tirando-me do chão. — Baal ficará feliz em saber que não estivesses nada disposta. Ele está muito ansioso para conhecê-la melhor.

O pânico ameaçou tomar conta de mim enquanto meus pés balançavam no ar. Faíscas de fogo celestial cuspiram inofensivamente no espaço entre os nossos rostos.

— Os demônios adoram colocar a boca e os dentes em qualquer coisa que tenha sangue angelical. — Fiapos pretos como nanquim se infiltravam em seus olhos brancos. — Eu só preciso de ti viva. Não preciso necessariamente que estejas inteira.

Afastando o medo e o pânico, contraí os músculos das pernas e do estômago.

— Como eu ainda estaria viva se não estiver inteira?

— Ficarias surpresa com o que um corpo consegue aguentar — ele rosnou. — Mas descobrirás isso em breve.

— Parece ser muito massa, mas vou ter que recusar. — Encolhi as pernas e chutei para a frente, batendo os pés em seu peito.

O golpe não o machucou, mas o surpreendeu. Ele cambaleou para trás enquanto me soltava. Eu me virei ao cair, acertando o chão com meu pobre quadril esquerdo. A dor se espalhou, mas não dei ao meu corpo a chance de realmente processá-la. Chutei novamente, mirando nos pés dele, mas ele antecipou o movimento. No meu ponto cego, ele agarrou minha trança, puxando minha cabeça para trás.

— Isto parece familiar, não é? — ele murmurou, musical. — Tu já deves saber que não podes me derrotar. Que revidar é inútil e doloroso. Por que ainda assim tentarias?

— Não sei — ofeguei enquanto ele tensionava os músculos do meu pescoço. — Eu tenho uma cabeça dura.

— Crânio duro ou não, ainda posso quebrá-lo apenas com minhas mãos.

— Parabéns. — Brandi a espada para a frente.

Gabriel girou para o lado, mas a ponta da lâmina deslizou sobre sua coxa, abrindo a calça branca e a pele por baixo. Um líquido preto e oleoso respingou em sua perna enquanto ele inspirava com força.

O meu coração disparou e os meus olhos se arregalaram em surpresa. Eu o cortei.

Cacete, eu o cortei.

Meu olhar arregalado se voltou para o dele, e vi o choque em seu rosto. Gabriel era incrivelmente rápido, mas eu o cortei. Isso significava que ele estava enfraquecendo? Talvez houvesse algo naquela gosma em suas asas e veias que...

O golpe no meu rosto me deixou atordoada. Eu tombei como uma pilha de tijolos. O sangue encheu minha boca. A Espada de Miguel se desfez em uma chuva de faíscas brancas e douradas quando minha *graça* se retraiu. Pequenas explosões de preto pontilhavam minha visão enquanto eu rolava de costas.

— Ai — sussurrei, piscando para afastar as manchas da visão.

Um pé descalço estava a centímetros do meu rosto.

— Cristo — gaguejei, deitando-me de lado.

O chão tremeu com o impacto de sua pisada. Levantei-me apressadamente, desembainhando as adagas. Seus dedos apertaram minha garganta, cortando minha respiração enquanto ele me levantava do chão mais uma vez. Girei meus braços em um arco amplo, enfiando as duas lâminas nos ombros de Gabriel. Elas cortaram o músculo e o tecido, atingindo o osso.

Ele uivou de dor.

— Sua...

Uma série de estalos o interrompeu, lembrando-me de fogos de artifício. Todo o corpo de Gabriel se sacudiu e teve espasmos. O arcanjo me derrubou, arrancando minhas adagas de si no processo. Eu caí de pé, desequilibrada, enquanto Gabriel se virava. Suas asas bateram em mim, derrubando-me para o lado. Caí, engasgando quando os estalos se repetiam em outra sucessão rápida. Ergui a cabeça.

A capitã Washington estava na porta do ginásio, a arma apontada para Gabriel. Ela disparou sem hesitar, atingindo o arcanjo repetidamente no peito.

O rugido de Gabriel sacudiu o chão e mãos agarraram os meus ombros. Comecei a balançar, mas vi um cabelo marrom-avermelhado e chifres. *Dez.* Sangue manchava seu rosto. Ele me arrastou para o lado enquanto eu me virava para encarar Gabriel. Os projéteis não o matariam, e provavelmente só o deixariam ainda mais irritado.

Mas Gabriel... ele estava no alto das vigas da quadra, onde os fantasmas se debatiam uns sobre os outros para fugir dele. Ele voou para baixo, saindo pela porta pela qual havia entrado.

Ele bateu em retirada.

Enquanto puxava o ar com força e de forma irregular, eu não conseguia acreditar.

— Você tá bem? — Dez me levantou, puxando-me para seu peito. — Trinity?

Assenti com a cabeça e olhei para onde estava a Capitã Washington. Ela ainda segurava a arma. Atrás dela, Teller e Jordan tentavam se levantar.

— Acho que acabei de atirar em um anjo de verdade. Várias vezes — disse a capitã, com uma voz rouca. — Isso significa que vou pro Inferno?

— O contrário — sussurrei. — Acredite ou não, isso significa o contrário.

Não houve tempo para pensar em quão perto estive de ser capturada.

A pobre capitã parecia estar em estado de choque, e encontrar seus policiais no placar do ginásio não ajudou em nada. Eu não tinha ideia do que Dez havia dito a ela ou de como ela explicaria tudo isso ao departamento de polícia, ao público ou às famílias dos funcionários e policiais. Eu não gostaria de estar no lugar dela.

Ou de Dez.

Nicolai aparecera logo depois que saímos da escola e, no momento em que me viu, parecia querer matar o outro Guardião.

A única coisa boa que resultou dessa pequena aventura foi a paralisação de todo e qualquer trabalho de reforma e a descoberta do possível enfraquecimento de Gabriel. No entanto, essas duas coisas foram ofuscadas pela perda despropositada de vidas humanas. Não havia motivo para que aqueles trabalhadores ou policiais fossem mortos, e havia doze grupos de familiares e amigos que nunca mais seriam os mesmos.

Acabei apagando no momento em que Dez me deixou no apartamento. Eu sabia que os Guardiões estariam patrulhando em busca de Zayne e ligariam se o avistassem, mas algo me dizia que eles não o veriam. Dormi a noite toda, caindo em um tipo de sono profundo em que os horrores da escola não conseguiam me seguir. Eu tinha dormido bem até o começo da tarde de segunda-feira, mas ainda estava me mexendo na velocidade de uma tartaruga de três pernas quando finalmente me arrastei para fora da cama.

Arrumar-me levou muito tempo. Meus pensamentos estavam consumidos por tudo, desde o que aconteceu na noite anterior ao meu plano de ver a Anciã e o que eu havia feito com Zayne. Além disso, todos os músculos do meu corpo estavam rígidos enquanto eu vestia uma calça preta que era mais uma legging do que uma calça de verdade, mas que tinha bolsos traseiros úteis. As minhas costas protestaram enquanto eu me abaixava para pegar uma túnica sem mangas que não só parecia limpa, mas que também escondia as adagas presas às minhas coxas. Abandonando os tênis, calcei um par de botas de sola grossa com muita tração. Achei que iria precisar.

Em seguida, amarrei o cabelo para trás em uma trança, usando o tempo em frente ao espelho para encontrar algum tipo de centro. Qualquer progresso que eu tivesse feito em termos de hematomas curados havia sido perdido. Parecia que eu tinha dado de cara com uma parede de concreto. Um belo hematoma azul-avermelhado cobria a bochecha direita e o canto da minha boca. Havia um pequeno corte no lábio que não tinha se dado bem com a pasta de dentes mentolada, mas imaginei que isso era, de longe, uma melhora em relação a parecer que eu havia pulado do vigésimo andar e dado de cara no chão.

Virei a cabeça para o lado, checando a bela marca dos dedos de Gabriel. Cara, a última marca dele tinha acabado de desaparecer...

Foi então que notei o leve hematoma arroxeado no ponto em que meu pescoço encontrava o ombro. Puxando a gola da túnica para o lado, inclinei-me para mais perto do espelho. Meu rosto ficou vermelho de calor quando percebi o que era.

Um chupão.

— Ah, pelo amor de Deus — murmurei enquanto meu estômago se revirava. Puxei a gola de volta para o lugar.

Voltei para o quarto e olhei em volta. Eu meio que esperava encontrar Minduim flutuando pelas paredes, mas não havia sinal dele. Suspirando, peguei o celular. Havia uma mensagem de Dez. Como esperado, não havia sinal de Zayne, mas Gideon tinha conseguido rastrear o cara morto que encontramos no parque na outra noite. Aquele que Zayne havia... despachado. Aparentemente, ele não era um cara muito bom. Múltiplas acusações que terminaram arquivadas em tribunal, mas muitas evidências que sugeriam que ele precisava ser preso e estar em várias listas de advertência.

Então Zayne não havia mentido e, por mais doentio que fosse, essa era uma boa notícia. Sabendo que precisava avisá-lo sobre o que planejava fazer hoje à noite, enviei uma mensagem dizendo que Cayman e eu iríamos verificar uma pista hoje.

Meu telefone tocou nem mesmo um minuto depois de eu ter enviado a mensagem.

Ele não estava exatamente entusiasmado com a falta de detalhes, mas consegui convencê-lo de que não estava saindo sozinha para procurar por Zayne.

Demorou um pouco.

— Você realmente ficou em casa ontem à noite? Não voltou pra lá? — ele perguntou. — De verdade?

— Você viu o meu estado. Eu estava me arrastando. Dormi a noite toda — eu disse a ele enquanto pegava as roupas sujas e as colocava em um pequeno cesto.

— Sim, você definitivamente estava se arrastando.

Imaginando exatamente como eu devia ter parecido péssima para os outros e então lembrando de como eu estava no espelho, franzi a testa.

Dez ficou quieto por um momento, mas então ouvi seu suspiro pesado e soube que algo que eu provavelmente não queria ouvir estava por vir.

— Tenho pensado muito sobre Zayne, Trinity. Muitas reflexões que eu preferia não estar fazendo, mas que eram necessárias. Acho que precisamos nos preparar pro fato de que ele... que ele pode não voltar mais pra nós.

Reprimindo o ímpeto de raiva, coloquei o cesto de roupas sujas ao lado da torre de lavadora e secadora.

— Ele tá lá dentro, Dez. Eu sei que sim.

— Eu quero acreditar nisso. Mais do que você deve imaginar, mas quem vimos no parque não era Zayne.

— Ele ainda tá lá dentro — repeti, jogando detergente junto com as roupas, enquanto pensava no que Zayne havia dito antes de ir embora. *A coisa que está ocupando uma parte de mim vai te machucar.* — Acredite em mim, eu sei que ele tá. Vou trazê-lo de volta.

— Só precisamos estar preparados — Dez respondeu —, é só isso que estou dizendo.

— Eu sei. — Fechei a máquina de lavar com força suficiente para assustar Minduim se ele estivesse aqui. *Minduim.* Algo me ocorreu. — Você pode pedir ao Gideon pra dar uma olhada em algo pra mim?

— Claro. Do que você precisa?

— Não sei se ele pode ajudar ou não, mas tem uma garota que mora aqui no condomínio. O nome dela é Gena — eu disse a ele —, não sei o sobrenome dela nem quem são os pais dela. Tudo o que sei é que ela mora em um dos andares de baixo. Preciso saber em que apartamento ela tá.

— Vai ser difícil com apenas o nome de uma criança, mas alguns locatários exigem que todos os ocupantes sejam listados no escritório do administrador. Vou ver se Gideon consegue entrar no sistema deles.

— Perfeito — eu disse, sabendo que era um tiro no escuro.

— Quero saber por que você quer esta informação? — ele perguntou depois de um tempo.

— Tem a ver com um fantasma, então provavelmente não.

— Tem razão. Não quero saber.

Quando me dirigi à geladeira, outra coisa me veio à cabeça do nada.

— Tem outra coisa que eu queria saber. Gideon parece saber muito sobre a história dos Guardiões e até mesmo dos Legítimos, certo?

— Ele sabe mais do que qualquer um de nós — Dez disse.

Mordisquei a unha do polegar enquanto olhava para a geladeira.

— Eu queria saber se ele poderia descobrir se... se há algum registro a respeito de Legítimos já terem, sabe, dado à luz? — Eu me encolhi. — Quero dizer, tipo, qualquer registro sobre engravidarem ou terem engravidado outra pessoa.

O outro lado da linha ficou tão silencioso que eu provavelmente poderia ouvir um grilo espirrando.

Então Dez limpou a garganta.

— Essa foi uma pergunta muito inesperada, Trinity.

Todo o meu rosto se contraiu. Era uma pergunta aleatória, que eu realmente não queria ter de fazer, mas perguntar a Dez era muito melhor do que ligar para Thierry ou Matthew e perguntar a eles.

— Só tô curiosa.

— Ou perguntando pra uma amiga, certo? — Seu tom era tão seco quanto o deserto do Saara.

— Aham. Totalmente perguntando pra uma amiga. — Eu me virei e me inclinei, batendo suavemente com a minha cabeça no granito frio do balcão. — Então, você acha que Gideon saberia ou poderia descobrir isso pra mim?

— Posso perguntar — ele disse, então houve uma pausa e o que parecia ser uma porta se fechando do lado dele da ligação. — Olha, eu não sei como dizer isto de outro jeito que não seja simplesmente dizendo.

Parei de bater a cabeça no balcão, apenas deixando-a apoiada ali.

— Mas se Legítimos e Guardiões são biologicamente compatíveis, não acho que, depois do que você passou com Gabriel, qualquer gravidez seria... viável — ele explicou, parecendo querer esfregar o cérebro com uma escova de arame. — Só estou dizendo, sabe, caso você esteja pensando nisso, mas se estiver preocupada, existe uma coisa chamada teste de gravidez, que pode ser comprado em qualquer...

— Ah, meu Deus, eu sei disso. — Ergui a cabeça. — E sei que, depois do que aconteceu com Gabriel, não tem a menor chance de isso ser um problema.

— Então, por que você...? — Sua respiração foi audível através do telefone. — Trinity.

Eu me encolhi novamente.

— Certo. Bem, eu preciso...

— Não se atreva a desligar o telefone — ele interrompeu. — Você viu Zayne de novo, não foi? O que diabos aconteceu? O quê... — Ele se interrompeu com um palavrão, e, quando voltou a falar, sua voz era desconfortavelmente suave. — Aconteceu alguma coisa? Ele fez alguma coisa?

Ah, meu Deus, eu sabia o que ele queria dizer.

Voltei a bater a cabeça no balcão.

— Não aconteceu nada que eu não tenha participado ativamente e de todo o coração. — Fui respondida por mais silêncio do outro lado. — Isso é constrangedor — eu acrescentei.

— Não me diga — ele respondeu.

— E eu gostaria de dar uma de Taylor Swift e me retirar desta narrativa.

— Esta é sua narrativa, Trinity.

— Eu sei — murmurei. — Você pode pedir ao Gideon por mim? Porque, sinceramente, não tenho ideia se isso é possível pra uma Legítima, e gostaria de saber.

— Só por curiosidade.

— Claro.

O suspiro dele foi tão pesado que fiquei surpresa por não ter sacodido o meu celular.

— Sim, vou ver se ele sabe.

— Obrigada. — A esta altura, eu estava meio que deitada no balcão. — Vou desligar aqui e beber um pouco de água sanitária. Eu te aviso sobre o que acontecer com a pista que temos.

— Trinity?

— Diga — resmunguei.

— Tenha cuidado — Dez disse, sua voz suave mais uma vez. — Apenas seja... apenas tenha muito cuidado, tá bem? Zayne significa muito pra você. Eu sei disso. Ele também é muito importante pra gente. Mas você significa o mundo pra todas as outras pessoas, e, se algo acontecer com você, não haverá mundo.

Cayman apareceu logo após a conversa mais constrangedora na história da humanidade. Não me permiti pensar um segundo que fosse sobre o que aconteceu quando saímos do apartamento. Muita coisa estava no ar e muitas outras dependiam do que não tinha garantia. A Anciã poderia já ter saído da cidade. Talvez ainda estivesse no hotel, mas pedisse algo que eu não pudesse dar em troca de sua ajuda; afinal, eu não esperava que ela me ajudasse apenas pela bondade em seu coração. Ela poderia recusar. Mantive a minha mente em branco enquanto Cayman e eu descíamos de elevador até o térreo. Ele não tinha carro, mas pediu um Uber Black.

— É o jeito certo de usar Uber — ele me disse, endireitando os óculos escuros quando um carrão preto parou no meio-fio.

Fiquei sacudindo um pé durante todo o caminho até o hotel, à medida que o nervosismo aumentava e se misturava à minha *graça*. Eu me sentia como um fio elétrico desencapado quando chegamos ao hotel que eu já conhecia.

— Vou esperar por você no apartamento — Cayman disse. — Me ligue quando puder.

— Você vai atender desta vez? — Abri a porta.

Ele assentiu.

— Estarei rezando por você.

Eu lancei um olhar enviesado para ele por trás dos óculos escuros, e o demônio ainda estava rindo baixinho quando fechei a porta do carro. Virei-me quando o veículo elegante se afastou do meio-fio e atravessei a calçada, saindo do ar ainda estranhamente frio e entrando na temperatura quase gélida do saguão do hotel. Fui direto para o elevador e, uma vez lá dentro, apertei o botão para o décimo terceiro andar.

Recuando até ficar em frente às portas, permaneci imóvel, os óculos escuros ainda protegendo meus olhos e as mãos ao lado do corpo. Quando o elevador parou suavemente, meu coração acelerado finalmente se acalmou. Saí para o corredor, seguindo por ele até a curva e, enfim, avistei o restaurante. Eu podia ver as luzes acesas atrás dos vidros fumês.

Parte de mim não conseguia acreditar que estava aqui. Depois da última vez, eu realmente não planejava voltar aqui. Na minha opinião, o interior daquele lugar não passava de um cemitério.

Tirando os óculos de sol, enfiei um dos aros na gola da blusa e levantei os olhos para a esquerda, onde a câmera que Roth destruiu estivera. Ela havia sido substituída. Outro bom sinal. Abri a porta. Não havia nenhum jazz suave tocando, nem o estalido de pratos e talheres sendo usados. Meus olhos tiveram um pouco de dificuldade para se ajustar à pouca iluminação ali dentro, mas reconheci a mulher atrás da mesa da recepção e, a julgar pela maneira como a mulher de cabelos escuros murmurou uma enxurrada impressionante de palavrões, ela me reconheceu também.

— Rowena...

— Só pra você saber — ela me interrompeu —, não vou limpar nenhuma bagunça desta vez. Passei dias encontrando cinzas em lugares que nem deveriam estar.

Considerando que as cinzas a que ela se referia eram restos humanos de seus companheiros de *coven*, imaginei que não deveriam haver cinzas em qualquer lugar que fosse, mas tanto faz.

— Espero que não haja motivo pra fazer uma bagunça desta vez. A Anciã tá aqui?

Rowena não respondeu por um longo momento, mas depois acenou com a cabeça de forma brusca. Ela fez sinal para que eu a seguisse.

Passamos pela parede que bloqueava a área de refeições, e eu tentei ver tudo o que podia o mais rápido possível. O restaurante estava muito diferente do que era antes. Todas as cabines estofadas tinham sido retiradas, juntamente com todas as mesas e cadeiras, exceto uma mesa redonda. Ela estava sob um lustre cintilante, e havia três cadeiras. Uma estava ocupada.

— Aí está — Rowena disse, e ela girou, marchando de volta para a frente do restaurante.

— Não fique aí parada, garota — a Anciã chamou, de costas para mim. — Não tenho mais tanto tempo de vida a perder. Você pode ficar com a cadeira à esquerda.

Calafrios passaram pela minha pele enquanto eu caminhava em frente. Obviamente, minha visita não era uma surpresa. Engoli em seco e fui até a cadeira que ela indicou, depois me sentei, conseguindo vê-la com mais clareza. A Anciã era velha, como se tivesse visto a virada do século passado. O cabelo era da cor da neve, e sua pele em um tom escuro de marrom tinha muitas rugas e vincos, mas seus olhos estavam tão afiados e perspicazes quanto sempre. Meu olhar se voltou para a frente de sua camisa roxa e rosa cintilante com os dizeres TODO DIA É DIA DE VINHO.

Eu a encarei.

— Você estava me esperando?

— Claro que sim. — A Anciã sorriu, e os vincos se aprofundaram. — Você não se lembra? Eu lhe disse, na última vez que a vi, que você me traria algo que eu nunca tinha visto antes. Um verdadeiro prêmio.

Outra onda de calafrios se espalhou por mim.

— Você disse isso, mas eu... eu não trouxe nada pra você.

— Ainda não — ela respondeu, pegando o que eu suspeitava ser, bem, uma taça de vinho. — Mas você vai, quando me trouxer o Caído.

Capítulo 14

Fui invadida pela descrença enquanto olhava para a Anciã. Ela soubera. Eu não sabia se deveria ficar irritada por ela não ter me avisado ou se deveria ficar assustada.

Acho que assustada.

— Eu sei o que você está pensando — ela disse, aproximando-se e dando um tapinha na minha mão enquanto eu enrubescia. — Não literalmente. Ler mentes nunca foi uma habilidade que eu quis aprender, mas eu soube no momento em que a vi que você me traria algo muito especial.

Comecei a responder, mas me dei conta de uma presença — um calor contra a minha pele no ar frio. Virei-me para olhar à minha esquerda e apertei os olhos, sem saber se estava vendo o que achava que estava.

Parecia ser um... menino pequeno vindo em nossa direção. Um garoto com uma coroa de cachos dourados na cabeça. Quando ele se aproximou, vi que não podia ter mais de dez ou onze anos de idade. Observei-o ocupar o assento à minha frente, imaginando se ele estava perdido e se precisávamos encontrar seus pais, chamar a polícia ou o que quer que fosse que se fazia quando se encontrava uma criança aleatória em algum lugar onde nenhuma criança deveria estar.

Então vi seus olhos.

Recuei com uma arfada de surpresa, minha mão deixando a da Anciã. Seus olhos eram de um azul vibrante, como os de um Guardião, mas as pupilas eram todas brancas.

Seu rostinho se abriu em um sorriso.

— Olá, Trinity. — Ele estendeu uma mãozinha, seu braço mal alcançando o meio da mesa. — Meu nome é Tony. É bom finalmente conhecer outra pessoa como eu.

Meu olhar caiu para sua mão e depois subiu para seu rosto.

— Você é um...

— Não sou um Legítimo, mas tenho muito sangue de anjo dentro de mim, mais do que a maioria — ele disse, e eu pisquei. Ele parecia uma criança, tinha a voz de uma, mas falava como um adulto. — Meu avô era um anjo. Um Trono.

Um Trono.

Ah. Meu. Deus.

Será que era aquele que...

— Visitou você na igreja? — ele concluiu meu pensamento. — E te deu informações sobre como você pode ajudar Zayne?

Pisquei os olhos novamente.

— Você consegue ler pensamentos?

— Não — Tony deu uma risadinha, soando muito como uma criança pequena. — Mas eu já vi isso.

Ele era profético. Um vidente. Um verdadeiro, e não um dos charlatões. Fazia sentido que ele tivesse um Trono em sua árvore genealógica, com toda essa coisa de ver o futuro, mas um avô?

— Pois é, os anjos tendem a burlar as regras quando o pecado beneficia o bem maior — ele respondeu à pergunta que eu não fiz. — Assim como seu pai fez. Assim como muitos outros fizeram.

Então, ele mexeu os dedos.

Lentamente, estendi a mão para o outro lado da mesa e peguei sua mãozinha na minha. No momento em que as nossas peles entraram em contato, senti um choque que subiu pelo meu braço, eriçando meus pelos.

Tony sorriu, apertando minha mão antes de soltá-la. Eu o observei pegar um copo.

— Suco de maçã. Tá incrível.

— Aham — sussurrei.

A Anciã deu uma risadinha, atraindo meu olhar.

— Você veio aqui por um motivo, não foi, Legítima?

— Aham — repeti, recostando-me na cadeira. Demorou um pouco, mas consegui me recompor. — Sim, vim. Você sabe o que aconteceu com Zayne?

— Eu sei que ele recebeu a Glória e que Caiu. — A Anciã tomou um gole de seu vinho.

— Eu disse isso a ela — Tony anunciou.

— É verdade — a Anciã confirmou, enquanto meu olhar pulava de um para o outro. — É claro que ele fez isso da maneira mais vaga possível.

— Ei — Tony levantou a mão vazia. — Só posso ajudar até certo ponto. Essas são as regras. Não fui eu que as fiz, mas pessoalmente acho que foi isso que eu disse, e repito: "Aquela nascida do sangue da espada sagrada terá em suas mãos o coração daquele nascido após uma segunda Queda." — Ele estalou os dedos. — Bastante óbvio, certo?

Abri a boca e depois a fechei.

Um lado da boca da Anciã se curvou para cima.

— Ah, sim, muito óbvio mesmo.

Tudo isso parecia um tanto óbvio agora, mas... Balançando a cabeça, voltei a concentrar-me na Anciã.

— Eu vim ver se se você poderia me ajudar de alguma forma. Preciso atrair Zayne até mim e de alguma forma... — Deus, eu odiava até mesmo dizer aquilo. — Preciso incapacitá-lo sem machucá-lo pra que eu possa tentar... tentar trazê-lo de volta ao que ele era. Ele pode sentir quando estou prestes a usar minha *graça*, e ele é muito poderoso e... bem, ele é imprevisível. Preciso conseguir uma vantagem.

— E se você não conseguir trazê-lo de volta ao que ele era? — a Anciã perguntou. — E se ele estiver perdido?

Minha respiração ficou presa enquanto meu peito se contraía de dor. Por um momento, não consegui expressar o que eu já havia reconhecido que tinha de fazer.

— Farei o que for necessário pra garantir que Zayne não se torne um monstro que ele teria caçado, mas não acredito que ele esteja perdido. Eu sei que ele não tá. Eu *sei*.

— Então, você tem fé? — Tony perguntou.

Olhei para ele.

— Eu tenho... — Não consegui terminar a frase. Por que era tão difícil dizer aquilo? A fé era... era uma coisa escorregadia, que ficava com você e depois escapava por entre os dedos antes que se percebesse. Se eu tivesse tempo para me psicanalisar, tinha certeza de que teria algo a ver com meu pai ausente, com as perdas que sofri ao longo dos anos e com a injustiça geral da vida, mas eu não tinha tempo para tudo isso. O importante é que eu tinha fé. Eu sabia disso enquanto encarava o garoto. Havia momentos em que eu não tinha. Inferno, havia dias inteiros nos quais eu não tinha, mas, mesmo quando eu duvidava de tudo, e, meu Deus, eram muitas as minhas dúvidas, eu tinha fé de que havia um propósito.

Respirei fundo.

— Eu tenho fé. Talvez nem sempre. Talvez amanhã eu não tenha, mas eu... eu me recuso a acreditar que eu seria colocada nesta posição, com tudo o que tá acontecendo, apenas pra perdê-lo novamente. Tenho fé no nosso amor. Ele teve fé suficiente no nosso amor pra Cair por mim. Tenho fé de que o que eu sinto por ele vai ser suficiente pra trazê-lo de volta.

Tony me encarou com olhos que pareciam existir há décadas, se não mais. Ele assentiu, e eu quis perguntar se a resposta honesta tinha sido a correta.

— Posso ajudá-la — a Anciã anunciou.

A minha cabeça se voltou para ela, e quase não consegui respirar.

— Você pode?

Ela assentiu com a cabeça enquanto tomava outro gole do vinho rosado com aroma frutado.

— Você precisa de um feitiço que o traga até você e também o prenda.

Prendê-lo? De repente, uma imagem de Dean e Sam Winchester se formou em minha mente.

— Como uma armadilha pra anjos? Isso parece muito algo saído de *Sobrenatural*.

— Heh — Tony deu uma risadinha. — Sou fã do Castiel. E você?

Eu quase disse que ele parecia novo demais para assistir àquela série, mas me contive. Ele provavelmente já devia ter visto algumas coisas bem malucas.

— Sou fã do Dean.

— Claro que é. — Ele revirou os olhos.

— Não tenho a menor ideia do que vocês estão falando — a Anciã disse —, mas, sim, como uma armadilha pra anjos, eu presumo. Bem, é mais como uma armadilha pra pessoas, mas isso não vem ao caso.

Arqueei as sobrancelhas quando tive a imagem mental de um pentagrama dentro de um círculo. Eu realmente precisava parar de assistir a tanta TV.

— Como faço pra criar este feitiço... armadilha, seja lá o que for?

— Você vai precisar de algumas coisas. — Ela levantou a mão, fazendo um gesto com os dedos.

De onde Tony havia saído, um homem se aproximou, parecendo mais um contador do que uma bruxa de fato. Ele tinha pele clara e era de meia-idade e vestia um terno preto. Carregava algo na mão. Ele a colocou sobre a mesa, ao lado da Anciã, fazendo uma reverência em sua direção antes de se virar e voltar para o lugar de onde veio.

A Anciã pegou o que agora percebi ser um pequeno decantador de vidro, menor do que a própria mão.

— Eu preparei isto pra você hoje, sabe, só pra o caso de ser hoje o dia — ela disse com uma piscadela, e eu estremeci. — Então ainda está fresco, mas deve ser usado hoje à noite.

Ela o entregou para mim. Peguei-o com cuidado, girando o vidro estreito e oval na mão. Havia um líquido de um dourado profundo em seu interior e... e fumaça? Fumaça dourada?

— O que tem aqui dentro?

— Isso e aquilo e provavelmente um monte de coisas que você não gostaria de saber — ela respondeu, e o olhar que me lançou advertia que seria sábio se eu não insistisse na pergunta. — Tudo o que você precisa saber é que isso não vai fazer mal a ele. Você precisa levar isso pra onde o viu pela primeira vez como um Caído.

— Parque Rock Creek — eu disse a ela, e é claro que teria de ser em um lugar mega público.

Ela acenou com a cabeça.

— Você vai abrir o frasco hoje à noite, quando o sol se pôr.

— Isso seria aproximadamente às 20h32, caso você esteja se perguntando — Tony informou.

— Você deve levar consigo um item pessoal dele e colocá-lo na terra. O item deve ser marcado com o seu sangue fresco — ela instruiu, e eu não pude deixar de torcer para que todos os demônios próximos estivessem bem escondidos para não sentirem o cheiro do meu sangue.

Aparentemente, Tony estava pensando o mesmo, pois sua cabeça girou em direção à Anciã.

— Em seguida, você vai precisar abrir o frasco, esvaziando todo o conteúdo no item que trouxe com você. Você verá brevemente a formação de um círculo — ela continuou. — Quando ele estiver dentro do círculo, a *graça* será cortada dele e ele será posto de joelhos. Certifique-se de sair dele antes que o círculo desapareça, ou você também vai ficar presa nele sem sua *graça* ou força. Você não quer isso.

Não, não queria mesmo.

— Isto só vai segurar por alguns minutos — ela continuou —, os anjos, Caídos ou não, Legítimos ou não, são poderosos demais pra serem contidos por um longo tempo. Você deve agir com rapidez e não deve hesitar.

— Não vou. — Fechando os dedos ao redor do frasco, inspirei profundamente. O vidro se aqueceu ao meu toque. Um pouco do pânico e da desesperança que estiveram pesando sobre mim desde que acordei e descobri que Zayne tinha morrido diminuíram. — Obrigada.

Ela acenou positivamente com a cabeça. Levantei meu olhar para o dela.

— E o que você quer em troca?

O sorriso de resposta da Anciã foi discreto.

— Você não acha que eu lhe dou isto pela bondade no meu velho coração?

Segurando seu olhar, eu sorri em resposta.

— Não conheço muito sobre bruxas, mas conheço o suficiente sobre os humanos em geral pra saber que quase nada de importante é dado sem uma condição. Qual é a condição aqui?

— Garota esperta — Tony murmurou.

Uma sobrancelha branca e gorda como uma lagarta se ergueu.

— O que eu quero, se você tiver sucesso, é que traga o Caído para mim.

Segurei o frasco com mais força.

— O que você quer dele?

Seus olhos escuros se tornaram estilhaços de obsidiana.

— Quero apenas uma pena.

— Apenas uma pena? — Inquietação se espalhou dentro de mim. — O que você pode fazer com apenas uma pena de um Caído?

— Coisas sem fim, criança. — Ela então sorriu, um sorriso sonhador e melancólico, enquanto seus olhos se fechavam. — Coisas grandiosas e impossíveis.

— Coisas terríveis? — perguntei, odiando o fato de a minha consciência estar me cutucando no ombro.

— Toda magia pode ser usada para o grandioso e para o terrível. — A Anciã abriu os olhos. — O resultado está sempre nas mãos de quem a usa, e eu nunca a usei da maneira que você teme em alguém que não merecesse.

Eu a encarei, sabendo que aquilo não era uma confirmação exata de que a pena de Zayne não seria usada para algo incrivelmente maligno, mas eu tinha que acreditar em sua palavra ou entregar o frasco de volta para ela e encontrar outra maneira de conseguir equilibrar o jogo contra Zayne. Esse último poderia levar muito tempo. Talvez eu nunca encontrasse.

— Tá bem — eu disse. Isso provavelmente era algo que eu teria de explicar quando o Juízo Final chegasse, mas eu faria qualquer coisa por Zayne. Assim como ele tinha feito de tudo por mim —, eu vou trazer Zayne até você.

— Ótimo. — Ela pegou a taça de vinho.

— Mas só pra você saber — eu disse, esperando até que ela voltasse sua atenção para mim —, se você feri-lo de qualquer maneira que seja, vou te matar. Você não vai nem ter a chance de usar sua magia contra mim. Vai acontecer antes mesmo que você perceba.

Vagarosamente, a Anciã bebeu um gole do vinho.

— Eu não esperaria menos que isso.

— Fico feliz por estarmos na mesma página.

— Eu também — Tony disse —, porque isso estava ficando muito esquisito.

— Como a maioria das conversas de adultos — a Anciã respondeu. — Um dia você vai entender isso.

— Sério? — O vidente mirim pareceu ofendido.

A Anciã riu baixinho.

— Você ainda tem hora pra dormir, não é mesmo?

Os olhos da criança se estreitaram.

— Ele tem — a Anciã me disse, e eu realmente não tinha ideia do que responder àquilo. — Uma última coisa antes de seguirmos nossos caminhos, o que deve acontecer muito em breve. Tenho que devolver este aqui pra mãe dele antes que ela pense que eu o roubei.

— Ah, meu Deus — Tony murmurou em voz baixa. — As coisas que eu poderia te contar...

— Mas não irá. — Ela se inclinou e, por um momento, temi que ela pudesse cair da cadeira e, sei lá, quebrar o quadril. Ela deu um beijo na bochecha do vidente.

Tony revirou os olhos e enrugou o nariz de uma forma que imaginei que um garoto normal de sua idade faria. Agora havia uma mancha de batom rosa brilhante em sua bochecha.

Sentando-se com as costas retas mais uma vez, a Anciã voltou a concentrar-se em mim.

— Você precisa fazer isto sozinha, esta noite. Sem amigos, sejam eles demônios ou Guardiões. As energias deles irão interferir no feitiço.

Achei melhor torcer para que aquilo funcionasse, pois, se não mantivesse Zayne contido por tempo suficiente, ele ficaria furioso.

Levantando-me da cadeira, hesitei ao olhar para o garoto.

— Vou ver você de novo?

Aqueles olhos misteriosos se voltaram para os meus.

— Não posso responder isso.

O porquê me ocorreu. Porque, se ele me contasse, isso me diria muito. Poderia me dizer que havia um "depois" para tudo isto. Ou que não havia. Um calafrio percorreu minha espinha quando assenti e me virei.

— Diga a Roth que eu mandei um oi — Tony acrescentou, e meu olhar se voltou para ele. O menino sorriu, e meu coração acelerou. — Diga a ele que a minha mãe adoraria uma daquelas galinhas que ele me trouxe. Ele vai entender.

— Certo — ouvi-me dizer, e depois saí com um pequeno sorriso nos lábios.

Tony tinha acabado de dizer que eu veria Roth de novo, e, a menos que Roth voltasse do Inferno entre agora e à noite, o que era improvável, isso significava que eu sobreviveria a esta noite.

Então, pelo menos isso.

Atualizar Dez sobre tudo o que acontecera foi exatamente como eu tinha esperado que fosse.

Ele não estava nem um pouco de acordo com a ideia de eu usar algo que uma bruxa havia me dado para atrair Zayne, nem estava feliz por eu estar fazendo isso sozinha. Demorou um pouco para convencê-lo de que era algo que eu precisava tentar e, finalmente, ele cedeu depois de eu dizer que ele poderia ajudar certificando-se de que o parque estivesse livre de pessoas às sete da noite. Prometi que contaria o que aconteceu assim que pudesse.

Pelo menos essa conversa tinha sido muito menos embaraçosa do que a anterior.

Cayman, por outro lado, não queria ter nada a ver com aquilo. Ele prometeu permanecer no apartamento.

— Ligue pra mim se o feitiço não conseguir contê-lo e você precisar correr pra salvar a sua vida — ele me disse. — Eu vou correr com você.

Aquele não foi o comentário mais inspirador do mundo, mas ele me disse que eu provavelmente não precisava me preocupar em atrair demônios para mim. Ele tinha a impressão de que, depois do show de Zayne na noite de sábado, a maioria deles tinha voltado para o Inferno ou saído da cidade, mas isso não incluía os demônios que estavam trabalhando com Gabriel, obviamente.

Então, sim, eu precisava que rezassem por mim nesse sentido.

Encontrar um item pessoal de Zayne não foi exatamente fácil, pois ele não tinha muita coisa além do necessário. Eu não queria levar a escova de dentes ou o pente dele, pois teria de sangrar em cima do objeto e despejar só Deus sabe o que por cima, então optei por uma de suas camisas cinza sujas, com a qual eu planejava dormir novamente. Ainda cheirava a ele, e fiquei ali a segurando contra o rosto por um tempo assustadoramente longo.

As horas foram se arrastando, e eu não podia mais esperar. Cayman havia chamado um carro para mim e fui até o Parque Rock Creek. Foi lá que passei a última hora, segurando lugar no banco do parque, a camisa dele e o frasco próximos ao meu coração palpitante.

Vai dar tudo certo.

Vai dar tudo certo.

Fiquei repetindo isso várias e várias vezes enquanto olhava para a trilha de caminhada vazia. Eu não tinha ideia de quais pauzinhos os Guardiões haviam mexido, mas a última pessoa que eu avistei tinha sido há pelo menos quarenta e poucos minutos. Achei que era uma pequena bênção não ter que me estressar com isso e não ficar obcecada pensando em, bem, todo o resto. Olhei para o céu que escurecia gradualmente e meu peito apertou.

O alarme que coloquei no celular soou, avisando-me que faltava um minuto para o pôr do sol.

Saltando do banco, corri para a área com grama atrás dele. Com cuidado, coloquei a camisa de Zayne no chão, ao lado do frasco. Ajoelhei-me e desembainhei a adaga. Com a mão por cima do pano, coloquei a adaga na palma da mão. Meu coração estava disparado. Minhas mãos tremiam.

Isto vai funcionar.

Isto vai funcionar.

Isto vai funcionar.

O segundo alarme disparou no meu celular. Não houve um momento de hesitação quando o céu acima de mim se transformou no mais profundo e escuro tom de azul. Passei a lâmina ao longo da palma da mão. Um sibilo de dor escapou de mim enquanto o sangue vermelho vivo borbulhava e brotava. Fechando a mão em um punho enquanto embainhava a adaga, abaixei-a e abri os dedos. Esfreguei a palma pela camisa dele, manchando o algodão com sangue.

Pegando o frasco, abri a tampa e o inclinei sobre o mesmo local em que meu sangue marcava a camisa de Zayne, rezando para que ele não estivesse brincando de *stalker* e observando-me naquele momento.

O que era algo que eu não havia considerado até então.

Tarde demais para se preocupar com aquilo, imaginei.

Despejei o líquido dourado sobre a camiseta. Não era muito, e a fumaça escorreu em seguida, brilhando como dezenas de vaga-lumes enquanto se movia lentamente até o tecido.

Um raio de luz saiu da camiseta, disparando para os lados mais rápido do que eu conseguiria seguir com o olhar. Deixando cair o frasco, levantei-me enquanto a luz dourada corria para formar um círculo.

Girando, empurrei — empurrei com força, com as pernas, enquanto o círculo se completava. A luz pulsou, fluindo para cima enquanto eu saltava através dela, caindo no chão com as mãos e os joelhos do lado de fora do círculo quando a luz se apagou.

— Meu Deus — sussurrei, empurrando minha trança sobre um ombro. — Essa foi... essa foi por muito pouco.

Fiquei de pé, virando-me para trás. Não consegui ver qualquer sinal de luz. Eu mal conseguia distinguir a protuberância da camisa de Zayne nas sombras que se intensificavam, mas estava feito.

As luzes do parque se acenderam enquanto eu ficava parada ali, o peito subindo e descendo rapidamente. Minha *graça* vibrava dentro de mim, amplificada pela minha ansiedade.

Por favor.
Por favor.
Por favor.

Levantando o olhar para o céu agora escuro, esforcei-me para ver alguma coisa. Não havia nada. Nem mesmo um indício de uma estrela. E se isso não funcionar? E se eu tivesse feito algo errado? Eu deveria ter despejado o conteúdo do frasco primeiro e depois me cortado? Eu deveria ter anotado as instruções, porque a minha memória...

Eu o vi apenas por um segundo antes que ele caísse do céu, aterrissando agachado a poucos metros de onde eu achava que o círculo começava.

Meu coração fraquejou quando ele se levantou, suas asas emanando um brilho branco suave quando ele as abriu. Exibido. Ele usava uma calça jeans desbotada. Decidi que não queria saber onde ele a conseguiu, ou, melhor ainda, de quem ele a pegou *emprestado.*

Pelo menos por enquanto.

De lados opostos do que eu esperava que fosse uma armadilha funcional, nós nos encaramos. Muitos segundos se passaram, ociosos. Eu precisava colocá-lo dentro da armadilha.

Dei um passo à frente, apenas cerca de uns trinta centímetros.

— Sentiu minha falta?

Sua cabeça se inclinou para o lado.

— Você fez alguma coisa. Eu sei que fez. Senti um desejo incontrolável de vir aqui.

— Você não estava me observando?

Ele sacudiu a cabeça.

— Não posso mais te observar.

Por que ele não podia mais confiar em si mesmo? Não havia tempo para descobrir isso.

— Bem, eu não queria ficar andando por aí a sua procura.

— Eu te disse para ficar longe de mim. Que eu ia acabar te machucando — ele disse, com uma voz grave. — E, ainda assim, você fez algo pra me trazer até você. Tô começando a acreditar que você quer morrer.

— Você acha que pode me matar? — Eu invoquei minha *graça*, e ela respondeu rapidamente. Os cantos dos meus olhos ficaram brancos quando uma luz dourada esbranquiçada se espalhou pelo meu ombro, descendo pelo braço. O punho da Espada de Miguel se formou contra minha palma, quente e agradável. A lâmina flamejante irrompeu, crepitando e sibilando.
— Então venha me pegar, Caído.

Por um momento de tirar o fôlego, achei que ele não toparia o desafio. Que ele recusaria, e, embora isso pudesse ser mais uma prova de que Zayne ainda estava lá dentro, eu não precisava que ele aparecesse agora. Eu precisava do Caído.

— Não acho que seja uma briga que você queira. — Um sorriso cruel contorceu seus lábios. — É a mim.

Minha pele ficou vermelha, mas levantei o queixo.

— Talvez seja você que eu queira. Talvez não.

Sua cabeça mexeu de um lado para o outro e então sua mandíbula ficou retesada.

— Não posso dizer que não tentei avisá-la — ele rosnou, e se moveu tão rápido que não passou de nada além de um borrão dourado e branco.

Mas vi o momento em que ele entrou na armadilha.

Uma luz dourada e cintilante pulsou no chão, na forma de um círculo. Zayne parou abruptamente, abaixando o queixo enquanto olhava para a luz que se esvaía — para sua camisa.

Ele inclinou a cabeça.

— O que você fez?

— Equilibrei o jogo.

Seus lábios se retraíram, e o *som* que ele emitiu me fez sentir um lampejo de medo. Era um som desumano. Terrível. Ele avançou e me preparei para que a armadilha falhasse.

Ele parou bruscamente, com as mãos cerradas em punhos, e estava perto o suficiente para que eu pudesse ver a fúria gravada em suas feições. A parte superior do seu corpo se inclinou para a frente. Os tendões marcavam seu pescoço. Seus músculos se flexionaram ao longo dos ombros enquanto lutava, mas ele se ajoelhou, exatamente como a Anciã prometeu.

Olhos vívidos e ardentes se ergueram para os meus. De seu peito pesado, sua voz ressoou:

— Você trapaceou.

— Sim. — Levei a espada para a frente, envolvendo a outra mão no punho.

Seus olhos se estreitaram.

— Você vai usar isso? Em mim? Pensei que você me amava, pequena nefilim?

— Eu amo — sussurrei, com a garganta e os olhos ardendo.

— Amor — ele cuspiu a palavra enquanto suas asas baixavam e seu peito se erguia, como se estivesse me desafiando a fazer isso. — Faça o pior que puder, nefilim, mas não erre a mira. Se errar, eu vou sair daqui. Então eu a destruirei e não vou me importar.

— Mas acho que você se importaria, sim — eu disse a ele, enquanto minhas lágrimas embaçavam a minha visão do semblante dele. Dei um passo à frente. — Eu te amo. Eu te amo agora e vou te amar para todo o sempre.

Eu me mexi antes que ele tivesse a chance de responder às minhas palavras, incapaz de realmente me permitir considerar o que eu estava fazendo. Ergui a Espada de Miguel.

Eu te amo.

Meu coração fraquejou e depois se partiu. A minha respiração seguinte se perdeu em uma violenta tempestade de emoções que irrompeu de mim em um grito.

Eu te amo.

Brandindo a espada dourada e flamejante para frente, eu a enfiei profundamente no peito de Zayne, em seu coração.

Capítulo 15

O tempo pareceu desacelerar e depois parar quando seu olhar encontrou o meu e se fixou ali. Seus olhos estavam arregalados com o que parecia ser choque, e, em meio à confusão de pensamentos, um ficou claro. Percebi que ele não acreditava que eu faria aquilo. O choque que enchia aqueles olhos azuis deslumbrantes vinha da parte dele que havia se perdido quando Caiu ou da parte de Zayne que permanecia dentro dele?

Eu não sabia, mas senti aquela lâmina ardente como se tivesse sido enfiada no fundo do meu próprio peito, perfurando o meu coração e a minha alma. O pânico me invadiu, misturando-se com uma dor profunda. Eu queria voltar no tempo. Queria voltar atrás e nunca ter feito aquilo, porque, se não funcionasse, eu não tinha certeza... não tinha certeza se conseguiria sobreviver a isso, mesmo que fosse a coisa certa ser feita. Tinha sido tola ao pensar que poderia aguentar isso — que eu era forte o suficiente, corajosa o suficiente. Eu não era. Eu não era desprovida de humanidade, e tinha certeza de que o meu pai ficaria desapontado ao perceber isso, mas era verdade. Se isto não funcionasse, o olhar em seu rosto, o choque e a descrença me assombrariam muito tempo depois que o meu corpo tivesse virado pó. Isso me mataria. Talvez não no sentido físico, mas devastaria todas as partes de mim que me tornavam quem eu era. Eu não seria a mesma, e, em um momento de certeza surpreendente, percebi que era isso que Gabriel quisera dizer com a minha ira ser a minha ruína. Eu me tornaria algo tão frio e terrível quanto Almoado.

E então... então o tempo não estava mais parado.

Os olhos de Zayne se fecharam enquanto ele jogava os braços para trás, com um grito terrível rasgando o ar noturno. Suas asas se ergueram, cada asa linda e exuberante se abrindo amplamente. Sua cabeça caiu para trás, fazendo com que os tendões de seu pescoço se destacassem ainda mais.

Do centro de seu peito, onde a espada estava enterrada profundamente, um pulso de energia ondulou, espalhando-se por seus ombros e braços em faixas de luz dourada e pulsante. Houve um breve segundo em que ele foi inundado pelo fogo celestial, seu corpo e suas feições completamente perdidos na chama. Eu não conseguia mais vê-lo.

O terror tomou conta de mim e um tremor percorreu meu corpo. Temendo que o fogo o engolisse inteiro, tentei puxar a espada. Ela não se mexia, e o som — meu Deus, o som que vinha de Zayne... Era animalesco e bruto, rasgando-me por dentro. Meu coração disparou quando dei um passo para trás com a perna direita, segurando-me e puxando. A lâmina não cedeu. A espada parecia estar alojada, como se agora fizesse parte do corpo dele da mesma forma que era uma extensão do meu, e nada desse tipo havia acontecido antes.

O fogo que girava e chicoteava se retraiu de súbito, sugado de volta para o local onde a lâmina estava cravada.

Silêncio.

Nenhum grito.

Nenhum canto de pássaros ou insetos próximos.

Nada.

No ponto em que a espada encontrava seu peito, energia divina se acumulou e pulsou. Os braços de Zayne caíram ao lado do corpo, suas asas se abaixaram e a massa de luz branco-dourada se estendeu, envolvendo-se ao longo do comprimento da lâmina, agitando-se e se retorcendo de volta para mim. O instinto gritava para que eu largasse a espada, mas eu não conseguia, porque a *graça* era minha — uma parte de mim —, e ela não permitiria isso. Mas havia algo mais ali que não me pertencia. As primeiras gavinhas alcançaram o cabo e, em seguida, o que quer que aquilo fosse lambeu meus dedos, obliterando todos os meus pensamentos ao me tocar.

O poder celestial atingiu o centro do meu peito e foi como uma bomba sendo detonada. Ele inundou todo o meu corpo, encharcando minha pele e meus músculos, entrincheirando-se profundamente nos meus ossos e se entrelaçando aos meus órgãos. A energia divina roubou minha respiração, enrolando-se ao meu coração e depois se acomodando nas minhas costas, enraizando-se em meus ombros. Eu não tinha capacidade de processar se o que eu estava sentindo era dor ou um prazer tão agudo que se tornou doloroso, ou ambos, à medida que me arrebatava. Eu estava caindo antes mesmo de perceber o que estava acontecendo.

Não senti o impacto com o chão. Não vi quando a Espada de Miguel se desfez nem senti o momento exato em que a minha *graça* se retraiu. Sequer percebi que meus olhos estavam fechados ou que havia uma grande probabilidade de eu ter ficado inconsciente, e isso devia ter acontecido, porque, quando consegui abrir os olhos, havia uma sensação de que o tempo tinha passado e uma confusão, uma perda imensurável.

Puxando o ar com dificuldade enquanto meus sentidos se recompunham lenta e meticulosamente, olhei para um mar escuro cheio... cheio de luzes deslumbrantes e cintilantes. E havia muitas delas. Milhares. Milhões. Numerosas e incontáveis constelações de corpos celestes luminosos, e eu podia *vê-las*. Todas elas. Eu as via de uma forma que há muito havia esquecido, com uma clareza que provava que as minhas lembranças das estrelas não lhes faziam justiça. Elas eram tão bonitas, tão intermináveis. Lágrimas encheram os meus olhos enquanto eu me mantinha deitada, nocauteada pelo simples esplendor de um céu noturno cheio de estrelas, cada uma representando desejos infinitos e sonhos sem limites. Não me atrevi a piscar, nem mesmo quando cada uma das luzes diminuiu até que não passassem de pontos borrados de luz distantes, até que isso também desapareceu da minha vista. Então, fechei os olhos, sabendo instintivamente que havia recebido um presente maior do que eu provavelmente poderia imaginar. Uma última lembrança nítida que nunca desapareceria, e eu suspeitava que nunca mais veria as estrelas.

Zayne.

Esse foi o primeiro pensamento racional e coerente que tomou forma e fez sentido para mim.

Abrindo os olhos, não olhei para o céu enquanto forçava meu corpo dolorido a se mover, a responder aos comandos que meu cérebro estava disparando. Meus músculos e nervos demoraram a agir, mas, quando pareciam ter entendido o que fazer, eu me apoiei nos joelhos e nas mãos. Cada fibra do meu ser se concentrou na forma escura a alguns metros de mim.

Zayne.

Ele estava com os joelhos e mãos no chão, como eu, com a cabeça baixa. Eu ainda conseguia distinguir a forma das asas que estavam penduradas em seus ombros, encostadas no chão.

Ele estava vivo.

Tremendo, quase desabei ali mesmo, mas de alguma forma consegui me controlar. Ele ainda estava vivo e respirando, mas eu não tinha ideia do estado em que ele se encontrava.

Avancei um pouco, apertando os olhos. Seu cabelo havia caído para a frente, bloqueando seu rosto. Abri a boca para dizer seu nome, mas um tipo de medo infantil segurou a minha língua.

E se não funcionou? E se, de alguma forma, fez algo pior?

Ele então se moveu, seu corpo grande estremecendo. Lentamente, ele levantou a cabeça. Os fios de cabelo se afastaram do seu rosto. Seus olhos estavam fechados e suas feições ainda pareciam mais nítidas para mim, mesmo com a parca luz, mas desta vez eu sabia que era o brilho luminoso de sua pele, a *graça* que se escondia sob a superfície. Aquelas asas se contorceram e se levantaram, erguendo-se. A *graça* ainda se espalhava pelas penas como correntes de eletricidade. Seus olhos se abriram, nebulosos e desfocados, mas ainda tinham aquele tom irreal de azul quando se concentraram em mim. Nítidos. Eu não consegui respirar enquanto ficava tensa, tentando desesperadamente me preparar para... qualquer coisa.

— Trin? — ele sussurrou roucamente, e eu soltei um suspiro irregular. — *Trin.*

Comecei a me mexer, a engatinhar para a frente, mas, de alguma forma, acabei recuando um metro ou mais.

— Você é...? — Limpei a garganta. — É você, Zayne?

Aquelas belas asas se ergueram ligeiramente e depois se abaixaram, e seus olhos se fecharam por um breve momento.

— Sou eu.

Meu peito ficou apertado, torcendo e apertando enquanto uma centena de emoções diferentes irrompia dentro de mim, inundando-me. A esperança e o anseio se transformaram em incerteza e até em medo. E se isso fosse algum tipo de truque? Ele nunca havia soado assim ao dizer meu nome antes. No fundo da minha mente, eu reconhecia isso, mas percebi então que não havia me preparado para que isso realmente funcionasse. Eu tinha medo de que não fosse real. A tristeza se misturou à alegria, e meu corpo ficou fraco.

— Eu... — Ele se endireitou como se fosse para se levantar.

Cambaleei para trás, caindo de bunda no chão. Parecia que eu não tinha controle sobre os meus movimentos. Uma confusão conflitante de emoções me dominava, e eu tinha muito medo da decepção esmagadora caso permitisse que a esperança se apoderasse de mim.

Zayne havia parado e, no caos da minha mente, eu sabia que isso significava alguma coisa.

— Não vou te machucar. Eu nunca te machucaria... — Ele se interrompeu, os ombros tensos. — Mas machuquei. Eu te machuquei. Eu... — Ele se balançou para trás, ainda de joelhos, enquanto olhava para as mãos. — Eu machuquei você...

— Não. Você não me machucou — sussurrei, achando que realmente parecia ser ele. Havia uma certa inflexão em seu tom, algo caloroso.

— Não? — Suas mãos se fecharam. — Eu *lembro*. — Aquelas asas se ergueram mais uma vez, assustando-me ao se estenderem para o alto e para os lados. Ele desviou o olhar das mãos e olhou por cima do ombro. Praguejou baixo quando a brisa agitou algumas das penas menores, expondo os veios da *graça*. — Eu... continuo esquecendo de que elas estão ali. Elas não se parecem com as minhas asas antigas. A transformação também não. A maioria das coisas não parecem as mesmas.

Ele olhou para mim de novo, e o brilho de sua pele pulsou intensamente, fazendo com que eu me encolhesse. Suas asas emplumadas se dobraram para trás, para dentro, e então elas... simplesmente desapareceram, como se tivessem se infiltrado em sua pele, em suas costas, ou desaparecido. O brilho dourado luminoso desvaneceu, e ele se pareceu mais com... bem, mais com Zayne e não com o Caído psicótico.

— Isto é real? — eu me ouvi perguntando. O desaparecimento das asas meio que me fez pensar que eu ainda estava deitada de costas com um ferimento na cabeça. — Realmente funcionou? É você aqui, você de verdade? Você se lembra de mim? E você não tá prestes a... bem, me chamar de "pequena nefilim"?

— Isto é real. Sou eu de verdade. — Sua voz era áspera. — Odeio que você tenha que perguntar isso. Eu sinto muito. Sinto tanto, Trin. Não consegui me conter... — O olhar dele caiu novamente para as mãos, onde estavam caídas sobre suas coxas, com as palmas para cima. — Isso não é verdade. Eu conseguiria me conter. Eu poderia, mas era... tarde demais. — Ele balançou a cabeça e continuou a olhar para as mãos. — Era como se algo estivesse faltando em mim. Memórias. Acesso a elas, a como eu as sentia e o que elas significavam. Eles me avisaram, e eu achei que conseguiria lidar com isso. — Seu olhar voltou para o meu. — Mas sou eu. Eu te prometo, Trin. Sou realmente eu. Me pergunta alguma coisa que só eu lembraria.

Fiquei olhando fixamente para ele.

— Não consigo pensar em nada agora. Meu cérebro tá muito cheio e muito vazio.

Ele sorriu, e meu coração deu um salto. Era o sorriso *dele,* caloroso e aberto, e eu nunca pensei que veria aquele sorriso novamente.

— Certo. Deixe-me pensar em algo. — Ele mordiscou o lábio inferior com os dentes e, se eu estivesse de pé, eu sabia que minhas pernas teriam cedido. Zayne... ele fazia aquilo o tempo todo, mas só tinha feito uma vez depois da Queda. — Já sei. Você tem uma constelação no teto do seu quarto.

Nesse momento, eu realmente parei de respirar. Juro por Deus, meus pulmões se contraíram quando me levantei, cambaleando.

— Eu a coloquei lá — ele continuou, levantando-se lentamente. — Eu a chamei de Constelação de Zayne, e o que aconteceu depois que eu te mostrei o teto é uma das minhas melhores lembranças de todos os tempos. — Sua voz se intensificou à medida que ele mordia o lábio mais uma vez. — Você me mostrou o quanto me amava. Você me deu tudo, seu corpo, seu coração, sua *confiança.*

Pela segunda vez, o mundo parou. Eu não percebi que estava me mexendo. O protesto dos músculos e ossos doloridos não me impediu de me lançar sobre ele. Ou de tentar me lançar. Meu equilíbrio estava prejudicado, meus movimentos eram muito bruscos e rígidos, e foi mais como cair sobre ele...

Zayne virou um borrão de velocidade enquanto avançava, movendo-se tão rápido que nem tive a chance de me assustar. Ele me pegou, seus braços me envolvendo, e no momento em que as minhas mãos se conectaram com a pele nua do seu peito, eu soube.

Este era *ele.* Era a pele *dele* contra as minhas mãos, e estava quente, não mais fria ao toque, *sua* respiração se espalhando sobre a minha bochecha. Era *ele* me segurando.

Era Zayne.

Capítulo 16

De alguma forma, acabamos no chão de novo, mas, desta vez, com Zayne sentado com as costas retas e eu em seu colo. Eu me transformei em um polvo, envolvendo as pernas em torno dos quadris dele e apertando seus ombros com os braços.

— Você realmente lembra — sussurrei, enterrando meu rosto no pescoço dele. Cada respirada que eu dava estava repleta do cheiro dele.

— Lembro da primeira vez que te vi — ele disse, e estremeci ao sentir sua mão na minha nuca. — Você estava se escondendo atrás de uma cortina, onde não deveria estar. Você estava bisbilhotando.

— Eu não estava bisbilhotando — neguei, minhas palavras praticamente abafadas na pele dele.

Ele soltou uma risada, e, apesar de ter soado rouca e trêmula, causou um efeito estranho e maravilhoso no meu coração. Não era aquela risada fria e apática de um Caído.

— Você super tava bisbilhotando.

Era super verdade.

— Também lembro que você me deu um soco quando tentei me apresentar.

Franzi a testa contra seu pescoço.

— Isso porque você se aproximou de mim à noite, no meio da floresta.

— Você quis dizer que não estava sendo muito observadora e, pode me corrigir se eu estiver falando besteira, mas não era eu quem estava se esgueirando — ele provocou.

— Você tá falando besteira. — Apertei-o com mais força.

Ele respondeu com um beijo no topo da minha cabeça.

— Lembro da primeira vez que você se revelou. Estávamos no escritório de Thierry, e acho que Nicolai pode ter se engasgado com o ar. Lembro da primeira vez que você me matou do coração. Foi depois que me contou sobre seus olhos.

Os cantos dos meus lábios se ergueram. Depois de soltar a bomba sobre estar ficando cega, sem querer que ele pensasse que eu não era, bem, capaz, eu tinha voado de um parapeito e pulado de telhado em telhado. Ele agiu como se não tivesse ficado muito feliz com isso, mas eu sabia que ele tinha ficado secretamente satisfeito — sentindo-se animado e desafiado.

— E eu me lembro da noite em que você ajudou a tirar de mim a garra do demonete. — Sua voz ficou mais grave e, desta vez, meu arrepio tinha tudo a ver com a lembrança de nós dois juntos, no banheiro e na cama dele. — Lembro de tudo agora. Esses sentimentos e lembranças fazem parte de mim.

Não consegui falar enquanto fechava os olhos contra a enxurrada de emoções. Todos os meus sentidos estavam focados no toque da pele de Zayne sob os meus dedos. A temperatura do corpo dele estava tão quente quanto antes, mais quente do que a de um ser humano normal. Deslizei mãos trêmulas sobre seu peito, parando sobre o coração.

Ele batia forte contra a palma da minha mão.

Realmente funcionou.

O Trono não estivera mentindo. A Anciã não tinha me dado um feitiço fajuto. Eu não tinha feito besteira. Realmente funcionou.

As lágrimas escorreram livremente pelo meu rosto e não havia como detê-las. Eu desmoronei completamente, e toda a descrença e o desespero, a tristeza e o luto colidiram com o alívio e a alegria pulsante que jorravam de mim. Tentei controlar tudo isso. Este era um momento feliz, algo bom, e eu não precisava passar por ele afogando Zayne nas minhas lágrimas, mas não conseguia me conter.

Zayne pressionou a bochecha na lateral da minha cabeça. Ele falou enquanto meu corpo tremia, liberando toda a emoção reprimida que eu mal tinha conseguido controlar desde o momento em que o perdera. Eu não fazia ideia do que ele disse. A esta altura, ele poderia estar me dizendo que era parte ornitorrinco e eu não teria me importado. Levantei as mãos, afundando meus dedos nos fios macios do seu cabelo.

— Suas lágrimas estão me matando — ele disse, e essa parte eu entendi perfeitamente. — Estão me matando.

Era o Zayne.

Era o Zayne.

Era o Zayne.

Isso era tudo o que eu conseguia pensar enquanto absorvia o toque dele. Zayne estava vivo, ele estava de volta e era realmente ele. Não sei quanto tempo se passou enquanto ele continuou a sussurrar para mim, embalando-nos gentilmente enquanto eu chorei o suficiente para afundar toda a cidade de Washington, DC. Por fim, depois de uma pequena eternidade, as lágrimas abrandaram e os tremores que me percorriam a cada dois segundos cessaram. Eu conseguia respirar. Finalmente conseguia respirar.

Com cuidado, Zayne afastou meu rosto do seu pescoço. Piscando até que suas feições ficassem claras, estremeci ao levantar a mão, envolvendo meus dedos em seus pulsos.

— Desculpa. Eu só... você tá vivo e é você, e eu tô tão feliz, e não consigo parar de chorar porque, e se isto for algum tipo de sonho super-realista? Parece mais plausível. Eu te perdi, e quando você voltou, pensei... — Próximos como estávamos, eu podia ver seus olhos, realmente vê-los, já que não precisava me preocupar com a possibilidade de ele me arremessar para algum lugar. — Seus olhos. — Eu me inclinei até que os nossos narizes quase se tocaram. Apertei os olhos. — Nossa.

Suas mãos caíram para os meus quadris.

— O que têm eles? Eu não os vi.

O Céu não tinha espelho? Melhor ainda: ele não tinha se olhado no espelho desde que... desde que Caiu? Toquei sua bochecha.

— Eles estão super azuis. Tipo, muito, muito azuis — eu disse a ele, sem saber como descrever bem aquilo. — Mas tem um... tom de ouro branco por trás das suas pupilas. Consigo ver apenas as bordas. É a *graça*. Eu já tinha percebido antes, mas realmente ver assim, de perto? Eu nunca tinha visto nada parecido.

Cílios grossos varreram seus olhos, bloqueando-os quando ele virou a cabeça, pressionando a bochecha na minha mão.

— Chama muita atenção?

— Você realmente não se olhou no espelho ultimamente?

— Não. Eu...

— O quê? — Quando ele não respondeu, aproximei seu rosto do meu. — O que, Zayne?

— Acho que eu estava evitando o meu reflexo. — Seus olhos se abriram, mas seu olhar estava focado além de mim. — Não sei por quê. Nem sei se foi uma escolha consciente ou se fui eu, mas o que eu me tornei... mesmo assim, eu não queria me ver. Isso provavelmente não faz sentido.

— Faz, sim. — Senti uma pontada no coração enquanto deslizava o meu polegar ao longo do maxilar dele. — Você se lembra de como foram os últimos dias?

Zayne não respondeu por um longo tempo.

— Teve muita confusão. Muitos sentimentos e pensamentos que eu não entendia, mas que me consumiam muito. Essa é a única maneira que consigo descrever, e o que eu senti... — Sua mandíbula ficou tensa contra a palma da minha mão. — Era tanta raiva e arrogância e este, não sei... senso de justiça distorcido? De repente, passei a odiar os anjos e qualquer coisa que tivesse *graça,* mas também odiava os demônios, todos eles. Eu acreditava que era melhor do que os demônios e mais... não sei. Mais consciente do que aqueles que não tinham Caído? Eu simplesmente odiava a tudo e todos, e era como... como estar ciente do que eu estava fazendo e dizendo, e também não me conectando ou entendendo nada disso.

Todo o corpo de Zayne tinha ficado tenso contra o meu quando ele continuou a falar:

— Eles me avisaram que isso poderia acontecer, mas achei que conseguiria lidar com a situação. Acho que eu já tinha uma dose saudável de arrogância, mas não consigo nem descrever como foi ser bombardeado com todas estas... emoções poderosas e violentas que de repente pareciam certas, como se sempre tivessem feito parte de mim. Esta crença de que eu era o dono da razão e que podia fazer o que quisesse, quando quisesse.

— Parece que você tá descrevendo um monte de seres humanos — eu disse.

A risada dele foi seca e curta.

— Mas eu... eu lembro do que eu fiz — ele disse, e a culpa se infiltrou em sua voz. — Sabe quando eu te vi depois que Caí? — Seus olhos se fecharam de novo. — Eu conhecia você. Quando te vi, eu te conhecia e sabia seu nome, mas depois perdi essas memórias. O motivo pelo qual você era importante pra mim. Você era uma inimiga que eu tinha de... — Vincos de tensão marcaram a pele ao redor da boca dele. — Eu tinha de dominar. Isso era tudo o que eu sabia até que você me beijou no parque, e não sei como explicar, mas foi como ser eletrocutado. De repente, fui atingido por todas essas outras emoções que não eram ódio, e quando eu te vi novamente... naquela piscina, sabe? Eu ainda não entendia o que estava sentindo, mas tudo o que eu conhecia naquele momento era você. Tudo o que eu sabia era que queria você. Que eu já tinha te desejado e que era eu. Zayne. — Seus olhos se abriram, encontrando os meus. — Eu sinto muito, Trinity. Eu sei o que fiz. Sei como você tentou chegar até mim, e eu...

— Para. — Cobri seu rosto com as minhas mãos. — Não faça isto com você. Não era você.

— Mas era — ele disse, sua voz baixa, passando as mãos pelos meus braços. — Era eu, Trin. Eu estava lá...

— E é por isso que você nunca me machucou de verdade.

— Não te machuquei de verdade? — A incredulidade se juntou à culpa. — Eu te arremessei como se você fosse uma boneca de pano.

— Bem, eu não iria tão longe — murmurei, embora isso fosse verdade.

Ele ignorou isso.

— Eu te ameacei, e mais de uma vez. — Ele abaixou os olhos e, quando falou, sua voz falhou. — Eu tive minhas mãos em volta do seu pescoço. Não consigo desver isso.

Meu coração chorou enquanto eu me inclinava para a frente, encostando a minha testa na dele.

— Você não tem culpa, Zayne. Você precisa entender isso e perceber o que realmente fez. Você poderia ter me machucado muito. Poderia ter me matado a qualquer momento, mas não matou. Isso é porque você estava lá dentro, certo? Foi *você* quem parou. Foi *você* quem apareceu e matou aquele Carniçal, e foi *você* quem veio até o terraço no telhado.

— Deixei você cair em uma piscina.

— Provavelmente vou te socar por isso quando você menos esperar, mas era *você* que estava naquela piscina comigo. Era você e o que quer que você tenha se tornado depois da Queda, e eu também estava lá. Você não fez aquelas coisas comigo. Fizemos aquelas coisas juntos, porque eu sabia que você estava lá dentro — eu disse a ele. — Você pode não ter entendido o motivo naquele momento, mas se certificou de que nem você, nem qualquer outra coisa me machucasse. Você até me alertou pra ficar longe de você. Você disse que...

— O que havia em mim te machucaria. Era verdade. Ia chegar um ponto em que eu não conseguiria me conter. Quando você me encurralou, eu quis te matar. — Seus olhos procuraram os meus. — E essa parte de mim estava ficando cada vez mais forte.

— E foi essa parte que quis me jogar de um lado pro outro? — Passei os dedos em seu cabelo. — Quer dizer, eu posso ser bem irritante, então essa provavelmente não foi a primeira vez.

— Foi, sim. — Ele estremeceu. — Mesmo quando você tá sendo especialmente irritante.

— Eu sei. — Claro que sabia. Eu provavelmente poderia dar um chute na cara de Zayne e ele apenas suspiraria, decepcionado. Por quê? Porque ele era bom até o âmago. Eu me inclinei para trás para poder ver seu rosto. — Mas a parte de você que ainda tava lá impediu que isso acontecesse. Isso é tudo o que importa. Isso é tudo o que pode importar. Você sabe por quê?

— Por quê?

— Porque você recebeu de volta a sua Glória, uma alma angelical, e Caiu por mim. Não sei se devo te dar um soco ou te beijar. Você desistiu de ser um anjo de verdade pra ficar comigo. Você Caiu, correndo um risco enorme, pra ficar comigo, e agora tá aqui. Você voltou pra mim.

— Por causa de você. Você me trouxe de volta. — Ele deslizou as mãos pelos meus braços, deixando um rastro de arrepios na minha pele. — O que você fez? Eu tava por aí, pensando em cometer outra rodada de incêndios criminosos em outra toca de demônios — ele disse, e eu pisquei —, e então surgiu um desejo incontrolável de vir pra cá. Como você sabia o que fazer?

— Depois que você apareceu aqui pela primeira vez, fui conduzida a uma igreja por uma voz na minha cabeça e, sim, isso foi tão assustador quanto parece. Achei que tava ficando maluca, mas não estava. Um Trono me encontrou na igreja. Ele me disse o que eu precisava fazer. — Deixei que seu cabelo passasse por meus dedos enquanto eu absorvia cada curva do seu rosto. — Ele disse que a minha *graça* nunca machucaria o que é precioso pra mim, mas eu tava com medo. Eu queria acreditar que ia funcionar. Eu precisava acreditar nisso, e houve momentos em que acreditei, mas... — Um pouco do pânico voltou a se manifestar. — Mas eu tinha de tentar. Continuei dizendo a mim mesma que, se não funcionasse, ainda assim era a coisa certa a se fazer. Que você...

— Não gostaria de ser deixado naquele estado? — ele concluiu para mim. — Você tem razão. Eu não iria querer isso.

Aquilo deveria ter feito eu me sentir melhor, mas não o fez. A ideia de que eu poderia tê-lo matado me deu vontade de vomitar.

— Eu sabia que precisava te atrair até mim e, de alguma forma, te prender, e finalmente pensei na Anciã. Ela me deu a solução. Na verdade, ela já tinha tudo pronto pra mim. Ela sabia. Bem, tinha um menino com ela. Ele é um vidente. Ele sabia e contou a ela e, enfim, ela me deu um feitiço e funcionou.

As sobrancelhas de Zayne se ergueram.

— Ela simplesmente te deu o feitiço? Não me entenda mal. Eu tô muito agradecido. Mais do que posso expressar em palavras. Mas uma bruxa nunca dá nada de graça.

— Não, mesmo. — Coloquei as mãos nos ombros dele. — Ela fez isso em troca de uma de suas penas.

Ele me encarou.

— Ela me deu a impressão de que não iria usá-la pra algo ruim, e eu acredito nela. — Fiz uma pausa. — Mais ou menos. A verdade é que eu teria concordado com qualquer coisa, contanto que ela prometesse não te machucar, e ela prometeu. E eu sei que você provavelmente não concorda com isso, e eu entendo. De verdade, mas...

— Tá tudo bem. — Ele levantou a mão lentamente, certificando-se de que eu o visse antes de tocar a minha bochecha, e quase comecei a chorar de novo. Isso era mais uma prova de que este era o *meu* Zayne. — Eu teria feito o mesmo, teria concordado com qualquer coisa. — Ele delineou gentilmente a linha da minha bochecha. — O que eu fiz vai me afetar e vai ficar no fundo da minha mente. Tenho certeza de que alguns momentos serão piores do que outros, mas vou lidar com isso. Vou me certificar disso, porque já houve coisas o bastante entre a gente.

— Isso é muito verdade — sussurrei. Tínhamos tantos obstáculos entre nós, e eu queria o nosso próprio final feliz, como os dos livros de romance que a minha mãe adorara. Não precisávamos ser nossos próprios obstáculos.

Seus dedos pararam perto de onde meu maxilar ainda estava ligeiramente inchado e roxo.

— O meu toque tá te causando alguma dor?

— Não. Não sinto qualquer coisa ruim no momento.

— Você parece... mais machucada do que na última vez que te vi.

— Bem. — Eu alonguei a palavra. — Eu meio que esbarrei com Gabriel.

Cada parte dele pareceu ficar impossivelmente imóvel.

— Quando?

— Ontem à noite. — Contei a ele resumidamente o que havia acontecido. — A boa notícia é que ninguém vai poder entrar naquela escola por um tempo, e acho que ele tá enfraquecido de alguma forma.

— Eu deveria ter estado lá.

— Você tá aqui agora. Isso é tudo o que importa — eu disse a ele. — Eu não tô ferida. Sério.

Ele meneou rapidamente a cabeça enquanto seu olhar continuava a percorrer as minhas feições.

— Não consigo acreditar nisso. Não quando você... — Ele olhou para cima brevemente, seu peito se ergueu com uma respiração profunda e, quando seu olhar encontrou o meu mais uma vez, eu juraria que o brilho por trás de seus olhos estava mais intenso. — Como você tá de pé, andando tão rápido? — Seu olhar percorreu o comprimento do meu braço, pelos inúmeros hematomas que agora mal eram visíveis. Em seguida, seus olhos se estreitaram. — Melhor ainda, o que diabos você tava fazendo aqui, sozinha, na noite em que voltei? E até mesmo agora?

Eu reconhecia aquele tom. Ele soou exatamente como tinha soado na noite em que eu pulei de telhado em telhado sem avisar.

— Você realmente não deveria estar aqui sozinha. Não com Gabriel ainda à solta — ele continuou. — Ele mandou aqueles demônios atrás de você. Merda. Eles estavam no apartamento.

Ele usou aquele mesmo tom de quando eu saía na frente dele em uma área desconhecida.

— Pelo menos na outra noite Dez tava com você. — Ele franziu ligeiramente os lábios. — Ele tá bem? Acho que eu...

— Arremessou-o em uma fonte? Sim. Ele tá bem.

Zayne suspirou.

— Que bom, mas onde diabos tá Roth? E Layla? Você não deveria estar aqui, Trin. Não sozinha, quando você ainda não tá totalmente curada, e eu sei que você não tá. Consigo perceber. Posso sentir que a sua *graça* foi enfraquecida.

Certo, a capacidade dele de sentir isso era irritante, porque era verdade, mas Zayne parecia estar preparando-se para um sermão de proporções épicas, e eu não conseguia nem ficar brava. Os cantos dos meus lábios se curvaram, e aquilo parecia estranho, certo e maravilhoso, tudo ao mesmo tempo.

— E por que você tá sorrindo? — ele perguntou, com a incredulidade permeando seu tom de voz mais uma vez.

Soltei uma risada trêmula.

— Só nunca pensei que ouviria você me dar um sermão novamente e que eu iria gostar disso.

— Tente se lembrar disso na próxima vez.

Eu provavelmente não lembraria.

— Eu... — Inspirei com força. — Quando você morreu, pensei que nunca mais te veria.

Cada linha de seu rosto se suavizou.

— O que eu prometi a você? Se algo acontecesse, eu encontraria o caminho de volta pra você.

Seu rosto ficou embaçado de novo, e tinha tudo a ver com as lágrimas que se acumulavam.

— Ainda não consigo acreditar que você Caiu por mim.

— A Glória não era nada comparada ao seu amor. — Ele se inclinou, encostando a testa na minha, o mais leve dos toques. Sua respiração passou pelos meus lábios enquanto ele afastava do meu rosto os fios de cabelo que haviam escapado da trança. — Fiz tudo o que podia. Você fez tudo o que podia. Eu amo você, Trinity, e nem mesmo a morte pode quebrar esse tipo de vínculo.

O vínculo.

Eu me afastei um pouco.

— Eu não sinto você — eu disse, e as sobrancelhas dele abaixaram. — Quero dizer, não sinto o vínculo de Protetor. Não sinto a bolinha felpuda de calor dentro do meu peito desde que você voltou.

— Bolinha *felpuda* de calor? — ele repetiu baixinho.

— E eu... não sinto nenhuma das suas emoções. — Não era como se eu estivesse percebendo isso apenas naquele momento. Só não houve tempo para realmente pensar sobre isso. — Não estamos mais vinculados.

— Não, não estamos.

Fiquei olhando para ele, para o brilho sobrenatural de luz por trás das pupilas.

— Essa é uma boa notícia. Não posso mais te enfraquecer e podemos ficar juntos.

— Em primeiro lugar, o fato de eu ser seu Protetor não nos impediu de ficarmos juntos — ele respondeu secamente, e de certa forma estava certo. Só tinha atrasado o inevitável, mas não fora inteligente da nossa parte. Ele havia se tornado praticamente humano. — Mas não há regras. Definitivamente, não da variedade angelical. Ainda sou um... ainda sou um Caído. Mas não...

— Psicótico?

— É, isso não. — Ele alisou o comprimento da minha trança com a mão. — Será que uma Legítima vai querer um Caído?

— Eu sempre vou querer você, não importa o que você seja — eu disse com sinceridade, e seu sorriso em resposta encheu meu peito como uma onda doce e arrebatadora. — Mas eu meio que sinto falta daquela bolinha felpuda de...

Zayne eliminou a distância entre nós, e em um piscar de olhos os lábios dele encontraram os meus. Ele me beijou, e eu nunca deixava de me surpreender com a profusão de sensações que um único toque podia provocar. O gosto dele nos meus lábios, na minha língua, era um bálsamo para todas as manchas ásperas e irregulares que marcavam a minha alma, e um despertar. A pressão de sua boca na minha era suave, mas havia um limite, um autocontrole que estava prestes a romper-se. Eu sabia que Zayne estava tentando ser cuidadoso, embora ele não tivesse pensado em agir assim na piscina, mas aquilo não acontecera só com ele. Este agora era apenas Zayne. Eu não queria que ele fosse contido. Eu o desejava, queria tudo o que ele tinha a oferecer...

Zayne recuou repentinamente, enrijecendo no mesmo instante em que uma explosão de formigamento irrompeu na minha nuca. Fiquei olhando para ele, ainda um pouco atordoada pelo beijo.

— Você... você sente isso, não é?

Seu olhar estava em um ponto além de mim.

— Um demônio tá por perto.

Abri a boca e, de todas as coisas que eu poderia ter dito, a mais estúpida saiu:

— Os demônios não vêm ao parque por causa do zoológico. Roth que disse.

— Roth não sabe tudo. — Zayne se levantou rapidamente, levando-me com ele. Ele delicadamente me colocou em pé atrás dele. Pisquei, imaginando como ele havia conseguido fazer aquela manobra e meio que com inveja por ele ter conseguido, quando ele disse: — Fique aqui.

Eu me virei.

— Mas...

— Você tá machucada. Eu, não.

— Eu não tô machucada. Eu sou a Legítima... meu Deus — grunhi, apertando o nariz quando o cheiro de enxofre e decomposição chegou até nós.

— O cheiro — Zayne confirmou.

Estreitei os olhos quando uma forma sombria apareceu do meio das árvores do outro lado da trilha. Fosse o que fosse, a coisa tinha pelo menos dois metros de altura e cheirava como as entranhas do Inferno em um dia ruim. A *graça* se acendeu dentro de mim. Os únicos demônios que eu conhecia que eram tão altos e cheiravam tão mal assim eram os que não podiam circular na superfície por motivos óbvios. Eu realmente esperava que não fosse outro Carniçal.

A coisa passou por baixo do poste de luz e eu ofeguei, reconhecendo a pele cor de pedra lunar.

Rastejador Noturno.

O que era pior do que um Carniçal.

Esse era o tipo de demônio com o qual ninguém quer lidar. Eles eram extraordinariamente fortes e carregavam um veneno tóxico na boca e nas garras que poderia deixar uma pessoa paralisada, mas este estava... acorrentado? O metal circundava seu pescoço e batia contra o chão, e na outra ponta da corrente...

A pressão na minha nuca se intensificou e, em um piscar de olhos, pude distinguir o contorno de uma outra forma. Este não era tão alto ou largo, mas o instinto me disse que era muito mais perigoso do que o Rastejador.

Como se estivesse em um passeio noturno, subiu lentamente o barranco e passou pelo poste de luz. Seu semblante estava borrado, mas eu sabia que ele devia ser dolorosamente belo.

Todos os demônios de Status Superior eram.

Franzi a testa ao perceber que ele segurava a ponta da corrente.

— Você tá realmente passeando com um Rastejador Noturno? — Zayne perguntou, e minhas sobrancelhas se ergueram. Eu estava pensando na mesma coisa, e fiquei feliz por ele ter perguntado.

O demônio de Status Superior riu, mas o Rastejador Noturno não achou o comentário divertido. Um rosnado baixo e estrondoso irradiou da criatura raivosa, eriçando os minúsculos pelos por todo o meu corpo.

— Meu nome é Purson — o demônio de Status Superior anunciou com uma voz cheia de enxofre e fumaça. — Eu sou o Grande Rei do Inferno, comandante de vinte e duas legiões de Rastejadores Noturnos *de estimação*, e estou aqui pela nefilim.

Capítulo 17

Inspirei profundamente e depois expirei devagar.

— Ninguém mais fala *nefilim* — eu disse pelo que devia ser a milionésima vez na minha vida. — É ofensivo e antiquado.

— Eu pareço alguém que se importa se você acha isso ofensivo ou antiquado? — Purson disse, e eu ia me arriscar e dizer que não. — Não me importo.

— Chocante — murmurei.

Ele ignorou isso.

— Quero deixar bem claro quem eu sou para que não haja drama desnecessário. — O fato de ele ter falado isso já parecia um grande drama desnecessário. — Sou o descobridor de tesouros escondidos e o conhecedor de segredos. Não há nenhum lugar onde você possa se esconder que eu não vá descobrir.

— Então, você é o Indiana Jones dos demônios? — perguntei. — Legal.

— Indiana Jones? — o demônio repetiu. — Não sei quem é esse.

Minhas sobrancelhas se ergueram.

— Você não sabe quem é Indiana Jones, e eu devo acreditar que você é o conhecedor de segredos e descobridor de coisas?

— Não me importo com o que você acredita. Se você fugir de mim, não vai conseguir ir muito longe — Purson alertou. — Você só vai me irritar, e não quer...

— Cale a boca. — Zayne o interrompeu. — Não tenho tempo pra isso. Acabei de reencontrar minha namorada e você tá estragando o momento.

Lentamente, olhei para Zayne...

Ah.

Uau.

Vi suas costas sem asas pela primeira vez. Apenas com a luz da lua, pude ver um padrão estranho, que não existia antes. Parecia uma tatuagem com tinta apenas um pouco mais escura que a pele dele, mas... parecia saliente, como uma cicatriz.

— Eu não sei quem você é. — Purson parecia curioso, e isso era interessante. Ele não sabia dizer o que Zayne era, mas o demônio Rastreador sabia. Ele havia corrido, mas Zayne estava com as asas abertas. — Sinto que você é... diferente e, ao mesmo tempo, familiar. Seria muito intrigante explorar isso, mas você está se interpondo entre mim e o que eu preciso. Portanto, você não passa de um brinquedo de roer dele.

O Rastejador Noturno soltou uma gargalhada.

— Gosto de mastigar coisas que não deveria.

— Sinto muito — Zayne respondeu —, sou um brinquedo de roer de uma pessoa só, e pertenço a ela, então vou precisar recusar a oferta. Mas agradeço.

— Eu não disse que você tinha escolha — Purson rebateu.

Eu precisava estar prestando atenção na conversa, mas o padrão ao longo das costas de Zayne era fascinante. Como eu não tinha absolutamente nenhum autocontrole ou bom senso que ditasse que agora não era momento para essas bobagens, estendi a mão para tocar...

— Eu cuido disto — Zayne disse para mim.

Um fogo dourado iluminou as veias sob sua pele, correndo por suas costas. Surpresa, afastei a mão, ficando boquiaberta quando a *graça* correu por ambos seus braços, deslizando sob a pele e depois disparando no ar.

Fogo celestial jorrou de suas mãos, agitando-se em espiral, tomando forma e solidificando-se rapidamente. Dois cabos em brasa. Duas lâminas flamejantes de um metro e meio em forma de semicírculo.

O Rastejador Noturno deu um passo para trás, assustado.

Eu também.

Puxa vida, ele tinha *isso* dentro dele esse tempo todo? Mesmo quando ele era um Caído determinado a acabar comigo, ele não tinha usado a *graça* dessa maneira.

— O que foi que você disse mesmo? — Zayne perguntou em tom casual. — Eu não tenho escolha? Todos temos escolhas. Bem, menos você. Você definitivamente não tem uma quando se trata de viver ou morrer. Você vai morrer.

Tudo aconteceu muito rápido.

Purson soltou a corrente, e o Rastejador Noturno avançou, mas Zayne foi... ele foi como um raio, e eu não achei que, mesmo com uma visão perfeita, eu teria conseguido seguir seus movimentos. Ele estava na minha frente e então estava passando por baixo do braço estendido do Rastejador Noturno e surgindo por trás dele e...

Alguma coisa caiu do demônio, atingindo o chão com um som abafado, de carne.

Era um braço, um braço inteiro de verdade.

Tudo bem.

Zayne conseguia cuidar disto.

Ele *super* conseguia.

Jogando a cabeça para trás, o Rastejador uivou de dor, um som que parecia a mistura entre uma raposa e um lince. Zayne girou, arqueando a lâmina em forma de meia-lua pelo ar e diretamente através no pescoço da criatura.

Caindo para a frente, o demônio explodiu em chamas, desintegrando-se em uma chuva de cinzas antes de atingir o chão, enquanto Purson tomava sua verdadeira forma. Sua pele ficou mais fina e adquiriu um tom de areia. Pelos brotaram por todo o seu rosto, juntando-se à juba de cabelos loiros. Asas grossas e coriáceas surgiram de suas costas. Suas narinas se alongaram e se achataram enquanto a boca se esticava de forma grotesca. Caninos afiados apareceram enquanto os olhos do demônio brilhavam de forma iridescente, com as pupilas esticadas na vertical.

Purson tinha a cabeça de... a cabeça de um leão.

Eu nunca seria capaz de esquecer isto.

Saindo do meu estupor, comecei a invocar minha própria *graça*...

Zayne girou em direção ao demônio de Status Superior e *se transformou*, mas não foi nada como quando ele era um Guardião. O brilho luminoso pulsou pelo seu corpo enquanto as marcas em relevo se esticavam e se erguiam de suas costas, tornando-se sólidas.

Asas. As marcas em suas costas eram onde suas asas estiveram guardadas, e que loucura era essa?

Agora elas se espalharam, desdobrando-se e subindo alto em ambos os lados de Zayne. Faixas douradas de luz pulsavam pelas penas brancas como a neve.

— Ah, merda — Purson disse em uma voz distorcida, e acho que esse foi o momento exato em que ele percebeu o que Zayne era. O demônio levantou as mãos. Não havia bolas de energia que os demônios de Status Superior podiam invocar e controlar com frequência. Ele ergueu as mãos em sinal de rendição.

— Você pode ter o que quiser. Qualquer coisa. Minhas legiões, minha lealdade. Minha fidelidade — o demônio suplicou ao invocar a corrente para suas mãos. — Qualquer coisa. Eu juro a você. Qualquer coisa.

— Seu silêncio seria bom — Zayne respondeu, e então ele atacou.

Foi um movimento gracioso, um giro de pele dourada e fogo. Suas asas o ergueram no ar e depois trouxeram-no para o chão, inclinando-se para trás enquanto a lâmina curva e flamejante cortava o ar com precisão.

Purson nem sequer teve chance de fazer o que planejou com aquela corrente. A lâmina de Zayne o atingiu na altura dos ombros, atravessando-o diretamente.

— Droga — Purson murmurou, e então explodiu em chamas, sendo incinerado onde estava.

Essa parecia ser uma das palavras favoritas dos demônios em leitos de morte.

Endireitando-se, Zayne sacudiu as asas antes de dobrá-las novamente. Elas se acomodaram em suas costas e então... pareceram penetrar em sua pele, deixando para trás o padrão em relevo do que eu agora sabia serem asas.

As lâminas em formato de foice sumiram no ar, desfazendo-se em pó dourado que brilhou contra o chão escuro por apenas alguns segundos antes de desaparecer. A rede de veias iluminadas desvaneceu enquanto Zayne se voltava para onde eu estava, sem ter feito absolutamente nada além de tentar tocá-lo.

Finalmente, encontrei minha voz.

— Você podia fazer isso? Tipo, desde o momento em que você Caiu, você já podia fazer tudo isso?

— Sim — ele respondeu.

— Não me importa o que você pensa, uma grande parte de você ainda estava aí dentro quando você era o sr. Caído, porque você poderia ter feito isso a qualquer momento e não fez.

— Eu poderia. Eu fiz. Acabei com alguns demônios desse jeito. — Ele olhou para as mãos enquanto eu pensava no lixo humano que ele havia matado. Será que ele matou outros humanos? — Mas você tem razão, porque eu não quis fazer quando se tratava de você.

— Graças a Deus — eu disse. — Você é... você é fodão, Zayne.

Ele levantou a cabeça.

— Eu me achava fodão antes.

— Você era. Tipo, era fodão, mas agora você é o máximo do máximo — eu disse a ele. — Eu meio que tô com inveja da espada agora.

— Isso realmente não te incomoda, não é?

— O que incomoda?

— O que eu sou agora. Do que sou capaz. Porque este sou eu. — Ele colocou a mão sobre o coração enquanto caminhava para frente, parando diante de mim. — Mas agora estou diferente. Posso sentir. Existe esta...

não sei como explicar, mas existe esta frieza em mim, e essa necessidade... essa necessidade de dominar ainda tá lá. Não é dirigida a você. Nunca mais vai ser, mas não sei se existe algo mais em mim que tenha mudado.

Olhando para ele, eu sabia que o que estava dizendo não era um caso eventual super dramático. Ele *estava* diferente. O modo como ele falou com o demônio não era típico de Zayne — do antigo Zayne. Havia um tom de provocação em suas palavras que dizia que ele iria gostar do que estava prestes a fazer. A maneira como ele eliminou o Rastejador Noturno era outro exemplo. O Zayne antigo não teria cortado um braço. Ele teria ido direto para a matança, e o Zayne antigo teria eliminado Purson, não importa o que o demônio alegasse ou tentasse negociar. Havia diferenças e poderia haver mais, mas eu também sabia que sempre estaria segura com ele. Diabos, eu estava começando a pensar que, na verdade, eu estivera mais segura com ele enquanto Caído Assustador do que eu havia percebido.

E a frieza que ele sentia? Eu me perguntava se era a perda da Glória que ele estava sentindo, o que era equivalente a uma alma humana. Eu não tinha ideia do que isso significava para ele a longo prazo, e isso me preocupava, mas eu sabia que, independentemente do que acontecesse, eu ainda o amaria e sua falta de Glória não o impedia de me amar. Descobriríamos juntos o que quer mais que possa ter mudado.

Encontrei seu olhar.

— A única coisa que me incomoda é o quanto é injusto você ter duas espadas e eu ter apenas uma. Isso é sacanagem.

Um sorriso largo e bonito surgiu no rosto de Zayne. Ele riu, o som profundo, familiar e quente como a luz do sol, roubando meu fôlego. Essa era outra coisa que eu não sabia se ouviria novamente. A risada *dele*, e era linda. Meus lábios se contraíram.

— Tenho a impressão de que você tá rindo de mim.

— Acabei de te dizer que sei que mudei e não sei exatamente o quanto, e tudo em que você consegue pensar é que eu tenho duas espadas e você só tem uma.

— Bem, sim. Isso é muito importante. Sou um tipo de pessoa invejosa.

Ele riu novamente, e o som iluminou todo o meu peito.

— Só você reagiria dessa forma.

Isso podia ser verdade.

Uma brisa quente passou pelos fios de cabelo dele, levantando-os de seus ombros nus enquanto ele olhava em volta. Pensando bem, o frio anormal havia desaparecido do ar. Não estava insuportavelmente quente ou abafado, mas estava bem mais agradável.

Eu o observei, imaginando se ele tinha algo a ver com o clima. Quão estranho isso seria? Mas não poderia ter sido coincidência o fato de estar bem mais frio do que o normal até o momento em que ele foi restabelecido — bem, a maior parte dele — ao que era antes.

— Este é o... o quê, o terceiro demônio a vir atrás de você? Houve mais?

— Foram apenas os Carniçais, os daquela outra noite e este idiota — eu disse a ele, achando ser melhor não mencionar que em duas de três vezes que saí de casa tive um encontro com um demônio à minha procura.

— Por que Dez não tá com você?

— A Anciã me disse que a energia de um Guardião ou de um demônio poderia atrapalhar o feitiço. — Fiz um movimento para pegar o celular. — Eu deveria ligar pra ele. Contar a boa notícia.

— Podemos fazer isso mais tarde. Agora quero te levar pra casa.

Casa.

O apartamento novo em que Zayne mal tinha morado, onde ele havia colocado estrelas no teto que brilhavam no escuro para mim. *Casa.* Meu peito apertou. Antes eram apenas paredes e um teto, com minhas roupas ainda meio guardadas na mala. As estrelas tinham feito o lugar parecer algo mais, porém só agora parecia ser um lar.

Antes que eu abrisse as comportas da choradeira de novo, coloquei a mente de volta nos trilhos.

— Gabriel obviamente sabe onde estou. Ele vai aparecer de novo.

— Mas agora você não estará sozinha — ele disse, e meu coração se transformou em uma manteiga derretida. — Talvez a gente tenha de encontrar outro lugar pra ficar se isso se tornar um problema muito grande.

Assenti com a cabeça.

— A Transfiguração... Espera, você não estava lá naquela parte do discurso extremamente longo de Gabriel sobre como ele planeja acabar com tudo.

— Eu sei sobre a Transfiguração. — Ele pegou minha mão, e a sensação de sua palma firmemente contra a minha foi maravilhosa. — Fui informado sobre algumas coisas, sendo a Transfiguração uma delas. Ele planeja abrir uma fenda entre a Terra e o Céu pra que o demônio Baal e as almas que pertencem ao Inferno possam entrar no Paraíso.

Arqueei as sobrancelhas.

— Você realmente foi informado de tudo. Foram os Alfas? Meu Deus. Ainda não consigo acreditar que você realmente esteve no Céu. *O* Céu. — Meus olhos se arregalaram e parei de andar. — Como era? É só nuvens brancas e fofinhas e anjinhos relaxando sem fazer nada? Almas vagando de um lado pro outro, tendo tudo o que poderiam desejar? Ou é parecido com este lugar? Mas com anjos e almas? Já perguntei a tantos espíritos, mas nenhum deles me conta... — Meu coração deu um pulo. — Ah, meu Deus do Céu, você viu seu pai?

Um sorriso brincou em seus lábios enquanto ele olhava para mim e eu...

Eu nem percebi o que estava fazendo até que estava pulando em cima dele.

Zayne me segurou enquanto eu envolvia meus braços em seu pescoço e, desta vez, manteve o equilíbrio. Minhas pernas se agarraram aos seus quadris e não havia como ele me soltar. Não que ele tenha tentado. Os braços dele imediatamente me envolveram, e ele me abraçou com a mesma força com que eu me agarrava ao seu corpo.

Emoção nua e crua me invadiu quando percebi mais uma vez que Zayne estava vivo e era ele, um pouco diferente, mas *ele*. Lágrimas me saltaram aos olhos.

— Foi mal. Tá bem, não foi mal. Eu só precisava de um abraço.

Seu queixo roçou o topo da minha cabeça.

— Este deve ser o meu tipo de abraço favorito.

— O meu também — eu disse, com a voz abafada. — Eu só... não consigo acreditar que você tá realmente aqui. — Meu coração batia forte e meu estômago se juntou ao ritmo, dando cambalhotas por todos os lados. Eu queria rir e chorar, ficar em silêncio e pensativa e, ainda assim, gritar o mais alto que pudesse. Senti que estava revirando-me do avesso.

— Se precisar se lembrar de que eu tô realmente aqui, sinta-se à vontade pra pular em cima de mim. Não vou reclamar — ele disse. — Eu te seguro.

Fechei os olhos com força.

— Por que você sempre tem que dizer coisas tão perfeitas?

— Nem sempre digo as coisas certas — ele negou. — Você sabe disso mais do que qualquer outra pessoa.

— Eu sei — eu disse a ele. — É por isso que sei que o que você diz geralmente é perfeito. Sou especialista nessas coisas.

— Então eu não deveria discutir com você — ele disse, com a voz mais grossa, mais áspera, com o que lhe faltava antes. Emoção.

— Sim. — Eu o esmaguei com os meus braços e as minhas pernas e, por alguns instantes, absorvi a realidade. Eu tinha ajudado Zayne a encontrar o caminho de volta para mim, exatamente como ele prometeu, e mesmo voltando... diferente, era *ele*. Ainda tinha muitas coisas ruins a serem enfrentadas, mas com ele ao meu lado havia mais do que só uma chance de derrotarmos Gabriel. Havia esperança. Havia uma luz no fim do túnel. Ele era o algo bom que se tirava de uma situação ruim, e este momento era a prova de que milagres existiam. Havia um futuro para além disso tudo.

Recompondo-me, lentamente me desvencilhei dele. Uma vez que estava com os meus dois pés no chão e 99% confiante de que eu não iria me jogar em Zayne novamente, eu disse:

— Certo. Preciso focar. *Estou* focada. Você pode responder a todas as perguntas sobre o Céu mais tarde, agora de volta ao que é importante. O que foi que os anjos disseram pra você...? — Comecei a andar novamente, trazendo Zayne comigo até que parei: — Pra onde tô indo, a propósito?

— Pensei que poderíamos pegar uma carona, já que prefiro falar com o Nic antes de voar — ele argumentou, e eu concordei de todo coração. — Consigo chegar alto o suficiente pra que os humanos não percebam que as minhas asas não são como as de um Guardião, mas quero ter certeza de que nenhum dos Guardiões pense que vou matá-los.

Os Guardiões.

Ele disse isso como se ele não fosse mais um deles, e ele não era. Obviamente. Eu já sabia disso, mas ainda assim foi um choque.

— Boa ideia — murmurei, e então continuei o raciocínio enquanto retomávamos o passo. — É possível o que Gabriel afirmou? Que Baal e as almas infectariam o Céu e que Deus fecharia os portões?

— Sim, o que basicamente significa que qualquer humano que morrer não poderá mais entrar no Paraíso. Todas as almas ficariam presas na Terra, tornando-se espectros ou torturadas por demônios — Zayne terminou com um suspiro. — Com as esferas do Céu fechadas, os demônios não teriam razão pra continuarem escondidos. A Terra se tornaria o Inferno e partes do Céu seriam perdidas. O que Gabriel planeja é possível.

— Eu meio que esperava que ele estivesse apenas delirando.

— Infelizmente não — disse ele. — Alguns dos Alfas e outros anjos já querem fechar as portas.

— O Trono disse isso. — Eu me perguntei se meu pai era um deles enquanto meu olhar varria a densa e disforme linha de árvores. Raiva me atravessou. O que tinha acontecido com Gabriel não poderia ter sido uma surpresa tão grande para os outros arcanjos. Ele devia ter mostrado sinais de que estava fora de controle, com tendências homicidas e de destruir o mundo. Esse tipo de coisa não aparecia do nada. Nenhum deles fez nada. O meu próprio pai não tinha sequer me dito que Gabriel era o Augúrio, muito menos me preparado para ficar cara a cara com um arcanjo.

Os anjos eram praticamente inúteis.

Bem, exceto aquele Trono. Ele tinha sido prestativo. Espiei Zayne, que era tecnicamente um anjo, mas não. Ele não era inútil, porém qualquer número de anjos, desde a classe mais baixa até os arcanjos, poderia ter feito outra coisa além de ficar parado, jogando *Animal Crossing* ou o que quer que os anjos fizessem em todo seu tempo livre.

— Você tá com seu celular, certo? — Ele perguntou quando chegamos à entrada do parque. Assenti, tirando-o do bolso de trás da calça. — Quer que eu peça um carro?

— Sim. — Os holofotes da entrada não eram fortes o suficiente para minimizar o brilho do telefone, então entreguei-o ansiosamente.

Enquanto Zayne abria o aplicativo, deixei meu olhar vagar sobre ele. Eu me perguntei o que o motorista iria pensar quando ele entrasse no carro sem camisa. O meu olhar demorou um pouco na largura de seus ombros, nas linhas claramente delineadas de seu peito, e mais abaixo, na insinuação de músculos firmes e ondulados predominantemente escondidos pela noite. Zayne sempre estivera em um tipo de forma que me fazia sentir que precisava adicionar exercícios aeróbicos ou abdominais à minha rotina de treinos físicos inexistente. Eu treinava para lutar. Isso era exercício suficiente para mim, mas o corpo dele prometia e cumpria.

E eu sabia que estava definitivamente encarando Zayne com muita intensidade, mas eu não estava o comendo com os olhos porque ele era bonito de se olhar. Isso era algo que eu já tinha feito centenas de vezes no passado, mas eu estava o encarando agora porque ele estava aqui e ele estava bem. A descrença não iria desaparecer tão cedo.

Arrastando o meu olhar de volta para seu rosto, pensei em como suas feições ainda estavam mais claras do que antes. Sob este tipo de luz, eu nunca teria sido capaz de distinguir o corte de sua sobrancelha ou a forma de seus lábios. Isso não era a minha imaginação. Tinha de ser por causa do que ele era, da *graça* dentro dele. Nada mais ao meu redor parecia mais claro. Eu não conseguia lembrar como era quando eu via meu pai. Essas raras visitas eram todas muito breves, e eu tivera outras preocupações quando estive com Gabriel, como permanecer viva, por exemplo, e quando encontrei com o Trono. No entanto, quando pensei sobre isso, eu tinha visto aqueles olhos medonhos nas asas do Trono. Eu não achei que seria capaz de enxergar algo tão pequeno àquela distância.

A meio caminho de pedir um Uber, os dedos de Zayne pararam e ele olhou para mim.

— Foi mal — corei. — Eu tava encarando você feito uma esquisitona.

— Você já deveria saber que não tenho problema com você me encarando. — Zayne entregou meu celular e, depois que o coloquei no bolso de trás, ele pegou minha mão e me puxou contra seu peito, e eu grudei nele como um crustáceo. — Eu sinto muito.

— Pelo quê? — Comecei a levantar a cabeça.

— Pelo quê? — Ele repetiu com uma risada baixa enquanto segurava a minha nuca, mantendo-me ali, com a bochecha acima de seu coração. — Por deixar você.

— Isso não foi sua culpa, Zayne. Não foi uma escolha.

— Eu sei, mas isso não torna mais fácil saber que você passou pelo Inferno, física e mentalmente, e eu não pude estar lá por você. — Sua próxima respiração foi irregular. — Eu quis ir até você assim que percebi que poderia, mas quando fui, bem, com toda certeza não ajudou em nada.

Eu tinha perguntas sobre o que exatamente aconteceu com ele, mas elas teriam de esperar.

— Você tá aqui agora. Isso é tudo que importa.

— De acordo. — Seus dedos enrolaram no meu cabelo. — E eu não vou deixar você. Nunca mais, Trin. Nunca.

Capítulo 18

A viagem de carro até o apartamento foi... interessante.

O motorista, um homem de meia-idade, não parava de olhar para o banco de trás, e não achei que tivesse muito a ver com o fato de Zayne estar sem camisa ou de eu estar colada a ele como se fôssemos pedaços de velcro. Havia um nervosismo nos movimentos do motorista e na conversa que terminou tão abruptamente quanto começou.

Quando os olhos dele não estavam na estrada ou disparando para o banco de trás, estavam na cruz que balançava suavemente pendurada no espelho retrovisor.

Fiquei me perguntando se o homem havia sentido algo... sobrenatural em Zayne. Eu sabia que não era eu. Eu não tinha qualquer impacto sobre os seres humanos. As pessoas também nunca pareciam perceber quando estavam na presença de Guardiões em sua forma humana, mas havia definitivamente uma... energia em torno de Zayne que não existira antes.

Era difícil explicar, mas me lembrava de como o ar ficava carregado e estranhamente parado logo antes de uma tempestade terrível ou no olho de um furacão. Era isso que parecia. Havia uma imobilidade em Zayne, mesmo enquanto ele passava as pontas dos dedos para cima e para baixo no meu braço, o que fazia com que o ar ao seu redor parecesse estar a segundos de explodir em uma energia violenta. Como se a própria atmosfera estivesse prendendo a respiração, esperando para ver o que ele faria.

Era bem legal.

E um pouco assustador.

No caminho, enviei uma mensagem rápida para Dez, informando que Zayne estava bem e que ligaríamos para ele em breve. Meu celular imediatamente se iluminou com uma dúzia de mensagens silenciosas que não tive a chance de responder porque Zayne abaixou a cabeça e encostou os lábios na minha têmpora, e aquele beijo doce quase me fez entrar em colapso.

Acho que o motorista respirou pela primeira vez de verdade quando paramos em frente ao prédio e Zayne abriu a porta. Enquanto eu saía, vi o olhar do homem seguir Zayne enquanto ele passava por baixo da luz de um poste. A marca das asas era fraca, mas visível para mim, então não tive dúvidas de que o motorista também a viu.

Fechei a porta enquanto ele pegava a cruz do espelho e a levava aos lábios.

— A gente realmente precisa se certificar de que você esteja vestindo uma camisa quando sair em público — eu disse, juntando-me a ele na calçada.

Um sorriso irônico apareceu no rosto dele enquanto entrávamos no saguão.

— Você acha? — Ele deu uma olhada por cima do ombro. — É muito visível?

— Bem, eu consigo ver, então... — eu disse ao entrarmos no saguão. Por sorte, estava vazio e, como estava bem iluminado, consegui dar uma olhada melhor. — Parece uma tatuagem de asas de anjo feita com tinta branca. Ela cobre suas costas inteiras e parece levemente em relevo. — Cada pena esguia parecia ter sido cuidadosamente gravada em sua pele, nenhum detalhe faltando. Aquilo dava a ela a aparência sombreada de uma tatuagem normal. A vontade de tocá-la me atingiu com força mais uma vez enquanto nos dirigíamos ao elevador. Contudo, lembrando-me de como ele reagiu na piscina, resisti. — É realmente linda, Zayne.

— Você é linda.

Levantei a cabeça rapidamente e o encontrei olhando para mim com um sorriso suave e carinhoso nos lábios. Pude sentir o calor atingir as minhas bochechas, mesmo quando bufei da maneira menos atraente possível.

— Já vi como eu tô agora, e...

— E você tá ainda mais bonita do que antes. — Ele levantou a mão lentamente até meu rosto. Seu polegar passou sobre a curva do meu queixo. — Todo e qualquer machucado é um emblema da sua força.

— Lá vem você de novo, dizendo todas as coisas certas — murmurei.

— E que tal isto como "não ser a coisa certa a se dizer": — Ele traçou um dedo ao longo da linha de minha bochecha, parando onde eu sabia que a pele ainda estava em um lindo tom de roxo-azulado. — Eu vou ferir Gabriel. Cada hematoma que ele deixou pra trás, cada ferimento que ele infligiu, vou retribuir dez vezes mais. Quero que ele esteja vivo e respirando quando eu arrancar a carne dos ossos dele e os órgãos de seu corpo, e então, antes que ele dê seu último suspiro, quero que a última coisa que ele veja seja você prestes a matá-lo.

Ah.

Uau.

Meu coração pulou um batimento. Não pela promessa fria em sua voz que assegurava que ele planejava fazer exatamente aquilo, ou pela violência que ele queria disseminar, mas porque ele enfrentaria Gabriel de novo. Nós dois enfrentaríamos o arcanjo, e se algo acontecesse com Zayne? De novo? As minhas entranhas ficaram geladas e o pânico começou a se instalar. Será que eu conseguiria convencer Zayne a tirar umas férias? Ficar de fora desta...?

Eu me detive ali mesmo enquanto olhava fixamente em seus olhos. Todos os dias carregavam o risco de um de nós ter uma morte prematura. Isso não havia mudado. Na verdade, agora Zayne seria mais difícil de matar. Aquilo era uma coisa boa, algo de que eu precisava me lembrar, mas Zayne não havia me pedido para ficar de fora.

Inerentemente, eu sabia que *ele* não faria isso.

Eu também sabia que precisava de Zayne ao meu lado quando enfrentasse Gabriel, mesmo que Roth e Layla tivessem sucesso em recrutar Lúcifer. E não era como se Zayne fosse concordar em ficar de fora. Ele não fizera isso quando eu pedi antes, e talvez o fato de ele ter entrado em ação quando entrou, atraído pela dor que o vínculo estava lhe causando, tenha traçado a rota que acabou levando à sua morte.

Eu não poderia pedir que Zayne não deixasse que a culpa nos impedisse de viver. E eu não poderia deixar que o medo fizesse o mesmo.

Eu não faria isso.

Respirei fundo.

— Essa também foi a coisa certa a se dizer.

Zayne levantou uma sobrancelha.

Dei de ombros.

— Quero dizer, provavelmente não pra maioria das pessoas, mas eu não tenho nenhum problema com você fazendo exatamente isso.

Um leve sorriso apareceu em seu rosto.

— Eu não deveria estar surpreso por você dizer isso. Você sempre foi sedenta por sangue.

— Verdade — eu disse, entrando no elevador. Embora eu tenha de admitir que não imaginaria que o Zayne de antes teria dito tudo isso. Sim, ele iria querer ferir e matar Gabriel, mas aquela coisa de tirar a pele e arrancar os órgãos? Isso era diferente.

Enquanto o elevador nos levava para o nosso andar, fiquei olhando para ele. Com a iluminação melhor, pude ver que ele tinha a mesma aparência.

No entanto, ao mesmo tempo, estava diferente.

— Sabe, seus traços estão mais nítidos pra mim, mais definidos. Como uma imagem que entra em foco em alta resolução — expliquei. — Tem sido assim desde que você voltou.

Ele começou a responder quando senti algo e os pelos na minha nuca se eriçaram. O olhar de Zayne se dirigiu para as portas do elevador e ele deu um passo à frente, bloqueando-me de certa forma.

— Há um demônio por perto.

— Deve ser Cayman. Ele ia ficar aqui até ter notícias minhas — eu lhe disse. — Você tá brilhando.

— O quê? — Zayne olhou para mim quando o elevador parou.

— Sua pele tá mais brilhante. — Cutuquei seu braço. — É como se houvesse uma luz fraca por baixo da sua pele, e acho que é por isso que consigo te ver melhor do que antes.

Suas sobrancelhas se ergueram.

— Eu pareço uma lâmpada ambulante?

Sorri.

— Não acho que seja tão perceptível assim. Quero dizer, se eu consigo ver, tenho certeza de que outras pessoas também conseguem, mas não acho que seriam capazes de identificar o que é. Devem achar que você tem um brilho bonito e saudável.

Ele abriu a boca enquanto se voltava para a frente do elevador, sua atenção focada no interior da sala quando a porta se abriu. O que quer que ele estivesse prestes a dizer foi esquecido quando o demônio de cabelos escuros surgiu no nosso campo de visão dançando e *sacudindo os ombros*. Cayman estava de costas para nós enquanto sua cabeça balançava e seus quadris rebolavam. Em uma das mãos, havia um saco de batatinhas e, na outra, uma lata de refrigerante. A música tocava em seus fones de ouvido em um ritmo familiar.

Aquela música era... *Hey Mama*?

De repente, Cayman se dobrou na cintura. Sua bunda se ergueu no ar e ele a rebolou como se estivesse sendo pago. Bem pago, na real.

Meus lábios se entreabriram.

— Não era isto que eu esperava — Zayne murmurou.

— Não acho que alguém esperaria por isto.

Cayman se levantou com um movimento suave e sinuoso, colocando uma batatinha na boca.

O demônio sabia dançar.

Saí do elevador, sem saber se deveríamos interrompê-lo ou não. Ele parecia estar se divertindo muito enquanto dançava para trás...

Cayman girou em nossa direção. Ele soltou um grito agudo, o que me fez dar um pulo. O saco de batatinhas escorregou de seus dedos e as fatias de batatas se espalharam pelo chão.

— Queria que a gente tivesse pensado em filmar isto — Zayne comentou.

Eu sorri.

— Ah, cara. — Cayman colocou a mão no bolso e o som da música cessou. Lentamente, ele retirou os fones de ouvido enquanto olhava para Zayne. — Eu deveria estar correndo pela minha vida agora?

— Em vez de dançar pela sua vida? — perguntei.

— Este não é o momento pra piadinhas — o demônio respondeu.

— Mas eu tenho muitas piadas.

Cayman me ignorou e baixou o tom de voz como se Zayne não pudesse ouvi-lo.

— Eu realmente não quero repetir a noite de sábado.

— Sim, sinto muito por aquilo — Zayne ofereceu. — Eu não estava em mim.

— Não me diga — Cayman sussurrou. — Você não sente o desejo incontrolável de me caçar e me fazer gritar feito um bebezinho?

Zayne se abaixou, pegando as batatinhas caídas.

— Eu não tô com vontade de fazer isso nem de ouvir você gritar de novo. — Olhando para a cozinha, ele a analisou uma segunda vez ao ver a bagunça. — Pensando bem...

Mordi a parte interna da bochecha.

— Eu vou limpar tudo. — Cayman levantou as mãos. — Até mesmo a bagunça que Trinity deixou pra trás.

Meus olhos se estreitaram para o demônio.

Ele piscou para mim antes de voltar a sua atenção para Zayne.

— Caramba, meu anjinho, veja o quanto você caiu. Literalmente. — Parecia que ele tinha acabado de fazer um dos maiores elogios a Zayne. — Que bom que você tá de volta.

— Valeu — Zayne respondeu. — Acho.

— Eu estava com medo de ter que morar com Trinity se isso não desse certo. Você sabe, pra mantê-la sã. — Ele fez uma pausa. — Sedada.

Estreitei os olhos.

— Você quer gritar como um bebezinho de novo?

— Talvez mais tarde. Eu te aviso. — Cayman tomou um gole do refrigerante.

Zayne jogou o saco de batatinhas no balcão.

— Eu pareço uma lâmpada ambulante pra você?

Revirando os olhos, virei-me para ele.

— Eu disse que você não se parecia com uma lâmpada ambulante.

— Só pra ter certeza. — Ele me deu um sorriso que não deveria ter feito meu coração disparar, mas fez.

Cayman balançou a cabeça.

— Não, mas você tem um tom... luminoso, agora que você mencionou isso.

— Tá vendo? — eu disse.

O sorriso de Zayne aumentou ainda mais.

— Tenho uma pergunta pra você, Cayman. Você sente alguma coisa quando tá perto de mim?

Cayman abaixou sua lata de refrigerante.

— Depende do que você quer dizer.

Lembrando-me de como Purson reagiu a Zayne, segui a linha de pensamento que ele estava tendo com aquela pergunta.

— Acho que ele tá falando sobre se você consegue sentir o que ele é.

— Além do fato das asas entregarem rapidinho? — As sobrancelhas escuras de Cayman franziram. — Onde elas estão, afinal?

— Estão comigo — Zayne se virou, dando a Cayman uma visão de suas costas.

O demônio soltou um assobio baixo ao ver as marcas.

— Disfarçadas. Legal. Não tinha visto isso desde que os anjos trabalhavam lado a lado com a humanidade.

Minhas sobrancelhas subiram pela testa.

— Quantos anos você tem?

— Tenho idade suficiente pra ter visto civilizações inteiras caírem e renascerem — Cayman respondeu.

— Tá bem, então — murmurei.

— Mas, pra responder à sua pergunta, eu definitivamente não sinto que você seja um Guardião. — Sua testa se enrugou enquanto ele estudava Zayne. — Você parece diferente. — A cabeça dele se inclinou, deixando uma mecha de cabelo preto sobre o ombro. — Mas se eu não tivesse visto as asas, não saberia o que você é.

— Como isto é possível? — perguntei, mudando o peso do corpo de um pé para o outro. O cansaço estava se infiltrando em meus músculos. Foram longos dias, e dormir um dia inteiro não tinha sido nem perto de suficiente.

— Acho que é a mesma coisa que impede a maioria dos demônios de perceber que você é uma Legítima. Algum tipo de escudo celestial ligado à *graça*, suponho.

— Você poderia sentir um Caído normal, um que não tivesse a *graça*? — perguntei, imaginando se eu mesma poderia sentir um.

Cayman acenou com a cabeça.

— Eles parecem... como um demônio muito poderoso. Não exatamente, mas muito semelhante. — Ele se apoiou no encosto do sofá. — Qualquer demônio que se preze vai ser capaz de captar a aura de poder ao seu redor, mas a mente deles jamais juntaria lé com cré pra concluir que um Caído é a razão disso. Simplesmente não houve mais nenhum vagando por aí desde que, bem, os Guardiões saíram de suas conchas. Obviamente.

— Interessante. — Zayne olhou para mim. — Isso é algo que pode ser bom pra gente.

— Sim, exceto que seu pequeno momento Targaryen queimando tudo à sua volta na noite de sábado deixou claro que existe um Caído em cena... um que tem asas e *graça*. Tenho certeza de que isso se espalhou bastante, mais do que *fake news* óbvias nas redes sociais — Cayman disse. Eu imaginei que Purson não estava incluído no grupo do Facebook dos demônios da cidade ou algo assim. — Especialmente considerando que a maneira como eu sinto a sua presença me faz lembrar de apenas um outro ser.

Meu estômago deu uma cambalhota. Eu sabia a quem ele estava se referindo. Lúcifer.

— Mas qual é a sensação? — Cayman perguntou. — Saber de onde você realmente vem?

— Honestamente? Não me sinto bem ou mal. Simplesmente... faz sentido. — Zayne olhou de relance para o demônio. — Quem eu sou ou mesmo quem eu era não tem nada a ver com ancestrais que viveram há milhares de anos.

— Você é uma grande decepção — Cayman murmurou.

— Sério? — Zayne respondeu.

— Sim, porque você tá muito bem adaptado. — O demônio fez beicinho. — Não tem graça mexer com você por causa das suas origens nada sagradas se isso não te incomoda.

— Foi mal. — Zayne veio em minha direção. Ele pegou minha mão e me puxou para o sofá. — Senta comigo?

— É claro — murmurei, grata por não estar de pé assim que minha bunda tocou na almofada.

— Mas agora entendo por que Roth disse algumas daquelas coisas — Zayne acrescentou ao sentar-se ao meu lado. — E também estou surpreso por ele ter conseguido manter a boca fechada.

— Somos dois.

— Até mesmo Roth segue algumas regras — Cayman disse.

Então, algo me ocorreu.

— Sabe o que eu não entendo?

— Como os seres humanos ainda acham que mudanças climáticas são baboseira? — Cayman sugeriu.

— Sim, isso também, mas...

— Bitcoins? — ele ofereceu em seguida. — Porque até eu não entendo de Bitcoins e já vi todo tipo de dinheiro.

Franzi a testa.

— Não. Não tô falando de Bitcoins. Como os futuros Guardiões acabaram sendo criados? Não havia nenhuma Caída, certo? Não há anjos do sexo feminino.

— Quem disse que não existem anjos do sexo feminino? — Cayman perguntou, virando-se para ficar de frente para nós.

Pisquei os olhos rapidamente.

— Nunca vi nem ouvi falar de uma.

— Existem anjos do sexo feminino — Zayne confirmou. — Eu vi algumas.

— Espera. Sério? Como elas eram?

— Elas pareciam... anjos do sexo feminino — ele disse.

— Isso é muito útil. — Voltei-me para Cayman. — Por que esta é a primeira vez que ouço sobre isso? Por que não há nenhuma menção a anjos mulheres em qualquer... espera — levantei uma mão. — Honestamente, nem preciso que me respondam isso. O patriarcado.

— Sim — Cayman acenou com a cabeça. — E isso é uma construção humana. Você nem pode culpar os demônios por essa.

— Certo. Então houve anjos mulheres que Caíram?

— Aposto que você não vai ficar surpresa ao saber que nenhum anjo do sexo feminino jamais foi expulso do Céu — Cayman disse. — Não porque elas nunca questionaram nada. É só que elas na verdade questionaram as coisas de maneira lógica e ponderada, em vez de agirem feito um bando de idiotas.

— Não — murmurei —, não tô nem um pouquinho surpresa em ouvir isso.

— De qualquer forma, lembra quando Deus inundou a Terra pra livrar o mundo da prole de nefilins que resultou da brincadeirinha dos anjos antes de os Caídos serem lançados em pedra? Bem, Deus não eliminou todos eles.

Zayne colocou minha trança sobre meu ombro.

— Havia apenas algumas mulheres humanas cuja genética combinava com a dos Guardiões, o que lhes permitia engravidar de um Guardião. Acabou que essas mulheres eram todas descendentes dos filhos daqueles que Caíram.

— Nefilins diluídos — Cayman disse.

— Legítimos diluídos — murmurei, pensando que tudo isso soava potencialmente incestuoso. Eu só queria acreditar que a primeira geração de Guardiões tivesse se envolvido com mulheres que não fossem suas filhas, e deixaria por isso mesmo.

Além disso, eu precisava estar mais preocupada com a funcionalidade do meu próprio útero.

— Então, como foi? — Cayman perguntou, pegando uma caixinha de biscoitos em forma de animais antes de rolar pelo encosto do sofá e cair em um canto do assento. — Essa coisa toda de morrer? Tô curioso. Você sabe, porque eu nunca morri.

— Essa é uma pergunta um tantinho mal-educada de se fazer — observei.

Cayman deu de ombros.

Os cantos dos lábios de Zayne se curvaram para cima.

— Como se você não quisesse saber.

Abri a boca para negar, mas depois suspirei.

— É, não posso nem mentir. Eu tô curiosa.

— Eu sabia. — Ele passou a mão na cabeça, afastando o cabelo do rosto. — Eu lembro de morrer. Mais ou menos.

— Mais ou menos? — Cayman perguntou, com a boca cheia de biscoitos.

Ele assentiu.

— Lembro de estar embaixo da escola, naquela caverna, e saber que estava morrendo e ficar... com muito medo por você, pelo que ia acontecer depois que eu partisse. Eu podia sentir a sua dor, e tudo o que eu queria era ter certeza de que você soubesse que ia ficar tudo bem.

Meu Deus.

Precisei de todo o meu autocontrole para não me lançar em cima de Zayne novamente.

— E então houve um som alto de estalo, quase como um trovão, e um lampejo de luz intensa. Nunca tinha visto algo tão brilhante antes. — Um ar de distanciamento surgiu em sua expressão, mas ele não tirou os olhos de mim. Na verdade, ele não desviava o olhar por mais do que alguns segundos, e eu me perguntava se era porque ele estava sentindo o mesmo que eu. Como se, no fundo, ele não conseguisse acreditar que estávamos aqui. Juntos. — A luz se dissipou bem rápido e, quando isso aconteceu, eu estava em um tipo de edifício.

— Um prédio? Em vez de nuvens? — Suspirei. — Eu tô muito decepcionada.

Um sorriso apareceu no rosto dele.

— Cheguei a ver nuvens depois.

Coloquei as mãos sob o queixo.

— Com anjos deitados em cima delas?

Cayman bufou.

Zayne riu.

— Você vai ficar muito decepcionada, mas só nuvens normais no céu.

Ele tinha razão, mas eu ainda estava curiosa.

— O Paraíso tem um céu com nuvens? — Quando ele assentiu, torci o nariz. — Tem certeza de que realmente esteve no Céu?

— Estou muito curioso pra saber como você acha que é o Céu — Cayman admitiu.

Antes que eu pudesse começar minha descrição vívida e excessivamente detalhada das cidades feitas de nuvens, Zayne interrompeu.

— Eu estive definitivamente no Céu.

Eu o encarei.

— Como você pode ter certeza?

— Isto vai parecer loucura, mas era a sensação do ar; a temperatura perfeita. Não estava quente, nem frio. A quantidade certa de umidade. Era o som ambiente, como uma manhã de primavera. Era o cheiro. O lugar inteiro cheirava a...

Imaginando como seria o cheiro do Paraíso para ele, inclinei-me para frente.

Zayne limpou a garganta enquanto seus cílios abaixavam.

— O cheiro era incrível — ele disse, e eu me recostei, aborrecida por ele não ter compartilhado aquilo. — E o prédio em que eu estava era como um coliseu, e tenho certeza de que era feito de ouro.

— Tipo, o lugar todo?

— Sim.

— Caramba — Cayman murmurou, enfiando mais um punhado de alimentos ricos em carboidratos na boca. — Deus não poupa despesas.

Eu me perguntei se um demônio deveria saber detalhes sobre o Céu, mas achei que, se houvesse algum tipo de problema, Zayne não estaria falando tão abertamente sobre isso.

— A propósito, pude ver as nuvens pela abertura no teto — Zayne acrescentou. — Se fizer você se sentir melhor, o céu estava em um tom de azul incrível e as nuvens pareciam fofas.

— Como os seus olhos — eu disse. — A cor do céu, quero dizer.

Aquele sorriso voltou a aparecer.

— No início, fiquei confuso. Eu sabia que estava no Céu. Eu sentia isso nos meus ossos, mas fiquei... surpreso ao me encontrar lá.

Obviamente, Zayne pensava assim porque havia perdido uma parte de sua alma, graças à Layla. Isso eram águas passadas, mas não havia como impedir o pico de raiva que se seguia a qualquer pensamento sobre o quanto Zayne havia sido ferido por Layla, mesmo que fosse antes de termos nos conhecido. Não era como se eu me ressentisse com ela por isso ou algo do tipo.

Tudo bem. De certa forma, sim, mas eu estava trabalhando para superar e para ser uma pessoa melhor.

Eu só precisava melhorar muito em ambas as frentes.

— Eu não estava sozinho. Demorei alguns instantes pra perceber que havia alguém comigo, atrás de mim. — Zayne se inclinou para trás, com a cabeça voltada para mim. — Era o seu pai.

Capítulo 19

A princípio, achei que não tinha ouvido direito.

— Sério? *Meu* pai?

— Sim.

Fiquei sem conseguir acreditar por alguns instantes antes de admitir que havia sido meu pai quem finalmente corrigiu um destino que saíra dos trilhos, não apenas por mim e Zayne, mas também por Misha. Pensar no meu antigo Protetor, meu amigo, ainda me trazia muita dor. Eu nunca superaria completamente a traição dele ou o quanto estava tão absorta em mim mesma que não percebi como Misha estava infeliz.

Mas fazia sentido que Miguel, meu pai, estivesse lá. Zayne tinha sido meu Protetor quando ele... quando ele morreu. Meu choque inicial mostrou que eu não estava pensando corretamente sobre a presença dele. Eu estava atribuindo isso a algum tipo de obrigação paterna — algo sobre o qual ele nada sabia, mesmo que o Trono afirmasse que meu pai tinha fé em mim.

Certifiquei-me de que minha voz estava firme quando perguntei:

— Foi ele quem te contou sobre quem eram os Guardiões?

— Basicamente, e sim, isso foi um choque, mas primeiro ele se certificou de que eu soubesse o quanto ele estava incrivelmente desapontado por eu já ter, como ele disse, "me matado".

— Que idiota! — exclamei, desejando que meu pai estivesse na minha frente para que eu pudesse lhe dar um chute na cara.

— Você por acaso já conheceu algum arcanjo que não fosse? — Cayman perguntou.

— Como só conheci dois, não. — Cruzei os braços sobre o peito. — Você não se matou, Zayne.

— Bem, acho que isso é discutível.

Abri a boca para apresentar uma tese altamente detalhada sobre como ele estava errado.

— Eu sabia que estava enfraquecido e que precisava ficar de fora, mas quando senti sua dor e medo, tive que fazer alguma coisa. Não me arrependo disso — Zayne disse antes que eu pudesse começar a mencionar todos os motivos pelos quais meu pai não fazia ideia do que estava falando. — Não importa qual poderia ter sido o resultado, não me arrependo de ter ido te ajudar. Eu disse isso pro seu pai depois que ele finalmente calou a boca, o que pareceu horas e provavelmente foi mesmo.

Apesar da seriedade da conversa, um sorriso se desenhou em meus lábios.

— E como ele reagiu a isso? — Em minha mente, imaginei o arcanjo friamente descontente e repugnado por Zayne ter agido com base em suas emoções.

— Surpreendentemente bem — ele disse, e eu pisquei enquanto a imagem do meu pai evaporava na minha cabeça. — Acho que ele respeitou o que eu fiz, talvez até esperasse que eu dissesse o que disse. Não sei. Ele é difícil de decifrar. Ele tem mais ou menos a mesma expressão no rosto, não importa o que esteja acontecendo.

Aquela imagem friamente descontente tomou forma mais uma vez.

— Então ele perguntou se eu te amava.

Meu coração deu um pequeno salto. Eu sabia a resposta, mas para o meu... pai perguntar isso?

Seu olhar se fixou no meu.

— Eu disse a ele que estava disposto a morrer mil mortes por você. Que eu te amava esse tanto. Logo depois, ele perguntou o que eu faria pra voltar pra você. Eu disse que faria qualquer coisa.

Lágrimas encheram meus olhos, e Cayman sussurrou do seu lado do sofá:

— Eu queria estar comendo chocolate agora.

Ignorando isso, Zayne engoliu em seco.

— Ele não pareceu surpreso ao ouvir isso, mas me disse que muitos de seus irmãos acreditam que esse tipo de amor é uma fraqueza.

— Os irmãos dele são estúpidos — murmurei.

— Acho que Miguel também pensa assim. Ele parece acreditar que esse tipo de amor é uma força se... usado corretamente.

O instinto despertou em mim, e lembrei de como o Trono havia dito que acreditava que Zayne poderia ser útil. Meus olhos se arregalaram.

— O que ele quis dizer com isso?

— Bem, ele acha que o amor pode ser o motivador adequado pra não falharmos na próxima batalha — explicou. — Então ele perguntou se eu estaria disposto a renascer de novo, mesmo que esse processo fosse... bastante desagradável. Sinceramente, eu não entendi o que isso queria dizer. No início, achei que ele estava falando sobre reencarnação, e isso me deixou muito confuso. Foi mais ou menos quando ele me contou sobre as origens dos Guardiões.

— Parece que Miguel esperava que você Caísse — Cayman apontou.

— Sabe, eu estava pensando a mesma coisa. Foram os outros que explicaram que, mantendo a minha Glória, poderia ficar. Proteger o Céu. Ou retornar à Terra quando fosse o momento certo pra te ajudar. Seu pai recuou e não disse nada enquanto eles meio que tentavam me convencer sobre o lado deles, mas não foi nem mesmo uma questão de escolha. Eu disse a eles que queria voltar pra você e que essa seria a única maneira de ajudar a combater Gabriel ou a proteger o Céu.

— Você negociou com anjos antes de receber sua Glória e renascer? — perguntei, um pouco atônita.

— Isso.

— Estou meio surpreso que eles não tenham simplesmente te expulsado e te mandado pro quinto dos Infernos nesse momento — Cayman disse.

Assenti com a cabeça.

— Eu também.

Zayne parecia indiferente ao choque que Cayman e eu estávamos demonstrando.

— Eu sabia que encontraria meu caminho de volta até você, de uma forma ou de outra. Eles precisavam mais de mim do que eu deles.

— Você é... — Sem saber o que dizer, balancei a cabeça.

— Incrível? — sugeriu ele, com os olhos brilhando.

— E tão humilde. — Isso me rendeu outra risada, e cada uma de suas risadas tinha uma qualidade curativa. Uma dor a menos se tornava evidente. — Foi muito ruim? Renascer e ter sua Glória de volta?

— Não foi nada. — Então, ele desviou o olhar.

— Mentiroso — eu disse. — Doeu. Não é?

— É uma pergunta meio boba. — Cayman sacudiu alguns biscoitinhos de animais na palma da mão. — Além do fato de que ele teve que ser equipado com asas super especiais, ele foi injetado com um monte de *graça*. Duvido que tenha parecido uma massagem.

Lancei um olhar para o demônio, e Cayman respondeu atirando um punhado de biscoitos na boca.

— Preciso saber — eu disse a Zayne. — Preciso saber pelo que você passou.

Seu olhar percorreu meu rosto.

— Precisa?

— Você precisaria saber se nossa situação fosse inversa.

Seu peito se ergueu com uma respiração profunda, e eu soube então que ele percebeu que eu estava certa.

— Foi como estar pegando fogo. Não apenas a minha pele, mas as minhas veias, os meus ossos... cada parte de mim. Achei que estava morrendo de novo e, quando pensei que não aguentaria mais, foi quando as minhas asas mudaram. Parecia que a minha pele estava sendo escavada e ossos novos estavam crescendo. Não foi exatamente um processo rápido.

— Meu Deus. — Eu me inclinei, encostando a testa em seu ombro. — Eu...

— Não diga que sente muito. Você não tem nada pelo que se desculpar. — Ele colocou a mão na minha cabeça. — Sobrevivi a isso. Eu tô aqui. Eu passaria por isso mil vezes, se necessário.

— Vocês são muito fofos — Cayman comentou. — Acho que estou com dor de dente de tanta doçura.

— Fica quieto. — Ergui a cabeça.

A mão de Zayne deslizou para a minha nuca enquanto seu olhar passava por cima do meu ombro.

— Você é mais do que bem-vindo a se retirar.

— Claro que não. Isso é melhor do que assistir a episódios antigos de *The Bachelor: Em Busca do Grande Amor*.

Por mais próximos que os nossos rostos estivessem, vi Zayne revirar os olhos antes de deslizar a mão até a minha bochecha, onde gentilmente abriu os dedos.

— O que eu senti não foi nada comparado ao que eu temia que estivesse acontecendo com você — ele disse, com a voz baixa. — Foi temporário e valeu a pena. Agora estou aqui, e nem de longe tão fácil de matar quanto antes. — Afastando a mão, Zayne se recostou. — Miguel já me disse o que Gabriel planejava fazer e o que aconteceria se ele tivesse successo. Ele me disse que você... — Ele parou, balançando a cabeça. — Não importa.

— O que ele te disse? — Eu insisti quando ele não respondeu: — O quê? Ele disse que eu iria morrer? Que Gabriel planejava usar meu sangue pra basicamente criar a porta dos fundos pro Céu?

Um músculo flexionou ao longo da mandíbula de Zayne.

— Isso era tudo o que ele precisava me dizer. — O brilho em seus olhos se intensificou. — Isso não vai acontecer.

— Tem razão. Não vai mesmo — concordei, mesmo com a inquietação que brotava no fundo do meu estômago. Algo nisto tudo não estava batendo. Zayne recebera um poder inimaginável, embora meu pai e o Trono tivessem suspeitado que ele Cairia. Eles permitiram isso para que ele pudesse voltar para mim. Claro, ele teria de lidar com Gabriel, mas será que os anjos aceitariam a escolha de Zayne, seriam tão generosos depois disso? Nada do que eu sabia sobre eles sugeriria isso. Então, qual era o truque? O sacrifício? O preço a ser pago?

O medo me atingiu em cheio. E se depois de derrotarmos Gabriel eles viessem atrás de Zayne? Caçá-lo para despojá-lo de sua *graça* ou sepultá-lo? E se o retorno de Zayne fosse temporário?

Sem saber da minha completa espiral de pânico, Zayne disse:

— Demorei um pouco pra me acostumar com a *graça*, como controlá-la e lidar com ela. — Ele se moveu, colocando a mão sobre o peito. — Ainda não estou acostumado com isso. Parece uma espécie de...

— Um zumbido baixinho e constante de energia? — Terminei por ele, afastando o pânico. Agora, enquanto tínhamos companhia, não era o momento de perguntar qual era o preço. Eu realmente não precisava ter um colapso nervoso na frente de Cayman.

Zayne sorriu aquele lindo sorriso, e eu senti um aperto no peito.

— Agora eu sei por que você tem tanta dificuldade em ficar quieta.

— É só isso? — Cayman perguntou, e eu olhei para ele. Ele tinha colocado a caixa de biscoito na mesa de centro. — Eles te deram uma superdose de *graça* e permitiram que você Caísse. Vamos ser realistas. Eles não fizeram isso pra que você pudesse ficar com a Trinity. A maioria dos anjos não se importa com o amorzinho que vocês têm um pelo outro.

Cayman estava obviamente pensando a mesma coisa que eu, mas com muito menos pânico.

— Você tem razão. A maioria dos anjos não se importa com os sentimentos que Trin e eu temos um pelo outro — Zayne respondeu, e meu cérebro inteiro se concentrou na parte do "a maioria dos anjos". — Eles me deixaram Cair e permanecer como uma versão nova e aprimorada pra lutar contra Gabriel.

— O Trono realmente me disse que nenhum dos anjos que poderiam tirar suas asas e *graça* viriam até aqui enquanto Gabriel estivesse na Terra — eu disse, embora isso não respondesse o que eles fariam quando Gabriel não fosse mais um problema.

— Você tá dando muito crédito a eles — Cayman bufou. — Os anjos são suficientemente cheios de si pra tentar tal coisa, independentemente dos riscos. Eles não estão aparecendo pra tirar a *graça* dele porque ele tem todo o poder de um anjo, mas não tá preso à lei angélica.

— Lei angélica? — Eu me inclinei na direção de Zayne. — Que tipo de lei?

Zayne olhou para Cayman com as sobrancelhas franzidas.

— Acho que ele tá se referindo à lei de combate deles. Aparentemente, é proibido que um anjo ataque outro.

— Mesmo neste tipo de situação? — perguntei, pensando que isso não podia estar certo. — Tipo, mesmo quando um deles tá tentando acabar com o Céu?

— Sim — Zayne confirmou.

— Você só pode estar brincando comigo. — A descrença me inundou. — Essa deve ser a coisa mais imbecil que eu já ouvi na vida.

— Eles acreditam que pegar em armas contra um dos seus é erguer uma espada contra Deus — Zayne disse. — Não fazia sentido pra mim também, mas ele disse que foi um juramento que todos eles fizeram depois da guerra. Obviamente não pensaram muito nessa promessa.

Por guerra, eu achava que ele estava referindo-se a quando Lúcifer foi expulso. Processei tudo isso e, de repente, muitas coisas fizeram sentido. Coisas grandes.

Por exemplo, por que eu estava aqui.

— É por isso que eu... eu nasci — anunciei, e sim, soou muito dramático para mim, mas *era* dramático. — Não é possível que um único anjo não tenha visto o que Gabriel estava se tornando. Eles simplesmente não conseguiram detê-lo por causa do juramento. Devem ter percebido que este era um momento tão bom quanto qualquer outro pra trazer de volta os Legítimos, e acho que eles simplesmente sortearam quem seria o pai do bebê.

— Sortearam quem seria... — Zayne balançou a cabeça enquanto processava o que eu disse.

— Certo. Talvez não tenham sorteado, mas você entendeu o que eu quis dizer. — Engoli com força enquanto me recostava contra a almofada. Eu realmente fui criada para ser uma arma. Isso não era uma grande novidade nem nada, mas aparentemente havia um ínfimo pedacinho em mim que tinha esperanças de que o meu pai tivesse visto a minha mãe e se apaixonado por ela. Que havia alguma emoção por trás da minha criação. Mas realmente não havia nada. — Eu fui uma brecha na lei. Com a *graça* do meu pai, eu seria capaz de lutar contra Gabriel. E Gabriel sabia sobre mim e tentou fazer o mesmo com Almoado.

— Isso não terminou bem pra ele. — Zayne sorriu.

Não, não mesmo.

— Enquanto eu estava esperando ser convocada nas Terras Altas do Potomac, sempre pensei que seria pra batalha que acabaria com todas as batalhas, mas meu pai estava apenas esperando que Gabriel fizesse a jogada dele. — Com os pensamentos em turbilhão, esfreguei as mãos nas coxas. — Isso me faz pensar se tem mais... Legítimos? Quero dizer, depois que todos eles morreram. Se meu pai tivesse... feito um a cada geração ou se outros...

— Acho que não existem mais — Zayne interrompeu. — Pelo menos não de Miguel. Ele me parece ser do tipo que criaria outros Legítimos como forma de elogiar ou de insultar você.

Assenti com a cabeça, apertando os lábios.

— Bem observado.

— Olhem só pra vocês, juntando dois mais dois — Cayman disse.

— Como se você soubesse de tudo isso — rebati.

— Não sabia — ele respondeu. — Mas o que eu sei é que Gabriel provavelmente pode arrancar a cabeça de um Caído.

Voltei-me lentamente para o demônio.

— O quê? — Ele levantou as mãos. — Só estou sendo honesto.

— É, eles me disseram que eu provavelmente morreria mesmo assim — Zayne respondeu. — Eles são muito encorajadores. É por isso que alguns deles querem fechar o Céu agora, mas juntos temos uma chance melhor de derrotar Gabriel. Até Miguel acredita nisso.

— Vocês vão ter mais chances de vitória se a missão de Roth der certo — Cayman disse. — Essa é praticamente a única chance que vocês têm.

— O quê? — Zayne olhou de relance entre nós. — Que missão?

Meus olhos se arregalaram.

— Hã...

— Ele ainda não sabe? — Os olhos amarelos do demônio ficaram tão grandes quanto dois pires.

— Sei o quê? — Zayne exigiu.

— Não tive a oportunidade de contar a ele — eu disse. — A gente estava um pouquinho ocupado.

— Acho que nunca fiquei tão feliz em toda a minha vida por ser o portador de alguma notícia. — Cayman se esgueirou pelo sofá, parando quando estava a poucos centímetros de nós. Um sorriso lento e perverso se espalhou por seu rosto, e ele realmente parecia bastante emocionado. — Roth e Layla estão tentando recrutar reforços. Bem, um reforço em particular.

As sobrancelhas de Zayne franziram ainda mais.

— Por que tenho a sensação de que isso é algo que vai me incomodar?

— Beeem. — Eu alonguei a palavra.

— Roth tá tentando convencer a única coisa que pode enfrentar um arcanjo pau a pau a se envolver — Cayman disse, e até eu pude ver que seus olhos estavam brilhando de alegria. — Alguém que não teria nenhum problema em quebrar qualquer regra celestial. Alguém que, de fato, tem muita experiência em fazer exatamente isso.

Por algum tempo, Zayne não falou nada.

— Por favor, me digam que o que estou pensando tá errado.

O demônio bateu nas bochechas com as mãos.

— Depende do que você tá pensando.

— Não é possível que Roth esteja planejando trazer Lúcifer pra superfície. Isso não faria nenhum sentido, certo? — Zayne olhou para mim, e eu me encolhi o máximo que pude na almofada. — Isso não daria início ao apocalipse bíblico e nos faria ter ainda mais problemas pra lidar?

— Beeem — repeti. — A gente meio que tá esperando que Deus deixe a presença dele passar batido, já que estamos tentando salvar a humanidade e o Céu, sabe?

— Não. Eu não sei. — Zayne me encarou.

— O que foi? — Levantei as mãos. — Decidimos isso quando você estava meio que morto.

Ele piscou os olhos lentamente.

— E mesmo que você seja um anjo caído porreta e eu seja uma Legítima porreta, ainda precisamos de ajuda — argumentei. — Olha, de qualquer forma, Roth falou de um jeito que não parecia que ia conseguir isso. Então provavelmente teremos de encontrar outra maneira

— Não sei, não. — Cayman se recostou, sorrindo. — Lúcifer tem uma treta daquelas a resolver com Gabriel, e se ele for bem-sucedido... Se ele salvar a humanidade e o Céu? O que você acha que isso vai causar ao ego dele? Ele nunca vai deixar essa história morrer. Afinal, o orgulho é o seu pecado favorito.

Eu poderia pensar em pecados muito mais divertidos, mas não importava.

— Lúcifer? — Zayne disse o nome como se nunca o tivesse dito antes. — O que diabos devemos fazer com ele se vier pra superfície?

— Não sei, mas ele não vai ficar hospedado com a gente — Cayman disse.

— Ele não vai ficar com a gente. — Eu o encarei. — E vocês moram em uma mansão enorme. Vocês têm espaço e todos são demônios. — Fiz uma pausa. — Bem, Layla é um meio demônio ou algo assim, mas não somos demônios e a gente mora em um apartamento.

— Um estado inteiro não é espaço suficiente se você tiver que dividi-lo com Lúcifer. — Cayman apoiou o braço no encosto do sofá. — Bem, vocês vão saber se eles forem bem-sucedidos. Vai dar pra sentir.

— O que isso significa? — perguntei.

Cayman deu de ombros.

— Lúcifer adora fazer um espetáculo quando chega.

Aquilo... soava preocupante.

— Sabe, isso também me lembra de algo que preciso perguntar. — Os olhos ultra brilhantes de Zayne se concentraram no demônio. — O que diabos você estava pensando ao deixá-la sair sozinha? Um demônio de Status Superior foi atrás dela hoje à noite. Diabretes e demônios Rastreadores vieram até aqui dois dias atrás. E naquele mesmo dia tinha Carniçais atrás dela.

— Como é que é? — Minha cabeça se voltou para Zayne. — Eu poderia ter lidado muito-bem-obrigada com o Rastejador Noturno e Purson, e teria controlado os Carniçais e demonetes.

— Talvez sim, talvez não. Você ainda tá se recuperando, e consigo sentir que a sua *graça* não tá normal — ele me lembrou, e eu realmente não gostava desse novo talento dele. — A última coisa que você precisa fazer é se machucar ainda mais.

— Ela precisava de ar fresco e de um tempo sozinha. Todo mundo estava colado em cima dela e, caso você tenha esquecido, eu estava meio que fugindo pra salvar a minha vida. De você — Cayman defendeu-se. — Sei que ela sabe se cuidar sozinha e eu não... *espere aí*. Você disse Purson? — Cayman se inclinou para a frente. — Purson veio atrás de você? E Carniçais e demônios Rastreadores?

Assenti com a cabeça.

— Sim, e Purson estava passeando com um Rastejador Noturno. Em uma coleira. Foi tudo muito estranho.

— Gabriel deve ter demônios procurando por ela — Zayne disse.

— Não — Cayman se levantou do sofá. — Não é possível que Purson esteja trabalhando com Gabriel.

— *Estava* — Zayne corrigiu. — Ele tá morto.

A mandíbula de Cayman travou.

— Purson sempre foi leal a Lúcifer. E Carniçais? Não tem como Gabriel ter o tipo de influência necessária pra convencê-los a aderir à causa dele. Esses demônios só existem nos círculos mais inferiores do Inferno.

— Se não foi Gabriel, então quem foi? — exigi.

O demônio parecia um pouco enjoado.

— Lúcifer.

Capítulo 20

Cayman se mandou do apartamento logo depois de soltar essa bomba.

Imaginei que ele tentaria falar com Roth e Layla, mas aparentemente eles deviam estar em uma área do Inferno na qual Cayman não ousaria entrar. Depois de nos dizer que queria ver se alguém tinha certeza de que era Lúcifer quem pediu pela minha cabeça, ele desaparecera no ar.

Esse era outro belo talento demoníaco que eu gostaria de ter.

— Lúcifer — Zayne disse quando Cayman se foi. — Sério?

— A ideia foi de Roth.

— Que surpresa.

— Mas eu concordei com o plano. A gente precisa usar nossas melhores armas pra derrotar Gabriel, e essa pareceu ser uma decisão racional naquele momento. — Estiquei minhas pernas cansadas, deixando-as penduradas na borda do sofá. — Ainda é. Com alguma sorte, Cayman tá enganado e aqueles demônios não foram enviados por Lúcifer. Isso seria uma complicação desnecessária pra gente.

— Não me diga.

Era uma complicação que eu poderia acrescentar à lista cada vez maior de complicações reais e possíveis. Eu só esperava que, se Lúcifer estivesse por trás disto, Roth e Layla conseguissem convencê-lo a ficar do nosso lado e a não querer fazer sabe-se lá o que comigo.

— Eu sei que você não acha que trazê-lo pra isso é uma ideia muito boa, mas a gente vai... só precisar controlá-lo de alguma forma.

— Controlar Lúcifer? — Zayne riu baixinho enquanto passava a mão pelo cabelo. — Isso deve ser fácil. Ele parece ser o tipo de pessoa que seria facilmente controlável.

Eu sorri.

— Talvez ele só tenha uma reputação ruim?

— Ou ele aprendeu a ser um governante do Inferno mais calmo e agradável por meio da ioga e da meditação? — Ele pegou minha trança, puxando gentilmente o elástico.

— Ei, coisas mais estranhas já aconteceram.

Ele bufou.

— Tenho a sensação de que ele vai ser igual ao Roth, mas pior.

Outro sorriso puxou meus lábios e, por alguns instantes, fiquei meio perdida observando-o. Zayne estava lentamente desenrolando a trança. Havia muitas coisas sobre as quais precisávamos conversar, mas comecei com o que parecia ser o mais importante.

— Você chegou a ver seu pai?

Seus dedos ficaram imóveis sobre o meu cabelo.

— Não houve muito tempo pra fazer visitas. Precisei de cada momento lá pra conseguir controlar a *graça*. — Ele voltou a desfazer minha trança. — Na primeira vez que a invoquei, abri um buraco em um dos prédios. Foi assim com você?

— Nunca abri um buraco em um prédio, mas tinha dificuldade em manter o controle quando ficava com raiva ou chateada. — Toquei seu braço. — Isso significa que você não conseguiu ver seu pai?

Zayne balançou a cabeça.

— Eu não vi ninguém além de Miguel, alguns outros anjos e os Alfas.

— Sinto muito. — Fechei os dedos em volta do seu pulso. — Eles poderiam ter se assegurado de que você tivesse a chance de vê-lo, ou de ver quem você quisesse.

Soltando o meu cabelo, ele entrelaçou seus dedos nos meus.

— Eu teria adorado ver meu pai. Ver Sam — ele disse, referindo-se ao espírito que havia voltado para avisar-nos sobre o que estava acontecendo na escola. — Mas eu precisava ter certeza de que conseguiria lidar com o que me foi dado. — Seus cílios espessos se ergueram. — Eu precisava voltar pra você. Essa era a coisa mais importante.

Meu coração fez uma dancinha feliz em meu peito e, por um momento, não havia nada além de calor e alegria. Não durou muito tempo.

Afinal, qual era o preço?

O ar ficou preso no meu peito quando o pânico ressurgiu. Eu me afastei, soltando a minha mão da dele.

— O que foi? — Seus olhos procuraram os meus.

Subitamente precisando me mover, levantei-me, e a dor chata e crescente nos meus ombros e coluna não era nada comparada à ainda mais intensa dor do medo.

— Preciso te perguntar uma coisa e você tem que dizer a verdade.

— Sempre te digo a verdade. — Zayne me encarou com um meio sorriso no rosto. — Bem, quase sempre. Teve algumas vezes no passado que não fui totalmente honesto.

Quase comecei a perguntar a quais vezes ele estava se referindo, caso houvesse mais situações além das que eu conhecia, mas me contive.

— Eu preciso que você seja totalmente honesto agora, não importa qual seja a resposta.

— Claro.

Com a pele arrepiada, comecei a andar de um lado para o outro em frente à TV.

— Eu preciso saber a verdade, Zayne.

Ele se moveu para a beirada do sofá.

— Sim, já percebi isso. O que você precisa saber?

Engolindo o aumento da náusea induzida pelo medo, forcei a pergunta a sair.

— Você voltou pra mim sem que eu tivesse que negociar ou implorar. Você voltou mais poderoso até mesmo do que eu, sim, eu tive que fazer aquele negócio com a Espada de Miguel, e foi estressante e tudo mais, mas você tá vivo depois de morrer.

Ele inclinou a cabeça para um lado.

— Sim. — Ele fez uma pausa. — Estou.

— Eles queriam que você estivesse aqui pra ajudar a deter Gabriel, mas eles deixarem você Cair? Não tendo nenhum problema em você estar comigo? Tudo isso parece bom demais pra ser verdade. Deve ter rolado algo em troca. Uma armadilha. — Cruzei os braços, ainda andando de um lado para o outro em frente à TV. — Preciso saber se isso é temporário, isso de você estar aqui comigo. Você vai ser levado pra longe de mim quando a gente derrotar Gabriel? Os Alfas e outros anjos vão vir te buscar? Vão tentar tirar a sua *graça* ou te sepultar em pedra?

— Não. — Não houve hesitação nele. — Eu também tinha medo disso e, sabendo o que sei sobre os anjos, não confiava que não houvesse nenhuma pegadinha. Eles fazerem disso uma coisa temporária parece algo que os divertiria. Eu esperava que fosse esse o caso, mas isto não é temporário, Trin.

— Como você pode ter certeza? — perguntei.

— Porque seu pai me disse que não era.

Parei de andar. Meu coração pode ter parado de bater, também.

— Ele disse que você vai ficar comigo? Ele disse essas exatas palavras e não deixou margem pra interpretação?

— Miguel disse que eu ficaria ao seu lado enquanto você me quisesse. — Sem tirar o olhar de mim, ele se inclinou para pegar uma batatinha do chão e a jogou na mesa de centro. — E então ele cuidadosamente acrescentou que eu permaneceria ao seu lado enquanto estivesse vivo.

— Sério? — sussurrei, com muito medo de relaxar. — A parte do "enquanto você estiver vivo" parece algo que ele diria.

Zayne acenou com a cabeça.

— Isto não é temporário, Trin.

— Mas por quê? — perguntei, avançando e parando na frente dele. — Por que eles fariam algo tão... tão gentil? — Eu sabia que isso não soava nada bem, mas as pessoas achavam que os anjos eram pilares de virtude e generosidade. Eles eram mais do tipo que ensinam às pessoas uma lição por meio da perda e do luto, e sim, eu tinha certeza de que havia outros anjos fofinhos e amorosos por aí, apenas nunca tínhamos encontrado esse tipo de ser angelical. — Simplesmente não parece algo que eles fariam.

— Não é, mas acho que... seu pai teve muito a ver com eles permitirem isso. Na verdade, sei que seu pai fez isso.

— Sério? — Eu queria acreditar naquilo, mas as ações pregressas do meu pai provavam que ele não era do tipo que se envolvia muito.

Ou que se importava.

— Sabe como pensei que Miguel esperava que eu Caísse? Até Cayman achou isso. — Zayne estendeu as mãos e as pousou nos meus quadris. Ele me puxou para o meio de suas pernas. — Será que é porque ele percebeu que eu não estaria sujeito às regras de combate entre anjos? Com certeza. Aposto que foi isso que ele usou pra convencer os outros anjos. Mas sei que foi mais do que isso. — Ele me encarou, as linhas marcantes do seu rosto mais nítidas do que nunca. — Na noite em que ele me tornou seu Protetor, ele sussurrou algo pra mim. Achei que tinha entendido o que significava, mas acho que ele estava me dizendo mais do que eu imaginava.

Lembrei-me de ter visto meu pai sussurrar algo para ele. Quando perguntei a Zayne sobre isso, ele disse que não era nada sobre o Augúrio. Depois, fiquei, bem, distraída, como de costume.

— O que ele disse?

— Ele disse: "Minha filha um dia lhe dará *graça* e o restaurará à sua Glória." Depois, disse que esperava que eu tivesse aprendido a saber quando seguir as regras e quando não segui-las — ele me contou. — Eu realmente não entendi toda aquela coisa de *graça* e Glória, mas sabia o que ele queria dizer com seguir as regras. Ele estava falando sobre a gente, sobre as regras que regiam uma Legítima e um Protetor, e sei que ele estava me dizendo pra não segui-las.

Um suspiro trêmulo escapou de mim. Zayne tinha seguido as regras a vida toda, e o que isso o trouxe? Ele havia perdido Layla antes mesmo de tê-la, e não importava que, se eles tivessem ficado juntos, ele teria percebido o quanto seus sentimentos eram fortes ou não. Ele seguiu as regras e se afastou cada vez mais do seu clã. E lembrei de quando ele me disse que estava cansado de seguir as regras. Foi na primeira noite em que ficamos juntos.

— Mas você foi enfraquecido porque não seguimos as regras — argumentei. — Você morreu porque...

— E a minha Glória foi restaurada por sua causa, porque eu te amava. Recebi a *graça* porque eu te amo — ele disse. — Não seguir as regras me trouxe até este exato momento e, sim, perdi minha glória na Queda, mas estou aqui. Eu tô com você e, claro, poderíamos imaginar que ele me deu aquele toque pra que fosse mais provável que eu estivesse aqui com você pra lutar contra Gabriel, mas acho que foi mais do que isso. Eu sei que foi. Ele quer que você seja feliz, e ele sabia que permitir que eu voltasse pra você te traria felicidade.

Nunca, em um milhão de anos, eu teria pensado que era isso o que meu pai havia sussurrado para ele. Eu também nunca teria considerado que ele tivesse se dado ao trabalho de pensar uma vez que fosse na minha felicidade. Nunquinha.

— Não tem muita coisa que ele possa fazer por você, sendo o que ele é ou o que imagino que se espera dele. — Zayne me encarou com olhos de um azul límpido impressionante. — E não digo isso como uma forma de justificar a falta de habilidade paterna dele, mas foi algo que ele podia fazer por você.

— Se você estiver certo, eu... nem sei o que dizer — admiti, fechando os olhos. Quando os reabri, havia pequenas explosões de pontos de luz na minha frente. — Acho que é mais fácil pra mim pensar que ele não é capaz de fazer algo assim.

— Por quê? — Zayne perguntou.

Era difícil expressar em palavras o que eu sentia.

— Porque... me faz pensar em como é ter um pai, um pai de verdade que é envolvido na minha vida e que se importa. Me faz querer isso.

— Não tem nada de errado em querer isso.

— Eu sei, mas fico triste e com raiva por saber que tenho um pai que não pode ser assim — admiti. — Então é mais fácil pensar nele como o que ele é: um arcanjo que é capaz de sentir apenas desprazer.

Seu olhar procurou meu rosto.

— Eu entendo — ele disse, e eu acreditei que ele entendia, apesar de ter tido um pai que fez parte de todos os dias da sua vida. A quem ele amou e por quem tinha sido amado, mesmo quando discordavam ferozmente um do outro.

— Só pra você saber — eu disse, soltando a respiração e deixando a esperança entrar enquanto afastava os pensamentos sobre meu pai e me concentrava em mim e Zayne. — Você não precisa se preocupar com o que eu sinto. Eu sempre vou ter você. Sempre.

— Eu sei. — Isso foi dito sem um pingo de arrogância enquanto ele me puxava para o seu colo. Quando ergueu as mãos, ele o fez lentamente, certificando-se de não me assustar ao segurar meu rosto com gentileza. — Faz seis dias, quatro horas e cerca de vinte minutos desde que pude realmente falar com você e te ver com *meus* olhos. Outros foram mais longos. Semanas. Meses. Anos. Mas estes dias, horas e minutos pareceram uma eternidade. Não consigo nem imaginar como tem sido pra você.

Coloquei as minhas mãos contra a pele quente de seu peito.

— Sempre achei que perder a visão era a coisa mais assustadora que poderia me acontecer, mas depois eu... eu perdi a minha mãe, e foi pior. Eu lidei com a situação, mas depois perdi Misha e achei que tudo o que ele tinha feito era a pior coisa que eu poderia experimentar. Eu estava errada. Cada uma dessas coisas foi terrível, difícil ou mudou a minha vida de maneira diferente, mas perder você foi como se cada respiração de que eu precisava fosse roubada antes que eu pudesse inspirar. — O fundo da minha garganta queimava mais uma vez. — Foi pior do que o Inferno, e não foi nem a parte de me curar. Isso foi um saco, mas estar acordada era pior ainda. Saber que você... você tinha falecido foi a pior parte e, sabe, eu não sabia como poderia continuar vivendo, e eu estava planejando...

— Planejando o quê? — Ele passou os polegares cuidadosamente sob meus olhos, e foi então que percebi que eu estava chorando. De novo. Eu realmente precisava parar de fazer isso. Jesus Cristo.

Eu me recompus. Mais ou menos.

— Eu estava planejando ir até o Ceifador, até o Anjo da Morte, e forçá-lo a trazer você de volta.

— Você ia fazer o quê?

— Ir até o Ceifador e forçá-lo a trazer você de volta. Eu não sabia como faria isso, mas depois... eu não sabia se era a coisa certa, sabe? Tipo, e se você estivesse em paz e eu estivesse te arrancando disso? Trazendo você de volta à vida, e pra quê? Pra lutar contra Gabriel. Pra possivelmente morrer de novo? — Esses sentimentos, essa confusão, ainda se acumulavam no fundo da minha garganta como ácido de bateria. — Mas eu sabia que, se sobrevivesse a Gabriel, acho que não sobreviveria à sua perda. Uma parte de mim ia desaparecer pra sempre, a parte que te pertence. E sabe aquela noite que você voltou? Eu estava naquele parque tentando descobrir qual seria a coisa certa a fazer e se eu conseguiria viver comigo mesma, independentemente do que eu decidisse.

Sussurrando meu nome, ele abaixou a cabeça e beijou a minha testa e depois a ponta do meu nariz.

— Fico feliz que você não tenha tido que fazer essa escolha. — Ele me puxou contra seu peito, envolvendo os braços ao meu redor. — Eu não teria encontrado paz, Trin. Você saberia. Você teria me visto como um fantasma ou espírito. Eu teria voltado pra você.

Envolvi meus braços em sua cintura, sabendo que ele estava certo. Eu deveria ter percebido quando acordei, e nos dias seguintes, que algo estava acontecendo, porque eu não o tinha visto como um fantasma ou espírito.

— Acho que estava com medo que Gabriel tivesse conseguido fazer algo com a sua alma — admiti, e Zayne ficou tenso contra mim. — Sei que isso provavelmente parece bizarro, mas eu estava com muito medo.

— Não é bizarro. — Zayne guiou minha cabeça para trás enquanto se afastava o suficiente para poder me ver. — Você sabe que eu sempre estarei aqui. Lembra? Vou estar sempre aqui pra garantir que você possa ver as estrelas. Sou apenas seu... Anjo Guia Caído.

Soltei uma risada trêmula enquanto me inclinava para ele. Zayne me encontrou no meio do caminho e, no momento em que os nossos lábios se tocaram, eu me senti finalmente aliviada. Seu perfume de menta me envolveu. Eu poderia beijá-lo por toda a eternidade...

Recuando abruptamente, meus olhos se abriram quando me dei conta. Meu peito se esvaziou quando olhei para os planos e ângulos impressionantes do rosto de Zayne e pensei em meu pai e em todos os outros anjos que eu já tinha visto. Nenhum deles parecia ter mais de vinte e poucos anos. Caramba, a maioria dos demônios não parecia muito mais velha do que isso. Eu não sabia se eles apenas envelheciam incrivelmente devagar ou se atingiam uma certa maturidade e paravam de envelhecer. Com uma sensação terrível, eu sabia que os Caídos eram iguais.

Eu envelheceria a cada ano que passasse.

Zayne, não.

Capítulo 21

— Você tá bem? — Zayne perguntou enquanto eu continuava a encará-lo, à beira de mais uma espiral de pânico.

— Você é, tipo, imortal, agora? — perguntei. — Tipo, você não vai mais envelhecer?

Havia um olhar suave e enebriado em seu semblante.

— Eu estava pensando se você iria perguntar sobre isso.

— Ah, não. Você não vai envelhecer, vai? — Gemendo, deixei minha cabeça cair para trás. — Eu achava que ficar cega e você ter de, sei lá, escolher minhas roupas pra mim acabaria prejudicando o nosso relacionamento...

— Por que diabos você acha que isso prejudicaria o nosso relacionamento?

— Bem, talvez não a questão das roupas, mas você sabe.

— Não. Eu não sei. — Ele inclinou minha cabeça para a frente, de modo que ficássemos olhos nos olhos novamente. — Explique.

— Com sorte, ainda vou enxergar o suficiente pra ver isso aqui. — Levantei o polegar e o indicador, deixando um espaço de cerca de três centímetros entre eles. — Por mais que eu odeie admitir isso, vou precisar de ajuda com um monte de coisas.

Um sorriso grande e brilhante surgiu em seu rosto, surpreendendo-me. Afastei-me um pouco dele.

— Por que você tá sorrindo?

— Porque você admitiu que vai precisar de ajuda, e isso é muito importante. Imaginei que teria de ficar sentado assistindo a você bater nas paredes por meses antes de pedir ajuda.

Eu o encarei.

— Mas voltando à parte que não me faz sorrir? — ele continuou. — Eu meio que tô ofendido por você achar que a sua visão vai afetar de alguma forma o que sinto por você e prejudicar nosso relacionamento. Na verdade, *estou* ofendido.

— Não tô tentando te ofender, e não é que eu ache que você não me ama o suficiente pra lidar com isso, mas não consigo deixar de me preocupar — admiti, sentindo-me como se estivesse nua, embora estivesse completamente vestida. — E considerando o que enfrentamos, o que vamos enfrentar, parece idiota até mesmo falar sobre isso agora.

— Não é idiota — Zayne argumentou —, é importante. Continue.

Respirei fundo.

— Eu nem sei o quão ruim isso vai ficar. Então como você pode saber que não vai ser irritante? E se fosse o caso, eu não iria te culpar. Fico irritada comigo mesma quando tropeço em qualquer porcaria que tá no mesmo lugar desde o início dos tempos. Fico irritada até hoje quando tento ler as instruções ou as datas de validade de alguma coisa e tenho que adivinhar o que eu tô lendo. Então, eu só... não quero me sentir... — Perdendo o fio da meada, encolhi os ombros. — Como é que a gente chegou nessa conversa?

— Você tocou no assunto — ele me lembrou, afastando o cabelo da minha bochecha. — Eu sei o que você ia dizer.

— Você sabe, ó, ser onisciente?

Um canto dos seus lábios se levantou. Foi um sorriso breve.

— Você não quer se sentir um fardo. Era isso que você ia dizer, mas, Trin, nada em você vai ser um fardo. Tudo em você é um enorme privilégio.

Meu peito.

Ai.

Inchou como se houvesse um balão dentro dele.

— Por quê? — Eu caí para a frente, deitando minha cabeça em seu ombro. — Por que você sempre tem que dizer as coisas certas, Zayne? Eu tô tentando surtar aqui e você tá atrapalhando.

— Desculpa? — Parecia que ele estava tentando não rir.

— E, veja bem, a minha visão ruim nem é um problema no momento. Você vai permanecer eternamente jovem e sarado, e eu vou envelhecer e quebrar a bacia. Então, vou precisar me tornar essa pessoa evoluída que descobre que, se você ama alguém, você a deixa ir. E eu vou ter que te dizer pra ir viver sua vida, encontrar alguém jovem...

— Pare. — Zayne riu, então, pegando os meus braços e levantando-me de seu ombro. Seus olhos encontraram os meus, aqueles olhos cujo brilho nunca se apagaria ou que nunca se tornariam reumáticos pela idade. — Não é isso que vai acontecer.

— Você tem razão — encarei-o. — Eu não vou ser essa pessoa. Acho que esse ditado é uma das coisas mais estúpidas que existem. Sou ciumenta e egoísta demais. Não me importa se eu tiver noventa anos, ainda assim vou partir pra cima da primeira...

— Não quero que você seja uma pessoa melhor. Gosto de você ciumenta e egoísta. — Ele sorriu para mim como se eu estivesse sendo boba, e é claro que ele podia pensar assim, já que era um maldito anjo caído. — Não vai existir outra pessoa pra mim. Nem agora e nem mesmo quando você tiver noventa anos.

— É fácil pra você dizer isso já que vai ter esta aparência pra sempre. — Em algum momento as pessoas iriam começar a pensar que eu era uma velha da lancha quando me vissem com Zayne, e haveria um futuro em que isso aconteceria, porque eu me recusava a acreditar que não derrotaríamos Gabriel.

— É fácil pra mim dizer isso porque eu te amo, e isso é mais importante do que pele ou uma bacia quebrada — ele disse e, sem qualquer aviso, ele se moveu. Zayne me levantou de seu colo e me deitou de costas, deslizando meu corpo embaixo do seu. Ele segurou seu peso sobre mim, apoiando um braço acima da minha cabeça. — Isso não é algo que desaparece com a idade. Vai se fortalecer e se tornar inquebrável. Isso eu sei de fato. Eu não teria Caído se o que eu sentisse por você fosse tão frágil. Você não teria lutado por mim, recusando-se a desistir, se o seu amor por mim fosse tão fácil de ser vencido.

Pressionei meus lábios em uma linha teimosa.

— Você tá fazendo aquilo de novo.

— Fazendo o quê?

— Dizendo as coisas certas.

Ele arqueou uma sobrancelha.

— Você quer que eu pare de fazer isso?

— Sim. — Suspirei. — Não.

O sorriso de Zayne envolveu meu coração.

— Entendo por que isso te assusta, de verdade, mas é um problema do futuro. Já temos o suficiente pra hoje, não acha?

— Acho. — Levantando a mão, toquei seu queixo. Sua pele estava tão quente. — Mas isso é tipo adiar o inevitável, e isso é inevitável, Zayne. Vai acontecer.

— E a gente vai lidar com isso juntos. — Ele baixou o queixo, beijando rapidamente as pontas dos meus dedos. — Vamos resolver juntos. Isso é tudo o que podemos fazer, porque você acabou de me trazer de volta. Acabei de ter você de volta. Temos o que muitas pessoas nunca tiveram: uma segunda chance. Nós merecemos isso e ainda vamos ter de lutar por isso. O que pode acontecer daqui a alguns anos não vai roubar de nós todos os dias até lá. É isso que vai acontecer se nos estressarmos com esse problema agora.

Ele estava certo. Já havia ameaças suficientes para tirar essa segunda chance de nós. Seria difícil não me preocupar com o futuro, assim como era difícil não me estressar com a minha visão, mas eu tinha aprendido a não deixar que o que iria acontecer no futuro atrapalhasse o agora. Assim como Zayne não podia deixar que o que ele tinha feito logo que Caiu mudasse quem ele era agora.

Os lábios de Zayne roçaram nos meus em um beijo doce e suave, e eu me abri, deixando-o entrar. Todas as muitas preocupações foram colocadas de lado. Esse era o poder dos beijos dele. Ou talvez esse fosse o poder do meu amor por ele.

E, Deus, eu nunca me cansaria da sensação dos lábios dele contra os meus. Eu nunca deixaria de me impressionar com o fato de que a pressão gentil e questionadora da boca dele na minha poderia provocar uma onda de sensações tão enlouquecedoras em mim.

Deslizando as minhas mãos até seus ombros, puxei-o até sentir o calor de sua pele através da minha camisa. As pontas do seu cabelo fizeram cócegas nas minhas bochechas enquanto eu mordiscava seu lábio inferior.

A resposta veio do fundo da garganta dele e fez os dedos dos meus pés se contraírem. O beijo se aprofundou, e o ar ao nosso redor pareceu crepitar. Havia algo incisivo, quase desesperado, no modo como as nossas bocas se encontravam, e imaginei que naquele momento estávamos nos dando conta da incrível sorte que tínhamos de poder vivenciar isso novamente. Não que o que tínhamos feito na piscina não tivesse contado. Contou, e também tinha sido poderoso. Aquelas primeiras horas da manhã foram a prova de que Zayne ainda estava lá, que seu amor por mim ainda guiava suas ações. Mas isto aqui era diferente, porque éramos *nós*.

Ficamos um pouco perdidos em apenas... em apenas nos beijarmos. Havia os beijos suaves e os dolorosamente doces. Beijos que eram provocantes e brincalhões. Depois, houve aqueles que me deixaram sedenta e sem fôlego. Todos eram o meu favorito, porque era Zayne quem eu estava beijando.

Acima de tudo, eu queria me perder nele, esquecer tudo. E acho que Zayne também, mas ele levantou a cabeça depois de um último beijo inebriante.

— Senti sua falta — ele disse, com a voz tão instável quanto sua respiração.

— Eu também — sussurrei, passando os dedos ao longo do seu rosto. O brilho por trás de suas pupilas parecia estar apagado.

Ele transferiu seu peso para um braço e, lentamente, levantou a mão e afastou os fios de cabelo do meu rosto.

— Sabe quando ficamos juntos no domingo de manhã? — Ele engoliu enquanto passava a ponta do dedo pela curva da minha bochecha. — Eu... não sei como me sentir em relação a isso.

— O que você quer dizer?

— Aquele era eu e não era eu. Eu sabia o que estava acontecendo. Era algo que eu estava controlando, mas fico me perguntando: e se você fez aquilo porque achava que tinha de fazer? Se eu pudesse voltar atrás, não teria feito nada — ele admitiu. — Não que eu não tenha gostado...

— Eu sei. Eu gostei muito. — Segurei seu rosto. — Você não me forçou. Eu que comecei. Eu sabia o que estava fazendo e não senti que precisava fazer nada.

— Eu sei que não te forcei, mas não... não me sinto bem com isso. Você não tinha ideia se a Anciã conseguiria te ajudar naquele momento. — Seu dedo passou sobre meu lábio inferior. — Eu tinha acabado de te jogar em uma piscina e, mais cedo naquela noite, tinha lutado contra você. Eu te ameacei, e então eu estava dentro de você. Eu poderia ter te machucado no momento. Eu poderia ter te machucado depois.

— Entendo por que você se sente assim. Juro — eu disse com suavidade, e entendia mesmo. Zayne era *bom* em essência, mesmo quando lhe faltava uma parte de sua alma, e mesmo agora, quando era um Caído e tecnicamente não tinha alma. Isso realmente me fez questionar toda a questão da alma e o quanto ela desempenhava um papel nos sentimentos e nas ações das pessoas, mas agora não era o momento para aquilo. — Você não me machucou, Zayne. Você tinha autocontrole, e o que aconteceu me deu esperança. Sei que isso parece loucura, mas foi mais uma prova de que você ainda estava lá, e eu precisava daquilo. — Levantei a cabeça, beijando-o suavemente. — Você não precisa gostar do que aconteceu. Entendo por que você não gostaria. Só não quero que isso te magoe.

Ele deslizou uma mão pelo meu braço, fechando os dedos em volta do meu pulso. Afastando a minha mão de seu rosto, ele beijou novamente o centro da minha palma. Quando seus olhos se encontraram com os meus mais uma vez, ele soltou um suspiro pesado e seus ombros pareceram relaxar.

— Não usamos camisinha.

Houve um aperto no meu coração.

— Eu sei — sussurrei.

Ele beijou minha palma de novo.

— Caídos são capazes de se reproduzir com humanos.

— Eu sei — repeti. — Mas não sei se eu posso. Comecei a pensar nisso depois, porque... bem, por razões óbvias, e não sei se algum Legítimo já foi capaz de conceber.

— Você não sabe muito sobre os Legítimos — ele apontou.

— E é por isso que pedi a Dez pra ver se Gideon poderia encontrar algo que indicasse uma coisa ou outra.

Zayne piscou os olhos.

— Você pediu a Dez pra perguntar a Gideon?

— Quem mais poderia me responder? Não acho que Thierry ou Matthew saberiam, e essa é uma conversa que eu realmente não quero ter com eles, então pensei em Gideon. Ele sabe muito e tem acesso a um monte de livros empoeirados que ninguém lê — eu disse a ele. — A menos que um anjo brote na minha frente e responda à pergunta, ele foi a melhor opção em que consegui pensar.

— Não consigo nem imaginar como foi a conversa com Dez.

— Ah, acredite, você não vai querer saber. Prefiro fingir que isso nunca aconteceu, mas espero que ele descubra algo pra que a gente possa...

Aqueles olhos ultrabrilhantes encontraram os meus.

— Pra que a gente possa saber.

Com o estômago revirando para todos os lados, assenti e comecei a falar, mas parei.

Sempre atento, ele percebeu.

— O quê? O que você ia dizer?

Senti um calor nas bochechas enquanto tentava desembuchar.

— O que a gente faria se eu... Meu Deus — grunhi. — Eu mal consigo dizer isso, o que sei que é uma estupidez. Mas dizer em voz alta torna a possibilidade mais real, e essa realidade é muito assustadora agora ou daqui a dez anos.

— Concordo. — Ele assentiu.

— Mas nós somos adultos, certo? Basicamente. Você mais do que eu, mas não é como se a gente não tivesse idade suficiente... — Eu me detive com um riso trêmulo. — Quem eu tô tentando enganar? Se eu tivesse trinta anos, ainda não me sentiria adulta o suficiente. O que a gente vai fazer se o que você tem aí embaixo for compatível com o que eu tenho aqui embaixo?

Uma de suas sobrancelhas se ergueu.

— Quer dizer, e se eu te engravidar?

— E se nós engravidássemos — corrigi.

— Não sei — ele disse com um riso suave e um tanto incerto. — A gente iria...

— Dar um jeito?

— Juntos. Sim.

— Não consigo... não consigo nem pensar nisso — admiti. — Essa deve ser a reação mais imatura, o que é um sinal importante de que eu seria uma péssima mãe, mas não consigo nem pensar nessa possibilidade.

— Eu também não. E não é como se eu não topasse, se fosse isso que você decidisse — ele falou, e o próximo ar que inspirei se alojou em algum lugar no meio do meu peito apertado. — Não é algo que eu tenha me preparado pra ser, mas vou me preparar independentemente do que acontecer ou for decidido.

Uma parte da tensão não confessada se dissipou. Não era que a possibilidade de estar grávida ainda não me deixasse apavorada. Eu estava mais do que surtada, mas não seria algo que eu enfrentaria sozinha. Não havia nada que eu fosse enfrentar sozinha agora.

— Então, já falamos sobre o meu pai, como foi ficar bombado de *graça*, Lúcifer, minha visão ruim, o fato de que eu vou envelhecer e você não, seu desgosto pelo que aconteceu entre a gente na piscina e a possibilidade de eu estar grávida — sorri. — Que reencontro, hein?

Zayne riu.

— É perfeito.

— Que seja.

— É, sim. — Abaixando a cabeça, ele me beijou. — Preciso de um banho. Quer me fazer companhia?

O meu coração disparou e os músculos na base do meu abdômen se contraíram, enquanto gotículas de incerteza se acumulavam na minha barriga. Eu nunca havia tomado banho com alguém. Obviamente. Zayne foi o primeiro cara com quem eu fiquei completamente nua, então minha mente imediatamente me mostrou, e em detalhes, todas as maneiras pelas quais eu acabaria parecendo e me comportando como uma completa idiota, mas meu coração e meu corpo estavam gritando: *Banho? Com Zayne? Sim e sim, por favor.*

Aquelas gotículas no meu estômago começaram a fervilhar com o nervosismo, mas agora, mais do que nunca, eu não poderia deixar que o medo e a vergonha guiassem as minhas decisões. Não depois de aprender da maneira mais difícil que o amanhã não estava garantido.

— Tudo bem — eu disse, esperando que a minha voz não tivesse soado tão estridente para ele quanto tinha para mim. — Quero dizer, sim. Claro. — Senti o calor nas bochechas. — Eu adoraria.

— Tem certeza? — Uma suavidade se instalou em seu semblante. — A gente não precisa...

— Tenho certeza — interrompi. — Cem por cento de certeza.

— Que bom. — Então Zayne sorriu, e um movimento vertiginoso varreu o meu peito. — Porque eu realmente não quero perder você de vista por mais do que alguns minutos. Isso deve parecer super carente, mas eu só... — Os cílios dele abaixaram, escondendo seus olhos. — Não sei. Não tô esperando nada além da sua presença. Só preciso poder ver você.

— Eu entendo. — E, Senhor amado, eu entendia completamente. — Sinto a mesma coisa.

Ele abaixou a cabeça e me beijou.

— Por que você não vai em frente e começa com o banho? Antes, eu quero des-Cayman-izar a cozinha.

Como parte daquela bagunça era minha, comecei a dizer a ele que não precisava fazer isso, mas então algo me ocorreu. Ele estava me dando tempo, tornando isso menos constrangedor, e sim, tirar a roupa e entrar no chuveiro com ele provavelmente me faria dar risadinhas como se tivesse algo de errado comigo.

O que quer que fosse que tornava Zayne tão incrivelmente atencioso e cuidadoso ainda estava lá. Essa era a parte dele que o diferenciava de tantos outros e fazia com que fosse muito fácil se apaixonar por ele, apesar dos riscos.

Com o coração apertado, eu me estiquei e o beijei. O que era para ser um agradecimento se transformou em algo um pouco maior, e passaram-se vários minutos até que Zayne saísse de cima de mim. Fiquei um pouco absorta em olhar para as marcas nas costas dele, mas finalmente consegui mexer o corpo.

Corri para o banheiro, o coração batendo rápido demais enquanto escovava os dentes e ligava o chuveiro. Senti uma vertigem de antecipação e nervosismo, e uma sensação aguda de surrealidade quando tirei as minhas roupas, colocando-as em um canto e depois pegando-as, realmente fazendo uso do cesto de roupa suja vazio. Pegando rapidamente as outras pilhas de roupas espalhadas, joguei-as em seu devido lugar e, antes que eu começasse a dar risadinhas como temi ou desmaiasse, entrei sob o jato de água quente.

Os meus sentidos estavam tão aguçados que as minhas mãos tremiam enquanto eu me virava sem pressa. Não é que eu estivesse com medo. Não é que eu não estivesse pronta. Não era nada disso. Era só que tudo parecia... como se fosse a primeira vez. O fato de tomarmos banho juntos com certeza era a primeira vez, mas, embora tivéssemos experimentado todos os tipos de beijos e muito mais, tudo parecia diferente e novo agora.

A água escorreu pelo meu corpo e fez meu cabelo ficar colado nas costas enquanto eu olhava para os inúmeros cortes e hematomas que desapareciam na minha pele. O meu corpo era uma colcha de retalhos de cicatrizes antigas e novas, e eu sabia que cada uma dessas imperfeições era exatamente o Zayne havia dito antes: um emblema da minha força. Eu não estava com vergonha delas. Eu estava orgulhosa.

Os cantos dos meus lábios caíram enquanto a água escorria entre os meus seios. A pele ali estava mais rosada do que o normal, e parecia quase um... arranhão em linha reta. Toquei a pele. Estava sensível, mas não exatamente dolorida. Sem ter ideia de onde isso tinha vindo, fechei os olhos e levantei o queixo, deixando que o chuveiro lavasse mais do que apenas as últimas vinte e quatro horas. Em breve, teríamos que conversar com o clã e contar a eles muito mais coisas do que simplesmente dizer que Zayne estava bem. Teríamos de começar a trabalhar em um plano B, caso Lúcifer não estivesse interessado em preservar seu ego e salvar o mundo. Mesmo com a ajuda dele, ainda precisávamos descobrir onde Gabriel e Baal estavam escondidos. Havia a escola e o maldito portal embaixo dela que precisávamos resolver. Eu poderia ligar para Jada agora e não assustá-la... demais, e precisava descobrir o que diabos estava acontecendo com essa tal de Gena, com quem Minduim parecia estar passando cada vez mais tempo. Eu também precisava reservar algum tempo para realmente surtar pelo fato de que Zayne não iria envelhecer e para continuar a me preocupar com a grande questão. E se eu ficasse grávida? O que isso realmente significava?

Olhando para baixo mais uma vez, mexi os dedos dos pés enquanto colocava as pontas dos dedos sobre a barriga. Nenhuma quantidade de perseguição a demônios e pulos de prédio em prédio resultaria em uma barriga chapada. As porcarias que eu comia deviam ter muito a ver com isso, mas se eu tivesse que escolher entre uma barriga seca e batatinhas chips, eu sempre escolheria as batatinhas. Entretanto se eu estivesse grávida, não teria de comer comidas mais saudáveis? Estremeci e, em seguida, abri as mãos contra a parte inferior da barriga, pressionando...

O que diabos eu estava fazendo? Afastei as mãos, torcendo o rosto em uma careta. Revirando os olhos, voltei para o jato de água. O que iríamos fazer? O que *poderíamos* fazer? O fato de estar grávida não poderia mudar nada. Eu ainda seria uma Legítima. Eu ainda precisaria encontrar Gabriel e o que viesse depois disso.

Tudo isso era só conversa de doido para mim, porque eu não conseguia nem dizer se queria ser mãe, mas eu conhecia Zayne — ele seria um pai incrível para o nosso...

O que cacete seria o filho de uma Legítima e um Caído? Será que a parte humana de mim seria transmitida? Será que a falha genética que eu carregava e que havia causado a retinose pigmentar voltaria a aparecer? Meu estômago se revirou com as possibilidades.

Eu precisava parar, porque agora não era o momento para nada disso, especialmente coisas que talvez nunca se concretizassem.

Ao ouvir a porta do banheiro se fechar, meu coração disparou para níveis antes desconhecidos. Mantive os olhos voltados para a frente enquanto me concentrava em respirar, o que estranhamente exigia muito esforço.

O menor movimento atrás de mim fazia com que todo o trabalho árduo da respiração fosse pelo ralo. Senti o roçar de pele contra pele, causando um arrepio intenso na minha coluna.

Um momento se passou e senti o leve toque dos dedos de Zayne nos meus ombros, afastando meu cabelo para um lado. Depois, seus lábios se pressionaram contra a pele abaixo da minha nuca, e os dedos dos meus pés se curvaram contra o piso do box.

Incapaz de ficar calada em meio ao silêncio altamente carregado, eu disse:

— A des-Cayman-ização não demorou muito.

— Só consegui passar pela primeira camada antes de ficar muito impaciente — ele disse, e eu sorri. — Vou precisar fazer outra rodada mais tarde. Talvez uma terceira, pelo que parece.

— Eu cuido das duas rodadas — ofereci. — Você quer o produto pra cabelo? — Quando ele disse que sim, peguei o frasco que ele usava, aquele que era xampu e condicionador. Se eu usasse isso no meu cabelo, ele ficaria seco feito um ninho de passarinho, e eu não tinha ideia de como o dele não ficava assim.

Um silêncio agradável se instalou no banheiro quando começamos a usar o chuveiro para o que ele foi projetado. O constrangimento desapareceu, embora eu estivesse excessivamente consciente de cada momento em que a pele dele tocava na minha, quando ele se aproximava de mim para colocar um produto na prateleira e seu braço roçava no meu. Ou quando eu enxaguei o xampu e depois o condicionador do meu cabelo, tendo de me virar para fazer isso. O meu quadril roçou nas coxas dele, e ele ficara imóvel como uma estátua de novo. Mantive os olhos fechados durante todo o processo e, quando ele pegou o sabonete líquido, desejei ter a coragem de oferecer ajuda, mas estava com muito medo de parecer uma idiota, então fiquei quieta enquanto o vapor no banheiro se enchia com o aroma de menta do sabonete que ele usava e os traços mais suaves de jasmim que vinham do sabonete líquido que eu sempre usava.

Quando ele se enxaguou e voltou para trás de mim, eu esperava que ele saísse, mas isso não aconteceu. Prendi a respiração quando suas mãos deslizaram pela pele escorregadia e ainda ensaboada dos meus braços, passando pelos cotovelos e depois pelos pulsos. Até então, eu nem sequer havia percebido que tinha cruzado os braços sobre a cintura. Com uma delicadeza impossível, ele abaixou os meus braços para os lados.

As pontas do seu cabelo molhado roçaram na minha bochecha quando ele abaixou a cabeça, desta vez beijando o ponto entre meu pescoço e ombro, onde ele havia mordiscado a pele e deixado uma marca.

— Desculpa por isso — ele ofereceu. — Eu nunca tinha feito isso antes.

— Tudo bem — eu disse a ele. — Não é como se desse pra notar.

Ele beijou o local mais uma vez. Com as pernas trêmulas, abri os olhos enquanto seus polegares se moviam em círculos lentos e ociosos ao longo dos meus pulsos. Observei suas mãos deslizarem dali para a minha barriga. Sua pele de um dourado profundo contrastava muito com os tons mais amarelos e cobres da minha. Ele não pressionou as mãos contra a minha barriga como eu havia feito antes. Obviamente, ele não era tão perturbado quanto eu, mas me perguntei se ele estava tentando imaginar a mesma coisa — uma barriga muito mais inchada do que o típico inchaço causado por carboidratos que eu normalmente tinha.

Um instante depois, ele confirmou isso.

— Se acontecer de você estar grávida e decidir que é isso que você quer, vai ficar tudo bem — ele disse, com a voz áspera de emoção. — Mas você disse uma coisa errada antes.

— Só uma coisa?

— Você não seria uma péssima mãe — Zayne disse.

Eu me engasguei com uma risada.

— Eu não estava errada.

— Você não se dá o devido crédito, Trin. Você seria uma das mães mais ferozes que existem e não pararia por nada pra dar a essa criança a melhor vida possível — ele disse. — Não duvido disso nem por um segundo.

Ofeguei com dificuldade.

— Nós. — Virei a minha cabeça em direção a dele. — Se *nós decidirmos* que é isso o que a gente quer, vai ficar tudo bem.

— Certo — ele disse em tom áspero. Seus lábios encontraram minha bochecha. — A gente consegue, não importa o que aconteça.

— Sim. — E eu acreditava nisso. De verdade.

Uma vibração começou no meu peito e desceu quando senti seu olhar às minhas costas. Senti meu corpo inteiro se contorcer.

A cabeça de Zayne se inclinou mais uma vez, seu queixo roçando a lateral da minha cabeça enquanto sua boca se aproximava da minha orelha.

— Eu não sou digno de você.

— Isso não é nem um pouco verdade.

— É, sim. Você é corajosa e forte. Destemida. Você é inteligente, gentil e leal. — Suas mãos grandes deslizaram para os meus quadris. — Você é de tirar o fôlego. — Ele beijou o meu pescoço, e eu estremeci. — Eu quero você, agora e sempre.

Com o coração batendo forte enquanto o instinto me guiava, dei um passo para trás, permitindo que os nossos corpos entrassem em contato total. Ele emitiu um som áspero, e o calor fervilhou nas minhas veias.

Suas mãos tremeram contra meus quadris.

— Eu já queria muito você, mas agora o que eu sinto é assustador — ele disse, e eu podia senti-lo, todo ele, e não havia dúvida por trás de suas palavras. — Mas eu sei que as coisas devem estar estranhas pra você agora, então é por isso que vou esperar até você sair e depois tomar um banho de água gelada.

Uma inebriante profusão de sensações percorreu a minha pele e me virei em seus braços. Não me permiti pensar demais no que estava fazendo. Olhei para cima, piscando os cílios molhados. Ele me encarou, com a mandíbula cerrada e o olhar cheio de desejo. O brilho por trás de suas pupilas estava mais vibrante. Coloquei as mãos em seu peito.

— Me beija?

— Trin — ele disse, a palavra mais parecida com um rosnado do que qualquer outra coisa que eu já tinha ouvido dele. Estremeci quando suas mãos ficaram tensas ao redor dos meus quadris. — Quero fazer isso mais do que qualquer outra coisa que já quis na minha vida, mas eu tô aprendendo bem rápido que sinto as coisas com um pouco mais de intensidade do que antes. Tô tentando fazer a coisa certa. Você precisa de tempo e, se eu te beijar, eu... acho que meu autocontrole não é mais o que costumava ser. Eu não quero... — Ele gemeu, o corpo estremecendo enquanto eu deslizava as mãos pela sua barriga. — Não quero ser esse tipo de pessoa que perde o controle.

Meu olhar percorreu as linhas mais duras do seu semblante.

— Você nunca poderia ser essa pessoa. Este exato momento é a prova disso.

— A piscina é a prova exatamente do contrário.

— Não é verdade — insisti. — Eu sei que, mesmo naquele momento, se eu não quisesse fazer nada, você teria parado. Eu *sei*.

Seus lábios se afinaram enquanto ele me olhava fixamente.

— Você me tem em um degrau alto demais.

— Eu te tenho à altura certa — corrigi, e os olhos dele se liquefizeram, como safira aquecida. — Os hematomas e afins quase não doem mais. Não preciso de tempo. Não tem nada estranho pra mim. Tem alguma coisa estranha pra você?

Ele balançou a cabeça negativamente.

— Ótimo, porque o que eu quero é você, Zayne, agora e sempre. — Senti minhas as bochechas esquentarem. — Ênfase na parte do "agora".

Por um momento, pensei que ele fosse recusar e, naquele instante, planejei simplesmente pular em cima dele. Esperava que ele mantivesse os pés firmes no ladrilho escorregadio, mas então ele se mexeu.

Zayne abaixou a cabeça e, quando sua boca tocou a minha, percebi que eu não havia experimentado todos os seus beijos, porque este era *tudo*. Ao mesmo tempo infinitamente carinhoso e totalmente exigente, ele beijava com um senso de urgência, mas de uma forma que me fazia sentir como se tivéssemos todo o tempo do mundo.

E este beijo... virou e torceu as minhas entranhas em uma confusão inebriante. As sensações percorreram a minha pele e me atravessaram. Meu coração disparou e o sentimento que se desenrolou em meu peito foi tão intenso quanto a pulsação da *graça*. Ele me beijou como se quisesse apagar as intermináveis horas e dias em que estivemos separados.

Sob as minhas mãos, pude sentir seus músculos flexionarem enquanto ele me levantava em seus braços. Envolvi as pernas ao redor dele, enquanto o braço em volta da minha cintura me mantinha firme contra ele. Sua boca nunca deixou a minha enquanto ele nos virava. Eu não tinha ideia de como ele conseguiu desligar a água e nem sabia exatamente quando tínhamos saído do chuveiro. Houve momentos no banheiro em que ele parou, e eu fiquei pressionada entre ele e a parede. Em seguida, estávamos nos movendo de novo, e não demorou muito para que as minhas costas caíssem nos cobertores amarrotados da cama. Estávamos juntos, nossos corpos escorregadios, nossos cabelos molhados encharcando os lençóis em que rapidamente nos enrolamos, e então estávamos emaranhados um no outro. Suas mãos estavam por toda a parte, o calor de sua boca me acompanhava enquanto eu traçava as linhas do seu peito e barriga, deleitando-me com a sensação dele. Sua boca era perversa, arrancando sons ofegantes de mim, demorando-se em meus seios, e então ele estava descendo, abaixo do meu umbigo e além. Quando sua boca se fechou sobre aquela área sensível, ele me devorou, e eu fiquei inconsciente e latejante com aqueles beijos entorpecentes.

Desta vez, houve uma breve pausa para a camisinha. Não íamos continuar testando a nossa sorte. Em seguida, ele estava acomodando-se sobre mim, seu calor e peso eram bem-vindos e fizeram muita falta.

— Eu amo você — sussurrei contra sua boca enquanto o aproximava com as minhas mãos e meus beijos.

Eu me movi contra ele, e então ele se moveu dentro de mim. Não houve mais palavras a partir de então. Não eram necessárias, pois mergulhávamos de cabeça no desejo e na paixão, mas essas não eram as únicas coisas entre nós. Em cada beijo e toque havia alívio, aceitação e uma necessidade e querer que iam além do físico. E havia tanto amor se formando entre nós que estávamos nos afogando alegremente nele.

Não houve qualquer sombra de autocontrole antes disso, mas as coisas ficaram... frenéticas. Levantei os quadris para corresponder às suas estocadas, e ele passou os dois braços por baixo de mim, levantando-me contra ele. Éramos como cordas esticadas demais e, quando arrebentamos, fomos juntos, caindo no precipício. Enquanto choques fortes e contínuos me varriam em ondas intermináveis, senti a agitação do ar contra a minha bochecha e a sensação de algo macio encostado em meu braço. Meus olhos se arregalaram.

Eram as asas dele.

Elas haviam saído de suas costas e agora estavam sobre nós dois, as penas. Ergui o olhar e vi as estrelas no teto, brilhando tão suavemente quanto as asas de Zayne.

Capítulo 22

Algum tempo depois, ficamos deitados um de frente para o outro. Eu estava com um lençol enfiado debaixo dos braços, e Zayne estava, bem, gloriosamente nu e completamente à vontade com tudo aquilo. Devia ser porque a luminária de cabeceira que ele acendeu deixava todas as suas partes interessantes na sombra. A mão dele estava fechada na minha — a que eu havia cortado durante o feitiço. Eu estava exausta até os ossos e não tinha ideia de que horas eram, mas suas asas ainda estavam abertas, uma descansando ao seu lado e a outra atrás dele, e eu queria... queria muito tocar em uma delas.

Mas eu estava me comportando feito gente grande e agindo de acordo com a regra do não-tocar-sem-perguntar. Às vezes, as asas de um Guardião podiam ser sensíveis, e não se deve sair por aí tocando nelas a torto e a direito. Imaginei que fosse o mesmo caso, já que ele reagiu com tanta intensidade quando tentei tocá-las antes.

Deus, Zayne realmente era um anjo. Bem, um anjo caído, para ser exata. Era estranho como, de vez em quando, a realidade parecia me dar um tapa na cara.

— As asas — eu disse, abafando um bocejo. — Isso foi diferente.

— Eu não sabia que ia acontecer. — Ele começou a colocar a asa para trás.

— Não. Não recolha as asas. Elas não me incomodam. Foi só algo novo.

Virando a minha mão, ele beijou o corte que estava cicatrizando. O brilho por trás de suas pupilas estava mais uma vez apagado.

— E é diferente.

— Sim, mas eu gosto delas — eu me aproximei mais. — São lindas, Zayne.

— Obrigado. — Ele beijou a ponta de um dedo. — Deixe-me adivinhar, você tem inveja delas?

Eu sorri.

— Talvez.

Sua risada profunda fez com que meu sorriso aumentasse.

— Acho que ainda tô me acostumando com elas — ele disse.

— É diferente das asas de um Guardião?

— Sim. Na verdade, tudo é diferente. — Outro beijo no dedo seguinte. — Estar em meus estados humano e de Guardião parecia natural, a menos que eu estivesse ferido e precisasse entrar em um estado de cura profunda — ele explicou, referindo-se à quando eles assumiam a forma de pedra para adormecer. Eu não o tinha visto fazer isso. — Manter as minhas asas escondidas não parece natural. Faz com que as minhas costas cocem. Essa é a melhor maneira de descrever.

— Então não as deixe escondidas quando não for necessário, especialmente quando estiver comigo. — Olhei para as asas, meus dedos estavam formigando. — São incríveis. Eu adoraria ter asas e poder voar.

— Garantirei que você voe sempre que quiser. — Ele beijou meu dedo anelar. — Você quer tocá-las, não é?

Dei a ele um sorriso envergonhado enquanto enrolava os dedos dos pés.

— Sim. Quero. Muito mesmo.

— Então por que não tocou?

— Tenho me esforçado muito pra não tocar sem permissão, e isso tá me matando. — Eu me contorci mais alguns centímetros para perto dele. — Elas parecem tão macias e fofas.

Ele riu, abaixando minha mão e inclinando a cabeça para a minha. O beijo provocou uma onda de calor em mim.

— Já que você se esforçou tanto, acho que merece uma recompensa.

A minha mente imediatamente pulou na safadeza e se esparramou alegremente, mas então percebi um movimento. Ele levantou a asa, deixando-a sobre nós e contra meu quadril. A asa era tão longa que chegava até atrás de mim, e o peso dela me lembrava um cobertor espesso e exuberante. A parte superior estava tão próxima que eu poderia beijar uma das penas. Puxei a respiração com os olhos arregalados.

— Você não se importa? — perguntei, prestes a gritar de animação.

— Não. — Ele soltou minha mão. — Não é muito pesada?

— De modo algum. — Mordendo o lábio, estendi a mão e passei os dedos sobre a curva da pena mais próxima.

Era tão macia quanto eu imaginava, como chenille, mas sob as penas suaves havia músculos espessos. A asa inteira de um Guardião era composta de músculos e tendões, mas um anjo tinha... Deus, eles deviam ter centenas de músculos escondidos sob a linda penugem. Deslizei meus dedos para baixo e minha respiração ficou presa. Essa não era a única coisa escondida dentre as penas.

Havia também a *graça.*

Ela pulsava ao longo do centro de cada pena, faiscando em uma rede de veias delicadas. Parecia seguir meu toque à medida que os meus dedos se moviam, aumentando e depois diminuindo.

Olhei para o rosto dele. O brilho atrás de suas pupilas estava mais intenso. Afastei a mão.

— Você se incomoda que toque na sua asa? Se for o caso, fale a verdade. Isso não vai me magoar.

— Não. Muito pelo contrário. — Pegando a minha mão, ele colocou meus dedos contra a parte inferior de sua asa mais uma vez. — Eu gosto.

— É relaxante? — perguntei. — Meio como quando um cachorro é acariciado?

— Se outra pessoa fizesse essa comparação, eu ficaria ofendido.

Sorri.

— De certa forma, é relaxante — ele disse, estendendo um braço entre nós e colocando a mão na curva da minha cintura. — Elas são muito sensíveis.

— Mais do que as asas de Guardião?

Sua mão deslizou sob a asa até o meu quadril.

— Muito mais. Posso sentir cada toque nas minhas costas... e em outros lugares.

— Outros lugares? — Eu lhe enviei um sorriso, imaginando se tinha sido isso que causara sua reação na piscina. — Interessante.

Ele soltou um arfar rouco enquanto apertava o meu quadril. Guardando esse conhecimento, continuei acariciando sua asa. Não tinha certeza de quanto tempo havia passado enquanto a minha mente vagava. De alguma forma, fui parar no que eu havia visto mais cedo naquela noite.

— Vi as estrelas hoje à noite — anunciei da forma mais aleatória possível. — Tipo, eu realmente as vi.

A mão dele estava movendo-se ociosamente, subindo e descendo pela minha cintura e meu quadril, mas então ela parou.

— O que você quer dizer?

— Aconteceu logo depois que eu... bem, depois que eu apunhalei você no coração e uma explosão de luz me derrubou. Acho que foi a sua *graça.* — Olhei para ele. Seu olhar estava fixo em mim, e era sempre assim quando eu falava, mesmo antes. Era como se eu fosse a única pessoa em seu mundo. — Quando abri os olhos, consegui ver todas, Zayne. Havia muitas delas e eram realmente nítidas, como imagino que devem ser pras pessoas que enxergam direito. Eu poderia estar imaginando coisas, mas, mesmo que estivesse, elas eram lindas.

— Não sei por que você teria imaginado algo assim. Mas não tenho certeza do que poderia ter acontecido pra causar isso — ele disse.

— Eu também não. Suas asas me lembram um pouco disso. Como a *graça* pisca entre as camadas de penas. É como estrelas espiando por trás das nuvens. — Passei meus dedos ao longo da penugem, em direção às suas costas. As penas eram mais finas ali, e os músculos por baixo eram mais proeminentes. — A minha visão voltou ao normal depois de alguns instantes, mas tô feliz por ter visto aquilo.

— Eu tô feliz por você, por ter conseguido ver as estrelas — ele disse, sua voz mais áspera.

Olhei para ele mais uma vez, e o brilho em seus olhos estava mais uma vez vibrante.

— Você fica mais sensível mais perto das costas, não é?

— Sim. — Essa palavrinha soou como se tivesse tido que lutar para sair entre dentes cerrados.

O calor na minha barriga se apertou com força. Apoiei-me no cotovelo para poder alcançar seus ombros. O lençol escorregou um pouco quando os meus dedos se aproximaram da pele macia da âncora, e o corpo inteiro de Zayne estremeceu.

— Interessante — murmurei.

— Muito — ele murmurou, a cabeça inclinada para trás enquanto eu passava os meus dedos ao longo do músculo. — Acho que você tá me provocando.

— Talvez. — Comecei a afastar a mão, mas Zayne era tão rápido quanto forte. Ele se moveu antes mesmo que eu percebesse o que estava fazendo, virando-se de costas e me puxando para cima dele. De alguma forma, ele havia se livrado do lençol. Quando a pele nua do seu peito entrou em contato com a minha, estremeci de prazer. — Você tem habilidades múltiplas incríveis.

— Tenho. — Uma pitada de arrogância endureceu seu tom. Ele fechou a mão na parte de trás da minha cabeça, puxando minha boca para a dele. — Lembre-se de que você começou isso.

— Não vou reclamar — eu disse a ele.

E não reclamei.

Sua fome era evidente na maneira como ele me beijava, na forma como sua mão percorria a lateral do meu corpo, do meu seio. Zayne se sentou, levando-me com ele. Os nossos corpos estavam alinhados da melhor maneira possível. Minha cabeça caiu para trás enquanto seus lábios percorriam um caminho de beijos pela minha garganta. Suas mãos foram para a minha cintura, e ele me levantou alguns centímetros, e seus lábios estavam movendo-se ainda mais para baixo. Eu ofeguei, estremecendo. Ele me segurou com firmeza enquanto me puxava para perto dele. Passando a mão por trás dele, deslizei-a sobre a base de sua asa.

Zayne me arrastou de volta para baixo, contra seu peito.

— Você provavelmente vai fazer isso o máximo que puder, não é?

— Provavelmente — admiti.

— Que bom.

Então, senti o ar se agitando quando ele dobrou as asas ao meu redor, e a sensação da força suave contra as minhas costas e o calor do seu peito firme pressionado contra o meu deviam ser um afrodisíaco por si só. Nós nos beijamos novamente, e os únicos sons no quarto eram os da nossa união, dos nossos movimentos sincronizados. Não foi menos intenso do que antes. Todo ar e pensamento me abandonaram, e só restava ele, como eu o sentia, e a vertigem enlouquecedora e intensa.

Quando os nossos corpos finalmente se acomodaram e a nossa respiração se acalmou, estávamos deitados de lado novamente. Desta vez não havia espaço entre nós. A exaustão me tomava agora, e imaginei que acontecia o mesmo com Zayne. Pouco antes de adormecer, senti o peso suave de uma de suas asas pousar sobre mim, levando-me a um sono feliz e sem sonhos.

Um som distante e forte que parecia ficar cada vez mais alto e mais próximo não foi o que me acordou. Foi a perda de todo o calor maravilhoso do corpo de Zayne.

Eu me agitei, abrindo os olhos para ver Zayne indo em direção à porta. Ele já havia colocado um par de calças de moletons e estava vestindo uma camisa. As asas estavam escondidas e as marcas ao longo de suas costas não passavam de um borrão para mim.

— O que é isso? — perguntei enquanto a batida continuava.

Zayne olhou por cima do ombro.

— Tem alguém à porta.

— Parece que estamos prestes a sermos invadidos por uma força-tarefa antidrogas ou algo assim — murmurei, afastando o cabelo do rosto.

Ele deu uma risadinha.

— Como você saberia o som disso?

— Assistindo à TV.

Acho que ele tinha balançado a cabeça para mim.

— Volte a dormir. Eu já volto. Não vamos fazer nada hoje além de dormir.

— Bruxas — lembrei a ele enquanto rolava de costas. — Temos que ir ver a Anciã e dar a ela uma das suas penas.

— Mais tarde — ele respondeu, e, antes que eu pudesse reagir, Zayne estava saindo do quarto. O barulho ficou mais alto e depois mais baixo quando ele fechou a porta atrás de si.

Eu me perguntava como conseguiríamos uma pena. Era para arrancá-la de uma de suas... asas? Isso parecia doloroso.

O meu olhar deslizou para a janela panorâmica. Pela luz do sol que infiltrava por baixo das cortinas, percebi que devia ser pelo menos o fim da manhã ou da tarde.

Embora dormir o dia todo parecesse maravilhoso, eu precisava me levantar. Havia muitas coisas para fazer, começando com a Anciã e terminando com Gabriel.

Bocejando, estiquei-me e as minhas bochechas coraram em resposta à dor incômoda em certas partes do corpo. A noite passada tinha sido linda, perfeita e...

Um grito vindo da sala de estar me tirou da névoa agradável e sonolenta. Eu me levantei e girei na altura da cintura, procurando com os olhos embaçados pelas minhas adagas enquanto a minha *graça* pulsava dentro do meu peito.

— Ah, meu Deus! — disse um grito agudo e feminino.

Ao reconhecer o som da voz de Danika, meu coração desacelerou. Saco. Esquecemos de ligar e dar mais detalhes. A culpa veio à tona. Eles eram a família de Zayne, e a gente deveria ter arrumado um tempo para avisar. Estávamos tão envolvidos um com o outro e com a alegria de estarmos reunidos que não pensamos em mais ninguém.

Bem, isso não era exatamente verdade. Falamos brevemente sobre Gabriel e Lúcifer.

Ao me deslocar para o lado da cama, dei uma olhada para baixo. O lençol havia caído, deixando o meu peito à mostra. Congelei na beirada da cama, com os pés apoiados na madeira fresca.

— Mas o que diabos...? — sussurrei.

A marca que eu tinha visto em meu peito quando tomei banho escurecera para um rosa empoeirado. Toquei suavemente na linha reta entre os meus seios, logo acima do meu abdômen. Ela estava levemente elevada, como um vergão. Nas extremidades da linha, que na noite anterior pareciam manchas, havia agora um círculo claro e sombreado em uma extremidade e mais um na outra que não estava preenchido.

Eu não fazia ideia do que poderia ter causado isso, mas a pele não doía. Tinha de ser algum tipo de arranhão.

Houve uma explosão de risos na sala de estar, chamando a minha atenção. Deixando a marca estranha de lado, levantei-me da cama antes que alguém abrisse a porta, embora eu duvidasse que Zayne permitiria isso. Pegando outra camiseta longa e escura, leggings limpas e roupas de baixo, corri para o banheiro. Não me preocupei em tomar banho, apenas escovei os dentes, esfreguei o rosto até ficar corado e, depois de um pentear rápido, prendi o cabelo em um coque que certamente se desfaria em uma hora.

Com os pés descalços, abri a porta do quarto e fui para o corredor. A luz do sol entrava na sala de estar e, embora os meus olhos precisassem de um minuto para se ajustar, vi que Danika estava lá, com seus longos cabelos escuros brilhando à luz do sol, e... quem eu achava ser Dez, com base no brilho avermelhado dos cabelos, ao lado de Zayne. Desejei poder ver sua expressão, pois ele estava com o punho plantado na ilha da cozinha, como se precisasse se controlar.

Nicolai também estava lá, com uma mão no ombro de Zayne e a outra em sua mandíbula. Ele estava falando baixo demais para que eu conseguisse ouvir, mas a visão deles parados ali me tocou o coração. Eles eram mais do que amigos. De certa forma, eram irmãos, e era perceptível que Nicolai vê-lo depois de temer que ele estivesse perdido para sempre era um momento poderoso, tornando o ar mais denso.

Sentindo-me um pouco como se estivesse me intrometendo, fui silenciosamente até a sala de estar. Consegui dar cerca de dois passos. Quase como se Zayne pudesse me sentir, ele se afastou de Nicolai. Novamente me impressionou a clareza com que eu o via em comparação aos outros. É verdade que eu via seu rosto como se estivesse olhando por uma janela embaçada, mas pude enxergar seus lábios curvando-se em um sorriso. Pude ver como seus cílios baixaram até a metade e sentir o peso de seu olhar.

Tinha de ser a *graça* nele. Aquilo era...

Um borrão de movimento me assustou, e eu me virei no momento em que Danika correu para mim. Não houve chance de me preparar. Um segundo depois, fui envolvida em um abraço caloroso e apertado que cheirava a rosas. Danika me ergueu do chão.

A mulher era forte.

— Você conseguiu — ela disse, com a voz sufocada. — Você o trouxe de volta pra gente. Você conseguiu.

Eu não sabia o que dizer. *De nada* parecia uma maneira estranha de responder, então tudo o que pude fazer foi abraçá-la de volta, e isso... isso foi bom.

— Acho que você pode estar esmagando Trinity — Nicolai disse, com a voz próxima.

— Estou esmagando você? — Danika perguntou.

— Não. — Uma risada contornou o nó inesperado na minha garganta.

— Que bom. — Ela me apertou com mais força e depois me soltou.

Tive um breve vislumbre dela enxugando as bochechas antes que um leve toque em meu braço me fizesse olhar para Nicolai.

A apenas alguns centímetros de mim, eu podia ver seus olhos vítreos de azul-Guardião, e a emoção que se acumulava neles.

— Obrigado — ele disse, com a voz rouca.

Ah, meu Deus, o nó na minha garganta se expandiu enquanto eu assentia com a cabeça. Ele também me abraçou, não tão forte quanto Danika, e quando se afastou, Dez estava lá. Quando ele colocou os braços ao meu redor, eu o senti tremer.

— Eu estava com medo, garota. — Sua voz também era áspera, e os meus olhos e garganta ardiam. Ai. Sentir emoções era uó. Eu não queria chorar *de novo*. — Quando não tivemos notícias suas, pensei...

— Sinto muito — sussurrei. — A gente só...

— Não. Não precisa se desculpar. Eu entendo. Se isso acontecesse comigo e Jasmine, ligar pra alguém seria a última coisa que faríamos — ele disse com uma risada rouca, e eu corei. — Não sei o que esperávamos quando viemos pra cá, mas não poderia estar mais feliz em ver vocês dois.

— Eu também — murmurei, encolhendo-me no momento em que a frase saiu de minha boca, porque não fazia sentido.

— Acho que Trin já recebeu todos os abraços necessários. — De repente, Zayne estava ali, tirando-me do abraço de Dez. Ele me puxou para o seu lado, passando o braço à minha volta. — A gente devia ter ligado. Desculpem por isso — ele disse, e eu detectei um pequeno indício de insinceridade que não era típico de Zayne e, ainda assim, me fez virar e esconder o sorriso. — Estávamos um pouco ocupados.

— Sem dúvida — Nicolai observou.

Ah, por Deus.

Agora o meu rosto estava em chamas enquanto Zayne olhava para mim.

— Você quer beber alguma coisa? — ele perguntou. — Acho que vi mesmo um pouco de suco de laranja e água em meio às latinhas intermináveis de refrigerante.

Eu recuei.

— Você ainda tá pensando na coisa da água?

Ele arrastou os dentes sobre o lábio inferior enquanto me olhava fixamente.

— Você sempre pode beber mais água.

Revirei os olhos.

— Agora você é um anjo caído. Beba algo gaseificado e saboroso. Viva um pouquinho.

Zayne inclinou a cabeça, roçando seus lábios nos meus. Ele então pegou minha mão, apertando-a enquanto me guiava em direção à cozinha.

— Sente-se.

Eu ainda estava presa ao beijo, então peguei uma banqueta e me sentei. O antigo Zayne podia ser propenso ao toque físico e, às vezes, paquerador na frente dos outros. Ele já tinha sido pego pela crescente tensão entre nós, parecendo esquecer quando não estávamos sozinhos, mas ser tão ousado assim? Essa era uma nova faceta dele.

Eu gostava daquilo.

Zayne encontrou meu olhar, e não havia como confundir o calor em seus olhos. Eu tive de me perguntar se ele sabia o que eu estava pensando enquanto arrastava o maldito lábio entre os dentes e se voltava para a geladeira.

— Vocês querem alguma coisa?

Houve um coro de nãos enquanto eu brincava com um porta-copo, sabendo que o meu rosto estava em mil tons de vermelho naquele momento.

E eu não me importava nem um pouquinho.

— Anjo caído. — Danika e os outros se juntaram a nós na ilha da cozinha. — Ainda não consigo acreditar que você tá aqui. Eu vi seu... — Ela deixou a frase no ar, e eu sabia para onde sua mente tinha ido. Ela e outros tinham testemunhado o corpo dele se transformar em nada mais do que pó, assim como acontecia com todos os Guardiões ao morrer. Sua respiração foi irregular. — Eu estava tão brava com você, mesmo sabendo que não era sua culpa.

— É... diferente ver você parado aí. — Dez cruzou os braços contra a ilha e se inclinou para a frente. — Então, se eu estiver encarando você por muito tempo, é por isso.

— Tem certeza de que não é pelo meu cabelo maravilhoso? — Zayne perguntou, fechando a porta da geladeira. É claro que ele tinha escolhido o suco de laranja e não o refrigerante. — Eu sei que você sempre teve inveja dos meus cachos exuberantes.

— Aham. — Dez alongou a palavra. — É exatamente isso.

Rindo, Zayne conseguiu encontrar dois copos limpos e nos serviu o suco.

— Vocês acham estranho me ver? Imaginem como é morrer e depois acordar.

Apesar de o tópico sobre a morte de Zayne me deixar atormentada, parecia fascinar completamente os Guardiões. Zayne respondeu a todas as perguntas, mas da forma mais vaga possível. O que ele já havia compartilhado comigo, e até mesmo com Cayman, ele não estava disposto a falar em muitos detalhes agora. Enquanto eu bebia o suco de laranja, tive a sensação de que ele não queria reviver tudo pela terceira vez, e que isso tinha pouco a ver com confiança. Os Guardiões que estavam na cozinha eram como uma família para ele. Assim como Gideon, embora ele não estivesse aqui.

— Com base no que Dez disse sobre você, tenho que admitir que, agora que estou te vendo — Nicolai disse —, estou um pouco decepcionado.

— Uau. — Danika se virou para olhar para Nicolai.

— Desculpa — ele respondeu, e eu apertei os olhos, achando que ele sorriu. — Mas onde estão as asas de que Dez falava a cada cinco segundos?

Sorri entre um gole e outro.

— Não era a cada cinco segundos — Dez murmurou —, foi mais ou menos a cada vinte segundos.

— Eu ainda tenho as asas. — Zayne se virou, examinando o balcão atrás dele. Ele pegou algo.

— Elas são... invisíveis? — Danika perguntou.

— Somente quando necessário. — Zayne se inclinou sobre a ilha, e eu olhei para baixo, vendo os meus óculos. Eu não tinha ideia de que os havia deixado na cozinha.

Sorri, pegando-os.

— Obrigada.

Ele assentiu com a cabeça enquanto eu os colocava. Os rostos dos Guardiões ficaram um pouco mais nítidos, mas não muito. Os óculos só funcionavam até certo ponto com cataratas e RP.

— Então, é mágica? — Danika perguntou.

— Mais ou menos. Aparentemente, trata-se de um tipo de magia angelical das antigas que era usada na época em que os anjos trabalhavam ao lado da humanidade. Elas permanecem escondidas até que eu precise delas.

— Parecem uma tatuagem nas costas dele — eu disse, terminando de beber meu suco de laranja. — É muito legal e, sim, as asas são tão incríveis quanto Dez certamente contou pra vocês.

— Não tenho certeza se usei a palavra *incrível* — Dez murmurou.

— Talvez não exatamente com essas palavras. — Nicolai encostou o quadril no balcão. — Tenho certeza de que você disse algo como estar tão distraído com as asas enormes dele que nem percebeu que havia sido atirado na fonte até que você afundou embaixo d'água.

A expiração de Dez poderia ter sido ouvida no apartamento ao lado.

— Desculpe por isso — Zayne disse enquanto caminhava ao redor da ilha, vindo parar atrás de mim. — Eu não estava com a cabeça no lugar.

— Nunca imaginaria isso — Dez disse secamente. — Mas não tem necessidade de se desculpar. De qualquer forma, eu precisava do banho.

Eu ri quando Zayne colocou as mãos nos meus ombros.

— Pra ser sincero, ele se conteve.

— Ah, eu sei. Ele poderia ter feito um grande estrago — Dez concordou.

— O fato de Dez ter saído daquele pequeno encontro é prova de que você ainda estava lá — Nicolai disse.

— Eu estava. — *Quase nada* ficou suspenso no espaço entre nós. Zayne inclinou a cabeça, beijando a minha têmpora, logo acima da armação dos meus óculos.

— Eu tinha dúvidas — Dez admitiu, surpreendendo-me. — Odiava ter, mas estava tentando me preparar pra caso... pra caso você não voltasse pra gente.

— Não tem problema — Zayne disse, e eu sabia que não.

— Que bom. — Dez pareceu ter sorrido. — Da próxima vez, tente me avisar antes de me jogar em uma fonte.

Zayne riu.

— Isso eu posso fazer.

Os dois ficaram conversando, zombando um do outro, até que Nicolai interveio.

— Também estamos aqui pra tratar de assuntos oficiais sobre o Augúrio.

Isso atraiu a minha atenção dispersa.

— Aconteceu alguma coisa? — Eu realmente esperava que não, mas não saberia dizer, pois estive superconcentrada em Zayne, o que provavelmente me tornava uma Legítima bem ruim.

Ah, que fosse.

— Não que a gente saiba, mas descobrimos algo — Nicolai disse.

— Na verdade, a ideia foi minha — Danika disse com um sorriso. — Então, comecei a pensar sobre essa coisa de Linhas de Ley e como Gabriel tá usando isso pra abrir este portal. Basicamente, são linhas de energia, certo, e a energia pode ser interrompida. Qualquer coisa pode.

— Gosto de onde você tá indo com isso — Zayne disse, apertando gentilmente os meus ombros. — Parece que outra pessoa deveria estar concorrendo pra liderar o clã.

Um meio sorriso se formou no rosto de Nicolai.

— Eu teria votado "sim, com certeza" pra isso.

Danika bufou.

— Como se isso fosse uma opção. Metade do clã... não, metade da maldita população de Guardiões se cagaria com a simples ideia de uma mulher comandando um clã.

Isso era triste.

E verdade.

Parte de sua mentalidade em relação às mulheres pode ser atribuída à sua estrutura social arcaica. A outra metade era porque muitos demônios não eram idiotas.

Infelizmente.

Os demônios sabiam que a única maneira infalível de cortar os Guardiões pela raiz era ir atrás da próxima geração. As mulheres e Guardiões crianças eram alvos. A localização das comunidades em que viviam era um segredo bem protegido. Por isso, o fato de Danika estar sempre fora de casa era surpreendente.

Contudo, bem, eles eram bastante arcaicos em suas crenças. Sim, era mais perigoso para as mulheres e os bebês Guardiões, mas se eles fossem treinados para lutar e se defender, como Danika e Jada, não seriam alvos tão fáceis.

Um dia, e um dia muito próximo, eles teriam de mudar.

— Não sei por que estamos todos aqui fingindo que Danika não comanda o espetáculo — Dez comentou de onde estava.

Isso provocou outro grande sorriso de Danika e um aceno de concordância bastante discreto de Nicolai. Eu gostava deles juntos. Muito.

— De qualquer forma, comecei a fazer algumas pesquisas sobre as Linhas de Ley e o que poderia interrompê-las, já que não podemos simplesmente entrar lá e explodir a escola e o portal — Danika continuou, e ela estava certa. O lugar estava tão carregado com energia celestial que destruiria metade, se não toda, a cidade caso tentássemos algo assim, o que resultaria em uma grande perda de vidas humanas.

E possível exposição.

— Não consegui encontrar nada na internet além de coisas muito estranhas que não fazem sentido — Danika disse, chamando a minha atenção de volta para ela. — Então, recorri ao nosso próprio serviço pessoal de internet.

— Gideon? — Zayne supôs.

Ela acenou com a cabeça.

— Perguntei se ele sabia de alguma coisa e, a princípio, ele não tinha certeza de nada, mas foi se trancar na biblioteca por algumas horas e acabou saindo com uma resposta.

Enquanto eu me perguntava se ele havia encontrado uma resposta para a minha pergunta tão pessoal sobre reprodução sexual, uma esperança surgiu em meu peito. Tentei não deixar que ela se inflamasse.

— Ele encontrou alguma coisa? — perguntei

— Encontrou. — O olhar de Danika passou por mim e por Zayne. — Turmalina preta, hematita e ônix preto.

— Hã? — murmurei.

— Pedras preciosas. — As mãos de Zayne se soltaram dos meus ombros. — Você tá falando de *pedras preciosas*?

— Sim. Eu sei, parece baboseira esotérica — Dez disse, olhando para mim. — Mas a gente sabe que essa baboseira tem algo de legítima, não é?

É.

É, sabíamos.

Nicolai cutucou Danika.

— Conte a eles o resto.

— Essas pedras preciosas podem bloquear energia de todos os tipos, e Gideon acha que um número suficiente delas poderia muito bem interromper a energia das Linhas de Ley — ela explicou. — Não apenas nos permitindo destruí-lo sem explodir a capital do país, mas se não, definitivamente tornando o portal inútil para o Augúrio.

Capítulo 23

— Isso é incrível — sussurrei, colocando as mãos sobre o granito frio do balcão da cozinha. — Tipo, incrivelmente incrível.

O sorriso de Danika era grande o suficiente para que eu pudesse distingui-lo quando ela levantou um ombro.

— Não sei se é incrível ou não, já que não erradica completamente toda a questão de Gabriel, mas poderia pelo menos impedi-lo de levar os seus planos adiante.

— Ser capaz de impedir os planos dele é muito incrível — eu disse a ela, balançando a cabeça com empatia, caso ela precisasse de um reforço extra. — Você é brilhante.

— É isso que eu digo a ela. — A voz de Nicolai era calorosa. — Pelo menos duas vezes por dia, e três vezes às quartas-feiras.

Achei que Danika tinha corado.

— Você precisa fazer isso quatro vezes nas quartas-feiras.

— Isso eu posso fazer — Nicolai murmurou.

O nervosismo zumbia em minhas veias, misturando-se à minha *graça*. Desci da banqueta e comecei a andar de um lado para o outro.

— De quantas precisamos? Dessas pedras preciosas — perguntei, já esquecendo de dois dos nomes. — Ônix e quais eram as outras duas?

— Turmalina preta e hematita — Zayne respondeu, porque é claro que ele se lembrava.

— Muitas. — Danika se virou. — Tipo várias toneladas de pedrinhas minúsculas ou um pedaço realmente grande.

Várias toneladas? Cruzei um braço sobre a barriga.

— Onde a gente conseguiria encontrar isso? — Zayne perguntou.

— Duvido que a resposta seja a Amazon — murmurei.

— Não se quisermos ter certeza de que estamos comprando algo legítimo — Dez respondeu com um sorriso. — A turmalina negra é extraída no Brasil e em alguns outros lugares do mundo, mas a maior parte vem da África. E não, eu não sabia disso até ontem.

— África? — Parei por um segundo. — Brasil? Como é que a gente vai conseguir isso?

— Entrei em contato com alguns dos clãs dessas regiões pra ver o que eles podem conseguir e quanto tempo levaria pra chegar até nós — Nicolai disse.

— Como eles conseguiriam trazer várias toneladas ou um pedação pra gente? — Comecei a andar de novo. — Duvido que isso seja algo que se possa colocar em um avião.

— Imagino que eles enviariam em navios. — Zayne olhou para Nicolai. — Não é mesmo?

Quando o líder do clã assentiu, Zayne me deu um sorriso rápido.

Revirei os olhos.

— E as outras? O ônix e... — Droga, esqueci a outra de novo.

— Hematita. — Zayne estendeu a mão, segurando o meu braço. Ele puxou minha mão e, portanto, minha pobre unha do polegar para longe da minha boca.

— As notícias são melhores nesse aspecto. A hematita pode ser encontrada aqui nos Estados Unidos. No Parque Nacional de Yellowstone, pra ser exata. — Danika se inclinou contra a ilha. — Devemos conseguir um pouco dela e do ônix preto, já que ele também pode ser encontrado em vários estados. O que tá em aberto é a quantidade disponível. Espero que a gente tenha alguma notícia em breve.

— Gideon tem falado ao telefone com qualquer pessoa que tenha acesso a qualquer uma das pedras preciosas nos Estados Unidos enquanto aguardamos uma resposta sobre a turmalina — Nicolai disse. — É isso o que ele tá fazendo agora. O telefone tá praticamente grudado na orelha dele.

— Você acha que conseguiremos o suficiente? — Mantendo a mão longe da boca, voltei a marchar de um lado para o outro.

— Gideon acha que é possível. — Dez inclinou a cabeça para trás, contra a parede. — A questão vai ser: será que conseguimos o que é necessário no tempo que temos?

— A Transfiguração é em algumas semanas. No dia seis. — Comecei a mordiscar a unha do polegar novamente, mas parei. — Uma sexta-feira.

— Que dia é hoje? — Zayne perguntou.

— Vinte — Danika respondeu.

Zayne franziu a testa e seu olhar voltou para mim.

— Então temos pouco mais de duas semanas. Sua ideia de algumas semanas é diferente da minha.

— "Algumas semanas" são pelo menos duas — argumentei. — Temos pelo menos duas semanas e pouquinho.

— E isso vai dar no limite. — Nicolai cruzou os braços. — É viável, mas passando de raspão.

Viável era melhor do que *kkkk tá certo.*

— Se conseguirmos obter o suficiente dessas pedras preciosas a tempo, o que a gente precisa fazer com elas?

— Essa é a parte mais simples — Danika disse. — Como o portal tá bem no centro das Linhas de Ley, só precisamos colocar as pedras ao redor do portal, cortando as Linhas.

— A parte mais simples? — Parei, de frente para ela. — Imagino que você esteja se referindo ao redor do portal e não apenas da escola?

Ela concordou com a cabeça.

— Não vai ter nada de simples nisso. — Levantando a mão, endireitei os óculos que começavam a escorregar pelo meu nariz. — Além do fato de que o amigável arcanjo homicida deve estar de olho nessa escola, o lugar é como um sanduíche de terror com espectros e fantasmas muito zangados fazendo as vezes do pão e as Pessoas das Sombras como a carne rançosa no recheio.

— Apesar da descrição bem estranha, Trin tem razão — Zayne disse.

— Nós sabemos — Nicolai respondeu. — E é aí que entramos pra ajudar. Vocês dois sozinhos não vão conseguir carregar esse tipo de peso até lá.

Ele estava certo, e não havia motivo para argumentar contra isso. Precisávamos de toda a ajuda que pudéssemos encontrar.

— Mas ainda vai ser viável — Zayne acrescentou.

Assenti com a cabeça.

— Sim. Totalmente viável, no sentido de que vocês provavelmente vão precisar de terapia intensiva depois, porque, mesmo que não consigam enxergar a maior parte do que tem lá dentro, eles vão se fazer serem notados, e coisa pior.

— Mal posso esperar — Dez disse sem um pingo sequer de entusiasmo. — Então, se tivermos sucesso em fechar o portal...

— Vamos ter — Danika interrompeu.

— Certo. Quando formos bem-sucedidos e fecharmos o portal — Dez recomeçou —, resta lidarmos com Gabriel.

— Isso é comigo. — Levantei a mão. — E Zayne — acrescentei antes que ele dissesse. — Vocês não podem nem chegar perto dele. Não quero ser a estraga prazeres, mas ele mataria qualquer Guardião em um piscar de olhos.

— Mais uma vez, ela tem razão. — Zayne pegou meu braço novamente, mas desta vez me segurando. Ele me guiou até uma das banquetas. — Você tá me cansando, e eu tô apenas te olhando andar de um lado para o outro.

— Não duvidando da grandiosidade de uma Legítima e um Caído juntos — Nicolai disse quando sentei na banqueta —, mas vocês dois vão ser suficientes?

— Aparentemente, não vamos ser apenas... — As mãos de Zayne pousaram em meus ombros. — Espera aí. Eles não sabem, não é mesmo?

Apertei os lábios e inclinei a cabeça para trás.

— Saber sobre o quê? — Dez perguntou.

Zayne encontrou meu olhar ao olhar para baixo.

— Você não contou a eles?

— Não me pareceu exatamente uma coisa muito inteligente de se fazer. — Meus olhos se estreitaram. — E provavelmente segue não sendo a melhor das ideias, *Zayne*.

— Contar o quê? — Nicolai exigiu.

Um canto dos lábios de Zayne se curvou para cima, e ele tinha o mesmo ar de expectativa perversa que Cayman tinha quando o demônio lhe contou sobre os nossos planos. Ele puxou o lábio inferior entre os dentes.

— Zayne — adverti.

— Tarde demais. — Ele depositou um beijo rápido em meus lábios antes que eu pudesse dizer outra palavra. — Trin, juntamente com Roth e Layla, teve a ideia espetacular de conseguir reforços.

— Conseguir reforços não parece uma má ideia. — Dez parecia confuso.

— Ah, espera até você descobrir quem é — Zayne respondeu. — E só pra saberem, não tive nada a ver com isso. Aconteceu quando eu fui dado como morto.

Empurrei um cotovelo para trás, mas Zayne desviou facilmente do golpe com uma risada.

— Não sei o que você acha tão engraçado.

— Estou começando a ficar preocupado — comentou Nicolai.

Zayne apertou meus ombros.

— Diga a eles.

— Vou te dar um soco — avisei. — Mais tarde, quando não estivermos em público, pra que as pessoas não pensem que tenho um problema com controlar a raiva.

— Estou ansioso por isso — ele respondeu, com os cílios grossos baixando até a metade dos olhos. — Mais tarde, quando ficarmos sozinhos, pra que ninguém pense que sou um pervertido quando me excitar com você tentando me dar uma surra.

Os meus olhos se arregalaram quando um doce rubor quente me percorreu e... espere aí. Tentando dar uma surra nele?

— Só avisando — Nicolai interrompeu —, vocês não estão sozinhos agora, então...

Desviando meu olhar do de Zayne, soltei o ar audivelmente.

— Roth e Layla estão neste momento tentando recrutar Lúcifer pra nos ajudar a combater Gabriel.

Os três Guardiões nos encararam em silêncio... ou em absoluto pavor. Um ou outro.

Em seguida, Dez se afastou da parede.

— Você não tá se referindo a Lúcifer, *Lúcifer*. Não é?

— Existe um outro Lúcifer que eu não conheça? — perguntei, olhando ao redor da sala. — Sim, *esse* Lúcifer.

— Você não pode estar falando sério — Danika sussurrou.

Dez parou de se mover.

— Você tá falando super sério.

— Ela tá — Zayne confirmou.

— Em minha defesa, Roth teve essa ideia durante a fase da minha vida em que Zayne estava morto. Agora, se isso teve ou não algo a ver com o fato de eu concordar com essa ideia potencialmente muito ruim, é algo totalmente discutível. — Levantei a mão quando Nicolai abaixou a cabeça do outro lado da ilha. — E, veja bem, não tem como Zayne e eu derrotarmos um arcanjo...

— Bem, não temos certeza disso — Zayne interrompeu —, já que nunca houve um Caído e uma Legítima unidos contra um arcanjo. Mas só se vive uma vez, certo?

Meus lábios se afinaram.

— Estou... realmente sem palavras — Dez disse, balançando a cabeça. — Não sei o que dizer. Roth e Layla estão realmente tentando recrutar Lúcifer, a única coisa neste mundo que eu consigo pensar ser pior do que um arcanjo determinado a destruir a humanidade.

Para alguém que não sabia o que dizer, ele certamente tinha muito a dizer.

Danika pareceu piscar lentamente.

— Acho que preciso me sentar.

— Você tá sentada.

— Ah. — Ela engoliu em seco. — Tudo bem, então.

Franzindo um pouco a testa, perguntei-me se ela estava bem.

Nicolai finalmente encontrou sua voz, o que o levou a fazer as mesmas perguntas que Zayne fizera quando soube do plano de trazer Lúcifer para a história. Nós tínhamos enlouquecido? Daria isso início ao fim dos tempos bíblicos? Como poderíamos controlá-lo? Todas eram perguntas válidas.

— O que a gente vai fazer com ele quando estiver na superfície? — Nicolai exigiu.

— Hã... — eu disse. — Ainda não chegamos nesse ponto.

Ele me encarou.

— Principalmente porque não temos certeza se ele sequer vai ser uma peça desse jogo — argumentei. — E porque eu tenho estado meio ocupada com este aqui. — Eu apontei um dedo na direção de Zayne. — Portanto, não tive muito tempo pra realmente pensar em tudo isso.

Atrás de mim, Zayne bufou.

— Pensar bem nas coisas teria sido útil, especialmente porque Lúcifer também tá procurando por Trin. Ele enviou Carniçais e um demônio de Status Superior atrás dela.

Dez se aproximou.

— Foi ele quem enviou os Carniçais?

Assenti com a cabeça.

— O que posso dizer? Sou popular.

Zayne puxou gentilmente o meu coque.

— Isso você é.

— Por que Lúcifer tá procurando por você? — Nicolai exigiu.

— Não tenho certeza — eu disse. — Talvez ele esteja apenas querendo expandir seu círculo de amizades?

— Sei que não tenho muita experiência com demônios — Danika disse —, mas não consigo imaginar que ter Lúcifer procurando por você seja algo bom.

Suspirei.

— Provavelmente não, e não sei se essas ordens são recentes, tipo, se vieram depois de Roth e Layla terem falado com ele, ou se foram dadas antes. Espero que tenham sido antes.

— Mas mesmo que fossem de antes de Roth e Layla se encontrarem com ele, isso ainda é um problema. — As mãos de Zayne voltaram para os meus ombros. — Isso precisa ser resolvido.

— Adicionado à lista cada vez maior — murmurei.

Zayne apertou meus ombros mais uma vez.

— Suponho que não sabemos onde Gabriel tá se escondendo?

Nicolai balançou a cabeça.

— Temos procurado por Baal ou qualquer sinal de Gabriel, mas nada aconteceu desde a noite na escola.

— Não houve mais mortes de Guardiões? — Zayne perguntou.

— Não — Dez respondeu. — Também tem havido pouquíssima atividade demoníaca.

Enquanto eles conversavam, a minha mente vagou como sempre fazia, pulando de um pensamento para o outro, começando com os horríveis momentos finais no subsolo da escola, quando Zayne apareceu e matou Almoado. Minha mente se fixou no outro Legítimo. Teria sido ele quem deixou a arma angelical para trás? Ou Gabriel, já que somente os arcanjos as portavam? De qualquer forma, era incrivelmente imprudente da parte de qualquer um deles, a ponto de parecer impossível que qualquer um deles tenha sido o responsável. As estacas douradas e luminosas eram lâminas angelicais, capazes de matar qualquer coisa, inclusive anjos...

Cacete.

Eu havia esquecido completamente destas malditas lâminas e do fato de que tínhamos em mãos um plano A e um plano B todo este tempo.

E esse era um dos estranhos e maravilhosos mistérios de um cérebro aleatório. Sem brincadeira. Às vezes, todos os pensamentos aleatórios serviam a um propósito e eram conectados. Em outras, isso não acontecia e apenas me levava a fazer coisas que, para a maioria das pessoas, eram impulsivas ou sem sentido.

— Precisamos das lâminas angelicais — eu disse sem rodeios.

A cabeça de Nicolai se inclinou.

— Lâminas angelicais?

— Era isso que aquelas estacas douradas eram. — Olhei de volta para Zayne. — Lembra quando Roth viu a escrita nos túneis?

A expressão de Zayne foi tomada por entendimento, e seu olhar se voltou para o de Nicolai.

— São armas angelicais usadas por arcanjos e podem matar qualquer coisa com sangue angelical, inclusive um anjo. Precisamos delas.

Dez soltou um assobio baixo quando Nicolai assentiu.

— Vamos trazê-las pra vocês o mais rápido possível.

— Por que Gabriel as deixaria pra trás se são capazes de matá-lo? — Danika se perguntou a mesma coisa que eu. — Ou qualquer pessoa que esteja trabalhando com ele?

— As estacas foram encontradas em Morgan — Zayne disse, referindo-se a um dos Guardiões que havia sido assassinado. — Era Gabriel quem matava os Guardiões, e duvido muito que ele as tenha deixado pra trás.

— A menos que ele seja arrogante a esse ponto — Dez ponderou —, e pensou que não descobriríamos o que elas eram.

— É possível. — Os polegares de Zayne pressionaram os músculos tensos na base do meu pescoço.

Arrogância poderia levar pessoas a tomarem decisões bastante estúpidas, mas isso?

— Será possível que outra pessoa tenha feito isso? Os arcanjos são rápidos, e a gravação da câmera foi alterada.

— Você tá sugerindo que outro arcanjo poderia ter deixado as lâminas lá? — Danika se inclinou para a frente. — Empalou as lâminas no Guardião depois que Gabriel o matou?

— Isso soa bastante perturbador quando você coloca dessa forma. — Enruguei o nariz. — Mas talvez fosse a única maneira de fazer isso sem que ninguém soubesse quem foi o responsável?

— Por que a pessoa estaria preocupada com o fato de alguém saber que ela fez isso? — Dez perguntou.

— Provavelmente devido a alguma regra celestial estúpida — murmurei.

— Na verdade, isso seria contra uma regra — Zayne disse. — O acordo que os anjos fizeram de não levantarem armas uns contra os outros. Você era a brecha nessa lei — ele me lembrou —, eu sou uma brecha. Um arcanjo que *deixasse* essas armas pra trás poderia tecnicamente ser considerado outra brecha.

— Com essas lâminas, será que precisamos da ajuda de Lúcifer? — Danika perguntou.

— Acho que precisaremos de toda a ajuda possível — eu disse a eles. — Pra usar essas armas, temos de nos aproximar dele, e ele é... ele é forte e rápido.

— Mas Lúcifer? — Dez repetiu.

— Com ou sem Lúcifer, precisamos ser capazes de realmente encontrar Gabriel...

— Eu sei como podemos encontrá-lo — anunciei, com a ideia tomando forma. — Tudo o que precisamos é de mim.

— A gente vai precisar de mais detalhes do que isso — Zayne disse.

— Gabriel enviou demônios atrás de mim. Sabe os diabretes? Ele os enviou antes, e aposto que ele enviou os demônios Rastreadores — eu disse. — Ele não vai me deixar sentar e relaxar entre agora e a Transfiguração. Então, montamos uma armadilha...

— Eu sei onde você quer chegar com isso — Zayne interrompeu. — E não.

Os cantos de meus lábios se curvaram para baixo.

— Como é?

— Você tá sugerindo usar a si mesma como isca, e eu não posso concordar com isso.

— Eu não sabia que precisava do seu apoio... — Eu chiei quando Zayne girou a mim e à banqueta. Fiquei olhando para ele, com os olhos arregalados. — Isso foi como um daqueles brinquedos de parque de diversão. Do tipo que tem aquelas xícaras de chá que giram e...

— Você não vai ser usada de isca, Trin. — Ele me encarou fixamente, com o brilho dos olhos intensificando. — De jeito nenhum. Isso é muito perigoso.

— Tudo o que a gente tá prestes a fazer é muito perigoso — argumentei. — A gente precisa conseguir encontrar Gabriel e, até onde sei, não existe nenhum investigador particular de arcanjos que dê pra contratar.

— Você tem razão quando diz que tudo o que *temos* de fazer é perigoso, então não precisamos sair por aí pensando em como podemos tornar isso ainda pior.

— Ele não vai me matar, Zayne. Alerta de *spoiler*: ele precisa que eu esteja viva até a Transfiguração.

A luz branca brilhou atrás de suas pupilas.

— A morte não é a única coisa que me preocupa. Baal provavelmente tá com ele, e esse é um demônio doentio que adora infligir dor.

— Não é como se eu não soubesse me defender. Eu tenho a *graça* e aquelas lâminas angelicais. — Eu me esforçava para não ficar muito irritada, pois sabia que a recusa dele em ouvir a minha ideia vinha de um olhar de amor e medo. — Eu poderia facilmente ser marcada com um rastreador ou algo assim, e você poderia me seguir até onde ele tá...

— E se algo der errado? E se o rastreador não funcionar ou eles o encontrarem em você? — Ele rebateu. Com as mãos ainda nas laterais da banqueta, ele abaixou a cabeça para que ficássemos quase na altura dos olhos. — E se eu não chegar até você a tempo?

Respirei fundo e soltei o ar lentamente.

— Só lembrando... ele precisa que eu esteja viva.

— E só lembrando, ele pode te machucar. Muito. Ele poderia machucar o nosso... — Ele se interrompeu com um suspiro agudo. — A morte não é a única coisa com que temos de nos preocupar.

Mas ele não precisava terminar o que ia dizer, porque eu sabia no que ele estava pensando. Nosso filho. Nosso *possível* filho. Meu estômago se contraiu bruscamente. Eu nem tinha pensado nisso.

O que era mais um indicativo de que a maternidade não seria algo em que eu me destacasse.

Tipo, de jeito nenhum.

Meu Deus, eu nem sabia se queria ter um filho, mais cedo *ou* mais tarde. Eu nem sabia se Zayne estava realmente de acordo com a possibilidade de um ou se ele estava apenas sendo um bom... anjo caído, mas eu não queria machucar... o feto até saber.

Referir-se a uma criança como "feto" era provavelmente outro bom indício de que eu não deveria nem mesmo estar cogitando a possibilidade de ser mãe.

— Ele tem razão — Dez disse com aquela voz suave demais. As minhas costas enrijeceram, e imediatamente me arrependi de ter falado com Dez sobre a história do bebê, porque agora eu reconhecia aquela voz. — É perigoso demais, Trinity.

Abri a boca, mas a fechei quando meu estômago decidiu dar outro mergulho até o chão. Será que Dez estava se manifestando por ter descoberto algo? O pânico brotou em meu peito, mas eu o arranquei antes que ele pudesse criar raízes. Mesmo que os Legítimos pudessem reproduzir, isso não significava que eu estava automaticamente grávida depois de fazer sexo sem camisinha uma vez. O meu sistema reprodutivo não era um vídeo ruim sobre educação sexual. Eu precisava me acalmar.

Porque, grávida ou não, eu ainda tinha um dever, um dever perigoso, e Zayne precisava compreender isso.

— Eu sei quais são os riscos. Todos eles. — Coloquei minhas mãos sobre as dele. — E você sabe quais são os riscos se a gente falhar. Mesmo que a gente consiga interromper as Linhas de Ley, ainda teremos de lidar com Gabriel. Ele precisa ser detido, porque não vai parar. Ele vai continuar matando e conspirando. Você sabe disso.

O maxilar de Zayne endureceu.

— Eu sei.

— Só precisamos ter cuidado.

— É isso que eu tô dizendo. — Seu olhar procurou o meu. — Ser capturada não é ter cuidado.

— É melhor do que ser capturada sem estar preparada — eu disse.

— Ele não vai te capturar — ele jurou.

Inclinei-me para que nossos rostos ficassem a poucos centímetros de distância.

— A gente precisa de todas as vantagens que conseguirmos, Zayne. Armar uma armadilha é uma delas.

— Ela tem razão — Danika disse.

Eu lhe enviei um sorriso rápido.

— Obriga...

— E meio que não tem, também — ela acrescentou, e os meus olhos se estreitaram. — Podemos montar uma armadilha, não pra que ele a leve, mas pra atraí-lo pra fora do seu esconderijo.

Zayne sustentou meu olhar por mais um momento e depois se endireitou, olhando para Danika.

— Gosto mais dessa ideia, mas como a gente conseguiria atraí-lo? Duvido que ele apareça pra pegar Trin ele mesmo de novo. Ele enviaria demônios.

— Você diz que ele é muito arrogante, certo?

— E ligeiramente desequilibrado — eu disse, e Zayne arqueou uma sobrancelha. — Certo. Ele é extremamente desequilibrado.

— Conheço muitos homens arrogantes. — Ela fez uma pausa. — Obviamente. Dá pra conseguir que façam praticamente qualquer coisa simplesmente instigando. Duvido que Gabriel seja melhor do que isso. Mate os demônios que vierem atrás de você e depois mande um de volta com uma mensagem que ele seria um covarde se recusasse. Ainda podemos colocar um rastreador na criatura pro caso de as coisas darem errado.

— Não sei se devo me preocupar com o fato de ser incluído nessa generalização — Nicolai disse —, mas será que ele é tão tolo assim?

Eu me aproximei de Danika.

— Estamos falando do arcanjo que se referiu ao Instagram como Livro Ilustrado, então, sim, acho que ele é tão tolo assim.

Mas esse era o tipo de plano que possivelmente exigiria várias tentativas. Um plano que dependia de manter um demônio vivo, o que não era exatamente fácil quando se queria matá-los.

Os Guardiões ficaram um pouco mais depois disso, discutindo como levar as pedras preciosas para a escola e, é claro, a ideia de Lúcifer vir aqui para cima. Nenhum deles parecia saber como processar isso, e eu não poderia culpá-los. Depois que Zayne prometeu passar no complexo para jantar, o que soou realmente deslocado do resto da conversa, eles começaram a se dirigir à porta.

Dez, no entanto, ficou para trás.

— Encontro vocês na garagem em alguns minutos.

Um olhar curioso se instalou no rosto de Danika enquanto Nicolai a guiava pela porta de entrada. Eu ainda estava sentada na banqueta da cozinha quando as portas do elevador se fecharam atrás deles. Sinceramente, eu estava travada ali, pois sabia por que ele estava ficando para trás.

— Então. — Dez arrastou a palavra enquanto enfiava as mãos nos bolsos.

— Eu sei. — Zayne ficou atrás de mim e passou o braço em volta dos meus ombros. — Sobre o que você deveria perguntar a Gideon.

Dez acenou com a cabeça enquanto se aproximava. Seu rosto ficou mais nítido.

— Gideon tem estado tão envolvido em interromper as Linhas de Ley que não fez muitas perguntas quando fui falar com ele sobre a capacidade de reprodução de um Legítimo.

Foi muito estranho enquanto eu ficava ali sentada. O meu coração não estava batendo forte. Meu estômago estava tranquilo. Eu estava apenas preparada, pelo menos a um nível superficial, para ouvir o que quer que ele fosse dizer.

— Ele conseguiu encontrar alguma coisa?

— Ele pegou alguns livros antigos e empoeirados que falavam sobre os Legítimos. Levou algumas horas pra ler o que tinha em mãos — Dez explicou —, mas, ou eu tenho uma resposta, ou não tenho nada, dependendo da maneira como você observa a questão. Ele não encontrou nada que fizesse referência ao fato de um Legítimo ter um filho.

A tensão não diminuiu nem aumentou.

— Isso pode significar que nenhum Legítimo jamais teve um filho ou que nenhum foi registrado.

— Sim, mas seria estranho que não houvesse qualquer menção — Dez disse. — Acho que você vai ter de descobrir da maneira antiga. Hoje em dia fazem testes que podem confirmar dentro de um ou dois dias após a concepção.

Assenti com a cabeça.

— Obrigado por investigar — Zayne disse, com o calor do corpo dele pressionando às minhas costas.

— Sem problemas. Só gostaria de ter uma resposta melhor — ele disse, e pude ver uma leve curva em seus lábios. — E que isso estivesse acontecendo em tempos mais tranquilos.

— Acho que concordamos nisso — Zayne respondeu.

— Dependendo do que vocês descobrirem, me avisem? Quando estiverem prontos? E se for um sim, ligue pra mim quando ficar louco, Zayne. Confie em mim quando digo que isso definitivamente vai acontecer.

Zayne deve ter acenado com a cabeça atrás de mim, porque Dez começou a se virar para a porta, e depois parou.

— Ah, e, Trin, ele pesquisou aquele nome que você estava querendo.

Pisquei os olhos, parecendo sair de um estado de estupor.

— Mais alguma informação sobre isso?

— Na verdade, sim — Dez disse. — Felizmente, este condomínio exige que os nomes de todos os ocupantes sejam listados no arquivo, inclusive os das crianças. Ele analisou a lista atual e a da última década, aproximadamente. Não há Gena ou qualquer variação desse nome que Gideon pudesse encontrar em qualquer registro daqui.

Capítulo 24

— Que história é essa sobre essa Gena? — Zayne perguntou depois que Dez foi embora.

— A garota com quem Minduim supostamente tem passado um tempo. — Virei-me para onde Zayne estava, apoiado na parte de trás do sofá. — Ele disse que o nome dela é Gena, e além de que as coisas estão estranhas com os seus pais, não tem falado muito sobre ela. Eu queria checar pra ver se estava tudo bem, mas aparentemente ela não é real...

— Ou ele te deu um nome falso. — Ele cruzou os tornozelos. — Mas por que ele faria isso?

— Não faço ideia. — Neguei com a cabeça. — Normalmente ele gosta de falar demais sobre tudo, mas tá agindo de forma estranha desde que a gente veio pra cá. Ele tem desaparecido por períodos cada vez mais longos.

— Ele não ia e vinha quando estava com você na comunidade?

— Sim, mas ele era mais presente. — Pensei no que Minduim disse quando o vi pela última vez. — Ele me contou que tinha acontecido algo estranho com ele, mais ou menos no momento em que acho que você Caiu. Ele disse que foi sugado por um tempo pra o que ele acha que é o purgatório.

— Bem. Eu não estava esperando por isso.

— Nem eu. — Levantei-me da banqueta. — E não tenho ideia se o que aconteceu com ele tá de alguma forma relacionado à sua Queda.

— Também não sei. — Zayne colocou o cabelo atrás da orelha. — Mas talvez a minha Queda tenha criado algum tipo de atração momentânea?

— Talvez — murmurei, levantando meu olhar para o dele. Ele me observava atentamente, e eu soltei o ar audivelmente. — Precisamos conversar, não é?

Ele assentiu com a cabeça.

— Sim.

— Posso fingir que não faço ideia do que você quer falar?

Um canto dos seus lábios se levantou.

— Estou surpreso que você ainda não esteja gritando comigo por não te apoiar no seu plano mal elaborado.

Fiquei olhando para ele, inexpressiva.

— Eu não ia gritar com você, mas agora tô repensando isso.

— É um risco muito grande, Trin. Mesmo que não houvesse qualquer chance de você estar grávida.

Senti meu estômago se revirar.

— E, como eu disse antes, tudo o que fazemos é um risco. Me usar como isca é a maneira mais rápida de chegar até Gabriel.

— E a mais estúpida...

— Quer que eu grite com você? Porque tô bem perto de fazer isso.

— Desculpa. — Ele não parecia nem um pouco arrependido. — Mas muitas coisas podem dar errado nessa história.

— E muitas coisas poderiam dar errado com a ideia de Danika, a começar pelo fato de ela não funcionar.

As sobrancelhas de Zayne abaixaram.

— Parecia que você estava de acordo com a ideia dela quando ela falou sobre isso.

— Não sou contra. Só não acho que essa seja a maneira mais rápida de chegar a Gabriel. Quantos demônios a gente vai precisar matar pra encontrar um que leve a mensagem de volta? — Cruzei os braços sobre o peito. — E, apesar de eu achar que Gabriel seja arrogante o suficiente pra encarar o desafio, não sei se algum demônio que deixarmos viver iria realmente arriscar que Gabriel o matasse pra entregar a mensagem. Ele provavelmente vai fugir pra bem longe.

— Isso pode acontecer, mas Gabriel tem que te pegar antes da Transfiguração. Se acabarmos matando todos os demônios ou se eles acabarem fugindo, ele vai ficar desesperado o suficiente pra ir atrás de você pessoalmente — Zayne argumentou.

— E você não tá preocupado com o fato de que isso vai ser muito perto da Transfiguração? Tudo o que ele precisa é do meu sangue, Zayne. E se ele consegue me aproximar do portal e extrair meu sangue? E depois? — Levantei um ombro. — Precisamos acabar com ele antes da Transfiguração.

— Concordo com a última parte, mas não posso deixar que você seja capturada. — Descruzando os tornozelos, ele se afastou do encosto do sofá. — E não tem nada a ver com a possibilidade de você estar grávida.

— Não mesmo? — Levantei o queixo quando ele parou à minha frente. — Você tem certeza de que seria tão contra assim se não houvesse qualquer chance de eu estar grávida?

— Sim. — Não houve um pingo de hesitação na voz dele. — A simples ideia de você estar nas mãos de Gabriel ou perto de Baal me faz querer destruir alguma coisa... alguma coisa muito grande. — Lentamente, para que eu o visse, ele levantou a mão e ajeitou os meus óculos de grau. — E se acha que é porque eu acredito que você não consegue se virar, tá enganada. Eu sei que consegue, mas...

— Você sabe que tudo o que vem antes da palavra *mas* é basicamente anulado, certo?

— Mas — ele repetiu, abaixando a mão até a minha nuca — Gabriel também sabe disso. Ele sabe que você pode lutar. Ele estará preparado pra isso.

— Ele estará preparado pra ser uma armadilha? Duvido.

— Você aceitaria que eu fosse usado como isca? — ele perguntou por sua vez. — Se fosse eu quem estivesse sendo marcado com um rastreador que pudesse falhar e sendo levado só Deus sabe pra onde?

Abri a boca, mas não consegui pronunciar a palavra *sim*.

Os olhos de Zayne procuraram os meus.

— Você não ia aceitar isso. Não porque acha que eu não consigo me defender, mas pelos mesmos motivos que eu. Você não suportaria a ideia de eu estar nas mãos de um ser que poderia me matar, porque você me ama e, por isso, gostaria de tentar qualquer outra alternativa antes de colocar a minha vida em risco.

Apertando os lábios, balancei a cabeça.

— Você tá certo, e isso me irrita muito.

— Eu sei que sim. — Um sorriso apareceu em seu rosto.

— Sorrir não ajuda. — Aproximei-me mais, encostando o rosto em seu peito. A posição fez com que os meus óculos ficassem tortos mais uma vez, mas não me importei. — Certo. Vamos tentar os outros caminhos primeiro, mas, se não funcionarem, a gente vai ter de fazer desta forma.

— Mesmo que eu não goste, posso concordar com isso. — Ele colocou os braços ao meu redor, apoiando o queixo no topo da minha cabeça. — Às vezes eu gostaria que você não fosse tão corajosa.

Eu sorri com isso.

— O sentimento é mútuo.

Seus braços se apertaram ao meu redor.

— O que você acha do que Dez disse sobre Gideon não ter conseguido encontrar nada a respeito da reprodução de Legítimos? — ele perguntou depois de alguns instantes.

— Não sei o que penso ou o que pensar — admiti, fechando os olhos. — E quanto a você?

— O mesmo. — Ele passou uma mão pelas minhas costas. — Acho que precisamos fazer um daqueles testes.

— Sim, eu também. — Eu me afastei, sorrindo um pouco quando ele ajeitou os meus óculos mais uma vez. — Mas tem outra coisa que precisamos fazer primeiro. Temos de ir ver a Anciã.

Zayne usou meu telefone para ligar para Stacey, de quem ele se aproximara depois da morte do pai e da briga com Layla. Quando pensei no ciúme que tinha sentido quando os descobri na sorveteria, tive vontade de dar um soco na minha própria cara. Tentei dar a ele um pouco de espaço, pois tinha certeza de que seria uma conversa emocionante, mas ele me puxou para onde estava sentado no sofá, abraçando-me. Durante todo o tempo em que falou com ela, ele passava a mão pelo meu cabelo e pelas minhas costas. De vez em quando, ele parava e depositava um beijo na minha têmpora ou na minha testa, e eu... absorvia o afeto como uma esponja feliz. Ele parecia precisar estar tão perto de mim quanto eu dele, e imaginei que o trauma dos últimos dias tivesse motivado esse desejo. Stacey queria ver Zayne, e eu não podia culpá-la por isso. Pelo que ele estava dizendo, percebi que ela estava chocada, mas Zayne achou que era muito arriscado. Ele estava certo. Gabriel talvez ainda não soubesse que ele estava de volta, mas ele saberia, e eu não duvidaria que o arcanjo fosse atrás de alguém próximo a qualquer um de nós.

Após a ligação, decidimos que seria melhor se removessemos uma de suas penas enquanto estávamos no apartamento. Isso evitaria que Zayne tivesse que fazer um pequeno show mostrando suas asas para a Anciã e a qualquer outra bruxa presente. Não é que não confiássemos nela...

Certo, não confiávamos nela.

Não era nada pessoal. Nós simplesmente não confiávamos em qualquer bruxa.

É claro que, quando ele tirou a camisa e suas asas se abriram, fiquei um pouco distraída olhando para elas. Desviando meu olhar de um arco gracioso, fui direto ao assunto.

— Então, como fazemos isso?

— Você pode só pegar uma — ele ofereceu.

— Espera. O quê? Você quer que eu faça o quê? — As minhas sobrancelhas voaram para cima. — Simplesmente arrancar uma?

Ele deu de ombros.

— Ou eu posso fazer isso.

— É, você deveria fazer isso. — Torci o nariz. — Porque euzinha não consigo.

— Não é como se eu estivesse sugerindo que você arrancasse uma unha do pé.

— Eca — murmurei enquanto ele trazia uma asa para a frente.

Rindo baixinho, ele passou os dedos pela parte de baixo da asa.

— Só uma?

Assenti com a cabeça.

— Escolhe uma pequena.

Ele me deu um sorriso enquanto pinçava uma pena com os dedos.

— Talvez você queira desviar o olhar.

Sem nem me dar ao trabalho de fingir que conseguiria ver aquilo, concentrei-me no balcão da cozinha um tanto organizado.

— Sabe quando estávamos na piscina e eu fui tocar suas asas? Na hora você não pareceu gostar.

— Essa é uma pergunta aleatória.

— Sim, bem, eu tô tentando não pensar... — Houve um som suave de estalo e eu estremeci. — *Nisso*.

— Quase não doeu — ele respondeu. — Você pode olhar agora.

Olhando de esguelha para ele, vi que suas asas estavam dobradas para trás. Ele segurava uma pena do tamanho da palma da mão. Poderia ter sido apenas os meus olhos, mas a pena parecia brilhar levemente.

— O motivo pelo qual eu te parei na piscina não teve nada a ver com as minhas penas — ele disse, atraindo meu olhar para o dele. — Pegue um saquinho com fecho pra pena.

— Tem algo extremamente errado em colocar uma pena em um saquinho de cozinha. — Girando, fui até a pequena despensa embutida nos armários. — Então, por que você me impediu?

— Sabe, quando eu estava com você, na piscina... Por alguns minutos, não me senti... exposto a todo aquele ódio e amargura. Tudo o que eu sentia eram as minhas próprias emoções. Eu estava quieto. Calmo — ele explicou. — Mas depois comecei a sentir aquelas coisas de novo. Era algo ardiloso, como uma cobra correndo em minhas veias, e eu não queria te machucar.

Meu coração se contorceu enquanto eu abria a porta da despensa e pegava um saquinho de dentro da caixa. Eu me virei para ele.

— Você sente isso agora? O ódio e a amargura?

— Não desde que acordei depois que você usou a Espada de Miguel. Mas ainda consigo sentir a... intenção dos outros. Seus segredos mais obscuros. Mas é controlável.

— O que você quer dizer com isso? — Levei o saquinho até ele.

— É difícil de explicar. — Ele pegou o plástico de mim. — Mas me lembra o que Layla pode fazer vendo auras, a cor da alma das pessoas. É assim, mas eu só sinto a intenção deles se eu quiser.

As minhas sobrancelhas se ergueram.

— Como assim? É só olhar pra eles e, pronto, você sabe se são bons ou ruins ou algo intermediário?

— Só tenho de me concentrar neles, preciso querer saber. — Ele colocou a pena luminosa dentro do saquinho e o selou. — Um dos anjos explicou que eu seria capaz de sentir as verdadeiras intenções dos mortais. Que todos os anjos podem fazer isso. Acho que é parte da razão pela qual, quando um anjo Cai, esse sentido é sobrecarregado. Só quando estávamos no Uber com o motorista é que lembrei. E isso foi porque percebi que não estava sentindo as intenções dele, quando antes eu sentia tudo sem nem mesmo tentar.

— Isso deve ter sido... Meu Deus, isso deve ter sido intenso.

— Foi, mas com o motorista eu não estava sendo bombardeado, e foi quando lembrei do que o anjo me disse — explicou. — Então, testei e ele estava certo. Eu só precisava querer saber e me concentrar.

— Então, o que você descobriu? — A curiosidade levou a melhor sobre mim.

— O motorista era um homem bom.

— Fico feliz em ouvir isso, já que ele estava todo agarrado àquele crucifixo quando saímos do carro. — Olhei de relance para as suas asas, mas resisti ao impulso de levantar a mão e acariciar uma delas. — Então, o que você realmente quer dizer quando diz que sente as intenções das pessoas é que tá sentindo a alma delas.

Suas asas se dobraram para trás e depois desapareceram enquanto ele me entregava o saquinho.

— É que... parece estranho dizer isso.

Peguei o plástico, tentando não me encolher.

— Você tem duas espadas e consegue saber se uma pessoa é boa ou ruim. Por que você tem que ser tão especial?

Isso lhe arrancou um sorriso antes que se virasse para pegar a camisa que ele havia jogado no sofá. O meu olhar fixou na marca em relevo de suas asas, e pensei no que Layla havia dito quando viu a minha aura. Era branco puro e preto puro.

Boa e... o quê? Má? Layla havia dito que o tom mais escuro da aura significava mais pecado, mas ela nunca tinha visto um humano com aura preta.

Segurando a pena no saquinho, o que me fez sentir como se eu estivesse segurando um dedo ou algo assim, observei-o vestir a camisa e ajustá-la no corpo. Quando ele me encarou, abri a boca e a pergunta meio que saltou de mim.

— O que você sente quando se concentra em mim? Qual é minha *intenção*?

— Além de me enlouquecer? — ele perguntou, colocando as laterais do cabelo para trás.

Assenti com a cabeça.

— Fora isso.

— Não sei. Não tentei descobrir. Nem em você ou nos outros quando eles estavam aqui. Não me parece certo fazer isso sem motivo.

Fiquei olhando para ele e depois suspirei.

— O que foi?

— Por que você tem de ser tão bom? Eu estaria espiando a alma de todo mundo sempre que pudesse.

Ele deu uma risadinha ao inclinar a cabeça e me beijou.

— Vamos sair e cuidar desta questão da pena.

Com os lábios formigando devido ao breve contato, fui atrás dele. Ele pegou as chaves na ilha da cozinha, onde as havia deixado pela última vez, e parou. Ninguém havia tocado nelas desde então. Segurando-as na palma da mão, ele as olhou fixamente.

— Você tá bem? — Toquei seu braço.

Limpando a garganta, ele olhou para mim.

— Sim. Estou. — Seus dedos se fecharam metalão redor das chaves. — A propósito, você viu o meu celular?

Neguei com a cabeça.

— Estava... estava com você naquela noite. Depois disso não vi mais.

— Aposto que Nic ou Dez pegaram, então. Eles teriam sido os responsáveis por recolher os meus... pertences pessoais. Acho que não pensaram em trazer quando vieram. Provavelmente porque eles...

Eu sabia onde ele queria chegar com isso. Eles provavelmente temiam que Zayne não tivesse voltado para o que era e que trazer seus pertences pudesse, de alguma forma, trazer má sorte. Segurando o saquinho contra o peito, perguntei:

— É estranho? Pensar em ter morrido? Tá certo. É uma pergunta idiota. É claro que deve ser estranho.

— É estranho, sim. — Ele pegou minha mão com a sua. — Especialmente quando penso no fato de que o meu corpo teria virado pó e tal e, ainda assim, eu tô aqui.

Eu estremeci.

— Pra mim também. Isso mexe com a minha cabeça e nem sequer é o meu corpo.

— Então não vamos ficar pensando nisso, tá bem?

— Tá bem. — Apertei sua mão enquanto entrávamos no elevador.

Chegamos à garagem em tempo recorde, e quando ele viu o Impala, ficou parecido comigo quando vejo um cheeseburger.

Ele colocou a mão no porta-malas, deslizando-a pelo metal liso enquanto me acompanhava até a porta do passageiro. Consegui distinguir um sorriso na luz fraca e amarelada da garagem, algo que eu sabia que não conseguiria ter visto antes.

— Você quer ficar um tempo sozinho? — Eu ofereci quando sua mão deslizou sobre a porta traseira. — Sabe, caso queira se pegar com seu carro a sós.

Zayne riu ao abrir a porta para mim.

— Entre.

— Mandão. — Olhei para baixo, para onde ele segurava a minha mão. — Você vai ter que me soltar.

— Eu sei.

Arqueei as sobrancelhas.

— Antes que a gente entre no carro.

— Eu sei — ele repetiu, mas, desta vez, abaixou o rosto até o meu, enquanto a outra mão segurava a minha nuca. Foi um beijo profundo e feroz, que provocou uma onda de calor em mim. Fiquei me perguntando se ele conseguiria me consumir com apenas um beijo. Eu estava tão disposta a me envolver em uma dose de indecência pública e descobrir, bem aqui, no estacionamento. No entanto, ele levantou a cabeça, mordiscando meu lábio inferior de uma forma que fez meu estômago contorcer.

— Nossa Senhora — sussurrei quando ele soltou minha mão —, você tá muito feliz em ver o seu carro, não é?

— Depois de lidarmos com a Anciã, que tal descobrirmos? — ele sugeriu.

Uma vibração passou do meu peito para o estômago e depois mais para baixo.

— Super concordo.

— Então vamos acabar com isso o mais rápido possível.

Eu praticamente me joguei no banco do passageiro. Deixando o saquinho com a pena repousar no meu colo, coloquei o cinto de segurança enquanto Zayne entrava no lado do motorista. Ele demorou um pouco, verificando os espelhos retrovisores interno e externos e segurando o volante antes de girar a chave na ignição. O motor acordou, e o sorriso que surgiu em seu rosto fez meu coração se apertar.

Colocando a marcha em ré, ele olhou para mim.

— Onde estão seus óculos de sol?

— Perdi.

— De novo?

— De novo.

— Cara, vamos ter que começar a comprar em atacado.

— Pra que eu possa começar a perdê-los em massa?

— Então talvez a gente precise assinar um serviço de entregas de óculos de sol pra você. — Ele se aproximou, abrindo o porta-luvas. Ele tirou um par de óculos escuros prateados estilo aviador. — Estes não são tão escuros, mas vão quebrar o galho até conseguirmos outro par pra você.

— Obrigada. — Peguei os óculos de sol e os coloquei. — Como estou? Durona?

— Linda. — Ele deu ré no Impala. — E durona.

Meu sorriso era tão grande que eu tinha certeza de que eu parecia a maior idiota sobre a face da Terra, e o sorriso permaneceu ali praticamente o caminho todo enquanto íamos para o Hotel Bruxesco. Conversamos sobre Minduim e fizemos planos de passar no complexo dos Guardiões para pegar o celular dele depois que fizéssemos uma parada em uma farmácia... para comprar um teste de gravidez pela primeira vez na minha vida.

Que divertido.

Chegamos ao hotel e estacionamos em uma garagem próxima. Quando entramos e eu fiz um movimento para levantar os óculos de sol, Zayne os tirou de mim.

— Acho que vou ter mais sorte com eles — ele disse, enganchando um braço dos óculos na gola da camisa.

— Provavelmente.

Enquanto subíamos de elevador até o décimo terceiro andar e caminhávamos pelo corredor até o restaurante, eu não estava nem um pouco preocupada se a Anciã estaria aqui. Eu tinha a sensação de que ela sabia exatamente o dia em que voltaríamos.

E, quem poderia imaginar, Rowena estava atrás da mesa da recepcionista, e antes que qualquer um de nós pudesse falar, ela saiu de seu posto e disse com a voz mais irritada possível:

— Por aqui, por favor.

Levantei uma sobrancelha enquanto o meu olhar percorria o interior pouco iluminado do recinto.

— Você realmente adora estas visitinhas, não é?

— Aguardo-os prendendo a respiração — ela respondeu.

Eu sorri quando as sobrancelhas de Zayne se ergueram.

— Isso mesmo. Você nunca teve o prazer de ser cumprimentado por Rowena. Ela tá sempre tão ansiosa pra me ver aqui.

— Dá pra notar — Zayne respondeu.

Rowena não disse nada enquanto nos conduzia para além da divisória. Como antes, tudo havia sido removido, exceto a mesa redonda no meio da sala. Apenas três cadeiras estavam posicionadas à mesa, e desta vez a Anciã sentava de frente para nós. A mesa estava sem pratos e copos, e tive a súbita sensação de que, depois desta reunião, ela e as cadeiras desapareceriam.

E o mesmo aconteceria com a Anciã.

A camiseta dela era do rosa mais chamativo que eu já tinha visto, e algo... brilhava na frente dela.

— Quantos anos ela tem? — Zayne sussurrou para mim.

— Mais velha do que você imagina — a Anciã respondeu. Aparentemente, sua audição não foi afetada pela idade. — Venha. Sente-se comigo — ela disse, com a cabeça inclinada para Zayne.

À medida que nos aproximávamos, não havia como não notar o olhar de admiração que se instalou na pele enrugada e morena enquanto olhava para Zayne.

Também não havia como confundir o que estava estampado em cristais roxos em sua camisa: NÃO ACIONE MEU MODO BRUXA.

Legal.

Zayne puxou a cadeira à esquerda da Anciã para que eu me sentasse. Murmurei um agradecimento.

A Anciã deu uma risadinha ao ver Zayne se sentar à sua direita.

— Um Caído com boas maneiras? — A pele nos cantos de seus olhos enrugou ainda mais. — Ou um Caído que está apaixonado?

— A última opção provavelmente seria a mais precisa — Zayne respondeu, e meu coração saltitou no meu peito.

Os lábios dela se abriram em um sorriso enquanto ela se inclinava para Zayne.

— Você é algo que eu nunca tinha visto antes, único antes mesmo de agora. Um Guardião que se tornou amigo de demônios, algo que sempre o colocou acima dos outros. Você alcançou a restauração de sua Glória, um feito quase impossível, e abriu mão da aceitação celestial por amor. Agora, um Caído com fogo celestial correndo em suas veias. Esperei muito tempo para dizer isso. Você sempre foi subestimado e menosprezado, mas isso mudou. — O olhar dela percorreu Zayne. — Você é magnífico.

— Eu gosto muito dela — Zayne disse. — Deveria ter vindo aqui antes.

A Anciã piscou os cílios de pontas brancas — na verdade, ela os agitou para Zayne.

— Você é sempre bem-vindo. — Ela levantou uma mãozinha, parando antes de tocar o braço dele. — Posso?

Os músculos dele ficaram tensos quando Zayne acenou com a cabeça para que ela continuasse. Eu não achava que ela seria estúpida o suficiente para tentar algo, mas, por outro lado, as pessoas geralmente eram estúpidas.

A Anciã colocou a mão no braço dele. Os olhos dela se fecharam por um momento.

— Sim — ela disse suavemente. — Você é totalmente único.

Revirei os olhos.

— Ele vai acabar com um ego enorme se você continuar assim.

— Mas é um ego bem-merecido — a Anciã respondeu, tirando a mão da pele de Zayne. — Você não concorda?

— Concordo — murmurei.

Zayne me deu um meio sorriso.

— Nós lhe devemos um agradecimento, Anciã.

— É mesmo? — As sobrancelhas brancas e espessas se ergueram.

Zayne acenou com a cabeça.

— Você deu a ela a receita pra me ajudar.

— Mas não sem um preço — a Anciã nos lembrou.

— Eu sei. — Levantei o saquinho. — Temos sua pena.

Seu sorriso cresceu quando ela olhou para o plástico.

— Eu sabia que você não falharia. — Aqueles olhos, tão afiados quanto os de qualquer pessoa com metade de sua idade, qualquer que fosse essa idade, se voltaram para os meus. — Você temia que acontecesse. Ninguém a culparia por isso. Ou você o restaurava, ou acabava com ele, e essa não é uma decisão tomada levianamente.

— Não. — Coloquei o saquinho sobre a mesa. — Não foi.

— Eu gosto de você — a Anciã disse.

— Tanto quanto gosta dele? — retruquei.

A risada dela foi rouca.

— Gosto de vocês dois. Juntos. Vocês são duas metades feitas para serem uma só. Sempre foi assim. Sempre será.

Senti um salto no meu peito quando ela olhou para a pena.

— É triste, não é? O que Gabriel planeja fazer com este mundo e com o Céu.

Fiquei imóvel. Eu nunca havia compartilhado com ela o que Gabriel planejava... ou que ele era o Augúrio, mas não fiquei exatamente surpresa que ela soubesse.

— Eu poderia pensar em um adjetivo mais forte pra descrever o que ele tá planejando, mas sim.

Ela assentiu lentamente.

— Eu vivi muito tempo, mas nunca pensei que viveria para ver o fim dos dias.

Prendi a respiração.

— Não vamos permitir que isso aconteça — Zayne disse.

— É, não achei que vocês fossem — ela disse, e a confusão aumentou enquanto ela curvava os dedos nodosos em torno da parte superior do saquinho. — Não agora, pelo menos.

Olhei de relance para Zayne e vi que sua expressão de perplexidade provavelmente era igual à minha.

— Não estou entendendo muito bem o que você tá dizendo.

— Não creio que entenda. Não por um longo tempo.

Bem, essa declaração com certeza não esclareceu nada.

A Anciã levantou o saquinho, segurando-o com uma das mãos enquanto passava os dedos ao longo do contorno da pena.

— Você vai nos dizer o que planeja fazer com essa pena? — perguntei.

Ela olhou para mim enquanto abria o plástico.

— Nada tão perigoso quanto o que você planeja.

— E o que você acha que eu planejo? — retruquei.

— Ela tem uma longa lista de coisas perigosas — Zayne acrescentou, prestativo como sempre.

A Anciã apenas sorriu.

— Às vezes, é preciso criar um Inferno para fazer as coisas.

Capítulo 25

Fiquei olhando para ela enquanto um calafrio se espalhava pela minha pele.

— Obrigada por isso — ela disse, acenando com a cabeça para mim e depois para Zayne, quando o mesmo homem da última vez que estive aqui apareceu, vestindo o mesmo terno. Ele levou uma taça de champanhe até a mesa e a colocou na frente da Anciã. O líquido era rosa e espumoso.

— Eu lhe disse que se pode realizar todo tipo de coisa com uma pena de um Caído. — A Anciã tirou o item do plástico. — Especialmente de um que ainda carrega *graça* dentro de si. Há apenas um outro neste mundo e além, mas a dele... bem, não tenho certeza de que alguma beleza pode ser obtida com sua pena.

— Você tá falando de Lúcifer? — Eu a observei enrolar a pena na mão.

— Quem mais? — Ela colocou a mão sobre a boca da taça. Seus lábios se moveram, sua voz muito rápida e baixa para que eu pudesse entender, mas o que quer que ela estivesse dizendo soava como uma oração para mim.

Zayne se remexeu à minha frente, com as sobrancelhas franzidas enquanto observava a Anciã.

— Estou indo embora da cidade hoje — ela continuou, abrindo a mão. Partículas de pena esfarelada salpicadas de luz dourada caíram no copo. — Vou para o sul, visitar meus netinhos.

— Parece um momento tão bom quanto qualquer outro pra sair da cidade — comentei enquanto ela jogava o que restava da pobre pena sobre a mesa.

A Anciã pegou a taça de champanhe.

— Mas duvido que eles me reconheçam.

Meu coração bateu forte no peito quando ela levou a taça aos lábios. Comecei a me mover para a frente...

— Tá tudo bem — Zayne disse, sua voz baixa. — O que quer que ela esteja fazendo, tá tudo bem.

Ele estava sentindo as intenções dela, a alma dela, e o que quer que estivesse sentindo não lhe preocupava. Imaginei que isso fosse um bom sinal, pois ela tomou um gole do que quer que tivesse misturado... e continuou bebendo.

E bebendo.

Meus olhos se arregalaram quando ela ingeriu o copo inteiro em um só gole, como se fosse uma profissional em virar doses.

— Nossa — ela sussurrou roucamente, pressionando as costas da mão contra a boca enquanto soltava um pequeno arroto. — Ufa, isso é forte. Picante.

Lentamente, olhei para Zayne. Ele piscou, jogando a cabeça para trás.

— Puta...

Meu olhar voltou para a Anciã e meu queixo caiu no chão.

— Merda...

Não sei o que eu estava esperando quando olhei para ela, mas o que vi não era nada do que constava na lista de possíveis Que Porra É Essa.

Era como ver alguém envelhecer... ao contrário.

Seus cabelos brancos como a neve engrossaram e escureceram até ficarem no tom da meia-noite, alongando-se à medida que os cachos bem enrolados se tornavam definidos. A pele de sua testa suavizou e os vincos pesados ao redor dos olhos e da boca desapareceram. Suas bochechas e lábios encheram de volume e a linha da mandíbula ficou definida. Seu corpo estremeceu, suas costas endireitaram e seus ombros ergueram. O peito da camisa rosa brilhante se levantou e as manchas escuras ao longo da mão, que ainda segurava a taça de champanhe, desapareceram como se alguém tivesse passado uma borracha nelas.

Meu queixo ainda estava no chão quando ela inclinou a cabeça para trás e as linhas em torno de sua garganta desapareceram. Ela engoliu em seco, abaixando a cabeça.

Suas sobrancelhas foram as últimas a mudar. Eles se afinaram e escureceram, seguindo a curva graciosa do osso de sua sobrancelha, e agora eu estava olhando para uma pessoa que parecia não ter mais do que vinte ou trinta e poucos anos de idade.

Uma pessoa incrivelmente linda.

A Anciã colocou o copo vazio sobre a mesa.

— Por que envelhecer com elegância quando você pode apagar os anos com uma bebida e um feitiço?

Fechei a boca, tendo literalmente nada a dizer em resposta ao que eu tinha acabado de testemunhar.

Ela sorriu, seu olhar passando entre nós dois enquanto se levantava da cadeira com a fluidez de alguém que não parecia estar prestes a quebrar o quadril.

— Está na hora de eu ir embora.

— Certo — murmurei.

— Desejo a vocês bênçãos nas batalhas que virão — ela disse.

Eu me vi ao lado de Zayne. Batalhas? Tipo, no plural? Zayne me conduziu com a mão na parte inferior das minhas costas.

— Legítima? — ela chamou, e eu parei, olhando por cima do ombro. — Ele pode não ser seu Protetor, mas ainda é uma fonte de sua força. Lembre-se disso quando a neve cair.

— Bem, isso foi interessante — Zayne disse quando voltamos para o Impala. — E nem um pouco esperado.

Soltei uma risada trêmula.

— Sim. Uau. Suas penas são como... uma repaginada pra coroas.

— Acho que não foi só a pena — ele observou, olhando para mim. As linhas de seu rosto mal eram visíveis no interior sombrio do carro. — Estou feliz que foi pra isso que ela usou a minha pena.

— Eu também — concordei. — Ainda não acredito que acabei de testemunhar isso. No começo, achei que eram meus olhos.

— Somos dois. — Ele se aproximou, ajeitando a bainha torcida da minha camisa. — Senti que ela estava nos dizendo algo importante, mas sou burra demais pra entender o que era.

— Ela é mestre em ser vaga. As batalhas que virão? Tipo, mais de uma? Espero que isso tenha sido apenas pra efeito dramático, porque eu realmente quero tirar umas férias depois que derrotarmos Gabriel.

— Para onde você gostaria de ir?

— Não sei.

— Qual é. — Ele puxou levemente a minha camisa. — Tenho certeza de que tem pessoas e lugares que você quer ver.

— Eu... — Meus lábios se contraíram. — Eu gostaria de ir visitar Jada e Thierry.

— A gente pode fazer isso. O que mais? Escolhe um lugar onde você nunca esteve.

Inclinei a cabeça contra o assento.

— Talvez ir a uma... praia? Tipo, não uma praia super lotada. Eu nunca entrei no mar e queria ver o mar antes de, você sabe, então eu iria gostar de fazer isso. E eu sempre quis ver o letreiro de Hollywood. Sei que isso parece brega.

— Não parece — ele disse. — Onde mais?

— Tipo qualquer lugar?

— Qualquer lugar.

Um sorriso se formou em meus lábios.

— Eu adoraria ver Edimburgo e Roma com meus próprios olhos e tocar os edifícios. Ah, e a Sicília. Gostaria de visitar o local de origem da minha família... Bem, do lado materno. E quanto a você?

— Estou disposto a ir a qualquer lugar que você queira.

Olhei para ele.

— Mas deve haver um lugar que você prefira.

— Onde você estiver é onde eu prefiro. — Ele levantou a mão, certificando-se de que eu a visse primeiro, antes de tocar meu rosto. — Sério. Se você quiser visitar a comunidade, a gente pode fazer isso. Se você quiser encontrar uma praia particular distante, nós podemos fazer isso. Se quiser alugar uma cabana nas montanhas, esse será meu novo lugar favorito. Roma? Sicília? Eu adoraria ver esses lugares com você. — Ele passou o polegar no meu lábio inferior. — Melhor ainda, a gente deveria continuar adicionando destinos à lista de lugares que você quer ver e vamos visitar tudo. Veremos todos os lugares. Não importa se isso for levar meses ou um ano inteiro. Vamos viajar e criar muitas lembranças.

Minha garganta se contraiu de emoção. Eu sabia o que ele estava fazendo. Criar lembranças suficientes para que, quando minha visão desaparecesse, eu ainda as tivesse para recordar, em vez de telas vazias de cores e formas.

— Você tá fazendo de novo.

— Fazendo o quê?

— Sendo perfeito. — Eu me inclinei, errando sua boca na primeira tentativa, mas encontrando seus lábios logo em seguida. Eu o beijei. — Eu te amo.

Ele me beijou de volta, o toque de seus lábios doce e gentil.

— Eu amo você, Trinity.

Fechando os olhos para impedir o fluxo de lágrimas bobas, encostei a minha testa na dele.

— Gosto desse plano.

— Eu também. — Ele beijou o canto dos meus lábios. — Mas primeiro...

— Mas primeiro precisamos ir à farmácia — eu disse a ele, meu estômago dando uma cambalhota.

— Precisamos.

— E depois passar no complexo pra pegar seu celular.

— Talvez a gente possa convencê-los a fazer um jantar pra gente — ele sugeriu.

Sorri contra seus lábios.

— Depois ver se conseguimos atrair algum demônio.

— Não esqueça de separar um tempo pra eu te mostrar o quão feliz fiquei ao ver meu carro.

Eu ri enquanto passava a mão por sua nuca, enfiando os dedos no seu cabelo.

— Não esqueci disso. Podemos reservar um tempo pra isso a qualquer momento. — Eu o beijei rapidamente. — E então precisamos fechar os portais e matar Gabriel.

— Quero voltar pra parte sobre reservar um tempo a qualquer momento. — Sua mão deslizou da minha bochecha até embaixo, na minha cintura. — Que tal agora?

Meu pulso disparou imediatamente para territórios desconhecidos.

— A qualquer momento — sussurrei.

— Então vem cá — ele disse, com a voz grave e áspera, enquanto passava o braço em volta da minha cintura.

E eu fui.

Bem, Zayne me levou até ele, porque havia uma série de manobras que estavam além do meu alcance no interior escuro do carro, mas ele me colocou em seu colo em um nanossegundo e os nossos corpos se alinharam do jeito mais delicioso e indecente possível. Minhas mãos se moveram de seus ombros para o centro de seu peito.

— Cuidado. — Sua boca pairou sobre a minha. — Você vai quebrar aqueles óculos de sol.

Puxei-os para fora da gola de sua camisa e os joguei no banco de trás.

— Estão seguros agora.

Zayne riu enquanto colocava as mãos nos meus quadris.

— Vamos ter que verificar.

— Mais tarde — insisti, roçando meu nariz no dele.

— Sim. — Seus lábios deslizaram sobre os meus. — Mais tarde.

A pressão de sua boca aumentou contra a minha enquanto eu me inclinava para ele, deleitando-me com a sensação dele contra mim. Eu nunca me cansaria...

Meu celular tocou, vibrando do porta-copos onde eu o havia guardado.

— Podemos ignorar.

Sua mão foi para cima, sobre o meu peito. Seu toque me queimou através da camisa fina.

— Deveríamos.

Não sei quem beijou quem naquele momento. Não importava. O beijo visceral me deixou sem fôlego, enquanto o desejo e o amor e milhares de outras sensações loucas e maravilhosas me invadiam. Minha pele queimou quando seu polegar passou pelo centro do meu seio, criando um fogo em mim.

Meu celular recebeu um alerta de mensagem. Depois, outro, e eu me pressionei mais contra ele, querendo que o telefone se calasse. Eu queria ser irresponsável e...

— A gente devia ver quem é. — Zayne virou a cabeça, e eu gemi ao apoiar minha testa em sua bochecha. Ele tirou o celular do porta-copos.

Beijei a parte de baixo da sua mandíbula.

— Quem é?

— Bem, a mensagem diz: "Atenda o telefone, sua Legítima insignificante." — Ele fez uma pausa. — Vou precisar matar alguém por enviar uma mensagem assim pra você?

Eu recuei.

— Não. Tem de ser Cayman. Me dá. — Mexi os dedos, apertando os olhos para o brilho da tela quando ele me entregou o aparelho. Fui apertar a opção de retornar a ligação do demônio enquanto olhava para Zayne. — E se não fosse Cayman, você realmente mataria alguém por me chamar de Legítima insignificante?

Ele inclinou a cabeça para o lado.

— Honestamente?

Assenti com a cabeça.

— É possível.

— Hm. — Fazendo biquinho, inflei as bochechas. — Isso pode ser meio exagerado.

— Eu sei. — Sua mão voltou para o meu quadril e continuou descendo. — E estou com a sensação de que você não liga.

— Correto.

Balancei a cabeça ao digitar o número.

— Vamos precisar conversar sobre isso mais tarde.

Tão próximos como estávamos, vi seu sorriso e os meus olhos se estreitaram. Coloquei o celular no viva-voz.

Tocou duas vezes, e Cayman atendeu.

— Não acredito que você não atendeu...

— Cuidado. Zayne queria te matar porque você me chamou de Legítima insignificante.

— Zayne parece ter problemas de controle da raiva — Cayman respondeu. — Mas não temos tempo pra isso. Roth e Layla estão voltando e precisam que vocês se encontrem com eles.

Voltei o olhar para Zayne enquanto Cayman continuou:

— Bem, eles acham que vão se encontrar apenas com você, Trinity. Eu não tive muito a chance de contar a eles sobre você, meu anjo. O sinal de celular no Inferno é terrível.

Sinceramente, eu estava travada no fato de que o Inferno tinha sinal de celular quando o canto do banheiro do apartamento não tinha.

— Onde vamos nos encontrar com eles? — Zayne perguntou, mostrando sua habilidade multitarefa enquanto deslizava a mão pela parte externa da minha coxa.

— Vá até a casa deles, mas, em vez de parar lá, continuem seguindo pela estrada. Vocês vão chegar ao fim do caminho. É lá que eles vão encontrar vocês. Ligue pra mim quando chegar lá.

— E onde você vai estar? — perguntei.

— Você sabe, fazendo coisas — ele respondeu. — E uns lances.

Franzi a testa para o celular.

— Me liga — ele repetiu, e então o telefone ficou mudo.

— Eu me pergunto se ele descobriu se Lúcifer realmente tem gente atrás de mim — eu disse, saindo do colo de Zayne e indo para o banco do passageiro.

Eu poderia ter distendido um músculo da bunda ao fazer isso.

— Eu me pergunto se Roth e Layla conseguiram fazer com que Lúcifer viesse pra superfície.

— Acho que vamos descobrir. — Então, percebi que os óculos de sol estavam no banco de trás.

Resmungando, meio que subi entre os assentos e peguei os óculos.

— Você tá pronta aí? — Zayne perguntou enquanto o motor roncava.

— Sim. — Coloquei os óculos. — A que distância estamos da casa deles? Não lembro.

— Cerca de trinta minutos depois de atravessarmos a ponte — ele disse, com uma mão apoiada em meu joelho enquanto usava a outra para dirigir. — Tempo mais do que suficiente.

— Tempo mais do que suficiente pra quê?

Ele apertou meu joelho suavemente.

— Você vai ver.

Meu olhar desceu para onde a mão dele estava. Eu gostava disso, de como ele gostava do contato físico entre nós. Ele era assim antes.

Matar alguém por me chamar de insignificante era novidade.

Pelo menos, pensei que fosse, enquanto colocava uma mão sobre a dele e olhava pela janela. Quando saímos da garagem, percebi que já estava quase anoitecendo.

Olhando para as formas borradas de pessoas e de fachadas de lojas enquanto o polegar de Zayne se movia em círculos lentos, tentei não me preocupar muito com o sucesso ou não de Roth e Layla. Eu nem sabia se deveria estar preocupada ou agradecida se eles conseguissem.

Os pensamentos sobre Lúcifer saíram da minha cabeça e me concentrei em Zayne, em sua mão e em seus dedos. Ele subiu mais pela minha perna e, embora seus dedos estivessem apenas se movendo em círculos lentos ao longo da parte interna da coxa, cada parte do meu ser ficou em estado de alerta. Fiquei corada e quente enquanto meu peito se enchia de ar e olhei para baixo. A minha mão ainda estava levemente apoiada sobre a dele. Ele não estava fazendo nada. Não exatamente. Eu precisava controlar os meus hormônios...

Mordi a parte interna do meu lábio enquanto seus dedos subiam lentamente, alcançando o centro de mim. O meu olhar disparou para ele enquanto a minha boca secava e o meu corpo chiava.

Ele lançou um rápido olhar na minha direção, com uma leve curva em seus lábios.

— Tempo mais do que suficiente — ele repetiu.

— Pra quê? — Minha respiração ficou presa quando os dedos dele continuaram a se mover naqueles círculos lentos e firmes.

— Pra mostrar a você o quanto eu estava feliz. — Ele se concentrou na estrada. — Você quer descobrir?

— Ah — sussurrei, meu coração batendo tão rápido que achei que fosse ter um ataque cardíaco. — Quero.

Eu deveria ter dito não. Eu não tinha ideia se algum dos carros pelos quais passamos podia ver o lado de dentro, mas eu disse sim enquanto meu olhar saltava do para-brisa para a janela do passageiro quando cruzamos a ponte e Zayne...

Ele me deixou louca.

Foi assim que me senti a cada movimento circular, com os toques leves e os mais fortes. A legging e a calcinha por baixo não eram uma grande barreira, mas então sua mão estava saindo de baixo da minha e abrindo caminho pelo elástico da calça. Ele parou ali, esperando por... permissão e, enquanto eu olhava cegamente pela janela, fechei uma mão em seu antebraço, incentivando-o a continuar.

E foi o que ele fez.

Não sei o que foi. Se era o toque de seus dedos na minha pele nua ou se era o que estávamos fazendo e o quanto a sensação era deliciosamente pervertida. Se era o fato de ele estar tão investido naquilo ou se eram todas essas coisas, mas fechei os olhos e simplesmente existi, ali no momento, com ele e com o que ele estava fazendo com aquelas carícias de seu dedo, provocantes e superficiais, e depois implacáveis e profundas. Minha cabeça caiu para trás e meus olhos se fecharam enquanto meus quadris se moviam, perseguindo sua mão. Eu me senti fora de controle, pressionando as coxas contra seu pulso enquanto cravava meus dedos na pele do antebraço dele. Meu corpo inteiro se arqueou quando ele mergulhou fundo.

— Zayne — sussurrei, mal reconhecendo minha voz, enquanto cada parte de mim se retesava, ficando mais e mais tensa. Desde os músculos dos dedos das mãos até os dedos dos pés, era como os segundos que precediam um salto perigoso, quando meus pés saíam do chão e havia aquele momento de ausência de peso em que o coração saltava — o segundo exato em que eu sentia que estava voando. Eu gritei, perdida enquanto meu corpo girava e girava antes de se liquefazer. Eu não conseguia recuperar o fôlego à medida que o êxtase me percorria, latejando e pulsando. Meu corpo inteiro tremia enquanto eu segurava a mão dele, sentindo os tendões se moverem sob meus dedos. O eco dos sons suaves que vinham de mim aqueceu as minhas bochechas à medida que as ferroadas de sensações diminuíam.

Vagamente consciente de que ele estava retirando a mão, abri os olhos e olhei para baixo. Lentamente, levantei os dedos. Sua pele estava mais rosada no ponto onde eu o havia agarrado, mas não estava machucada. Estremeci.

— Você... — Levei um momento para lembrar como falar. — Você realmente estava feliz.

Ele deu uma risadinha.

— Não sobre o carro. Embora tenha sido bom reencontrá-lo — ele disse, e eu olhei para ele. — Você é linda, Trin. — Ele me olhou pelo canto do olho. — Deus, você é linda.

Eu corei.

— Obrigada. Pelo elogio. — O rubor se intensificou. — E pelo que fez antes disso.

— Foi um prazer. Uma honra. — Ele mordeu o lábio inferior. — Estamos quase lá.

Preguiçosamente, virei a cabeça bem a tempo de ver passarmos pela estrada que eu acreditava levar à casa de Roth e Layla, uma verdadeira mansão.

Eu ainda estava segurando o braço de Zayne quando a vegetação ao nosso redor ficou mais densa e a estrada chegou a um beco sem saída.

— Acho que é aqui — Zayne disse, desligando o carro enquanto eu olhava em volta e via... árvores. — Pronta pra dar uma olhada nisso?

— Aham. — Tirei os óculos de sol e os coloquei sobre o painel. — Você pode pegar meu celular?

— Tá na mão.

— Ótimo.

— Mas você precisa soltar meu braço.

— Ah. — Eu o soltei. Sentindo-me um pouco molenga, abri a porta e saí do carro. O cascalho rangia sob as minhas botas enquanto eu caminhava para a frente do Impala. — Adoraria tirar um cochilo.

— Acho que você vai ter de esperar pra fazer isso. — Zayne se juntou a mim, inclinando a cabeça e me beijando suavemente.

— Poxa. — Eu me aconcheguei contra ele por alguns segundos, inalando seu aroma de inverno e menta, e então me afastei. Era hora de ser madura e responsável, ou algo assim. — Acho que deveríamos ligar pra Cayman.

A tela do celular se iluminou quando Zayne ligou para o demônio. Olhei para o campo que escurecia rapidamente. A área era bastante aberta, com exceção de alguns carvalhos gigantes. O único som além do toque do telefone era o zumbido de gafanhotos ou cigarras. Todos eram o mesmo *caramba, inseto voador gigante* para mim, então eu nunca conseguiria distingui-los.

— Estamos aqui — Zayne disse quando Cayman atendeu a ligação.

— Vocês demoraram bastante — foi a resposta pelo viva-voz.

Enrubescendo, olhei para Zayne. Com nada além do luar invadindo, seu semblante mal era visível para mim, mas detectei a sugestão de um sorriso.

— Peguei o caminho panorâmico — ele disse, e meu rosto ficou ainda mais quente. — Estamos aqui e, a menos que eles tenham ficado invisíveis de repente, não vejo Roth ou Layla.

— Eles devem estar chegando a qualquer momento. Vão aparecer por um portal em algum lugar do campo.

Arqueei uma sobrancelha enquanto saía cuidadosamente do asfalto e caminhava pela grama alta.

— Espero que não demorem muito, porque tenho quase certeza de que vou ficar coberta de carrapatos até o final da noite.

— Eu te ajudo a se livrar deles mais tarde — Zayne ofereceu, alguns passos atrás de mim.

Sorri ao que Cayman disse:

— Tenho certeza de que é exatamente isso que você vai ajudá-la a fazer mais tarde.

— Você parece estar com ciúmes — Zayne disse quando me alcançou, encontrando minha mão e entrelaçando seus dedos nos meus. Meu sorriso aumentou exponencialmente.

— Até que estou — Cayman respondeu, e eu praticamente pude ver seu beicinho.

— Alguém é proprietário desta terra? — perguntei, examinando o campo sombrio e as árvores em volta. — Se for o caso, nos avise se alguém for aparecer com uma espingarda.

— Roth é o proprietário, pois não queria vizinhos — Cayman explicou. — Então ele comprou cerca de cem acres ao redor da casa.

Pisquei.

— Ser um demônio deve pagar bem.

— Ser um príncipe demônio com certeza paga — Cayman disse. — Mas, em outras palavras, não há ninguém por perto pra te ouvir gritar.

Franzindo a testa, parei e olhei para o celular que Zayne segurava na palma da mão.

— Bem, isso é assustador.

— Eu sei. — Cayman deu uma risadinha, o que foi ainda mais assustador.

Zayne balançou a cabeça ao soltar a mão da minha e deu alguns passos à frente.

— Você sabe se eles estão trazendo um amigo extra especial com eles?

— Não faço ideia — ele nos disse. — Como eu disse, o sinal estava péssimo.

Cruzei os braços.

— E você descobriu alguma coisa sobre Lúcifer talvez enviar demônios atrás de mim?

— Como não consegui encontrar com facilidade nenhuma das pessoas que estariam a par do assunto, a resposta é não — Cayman respondeu. — E eu sei, estou muito prestativo ultimamente.

— Com certeza. — Zayne virou o rosto quando o som de... água corrente passou pelo celular. — O que você tá fazendo?

— Tomando um banho de banheira.

— Você tá na banheira agora? — perguntei. — Enquanto conversa com a gente no telefone? Enquanto Roth e Layla podem ou não estar chegando com Lúcifer?

— Ei, não é sempre que eu tenho um tempo pra mim — ele rebateu. — Então, quando encontro um momento, eu aproveito. Além disso, é um banho de espuma.

— Você é péssimo — eu disse a ele.

— Eu sei. Ah, estou recebendo uma mensagem. Deixa dar uma olhada. — Houve vários minutos do que pareciam ser... respingos, e então Cayman disse: — Capitão? À sua esquerda.

Zayne olhou para mim.

— Ele acabou de citar o Falcão em *Ultimato*?

— Mais ou menos. — Semicerrando os olhos, olhei por cima do ombro de Zayne. O mundo estava preso naqueles minutos em que tudo era meio cinza, e não era o melhor momento para minha visão, mas o espaço atrás de Zayne parecia ondular. — Pode ser apenas os meus olhos, mas acho que tem um portal se abrindo atrás de você.

Zayne se virou.

— Definitivamente um portal, mas duvido que o Rei de Wakanda esteja prestes a aparecer.

— Mas isso seria legal — murmurei.

Faíscas vermelhas apareceram no ar ondulante ao que o cheiro de enxofre chegou até nós. Minha *graça* pulsou em resposta, e meus músculos ficaram tensos. Um momento depois, uma série de formigamentos irrompeu na minha nuca.

O Príncipe da Coroa do Inferno e a filha de Lilith saíram do portal.

Como sempre, fiquei um pouco surpresa com a aparência contrastante dos dois. Roth, com seu cabelo escuro e bagunçado e sua preferência por preto, e Layla, com seu longo cabelo loiro platinado e seu amor por cores pastéis, eram uma contradição impressionante um ao outro e, ainda assim, pareciam se encaixar perfeitamente, como o dia e a noite.

Roth era inumanamente belo, como se tivesse sido moldado em argila por um artista habilidoso, mas havia um traço de frieza que tornava sua beleza quase brutal. Não era nenhuma surpresa que ele fosse tão atraente. Os demônios de Status Superior eram todos atraentes, independentemente do gênero ou da sexualidade do espectador. Eram a personificação da tentação, e Layla era igualmente linda, mas de uma forma etérea. Ela parecia mais angelical do que eu, e não tinha sangue de anjo... Bem, exceto pelo sangue do Caído que ela aparentemente bebeu.

Eles deram um passo à frente, com as mãos dadas. Eu não tive certeza de qual deles viu Zayne primeiro, mas ambos pararam ao mesmo tempo. Estavam muito distantes para que eu pudesse ver suas expressões, mas eu apostava que o choque e a incredulidade estavam gravados em suas feições enquanto olhavam para Zayne.

Nenhum deles se moveu enquanto eu procurava pelo terceiro passageiro assustador, mas eles estavam sozinhos quando o portal se fechou atrás deles. Isso significa que falharam?

— Puta que pariu — Roth sussurrou, sua atenção fixa em Zayne.

Layla deu um passo à frente e sua mão se soltou da mão de Roth.

— Zayne? — ela sussurrou, sem conseguir ir muito longe. Roth pegou sua mão, segurando-a enquanto olhava para Zayne. — É mesmo... — Sua voz falhou. — É mesmo você? Como? — Ela balançou a cabeça em minha direção. — O Ceifador ajudou você?

— Não foi o Ceifador — Zayne respondeu, com a voz mais grossa. — Mas sou eu, Laylabélula.

— Laylabélula? — ela sussurrou enquanto eu repetia o apelido fofo na minha mente, e então pareceu que seu rosto se desfez. Um nó de emoção se formou na minha garganta quando ela puxou contra o aperto de Roth, tentando alcançar Zayne.

— Ele não parece certo. — Roth a interrompeu. — O que você vê ao redor dele, Layla?

— Eu... — Os cabelos loiro-brancos balançaram enquanto ela sacudia a cabeça. Seu arquejo chegou aos meus ouvidos. — Eu vejo *nada*.

— Não veria, porque não sou mais um Guardião — Zayne disse, ficando parado. — Roth sabe o que eu sou. Aparentemente, ele sempre soube o que já fomos.

A cabeça de Layla se voltou para Roth e depois para Zayne.

— Os Guardiões já foram anjos que Caíram, mas você não é um anjo. Você não tem uma aura...

— Isso é porque ele é um maldito Caído. — Roth puxou Layla para trás e se colocou na frente dela. — Com sua *graça*.

— O quê? — Layla exigiu, desviando-se de Roth.

— Sim, ele é um Caído — interrompi. — E sim, ele ainda tem muito fogo celestial dentro dele, mas ele ainda é Zayne.

— Impossível — Roth disse.

— Estou parado na sua frente, então não sei como você acha que isso é impossível — Zayne respondeu. — Mas, pra resumir a história, fui restaurado e recebi minha Glória de volta. Eles me deixaram Cair e manter minha *graça* pra ajudar a lutar contra Gabriel.

— Eles deixaram? — O tom de Roth era de descrença. — Um anjo restaurado Cai e mantém a *graça* quando o único outro ser que se iguala a essa monumental péssima escolha de vida é...

Uma intensa explosão de luz branca atravessou o Céu, assustando-me. Olhei para cima, estremecendo quando outro raio de luz atravessou a escuridão, acertando no chão não muito longe de onde estávamos. Um estrondo de trovão sacudiu meus ossos e, em seguida, o céu explodiu em relâmpagos. Recuei em um salto, com o coração aos pulos.

— Vamos ter que terminar esta conversa mais tarde — Roth disse.

Dezenas de raios atingiram o solo, e o impacto foi um rugido contínuo de trovões. O ar ficou carregado de estática, eriçando os pelos minúsculos de todo o meu corpo.

De repente, Zayne estava ao meu lado quando outro relâmpago ruidoso atingiu uma árvore próxima. O carvalho se partiu ao meio e pegou fogo.

Um trovão rugiu nos céus, e o chão... o chão *rolou*, desequilibrando--me. Zayne me pegou pela cintura, segurando-me o mais firme que pôde enquanto a terra parecia tremer até o seu âmago. Não houve nem mesmo tempo para sentir medo ou pensar se estar em um campo cercado de árvores era um bom lugar para se estar no meio de um terremoto. Tudo parou tão rapidamente quanto começou. O raio. O trovão. O terremoto.

Com o coração batendo forte, olhei para Zayne.

— Hm...

Duas luzes brilhantes apareceram atrás de nós, atravessando a escuridão. Uma sensação assustadora e arrepiante percorreu a minha pele quando Zayne e eu nos voltamos para onde seu Impala estava estacionado. Os faróis estavam acesos, assim como a luz interna do carro.

— Isso é estranho — Zayne comentou.

Um segundo depois, o rádio ligou, com volume próximo a níveis de estourar os tímpanos, enquanto mudava rapidamente de estação como se alguém estivesse lá dentro girando os botões.

Só que ninguém, nem mesmo um fantasma muito entediado, estava naquele carro. Estava vazio de vivos e de mortos.

— Isso é *muito* estranho — eu disse.

— Mas que diabos? — Zayne murmurou.

O rádio parou de rodar as estações e o som... o som de um *riff* de guitarra saiu do Impala. Era uma música. Vagamente familiar. Uma voz masculina arranhada cantou em inglês:

— "Estou a caminho da terra prometida..."

Franzi as sobrancelhas quando comecei a cantar junto com a música. O refrão tocou em uma letra muito reconhecível.

— Isso é...?

— *Highway to Hell*? — Zayne terminou por mim, olhando por cima do ombro. — Por favor, me digam que *ele* não tem sua própria música de entrada?

Antes que a pergunta de Zayne pudesse ser respondida, o solo ao lado da árvore em chamas entrou em erupção. Um gêiser de terra e chamas explodiu centenas de metros no ar.

Virei-me lentamente, com a cabeça inclinada para o lado enquanto olhava para a massa de chamas e terra. Havia sombras lá dentro, uma escuridão que tomava forma e, mesmo com minha visão ruim, eu conseguia distinguir asas e chifres enormes, asas do comprimento de dois Impalas e chifres do tamanho de uma pessoa.

— Ele chegoooouuu — a voz de Cayman ecoou assustadoramente pelo telefone que Zayne segurava enquanto AC/DC cantava *Highway to Hell*.

Senti a boca secar.

A coisa dentro do fogo se esticou em nossa direção. Era um monstro feito de chamas ondulantes — um tipo de demônio que eu nunca tinha visto antes. Sua boca se abriu em um rugido ensurdecedor, cuspindo fogo no céu e no chão. O calor soprou nossas roupas e cabelos para trás.

Santo Deus, Lúcifer era um gigante?

Provavelmente eu não deveria estar fazendo essa pergunta a Deus, mas como diabos deveríamos trabalhar e esconder algo assim?

Cara, isto não foi uma boa ideia.

O monstro de fogo esticou os braços enquanto jogava a cabeça para trás em uma risada ardente.

Uma péssima ideia.

As chamas brilharam intensamente e depois evaporaram. Um pequeno suspiro separou meus lábios quando o monstro de fogo encolheu até ficar com pouco menos de um metro e oitenta de altura.

Definitivamente, um monstro de fogo de tamanho mais manejável, mas ainda assim um monstro de fogo.

A grama faiscava e depois fumegava a cada passo que a criatura dava ao avançar.

— Hm — repeti, forçando-me a ficar parada e a manter minha *graça* sob controle.

— Tá tudo bem — Roth nos garantiu. — Ele gosta de fazer uma cena quando chega.

— Eufemismo do ano — Zayne murmurou.

Quando eu estava prestes a perguntar se o fogo era permanente, as chamas se apagaram, revelando uma pele que, surpreendentemente, tinha o mesmo tipo de brilho que a de Zayne, mas mais luminosa. Ela se comportou como a do meu pai, em um caleidoscópio em constante mudança de tons rosas e marrons antes de se estabelecer em um tom acobreado que não parecia nem branco, nem marrom. Quando o brilho diminuiu, a primeira coisa que notei foi que seu semblante era nítido para mim... bem, tão nítido quanto seria possível à luz da lua, mas definitivamente mais visível do que o rosto de Roth ou Layla. A segunda coisa que notei foi o quanto ele se parecia com meu pai, até mesmo os olhos. Eram de um tom de azul vibrante e anormal, e as asas eram iguais — outra coisa que me surpreendeu, embora eu soubesse que Lúcifer mantivera suas asas após a Queda e a *graça*. Eu só não esperava que elas fossem tão brancas e imaculadas, porque, afinal de contas, ele era o maldito Lúcifer. As asas eram tão grandes quanto as do meu pai, com pelo menos três metros de comprimento. O maxilar e as maçãs do rosto esculpidas eram as mesmas. A testa proeminente e o nariz reto eram praticamente idênticos. O cabelo louro, na altura dos ombros, também era bem parecido. Eles poderiam ser irmãos, e então me ocorreu que Miguel e Lúcifer *eram* irmãos, assim como Rafael, Gabriel e todos os outros.

Puxa, que família disfuncional dos Infernos.

Da qual eu fazia parte.

Espera aí. Isso significava que Lúcifer era... meu tio? Enruguei o nariz. Deveríamos ter uma árvore genealógica bem maluca.

Mas isso não era importante no momento, porque, finalmente, a terceira coisa que notei, infelizmente, foi que ele estava nu.

Por que eles sempre estavam nus?

No entanto, manter meus olhos voltados para cima não era um problema. Eu não queria ver nada do que ele tinha ou deixava de ter lá embaixo.

Ele parou a poucos metros de Roth e Layla, com suas asas movendo-se silenciosamente atrás dele. Algo gélido encharcou a minha pele e os meus ossos quando aqueles olhos ultrabrilhantes nos observaram, e quando ele falou, o gelo envolveu a minha alma. A voz dele... era como uma melodia, um hino. O tipo de voz que poderia convencer uma pessoa a participar de qualquer pecado inimaginável.

— Curvem-se — Lúcifer ordenou. — Curvem-se diante de seu verdadeiro Senhor e Salvador.

Nenhum de nós se mexeu.

Ou se curvou.

Todos nós o encaramos, o que provavelmente significava que estávamos a segundos de sermos brutalmente assassinados de maneiras realmente horríveis.

Lúcifer bateu palmas, o que me fez dar um pequeno sobressalto.

— É só brincadeirinha. — Ele deu uma risada, e o som era como chocolate amargo, suave e pecaminoso. — Então, me disseram que precisam de mim para salvar o mundo.

— Sim — eu disse roucamente.

Lúcifer sorriu, e eu nunca tinha visto algo tão bonito e tão assustador antes. Arrepios surgiram na minha carne.

— Então vamos fazer o Inferno na Terra.

Capítulo 26

— Você poderia se vestir primeiro? — Roth perguntou.

Eu apoiava aquela moção.

— Minha nudez o deixa desconfortável, Príncipe?

— Sim — Roth respondeu. — Deixa.

— E quanto a vocês dois...? — Lúcifer olhou para mim e para Zayne novamente. Sua cabeça se inclinou para o lado. — Em nome do fruto proibido, o que é que temos aqui?

Eu não sabia exatamente a qual de nós ele estava se referindo.

— A filha de um anjo... — Ele inclinou a cabeça para trás, inspirando profundamente. — Mas não de qualquer anjo. — Ele abaixou o queixo novamente, e aqueles olhos não eram mais azuis. Eles queimavam em um tom carmesim profundo. — Miguel — ele zombou. — Você exala o fedor de Miguel. Eu estive procurando por você.

Zayne estava na minha frente em um piscar de olhos, o som de sua camisa rasgando enquanto suas asas se desenrolavam de suas costas, brancas e brilhantes, entremeadas pela *graça* pulsante. Pensei ter ouvido Layla ofegar.

— E um Caído? Um Caído com sua *graça*? O que aconteceu com este mundo para que a primeira coisa que eu veja seja uma nefilim e um Caído ainda em posse da *graça*? — A risada de Lúcifer soou como pingentes de gelo caindo, e mantive minha boca fechada sobre a questão do termo "nefilim". — Você acha que pode me derrotar, Caído? Já despojei asas maiores do que as suas. Quer saber como é isso? — O cheiro de enxofre queimou as minhas narinas. — Terei prazer em atendê-lo.

— Eu preferiria que não, mas se você der um passo em direção a ela, estou mais do que disposto a descobrir quando eu arrancar as suas asas — Zayne advertiu.

Meus olhos se arregalaram.

Lúcifer soltou outra risada sombria.

— Arrogante. Eu até que gosto.

— Isso não é realmente uma coisa boa — Roth comentou da lateral. — Ele adora colecionar coisas de que gosta.

— E colocá-las em gaiolas — Lúcifer confirmou, e o que diabos estava acontecendo com essa obsessão de colocar coisas em gaiolas? — Você não me disse que havia um Caído envolvido, Príncipe.

— Eu não sabia que havia um — ele respondeu enquanto eu espiava em torno de uma das asas de Zayne. Lúcifer ainda estava olhando para Zayne como se quisesse comê-lo no jantar. — Este é o Guardião de que falamos. Aquele que Gabriel matou.

— Arrá, então você recebeu sua Glória de volta. Restaurado à integridade, mas você Caiu. Por ela. — A cabeça de Lúcifer girou para a esquerda, e aqueles olhos vermelhos brilhantes encontraram os meus. — Cadê, estou vendo você.

Eu tremi.

— Oi?

Ele baixou o queixo, sorrindo.

— Como está seu querido pai? Não o vejo há algum tempinho.

— Eu não saberia dizer. — Dei um passo para o lado e fiquei sob a asa de Zayne. Ele xingou, mas eu ignorei. — Ele é meio que um pai ausente.

— Bem, temos isso em comum. — O olhar de Lúcifer se voltou para Zayne. — E você e eu não temos coisas em comum? Mas ainda tenho minha Glória, Caído. Aproxime-se de mim, e eu o acorrentarei com amarras feitas dos seus próprios ossos, e sua nefilim estará ao meu lado e em minha cama.

Zayne ficou tenso ao meu lado quando a *graça* emergiu, sobrepondo-se ao meu senso comum já limitado. Dei um passo à frente quando os cantos da minha visão ficaram brancos.

— Se você tocar em um fio de cabelo da cabeça dele, eu corto o que você acha que vai usar nessa cama e te enfio goela abaixo.

As sobrancelhas de Lúcifer se ergueram e seu sorriso cresceu.

— Ora, você não deveria flertar comigo tão abertamente na frente do seu garoto. Isso pode ferir os sentimentos dele.

— Garoto? — O rosnado de Zayne me fez lembrar do som que um predador muito grande faria.

— Pessoal — Roth suspirou. — Será que a gente pode não fazer isto? Vocês dois têm asas grandes e todos os três têm muita *graça*. Zayne não vai se aproximar de você. Lúcifer não vai machucar Zayne e, Trinity, você não vai cortar nenhuma parte inominável — ele disse. — E será que eu posso *não* ser a voz da razão também? Não gosto disso. Nem um pouquinho.

— Eu até que gosto — Layla disse. — É uma mudança legal.

— Eu queria tanto estar aí pra ver isso — a voz de Cayman veio pelo telefone. — Tudo isso parece muito excitante, mas é o meu momento.

— O que diabos você ainda tá fazendo no telefone? — eu sibilei.

— Vivendo a minha vida — Cayman respondeu. — Não me julgue...

Zayne desligou a chamada, e senti suas asas abaixarem atrás de mim.

— Não participei da decisão que o trouxe até aqui. Tenho certeza de que todos nós vamos nos arrepender.

— Provavelmente. — Lúcifer sorriu.

— Mas Roth parece achar que você pode nos ajudar a derrotar Gabriel — Zayne continuou com a voz tão baixa quanto sua paciência. — Se você tá aqui pra fazer isso, não tenho qualquer problema com você, mas se vier pra cima dela...

— Você vai me machucar? — Lúcifer fez beicinho. — Muito mesmo? Me deixar dodói?

— *Ela* vai te machucar muito — Zayne alertou. — E eu vou ficar parado e rindo enquanto acontece.

— Só pra você saber, Zayne — eu disse —, se estivéssemos sozinhos e se não estivéssemos prestes a atacar um Lúcifer pelado, eu estaria em cima de você agora mesmo.

— Sempre temos o mais tarde — Zayne disse. — E haverá um mais tarde.

Eu sorri.

Lúcifer olhou para nós dois por alguns instantes, e então eu jurei que ele revirou os olhos.

— Amor — ele cuspiu, o azul voltando a seus olhos. — Que bonitinho. Espero que vocês sejam pelo menos um pouco menos repugnantes do que estes dois.

Sentindo que a ameaça imediata de Lúcifer arrancando a pele de nossos ossos havia diminuído, controlei a minha *graça*. No entanto, as asas de Zayne ainda estavam abertas, bem atrás de mim.

— Você enviou demônios atrás de mim?

— O quê? — Roth exigiu.

— Carniçais e um demônio de Status Superior vieram pegar Trinity — Zayne respondeu. — Eles estão mortos agora.

— É uma pena — Lúcifer murmurou, possivelmente no tom mais falso que se possa imaginar. — Fiquei sabendo o que Gabriel estava planejando antes que a minha maior e mais recente decepção aparecesse.

— Uau — Roth murmurou.

— Baal estava agindo de forma estranha já há algum tempo — Lúcifer explicou, e as minhas sobrancelhas se ergueram. Estranho? — Então fiquei curioso e coloquei alguns espiões de tocaia. Não demorou muito para saber o que o mais chorão de todos os meus irmãos planejava. Eu sabia que tinha de fazer algo para detê-lo.

A surpresa me invadiu.

— Você já queria deter Gabriel? — Olhei de relance para Roth e Layla. — Antes mesmo de falarem com você.

— Você está surpresa? — Lúcifer olhou para trás. — Ela acha que eu queria ajudar a humanidade, não é?

— Ela não te conhece como eu — Roth respondeu.

— Que fofo. — Lúcifer riu ao voltar a se concentrar em mim. — Não se engane, eu não dou a mínima para a humanidade ou para o Céu, mas existem regras. Acordos que até eu sigo. O que Gabriel planeja fazer perturba o equilíbrio, e essa é uma das duas coisas que não posso permitir.

— O que é a outra coisa? — perguntei, mesmo sabendo que provavelmente não deveria ter perguntado.

— Ser ofuscado por Baal ou Gabriel — Layla disse.

— É verdade — Lúcifer confirmou, e minhas sobrancelhas se ergueram. — Sou o maior de todos, algo de que o meu irmão precisa ser lembrado, aparentemente. Não é a Gabriel que as pessoas devem temer ou orar por proteção. É a mim. É o meu trabalho. E, assim como o melhor programa de televisão de todos os tempos, *Highlander*, só pode haver um.

Pisquei uma e depois duas vezes.

— Você conhece a série *Highlander*?

Lúcifer olhou para mim como se eu fosse meio burra enquanto Roth dizia:

— De vez em quando, um iPad perdido chega ao Inferno e tem alguns filmes ou programas de TV baixados nele. Um deles tinha o *Highlander*.

— Você já viu o filme? — perguntei.

— Tem um filme? — Os olhos de Lúcifer se arregalaram em interesse.

— Alguns, na verdade. Seis ou sete, eu acho? — respondi.

— Acho que agora não é hora de falar sobre *Highlander* — Zayne disse, e o olhar que Lúcifer lhe lançou teria feito a maioria das pessoas sair correndo. Zayne simplesmente arqueou uma sobrancelha. — Por que você mandou aqueles demônios atrás de Trinity?

— Por causa da lógica? Dã?

Não. O Diabo não tinha acabado de dizer a palavra *dã*. Eu me recusava a aceitar que tinha ouvido isso.

— Imaginei que eu seria útil e salvaria o Céu de suas próprias criações e da ignorância ao remover o componente-chave do que Gabriel precisa para concluir seu plano bastante inteligente.

— Infelizmente, eu sou esse componente-chave — afirmei.

— Infelizmente para *você*, né. — Lúcifer inclinou a cabeça de novo. — Removê-la da equação parecia ser o método mais fácil e rápido de resolver este problema. Não há como discordar disso. Todos deveriam estar me agradecendo.

— Discordo cem por cento — Zayne disse.

Os olhos de Lúcifer se estreitaram.

— Com você fora de cena, problema resolvido. Não é nada pessoal.

— Desculpe, mas isso parece um pouco pessoal. — Mantive meu olhar fixo em Lúcifer.

— Não era como se eu fosse te matar — Lúcifer disse. — Eles só iam levar você até mim.

— O que ele não tá dizendo é que, sem sangue demoníaco, você não teria sobrevivido por muito tempo no Inferno — Roth esclareceu.

Cruzei os braços e fiquei olhando para Lúcifer.

Ele revirou os olhos.

— Bela maneira de me dar uma rasteira daquelas, *filho*.

— Espera aí. Ele é seu pai? — perguntei. Isso significava que eu também era parente de Roth?

— Não no sentido que você tá pensando — Roth disse. — Ele me criou.

— Isso não faz de mim seu pai? Assim como torna Deus o meu? — Lúcifer desafiou. — Sou apenas um pai mais prático. Diferente de Você-Sabe-Quem.

Roth balançou a cabeça.

— Esta conversa de novo não. Por favor.

— Agora que você tá aqui, seus planos de remover Trinity da equação mudaram? — Zayne nos colocou de volta nos trilhos. Mais uma vez. E, cara, era bom tê-lo por perto para fazer isso. — Porque a última coisa com que precisamos nos preocupar é demônios tentando pegá-la pra você.

— Não mandarei mais ninguém atrás dela. — Lúcifer se voltou para mim. — A menos que, de alguma forma, não consigamos deter Gabriel. Então todas as apostas estão canceladas.

Zayne abriu a boca, mas eu levantei a mão.

— De acordo.

Ele virou a cabeça em minha direção.

— Não concordamos com isso.

— Acabei de concordar. — Eu lancei um breve olhar para Zayne. — Veja, se todos nós juntos não pudermos deter Gabriel, então não há outra opção. É simples assim. Não podemos permitir que ele abra o portal. Vamos torcer pra que não chegue a esse ponto.

A mandíbula de Zayne endureceu de uma forma que me disse que não haveria nada de simples nisso.

— Ela é inteligente. Eu gosto dela — Lúcifer comentou, e eu resisti ao impulso de dar um passo para trás. — De qualquer forma, estou aqui para ajudar agora, portanto, tentar sequestrá-lo são águas passadas. Não aconteceu nada, ninguém se machucou.

— Eu não iria tão longe — murmurei baixinho. — Mas, é, que seja.

Um canto dos lábios de Lúcifer se curvou para cima quando ele deu um passo para trás, observando nosso grupo.

— Não se preocupem, meus novos amigos. Eu salvarei o dia. Eu salvarei até o Céu — ele disse. — Agora, o problema é o problema que vamos criar quando matarmos Gabriel, mas esse não será um problema meu.

— Espere — eu disse —, que problema?

— Falaremos disso mais tarde. — Lúcifer dispensou a minha pergunta com um aceno de mão. — Há algo que preciso fazer rapidinho.

Ele desapareceu.

Tipo estava ali em um momento e evaporado no seguinte.

Lentamente, girei em um círculo completo, sem encontrar qualquer sinal dele. Meu coração começou a bater forte.

— Por favor, me diz — Zayne começou a falar — que ele só gosta de ficar invisível pra mexer com as pessoas e que não acabou de desaparecer.

Roth suspirou enquanto sua cabeça caía para trás.

— Eu estava com medo de que isto acontecesse.

De pé na cozinha da casa de Roth e Layla, eu me preparei mentalmente para fazer o que eu não queria de jeito nenhum. E isso era sério, já que havia um montão de coisas que eu não queria fazer no momento.

Mas telefonar para Nicolai e informá-lo de que Lúcifer estava desaparecido estava no topo da lista de *não quero*.

Olhei por cima do ombro e vi Zayne e Layla. Eles estavam em um solário escuro ao lado da cozinha, conversando. Apertei os olhos, tentando ver suas expressões, mas não adiantou. Pelo menos não parecia mais que Layla estava chorando, então eu esperava que isso fosse um bom sinal. Meu olhar se voltou para o volume grande e escuro enrolado na perna de Zayne.

Bambi.

No momento em que entramos no casarão brega, Bambi havia saído do braço de Roth e praticamente se colado ao lado de Zayne. Quando saí do solário para dar a Zayne e Layla um pouco de privacidade, a familiar estava com a cabeça em forma de diamante apoiada no joelho de Zayne e olhava para ele com uma expressão de pura adoração.

Parecia que eu não era mais sua parceira de aconchego.

Um momento depois, um pequeno borrão avermelhado atravessou a cozinha e entrou no solário. Uma raposa. O familiar de Layla, para ser exata. O nome dele era Robin, e ele era uma coisinha hiperativa, correndo de um canto a outro da casa. De acordo com Roth, era um... familiar bebê.

Eu queria acariciá-lo. Apenas uma vez. Bem em cima da sua cabecinha peluda.

Suspirando, voltei a olhar para o contato borrado no meu telefone.

— Você consegue. — Roth se curvou na cintura e se encostou no balcão. — Eu acredito em você.

— Cala a boca.

Seus olhos dourados brilharam em divertimento enquanto ele olhava para mim.

— Mal-educada.

— Se você sabia que havia uma chance de Lúcifer desaparecer, essa deveria ter sido a primeira coisa a sair da sua boca — respondi.

— Não que isso fosse mudar alguma coisa. Ninguém seria capaz de detê-lo. Pare de procrastinar e dê a eles o mais que necessário aviso.

Engolindo uma enxurrada de palavrões, liguei para Nicolai. Ele atendeu no terceiro toque.

— Trinity? Estava me preparando pra ligar pra você.

— Estava? — Eu estremeci, esperando que não fosse porque Lúcifer já tivesse feito algo para chamar a atenção deles.

— Sim, tenho boas notícias. Conseguimos as pedras de Yellowstone.

— Pedras? — Roth murmurou.

— Sério? — Essa era uma ótima notícia. — Então, só resta...?

— O ônix e a turmalina. Esperamos ter notícias em breve sobre elas — ele disse. — Então, o que tá acontecendo?

— Bem — eu disse, alongando a palavra. — Você tem um tempinho?

— Estou no telefone com você, então sim.

— Eu só queria ter certeza de que você não estava ocupado — eu disse, e Roth levantou uma sobrancelha para mim. Mostrando-lhe o dedo do meio, eu me afastei dele. — Então, vou só dizer de uma vez. — Limpei a garganta. — Roth e Layla foram bem-sucedidos. Bem, acho que "bem-sucedidos" seria considerado subjetivo e dependeria de você estar ou não de acordo com a ideia de trazer Lúcifer pra equipe.

— Ainda não me decidi quanto a isso — ele respondeu categoricamente.

Eu duvidava que o que eu estava prestes a dizer a ele fosse empurrá-lo para o grupo a favor da ideia.

— Então, Lúcifer chegou à superfície, e a boa notícia é que ele concordou em ajudar. Na verdade, estava bastante entusiasmado com isso.

Houve uma pausa e, em seguida, Nicolai disse:

— Certo, e?

— Mas a gente, hã... — Todo o meu corpo e cérebro se encolheram. — A gente meio que perdeu Lúcifer.

— O quê?

— Não surte...

— Não surte? Você tá brincando comigo? Você perdeu Lúcifer e tá me dizendo pra não surtar? — Nicolai gritou ao telefone. — Como é possível que você tenha perdido Lúcifer?

— Bem, é mais fácil do que você imagina. Ele fez aquela coisa realmente irritante que demônios fazem e desapareceu no ar.

— Não seja uma *hater* — Roth disse.

Nicolai parecia estar tentando respirar fundo várias vezes.

— Você tá realmente me dizendo que Lúcifer, *o* Lúcifer, tá por aí, vagando, porque vocês o perderam?

— Eu não diria que o perdemos...

— Você acabou de dizer isso!

— Certo. Não escolhi bem as palavras. A gente só *não sabe dele,* mas vamos encontrá-lo. — Eu esperava que o encontrássemos. — E ele parecia bem calmo, sabe, pra sua personalidade e tudo mais, então não acho que ele vá causar muitos problemas.

— Você acha mesmo que Lúcifer, que não anda pela Terra há sei lá quantos anos, não vai causar problemas? — Nicolai indagou. — Você tá chapada? Eu tô chapado?

Os cantos dos meus lábios se curvaram para baixo.

— Não estou chapada e, assim, pelo menos não estou ligando pra te dizer que iniciamos o fim bíblico dos tempos.

— Ainda — ele rosnou. — Você não tá ligando pra me dizer isso *ainda*.

Ele tinha razão nesse ponto.

— Olha, a gente vai encontrá-lo. Eu só queria avisar a todo mundo, caso encontrem, com alguma sorte, um Lúcifer totalmente vestido, pra não se envolverem. Tá bem? Então tenho que ir procurá-lo agora.

— Trinity...

— Tenho que ir. Estarei muito ocupada — apressei-me em dizer. — Se cuida! — Desliguei, mal resistindo à vontade de jogar o celular pela sala. Em vez disso, silenciei o aparelho e o coloquei virado para baixo no balcão antes que Nicolai pudesse ligar de volta, porque, se eu não pudesse ver que ele estava me ligando, poderia fingir que ele não estava.

— Se saiu bem, hein — Roth comentou.

Eu me virei para ele.

— Quanto tempo levaria pra sabermos se iniciamos o apocalipse?

Suas sobrancelhas se ergueram enquanto ele passava a mão pelo cabelo.

— É difícil dizer. Duvido que haja um limite de tempo exato, mas saberemos se acontecer.

— Será que eu quero saber como a gente vai saber?

Ele bufou.

— Você sabe que sim.

Suspirei. Eu queria.

— Se tivermos dado início à reta final histórica, você vai saber porque eles vão aparecer.

Um arrepio percorreu a minha espinha.

— E quem exatamente são "eles"?

— Os Cavaleiros. — Roth sorriu com firmeza. — Eles vão cavalgar. É assim que você vai saber.

— Ah. — Quase me sentei no chão. — Certo. Vou ficar de olho em algum cara em um cavalo branco.

— Na verdade, o que você deve ficar de olho é na abertura dos Sete Selos. Guerra não tá montado no cavalo branco. Ele vem com o segundo Selo. Depois, Fome com o terceiro. O quarto Selo é o mais divertido — explicou —, traz à tona Pestilência e Morte. Um combo dois por um. Então as coisas ficam realmente legais.

Eu o encarei.

— Estamos falando de julgamentos, marca da besta, tribulações, poços de fogo e caos generalizado.

Pisquei os olhos lentamente.

— Então, sabe como é, Deus vai dizer: "o Papai chegou", e vai dar uma surra ou algo assim. — Roth deu de ombros. — Ou pelo menos é o que dizem.

— Bem, isso fez com que eu me sinta muito melhor em relação às coisas. Valeu.

— De nada. — Roth olhou por cima do ombro, para o solário. — Fico feliz que eles estejam conversando.

— Eu também — concordei suavemente. — Por um momento, assim que você apareceu, pensei que fosse atacar Zayne.

— Eu não sabia o que ele havia se tornado. Tinha algo errado nele. — Roth me encarou. — Agora eu sei.

— Agora sei por que você fez seus comentários sarcásticos sobre os Guardiões — eu disse.

Um sorriso rápido apareceu no rosto dele.

— Eu nunca vi um anjo Cair. E os únicos que conheci já haviam sido despojados de suas asas, e com certeza não tinham a *graça*. — Um certo senso de conhecimento preencheu seu olhar âmbar. — Como ele estava quando voltou?

Soltei o ar com dificuldade quando a minha atenção voltou ao solário escuro.

— Não exatamente bem.

— Parece que tem uma história aí.

— Tem, sim. Talvez eu te conte quando encontrarmos Lúcifer — eu disse a ele. — O que você acha que ele tá fazendo por aí?

Roth se curvou, pegando o que parecia ser um brinquedo de cachorro com o formato de uma barra de chocolate.

— Conhecendo Lúcifer? Provavelmente procurou a igreja mais antiga das redondezas e no momento deve estar aterrorizando os coitados dos padres e, ao mesmo tempo, fazendo o Cara lá em cima perder a cabeça.

Considerei isso.

— Bem, acho que ele poderia fazer coisa pior, certo?

— Certo — Roth apertou o centro da barra, e o brinquedo soltou um apito.

— Precisamos sair e encontrá-lo. — Passei a mão no rosto. — E tem de ser antes que ele decida ser mais criativo com seu tempo livre.

Sem qualquer aviso, a raposa de Layla pulou o balcão, arrancando o brinquedo das mãos de Roth. Robin pulou no chão e disparou com a falsa barra de chocolate na boca, guinchando enquanto corria para a sala de estar.

— Eu realmente quero fazer carinho nele — eu disse.

— Eu não recomendaria. Ele gosta de mordiscar. O que você estava...?

Concentrada em Roth, não vi Layla chegando até que ela se chocou contra mim. Eu guinchei, parecendo o brinquedo de Robin, quando ela me envolveu em um abraço, prendendo meus braços ao lado do corpo.

— Obrigada — ela disse. — Obrigada.

— Pelo quê? — Meu olhar arregalado percorreu o cômodo, encontrando o de Zayne.

Ele sorriu.

— Você sabe o quê. — Ela me apertou com mais força.

— Eu não — Roth observou.

— Trinity trouxe Zayne de volta depois que ele Caiu. Ela usou a Espada de Miguel nele e o trouxe de volta — Layla disse, recuando. Ela segurou os meus braços. — Desculpe por ter sido tão antipática quando nos conhecemos. Eu estava sendo uma vadia, mas Zayne é importante pra mim. Ele sempre foi, mesmo quando não queria saber de mim, e eu não conhecia você e...

— Tá tudo bem. Eu também não fui exatamente amigável — admiti. — E você realmente não precisa me agradecer. Zayne fez o trabalho pesado recuperando sua Glória e depois ao Cair.

— Sei que o que você fez não deve ter sido fácil. — Layla me sacudiu. — Não consigo nem pensar no que eu teria feito se fosse eu quem tivesse que fazer aquilo. Você devia estar apavorada, e o fato de ter feito aquilo mesmo assim diz muito sobre você. — Seu rosto bonito começou a se enrugar novamente e, no segundo seguinte, ela estava com os braços em volta de mim. — Obrigada.

Zayne começou a avançar, cruzando o olhar de Roth. O príncipe demônio sorriu ao dar a volta no balcão.

— Vamos lá, Baixinha. — Colocando as mãos nos ombros dela, ele a puxou para trás. — Acho que ela sabe o quanto você é grata sem que você esprema as entranhas dela.

Zayne veio para o meu lado, colocando o braço em volta dos meus ombros. Ele abaixou a cabeça e beijou a minha bochecha.

— Você parece tão confortável com abraços — ele murmurou.

— Fica quieto.

Ele riu, beijando a minha têmpora.

— Parecia que você tinha ligado pro Nic. Como ele recebeu a notícia?

— Ah, você sabe, incrivelmente bem. Teve uma reação bem moderada... — Uma batida na porta da frente me interrompeu. Olhei de relance para Roth. — Será que a gente tá com sorte e é Lúcifer?

Roth bufou.

— Duvido.

— Eu atendo! — A voz de Cayman veio de algum lugar da casa.

— Ele esteve aqui o tempo todo? — perguntei.

— Ele estava no andar de cima, de molho na banheira — Layla disse, inclinando-se para Roth. — É terça-feira. O dia do autocuidado dele é sempre na terça-feira à noite.

Sacudi a cabeça.

— Seria de se esperar que ele abrisse uma exceção.

Cayman apareceu na porta com uma máscara de argila azul-esverdeada no rosto.

— Tem alguém aqui querendo ver vocês. Todos vocês — ele disse. — Eu não, porque não tenho nada a ver com o fato de vocês aparentemente terem perdido Lúcifer. Só avisando, ele não tá feliz.

Enrijeci. Quem poderia saber que todos nós estávamos aqui e que havíamos perdido Lúcifer? Não poderia ser Nicolai. Eu duvidava que ele soubesse onde Roth morava.

Senti Zayne enrijecer ao meu lado, ao mesmo tempo em que um estranho arrepio de alerta percorreu a minha pele.

Um homem entrou na cozinha — um homem que era quase tão alto quanto Lúcifer. De cabelos escuros e barba, ele tinha um olhar glacial que me fez sentir um frio na espinha. Assim como o fato de seu rosto ser mais nítido para mim, como no caso de Zayne e de Lúcifer. Ele não era um demônio, mas o poder irradiava daquele homem — o tipo de poder derradeiro —, e minha *graça* se remexeu na minha pele.

Roth deu um passo à frente.

— A que devemos a honra inesperada e questionável de sua presença, Ceifador?

Ceifador.

Ceifador.

Os meus olhos quase saltaram da cabeça quando percebi que estava olhando para *o* Ceifador de Almas.

O Anjo da Morte.

Capítulo 27

Se, há um ano, alguém me dissesse que eu conheceria Lúcifer e o Anjo da Morte em um único dia, eu teria rido na cara dessa pessoa.

No entanto, aqui estava eu, olhando para o Ceifador de Almas, também conhecido como Azrael.

E eu não estava achando graça. De forma alguma. Este anjo não servia ao Céu ou ao Inferno. Ou talvez ele servisse a ambos. Eu não tinha ideia, mas ele poderia acabar com qualquer uma de nossas vidas com apenas um estalar de dedos, e eu estava falando do tipo definitivo de morte, que terminava com a destruição da alma.

— Bonitinho — o Ceifador respondeu a Roth. — Você acha que eu quero estar aqui?

— Vou dizer que não. — Roth cruzou os braços com casualidade. Levantei as sobrancelhas. Era impressão minha ou o Ceifador tem um... sotaque britânico?

A cabeça do Anjo da Morte se inclinou na direção de Layla.

— Prazer em vê-la novamente.

Layla fez um aceno curto e desajeitado que senti em cada parte do meu ser.

— O que, em nome de Deus e de todos os seus anjos, vocês fizeram? — ele perguntou enquanto eu via Cayman sair sorrateiramente da cozinha. — Você trouxe Lúcifer para a superfície?

— Você precisa saber o motivo — Roth afirmou. — E você não vai perguntar onde ele tá?

Eu realmente não achava sensato falar sobre a ausência do Diabo, mas quem era eu na fila do pão?

Os lábios do Ceifador se afinaram por trás da barba bem aparada.

— Eu sei que ele não está aqui, o que era de se esperar assim que ele chegasse à superfície.

— Nós o encontraremos — Roth respondeu.

— Pode ter certeza de que sim — o outro respondeu —, porque todos os que importam sabem que Lúcifer está em campo, e você sabe o que isso significa?

— Fim do mundo, no estilo clássico bíblico. Ironicamente, eu estava tendo essa conversa agora mesmo. Esperamos que Deus perceba o que estamos fazendo e não traga o fim dos tempos pra cima da gente — Roth disse a ele. — E, a propósito, encontrar Lúcifer era o que estávamos prestes a fazer antes que você interrompesse. — Roth sorriu, mesmo quando os olhos do Ceifador se estreitaram. — Só estou dizendo, mas, já que você tá aqui, tenho certeza de que poderia nos dizer onde ele está.

— Sei exatamente onde está essa prima-dona e você também sabe que não posso dizer nada.

— Por que não? — eu disse na lata, e aqueles olhos frios e brilhantes se voltaram para mim e para Zayne. Resisti ao impulso de dar um passo para trás. — Quer dizer, isso seria muito útil, sr. Ceifador... digo, sr. Azrael.

— Sr. Ceifador? — Zayne sussurrou em voz baixa.

— Você pode me chamar só de Ceifador — ele disse. — E para responder à sua pergunta, assim que Lúcifer chegou a este plano, o potencial para o bom e velho fim dos tempos tornou-se uma possibilidade. Ou seja, não posso interferir, mesmo que a presença dele não tenha nada a ver com o que vai acontecer.

Isso... soava tão estúpido quanto qualquer outra regra angelical, portanto, não era totalmente surpreendente. No entanto, outra coisa me ocorreu.

— Então a regra que proíbe pegar em armas contra outro anjo também se aplica a você?

— Exato. — Seu olhar se voltou para Zayne, e eu fiquei tensa. — Você escapou das minhas mãos, não foi?

— Exato. — Zayne não parecia nem um pouco preocupado, considerando que o Anjo da Morte poderia tentar tirar sua *graça* e suas asas.

— E parece que você não será o único — o Ceifador respondeu, e eu não fazia ideia do que ele queria dizer com isso. — Coisas desnaturais provêm de acordos desnaturais. Sua atenção mudou para Layla. — Esta aqui pode lhe contar tudo a respeito.

Eu não consegui ver exatamente a expressão de Layla, mas ela pareceu um pouco ofendida pela declaração.

Mas então seu olhar gélido voltou a concentrar-se em mim.

— Só para você saber, eu não o teria trazido de volta se tivesse acontecido de você me invocar.

Outra onda de calafrios percorreu a minha pele.

— Você sabia que eu planejava fazer isso?

— Mas é claro que sim. — Um sorriso apertado apareceu no rosto do Ceifador. — Eu sempre sei. Sou como o Papai Noel, porém com mais morte.

— Nossa — murmurei. — Essa comparação acabou de destruir o Natal pra mim.

— Nenhuma vida é digna de ser trazida de volta — ele disse —, nem mesmo a dele.

Aquele comentário me deixou irritada.

— Sem querer ser mal-educada, mas por que você tá aqui? Só pra nos dar um sermão?

O silêncio tomou conta da cozinha enquanto Zayne se aproximava de mim.

Um canto dos lábios do Ceifador se levantou.

— Basicamente. — Ele fez uma pausa. — E acho que você estava sendo mal-educada de propósito.

Cruzei os braços.

— Eu estava. Não é pessoal — eu disse, usando as palavras do próprio Lúcifer. — É que eu tô um pouco cansada de anjos fazendo nada além de falar e reclamar enquanto os outros têm de fazer o trabalho sujo.

— Ei — Zayne disse —, eu não fico só falando.

— Você é um Caído. Não entra na minha generalização abrangente e provavelmente precisa — argumentei. — E, a propósito, por que você parece ter um sotaque britânico?

O Ceifador olhou para mim.

— Por que é que você perguntaria logo isso?

— Estou apenas curiosa.

— Você não deveria questionar o que você não consegue entender.

Revirei os olhos.

— Isso não faz sentido.

— Bem, pelo menos não tenho sotaque de americano. "Cês tão indo pru shopping comprá umas rôpa" — ele ironizou. — É assim que vocês falam.

— A gente não fala assim.

— É, meio que falam, sim — Roth disse.

— O quê? — Layla exigiu. — Até eu?

Roth deu de ombros.

— Sim, mas não tão ruim quanto Trinity. Culpo a Virgínia Ocidental por isso.

Os meus olhos arregalaram.

— Estou ofendida.

— Seu sotaque é bonitinho — Zayne me garantiu.

— Eu nem percebi que tinha sotaque — murmurei.

— E eu não sabia que estava aqui para falar sobre sotaques — o Ceifador respondeu.

— Eu também não sabia que havia um motivo real pra sua presença — murmurei.

O Ceifador ergueu uma sobrancelha escura em minha direção.

— Sabe quem você me lembra?

— Alguém que você provavelmente matou em algum momento por ter te irritado? — Ofereci com um bocejo.

Ele sorriu.

— Você me lembra o seu pai.

Apertei o lábio.

— Acho que prefiro te lembrar alguém que você assassinou.

— Vocês dois têm uma língua afiada e falta de tato — ele continuou. — Tanto você quanto seu pai têm sorte de eu achar isso divertido.

Abri a boca, mas Zayne passou o braço em volta de meus ombros e disse:

— Havia outro motivo?

— Sim. Estou aqui para enfatizar a importância de vocês encontrarem Lúcifer o mais rápido possível.

— Esse é o plano — Zayne disse, apertando os meus ombros antes que eu pudesse dizer o mesmo com... bem, com menos tato.

— Ele não vai infringir nenhuma regra importante — Roth acrescentou. — Ele não vai expor o que ele é para além de atormentar as pessoas.

— Se você acha que é isso que ele está fazendo, então eu superestimei a sua inteligência — o Ceifador disse.

As sobrancelhas de Roth se ergueram.

— Ai.

— É muito provável que Lúcifer esteja por aí, neste momento, tentando procriar um filho natural, da vida real, que não seja uma decepção para ele.

Minha boca se abriu.

— Você tá de brincadeira, certo? — Layla perguntou. — Por favor, me diga que ele não tá por aí tentando criar o...

— Anticristo? — o Ceifador terminou por ela. — Sim, é exatamente isso que estou dizendo, e ele provavelmente já está no caminho certo para isso.

— E como que criar o Anticristo não é quebrar regras? — Zayne exigiu.

— Porque isso faz parte do grande plano. — O Ceifador fez uma pausa quando Robin entrou no cômodo com a barra de chocolate na boca. — Um plano que não estava previsto para começar tão cedo, mas, por outro lado, não se esperava que Lúcifer vagasse livremente entre os mortais tão cedo. Entretanto, aqui estamos nós.

— Lembra que a gente estava falando sobre os Selos? — Roth olhou para mim. — Alguns teorizam que o Anticristo seja o primeiro Selo.

— Que legal. — Deixei minha cabeça cair para trás. Será que já não havia problemas suficientes acontecendo?

— Espera. Corrija-me se eu estiver errada, mas, pra Lúcifer trazer ao mundo a pior criança possível, ele não pode usar qualquer forma de manipulação, certo? — Layla disse, e o Ceifador assentiu. — Então, como é que ele já pode estar no caminho certo pra conseguir isso?

Os cantos dos lábios do Ceifador se curvaram para baixo.

— Não vou lhe explicar como isso é possível.

— O quê? — Layla ergueu as mãos. — Acho que é uma pergunta válida.

Cayman colocou a cabeça no cômodo, a máscara tendo sido lavada do seu rosto.

— Você não viu o nosso mais sombrio dos senhores das trevas? Ele é um homem bonitão. E ele pode ser charmoso... quando quer. Tudo o que ele precisa fazer é ficar com alguém. Não é como se ele tivesse que dizer à pessoa "Oi, eu sou Lúcifer e vou engravidar você com o Anticristo. Parabéns! É um menino!".

— Isso parece incrivelmente problemático — Zayne apontou quando Cayman desapareceu de volta à sala de estar.

— Ele é Lúcifer. — O Ceifador se abaixou e coçou o topo da cabeça de Robin sem ser mordido. — O nome do meio dele é problemático.

— Meu Deus. — Passei a mão no rosto. — Eu realmente não quero pensar em procriação mais do que já tenho que pensar.

O semblante embaçado de Roth formou uma careta.

— O que isso quer dizer?

— Só procriação em geral — Zayne acrescentou, e então rapidamente desviou a conversa de volta para Lúcifer. — Existe alguma maneira de você nos dar um bom ponto de partida sobre onde a gente pode encontrar Lúcifer? Tecnicamente, dar seu melhor *palpite* não é intervir.

— Ele tem razão. — Roth se afastou do balcão da cozinha.

O Ceifador bufou e Robin trotou na minha direção com os olhos amarelos arregalados. O brinquedo apitava em sua boca.

— Tudo o que posso dizer é que, se eu fosse Lúcifer e estivesse procurando por algo casual que se transformasse em uma vida inteira de Inferno, eu iria para onde as pessoas estão mais inclinadas a fazer más escolhas.

— Os bares — Zayne e Roth responderam ao mesmo tempo.

— Vamos ter de nos separar. — Layla suspirou ao olhar para baixo, para seu vestido. — Preciso me trocar.

— Eu também. Eu tô cheirando a Inferno — Roth disse quando comecei a esticar uma mão para Robin. — Se você valoriza seus dedos, não faça isso, Trinity.

Congelei.

— Mas o Ceifador fez carinho nele.

Robin agarrou o brinquedo com força, fazendo-o apitar.

— Isso é porque eu sou o Ceifador — o Anjo da Morte respondeu enquanto Roth seguia Layla para fora da cozinha.

Robin cuspiu o brinquedo e se sentou, sacudindo a cauda felpuda.

— Você vai me morder se eu fizer carinho em você, mas quer que eu jogue seu brinquedo?

Ele soltou um pequeno latido.

— Não parece justo. — Peguei o brinquedo e o joguei em direção à sala de estar. Eu sorri quando a raposa disparou. — Ele parece tão macio. Eu só quero fazer carinho. Uma vez.

— Ele é muito macio. — O Ceifador chamou minha atenção, tendo se aproximado de Zayne e de mim. — Você deveria ser mais legal comigo.

— Provavelmente — admiti. — Mas foram dias difíceis, e a minha cota de ser legal com caras assustadores acabou mais ou menos na hora em que Lúcifer apareceu e abriu a boca.

— Ele costuma ter esse efeito nas pessoas. — O Ceifador deu um leve sorriso. — Posso responder a uma pergunta que vocês dois gostariam que fosse respondida.

Paralisei enquanto meu coração batia pesadamente.

— Não sei se devo me preocupar por você saber que precisamos de respostas pra qualquer pergunta que seja — Zayne afirmou, e eu concordei.

— Eu sou a morte. Como eu disse antes, estou sempre observando, e há muito pouco que eu não saiba.

Levantei a mão.

— Por favor, não faça referência ao Papai Noel de novo. Acho que não consigo lidar com duas em uma noite.

Aquele sorriso fraco se transformou em um sorriso torto.

— Vou fazer um favor a vocês dois e esclarecer uma coisa pra vocês, e só estou fazendo isso porque vocês precisam se concentrar na bagunça que fizeram...

— Gostaria que ficasse registrado que eu não participei da discussão sobre trazer Lúcifer pra superfície — Zayne comentou.

Lancei-lhe um olhar sombrio, e um canto de seus lábios se curvou para cima.

— E vocês dois precisam se concentrar na tarefa em questão — o Ceifador continuou, ignorando nossos comentários. — Há um motivo pelo qual não há registro de qualquer Legítimo procriando.

A minha respiração ficou presa e o braço de Zayne escorregou para longe de meus ombros. Ele pegou a minha mão, mas os meus dedos estavam estranhamente dormentes. Fui pega, e muito, de surpresa para ficar realmente assustada pelo fato de ele estar ciente de tudo isto.

— Vocês sabem por que é proibido que Protetores e Legítimos se apaixonem. O amor deles interfere no dever de proteger a humanidade, enfraquecendo-os mental e fisicamente. Pelo menos é o que dizem. Acredito que há poucas coisas mais fortalecedoras do que o amor. Somente os já fracos seriam ainda mais enfraquecidos por isso. Mas os Alfas tinham uma opinião diferente. Eles criaram essa regra. O mesmo sentimento foi direcionado aos descendendes. A maioria dos Legítimos era esterilizado quando atingia a idade adulta. A idade para tal variou muito durante os anos em que eles lutaram ao lado dos Guardiões — explicou. — Isso estava tão arraigado entre Legítimos e Guardiões que a ideia de engravidar era considerada tabu, quase um sacrilégio. No entanto, então, uma Legítima que ainda não havia sido esterilizada se apaixonou por seu Protetor e, de sua união proibida, nasceu uma criança. Isso não foi bem recebido.

— Foi isso que levou ao fim dos Legítimos e Protetores. — A mão de Zayne apertou a minha — Não foi?

O Ceifador acenou com a cabeça.

— Os Guardiões exigiram que a gravidez fosse interrompida antes que os Alfas tomassem conhecimento. Alguns Legítimos concordaram, mas outros não. Esses apoiaram o jovem casal e exigiram que a criança pudesse viver. O Protetor já estava fisicamente enfraquecido pelo amor deles. A punição divina foi aplicada.

— Mas isso não foi suficiente — sussurrei, limpando a garganta. — Algo aconteceu com eles, com o filho deles, não foi?

Aqueles olhos frios e severos encontraram os meus.

— O filho deles nunca teve a chance de dar o primeiro suspiro. Tanto o Protetor quanto a Legítima foram trucidados enquanto dormiam por aqueles que acreditavam estar fazendo o que Deus queria.

Horrorizada, apertei o peito com a minha mão livre.

— Isso enfureceu aqueles que apoiavam o casal, e até mesmo muitos dos que não apoiavam. Os Legítimos e seus Protetores se voltaram não apenas contra os Guardiões, mas também contra os Alfas que finalmente intervieram. Foi uma carnificina apagada da história. — O Ceifador abaixou o rosto. — Como a maioria das coisas que é feita por aqueles que não querem assumir seus atos malignos. É por isso que os Legítimos morreram. É por isso que não há registro de qualquer gravidez.

Meu coração começou a disparar enquanto eu olhava para o anjo.

— Como acontece com qualquer ser que carrega o fogo celestial em seu sangue, a procriação é extremamente difícil, volátil e imprevisível — ele continuou enquanto eu sentia que poderia desabar em uma poça de ansiedade. — Embora alguns possam achar injusto ou estranho a facilidade com que dois mortais podem se reproduzir, na verdade não é tão fácil para eles. É uma questão de oportunidade e sorte, boa ou ruim, dependendo de como você vê as coisas, mas seria francamente chocante que uma criança resultasse de um momento acalorado de paixão não planejada entre uma Legítima e um Caído.

Eu repeti aquelas palavras e ainda não tinha certeza se ele estava dizendo que eu estava grávida ou não.

Aparentemente, Zayne estava igualmente incerto.

— Então ela não tá grávida?

— Vocês dois teriam de se esforçar muito mais se esse fosse o objetivo — o Ceifador respondeu, voltando seu olhar para mim. — Não, você não está grávida.

— O quê? — Roth exclamou da porta, assustando-me. Meu olhar se voltou para ele, e vi que Layla também estava ali.

Parecia que os dois estavam boquiabertos.

Zayne mudou sua posição de modo a me bloquear parcialmente da visão deles.

— Podemos ter um pouco de privacidade aqui?

Vi o que pensei ser o braço de Roth se levantar quando ele disse:

— Sabe, na verdade, não quero participar desta conversa.

— Mas por que isto sequer seria uma conversa? — Layla protestou.

— Venha comigo, Baixinha, e vou te explicar o que pode acontecer quando duas pessoas fazem sexo. Melhor ainda, posso te mostrar...

— Eu sei o que acontece — Layla esbravejou, e tudo o mais que ela disse se perdeu quando Roth a arrastou para fora da cozinha.

Esperei até que eles saíssem.

— Como você saberia se estou grávida ou não? Você consegue ver dentro do meu útero?

Zayne olhou para mim.

— Não acredito que essas palavras acabaram de sair da sua boca.

— *Eu* não acredito que essas palavras saíram da minha boca, mas saíram.

— Essa deve ser uma das coisas mais perturbadoras que eu já ouvi, e eu ouvi muita coisa. — O lábio do Ceifador se curvou atrás de sua barba. — A morte e a vida são dois lados da mesma moeda. Posso sentir quando a vida mais jovem criou raízes e saber quando o processo de morte começou muito antes de o corpo começar a apodrecer.

— Aposto que você é uma ótima companhia em festas — sussurrei enquanto soltava o ar lentamente.

Eu não estava grávida.

Obrigada, bebês gárgulas por toda parte.

O alívio tomou conta de mim, deixando-me um pouco tonta e culpada. Tipo, eu devia ficar tão aliviada assim ao saber que não estava grávida?

Pensei em como eu havia acabado de falar com o Anjo da Morte.

Sim, eu deveria estar tão aliviada assim.

No entanto, havia um sentimento minúsculo, do tamanho de uma sementinha, de decepção. Embora eu tivesse sérias dúvidas sobre a minha capacidade de ser mãe, Zayne teria sido um pai incrível. Teria sido incrível ver isso.

Entretanto, isso era uma coisa a menos com que se preocupar e pensar em ter de proteger.

— Vocês dois podem ter filhos — o Ceifador disse, atraindo a minha atenção de volta para ele. — Talvez um dia, se for isso que decidirem querer. Será difícil, mas não impossível. O que um filho ou filha de vocês seria, bem, isso seria interessante. Uma possível classe totalmente nova de linhagens angelicais. Evolução. Não é fantástico?

A minha cabeça estava girando em torno de uma série de coisas no momento.

— Nosso filho não seria apenas um... Legítimo, já que nós dois temos muita *graça* em nós? Ou como as pessoas que têm *graça* muito diluída?

— O filho de vocês teria sido assim, como vocês — ele disse. — Mas isso foi antes.

— Antes do quê? — Zayne perguntou.

O sorriso do Ceifador se alargou.

— Encontrem Lúcifer. Deem um jeito em Gabriel, e depois se preocupem com isso. Nesse meio tempo, eu investiria em anticoncepcional. — Seu olhar ancestral se desviou de Zayne para mim. — Eu a verei novamente.

E, possivelmente com as palavras mais enervantes que o Anjo da Morte poderia dizer, o Ceifador desapareceu da cozinha.

— Ele é... — Balancei a cabeça lentamente. — Ele é uma coisa e tanto.

— Sim, ele é. — Zayne se voltou para mim.

Com a mente ainda confusa, olhei para ele.

— O real Anjo da Morte apareceu pra gritar com a gente e me dizer que não estou grávida. Nossa vida é tão estranha.

Um sorriso apareceu em seus lábios enquanto Zayne colocava as mãos nos meus braços.

— Definitivamente estranha. Como tá se sentindo em relação ao que ele nos contou?

— Eu... — Havia tantas emoções e pensamentos passando pela minha cabeça, mas a tensão no meu peito diminuiu. — Eu me sinto aliviada. Isso faz de mim uma pessoa ruim?

— Não, não faz. Também me sinto aliviado. — Envolvendo os braços nos meus ombros, ele se aproximou de mim. — Não me entenda mal. Se você estivesse grávida, teríamos ficado bem. A gente teria resolvido as coisas, mas agora...

— Agora não é um bom momento pra nada disso. — Apoiei meu queixo em seu peito. — Pelo menos a gente sabe que pode acontecer.

— O conselho sobre anticoncepcional foi bom. — Seus lábios se contraíram.

— Esse era um conselho que eu nunca precisei ouvir do Anjo da Morte — retruquei. — Assim como as palavras de despedida dele, mas acho que todo mundo, ou pelo menos a maioria das pessoas, vai voltar a vê-lo um dia.

A mandíbula de Zayne endureceu.

— Isso não vai acontecer.

Sorri ao encostar minha bochecha em seu peito. Ele disse aquilo como se pudesse, de alguma forma, impedir que a morte me levasse. Ele não podia. De uma forma ou de outra, eu encontraria a morte. Esperava que fosse daqui a muito tempo.

— Mas é bom saber que isso é possível. Sabe? — Ele passou os dedos pelo meu cabelo. — Se, no futuro, a gente decidir que quer.

— O quê? Arruinar uma criança?

Ele riu.

— Sim, isso.

Outro sorriso se espalhou pelos meus lábios. Eu ainda me sentia um pouco culpada por estar tão aliviada, mas eu realmente não estava pronta para isso. Não com tudo o que estava acontecendo. Talvez não diga nunca, mas pelo menos essa seria uma escolha que poderíamos fazer.

— O que você acha que ele quis dizer com a parte do "antes"? — Zayne perguntou. — Sobre o que seria o nosso filho.

— Meu Deus, isso é uma incógnita. A gente vai ter que ficar noiado com isso mais tarde. — Comecei a me afastar dele.

Zayne me interrompeu, baixando o queixo de modo que, quando falou, seus lábios roçaram na minha bochecha.

— Sabe o que aconteceu com aquele Protetor e a Legítima? Não somos nós. Nunca vai ser.

— Eu sei. — Eu me estiquei ao máximo que pude, e ele abaixou a cabeça o resto do caminho. Eu o beijei. — Quem fosse estúpido o suficiente pra tentar isso não sairia vivo do nosso quarto.

— Concordo. — O beijo seguinte foi mais longo, mais profundo e, quando terminou, eu desejei que tivéssemos mais tempo. — Precisamos sair e encontrar Lúcifer.

— Isso. — Saí de seu abraço. — Pelo menos a gente não precisa ir a uma farmácia.

— Ainda precisamos comprar óculos de sol novos pra você — ele me lembrou quando saímos da cozinha.

Como a sala de estar estava escura, Zayne se certificou em ficar a apenas um passo à minha frente, abrindo caminho entre os móveis. Meu Deus, eu tinha sentido falta disso. Estiquei a mão, fechando os meus dedos na borda de sua camisa.

Roth estava esperando por nós no vestíbulo, sozinho.

— Cadê Layla? — Zayne perguntou.

— Perseguindo o Robin. Ele acha que é hora de brincar e correu pro andar de cima.

Fui para a frente de Zayne.

— Onde tá a sua cobrinha perigosa?

— Minha cobrinha perigosa? — Roth deu uma risadinha. — Ela tá no meu braço. Ela não é tão malcomportada quanto Robin. Vai levar um tempo pra Layla pegá-lo, então achei que vocês poderiam ir em frente e sair. Se vocês quiserem verificar Dupont Circle, vamos pra rua H.

— Parece bom — Zayne disse enquanto nos dirigíamos à porta.

Eu estava pensando que seria uma longa noite quando saímos para o ar abafado de julho.

— A propósito — Roth começou.

Zayne se voltou para ele.

— Eu realmente espero que você não vá falar sobre o que ouviu o Ceifador conversando com a gente.

— Não. Saber que vocês dois não vão ser pais não é da minha conta — Roth disse, e eu franzi a testa. — Só preciso dizer uma coisa.

— Mal posso esperar pra ouvir isso — Zayne respondeu.

— Sei que agora você pode me dar uma surra das boas. — Roth se encostou no batente da porta. — Você é um Caído que tem a *graça*. Sou demônio o suficiente pra reconhecer quando estou em desvantagem, mas se você enfrentar Lúcifer, você vai perder.

— E sabendo que você não me venceria, isso não te impediria de vir atrás de mim se achasse que Layla estava em perigo — Zayne respondeu. — Certo?

— Nem por um maldito segundo.

— Então você entende por que a morte certa não me impediria — ele disse, e eu revirei os olhos. — Mas aquece meu coração saber que você se importa.

Roth sorriu.

— Tanto faz, Pedregulho.

— Você sentiu minha falta. — Zayne sorriu. — Admita.

O sorriso no rosto de Roth foi breve.

— Apenas tome cuidado. É só isso que tô dizendo. Se você encontrar Lúcifer primeiro, não o provoque. Ele é impulsivo e tem a tendência de destruir coisas antes de pensar direito no que está fazendo. Ele cortaria alegremente o próprio nariz pra ofender o próprio rosto. Se você irritá-lo, ele vai te matar. Ele vai matar vocês dois.

Capítulo 28

Procurar por Lúcifer foi como um jogo de Detetive, se o jogo incluísse coisas como um Satanás atraente e seminu encontrado com uma dose de vodca no banheiro de uma boate suspeita para cacete.

Zayne e eu tínhamos percorrido a maior parte do Dupont Circle, parando em todos os bares e boates que encontrávamos, e só Deus sabia por que havia tantos deles.

Estranhamente, ninguém pediu pela nossa identidade. Eu tive a sensação de que isso era obra de Zayne. Repetidas vezes, um segurança ou garçom diria que a nossa descrição soava familiar, relatando que um homem muito parecido com quem procurávamos entrou sem camisa. Muitas vezes, eles diziam isso parados ao lado da placa de proibido entrar sem camisa em uma janela ou porta. Em seguida, eles nos encaminhariam a um *barman* que jurava que um homem que correspondia à nossa descrição havia entrado e pedido vodca de primeira linha, observado a multidão como um completo esquisitão e depois pedido recomendações sobre outros bares que ele poderia visitar. A primeira boate em que tínhamos parado me pareceu mais uma boate de dança exótica, já que havia muitas pessoas seminuas na pista de dança, mas eu não achava que existissem boates exóticas unissex. No terceiro estabelecimento, que teria se encaixado perfeitamente em Sodoma e Gomorra, rapidamente começamos a perceber que, onde quer que Lúcifer fosse, sua presença era sentida, deixando para trás uma aura de tentação que engrossava o ar com pecado.

Isso aconteceu várias vezes. Parei de contar quando chegamos ao número dez.

— Você acha que ele vai só ficar super bêbado e desmaiar em algum lugar? — eu perguntara. — Porque quantas doses de vodca que ele consegue tomar?

— Demônios não reagem ao álcool da mesma forma que os humanos. Imagino que os anjos sejam assim também — ele me dissera, todo esperto e tal.

Horas depois, eu tinha visto um grande número de pessoas se envolvendo em vários graus de intoxicação pública, mais pele e partes do corpo do que eu precisaria ver em toda a minha vida e algumas ressacas realmente brutais em formação.

Contudo, não encontramos Lúcifer.

Layla e Roth também não. Cayman também sacrificara seu "tempo de autocuidado" e se juntara à busca, mas ele também terminava de mãos vazias. Aparentemente, Lúcifer era exigente, e eu podia apreciar o fato de que ele tinha critérios e tal, mas estava cansada e com fome. Tipo à beira de morder alguém de tanta fome.

Foi assim que fomos parar no telhado de um prédio próximo. Sentei-me na beirada, com os pés pendurados para o nada, enquanto comia alegremente um hamburguer de queijo e batatas fritas. Zayne havia pedido um sanduíche de frango grelhado — eca — do qual ele imediatamente descartou o pão e comeu apenas o peito de frango antes mesmo que chegássemos ao nosso esconderijo no telhado.

— Tem algum motivo pra você sentir necessidade de comer literalmente na beira do telhado? — Zayne perguntou enquanto subia no parapeito.

Coloquei uma batata frita na boca.

— Uma visão panorâmica da cidade.

Ele se ajoelhou ao meu lado, suas asas escondidas.

— E o que você vê da cidade daqui de cima?

Apertei os olhos enquanto pegava a bebida.

— Várias... manchas identificáveis. — Dei um gole enquanto olhava para ele. O luar iluminou seu rosto. Ele havia prendido o cabelo para trás em um nó mais cedo. — Mas aposto que você vê tudo perfeitamente.

Ele sorriu, balançando a cabeça.

— Eu tô achando que você quis vir pra cá só pra que eu possa viver à beira de um ataque cardíaco toda vez que você se mexe.

Sorri.

— Talvez. Quer uma batatinha?

— Não.

— Ah, vai. É apenas um pedacinho de carboidrato cortado em fatias finas.

— Não, obrigado.

De qualquer forma, ofereci a batata frita, semicerrando os olhos ao apontar para sua boca.

— É uma delícia salgada e saborosa. — Cutuquei o canto do seu lábio. — Ela quer ser comida por você.

— Duvido que a batata frita seja a única coisa que queira ser comida por mim.

Meu rosto ficou vermelho de calor.

— Que coisa mais safada de se sugerir.

— Aham. — Zayne pegou meu pulso, virando levemente a cabeça. Ele pegou a batata frita, mastigando lentamente. — Feliz?

Assenti com a cabeça.

Seus olhos encontraram os meus, um azul vibrante e luminoso ao luar, enquanto sua língua passava sobre as pontas dos meus dedos, capturando os cristais de sal.

— Saboroso.

— É — sussurrei, com o estômago se contraindo deliciosamente.

Ele beijou a ponta do meu dedo, com aqueles olhos ardentes ainda fixos nos meus.

— Eu amo você, Trinity.

Minha respiração e meu peito apertaram. Eu nunca me cansaria de ouvi-lo dizer isso. Nunquinha. Cada vez que ele dizia, era como se eu estivesse ouvindo pela primeira vez, assim como acontecia com a noção do quanto era absolutamente maravilhoso sentir com tanta intensidade e saber que esse tipo de amor era retribuído. E eu sabia que faria *qualquer coisa* para proteger aquilo.

— Eu amo você — sussurrei.

Ele inclinou a cabeça para trás e achei que tinha visto um sorriso enquanto ele olhava para o céu. Segui seu olhar enquanto comia um punhado de batatas fritas. Tudo o que eu vi foi o brilho da lua e diferentes tons de preto.

— As estrelas estão visíveis? — perguntei, esperando que ele dissesse não, mas já sabendo qual seria a resposta.

— Tem algumas delas. Estão brilhantes. — Abaixando o rosto, ele olhou para mim. — Você não tá vendo nenhuma?

Balançando a cabeça, enfiei o que restava das batatas fritas na boca.

— Você viu as estrelas desde aquela noite? — Zayne tirou um guardanapo do saco do lanche enquanto eu terminava de comer as batatinhas. — Troca?

— Valeu. — Entreguei a caixa de papelão vazia e peguei o guardanapo. — Não. Não vi.

Ele ficou quieto por um momento e, em seguida, pegou o guardanapo amassado de mim.

— Como tá sua visão, tirando isso?

— Praticamente a mesma coisa, eu acho. — Agarrando a borda da pedra quente, balancei meus pés. — Quero dizer, eu nunca percebo exatamente quando a minha visão piora. Geralmente é tão lento que não é possível identificar a mudança.

— Mas estava ficando mais difícil ver as estrelas antes daquilo?

— Estava. — Olhei para baixo. Além dos postes de iluminação pública e dos faróis dos carros que passavam, não havia nada além de um vazio de escuridão. — Mas foi estranho, como eu consegui ver todas as estrelas tão perfeitamente nítidas. Se foi real, isso me faz pensar se... não sei, se meu pai teve algo a ver com isso? — Assim que as palavras saíram da minha boca, senti-me uma boba e tomei metade do refrigerante em um gole só. — Eu sei que isso parece idiota...

— Não, não é. — Ele tocou no meu braço primeiro e depois na minha bochecha. — Acho que é possível. Seu pai sabe sobre a sua visão. Como eu disse antes, acho que ele encontra maneiras de mostrar que se importa. Maneiras que nem sempre são óbvias.

Sorri levemente, abaixando a bebida.

— Parecia um... um presente.

— Parece que sim. — Seu polegar percorreu a curva da minha mandíbula. — Eu queria que você pudesse vê-las agora.

— Eu também. — Olhei para ele. — Mas eu tenho a Constelação de Zayne.

Ele sorriu, e me impressionou a nitidez de suas feições, apesar da falta de iluminação e dos meus olhos. É verdade que alguém com globos oculares funcionais provavelmente poderia vê-lo ainda melhor, mas, normalmente, seu rosto teria sido apenas um borrão desfocado para mim.

— A gente devia ir — ele disse. — Precisamos...

Eu sabia que ele sentiu a presença dos demônios no mesmo momento em que senti a pressão na minha nuca. Apoiei meu copo no parapeito.

— Você tá vendo?

— Procurando. — Ele segurou a minha mão, ajudando-me a ficar em pé enquanto se virava para olhar por cima do ombro. — Chegando.

Girei sobre o parapeito, apertando os olhos. Vários borrões em forma de homem passaram sob o luar, a pele brilhante como ônix. Havia quatro pares de olhos vermelhos profundos. Isso era tudo o que eu precisava ver para saber com o que estava lidando.

— Capetas — resmunguei, pulando no telhado felizmente plano. Proibidos na superfície, os Capetas eram criados pela dor e pela miséria e, de algum jeito, Gabriel havia convencido muitos deles a aderir à sua causa. — Deixe-me adivinhar, estão pelados.

— Infelizmente.

— Por que eles estão sempre pelados? — perguntei, invocando minha *graça*. Com a falta de iluminação, eu não ia brincar com as adagas. Os cantos da minha visão se iluminaram quando uma luz branca desceu pelo meu braço. Meus dedos se fecharam ao redor do cabo enquanto a espada ganhava vida, estalando com fogo e energia.

— Tente manter um vivo —Zayne me lembrou.

Acenei com a cabeça enquanto o brilho fraco da pele de Zayne pulsava. A estática carregou o ar. A parte de trás de sua camisa rasgou enquanto suas asas se soltavam.

— Você deveria dar uma olhada na camisa que o Guardião Jordan estava usando — eu disse a ele. — Ele cortou duas fendas na parte de trás pra encaixar as asas. Você acabaria com menos camisas se fizesse isso.

Ele deixou de lado a camisa rasgada.

— Mas daí você não iria me ver sem camisa.

Eu sorri.

— Bem pensado.

— Só estou cuidando de você — ele respondeu, enquanto o fogo dourado descia em espiral pelos dois braços, formando aquelas lâminas em foice perversas.

Se algum dos Capetas hesitou ao ver Zayne em sua forma de Caído, eu não saberia dizer dizer. Eles nos atacaram, e foi então que percebi que havia mais de quatro.

Eu nunca tinha visto tantos em um só lugar. Santo Deus, devia ser uma dúzia.

Zayne disparou para a frente, dilacerando o peito de um Capeta com uma lâmina enquanto suas asas o erguiam no ar. Ele aterrissou atrás do demônio enquanto este explodia em chamas, as lâminas de Zayne fazendo um amplo arco ao redor da criatura.

O Capeta à minha frente desapareceu. Praguejando, girei e cravei a espada flamejante na barriga dele quando o demônio apareceu atrás de mim. Ele rugiu enquanto eu dançava para trás, girando.

— Vocês realmente não têm roupa no Inferno?

— Você gostaria de descobrir? — um dos Capetas rosnou, correndo para a minha esquerda e disparando para a frente, tentando entrar no meu campo de visão restrito.

Alguém andou dando com a língua nos dentes.

Ah, nem pensar, não íamos jogar esse jogo.

Rosnando baixinho, voltei para o luar, abaixando a espada. Acalmei-me, centrando-me tal como Zayne havia me ensinado. A risada rouca do

Capeta veio da minha direita. Ouvi seus passos e me virei bruscamente. A Espada de Miguel atingiu o peito da criatura.

— Boa tentativa — murmurei quando o Capeta explodiu em chamas. O fedor de enxofre tomou conta do telhado.

— O Augúrio me recompensará bem. — Hálito quente e fétido tocou a minha bochecha.

Meu coração falhou enquanto eu me preparava para pular para trás. Um lampejo branco preencheu a minha visão. Zayne desceu na minha frente, com sua lâmina em foice ardente cortando o pescoço do Capeta.

— Por que você é tão fascinada pela nudez deles? — Zayne perguntou.

Soltando o ar com força, eu me virei.

— Não estou exatamente fascinada. — Avancei, enfiando a minha espada no meio do corpo de outro Capeta. — Só tô curiosa pra saber por que eles estão sempre pelados, poxa.

— Só não pense nisso. — As asas de Zayne agitavam os cabelos soltos em meu rosto enquanto ele se movia em uma velocidade vertiginosa.

— Não pensar sobre isso? — Passei por baixo do braço de um Capeta, atenta à sua boca estúpida. A mordida deles era venenosa, matando um humano em segundos e paralisando um Guardião por dias. Eu não tinha ideia do que ela poderia fazer a qualquer pessoa com sangue angelical. E não planejava descobrir. — Isso é difícil de fazer quando eles estão pelados.

— Você consegue ver algo traumatizante, Trin? — Zayne perguntou.

Fintando para a minha direita, virei para a esquerda.

— Não, mas sei que o pacote deles tá de fora. — Mirei no dito pacote. O uivo de dor e a ondulação de chamas me disseram que eu havia atingido o meu alvo. — Isso é tudo que eu preciso saber.

Um Capeta saiu correndo para a corrente de luar, e eu soltei um grunhido.

— Agora eu consigo ver. Consigo ver tudo.

— Eu realmente gostaria que você parasse de falar sobre isso. — Zayne aterrissou a poucos metros de mim, cortando o ar com as duas lâminas. Ele derrubou dois Capetas.

Franzi a testa.

— Eu quero duas espadas.

Zayne riu ao se levantar.

— Nem sempre é possível ter o que se quer.

— Que seja. — Revirei os olhos enquanto um Capeta vinha correndo em minha direção. — Este é o último?

— É, sim — As asas de Zayne eram como dois faróis branco brilhante.

Corri para a esquerda, segurando a minha espada. O Capeta derrapou até parar. Ele começou a se virar, mas viu Zayne atrás dele. O demônio afundou sobre as patas traseiras, soltando um rugido estrondoso.

— Eu não tentaria isso — Zayne alertou, com as lâminas em foice faiscando brasas brancas douradas.

— É o seu dia de sorte — eu disse, segurando a Espada de Miguel com as duas mãos. — Você pode viver. Isso é, se você for inteligente, e espero que seja. Temos uma mensagem que queremos que você entregue a Gabriel.

Os olhos vermelhos se voltaram para os meus. Um momento se passou, e então o Capeta soltou uma risada grossa e distorcida.

Arqueei uma sobrancelha ao que Zayne murmurou:

— Não acho que este seja inteligente.

— Mais esperto que vocês dois — o Capeta rosnou.

Garras arranhavam sobre a pedra enquanto uma parede de formas escuras e volumosas se derramava ao longo da borda do telhado. Houve um vislumbre de pele cor de pedra da lua e chifres semelhantes a presas.

— Hã — eu disse. — Tem, tipo, uma horda de Rastejadores Noturnos no telhado.

— Quantos são uma horda? — Zayne perguntou.

— Hã... — Engoli em seco enquanto examinava a linha que se estendia por toda a extensão do telhado. Devia ter... dezenas. — Uma tonelada, pra ser exata.

O Capeta riu novamente.

— Cale a boca. — Zayne o derrubou e depois se virou, dando uma olhada nos recém-chegados. — Tenho a sensação de que Gabriel ficou sabendo do meu *upgrade*.

— Você acha? — Olhei para a fila de Rastejadores Noturnos e meu coração começou a bater forte. Nenhum deles estava com coleira desta vez. — Não que isso teria feito muita diferença. Eu gostava de pensar que Zayne e eu éramos durões, mas eram muitos Rastejadores Noturnos.

— Mate o Caído — um dos Rastejadores Noturnos disse —, a nefilim deve ficar viva.

Suspirei enquanto levantava a espada.

— Eu tô tão cansada de dizer que o termo adequado é *Legítima*.

— Isso é meio triste. — As asas de Zayne se ergueram, com a *graça* latejando por elas. — Eu gosto desses sermões.

Eu não tive a chance de responder. Os Rastejadores Noturnos avançaram em profusão, o telhado tremendo sob o peso deles. Talvez tivéssemos sorte e o teto desabasse. Empunhei minha *graça*, preparando-me para a possibilidade de precisarmos reduzir nossas perdas e fugir.

Houve um som repentino de vendaval. Uma brilhante explosão de luz vermelho-alaranjado espatifou o telhado banhado pelo luar. Os meus olhos se arregalaram quando as chamas se espalharam pela borda, lambendo o concreto. O fogo avançou tão rápido, tão inesperadamente, que eu nem sequer me mexi enquanto ele engolia os Rastejadores Noturnos. Fiquei congelada onde estava enquanto os gritos dos demônios ecoavam ao nosso redor.

As espadas de Zayne caíram quando ele girou, passando um braço pela minha cintura. Minha espada brilhou intensamente e depois se despedaçou em uma chuva de brasas douradas. Zayne se preparou para alçar voo. O calor queimou as minhas bochechas, e então a onda de fogo se retraiu, rolando para trás.

— Mas o quê...? — Apertei os olhos quando uma sombra tomou forma no centro das chamas. Um homem *atravessou* o fogo, com seus cabelos dourados ondulados e o peito nu intactos. O fogo evaporou enquanto ele continuava a avançar, seus pés agitando a poeira dos Rastejadores Noturnos caídos.

Cacete.

Eu sabia que a minha boca estava aberta. Não me importava. Aquele tipo de poder era inimaginável.

— Não precisa me agradecer — ele disse. — Eu não poderia deixar que qualquer mal acontecesse aos meus novos amigos.

— Lúcifer. — O aperto de Zayne ao meu redor não diminuiu. — Estávamos procurando por você.

Ao ficar sob a luz da lua, o demônio sorriu.

— Eu sei.

Lúcifer estava sentado na sala de estar de Roth, esticado no sofá, assistindo à televisão. Pelo menos estava vestido. Na verdade, parcialmente vestido. Ele havia manifestado uma calça de couro preta, e isso era tudo o que usava. Não tínhamos ideia se ele foi bem-sucedido na criação de *A profecia*. Nós perguntamos. Ele nos lançou um olhar que até eu pude ver e que dizia: cuidem da sua vida.

E, naquele momento, era isso que todos nós estávamos fazendo. Cuidando de nossas próprias vidas.

Isso e tentando fazer com que Lúcifer fosse útil e nos dissesse como ele poderia matar Gabriel.

Ele não estava sendo exatamente prestativo.

Primeiro, ele estava com fome. Então, Cayman pediu um Uber Eats tarde da noite. Enquanto esperava a comida chegar, ele encontrou a televisão, e eu nunca tinha visto alguém tão encantado antes. Ele passava pelos canais continuamente e, de alguma forma, acabou em um dos serviços de *streaming*. Eu tinha ido ao banheiro e, quando voltei, alguém (eu iria culpar Cayman por isso) tinha colocado em *Sobrenatural*, na temporada de Lúcifer, e o verdadeiro Lúcifer estava *absorto*. Ele praticamente obrigou Layla a acessar algum site para lhe dar uma descrição detalhada da primeira temporada até a sei lá qual. Quando a comida chegou, ele já estava completamente envolvido. Então ele comeu. Em seguida, ele assistiu a mais dois episódios, com uma caixa de biscoitinhos aparecendo do nada, ao que pareceu. A esta altura, já deviam ser quase quatro da manhã. Layla havia desmaiado na beira do sofá e acordou, e eu estava a ponto de arremessar a TV contra a parede.

— Lúcifer — Roth tentou novamente, ao final de outro episódio —, você disse que, se matasse Gabriel, criaríamos um problema totalmente novo. Pode nos dizer qual seria?

— Se você me deixar assistir a mais um episódio em paz e tranquilidade, eu te conto — Lúcifer retrucou.

— Você disse isso no final do episódio anterior — eu falei, sentando-me na beirada do sofá, lutando contra a minha impaciência.

— Mas Lúcifer tá prestes a iniciar o apocalipse...

— Ele não consegue! — gritei e, sim, foi muito estranho ouvir Lúcifer se referir à versão fictícia de si mesmo. — Ele acaba na jaula com Miguel, que possuiu o irmão Winchester que todos esqueceram! — esbravejei. — Vai levar mais umas sete temporadas até que ele volte.

Lúcifer me encarou.

Eu o encarei de volta.

— Você acabou de estragar a história — ele rosnou.

— Isso foi lançado há mais de dez anos! Existe um limite de tempo. Foi mal. Você não pode mais dizer que foi um *spoiler*.

— Mas não tem televisão a cabo no Inferno — ele respondeu.

— Ele tem razão — Zayne murmurou às minhas costas.

Eu lancei um olhar para ele que deveria tê-lo fritado na hora.

— Olha, Lúcifer volta várias vezes. Tá bem? Tem muitas outras temporadas pra você assistir. Não vou te dizer o que acontece se você responder às nossas perguntas. — Respirei fundo. — Por favor.

— Estou começando a me arrepender de ter salvado sua vida mais cedo. — Lúcifer suspirou pesadamente. — Algum de vocês sequer sabe o que acontece quando se mata um anjo?

— Não. Desculpe — eu disse —, não temos o hábito de matar anjos.

— Bem, meu familiar comeu dois deles uma vez — Roth disse. — Nada aconteceu realmente.

— Nada de que você tenha conhecimento. Quando um anjo morre, sua Glória retorna à fonte dela.

— Deus? — chutei.

Ele assentiu.

— Como uma criança voltando pra casa do papai querido.

Pisquei os olhos.

— Certo. Então, isso é um problema? — Zayne perguntou.

— Isso é um problema? — Lúcifer deu uma risadinha. — Normalmente não, mas o que está dentro de Gabriel é uma mácula purulenta. A Glória e a *graça* dele estão corrompidas. Provavelmente mais do que a minha, e seria como lançar napalm no Céu. Deus não permitirá que essa coisa volte pra casa. — Lúcifer deu uma olhada na TV e, sim, ele foi sugado de volta pela série. Ele sorriu enquanto desembrulhava mais um biscoitinho. — Gosto desta caracterização. Embora Sam e Dean realmente precisem começar a se comunicar melhor.

Respirei fundo e tentei contar até dez.

Roth se inclinou para a frente, a impaciência marcando seu semblante. Eu quase esperava que ele estalasse os dedos na frente de Lúcifer.

— Então, o que isso significa exatamente?

— O que significa o quê? — Lúcifer perguntou com a boca cheia de biscoito.

— Acho que ele tem aquela coisa que você tem. Sabe, de não conseguir prestar atenção — Cayman sussurrou de onde deslizou no sofá ao meu lado, e eu concordei com a cabeça. Não havia anfetamina suficiente no mundo para tratar Lúcifer.

Roth fechou os olhos brevemente.

— O que vai acontecer se Deus não permitir que aquela coisa volte pra casa?

— Ah. Isso. — Lúcifer se esticou para trás, varrendo as migalhas do peito enquanto colocava os pés na mesa de centro. — Conhecendo Deus como eu conheço? Ele vai chutar essa merda de volta pra Terra. Toda essa ruindade vai explodir sobre as Suas criações mais preciosas... Quantas temporadas tem esta série?

— Muitas — respondi. — O que isso vai fazer? Toda essa... ruindade?

— O que isso vai fazer? — Um sorriso lento se insinuou em seu rosto, e os pelos de todo o meu corpo se eriçaram. Ele realmente era incrivelmente lindo, especialmente quando sorria, mas, meu Deus e anjinhos no Céu, ele também era incrivelmente assustador, especialmente quando sorria *daquele* jeito. Seus olhos se fecharam e ele emitiu um som que fez as minhas bochechas esquentarem. — Você não vai ter só um problema com a qualidade do ar. A mácula se espalhará pelo mundo até que todas as terras, todos os mares e todas as montanhas estejam cobertas pela podridão. Toda essa raiva, esse ódio, amargura e maldade vão se infiltrar em tudo e em todos. — Ele gemeu, um som arrebatador. — Irmãos se voltarão contra irmãos, mães contra filhos. Será uma orgia interminável de violência e depravação. Somente os mais piedosos serão poupados, e até mesmo eles sofrerão grandes perdas.

Hã.

— Isso parece problemático — murmurei.

Lúcifer deu uma mordida no biscoito enquanto voltava a se concentrar na tela.

— Pra vocês? Sim. Pra mim? Terei um fluxo de hóspedes de longa data pra ocupar o meu tempo.

Roth se recostou, passando a mão no cabelo, enquanto Layla encarava Lúcifer.

Olhei para Zayne, que agora parecia estar a um segundo de jogar a TV contra a parede.

— A gente não pode deixar isso acontecer — eu disse. — Estamos tentando salvar o mundo, não destruí-lo.

— Não, vocês não estão tentando salvar o mundo. — A atenção de Lúcifer se voltou para mim, e precisei de tudo o que havia em mim para não me encolher diante de sua atenção total. — Vocês estão tentando salvar o mundo e o que aguarda para além deste reino. Haverá vítimas. Incontáveis. Almas serão perdidas. Vocês vão sacrificar muita coisa pra salvar *tudo*.

Suas palavras pesaram sobre os meus ombros, e pude perceber que também pesaram sobre Zayne. Ele olhava para a TV, mas eu sabia que ele não estava ciente do que estava na tela.

No entanto, será que Deus realmente faria isso? Assistir ao mundo e aos Céus serem salvos para depois serem lentamente destruídos? Isso soou ainda pior do que o Deus do Antigo Testamento.

— Então... — Layla limpou a garganta. — Esse vai ser o resultado se matarmos Gabriel? Um mundo desabando em direção ao caos?

— Basicamente. — Lúcifer terminou de comer o biscoito. — Exceto que tem uma coisa que pode acontecer.

Todos na sala estavam se coçando de nervoso enquanto Lúcifer amassava lentamente a embalagem prateada e a descartava. Ela caiu no montinho de embalagens de lanche vazias.

Depois que Lúcifer se recostou no sofá, reajustando as pernas e colocando as mãos atrás da cabeça, ele disse:

— Deus sempre pode intervir.

Todos nós o encaramos.

Ele levantou uma sobrancelha.

A mandíbula de Zayne se contraiu quando ele disse:

— Como Deus poderia intervir?

— Essa é uma pergunta muito boa, Caído — Lúcifer ronronou, e agora Zayne parecia que estava prestes a jogar a TV *e* Lúcifer contra uma parede.

A imagem de Satanás voando através de uma parede atrás de uma TV de tela plana trouxe um sorriso bastante perturbador ao meu rosto.

— Deus sempre poderia anular todas essas coisas ruins. — Lúcifer mexeu os dedos dos pés. — Pará-las antes que toda essa ruindade pudesse infectar as puras e preciosas alminhas humanas.

— Como Deus faz isso? — perguntei, quase com medo demais de ter esperança.

Lúcifer levantou um ombro.

— Deus poderia estalar os dedos e acabar com isso.

— Isso é tudo? — O tom de Roth era de descrença.

— Deus é Deus. — Lúcifer olhou para o príncipe herdeiro. — Você, mais do que ninguém, sabe exatamente o que Ele pode fazer. E você, mais do que ninguém, sabe que o fato de Deus poder fazer toda e qualquer coisa não significa que Ele fará algo além de ficar sentado e deixar que tudo se resolva por conta própria. Livre-arbítrio e tal.

Depois de um instante, Roth inclinou a cabeça para trás e suspirou.

— Sim, você tem razão. Qual é a probabilidade de Deus intervir?

— Tão provável quanto eu não cantar mais *Barbie Girl* enquanto faço as minhas rondas pelos Círculos do Inferno.

Espera. O quê?

— Ah, que Inferno — Roth murmurou.

— Você tá realmente sugerindo que Deus não faria nada? — Layla perguntou.

— Estou sugerindo o que todos vocês já deveriam saber — ele respondeu. — Odeio dizer isso, mas Gabriel está com a razão. Enfadonha, mas mesmo assim. A humanidade não é das melhores. Não vou me aborrecer listando todos os motivos óbvios, mas sei que eu recebo mais recém-chegados do que o Céu. Talvez Deus tenha lavado as mãos — ele disse, e havia uma suavidade desconcertante em seu tom. Cada palavra embrulhada em seda. — Talvez Deus simplesmente não se importe mais, abandonando Suas criações mais preciosas. Observe a história toda. Houve muitas ocasiões em que Deus poderia ter entrado em cena e acabado com inúmeras tragédias horríveis e sem sentido, mas preferiu não fazê-lo. Deus age como se as regras não pudessem ser quebradas, quando foi Deus quem as criou.

Ninguém na sala falou nada. Nem mesmo o Cayman. Todos, inclusive Roth, ficaram paralisados.

— Alguns dizem que eu sou o monstro, o pesadelo na escuridão e o mal escondido à vista de todos, mas, quando uma criança morre sem motivos, não é uma vida que eu tirei. Quando uma mãe dá seu último suspiro devido a uma doença, não é por minha vontade. Quando um irmão morre sem razão, isso não faz parte do meu plano. A morte, a guerra e a doença não são criações minhas. Não posso impedi-las. Não sou o criador. Certo ou errado, no final das contas, sou apenas um oportunista — Lúcifer disse. — Mas Deus é o quê? Porque, no fim, Deus pode acabar com toda essa dor. Então, diga-me, quem é o verdadeiro monstro?

— O pai da mentira — Zayne murmurou, e eu pisquei como se estivesse saindo de um estado de torpor. — Sim, Deus é o culpado de tudo, o verdadeiro lobo escondido entre as ovelhas e os outros lobos. Com certeza. Eu também sou a fada do dente, e você não é o grande manipulador.

Um sorriso lento surgiu no rosto de Lúcifer.

— E pense só em quantos teriam ouvido as minhas palavras e acreditado em mim? Acreditado nas minhas legiões?

— Com base no que eu vejo as pessoas acreditando na internet? — Layla sussurrou. — Milhões.

Assenti lentamente, de repente hiper consciente mais uma vez de quem e o que estava sentado no sofá, assistindo a *Sobrenatural*. As pessoas precisavam de alguém para acusar, mesmo que não houvesse um culpado ou que a culpa estivesse exclusivamente em suas mãos.

— As pessoas já acreditaram em suas palavras — eu disse.

— Acreditaram. — O foco de Lúcifer mudou mais uma vez para a televisão. — Então, meus amigos, vocês realmente precisam se perguntar por que Deus não interviria?

Capítulo 29

Com os olhos turvos e ainda meio adormecida, eu segurava a xícara de café como se ela contivesse as respostas para a vida, enquanto me sentava enroscada no sofazinho com almofadas bem acolchoadas no solário da casa de Roth e Layla. Os óculos escuros de Zayne protegiam os meus olhos dos raios brilhantes de sol que entravam pelas janelas e pelo teto. Normalmente, eu me sentia estranha usando óculos escuros em ambientes fechados, mas eu estava cansada demais para me importar.

Na verdade, eu simplesmente não me importava. Todo mundo ao meu redor sabia que eu tinha problemas de visão, mas, mesmo que não soubessem, quem se importava se pensassem que eu estava tentando parecer descolada? Esse era um problema deles. Não meu.

Ao meu lado, Zayne esticou suas longas pernas enquanto tomava um gole da garrafa d'água. Mesmo como um Caído, ele tinha hábitos alimentares muito mais saudáveis do que eu e a metade da população do mundo.

— Ainda temos que tentar — Layla disse, abafando um bocejo enquanto retomava a conversa que havia terminado quando estávamos a poucos minutos de desmaiar de sono. Zayne e eu acabamos dormindo na casa deles, já que era muito tarde e eles tinham um milhão de quartos no lugar. — Mesmo que Deus empurre a essência de Gabriel de volta pra Terra, temos que tentar.

— E depois? — Roth passou a mão pelo cabelo escuro e bagunçado.

— Depois a gente cuida da bagunça que vier — Zayne afirmou. — Isso é tudo que nós podemos fazer.

— Nós? — Roth bufou, inclinando-se para trás e cruzando os braços.

— Sim. Nós. — Layla deu um tapa no braço dele. — Porque não quero passar as próximas centenas de anos vivendo em um mundo mergulhado no caos. Também não quero ver um monte de pessoas inocentes se machucando ou morrendo por causa disso.

Uma pontada de ciúme atravessou meu peito. Layla e Roth tinham um futuro real — um futuro onde nenhum deles precisava se preocupar com o fato de que um envelheceria e morreria enquanto o outro viveria por mais tempo. Eu ao menos tive o bom senso de não culpá-los por algo de que eles não tinham controle.

— Também não quero passar as próximas centenas de anos lutando contra tudo e todos — Roth respondeu, e eu verdadeiramente não poderia culpá-lo por isso.

— Realmente não temos outra opção — Zayne disse, passando o braço pelo encosto do sofá —, ou lidamos com as possíveis consequências, ou permitimos que o Céu basicamente feche as portas.

— E isso seria pior — eu disse, segurando a caneca com mais força. — Qualquer pessoa que morresse ficaria presa aqui. Cada centímetro quadrado da Terra se transformaria naquela escola. Então, além dos demônios, teríamos de lidar com isso, mas sabe...

Uma explosão de risadas na sala de estar me interrompeu. Revirando os olhos, tomei um gole do café.

— Vocês acham que ele ao menos dormiu?

Layla suspirou e balançou a cabeça.

— Acho que não. Ele ficou assistido a *Sobrenatural*.

— Acho que eu não deveria reclamar. Pelo menos ele é obcecado por uma série boa. — Abaixei a caneca. — O que eu não entendo é que, se Lúcifer segue as regras, por que os demônios dele invadiriam a Terra se Gabriel conseguir o que quer?

— Nem todos viriam, mas uma grande parte sim. Neste momento, existem demônios em cima do muro que estão cansados de serem relegados ao Inferno ou de receberem apenas visitas limitadas na superfície. Eles dão ouvidos a Lúcifer, mas, se Gabriel for bem-sucedido, a Terra se tornaria um gigantesco parque de diversões — Roth explicou. — Isso seria muito difícil de eles ignorarem.

— E porque eles são um bando de idiotas. — Lúcifer passou na frente da porta do solário. — E vou ser sincero — ele disse, sua voz se espalhando pelo recinto. — Eu não ficarei muito chateado se isso acontecer. Sim, eu arrancaria os cabelos se soubesse que um dos meus irmãos mais santos teve sucesso onde eu não tive, mas seria divertido a latrina gigante que a Terra se tornaria.

Olhei de relance para Zayne quando ouvimos a porta da geladeira se abrir e o som de uma lata de refrigerante sendo aberta.

Zayne balançou a cabeça.

— Pelo menos ele tá sendo honesto — Layla murmurou.

Eu dei uma risadinha.

Lúcifer apareceu na porta, com uma lata de Coca-Cola em uma das mãos e mais um biscoito na outra.

— Vocês ao menos sabem onde Gabriel ou Baal estão?

— Estamos trabalhando nisso — eu disse a ele.

— Em outras palavras, vocês não fazem ideia de onde ele está, e qualquer plano que tenham é praticamente um tiro no escuro?

Franzi a testa.

— Estamos tentando pegar um dos demônios que trabalham pra ele pra enviar uma mensagem...

— Isso é tudo que eu preciso ouvir. — Lúcifer ergueu a mão. — Vou mandar um dos meus lacaios dar uma olhada nisso. Não tem de quê.

Levantei as sobrancelhas e o encarei.

— E quando a gente descobrir onde ele tá ou conseguirmos atraí-lo, como você vai matá-lo?

— Como *nós* vamos matá-lo é o que você quer dizer — ele corrigiu. — Dois de nós poderiam fazer isso, mas vai ser muito mais fácil se forem os três, e é provavelmente por isso que deixaram você Cair e manter sua *graça*.

Já sabíamos que esse era o caso, mas perguntei:

— E como nós três fazemos isso?

— Tudo que preciso fazer é remover o coração dele, e então a cabeça precisaria ser cortada no mesmo instante em que a cavidade do coração for perfurada com a *graça*.

Eu o encarei.

— Isso é tudo? — Zayne repetiu.

Lúcifer acenou com a cabeça.

— Todas as três coisas precisam ser feitas o mais simultaneamente possível. Vocês terão segundos para remover a cabeça e perfurar o peito antes que o corpo dele regenere o coração. A propósito. — Lúcifer começou a se virar enquanto olhava para Roth. — Acabou o biscoito. Preciso de mais.

Roth olhou para as costas dele enquanto Lúcifer se retirava.

— Eu nem sei onde ele conseguiu esses biscoitos. A gente não comprou isso.

— São de Cayman — Layla disse, olhando por cima do ombro. Lúcifer voltou para a sala de estar. — Os lacaios dele?

— Ele gosta de palavras assim. — Roth bateu com os dedos na mesa. — Bem, agora sabemos como matar Gabriel.

Sabíamos, e parecia um pouco impossível. E parecia completamente impossível se não tivéssemos Lúcifer, pois como é que Zayne e eu conseguiríamos fazer isso? Talvez fosse por essa razão que o fim dos tempos bíblicos não havia começado... ainda. Deus sabia que precisávamos da ajuda de Lúcifer.

— Se algum dos contatos dele vão ser úteis, quem sabe — Roth continuou. — Eu ficaria surpreso se ele conseguisse parar de assistir a *Sobrenatural* por tempo suficiente pra entrar em contato com alguém.

— Queria ter a vida dele agora — murmurei, colocando a minha caneca sobre a mesa. — Eu sei que Deus não tem sido tão prestativo, mas pensar que Ele permitiria que a Terra fosse simplesmente contaminada?

— Difícil de acreditar, né? — Roth esfregou a palma da mão pela mandíbula. — Mas livre-arbítrio. É uma merda.

— Mas como isso é livre-arbítrio? — Eu raciocinei. — Se a *graça* de Gabriel e a Glória dele são como uma praga que infecta as pessoas, como que o livre-arbítrio entra na história?

— Boa pergunta. — Zayne apertou meu ombro. — Isso não pode ser livre-arbítrio. Parece uma violação dele.

— Essa é uma maneira de ver as coisas. — Roth se inclinou para frente, apoiando os braços sobre a mesa. — Mas infecções podem ser combatidas, certo? Ao menos a maioria delas, com remédios. Deus poderia assumir a postura de que esta infecção pode ser curada pela fé.

Revirei os olhos.

— Isso é ridículo.

— Eu não faço as regras — Roth respondeu.

— Graças a Deus por isso — Zayne murmurou.

Roth deu uma piscadela para ele.

— Tudo que tô dizendo é que eu não dependeria de Deus, e não tô dizendo isso porque sou um demônio. Estou apenas me baseando em evidências estatísticas e históricas.

Soltei um suspiro pesado enquanto inclinava a cabeça para trás, contra o braço de Zayne.

— De qualquer forma, não importa. Temos que arriscar o perigo de nível nuclear que é Gabriel. Não temos escolha.

Passava um pouco da uma da tarde quando Zayne e eu voltamos para o apartamento. Enquanto ele entrava no banho, coloquei meu celular para carregar e fui até a secadora para pegar roupas limpas. Iríamos sair em seguida, na esperança de que pudéssemos atrair mais aliados de Gabriel. Eu tinha saído do pequeno corredor quando pensei ter visto um movimento à minha direita. Virando-me bruscamente, vi Minduim perto da TV.

— Minduim!

Ele soltou um grito esganiçado, oscilando por um momento.

— Não se atreva a desaparecer! — Eu atravessei a sala. — A gente precisa conversar.

Ele reapareceu a alguns metros da TV.

— Como ousa me assustar dessa maneira? Você quase me deu um ataque cardíaco.

— Você tá morto, Minduim. Não pode ter um ataque cardíaco. — Cruzei os braços. — Você tem muita coisa pra explicar.

— Eu só estava observando você dormir na outra noite pra ter certeza de que estava respirando. — Ele flutuou através da mesa de centro. — Nem foi tanto tempo assim.

Pisquei os olhos.

— Beleza. Não era sobre isso que eu estava planejando falar com você, então vamos ter que voltar a esse assunto.

— Ah. Erro meu. — Metade de suas pernas estava escondida pela mesa. — Você pode simplesmente deixar isso pra lá, então.

— É, isso não vai acontecer — eu disse a ele.

Ele olhou para o corredor.

— Ouço o chuveiro ligado.

— Não se atreva — eu o adverti.

— É o Zayne? Você trouxe Zayne de volta?

— Trouxe. Você saberia disso se estivesse por perto.

Minduim começou a movimentar-se para cima e para baixo, batendo palmas. Imaginei que ele estava pulando, mas não eu conseguia ver a parte inferior do corpo dele.

— Boa! Você conseguiu! — Ele parou de pular. — Ele não é mais um anjo caído do mal, é?

— Não, ele é um anjo caído gostoso e super gentil agora, e pare de me distrair.

— Como estou te distraindo? — Ele afundou até a metade da mesa de centro.

Arqueei uma sobrancelha.

— Você tem mentido pra mim.

— Sobre ver você dormir?

— Não. Não sobre isso. Sobre Gena.

Os olhos dele se arregalaram em sua cabeça quase transparente.

— O que você quer dizer com isso?

— Não tem ninguém que more aqui chamada Gena ou qualquer variação desse nome. Pedi pra verificarem os registros do condomínio.

Ele se levantou da mesa de centro.

— Você tem me vigiado?

— Sim.

— Me sinto atacado. — Ele colocou a mão no peito. — Eu me sinto...

— Por que você tá mentindo pra mim, Minduim? — Interrompi antes que ele pudesse entrar em uma espiral de drama. — E o que você realmente tem feito?

— Não estou mentindo. Não pra valer, Trinnie. — Ele veio em minha direção. — Eu juro. Veja, eu só não esclareci algumas coisas.

— Mal posso esperar pra saber o que são essas coisas.

— Bem, pra começar, Gena tá... ela não tá viva. É por isso que você não a encontraria listada em nada. Acho que ela morreu há algumas décadas.

Eu não tinha certeza se ele estava dizendo a verdade.

— Você disse que tinha umas coisas acontecendo com os pais dela.

— Não os pais, tipo, biológicos dela. Acho que ela seguiu um casal até a casa deles um dia e eles estão tendo problemas. — Ele deu de ombros. — Ou algo do gênero. Sinceramente, acho que alguém tá pulando a cerca. Sabe, visitando a cama de outra pessoa. Afogando o...

— Já entendi o que você tá dizendo. — Eu o estudei, ainda sem saber se ele estava sendo sincero. Por que ele mentiria agora? Por outro lado, por que teria mentido antes? Ouvi o chuveiro ser desligado. — Por que você não me disse isso? Não precisava inventar uma história.

Ele deu de ombros novamente.

— Ela tá estranhando a ideia de alguém conseguir vê-la. Ninguém nunca conseguiu, e, quando eu contei a ela sobre você, ela surtou. Acha que você é uma bruxa ou algo assim.

— O quê?

Ele assentiu solenemente.

— Ela é, tipo, da época dos puritanos.

— Época dos puritanos? Minduim, isso tem mais do que algumas décadas.

— Como eu poderia saber disso? — ele respondeu. — Estou morto.

— Minduim — suspirei.

— Desculpa, Trinnie. Eu não queria te aborrecer...

— Trin? — Zayne chamou. — Com quem você tá falando?

— Puxa vida, ele tá vindo pra cá — Minduim exclamou. — Não posso ser visto assim.

— Visto assim?

— Ele é um anjo com *graça*. Caído ou não, ele vai poder me ver agora!

— O quê? Por que você tá surtando? — Confusa, observei-o girar em um círculo. — Pensei que você quisesse que as pessoas conseguissem te ver? E eu me lembro claramente de você reclamando quando Zayne não podia.

— Mas eu não estou pronto pra esse tipo de compromisso — Minduim gritou enquanto se jogava no sofá.

E depois o atravessava.

Arqueei as sobrancelhas.

— Minduim? — Como não houve resposta, fui até o outro lado do sofá. Ele não estava lá. Eu gemi. — Deus, você é um caos.

— Trin?

Eu me virei e, por um momento, esqueci completamente da bizarrice que era Minduim. Zayne estava parado no corredor, apenas com uma toalha enrolada na cintura. Água pingava das pontas de seu cabelo, formando gotas que escorriam por seu peito e sobre os músculos bastante definidos da parte inferior da sua barriga.

Tive vontade de me atirar no sofá.

— Você estava conversando com alguém, não estava?

— É. — Encontrei minha língua e a fiz funcionar. — Era Minduim. Você sabe que agora pode vê-lo?

As sobrancelhas de Zayne se ergueram, e ele olhou ao redor.

— Não tô vendo.

— Ele surtou e caiu pelo sofá, e acho que o chão e todas as outras camadas.

Zayne olhou para mim.

— Tudo bem, então. E não, eu não sabia que poderia vê-lo.

— Ele disse que é porque você é um anjo — expliquei. — E isso faz sentido. Anjos podem ver fantasmas e espíritos.

— Pelo menos agora eu vou saber quando ele estiver me espiando.

— Não sei se isso é algo que você vai gostar quando ele atravessar uma parede aleatoriamente.

— Tem razão.

Dei um sorriso, completamente orgulhosa de mim mesma por manter uma conversa enquanto ele estava me distraindo da maneira mais maravilhosa possível.

— Eu cheguei a perguntar pra ele sobre a história de Gena.

— Me conta o que ele disse enquanto eu procuro por uma roupa. — Ele passou a mão pelo cabelo molhado, afastando os fios do rosto.

— Ele alega que Gena é real, mas é uma garota morta. — Eu o segui até o quarto. — Possivelmente da era puritana.

— De verdade? — Ele olhou para mim por cima do ombro.

— Conhecendo Minduim e sua notável capacidade de exagerar quando o assunto é qualquer coisa, não temos como saber. — Fui até a cama enquanto ele desaparecia dentro do closet. — Ele disse que não me contou a verdade porque a garota tá assustada com a ideia de alguém poder vê-la.

— Você acredita nele?

— Sinceramente? Não consigo imaginar por que ele mentiria agora. — Peguei meu celular e toquei na tela. Vi que tinha uma chamada perdida e uma mensagem de Dez. — E não sei. Talvez seja bom que ele esteja andando com outros fantasmas. Quando ele viu Sam, quase teve um colapso.

— Por que eu acho tão engraçado que seu fantasma precise de socialização? — ele perguntou e, um momento depois, senti seus lábios pressionarem na minha bochecha.

Virei a cabeça para a dele e sua boca encontrou a minha. Ele me beijou com suavidade, causando um arrepio que percorreu pela minha espinha.

Quando ele se afastou, vi que tinha vestido uma calça jeans azul. Uma camisa cinza simples pendia de uma das mãos quando ele se sentou ao meu lado.

— Recebi uma mensagem — eu disse — de Dez. Ele perguntou se a gente poderia passar por lá o mais rápido possível.

— Podemos. — Ele vestiu a camisa, e eu não sabia se deveria ficar desapontada ou agradecida. — Ele disse pra quê?

Neguei com a cabeça.

— Espero que seja apenas Nicolai querendo saber sobre Lúcifer pessoalmente pra poder nos dar um sermão. Da última vez que Dez foi tão vago assim, a gente precisou ir até a escola e a chefe de polícia teve que atirar em Gabriel.

Zayne me encarou.

Eu me inclinei, dando-lhe um beijo rápido.

— Só preciso de alguns minutos pra me arrumar.

Depois que troquei de roupa, voltamos para o Impala. Fizemos uma parada em uma farmácia para comprar um par de óculos de sol para mim. O único par escuro o suficiente parecia ter strass colados nas hastes, mas dariam conta do recado.

A viagem até o complexo dos Guardiões não foi tão emocionante quanto a última viagem de carro, mas foi rápida e, quando saí do Impala, consegui não tropeçar, como acontecia quase sempre que eu vinha aqui.

Zayne se juntou a mim enquanto subíamos os degraus. Dez nos encontrou na porta.

— Que bom que vocês conseguiram vir tão rápido.

— Deixa eu adivinhar, Nicolai quer saber sobre Lúcifer e gritar pessoalmente com a gente? — eu disse enquanto o seguia pelo vestíbulo vazio.

— Nós o encontramos — Zayne acrescentou. — Só encerrar a questão logo. Ele tá na casa de Roth neste momento, assistindo a *Sobrenatural*.

— Essa deve ser a coisa mais estranha que já ouvi — Dez disse, e eu não conseguia ver seu rosto, mas podia ouvir a perplexidade em seu tom.

— Ele é fã de programas de TV — eu disse. — E, aparentemente, de *Highlander*.

— Nem sei o que dizer.

— Bem-vindo ao nosso mundo — Zayne respondeu.

— Sim, bem, você faz parte desse mundo — Dez retrucou, e eu sorri quando Zayne agarrou a parte de trás da minha camisa, puxando-me para fora do caminho de um vaso de plantas. — Nicolai quer atualizações, sim, mas não é por isso que vocês estão aqui. Imaginei que você quisesse seu celular e carteira de volta.

— Tem sido bom ficar sem aquela coisa tocando — Zayne respondeu —, mas, sim, eu preciso deles.

— E das lâminas angelicais.

— Bem, essa é uma das razões pelas quais eu liguei pra vocês.

Com um pressentimento muito ruim sobre isso, franzi a testa quando ele deu a volta por mim e abriu a porta.

— Qual o problema?

— Primeiro, tem alguém aqui que quer falar com você — ele respondeu, abrindo a porta do escritório de Nicolai.

Tudo o que eu vi foi a escrivaninha de Nicolai e o espaço vazio atrás dela, e então alguém com uma camiseta regata laranja viva entrou na frente da mesa, na linha da minha visão.

Parei de repente, sem acreditar no que estava vendo. Guardiãs mulheres não viajavam sozinhas para lugar algum, especialmente a horas de distância de suas comunidades. Eu nem sequer tinha visto Danika sair sozinha. No entanto, tinha de ser *ela*. Ninguém conseguia usar um laranja brilhante como ela.

— Jada? — sussurrei.

Dando-me um meio aceno, ela olhou para Zayne atrás de mim.

— Oi.

— O que você tá...? — Dei um passo à dentro do cômodo, percebendo que ela não estava sozinha. O namorado dela, Ty, estava parado no canto. Ele também acenou para mim. Dei uma olhada no resto da sala, esperando encontrar Thierry ou Matthew escondidos em outro canto, mas não havia mais ninguém ali. Embora Ty estivesse com ela, ainda não fazia sentido que qualquer um deles estivesse aqui sozinho, mas, naquele momento, eu não me importava. Jada estava aqui.

Eu me lancei para a frente, abraçando-a. Mesmo com sua força de Guardiã, ela ainda tropeçou alguns centímetros para trás.

Jada riu ao retribuir o abraço, e o som das pulseiras tilintando era algo que eu nem tinha percebido que sentia falta.

— Não acredito que você tá aqui!

— A gente também não — Jada disse. — Mas quando eu soube que Zayne tinha... bem, que ele não estava mais entre nós, eu não ia deixar você passar por isso sozinha de jeito nenhum. — Ela fez uma pausa. — Mas estou vendo que ele tá super vivo.

— Ele tá. É uma longa história.

— Dez nos contou — Ty disse. — Ainda estamos um pouco confusos, mas acho que isso não vai mudar.

— Por que você não me mandou uma mensagem dizendo que estava vindo?

— Eu estava com medo de que você não respondesse ou me dissesse pra não vir.

Eu me afastei, com o estômago revirando de culpa.

— Sinto muito. Tenho sido uma amiga de merda e...

— Garota, foi péssimo. Eu queria estar ao seu lado quando aconteceu tudo aquilo com Misha. Eu queria que você estivesse ao meu lado, mas você era mais próxima dele do que eu. Não sei como eu teria reagido. — Ela segurou o meu rosto entre as mãos. — Além disso, sei como seu cérebro funciona. Você internaliza tudo e basicamente se fecha. Eu só não ia deixar você fazer isso desta vez.

— Você é a melhor. — Eu a abracei novamente. — Mas eu sinto muito, mesmo. Não era só eu que estava sofrendo.

— Aceito suas desculpas. — A voz de Jada estava grossa e abafada. — Já aceitei seu pedido de desculpas. É isso que as amigas fazem.

Jada estava certa. Como sempre. Eu ainda me sentia péssima, mas isso era o que acontecia em amizades verdadeiras. Você poderia dar um passo em falso. Você poderia ficar ausente, mas ainda estaria lá. Ambas as partes estariam.

Recompondo-me, inclinei-me para trás.

— Thierry ou Matthew estão aqui? Com Nicolai ou algo assim?

— Eles não estão aqui.

Minha boca se abriu.

— Seu pai deixou vocês virem pra cá?

— Eu não diria que ele nos deixou — Ty disse, afastando-se da parede. Ele se aproximou, alto e largo como qualquer Guardião. Ele me deu um abraço rápido. — Nós meio que contamos a ele o que estávamos fazendo depois que chegamos aqui.

Agora meus olhos estavam arregalados.

— E isso foi depois que pegamos um carro emprestado — Jada disse, lutando contra um sorriso, enquanto Ty parecia estar a segundos de vomitar. — Ele não tá muito feliz, mas eu disse a ele que precisava te ver. Além disso, Ty pode acabar sendo designado pra cá.

— O quê? — Pisquei os olhos. — Sério?

Ty acenou com a cabeça.

— Sim, esse é o plano. Ou era o plano. Thierry pode acabar me matando.

— Ele não vai te matar. — Jada suspirou. — Muito.

Eu ri, enquanto Ty empalidecia.

— Então, ele tá vindo pra cá agora, suponho? — perguntei.

— Deus, espero que não — Ty murmurou.

— Não sei. Ele tá no telefone com Nicolai neste momento. Eu disse que ele não precisava vir aqui. Estamos com os Guardiões e nós dois sabemos como nos defender.

Eles sabiam, mas Ty não tinha passado pela Premiação e Jada... bem, havia razões óbvias para que o pai dela estivesse enlouquecendo neste momento.

Jada olhou para o local onde Zayne estava parado dentro da sala.

— Fico feliz em ver que você ainda tá aqui. — Suas feições se contraíram. — Soou tão estranho quanto me senti dizendo isso?

Zayne riu.

— Soou bem.

— Sinto muito — ela disse, olhando para mim. — Ainda estamos processando toda a coisa de anjo caído.

— Eu também — Zayne disse com um sorriso. — Fico feliz por vocês estarem aqui. Trin tem sentido falta de vocês.

— Eu sei. — Jada sorriu para mim. — É por isso que estamos aqui.

— Eu abraçaria você de novo, mas acho que isso só vai deixar tudo mais estranho. — Eu a observei. — Seu cabelo tá crescendo.

Ela colocou os dedos na lateral da cabeça. Normalmente, ela mantinha o cabelo cortado rente à pele.

— Tô pensando em deixar crescer. Ainda não me decidi.

Eu tinha tantas perguntas, tantas coisas sobre as quais queria falar, mas Dez se juntou a nós.

— Detesto interromper, mas tenho que sair logo.

— As lâminas angelicais — lembrei-me, voltando-me para ele —, o que há com elas?

— Lâminas angelicais? — Ty repetiu.

— Basicamente, são armas de anjos que podem matar literalmente qualquer coisa — expliquei.

— Elas estão desaparecidas — Dez declarou, em tom sério.

Zayne se voltou para ele.

— Como é que é?

— Elas sumiram. — Dez balançou a cabeça em descrença. — Gideon foi pegá-las no porão, onde ele tinha guardado, e elas desapareceram.

Eu não conseguia acreditar no que estava ouvindo.

— Tenho certeza de elas não criaram asinhas de anjo e saíram voando daqui.

— Não entendo. Gideon tem câmeras de vigilância em todos os lugares.

— Sim, mas há pontos cegos no porão, você sabe disso. E com todo mundo entrando e saindo das instalações de treinamento, qualquer um poderia ter entrado em um ponto cego e arrombado o cofre.

— Mas por que um Guardião roubaria as lâminas angelicais? — exigi.

— Um Guardião não faria isso — Dez disse.

Zayne acenou com a cabeça.

— Tenho de concordar.

— Então voltamos às lâminas criando asas? — protestei.

— Eu sei que eu não estive por aqui — Jada disse —, mas vou presumir que a coisa de fazer brotar asas é impossível.

— Ele tem asas. — Olhei para Zayne. — Estão escondidas no momento.

— O quê? — Ty se voltou para Zayne. — Eu pensava que os Caídos não tinham asas?

— Ele é superespecial — eu disse.

Zayne deu uma piscadela para mim.

— Isso eu sou.

— Sei que vocês sempre querem acreditar no melhor dos Guardiões, mas um deles deve ter pegado as lâminas — argumentei.

— Mesmo assim, estamos interrogando todo mundo — Dez disse, abrindo os braços. — Se ainda estiverem aqui, vamos encontrá-las. — Ele deu uma olhada para Ty. — Vou sair em cerca de vinte minutos, se você quiser ir junto.

Ty acenou com a cabeça.

— Droga, quase esqueci. — Dez pegou algo em uma prateleira próxima e entregou a Zayne. — Aqui estão seu celular e sua carteira.

— Obrigado, cara.

Dez se virou para mim.

— E eu tenho algo pra você. É uma medida de precaução. Um rastreador. Gideon achou que seria uma boa ideia, já que houveram tentativas de te levar. Só preciso de algo seu que você sempre use.

— Meu celular? — Olhei para Zayne. Suas feições estavam severas, mas ele assentiu. Eu tirei o celular do bolso e o entreguei a Dez.

Ele olhou para o aparelho e, em seguida, retirou a capinha.

— Ele ainda vai funcionar por trás da capa. Aqui não vai ser tão perceptível. — Seu olhar se voltou para Zayne quando um ronco baixo saiu dele. — Ei, cara, sei que você não gosta da ideia de alguém a levando embora, mas essa é uma boa ideia.

— Eu sei que é — Zayne disse. — E você tá certo. Não gosto dessa ideia.

— Eu também não. — Peguei meu telefone de volta, colocando-o no bolso. — Mas obrigada. Isso é inteligente.

— Não tem problema. Espero que não se torne útil.

Quando Dez saiu, eu me virei para Zayne.

— Não acredito que as lâminas angelicais sumiram.

A mandíbula dele ainda estava rígida.

— Eu também não, mas também não vejo como poderia ser um dos Guardiões.

Esfregando as têmporas, praguejei baixinho.

— Bem, pelo menos ainda temos Lúcifer. — Abaixei a mão, virando-me para Jada. — Hã...

— A gente tá sabendo — Jada respondeu. — Soubemos que você o trouxe pra cá.

— E o perdeu — Ty acrescentou.

— Eu não diria que o perdemos — esclareci —, nós não sabíamos onde ele estava por um curto período de tempo, mas o encontramos.

Jada balançou a cabeça.

— Se meu pai descobrisse sobre Lúcifer, com certeza surtaria.

Eu estava disposta a apostar que Thierry já estava surtando.

Meu celular tocou no bolso de trás da calça. Puxando-o para fora, li rapidamente a mensagem.

— Ei — Olhei para Zayne. — Roth tá dizendo que Lúcifer já tem alguém que pode saber onde Baal tá escondido.

Suas sobrancelhas se ergueram.

— Caramba. Ele trabalha rápido.

— Isso ele faz. — Coloquei o celular de volta no bolso. Se Lúcifer tivesse encontrado alguém, precisávamos ir até lá o mais rápido possível. Eu odiava ter de deixar Jada e Ty para trás.

— Lúcifer — ela sussurrou, balançando a cabeça novamente. — Não acredito que vocês estejam trabalhando com *o* Lúcifer.

— Sim — Zayne disse. — Nós também não, então, quando tudo isso acabar, vamos fingir que nunca aconteceu.

Eu dei um sorriso.

— Parece um bom plano.

— Como... como ele é? — perguntou ela, e depois se encolheu. — Nem acredito que tô perguntando isso.

— Acho que ninguém pode te culpar por estar curiosa. — Zayne sorriu para ela.

Como se descreveria Lúcifer?

— Ele é, hm, único — eu disse.

Zayne bufou.

— Único? — Ty repetiu.

Assenti com a cabeça.

— Ele não é o que você esperaria e, de certa forma, é *totalmente* o que você esperaria do Satanás. Ele é uma bagunça. — Uma ideia me ocorreu, uma maneira de descobrirmos com quem Lúcifer havia persuadido e de passar um tempo com os meus amigos. — Vocês querem conhecê-lo? — Ofereci, esperançosa. — Estariam seguros. Ou devem estar. Quer dizer, ele não nos ameaçou seriamente nem nada.

— Ele não ameaçou *seriamente* vocês? — Ty olhou de Zayne para mim. — O que ele fez? Ameaçou vocês casualmente?

— Nós meio que discutimos — Zayne explicou —, mas as coisas estão bem agora. — Ele fez uma pausa. — Mais ou menos.

— Isso é reconfortante — Ty murmurou.

— E aí? Vocês querem vir com a gente? Ele tá na casa de Roth.

— Aquele que é o verdadeiro Príncipe da Coroa do Inferno? — Jada disse.

Assenti com a cabeça.

— E Layla vai estar lá. Ela é parte Guardião e... sim, ela também é filha de Lilith. E sim, *a* Lilith. Além de Cayman. Ele é...

— Deixe-me adivinhar — Ty interrompeu —, ele também é um demônio.

— Gerente intermediário, basicamente. Cara, a gente tem amigos estranhos — eu disse.

— Isso a gente tem — Zayne concordou.

Suspirei.

— De qualquer forma, se vocês não quiserem, eu super entendo. Posso conversar com vocês depois.

Ty passou a mão na cabeça.

— É, sem ofensa, mas vou deixar passar essa e aceitar a oferta de Dez.

Jada olhou para Ty e depois de volta para mim.

— Isso provavelmente é a definição de "péssima escolha de vida", mas sim, eu quero conhecê-lo.

Capítulo 30

Ty não ficou nada feliz com a escolha de Jada. Ele a lembrou de que o pai dela perderia a cabeça se descobrisse, o que era verdade. Eu não conseguia nem imaginar o colapso mais do que justificado que Thierry teria, mas Jada argumentou que não havia motivo para o pai dela descobrir. Eu concordava com isso também. Ty tentou bater o pé, e isso não acabou bem para ele. Eles brigaram. Foi constrangedor, mas Jada levou a melhor no final, e Ty teria muito a se redimir depois.

— Eu meio que me sinto mal — eu disse, olhando para Jada enquanto Zayne dirigia o Impala pela estrada que levava à casa de Roth. — Eu não deveria ter oferecido pra te trazer aqui.

Jada fez um gesto de desdém com a mão.

— Ty vai superar. Além disso, ele realmente queria conhecer a cidade com Dez. Acho que tem uma quedinha de amigo por ele.

Comecei a rir, mas um súbito formigamento de alerta me forçou a dar a volta. Não estávamos perto o suficiente da casa de Roth para que eu estivesse sentindo a presença dele.

— Você sentiu isso? — Zayne perguntou, e eu assenti.

Jada se inclinou entre os dois assentos da frente enquanto Zayne fazia a curva da estrada.

— Caramba — ela soltou. — Quantos demônios você disse que moravam aqui?

Os meus olhos se arregalaram ao ver o jardim da frente da mansão brega. Havia demônios por toda parte. Sentados nos degraus. Espalhados pelo gramado. Revestindo a entrada da garagem. Alguns deles pareciam humanos. Poderiam ser Demonetes, demônios como Cayman, que eram mais como demônios intermediários, ou de Status Superior. Outros definitivamente não estavam usando pele humana... ou cabeças humanas, aparentemente, porque alguns tinham duas ou três.

— Ah, meu Deus — Jada disse, ofegante. — O que é *aquilo*?

Olhei pela janela do passageiro e vi uma criatura de cor carmesim com menos de um metro de altura. Vi chifres e uma cauda.

— Não faço ideia — sussurrei. A coisa parecia um demônio de desenho animado. — Não estava assim quando saímos hoje de manhã.

Zayne diminuiu a velocidade quando vários dos demônios maiores começaram a prestar atenção em nós. Ele deu uma olhada no espelho retrovisor. Segui seu olhar e vi que vários dos de aparência humana estavam atrás de nós.

— Jada — ele disse —, provavelmente é melhor você ficar no carro.

Inclinando-me para trás, peguei meus punhais para entregá-los a ela quando ouvi:

— Ei! Saiam de perto desse carro. Agora! Xô!

Reconhecendo a voz de Layla, inclinei-me para a frente e apertei os olhos. Tive um vislumbre do cabelo loiro platinado, e então o mar de demônios se abriu, afastando-se da entrada da garagem com duas, quatro... e oito pernas.

— Isso é... uma aranha gigante? — Jada sussurrou. — Se for, vou me ejetar do planeta Terra agora mesmo.

Fiquei olhando para a coisa que se parecia muito com uma aranha com metade do tamanho do carro correndo pela lateral da casa.

— Vou entrar na fila com você.

Layla começou a vir em nossa direção, parando rapidamente quando o demônio de pele vermelha e aparência de desenho animado atravessou a entrada da garagem. Ela ergueu as mãos em evidente frustração.

— Isso é uma alucinação? — Jada perguntou.

— Honestamente, não existe outra explicação pra nada disso.

Sacudi a cabeça.

Zayne baixou a janela quando o rosto de Layla apareceu ao seu lado.

— Que diabos tá acontecendo aqui?

— A pior festa de quarteirão de todos os tempos? — ela sugeriu, afastando o cabelo do rosto. — Eles começaram a aparecer há mais ou menos uma hora. Aparentemente, estão sentindo a presença de Lúcifer, e todo mundo que é tipo "Devoto de Satã" tá vindo pra cá. — Ela olhou de relance para o banco de trás mais de uma vez. — Você é uma Guardiã.

— Sou — Jada respondeu, hesitante.

— Jada, esta é Layla — falei logo em seguida. — Jada é da comunidade das Terras Altas do Potomac.

— E eles deixaram você sair? — A surpresa preencheu o tom de Layla.

— Bem. — Jada alongou a palavra.

— Eles são perigosos? — Zayne interrompeu. — Estão causando algum problema?

— Na verdade, não. — As sobrancelhas de Layla franziram. — Mas eu definitivamente levaria o carro pra dentro da garagem pra que nenhum dos demônios acabe se sentando nele. Ou o comendo.

Zayne a encarou.

— Se um deles comer meu carro, vou acabar com ele.

Ela sorriu.

— Não deixamos que eles entrem na garagem ou na casa, portanto, seu precioso deve estar seguro. Vou abrir. — Layla se virou e começou a voltar para a casa. — Vocês precisam ficar fora da entrada da garagem. Se não, alguém vai ser atropelado e ninguém vai ligar.

Houve alguns resmungos, mas os demônios se dispersaram quando Layla correu de volta para a casa.

— Eu já vi muitas coisas estranhas — eu disse —, mas isso é super estranho. Pode até ir para o topo da lista de bizarrices.

— Mas pelo menos estão todos vestidos. — Zayne me deu um sorriso.

— Aquelas coisinhas vermelhas não estão — eu disse. — Nem sei que tipo de demônio eles são.

— Acho que são feéricos? — Zayne disse. — Eu nunca vi um antes.

Observei o demônio vermelho saltitando pela entrada da garagem.

— Esse tem uns quatro anos de idade?

— Eu... eu meio que achei fofinho — Jada admitiu. — De um jeito estranho e demoníaco.

Uma das portas da garagem se abriu com um solavanco e Zayne guiou o carro cuidadosamente para a frente, observando os demônios o tempo todo. Parecia que ele não tinha respirado até que o Impala estivesse estacionado lá dentro.

Layla nos aguardava na porta.

— Normalmente, nossa casa não é assim — ela disse quando nos juntamos a ela. — Sei que pode parecer difícil de acreditar, mas geralmente não temos demônios por todo canto.

Jada acenou com a cabeça. Eu achava que ela estava lidando muito bem com tudo isso, mas ela sempre foi curiosa.

— Tá tudo bem — Jada disse, sorrindo. — Menos a aranha gigante que tá lá fora. Aquilo não tá nada bem.

— Eu sei bem. — Os olhos arregalados de Layla oscilaram entre mim e Jada. — Perguntei pra Roth o que era aquilo, e sabe o que ele respondeu? Ele disse que era só uma aranha caseira.

— Uma aranha caseira? — exclamei. — Pra casa de quem? Godzilla?

— Exatamente. — Ela nos conduziu por um corredor curto e estreito. — Ele então me disse que havia aranhas ainda maiores.

— Eu literalmente tacaria fogo em mim mesma se visse uma aranha maior do que aquela — Jada disse, e eu estremeci.

— Mas o que ela tá fazendo aqui? — perguntei enquanto Zayne enroscava seus dedos nos meus. — Ela veio do Inferno?

Layla olhou de volta para mim.

— Não sei se você quer saber essa resposta.

— Eu meio que quero — Zayne disse.

— Teoricamente, ela tá morando nos metrôs — ela respondeu. — Come os DEFS.

— Eu nunca vou pegar o metrô na vida — eu disse a Zayne. — Nunca. Nada de patrulhar por lá. Não me importo.

— Anotado. — Ele me deu um sorriso. — Mas, olha, pelo menos ela tá comendo os DEFS.

— Ela precisa fazer um trabalho melhor nesse sentido — murmurei. — Então, Lúcifer conseguiu encontrar alguém? Ele parou de assistir a *Sobrenatural* por tempo suficiente pra isso?

— Sim, e isso o deixou irritadinho. — Layla nos conduziu pela cozinha e em direção a outro corredor estreito. — É por isso que estamos na sala de estar. O piso é de cerâmica lá.

Não precisei perguntar por que o piso de cerâmica era importante, pois vi o suficiente do que estava acontecendo na sala. Um homem humano estava no centro da sala, tremendo. Sangue escorria das mangas de seu paletó, pingando no chão. A parte de trás de sua calça parecia úmida, e eu tinha a sensação de que não era sangue.

Lúcifer estava diante dele, com os braços cruzados sobre o peito nu. Ele parecia alheio a nós quando entramos na sala, totalmente concentrado no homem. Dei uma rápida olhada no cômodo oval. Roth e Cayman estavam do lado oposto, o último comendo uma fatia de pizza.

Jada parou completamente, seus olhos se arregalando enquanto ela olhava para Lúcifer.

— Agora, Johnny-boy, você tem sido tão prestativo com quase nenhum estímulo necessário — Lúcifer disse, sua voz envolvendo a sala como seda fresca. — E eu realmente não quero que as coisas fiquem feias na frente dos meus novos amigos. Johnny-Boy, cumprimente os meus novos amigos.

O homem nos lançou um olhar trêmulo.

— O-olá.

A mão de Zayne se soltou da minha.

— O que você tá fazendo com este homem?

— Ah, não se preocupe, Caído. O Johnny-Boy aqui sempre esteve destinado a ficar cara a cara comigo. — Lúcifer sorriu, e senti um aperto no peito ao ver quão belíssimo era aquele sorriso. — Só que isso tá acontecendo mais cedo do que tarde. Veja bem, Johnny trabalhou muito próximo de um Senador, Josh Fisher.

O meu olhar voou para o homem. Eu não tinha visto o fantasma de Fisher desde a noite na entrada da igreja.

— Johnny-Boy já nos contou o nome de todas as pessoas vivas que trabalharam ao lado de Fisher pra ajudar Gabriel. Estão lidando com elas. — Lúcifer levantou um dedo, pressionando-o contra a bochecha do homem. — Você não quer que eu lide com você, não é mesmo, Johnny-boy?

Fumaça saiu da pele sob o dedo de Lúcifer. O cheiro de carne carbonizada encheu o ar enquanto uma fatia de pele queimava. O homem se sobressaltou, soltando um gemido baixo.

— Jesus Cristo — Jada sussurrou, e aposto que ela estava se arrependendo da decisão de vir para cá.

Eu mesma estava começando a me arrepender.

— Até parece — Lúcifer respondeu, caindo na cadeira ao lado da janela. — Não sou nada parecido com aquele menino de ouro chorão, que só fala e fala e age muito pouco.

Jada se sentou em um sofá, acho que para não cair.

Eu me virei para ele.

— Você conheceu Jesus Cristo?

Aqueles olhos insondáveis encontraram os meus enquanto ele colocava uma perna sobre o braço da cadeira.

— Quem você acha que estava sussurrando no ouvido de Judas?

Arregalei os olhos.

Os cantos dos lábios de Lúcifer se curvaram para cima e se abriram em um sorriso lento.

— Cara — sussurrei, sentando-me ao lado de Jada —, você é tão assustador.

— Obrigado.

— Isso não foi um elogio — murmurei —, mas tanto faz.

Lúcifer voltou a concentrar-se no homem.

— O que eu preciso saber é: onde está Gabriel?

— Eu não s-sei.

— Não sabe? — Lúcifer inclinou a cabeça para o lado. — E quanto a Baal?

— Não sei onde n-nenhum deles tá a-agora. Eles es-estavam naquele hotel. A-aquele em que o s-senador estava hospedado — o homem disse apressadamente. — Mas eles n-não estão mais lá.

Sabiamente, fiquei quieta enquanto Lúcifer estudava o homem.

— O que você está dizendo, então, é que você é praticamente inútil pra mim?

— N-não! Não estou dizendo isso de jeito nenhum — o homem foi rápido em responder. — Não sei onde eles estão, mas sei que estão planejando algo.

— Sério? — Lúcifer respondeu secamente.

O homem acenou com a cabeça.

— Sim. Eles têm esse portal...

— Você tá me entediando. — Lúcifer estalou os dedos.

A pele do homem... simplesmente desprendeu do corpo dele, expondo músculos e ossos.

— Ah, meu Deus! — Dei um pulo, perdendo o equilíbrio na almofada. Eu caí sobre o encosto do sofá, enquanto Jada permanecia congelada. Zayne se moveu incrivelmente rápido, pegando-me enquanto o homem caía em uma pilha estranhamente exangue de carne... carne *crua*.

Layla segurou a ânsia e colocou as mãos sobre a boca.

— Não faça isso! — Cayman apontou para ela. — Não faça esse som. Eu sou... — Os ombros dele estremeceram quando ela engasgou novamente. O homem havia parado de se mexer. — Sou um vomitador por tabela.

— Ah, meu Deus — ela ofegou. — O cheiro...

— Pare! — Cayman gritou.

Layla girou, saindo correndo da sala.

— Bem, ele tá super morto. — Roth fixou um olhar em Lúcifer. — Bom trabalho.

— O quê? Ele não pode... ah, sim. Ele ainda não estava morto. — Lúcifer deu de ombros. — Erro meu.

— Como você esqueceu de que ele não estava morto? — O peito de Zayne se ergueu com uma respiração profunda. — Tipo, sério? Eu quero saber.

— Bom, eu estava meio que mentindo. Não esqueci. — Lúcifer pegou o controle remoto. — Ele estava me entediando muito, e o último episódio de *Sobrenatural* terminou em um mega suspense.

Fiquei olhando para ele e depois disse uma frase que nunca pensei que teria de dizer.

— Você não pode arrancar a pele das pessoas só porque elas te deixam entediado.

— Não posso?

— Não.

— Mas acabei de fazer isso. — Lúcifer olhou para Jada. — Não foi?

Saí do meu estado de estupor. Soltando-me de Zayne, coloquei-me entre Jada e Lúcifer. O sorriso do demônio aumentou um pouco.

— De que ele serve pra gente se estiver morto? — indaguei

— De que ele servia estando vivo? — Lúcifer se levantou da cadeira com a graça de um dançarino profissional. — Ele nos contou tudo o que sabia, ou seja, o nome dos outros humanos. Eles também serão interrogados.

— Interrogados enquanto têm a pele arrancada? — Roth perguntou.

— Se for necessário.

Balancei a cabeça quando um demônio apareceu na porta. Ele emanava uma grande aura de Status Superior ao entrar na sala. Nem sequer olhou para nós enquanto pegava o que restava de Johnny-Boy e o carregava para fora do cômodo.

O cheiro demorou a desaparecer.

— Vou pegar um purificador de ar — Roth resmungou, saindo da sala. — E desinfetante.

— Você acha que alguém que ele entregou vai saber onde Gabriel ou Baal estão?

Lúcifer pareceu considerar isso.

— Vou ser honesto com vocês. Como sempre sou — Lúcifer disse, e eu lutei para não revirar os olhos. — Talvez eu tenha superestimado a minha confiança quanto a descobrir a localização deles. Tenho sérias dúvidas de que alguém saiba onde estão esses dois. Portanto, qualquer que seja o plano que vocês tenham para atraí-los, é melhor que funcione.

E com isso, Lúcifer saiu da sala.

— Qual era mesmo o plano? — Cayman perguntou.

— Atraí-lo desafiando seu ego — Zayne explicou.

— Existe um plano B — lembrei-o.

— O plano B não tá pra jogo.

— Também não tá fora de cogitação. — Desviando meu olhar do local onde o homem havia caído, voltei-me para Jada. — Você tá bem?

Ela acenou positivamente com a cabeça.

— Se eu soubesse que ele faria isso, não teria trazido você — eu disse a ela.

Jada olhou para mim.

— Mas você estava me trazendo pra ver Lúcifer. Não esperava que ele estivesse tricotando.

— Ele gosta de tricô, mas com pele humana — Cayman decidiu compartilhar conosco. — A propósito, eu sou Cayman. Seus amigos são péssimos em apresentações.

— Jada — ela disse.

Roth voltou com um purificador de ar. Layla estava com ele, carregando um esfregão giratório e um pote de lenços desinfetantes.

— Atenção — Zayne disse a ele quando Layla começou a esfregar o chão. — Sabem as lâminas angelicais? Sumiram.

Roth parou enquanto borrifava o chão.

— O quê?

Enquanto Zayne e Roth discutiam se um Guardião teria ou não pegado as lâminas, Jada finalmente se levantou e foi até uma das janelas. Eu nem percebi que ela estava ouvindo a conversa até que ela disse:

— Sabe, eu não ficaria surpresa se um Guardião tivesse pegado as lâminas.

Todos se voltaram para ela.

— Eu não te conheço — Roth disse —, mas gosto de você.

Ela parecia um pouco desconfortável.

— O que estou pensando é que não me surpreenderia se um Guardião as pegasse e escondesse. Quer dizer, a maioria dos Guardiões não é... amigável com demônios, e mesmo que pareça ser, hã, diferente aqui... Não estou julgando — ela foi rápida em acrescentar. — Mas imagino que nem todo Guardião aqui esteja de acordo com isso.

— Não está — Layla confirmou, olhando para Zayne. — Você sabe disso.

Ele soltou um suspiro pesado e acenou com a cabeça.

— Eu consigo imaginar um deles pensando que as lâminas estariam mais seguras guardadas em um lugar que Gideon ou Nic não conheçam .

— Ou quer usá-las contra um de nós — Roth afirmou. — Essas lâminas precisam ser encontradas.

— Vamos acrescentar isso à nossa lista cada vez maior de coisas que precisam ser feitas — Zayne comentou.

Roth olhou ao redor da sala, franzindo a testa.

— Cadê Lúcifer?

— Acho que ele tá na sala de estar. — Eu bocejei. — Voltou a assistir *Sobrenatural*, eu acho.

— Hm. É como ser pai de uma criança muito irritante, imagino — Roth respondeu.

Layla fechou os olhos e respirou fundo.

— Acho que o dia de hoje não pode ficar mais estranho.

— Hm, pessoal? — Jada estava olhando pela janela. — Acho que tem uma legião de demônios aqui fora, jogando... badminton? Com uma... — Ela deu um passo para longe da janela. — Eles estão jogando com a cabeça daquele cara. O cara de quem Lúcifer tirou a pele. — Ela nos encarou. — Eles estão jogando badminton, usando a cabeça daquele cara como peteca.

Todos nós nos voltamos para Layla.

— Desculpa — ela disse, abrindo os olhos. — Nunca mais vou falar.

Era estranho que, depois do que tínhamos visto Lúcifer fazer, pudéssemos nos sentar e jantar em um dos restaurantes da cidade.

Eu não sabia o que isso dizia sobre nós três, mas estava feliz por poder passar mais tempo com Jada. Colocamos a conversa em dia, falamos sobre coisas não relacionadas ao Augúrio, e foi bom ver a interação entre ela e Zayne.

Parecia tão... tão normal.

Parecia um futuro e, embora o futuro que eu tinha com Zayne não fosse fácil, considerando a questão do envelhecimento, isso fazia com que eu me sentisse bem. Eu me agarrei a esse sentimento depois de deixar Jada no complexo e enquanto Zayne e eu caminhávamos pela cidade, na esperança de atrair um dos capangas de Gabriel.

— O que você estava pensando em comer no café da manhã? — Zayne perguntou enquanto passávamos por várias lojas fechadas durante a noite.

Eu tinha planejado me encontrar com Jada e Ty para o café da manhã. Isso se eles não estivessem ainda brigados. Eu duvidava que estariam. Sabia que eles teriam de voltar à comunidade no dia seguinte ou depois. Eu ainda estava esperando que Thierry ou Matthew aparecessem.

— Não sei. — Examinei as árvores sombrias, sem ter sentido a presença de um único demônio. Todos eles deviam estar se reunindo em torno de Lúcifer ou Gabriel. — Sei que Jada e Ty não têm frescura. Nem eu, então, se você puder pensar em um lugar legal, tenho certeza de que vai dar certo.

— E se eu escolhesse um lugar que só servisse claras de ovos e espinafre?

— Eu pararia de falar com você.

— Mas você continuaria me amando.

— Relutantemente — brinquei.

Zayne riu enquanto se abaixava, beijando a minha bochecha.

— Vou encontrar um lugar pra nós com todo o bacon frito que você puder comer.

— E waffles.

— E panquecas?

— Eca. Não.

— O quê? — Ele olhou para mim. — Como você pode gostar de waffles e não de panqueca?

— Eu só não gosto.

— Você é estranha.

— Não sou eu quem come claras de ovos por vontade própria.

— Como isso é estranho? É saudável...

— Isso é tudo que você precisa dizer pra provar meu ponto. — Nós nos aproximamos de um cruzamento. — Você não vai morrer de artérias entupidas, então viva um pouco e coma a gema.

Zayne riu enquanto colocava a mão em minhas costas e atravessávamos a rua. Ele esperou até que houvesse uma distância de alguns metros entre nós e qualquer pessoa que pudesse ouvir a nossa conversa.

— Estive pensando em como atrair Gabriel. A última vez que você o viu, ele estava naquela escola. Obviamente, era uma armadilha, mas e se essa armadilha funcionar nos dois sentidos?

Entendi imediatamente o que ele estava dizendo.

— Você tá pensando em ir pra escola, pro portal, pra possivelmente chamar a atenção de Gabriel?

— Ele deve ter vigias naquele lugar.

— Tenho certeza de que sim. Eu também estive pensando nisso. — Fiz uma pausa quando ele segurou meu braço, parando-me quando alguém passou na minha frente, entrando correndo em uma loja de conveniência. — Mas a escola ainda tá cheia de fantasmas, espectros e Pessoas das Sombras. Na verdade, deve ter ainda mais delas lá do que antes.

— Mas a diferença desta vez é que eu posso vê-las. Não vai ser só você que vai ficar de olho nelas — ele ressaltou.

Pensei nisso enquanto nossos passos diminuíam e nos aproximávamos de várias pedras, formas abstratas que eu supunha serem obras de arte na entrada de um parque da cidade.

— Aquela escola é o último lugar que quero ir. Até me arrepio com isso — admiti. — Mas talvez a gente tenha mais sorte fazendo algo assim do que perambulando sem rumo pelas ruas. — Parando perto de uma pedra que parecia uma rosquinha oval, olhei para Zayne. — Especialmente quando Gabriel já deve saber que você não tá morto.

— E agora sou uma versão nova e aprimorada — ele acrescentou.

Abri um sorriso.

— E, se os demônios na casa de Roth sentiram Lúcifer, então imagino que os que têm trabalhado com Gabriel também perceberam sua chegada.

— Sem mencionar no espetáculo pirotécnico na noite passada.

Assenti com a cabeça, surpresa por isso ter acontecido ontem à noite. Parecia que tinha sido há uma semana.

— Ele deve estar mais cuidadoso.

— É um plano. — Zayne cruzou os braços. — É melhor do que você ser a isca e se deixar ser levada.

— Essa não é uma má ideia e ainda não tá fora de cogitação — respondi, observando a mandíbula de Zayne endurecer sob a luz do poste. — Sei que você não gosta disso, mas, se não conseguirmos fazer com que ele ou Baal apareçam ao irmos pra escola, precisamos tentar. Não quero esperar até que a gente esteja a dias da Transfiguração pra tentar impedi-lo. Isso é arriscar demais e... — Parei quando um grupinho de pessoas atravessou o cruzamento. Eles estavam muito distantes e não havia luz suficiente para que eu pudesse ver seus rostos, mas arrepios se espalharam pelos meus braços enquanto eu os observava.

Três deles estavam conversando e rindo entre si, mas havia alguém atrás deles, alguém cuja sombra não parecia certa para mim.

Zayne seguiu o meu olhar. O grupo passou sob a luz que saía do parque. Três deles continuaram. Um não.

Apertei os olhos quando a pessoa que estava andando atrás deles parou e olhou para nós.

— Cacete — Zayne sussurrou.

Dei um passo à frente e depois outro para poder ver melhor.

E imediatamente desejei não ter feito isso.

Apenas metade da cabeça do homem parecia estar inteira. O outro lado estava disforme, desmoronado e, pelo que pude ver, uma nojeira cheia de sangue.

Eu o reconheci.

Era o Senador Fisher.

Capítulo 31

— Não sei se quero que você confirme ou negue o que eu tô vendo — Zayne disse.

— Você realmente tá vendo um fantasma — sussurrei, ainda um pouco chocada com o fato de que ele conseguia.

— Eles sempre têm essa aparência?

— Infelizmente, alguns têm. — Eu fui para a frente de Zayne. — Senador Fisher.

O fantasma não se moveu, mas fez aquela coisa de sinal ruim de TV antiga, sua imagem chiando no ar.

— Tenho tentado encontrá-la — ele disse, sua voz soando como se ele estivesse em um longo túnel, parado na outra extremidade. — Mas eu continuo vindo parar aqui, repetidamente.

Zayne se virou na altura da cintura e soltou um assobio baixo.

— O hotel fica do outro lado da rua. Eu nem me dei conta disso.

— Golpe de sorte? — ponderei, cruzando os braços enquanto me concentrava no Senador. — Você continua vindo pra cá porque foi aqui que você morreu.

O fantasma flutuou para a frente.

— Foi também onde eu o conheci.

— Baal?

O fantasma balançou a cabeça, e a visão me revirou o estômago.

— Não. Ele. O Augúrio.

— Pensei que você tivesse dito que só falava com Baal — Zayne disse.

— Ele disse que Gabriel veio até ele — lembrei a Zayne.

— Vi o Augúrio apenas uma vez e depois Baal — o Senador disse, aproximando-se ainda mais. Eu meio que desejava que ele não chegasse perto. — Pensei que ele fosse um anjo respondendo às minhas orações. Ele é um anjo. Achei que ele iria me ajudar. Que ele traria Natashya de volta.

Eu já havia sentido pena do homem antes, mas a maior parte de mim era raiva. Mas agora? Agora que eu sabia como ele se sentia? Havia mais pena do que qualquer outra coisa.

— Sinto muito — eu disse. — Sinto muito que ele tenha mentido pra você. Sinto muito por você ter acreditado nele.

Um olho se focou em mim. O outro olho... bem, eu não queria nem saber onde ele foi parar.

— Ela era tudo: minha força, minha coragem. Minha espinha dorsal e a voz da razão. Eu nunca teria chegado onde cheguei se ela não tivesse me escolhido...

Um jovem passou pelo Senador, fazendo com que o fantasma se dispersasse. Fiquei tensa, prendendo a respiração até que o Senador reaparecesse.

Zayne estava olhando para as costas do jovem.

— Ele nem notou que passou por ele. — Ele olhou para mim. — Quantas vezes já passei por fantasmas?

— Você provavelmente não quer que eu responda — eu disse a ele, e então voltei a me concentrar em Fisher.

— Eu nunca mais vou vê-la, não é? — ele perguntou, oscilando no ar. — Percebi isso quando vocês saíram. Eu não tinha mais nada.

Meu coração se apertou.

— Você...?

— Foi aquele igual a você. Almoado. Ele estava observando. Estava sempre observando. — Sua voz sumiu e voltou. — Eu ia encontrar vocês dois e contar o que eu sabia, mas Almoado estava lá... e agora tem essa coisa que fica me seguindo. É uma luz.

— E você não quer ir até ela — deduzi, incerta se eu estava aliviada ou não ao saber que ele havia sido jogado pela janela do hotel. No entanto, eu realmente não poderia culpá-lo por evitar a luz. Agora o Senador sabia o que o aguardava, e provavelmente não seria nada bonito. Eu queria mentir, e não apenas porque isso poderia torná-lo mais propenso a dar-nos informações úteis que ele havia omitido antes, mas porque Fisher havia sido enganado das piores formas. Talvez, se ele não tivesse sido vítima dessa exploração, não teria estado em posição de causar o mal que causou. Contudo, ainda assim, foi uma escolha que ele fez, e sentir-me mal por ele não significava que o que ele fez foi correto.

E eu não mentia quando se tratava disso.

— Não acho que você vá ver sua esposa — eu disse a ele, soltando o ar pesadamente. — O Augúrio se aproveitou da sua dor e a usou contra você, mas você fez aquelas escolhas, mesmo depois que começou a sentir que algo não estava certo. Você vai ter que responder por isso, porque não pode ficar aqui. Se fizer isso, você vai acabar ainda pior do que tá agora.

— Mas será que... Deus é clemente? — Fisher ergueu as mãos semitransparentes. — Sempre acreditei que Ele fosse. Foi isso o que me ensinaram, no entanto...

No entanto, ele conheceu um arcanjo homicida, então provavelmente estava questionando tudo o que sabia sobre Deus e tudo o mais. Olhei de relance para Zayne, sem saber como responder.

— Não sabemos — Zayne disse. — E acho que ninguém sabe realmente o que pode ser perdoado e o que não pode. Mas evitar isso? Provavelmente não vai te fazer nenhum bem.

O Senador ficou em silêncio enquanto seu olhar se voltava para o hotel do outro lado da rua.

Respirei fundo.

— Você estava procurando por mim, por nós? Você tinha algo a dizer? Se for o caso, é bom falar logo. Sei que você provavelmente não tem muito tempo até perder o controle...

— E flutuar — ele disse. — Às vezes, eu simplesmente flutuo.

— Isso parece... perturbador — Zayne murmurou.

— Eu menti. Menti tantas vezes pras pessoas que eu representava, pras famílias daquelas crianças que estavam tão esperançosas — Fisher continuou, e eu lutei contra a minha impaciência. — Eu menti pra Natashya. Eu disse a ela que continuaria, que não me perderia nem perderia a fé. Menti pra vocês dois. — Ele continuou olhando para o outro lado da rua. — Tá ali. A luz.

Zayne se virou, e eu jurei a Deus que, se ele pudesse vê-la, eu perderia a cabeça. Felizmente para ele, achei que não, porque, quando ele se virou, estava com a testa franzida.

— Por que você estava nos procurando? Você disse que viria falar com a gente antes de Almoado aparecer. — Tentei colocá-lo de volta nos trilhos da conversa. — Se você souber de algo que possa nos ajudar a deter o Augúrio...

— Isso não vai desfazer tudo o que eu fiz. Não vai consertar as coisas.

— Não — eu disse com suavidade —, acho que não vai, mas isso é maior do que você, é maior do que todos nós. O que o Augúrio planeja fazer vai destruir este mundo e partes do Céu. Será o fim de tudo. Precisamos impedir isso.

— Eles estão juntos. — A forma do Senador Fisher ficou borrada. — O Augúrio e Baal. Eu menti quando disse que não sabia onde eles estavam. Eu estava com medo. Fui um covarde. Não posso mais ter medo.

Acho que Zayne e eu paramos de respirar.

— Ele está hospedado em uma fazenda em Gaithersburg. — Ele informou um endereço que não conhecíamos. — É lá que vocês devem encontrá-los. — Sua forma estremeceu novamente, desta vez tornando-se mais sólida. — Sinto muito por tudo o que fiz, e é hora de colher o que semeei.

O Senador Fisher deu mais um passo à frente e desapareceu antes mesmo que eu pudesse agradecer.

— Ele se foi. — Zayne girou em um círculo lento. — Ele...?

— Ele foi pra luz. — Com a garganta apertada, engoli em seco. — Ele foi a julgamento.

Estávamos na mais estranha teleconferência conhecida pelo homem. Roth, Layla e Lúcifer em uma extremidade e Nicolai e vários outros Guardiões na outra.

Eu estava agradecida que não era uma chamada de vídeo.

— Fica a cerca de uma hora daqui, dependendo do trânsito — Zayne disse, tendo consultado o endereço no celular assim que o Senador Fisher atravessou para a luz. Agora ele estava com o laptop aberto e descansando em seu colo enquanto estávamos sentados no sofá. Achamos que seria melhor ligar para os dois lados ao mesmo tempo. Até agora, todos estavam se comportando bem.

Provavelmente porque Lúcifer aparentemente estava assistindo a *Sobrenatural*.

Surpreendente.

— Acontece que a casa foi colocada à venda há bem pouco tempo — Zayne disse. — O anúncio ainda tá em um desses sites de imóveis.

— Não acho que alguém esteja querendo comprar no momento — Roth disse.

— Droga, pensei que você estava procurando mudar pra melhor — Zayne retrucou, e eu sorri enquanto empurrava os óculos pelo nariz. — Estou mencionando isso porque, nos detalhes da propriedade, tem um item com vigilância por vídeo de última geração. Já vai ser difícil o suficiente entrar na fazenda sem que Gabriel fique sabendo, mas a gente precisa estar ciente de que aparentemente tem câmeras em todos os lugares, inclusive no celeiro.

— E quão certos estamos de que Gabriel está lá? — Nicolai perguntou.

— Bastante certos — falei. — Acredito que o Senador Fisher estava dizendo a verdade. É a melhor pista que temos.

Houve murmúrios na chamada do lado dos Guardiões, e então ouvi Nicolai perguntar:

— Então, qual é o plano?

Zayne olhou para mim.

— *O quê?* — sussurrei.

Ele ergueu as sobrancelhas enquanto inclinava o queixo em direção ao telefone, dizendo-me que o espetáculo era basicamente meu.

O que gostei muito.

No entanto, me retraí um pouco, pois não estava acostumada, bem, a estar no controle de algo tão importante.

— Acho que a gente... — Limpei minha garganta enquanto me concentrava no celular. — Precisamos agir rapidamente contra ele. Ter o máximo possível do elemento surpresa, em especial porque ele deve saber do que aconteceu com Zayne e de que Lúcifer tá na superfície. Quanto mais a gente esperar, mais tempo ele vai ter pra reunir forças e se preparar.

O olhar de Zayne encontrou o meu quando olhei para cima. Ele acenou com a cabeça ao dizer:

— Concordo. Precisamos pegá-lo com força e rápido.

— Isso parece safadeza, Pedregulho — Roth disse.

Balancei a cabeça para o telefone.

— Então, você tá pensando em... o quê? Vamos fazer isso amanhã? — Nicolai perguntou.

Meu estômago deu uma pequena reviravolta. Amanhã. Menos de vinte e quatro horas, e isso não parecia ser tempo suficiente para me preparar para ficar cara a cara com Gabriel mais uma vez.

Entretanto, a verdade é que eu estivera me preparando para isso durante toda a minha vida.

Os meus pensamentos se acalmaram, assim como o meu estômago.

— Amanhã — eu disse, balançando a cabeça. — Provavelmente perto do anoitecer. Vai facilitar a nossa aproximação da propriedade, em vez de irmos em plena luz do dia. Tem muitas árvores ao redor, de acordo com as fotos que Zayne encontrou, então isso deve ajudar.

— Até certo ponto — ele acrescentou. — Tenho certeza de que ele tá de olho na área, mas, com base no anúncio, parece que o lugar fica em uma estrada de acesso particular em uma área bastante arborizada.

— O que me faz pensar que deveríamos nos encontrar no ponto mais próximo, mas mais seguro — eu disse.

— Concordo — Nicolai disse. — Vocês têm o apoio de todo o clã pra isso.

— E temos todos os demônios que vieram pra cá — Roth disse. — Isso vai ser um problema? Guardiões e demônios trabalhando juntos?

Zayne e eu trocamos um olhar enquanto esperávamos que Nicolai se pronunciasse.

— Temos problemas maiores do que demônios no momento — Nicolai respondeu. — Não atacaremos qualquer demônio que esteja trabalhando pra atingir o mesmo objetivo, desde que eles se comportem.

— Eles vão se comportar— Roth garantiu.

— Ótimo — Nicolai disse.

Eu sorri. Demônios e Guardiões trabalhando juntos para deter um arcanjo determinado a acabar com o mundo. Quem poderia imaginar?

— Acho que a princípio deixamos que ele veja apenas a mim — eu disse. — Ele vai saber que tem outras pessoas comigo, mas, com alguma sorte, não vai saber de todo mundo que tá do nosso lado. Precisamos desse elemento de surpresa.

Como Zayne não discordou, continuei:

— A partir daí, caberá a nós cuidarmos de Gabriel.

A conversa continuou um pouco mais depois disso, e então o horário foi escolhido, e, quando encerramos a ligação com todo mundo, Zayne fechou o laptop e olhou para mim.

— Como você tá se sentindo em relação a isso? — ele perguntou.

Pensei bem sobre aquilo.

— Bem, eu acho. Esperançosa. Em vinte e quatro horas, isso pode estar encerrado.

Seu olhar passou pelo meu rosto e ele assentiu.

— É um bom plano. Vamos deter Gabriel.

— Vamos. — Meu olhar encontrou o dele, e senti um aperto no peito. Isso terminaria amanhã à noite. Ou teríamos sucesso, ou fracassaríamos, mas iria acabar, porque não haveria segunda chance.

A realidade desse fato se abateu sobre mim enquanto eu olhava para Zayne. Se não tivéssemos sucesso, não poderíamos lançar outro ataque, porque os nossos aliados ficariam feridos neste. O fracasso significava que Gabriel me capturaria, e isso eu não poderia permitir. Então, ou Gabriel morria ou...

Não deixei esse pensamento ser concluído, mas a gravidade daquilo ainda estava presente. O peso do que eu precisaria fazer se fracassássemos já havia se acomodado em meus ombros.

Com o coração aos pulos no peito, tirei os óculos e dobrei cuidadosamente as hastes, colocando-os sobre a mesinha de centro.

Eu não sabia o que Zayne estava pensando quando peguei o laptop, jogando-o na almofada próxima, e acomodando-me no lugar em que ele estava. No entanto, havia um fogo nos olhos dele. Um brilho branco-dourado por trás de suas pupilas que ardia intensamente.

As pontas de seus dedos roçaram a linha da maçã do meu rosto e a curva da minha mandíbula enquanto eu passava os dedos pelo seu lábio inferior.

— Eu amo você — ele sussurrou.

Abaixei a cabeça e os meus lábios substituíram os meus dedos. Este beijo começou lento e suave e fomos com calma, como se estivéssemos mapeando a disposição das nossas bocas e memorizando o formato. O beijo se tornou intenso, cheio de desejo ardente e uma pitada de desespero, consumindo a nós dois. De alguma forma, chegamos ao quarto e as nossas roupas foram tiradas com uma velocidade impressionante, e então... então os nossos corpos se fundiram.

Por trás de cada toque e de cada beijo, havia a certeza à qual eu não queria dar vazão. Então, usei a minha boca, as minhas mãos e o meu corpo para dizer o que eu nunca poderia dizer a Zayne.

Se não impedíssemos Gabriel, eu não voltaria para casa com Zayne. Esta seria a nossa última noite juntos.

O dia seguinte começou como qualquer outro dia normal e bom.

Zayne e eu tomamos café da manhã com Jada e Ty, o que durou até o almoço. Eles queriam estar lá naquela noite, mas por mais treinado que Ty fosse e embora Jada pudesse se defender, nenhum deles estava pronto para isto. Eles não ficaram nada felizes, mas entenderam.

Foi difícil dar um abraço de despedida em Jada quando nos separamos, porque aquelas palavras às quais eu não queria dar voz na noite anterior me assombravam. Poderia ser a última vez que eu a via.

Zayne e eu passamos o resto do tempo sozinhos. Assistimos a vários episódios de *Um maluco no pedaço*. Fiz com que Zayne bebesse uma lata de refrigerante enquanto compartilhávamos uma tigela de gelatto de frutas silvestres super gostoso e depois compartilhamos um ao outro.

E enquanto eu me vestia, uma hora antes de encontrarmos com o pessoal, continuei procurando por Minduim. Ao prender as minhas adagas e trançar o cabelo, fiquei atenta a qualquer sinal dele. Quando saímos pela porta, parei para procurá-lo mais uma vez... apenas caso ele estivesse lá.

Ele não estava.

A viagem de carro até a casa da fazenda foi tranquila, assim como a caminhada até o local onde deveríamos nos encontrar com os outros. Nós nos demos as mãos no momento em que saímos do Impala, ambos aproximando-se um do outro ao mesmo tempo. Quando nos aproximávamos do grupo, Zayne nos parou.

Ele me beijou.

E foi o tipo de beijo que continha tudo o que sentíamos um pelo outro. Foi um beijo profundo, exigente e com um toque de desespero. Foi um beijo que prometia mais, que *exigia* mais. Fiquei um pouco abalada quando ele afastou a boca da minha, e nenhum de nós se moveu por um longo tempo. Acho que nós dois queríamos ficar ali, bem ali, mas não era possível. Sabíamos disso, e começamos a caminhar de novo.

Quando Zayne e eu nos aproximamos deles, vi que apenas Dez e Nic estavam lá, parados o mais longe possível dos outros três. Eu realmente não poderia culpá-los, já que um deles era Lúcifer, que... Apertei os olhos. Que aparentemente estava assistindo a alguma coisa em um iPad.

— Vocês chegaram. — Nicolai se virou para nós, e não havia como não perceber o alívio em sua voz.

— Onde estão os outros? — perguntei.

— Achamos que seria melhor se eles ficassem pra trás — Nicolai explicou, olhando para o tronco caído em que Lúcifer estava empoleirado. — Menos chance de as coisas darem errado.

— É uma boa ideia — Layla disse. — A legião de hóspedes indesejados dele também tá pra trás.

— Não acho que nada disso seja realmente necessário — Roth disse. — Como se Lúcifer estivesse ciente do que tá acontecendo neste momento.

Lúcifer nem pareceu nos ouvir.

— Ele tá com fone de ouvido — Zayne percebeu. — Deixe eu adivinhar... *Sobrenatural*?

Layla acenou positivamente com a cabeça.

— Não acredito que Lúcifer esteja sentado ali com um iPad — Dez murmurou. — Isto parece um sonho lúcido.

— Os últimos dias da minha vida têm parecido um sonho lúcido — Layla respondeu.

Sorrindo para ela, Roth se virou para mim.

— Você tá pronta?

Meu coração disparou.

— Sim. Ele tá?

— Tá, sim. Ele sabe do plano. O reforço tá aqui. Bem, quase todo o reforço. — Roth passou a mão pelo centro do peito. — Hora de brincar.

Uma fumaça preta flutuou por baixo da camisa de Roth, espalhando-se no ar ao lado dele. As sombras se transformaram em milhares de pontinhos pretos girando no ar, como mini ciclones.

Bambi foi a primeira a sair de sua pele e tomar forma. A cobra gigante imediatamente se aproximou de mim e de Zayne.

Três sombras se formaram a partir das bolinhas giratórias, caindo no chão — preta, branca e uma mistura de ambas. Acima delas, vi um azul e um dourado iridescentes... escamas que apareciam ao longo da barriga e das costas do dragão.

Caramba, era o dragão de que eu tinha ouvido falar. Fiquei muito empolgada, porque era um *dragão*.

Os meus olhos se arregalaram quando asas vermelho-escuras brotaram, juntamente com um focinho longo e altivo e patas traseiras com garras. Seus olhos eram iguais aos de Roth, de um amarelo brilhante.

Mas... mas era, tipo, do tamanho de um cachorrinho de colo.

Olhei para baixo. Três gatinhos andavam de um lado para o outro, um todo branco, um completamente preto e um terceiro preto e branco. O branco atacou o gatinho preto e branco, derrubando-o e caindo de costas no processo. O preto saltou, atacando a cauda do bebê dragão.

Lentamente, levantei a cabeça para Roth. Eu nunca estive tão decepcionada em toda a minha vida.

— Eles não saem muito — ele disse, dando de ombros.

— Gatinhos? — sussurrei. — E um bebê dragão? Sério? Você trouxe gatinhos e um bebê dragão como reforço? Eles são um lanche pra Bambi?

O gatinho preto sibilou para mim.

— Só espere pra ver — Layla disse enquanto Bambi deslizava sobre o meu pé, levantando sua cabeça em forma de diamante. Eu não tinha certeza do que deveria estar esperando quando Bambi cutucou minha mão, obviamente querendo um afago. Dei um tapinha em sua cabeça, minha mão congelando quando o gatinho branco esticou as patinhas minúsculas e bocejou.

Bocejou mesmo.

— Nitro tá apenas se aquecendo — Roth disse enquanto Dez e Nicolai o encaravam.

— Você acha que eles podem acelerar? — Zayne disse em voz baixa. — Porque tá ficando estranho.

A bolinha de pelo miou enquanto o pelo se erguia ao longo do centro de suas costas. Ele abriu a boca novamente, e eu jurava por Deus que, se ele bocejasse mais uma vez, eu iria dar um chute em Roth.

Bem na cara.

E depois pegar os pequeninos e escondê-los antes que acabassem sendo pisoteados até a morte.

Exceto que o que saiu do gatinho foi um miado que se elevou e se aprofundou em um rosnado gutural que eriçou os pelos de todo o meu corpo. O preto soltou um rosnado que não combinava com seu corpo, e o preto e branco sibilou como um predador muito grande e muito zangado.

E então eles *se transformaram.*

A bolinha de pelo branco cresceu e expandiu, as pernas se alongando e os ombros se alargando. Surgiram músculos esguios, e garras frágeis se transformaram em grossas e afiadas. Aquele miado fofinho se transformou em um rugido quando o focinho de Nitro se alongou, abrindo a boca para mostrar presas do tamanho das de um tubarão.

Apoiado nas quatro patas, os gatinhos chegavam à minha cintura. Completamente grandes o suficiente para me comer.

— Cacete — sussurrei.

Roth passou a mão no centro do preto e branco, enquanto o dragão permanecia em tamanho diminuto, sentado no ombro de Layla.

— Este é o Fúria. O preto é o Thor — Roth disse. — E eles gostam de comer coisas que normalmente não deveriam, não é mesmo? Tipo Guardiões?

— Roth — Layla advertiu antes de se voltar para os Guardiões: — Ele tá só brincando.

O modo como o gato chamado Fúria encarou os dois Guardiões me disse para não ter tanta certeza disso.

Era hora de redirecionar nossa atenção.

— E quanto a Robin? — perguntei. — Ele fica maior? — A imagem de uma raposa gigante me dava arrepios.

— Ele vai, quando for mais velho — Layla disse, tocando seu braço encoberto. — Mas ainda é um bebê. Se eu o soltasse, tudo o que ele faria seria correr atrás do próprio rabo.

Eu ri.

— Vocês já terminaram de ficar parados aí, achando que não estou prestando atenção? — Lúcifer perguntou, surpreendendo a cada um de nós. Ele nos encarou, com o iPad encostado em seu peito. — O sol está se pondo. Está na hora.

O ar seguinte que inspirei ficou preso em meu peito enquanto as sombras continuavam a crescer dentro da floresta. Lúcifer estava certo.

Era hora.

Capítulo 32

As colinas do gramado verdejante e contínuo pareciam tão pitorescas quanto um cartão postal ao anoitecer, mas, assim que saí da carregada linha de árvores, os meus sentidos primitivos detectores de demônios estavam disparando para todos os lados.

E isso não tinha nada a ver com o fato de Lúcifer estar a alguns metros atrás, surpreendentemente.

Sentindo o olhar de Zayne sobre mim enquanto eu caminhava, examinei a casa embaçada à frente. Não vi movimento, mas uma onda de arrepios se espalhou pelos meus braços. Parei a uns cinquenta metros da ampla casa de fazenda em estilo colonial. Apertei os olhos enquanto o último raio de sol se esvaía e as sombras cresciam rapidamente ao longo da varanda da frente da casa, engolindo os pilares brancos e as paredes do primeiro andar.

Só que não eram sombras normais. Elas se moviam rápido demais, disparando de um pilar para o outro como bolas de pingue-pongue.

Pessoas das Sombras.

— Ei — gritei, o formigamento quente na base do meu pescoço aumentando. As sombras ficaram imóveis. Isso foi um pouco enervante. — O Augúrio de Monólogos Excessivamente Longos tá em casa?

Sussurros levados pela brisa chegaram até mim, as vozes das criaturas eram baixas demais para que eu pudesse entender.

— Se ele estiver — gritei —, digam a ele que é falta de educação deixar as visitas esperando, mesmo que seja uma surpresa.

— Uma surpresa? — A voz de Gabriel ecoou por toda parte, mas eu não o via. — Nefilim bobinha.

Enrijeci, olhando da casa para as árvores esguias que ladeavam a entrada da garagem. Ele poderia estar em qualquer lugar e, com a minha visão, eu nunca saberia, mas eu tinha outros olhos com uma visão muito melhor para me apoiar.

Sem aviso prévio, dezenas de holofotes da casa e dos pátios laterais foram acesos. Uma luz branca e brilhante atravessou a escuridão crescente. Cega, não resisti à vontade de proteger os olhos. Levantei uma mão enquanto os meus olhos lacrimejavam e ardiam pela luz intensa. Manchas turvas se acumularam na minha vista enquanto a *graça* se estendia pela minha pele. Os meus olhos se adaptariam, eu esperava, mas isso levaria alguns minutos.

Um vulto apareceu atrás da casa, erguendo-se no ar. Eu conseguia ver a envergadura das asas. Meu coração disparou. Lá estava ele. Respirei fundo e quase vomitei com o cheiro adocicado de... *podridão.*

De onde isso vinha? Olhei de forma rápida ao meu redor e, pelo que pude ver, não havia nada por perto. Se houvesse e eu não soubesse, Zayne estaria aqui em um nanossegundo. Será que esse cheiro estava vindo de Gabriel?

Abaixei a mão, desejando poder enxergá-lo. Tudo o que eu via era que ele estava pairando sobre a casa como um anjo da guarda perturbado.

Ignorei o insulto e forcei os meus braços a ficarem soltos ao lado do corpo.

— Você esteve me procurando, então decidi vir até você.

— Eu agradeço. — As asas de Gabriel se moveram silenciosamente no ar. — Torna a minha vida muito mais fácil.

— Tem certeza disso?

Sua risada me alcançou, enviando uma onda de gelo através de mim.

— Ah, tenho certeza. — Ele deslizou por cima da casa, parando em frente à varanda. — Assim como tenho certeza de que vieste sozinha.

Alarme pinicou na minha pele, embora eu não estivesse surpresa por ele saber.

— Eu seria idiota se viesse aqui sozinha, e isso eu não sou.

— Teremos de concordar em discordar sobre isso, filha de Miguel.

Meus olhos se estreitaram.

— Como estão as feridas de bala, Gabriel?

Suas asas ficaram imóveis.

— Vou certificar-me de lhe mostrar em detalhes mais tarde.

— Acho que dispenso — disse a ele. — Mas te trouxe um presente. Alerta de *spoiler*: não sou eu.

— Alerta de *spoiler*? — O tom do arcanjo era de confusão.

Suspirei.

— Você não sabe nem o que é um *spoiler*? Tipo, qual é, isso tá ficando ridículo.

Gabriel voou para frente de repente e, no instante seguinte, senti o calor de Zayne às minhas costas. O brilho branco-dourado de suas asas me inundou.

Gabriel parou, ainda a alguns metros de distância.

— Foi isso que me trouxeste? — ele perguntou. — Um Caído que precisa que suas asas e *graça* sejam despojadas? Terei o maior prazer em matá-lo. — Ele fez uma pausa. — De novo.

Raiva inundou meu sistema, mas eu sabia que não deveria ceder a ela. Aprendi isso da maneira mais difícil.

— Ele é um presente — eu disse, mantendo minha voz firme —, mas não pra você.

A asa direita de Zayne passou por minhas costas quando ele veio para o meu lado.

— Você não tá com uma aparência muito boa, Gabriel — Zayne disse, com repulsa em sua voz. Ele estava certo. O arcanjo estava perto o suficiente para que eu pudesse ver que havia mais um brilho oleoso em suas asas e pele do que um brilho luminoso. — E é de você que tá vindo esse cheiro de decomposição?

— Você também sente o cheiro? — perguntei. — Porque eu estava me perguntando se Gabriel tinha se borrado todo ou algo assim.

— Meu irmão não se borrou — Lúcifer disse, e minhas mãos se fecharam em punhos. É claro que ele não me ouviu. Ele se posicionou à minha esquerda —, ainda.

— Essa é a sua surpresa — eu disse, sentindo que isso era tão anticlimático agora. — Surpresa! — Exclamei, sacudindo as mãos viradas para a frente no processo.

— Eu não aceito este presente — Gabriel rosnou.

— Que pena — eu disse. — Não há devoluções ou trocas.

Gabriel se concentrou em seu irmão.

— Eu sabia que sentia a mácula de vossa presença.

— A mácula da *minha* presença? Você sentiu seu próprio cheiro recentemente? — Lúcifer olhou para Gabriel. — Sua essência... sua Glória está apodrecendo.

— Minha Glória não está apodrecendo — o arcanjo retorquiu.

— Hm. — Alonguei o murmúrio. — Alguma coisa em você tá definitivamente apodrecendo.

— Até mesmo a minha Glória nunca cheirou tão mal. — Uma pontada de assombro preencheu o tom de Lúcifer enquanto ele continuava a olhar para Gabriel. — Você sabe o que isso significa.

— Não tens ideia do que falas — Gabriel retrucou.

— O que isso significa? — perguntei, olhando de relance para Lúcifer.

O diabo sorriu.

— Tenho a sensação de que vamos descobrir.

Gabriel se afastou ainda mais.

— Sabes o que planejo, irmão. Tu, mais do que ninguém, deverias estar comemorando o que precisa ser feito. Acabarei com isto, acabarei com esta depravação que se tornou este plano. Farei o que precisa ser feito. E ainda assim tu te colocas diante de mim em vez de atrás de mim?

— Sim, bem, o que você planeja é o meu tipo de festa — Lúcifer disse. — Mas a festa não é minha. Saca?

— Ele provavelmente não entende sua analogia — eu disse a ele.

— Eu entendo perfeitamente — Gabriel retorquiu. — Eu lhe dou esta única chance, Lúcifer. Mais do que nosso Pai jamais lhe deu. Junte-se a mim e, juntos, acabaremos com isto.

Lúcifer inclinou a cabeça para o lado.

— Ora, você sabe muito bem que o nosso Pai me deu tantas chances que chegou a ser ridículo. Até eu consigo admitir isso, mas você? Ah, Gabi, o que você fez com você mesmo?

A pontada de tristeza verdadeira na voz de Lúcifer chamou a minha atenção.

Ele estava balançando a cabeça.

— Você deveria ser apenas a voz de Deus. Nada mais. Nada menos. E, no entanto, isso não foi suficiente. Você se tornou amargo. Ciumento. Tão cheio de orgulho.

— Tu me falas sobre almejar algo mais? De orgulho? — A voz de Gabriel trovejou, e, assim, ele tinha um motivo para ficar atônito. — Tu? Tu, que querias governar ao lado de Deus?

— E daí? Ainda não vejo nada de errado nisso. O que eu queria era o poder que me era devido e, por isso, fui lançado à Terra. — Um brilho começou a irradiar de sua pele. — Mas eu nunca fui impedido de adentrar os Céus. Diga-me, irmão, quando foi a última vez que você conseguiu entrar nos Céus? Quando foi a última vez que falou com Deus? Que ouviu a Voz divina? Estou ouvindo agora. E você?

Espera aí. Quê?

— Mentiras — Gabriel sibilou. — Tu não ouves a Voz divina.

— Acredite no que quiser, mas vou matá-lo esta noite. — Os olhos de Lúcifer se fecharam brevemente. — Saiba que vou chorar profundamente por você, mesmo que apenas por um momento.

As minhas sobrancelhas se ergueram. Momento? Ele o lamentaria por *um momento*? Ai.

Gabriel recuou como se tivesse levado um tapa.

— Que assim seja, Satanás.

Um tom escarlate brilhou nos olhos de Lúcifer.

— Ah, não, você não me chamou assim.

O arcanjo voou para trás, levantando os braços.

— Eu sabia que virias até mim, filha de Miguel, nesta exata noite.

Virei bruscamente a cabeça em direção a ele enquanto a tensão se insinuava pelos meus músculos.

— Então preparei meu próprio presente para ti — ele continuou. — É uma pena, no entanto, que tenhas de testemunhar a morte de tantos daqueles que amas.

Movimento no chão atraiu o meu olhar para a área ao lado da casa. A distância, não passavam de manchas de cores e formas diferentes, mas eu enxergava o suficiente para saber que eram demônios, e muitos deles.

— Quantos? — perguntei a Zayne.

— Centenas — ele respondeu, olhando para Lúcifer. — Isso é muito demônio zangado com você.

— Sempre haverá demônios insatisfeitos com as regras — ele respondeu. O volume cada vez maior continuava a se projetar para fora da casa. — Gabriel sabia que você teria tempo pra se preparar se soubesse — Lúcifer respondeu. — Ele realmente sabia que estávamos vindo hoje. Alguém traiu vocês.

Uma pressão apertou meu peito. Com certeza alguém tinha nos traído.

— Não consigo deixar de pensar naquelas lâminas angelicais — Zayne comentou.

— Eu também — sussurrei, respirando fundo e soltando o ar lentamente. — Quantos da sua legião você conseguiu reunir?

— O suficiente — Lúcifer respondeu.

— E quando eles vão chegar aqui? — Zayne perguntou.

— Espero que em breve.

— Mate o Caído — Gabriel ordenou. — A nefilim deve permanecer viva.

— Estou um pouco decepcionado. — Lúcifer fez beicinho. — E quanto a mim?

Não houve resposta enquanto uma onda de demônios irrompia em nossa direção, a maioria pelo chão, mas alguns voando. Alguns pareciam diabretes, mas outros... Suas asas brilhavam brancas à luz da lua.

— E quanto a nós? — Roth anunciou, saindo da linha de árvores. Layla estava ao lado dele, suas asas de penas pretas sempre eram um choque de se ver, mas não tão perturbadoras quanto o bebê dragão pousado em seu ombro. Eu não via os gatinhos gigantes.

Esperava que eles não estivessem comendo os Guardiões.

— Isso é uma cacetada de demônios — Layla disse, com punhais de ferro nas mãos.

— A gente consegue — Zayne disse, olhando para mim. — Não é mesmo?

Assenti com a cabeça, mesmo quando meu coração começou a bater forte.

— Sim.

A linha de demônios avançou, e eu comecei a despertar minha *graça* quando Tambor voou do ombro de Roth, soltando um guincho de advertência, que se transformou em um rugido tão alto que parecia que os meus ossos estavam sendo chacoalhados.

Fiquei sem fôlego ao ver Tambor crescer, com patas do tamanho de troncos de árvores e garras maiores do que minhas próprias mãos.

Zayne me agarrou, tirando-me do caminho enquanto aquelas asas carmesins se desenrolavam, aumentando para o triplo do tamanho das de Zayne. A cauda do dragão atingiu o chão, rachando a camada superior da grama e do solo.

Com os olhos arregalados, observei o dragão do tamanho de dois tanques de guerra esticar o pescoço, com a boca aberta em outro rugido. Faíscas voaram de suas narinas enquanto o cheiro de enxofre enchia o ar.

Capetas e Rastejadores Noturnos nos atacaram. Não diminuíram o ritmo quando avistaram Tambor. Em vez disso, eles se separaram, desviando-se para duas direções.

Os familiares de Roth não estavam gostando nada disso.

A cabeça de Tambor girou para a direita, com a boca se abrindo. O fogo jorrou, atingindo o grupo de demônios, incinerando-os.

Cambaleei para trás, esbarrando em Zayne.

— Isso é um dragão.

Zayne me segurou enquanto Roth dava uma risadinha. Tambor pegou outro demônio entre os dentes. Os ossos foram esmagados.

— E ele tá com fome — Zayne comentou.

— Muita — Roth concordou.

— Atenção. — As asas de Layla se ergueram. — Tá chegando.

O gatinho branco, que agora tinha o tamanho de um cavalo pequeno, saiu correndo da floresta, saltando no ar. Aterrissando em um Capeta, Nitro cravou seus dentes no pescoço do demônio, levando-o ao chão. Tambor alçou voo, levando um demônio com ele.

— Os diabretes — Roth disse enquanto avançava, com sua pele se afinando enquanto asas brotavam das costas e chifres se projetavam do topo de sua cabeça —, coma os deliciosos diabretes, Tambor.

Nem tive tempo de pensar naquilo. O branco dourado se espalhou pelos braços de Zayne e as duas lâminas em forma de foice apareceram quando uma massa de demônios nos alcançou.

— Lembre-se do plano — Lúcifer disse. — Precisamos enfraquecer Gabriel.

— Entendido — Zayne disse, enquanto eu assentia.

Desembainhando um punhal, invoquei minha *graça*. O peso da Espada de Miguel se formou na palma da minha mão enquanto Zayne arrancava a cabeça de um Torturador.

Um Capeta passou correndo pelos gatinhos e pelo dragão, tentando me agarrar, mas eu passei por baixo do braço dele e girei, rasgando as costas do demônio com a espada flamejante. Eu me virei quando Lúcifer enfiou a mão no peito do Capeta.

— Você estragou tudo — Lúcifer rosnou, arrancando-lhe o coração. Chamas irromperam da palma de sua mão e depois do Capeta.

Bambi saiu disparada da névoa que se acumulava na grama, pegando um diabrete e arrastando-o de volta ao chão.

Avançando, dei um chute, acertando um Torturador no estômago. A criatura cambaleou para trás, com a boca aberta e os dentes estalando no ar. Eu disparei para a frente, enfiando a adaga em seu peito liso. Sangue quente borrifou o meu rosto quando arranquei a adaga. Continuei avançando, perdendo-me um pouco na luta e na adrenalina. Demônios caíam ao nosso redor enquanto Tambor rasgava o Céu, capturando diabretes a torto e a direito.

— Ele vai ter dor de barriga — eu disse.

Roth rasgou o pescoço de um Rastejador Noturno.

— É pra isso que servem antiácidos.

Eu bufei.

— Você vai precisar de uma garrafa bem grande...

Roth se inclinou para mim quando dedos se enroscaram na minha trança, puxando a minha cabeça para trás. Eu ofeguei quando de repente olhei para o rosto jovem de algum tipo de demônio alado.

— Peguei você — grunhiu ele, com as asas movendo para baixo enquanto ele se erguia no ar...

Sem aviso, a cabeça do demônio simplesmente caiu. O aperto no meu cabelo relaxou quando a criatura despencou.

— Peguei você — Zayne rosnou de cima.

— Isso foi o máximo — sussurrei quando Roth agarrou meu braço, tirando-me do caminho do demônio que acertava o chão. — Valeu.

Zayne aterrissou ao meu lado.

— Me agradeça depois.

Eu sorri.

— Esse é o plano.

— Eca, galera. — Roth se lançou no ar, juntando-se a Layla.

As árvores chacoalhavam atrás de nós, como se uma centena de pássaros estivesse alçando voo. Eu me virei, vendo as formas escuras dos Guardiões espalhando-se pelo ar, enquanto a legião de Lúcifer se derramava entre as árvores, correndo para a frente.

Zayne sorriu, seu olhar encontrando o meu. Meu sorriso aumentou quando um Guardião aterrissou no chão.

Uma parede de chamas se ergueu atrás de mim, tão alta que eu não conseguia ver as árvores atrás dela. O calor soprava na nossa direção, chamuscando a pele. No início, pensei que fosse Lúcifer, mas ele estava à nossa frente.

Então, ouvi os gritos, o pânico, e o meu coração afundou. Os Guardiões. Dez. Nic. Jordan...

Interrompi esses pensamentos antes de deixá-los tomar conta. Eu não poderia seguir por esse caminho agora.

— Baal! — Lúcifer gritou, virando-se. — Onde você está, seu conivente, traidor...?

Uma bola de chamas saiu do canto, quase acertando as patas traseiras do gatinho preto. Outra bola de chamas ondulou no céu. Tambor mergulhou, mas não foi rápido o suficiente. O dragão gritou quando as chamas chamuscaram suas asas.

Roth se virou.

— Familiares! — ele gritou. — Voltem pra mim. Agora!

Os familiares se transformaram em sombras ao voarem de volta para Roth, formando bolinhas ao caírem sobre sua pele nua. Rugindo, Roth se virou e enfiou as mãos no peito de um demônio próximo.

Virando-se, Zayne examinou o terreno.

— Cadê Teller?

— Era ele? — Mergulhei, surgindo atrás de um Torturador. Cortei-lhe a cabeça.

— Ele estava aqui agora mesmo. — Zayne continuou procurando. — Não o vejo.

— O fogo o pegou? — perguntei, enfiando a adaga no peito de um diabrete.

Balançando a cabeça, Zayne se virou para mim.

— Guarde sua *graça* — ele ordenou. — Você tá começando a enfraquecer. — Aproximando-se de mim, ele passou os dedos sob o meu nariz. — Guarde-a, Trin.

Eu esfreguei meu rosto, mas Zayne tinha limpado o sangue. Eu queria negar, mas ele estava certo. Usar a *graça* estava me enfraquecendo. Eu a deixei ir, praguejando enquanto a Espada de Miguel se desfazia em brasas ardentes.

Layla caiu agachada no chão, levantando-se lentamente.

— Meu Deus — ela ofegou. Sangue oleoso manchava seu rosto e cabelo. — É como se não tivéssemos feito nenhum progresso. — Ela olhou sobre o ombro. — A gente precisava deles. — Ela se virou para onde Lúcifer estava. — Precisamos dos seus reforços.

Rosnando, ele arrancou as asas de um diabrete que capturou.

— Eles não conseguem passar.

Com o coração acelerado, olhei para a névoa e a luz brilhante, distinguindo formas mais grossas e escuras à frente.

Isso era ruim.

Muito, muito ruim.

Mas não mudava o que tínhamos de fazer.

Engolindo com dificuldade, virei-me para Zayne e me estiquei, prendendo uma mão em sua nuca. Puxei sua cabeça para junto da minha e o beijei. E não foi um beijo casto. Ou delicado. Nossos lábios se machucaram. Nossos corpos se fundiram um ao outro. Eu o absorvi naquele beijo, e ele a mim.

Quando as nossas bocas se separaram, ele estava com a respiração ofegante e encostou a testa na minha.

— Só precisamos chegar até Gabriel. — Ele se abaixou, soltando a minha outra adaga. — Isso é tudo. Chegamos até ele e acabamos com isto.

Assenti com a cabeça.

— Vamos nessa.

— A gente guarda a retaguarda — Layla disse quando nos afastamos. — Vamos mantê-los longe de vocês.

— Obrigada. — Peguei a adaga que Zayne me entregou.

Ele se virou para Layla, tocando sua bochecha com suavidade.

— Se cuide.

— Você também. — Ela se lançou ao céu.

Atravessando os demônios, alcançamos Lúcifer.

A cor escarlate manchava sua pele quando ele olhou para nós.

— Só precisamos de uma chance, mas temos uma cacetada de demônios pra atravessar. — Suas asas estavam expostas, dobradas para trás e próximas ao corpo. — Aconteça o que acontecer, Baal é meu.

— Você pode ficar com ele. — Zayne empunhou uma lâmina pelo ar, cortando um Rastejador Noturno.

Enfiei a minha adaga no peito de um Capeta e deixei que minha raiva tomasse conta, dando-me forças enquanto a lâmina cortava o pescoço de outro demônio. Não hesitei nem recuei quando as pontas de garras deslizaram pelos meus braços, causando uma onda de dor em mim. Não parei nem olhei para trás quando ouvi Roth gritar um monte de palavrões. Nós três continuamos avançando. Dei um salto, acertando a adaga na perna de um demônio alado que descia para agarrar Zayne. Ele caiu de costas e depois sob a bota de Lúcifer. Acelerei o passo, pulando sobre um corpo que se desfez e agarrando um punhado de pelo de Torturador. Puxei a cabeça da criatura para trás enquanto enfiava a adaga no centro de suas costas. O Torturador gritou quando eu o soltei, seu corpo pegando fogo.

Outra parede de chamas se ergueu, perto demais de Zayne. A chama atingiu Lúcifer, fazendo com que o meu coração parasse enquanto ele berrava.

Ele cambaleou para trás quando o fogo passou por seu corpo, expondo músculos e tecidos.

— Isso realmente me tira do sério — ele gritou. O seu corpo parecia já estar se regenerando, mas as suas asas...

Metade delas se foi.

O pânico borbulhou em minha garganta e lutei contra ele enquanto a parede de fogo continuava. Segui o caminho dela com os olhos, sabendo o que eu veria.

Layla e Roth estavam agora cercados, e éramos apenas nós três.

— Desista — Gabriel disse. — Não irão ganhar. Perderam no primeiro dia em que o ser humano pecou. Já é tarde demais. Sempre foi.

Eu odiava isso, odiava muito, porque Gabriel... ele poderia estar certo. Olhei em volta, o chão estava coberto de neblina e fumaça, e pude ver uma onda de demônios se aproximando. Praticamente um exército deles ainda restava, e nós estávamos apenas em três.

Zayne aterrissou ao meu lado enquanto eu me dava conta de algo aterrador. Olhei para a minha adaga e senti meu estômago despencar. Eu me virei para ele, meu olhar procurando aqueles lindos olhos azuis.

O olhar de Zayne abaixou e depois voltou para o meu. A compreensão passou por seu rosto.

— Não.

— Tenho que fazer isso. — O fundo da minha garganta ardia.

— Não, Trin. Absolutamente não...

Os meus olhos queimavam.

— Ele não pode me usar pra abrir o portal, Zayne. Não pode. Tenho que acabar com isso e eu posso. Se ele não puder me usar pra abrir o portal...

— Não estou nem aí pro portal. — Ele disparou para a frente, agarrando os meus pulsos. — Não vou permitir que você faça isso.

Uma dor começou no meu peito.

— Eu não quero, mas é a única maneira.

— Se formos embora agora, se fugirmos, não vamos ganhar o segundo *round* — Lúcifer alertou. — É agora ou nunca. De uma forma ou de outra.

— Cale a boca — Zayne disse, e fiquei surpresa por Lúcifer não ter dito nada em retorno. — Esqueça isso. Esqueça tudo isso. A gente foge. Continuamos fugindo e nos escondendo até que o mundo inteiro desmorone.

— Você tá ouvindo o que tá dizendo? — Os meus olhos se arregalaram.

— Não me importo — ele jurou —, eu não me importo com nada disso. Tudo o que me importa é você.

— Você não tá falando sério...

— Um caralho que não — Zayne rosnou.

Eu me contorci, sem conseguir ir muito longe, pois Zayne segurou meus pulsos. O meu olhar se chocou com o de Lúcifer mais uma vez, e a expressão em seu rosto dizia tudo. Tinha de ser agora. Não haveria mais tarde. Gabriel iria me capturar. Ele mataria Zayne. Mataria Roth, Layla e qualquer outra pessoa que ainda estivesse viva. Eu não poderia deixar isso acontecer.

— Eu te amo, Zayne. Eu te amo com cada fibra do meu ser — eu disse, e depois acenei para Lúcifer.

Ele avançou, acertando na lateral de Zayne enquanto eu puxava com toda a minha força, soltando-me do seu aperto. Zayne e Lúcifer caíram no chão, e foi...

Foi surreal, como uma experiência extracorpórea. Como se não fosse eu que estivesse ali, com a mão direita firme enquanto Zayne gritava e Lúcifer o segurava, virando a cabeça de Zayne para o lado, longe de onde eu estava, em um gesto que eu não esperaria de Satanás. Eu não sentia nada quando levantei a adaga. Ou talvez eu estivesse sentindo tudo e isso fosse demais, sobrepujando os meus sentidos. Levantei os olhos, não querendo ver nada, mas tudo o que vi foi fumaça cinza enquanto eu...

Uma trombeta soou, o som foi repentino e alto, parecendo vir de todos os lados. O chão e o próprio ar ao nosso redor chacoalharam, jogando Lúcifer para o lado. Zayne se levantou e, em um segundo, seus braços me envolveram, prendendo-os às minhas laterais, mas não lutei contra ele enquanto olhava para o céu.

Para as *estrelas*.

Capítulo 33

— Alguém tá em apuros — Lúcifer cantarolou de onde estava sentado no chão. — E não sou eu.

Zayne e eu olhamos para ele enquanto ele jogava a cabeça para trás, gargalhando.

Gabriel voou pelo ar, aparecendo acima da horda irrequieta de demônios e anjos.

— Não! Não! — ele gritou. — Isso tem de ser brincadeira.

A trombeta soou uma terceira vez, e eu olhei para cima de novo. Os lampejos de luzes brilhantes no céu estavam se aproximando em alta velocidade.

— Você tá vendo isso? — murmurei.

— Estou — Zayne se agarrou a mim com força.

Estrelas caíam do céu, uma após a outra.

Era isso que parecia enquanto corriam em direção à Terra. Dezenas e dezenas deles. Anjos. Verdadeiros anjos de batalha.

Eu não conseguia acreditar no que estava vendo.

As asas deles brilhavam com *graça* e suas armas eram chamas ardentes e douradas. Os demônios começaram a se virar, a correr, mas era tarde demais, pois eles varreram a horda entre nós e Gabriel.

— Isso tem de ser brincadeira! — Gabriel gritou mais uma vez, levantando-se no ar. — Agora? Agora Vós decidis fazer alguma coisa?

— Alguém tá prestes a ter um ataque — Zayne comentou.

Gabriel derrubou várias árvores.

— Prestes? — indaguei.

Uma árvore caiu no telhado da casa enquanto o chão à frente se iluminava com brilho celestial.

— Não acabou — Lúcifer disse —, ainda não.

Ele estava certo.

— Precisamos agir rápido — Lúcifer continuou. — Duvido que os anjos de batalha fiquem por aqui. Gabriel também não.

As manchas de luz brilhante que cercavam os anjos já estavam desaparecendo, lançando-se de volta ao céu.

— Você tá pronta pra terminar isso? — Zayne inclinou a cabeça para a minha. — Do jeito certo?

— O que eu ia fazer era o jeito certo naquele momento — afirmei, com o coração batendo contra as minhas costelas. — Não é mais, agora.

— A gente fala sobre isso mais tarde — ele prometeu, e eu revirei os olhos. — Eu vi isso.

— Não, você não viu.

— Você revirou os olhos. Ele soltou os meus braços.

— Não revirei. — Eu realmente tinha revirado.

— Também vamos falar sobre suas mentiras frequentes mais tarde.

— Quando vocês terminarem as preliminares, me avisem — Lúcifer comentou, sacudindo uma asa que estava se regenerando lentamente.

Nem me dei ao trabalho de responder a isso, pois começamos a avançar, ganhando velocidade à medida que corríamos pelo campo.

Eu nem sequer vi o demônio até que Lúcifer se lançou no ar e desceu ao lado de um olmo esguio. Ele arrancou um demônio alto de trás dele.

— Olá, Baal. — Lúcifer enfiou a mão...

Tropecei nos meus próprios pés. A mão de Lúcifer atravessara a *cabeça* de Baal. A cabeça dele de verdade. O rosto. O crânio. Meu Deus do Céu.

A parede de chamas desmoronou quando Lúcifer deixou Baal cair.

— Adeus, Baal.

Zayne estendeu a mão, pegando-me quando Gabriel saiu da fumaça, gritando, com uma lâmina flamejante na mão.

— Jesus Cristo. — Parei de forma brusca, invocando minha *graça*. Ela oscilou e depois inflamou. A *graça* pulsou através de mim. A Espada de Miguel explodiu em minha mão.

— Inacreditável! — Gabriel gritou, mirando em Zayne com pura raiva. Seu golpe foi bloqueado pelas foices de Zayne. — Realmente acham que vão ganhar se matarem a mim? A humanidade está condenada, de qualquer forma...

— Você não consegue calar a boca? — eu disse.

Gabriel recuou, sua cabeça virada para mim. Logo depois, um Guardião aterrissou no chão atrás dele. Levei um momento para perceber quem era.

Teller.

E em suas mãos havia uma lâmina angelical.

— Mate-os — Gabriel ordenou. — Mate-os, mas deixe a nefilim viva.

Duas coisas me atingiram de uma vez só.

Que Teller estava respondendo às suas ordens. Ele disparou para frente tão rápido, empunhando a lâmina angelical, que nenhum de nós reagiu de imediato.

E lembrei do dia na escola, quando a Pessoa das Sombras acertara Teller, deixando-o inconsciente. Ela havia entrado nele e não tinha mais saído.

Eu me recuperei primeiro, virando a adaga em minha mão. Levantando o braço para trás, lancei a adaga com toda a força que pude. O golpe foi certeiro, atingindo a base do crânio. Teller foi ao chão antes mesmo de alcançar Zayne.

Não houve tempo para comemorar isso ou para encontrar a maldita lâmina no chão coberto de névoa. Gabriel veio até mim.

Eu me abaixei quando a espada flamejante dele cortou o ar. Atirando-me para a frente, mergulhei e girei, dando um chute e pegando-o na rótula. Ele tropeçou, empunhando a espada quando eu me levantei de supetão. Não houve tempo suficiente para que eu pudesse evitar o golpe por completo. Tentei dar um pulo para trás, mas uma onda de dor atravessou a minha barriga. Soltei um grunhido agudo, cerrando os dentes.

— Acho que tá na hora de você desistir disso. Acabou.

— É mesmo? — Gabriel gargalhou, e Lúcifer surgiu atrás do arcanjo. Gabriel fez uma careta de desdém. — Tu já estás morta.

— Um arranhão — eu disse, ignorando a queimação que subia pelo meu estômago e percorria pelas minhas costas. — Mas não posso dizer o mesmo de você.

Gabriel franziu as sobrancelhas enquanto Lúcifer via sua deixa.

E se aproveitou dela.

Lúcifer disparou para a frente no momento em que Gabriel se virou. Vi o impacto e quase caí de joelhos pelo alívio quando o diabo puxou a mão ensanguentada para trás. Até eu podia ver a massa carnuda e pulsante em seu punho.

— Agora! — Lúcifer gritou.

Zayne desceu do ar e aterrissou, as lâminas em forma de foice flamejando enquanto eu disparava para a frente. A Espada de Miguel parecia mais pesada do que antes quando a levantei, e o peso não era tão bem-vindo. Agarrando o cabo com as duas mãos, dei um grito enquanto Zayne brandia suas espadas no ar.

A Espada de Miguel perfurou as costas de Gabriel e o atravessou. O arcanjo teve um espasmo, seus braços estendidos. Sua espada se desfez e ele deixou cair a adaga. Um instante depois, as espadas de lua crescente de Zayne cortaram o pescoço de Gabriel, decepando sua cabeça.

Ah, meu Deus.

A minha respiração seguinte saiu dos pulmões quando vi a cabeça do arcanjo cair.

Uma luz intensa jorrava do toco que era o pescoço de Gabriel, tão brilhante que fiquei cega até estender uma das mãos para cima, protegendo os meus olhos. Mesmo assim, lacrimejei enquanto observava o funil de luz fluir para cima. A luz... pedaços pretos giravam dentro dela. Aquilo realmente não parecia certo. Minha *graça* se retraiu e a Espada de Miguel evaporou. O corpo de Gabriel explodiu em chamas, deixando nada para trás enquanto a luz atravessava o céu, estendendo-se cada vez mais para o alto, mais longe do que eu sabia que até mesmo Zayne conseguiria enxergar. Faixas oleosas, escuras como a meia-noite, se contorciam e pulsavam dentro do fluxo de luz.

Era a *graça* de Gabriel, retornando à fonte. A minha respiração seguinte pareceu muito fraca.

O fogo celestial se chocou contra algo que eu acho que nenhum de nós conseguia ver. Era como um campo de força... invisível? Parecia idiotice, mas ele acertou em alguma coisa. O fogo dourado-esbranquiçado explodiu com um estrondo que ecoou. A *graça* se espalhou por toda parte.

Lá estava.

Vacilante, cambaleei um passo para trás. Deus estava fazendo aquilo. Apesar de Ele ter enviado aqueles anjos para lutar contra a horda de demônios, Deus tinha feito aquilo. Enviou a *graça* contaminada de volta à Terra. Tonta de horror, observei-a rastejar pelo céu em uma onda interminável que se estendia até onde eu podia ver.

Como alguém poderia explicar aquela visão?

Uma risada histérica surgiu e somente com muita força consegui impedi-la quando a massa distorcida se espalhou. Conseguimos. Nós detemos Gabriel. Salvamos o Céu.

E agora um tipo diferente de Inferno reinaria na Terra.

Comecei a me virar para Zayne, meu corpo incrivelmente cansado. Vagamente ciente de que outras pessoas se aproximavam de nós, ouvi Zayne inspirar com força.

— Deus — ele sussurrou, olhando para o céu.

Minha cabeça se inclinou para cima e eu pisquei, pois não tinha certeza se estava vendo o que pensava ou se era algum tipo de truque da imaginação.

A *graça* havia parado de se mover.

— Você consegue ver? — Zayne perguntou, indo para o meu lado. — É como se... estivesse congelado.

— Consigo ver. — Não me atrevia a tirar os olhos daquilo. — O que é isso, Lúcifer?

Ele não respondeu.

Ou talvez ele tivesse respondido e sua resposta tenha sido abafada. O som me fez lembrar de fogos de artifício chiando e estalando ao serem lançados no céu... se houvesse mil desses tipos de fogos explodindo ao mesmo tempo. Foi tudo o que consegui ouvir por alguns instantes e, em seguida, a massa de *graça* contaminada se fragmentou em milhões de faíscas de luz.

Eu me sobressaltei, estendendo a mão e agarrando o braço de Zayne. Sua pele estava firme e quente sob a minha mão enquanto os meus dedos se enterravam nela.

— Trin? — Zayne disse.

Era isso? O fim do mundo como o conhecíamos vinha em uma bela exibição de luz dourada?

— O quê? — indaguei quando as faíscas começaram a cair para o chão.

— Sua mão. — Zayne se virou para mim, com uma de suas asas roçando pelo meu braço. Ele cruzou as mãos sobre as minhas. — Parece um pedaço de gelo.

A sensação da minha mão não parecia ser uma grande prioridade no momento. Vagamente consciente de que ele esfregava meus dedos entre os dele, lutei para permanecer de pé sob o peso do que estávamos assistindo. Os filamentos brilhantes eram lindos, lembrando-me de vaga-lumes, mas, no momento em que aterrissassem, no momento em que um ser humano fosse tocado por um deles, seria corrompido pelo que estava dentro de Gabriel.

— Sua mão não tá esquentando. — Zayne deslizou a palma da mão sobre o meu braço. — Seu braço...

— Deus fez aquilo — Lúcifer disse, com a voz embargada pelo choque. — Deus realmente fez aquilo. Veja. — Ele estendeu a mão quando um dos flocos, agora em sua maioria brancos, veio em nossa direção. — É... isso é neve?

Eu ia perguntar como ele não sabia o que era neve, mas então percebi que ele esteve no Inferno há... o quê? Milhares de anos? Eu duvidava que nevasse no Inferno. Ou que ele pudesse se lembrar da aparência da neve.

— É... neve. — As mãos de Zayne ainda estavam em meu braço. — Veja, Trin. É neve.

Desviando o meu olhar da agitação, olhei para o meu braço, para as mãos dele. Pequenos flocos brancos pousavam na pele de Zayne, evaporando ao toque e deixando uma mancha brilhante para trás.

— Tá contaminado?

— Não parece maligno. — Aqueles olhos ultra brilhantes encontraram os meus. — Parece maligno pra você?

Balancei a cabeça enquanto a neve continuava a cair sobre os meus braços.

— Parece neve.

— Não é maligno — Lúcifer disse, e pude ouvir o sorriso em sua voz. — Eu sei o que é maligno. É neve e é... — Ele grunhiu em aversão. — Ah, droga.

— O quê? — Meu coração disparou quando olhei para ele.

Ele ficou de pé com as mãos nos quadris.

— Não tá contaminada.

— Por que você parece achar que isso é uma coisa ruim? — Zayne exigiu.

Melhor ainda, por que Zayne de repente parecia estar em um túnel, embora estivesse ao meu lado? Olhei para ele. Seu semblante estava embaçado... bem, mais embaçado do que o normal, e eu...

— Está cheia de bondade — Lúcifer cuspiu —, é *pura*, e tá me contaminando. Vou precisar tomar um banho pra limpar essa porcaria.

Isso era bom... Isso era muito mais do que bom e muito além do que qualquer um de nós tivera medo de desejar. Deus interveio. Ele, Ela ou Tanto Faz *interveio*. Lágrimas encheram os meus olhos, mas eu...

— Aposto que você tá aí em cima rindo, não tá? — Lúcifer gritou. — Me polvilhando com o equivalente a uma bomba de glitter celestial? Sério?

Fiquei olhando para a neve que se acumulava no meu braço. Ela não derretia.

— Depois de tudo que fiz por você, é assim que Você me paga? — Lúcifer continuou a se enfurecer. — Vou ter de tomar cinco banhos e sei que não vou conseguir tirar de mim o fedor de humanidade e bondade.

Zayne se virou para mim, com uma risada em sua voz ao dizer:

— Conseguimos, Trin.

Conseguimos, mas...

Tentei engolir, mas a minha garganta estava estranha, como se estivesse estreitando.

— Não tô me sentindo bem.

O som das asas de Zayne batendo terminou em seu grito. Eu não sabia por que ele havia gritado o meu nome, mas, de repente, eu estava em seus braços e ele estava acima de mim, com o rosto entrando e saindo de foco.

— Trin! O que foi? — Zayne não estava esperando pela minha resposta. Sua mão passou pelo meu peito e desceu pela minha barriga. Ele parou e puxou a minha camisa para cima, xingando. — Você tá ferida.

— É só... um soco.

A mão de Zayne tremia contra a minha barriga enquanto ele girava a cabeça.

— Lúcifer! Pare de reclamar e venha pra cá!

— O quê? — perguntei, ou pensei que tivesse perguntado. Eu não tinha certeza, pois me esforcei para levantar a mão o suficiente para olhar para baixo. Vi a minha barriga, mas parecia estranha. Como se a pele estivesse... como se estivesse ficando cinza e a cor estivesse se espalhando.

— O que é isto? — Zayne exigiu. — O que tá acontecendo?

O rosto embaçado de Lúcifer apareceu acima de uma das asas de Zayne. Sua cabeça se inclinou e ele deu a volta, desaparecendo de vista.

E a minha... minha cabeça estava muito pesada. Ela caiu para trás, e eu estava olhando para além de Zayne e das pontas de suas belas asas, para a neve que continuava a cair. Uma dormência se instalou em mim. Um significado profundo.

— O que você tá fazendo? — Zayne gritou para ele enquanto me virava ligeiramente para o lado. — Lúcifer!

— Estou procurando por... achei. — Houve uma pausa. — Droga.

— Droga? Droga o quê? — A voz de Zayne estava em pânico. A voz de Lúcifer estava mais próxima. — Você foi esfaqueada com isso? Com uma dessas lâminas angelicais? — ele exigiu.

Um leve brilho dourado se refletiu na estaca que ele segurava na mão.

— Teller estava com ela — forcei. — E Gabriel... ele só me deu um soco.

— O Guardião deve ter dado uma para Gabriel, ou ele sempre teve uma — Lúcifer disse. — Ele não deu um soco em você. Ele te cortou com uma dessas.

— Isso... — Zayne perdeu a voz, e então suas asas se abriram. — *Não.* Não. — Ele se virou para mim, apertando-me em um abraço. — Trin. Você vai ficar bem.

— O que aconteceu? — Layla ofegou.

— Ela tá bem. Vou me certificar de que esteja — Zayne disse. — Você tá bem. Eu só preciso encontrar...

— Não há nada a ser encontrado — Lúcifer o interrompeu. — Não há nada a ser feito.

— Tem de haver — Roth respondeu, e fiquei feliz em saber que o estúpido príncipe demônio e Layla estavam bem.

— É uma lâmina angelical — Lúcifer argumentou. — É...

— Não diga isso — Zayne rosnou. — Não diga isso, porra.

Lúcifer ficou em silêncio, mas ele não precisava dizer o que eu já sabia, o que eu sentia nas batidas lentas do meu coração. O que Roth havia dito?

As lâminas angelicais eram mortais. Elas podiam matar qualquer coisa, inclusive outro anjo.

Inclusive uma Legítima.

Nós sabíamos disto.

— Você vai ficar bem. — Zayne acariciou a minha bochecha. Eu sabia que a sua mão estava ali, mas não conseguia senti-la. — Você tem que ficar bem. Tá certo? Eu só preciso que você aguente firme. Por mim. Tá me ouvindo, Trin? Só preciso que você aguente e vou descobrir uma maneira.

Tu já estás morta.

Foi isso que Gabriel dissera depois de me dar um soco. Só que não tinha sido um soco. Ele sabia. Naquele momento, ele sabia que iria perder, e ele...

E ele me derrubou com ele.

Aquele *desgraçado.*

Eu estava disposta a morrer para impedi-lo. Foi isso que planejei antes da chegada dos anjos, mas agora, depois da vitória? Eu não estava pronta.

Entretanto, eu sabia que era tarde demais. Tudo em mim parecia que estava... como se estivesse desistindo, desligando e encerrando as atividades.

Eu estava morrendo, e sempre achei que morrer seria doloroso, mas aquilo era... era como adormecer. Os meus olhos tremeram.

— Não! — Zayne me sacudiu, assustando-me. — Não feche os olhos. Não durma. Olhe pra mim. Trinity, por favor. Olhe pra mim. Mantenha os olhos abertos. Trin, olhe pra mim.

Olhei para ele. Pisquei até que seu semblante entrasse em um foco doloroso e absorvi cada linha de seu rosto, cada plano e ângulo. Eu o veria novamente? O pânico explodiu como um tiro, mas já era tarde demais.

— Eu... eu te amo. — Forcei as palavras a saírem, cada uma delas um parto. — Eu te amo.

— Eu sei. Eu sei que ama, Trin, e você sabe que eu te amo. Vou passar a eternidade te dizendo isso. Você vai se cansar de ouvir. — Sua voz ficou trêmula. — Eu te prometo. Você não vai me deixar. Eu me recuso a permitir que isso aconteça.

Contudo, eu estava deixando, e não conseguia sentir seus braços ao meu redor. Um segundo depois, eu não conseguia *vê-lo.* O pânico deu lugar ao terror.

— Onde você tá?

— Eu tô bem aqui, Trin. Estou com você. Estou bem aqui. Com você.

Sim. Ele estava comigo. Eu não estava sozinha. Parte do medo se dissipou.

— Não... me solte.

— Nunca — ele jurou.

— Por favor.

— Sempre. — Ele parecia muito distante.

Senti o meu peito subir, mas não havia ar. Não havia som algum. Não havia luz.

Havia apenas o nada.

E eu caí dentro dele.

Eu me fui.

Capítulo 34

— Trinnie, acorde.

Virei a cabeça para não ouvir a voz, querendo voltar ao sonho. Ou, pelo menos, achei que estava sonhando, porque eu estava nos braços de Zayne e ele estava tão quentinho enquanto me segurava contra o peito. E isso tinha de ser um sonho, porque estávamos lutando contra Gabriel. Lúcifer o havia matado, e Deus... Deus havia feito algo glorioso, e eu...

— Trinnie — disse a voz novamente. Percebi que a reconhecia. — Estou olhando pra você. Observando você.

Minduim.

O que eu tinha dito a ele sobre ficar me encarando enquanto eu dormia? No entanto, isso não fazia sentido. Minduim não esteve lá, e eu não podia estar dormindo. Não literalmente. Talvez metaforicamente. A semântica não importava muito no momento.

Eu morri.

Eu morri de verdade.

A raiva percorreu o meu corpo. Aquele arcanjo maldito psicótico realmente conseguira me matar. Eu estava morta e Zayne estava vivo... meu Deus, *Zayne*. Uma pressão apertou no meu peito, estrangulando-me. Ele esteve lá, segurando-me para que eu não ficasse sozinha, e agora ele estava lá e eu estava... bem, eu estava onde quer que eu estivesse. Eu estava morta.

— Trinity! — Minduim gritou.

Meus olhos se abriram e um suspiro estrangulado saiu de mim. O rosto transparente de Minduim estava bem *ali*, a poucos centímetros do meu.

— Mas que diabos? — exclamei, começando a me sentar. Coloquei as mãos para baixo, sobre... algo macio e seco, não a grama úmida.

Pisquei várias vezes enquanto Minduim saía do meu campo de visão. Fiquei confusa quando percebi que estava olhando para o brilho suave da Constelação de Zayne.

Eu estava deitada na nossa cama.

Os cantos dos meus lábios se curvaram para baixo.

— Minduim? — eu disse com a voz rouca.

— Sim — ele respondeu de onde quer que estivesse.

— Estou no nosso apartamento?

— Você tá.

Como é que é?

Ao me sentar, olhei em volta do quarto. Minduim pairava à esquerda, no ar, com as pernas cruzadas. À minha direita, a luminária de cabeceira estava acesa. O exemplar gasto e esfarrapado do livro favorito da minha mãe estava sobre a mesinha. Estendi a mão, passando os dedos sobre a capa macia. Eu era... eu era um fantasma? Era por isso que eu estava aqui? Isso até que fazia sentido. Eu com certeza não estava pronta para seguir em frente, e os recém... falecidos geralmente voltavam para os lugares em que se sentiam confortáveis. Meu coração pulou no peito e...

Espera.

Pressionei a mesma mão contra o peito, sentindo o meu coração bater de forma inconstante. Se eu morri e agora era um fantasma, eu sentiria meus batimentos cardíacos? Eu seria capaz de sentir alguma coisa?

Minha cabeça se voltou para Minduim.

Ele acenou para mim.

— Consigo sentir a cama. Eu senti o livro — disse a ele, e então bati a mão contra o peito. Eu me encolhi. Aquilo machucou o meu seio. Tipo, realmente machucou. Fantasmas sentiam dor? Ah, Deus, se fosse assim, como diabos Minduim se deixava flutuar através de ventiladores de teto e outras coisas? — Consigo sentir o meu coração.

As sobrancelhas dele se ergueram.

— Espero que sim.

Fiquei olhando para ele.

— Você consegue sentir seu coração?

— Essa é uma pergunta idiota.

— Como essa é uma pergunta idiota? — exigi. — Estou morta. Eu morri, Minduim. Eu tô super morta e, se sou um fantasma, como posso sentir meu...

— Você não é um fantasma — ele me interrompeu. — Você não tá morta.

Fiquei olhando para ele.

Ele me encarou de volta.

Eu o encarei mais um pouco. Provavelmente por um bom minuto antes que pudesse processar o que ele tinha acabado de dizer e, mesmo assim, eu não entendia. Nem um pouquinho.

— Como? — sussurrei. — Como não tô morta? — Olhei novamente ao redor do cômodo, só para ter certeza de que ainda era o quarto. Era. — Como eu tô aqui?

— Bem, é uma história um tanto complicada — ele disse.

Eu me ajoelhei.

— Tente entender a história, então. — De repente, o rosto de Zayne invadiu a minha mente, e comecei a ir para a beirada da cama. — Sabe de uma coisa? Não importa. Preciso encontrar Zayne. Ele deve estar...

— Fora de si? — Minduim sugeriu. — Com o coração tão partido que ele exigiu que Lúcifer trouxesse você de volta à vida?

Fiquei paralisada enquanto voltava os olhos para onde ele flutuava.

— E quando Lúcifer explicou que dar vida estava além dele, que não é o guardião das almas, ele exigiu que o próprio Azrael respondesse a ele — Minduim continuou, mas... havia algo muito errado com sua voz, e não apenas o fato de ele ter se referido ao Ceifador por seu nome angelical, o que era estranho por si só. Seu tom havia... se fortalecido, tornando-se menos *arejado*. A maneira cantante com que ele falava normalmente desapareceu.

— Azrael não respondeu, porque sabia que não havia motivo para isso. Não havia nada que ele pudesse fazer. Você estava além da alçada dele.

Os pelos minúsculos de todo o meu corpo se eriçaram.

— Você tá começando a me assustar, Minduim.

A cabeça dele se inclinou para o lado.

— Acho que você vai ficar muito mais assustada quando esta conversa terminar.

Com a pele pinicando, fiquei de pé de modo que a cama estava entre nós.

— O que tá acontecendo?

Poderia ter sido apenas os meus olhos ruins, mas a janela atrás dele parecia menos visível através de sua cabeça.

— Você sabe o que as pessoas entendem errado sobre Deus? Que *Ele* é um pai ausente. Que Ele não cuida de Seus filhos, não zela por eles meticulosamente, dia após dia. Que Ele não interfere em pequenas coisas, coisas que muitas vezes são facilmente ignoradas. Aquela escolha aleatória de virar à esquerda em vez de virar à direita no caminho para o trabalho? A decisão inesperada de ficar em casa ou de voltar tarde? A viagem ou telefonema não planejado, a compra ou o presente? Nada disso é aleatório ou desconhecido. Isso é Deus, fazendo o que um bom pai faz. Intervindo quando pode e sabendo quando não há nada que possa fazer. Nunca entendi realmente como Deus era capaz de fazer tudo isso, de estar disposto a fazer qualquer coisa para estar perto de Seus filhos e, ainda assim, ser capaz de se afastar. — Seus ombros pareceram se erguer em um suspiro. — Há sempre tantas regras, Trinity, tantas expectativas, até mesmo para Deus e, com certeza, para um príncipe supremo.

Um arrepio percorreu a minha pele. Não. De jeito nenhum...

Minduim olhou para mim e, sim, seu rosto estava definitivamente mais *sólido*.

— Você estava certa, sabe? Quando você disse que deveria haver sinais de que algo estava terrivelmente errado com Gabriel. Que tinha de haver sinais.

Dei um passo para trás, esbarrando na parede.

— E havia. Você também estava certa quando disse que era uma brecha na lei. Uma arma que poderia ser usada sem quebrar o juramento de não fazer mal a ninguém. Pelo menos no início, isso era tudo o que você era, mas depois aprendi exatamente como e por que Deus poderia e faria qualquer coisa por Seus filhos. — Um sorriso se formou. — Que, às vezes, até mesmo Deus distorce as regras.

Eu estava completamente achatada contra a parede, com o coração batendo tão rápido que não havia dúvida de que eu estava bem viva.

— Um arcanjo não pode permanecer na Terra e entre almas por um período de tempo. Há muitas responsabilidades e muitas consequências. A presença de um chamaria todo o tipo de atenção — ele disse, e um brilho branco começou a aparecer no centro de seu peito. — Mas, assim como Deus, eu não podia me afastar da minha própria criação. Minha carne e sangue.

O brilho do centro do seu peito se espalhou pelo resto do corpo. A luz celestial pulsava em um branco intenso, o tipo de luz que eu sabia que as almas viam antes de morrer. Era calorosa e suportável de se olhar, de se testemunhar.

Minduim *se transformou.*

Seu corpo se alongou e seus ombros se alargaram. A mecha de cabelo castanho clareou, ficando da cor do sol. Suas feições endureceram, perdendo a plenitude da juventude que eu conhecia. A velha camiseta do Whitesnake se transformou em uma túnica branca sem mangas, e o jeans esfarrapado se tornou uma calça de linho em tons de pérola. E sua pele... ela mudava continuamente entre os tons de pele humana antes de se estabelecer em algum ponto intermediário.

— Então — ele disse com aquela voz que não pertencia a Minduim —, fiz o que pude para cuidar de você.

Meu pai, o arcanjo Miguel, estava diante de mim.

— Puta que pariu — sussurrei.

Ele riu, realmente riu, e era um som estranho, familiar, mas desconhecido. O tom me lembrava a risada de Minduim se ele tivesse crescido.

— Não estou surpreso com essa reação.

Meus olhos pareciam estar prestes a saltar para fora das órbitas.

— Você... Tem... — Balancei a cabeça. — Isto é real?

Ele assentiu.

— Mas onde tá o Minduim?

Aqueles olhos totalmente brancos se aqueceram. Eu não sabia como isso era possível, mas era, porque aconteceu.

— Eu sou o Minduim.

— Isso é impossível. Minduim era um adolescente. Ele é um adolescente e morreu nos anos oitenta...

— Em um show do Whitesnake, depois de subir no topo de uma torre de alto-falantes e cair para a morte? — ele concluiu para mim. — Você já ouviu algo mais ridículo?

Bem, não.

— Deixe-me te dizer, os seres humanos encontraram maneiras incrivelmente bizarras de morrer, e houve um que morreu dessa forma. Só que ele era mais velho, e a história de sua morte me divertiu. Isso me marcou por muitos anos.

— A... história da morte dele... te divertiu?

— Sim, então pedi sua morte emprestada. — Sua cabeça se inclinou. Ah, meu Deus, ela se inclinou da mesma forma que sempre acontecia quando Minduim olhava para mim. — Você deveria se sentar.

Eu não conseguia me mexer.

— Minduim não era real?

— Minduim é real — ele corrigiu. — Ele é, bem, uma invenção minha. Uma manifestação ou projeção de mim, quando eu era um anjo... mais jovem, muito mais irritante e propenso a todo tipo de coisa.

— Como entrar no banheiro quando Zayne tomava banho? — gritei feito um pterodáctilo.

— Quando você fala desse jeito, faz com que pareça ser algo pervertido.

— Porque é pervertido. — Ah, meu Deus, por que eu precisava explicar isso a alguém, ainda mais a um *arcanjo*?

— Eu estava curioso sobre o homem que eu sabia que seria o dono do coração de minha filha. Não era como se eu tivesse olhado para onde não deveria. — Ele deu de ombros. — Além disso, não há nada neste mundo que não tenhamos visto um milhão de vezes antes.

— De alguma forma, isso torna tudo ainda pior — murmurei.

Um canto dos seus lábios se levantou.

— É muito humano de sua parte insinuar que há uma motivação sexual por trás de literalmente tudo. Atenção, Trinnie — ele disse, e todos os músculos do meu corpo se contraíram. Ele soava muito com Minduim —, não é.

— Acho que preciso me sentar.

— Precisa.

Não me sentei.

— Você me via dormir! A maneira como você falava? As coisas que saíam da sua boca.

— Como eu disse, Minduim é uma invenção da minha juventude — explicou. — Eu era bastante desagradável quando era um anjo jovem. Pergunte a Lúcifer. Ele pode confirmar isso.

— Mas todas as coisas dos anos oitenta...

— Uma década que sempre me encantou. A música. O cabelo. — Ele fez uma pausa. — Os collants. Uma década muito interessante que provou que, bem, você não viu tudo quando acha que viu.

Ah, Deus.

O Minduim era meu pai.

O meu pai era Minduim.

Eu me sentei então, ali mesmo, no chão.

— É possível que eu tenha tido, sei lá, um derrame, e isso explicaria tudo?

— Isso nem faz sentido. — Um momento se passou, e o meu *pai* deu uma olhadela sobre a cama. — Seria mais fácil para você me ver como Minduim? Posso me transformar de novo nele. Eu só não consigo manter a projeção por muito tempo.

De súbito, entendi.

— É por isso que você estava sempre desaparecendo! Até mesmo na comunidade. Achei que você estava por aí fazendo... coisas de fantasma.

— A projeção requer a minha atenção. Não muito, mas o suficiente para ser uma distração. Você quer que eu volte a ser ele?

— Não. Isso seria... seria ainda mais estranho, e acho que não consigo lidar com isso.

Ele assentiu e se sentou aos pés da cama. Ele ficou em silêncio.

Eu não.

— E quanto à questão do purgatório? Quando você disse que foi sugado pra lá?

— Isso de fato aconteceu quando Zayne Caiu. Não para mim, mas para aqueles que ainda não tinham atravessado. — Ele apoiou as mãos nos joelhos. — Achei que seria importante para você saber o impacto da Queda dele, mesmo que fosse temporária.

Certo. Bem, impacto registrado com sucesso. Não tenho certeza do que isso mudava e, por alguma razão, pareceu uma coisa aleatória e sem sentido que um pai tentaria ensinar a uma filha.

— Você evitou Zayne depois da Queda, porque ele saberia, não é?

— Ele não saberia que era eu, mas teria percebido que algo não era bem o que parecia. Isso teria sido uma complicação desnecessária.

— E Gena? Ela não é um fantasma. Era apenas uma desculpa pra explicar por que você não estava por perto. — Ficou claro para mim. — Por causa da presença de Gabriel? Era por isso que você estava... mais ausente?

Ele assentiu.

Outra coisa passou pela minha cabeça.

— Minha mãe...

— Ela está em paz — ele respondeu com rapidez. — Feliz e confortável.

Meu coração estava batendo forte de novo, e eu nem tinha certeza se havia diminuído de velocidade antes.

— Você a vê?

— Vejo — ele disse, surpreendendo-me. — Eu gosto dela. Ela não foi escolhida ao acaso.

— Não foi?

Miguel balançou a cabeça.

— Não.

Eu ia começar a fazer mais perguntas sobre isso e, então, decidi, naquele momento, que não achava que conseguiria lidar com o fato de ouvir sobre o caso de amor entre a minha mãe e o meu pai.

Eu não conseguia lidar com tanta coisa.

Havia algo que eu precisava perguntar.

— Por que ela nunca me visitou?

— É a mesma razão pela qual o pai de Zayne não o visitou quando ele estava nos Céus — ele disse, e eu me sobressaltei. — Porque ela sabia que você não seria capaz de deixá-la ir. Você estaria presa, e essa dor, essa tristeza, esse amor e esse desejo a teriam aprisionado. Ela não faria isso com você.

Um nó se formou em minha garganta.

— Ela sabe o quanto sinto...

— O que aconteceu com ela não foi culpa sua. Ela nunca pensou isso. Nem por um segundo, e ela ficaria furiosa se soubesse que você acredita nisso.

Lágrimas embaçaram os meus olhos. Ela realmente ficaria furiosa.

— As ações de outras pessoas causaram a morte dela. Você foi apenas um uma fenda nessa corrente, assim como ela. Os culpados foram aqueles que empunharam a corrente. No fundo, você sabe disso. — Sua voz ficou mais suave. — Mas, às vezes, a falta de responsabilidade nos resultados é pior do que a culpa de ser a causa.

Ai.

Ele parecia tão... tão sábio, e isso era estranho e maravilhoso, mas principalmente estranho.

Enxuguei as lágrimas.

— Por quê?

Ele parecia saber o que eu estava perguntando.

— Porque era a única maneira de eu poder ter algum contato com você. A única maneira de te conhecer.

O nó inchou em minha garganta.

— E Zayne? — perguntei com a voz rouca. — Você se certificou de que Caísse pra que pudesse ficar comigo.

— Era um pequeno presente que eu podia garantir.

Um pequeno presente? Um riso úmido saiu de mim.

— E as estrelas? Foi você.

Ele assentiu.

— E você... você é a razão de eu estar viva agora.

— Em parte.

Pisquei os olhos.

— Em parte?

— Tive a ajuda de uma certa humana com um novo sopro de vida.

— A Anciã — percebi.

Ele inclinou a cabeça.

— A poção que ela lhe deu não apenas trouxe Zayne para você. Ela te prendeu a ele. Semelhante ao vínculo com o Protetor, mas mais forte. Você carrega uma parte da essência dele em você. Enquanto ele viver, você viverá. Você está marcada.

Pressionei os dedos formigantes sobre o peito, onde a estranha cicatriz havia tomado forma, exatamente onde a luz que veio de Zayne havia me atingido. De repente, lembrei do olhar que Tony havia dado à Anciã quando ela me disse que eu precisava derramar meu próprio sangue.

Os meus olhos arregalados se voltaram para onde Miguel estava sentado.

— Eu... eu não morri, então?

Ele negou com a cabeça.

— Você foi enfraquecida e ficou inconsciente enquanto o vínculo reparava o dano causado.

— Mas eu pensei que uma lâmina angelical pudesse matar qualquer coisa?

— O vínculo entre você e Zayne supera tudo. — Ele fez uma pausa. — Bem, quase tudo. Se você for decapitada, então...

Pisquei os olhos lentamente.

— Você tem o tempo de vida dele, Trinity. — Aqueles olhos totalmente brancos se fixaram nos meus. — Você entende o que isso significa?

Meu coração disparou.

— Eu sou... sou imortal?

Ele sorriu, e senti um aperto no peito. Havia um carinho familiar na curva de seus lábios.

— Você é tão imortal quanto qualquer ser angelical.

— Eu não vou... envelhecer?

Ele balançou a cabeça novamente.

— A maioria dos anjos para de envelhecer quando atinge uma certa maturidade — ele disse, o que explicava por que tantos deles pareciam ter vinte e poucos anos. — Mas você parou de envelhecer no momento em que o vínculo foi forjado.

Tudo o que eu podia fazer era olhá-lo fixamente, e fiz isso por vários minutos, enquanto tentava absorver o fato de que eu não envelheceria e quebraria a bacia enquanto Zayne permaneceria jovem e gloriosamente livre de ossos quebrados. Não envelhecer depois dos dezenove anos significava que eu provavelmente teria de comprovar que era maior de idade para sempre...

Ah, meu Deus, tipo para sempre *mesmo*. Ou até que a minha cabeça fosse cortada, no estilo *Highlander*, ou até que Zayne... Eu não ia nem entrar nesse assunto. Havia coisas muito piores do que nunca parecer mais velha do que eu era agora.

Como morrer agora ou de velhice, nos braços de Zayne...

— Espera — exclamei, puxando as pernas até o peito para ficar de pé. — Eu tenho dois corpos agora? O que estava naquele campo e este aqui?

Um olhar de perplexidade se instalou nas feições de Miguel.

— Você tem uma mente muito estranha. Você não tem dois corpos.

— Então Zayne sabe que eu tô aqui? — perguntei. — Porque eu morri. Ou desmaiei. Não importa. Eu estava com Zayne.

— Você estava, mas eu simplesmente queria que você estivesse aqui.

— Você simplesmente me quis aqui? — repeti estupidamente. — Tipo, eu desapareci no ar?

Uma sobrancelha se ergueu.

— Sim.

— Ah, meu Deus, Zayne deve estar realmente surtando!

— Provavelmente. — Ele disse isso como se não fosse nada demais. Como se as pessoas desaparecessem dos braços das outras todos os dias.

E o fato de que ele podia simplesmente me levar de um local para outro apenas desejando era outro fato surpreendente.

— Isso é algo que todos os arcanjos podem fazer? — perguntei, pensando que, se fosse esse o caso, por que Gabriel não havia me levado até onde ele estava?

— Você é de minha carne e sangue — ele disse, e eu desejei que ele parasse de dizer isso dessa forma. — É por isso.

Fazia tanto sentido quanto qualquer outra coisa nisto tudo. Passei a mão pelo rosto, sobre os olhos. *Meus olhos.* Meu estômago despencou enquanto eu abaixava a mão. Eu estava quase com medo de perguntar, mas precisava saber.

— Minha visão vai continuar a piorar?

— Isso mudaria alguma coisa? — ele perguntou. — Se você soubesse que o vínculo significaria uma eternidade de escuridão para você?

— Não. — Não precisei nem pensar nisso. — Ser cega não é pior do que a morte. Ter esta dádiva da vida, de uma vida mais longa do que posso sequer compreender, com Zayne, é muito mais do que ser capaz de enxergar. Posso aprender a viver sem enxergar. — E Zayne vai estar lá para me ajudar. — Não posso aprender a voltar dos mortos.

— Sua mente. — Ele balançou a cabeça, rindo baixinho. — O vínculo interrompeu seu envelhecimento. Não posso ter cem por cento de certeza, pois isso nunca foi feito antes, mas também pode ter parado a deterioração de seus olhos.

— Sério? — sussurrei, uma onda de choque me acertando.

— Não se trata de uma cura mágica. Sua visão não vai melhorar e, pelo que sei sobre seu problema genético em específico, não há garantia de cegueira total — ele disse, e estava certo. Não havia. A retinite pigmentosa geralmente progride de forma diferente para cada indivíduo. Fiquei um pouco surpresa por ele saber disso.

Então me ocorreu que ele sabia porque Minduim soubera tudo sobre a minha doença.

E ele era o Minduim.

Talvez eu desmaiasse.

— Ou pode piorar, Trinity. Seu envelhecimento parou, e o que isso acarreta geneticamente está além da minha compreensão. É desconhecido, assim como outras coisas, como sua capacidade de conceber...

— Não vamos falar sobre isso.

Ele franziu a testa.

— A concepção é uma simples questão da vida, Trinity. Não é motivo de vergonha. Você acha que eu não sei do seu susto recente?

— Opa. Não vamos entrar nesse assunto. Acho que meu cérebro não conseguiria processar isso. — Estremeci, mas meu cérebro já tinha seguido aquele rumo. O Ceifador sabia quando falou comigo e com Zayne. Ele havia dito que uma criança entre nós seria uma Legítima, mas isso foi *antes*. Eu não tinha entendido o que ele quis dizer então, mas agora entendia. Foi antes de eu ter absorvido uma parte da essência de Zayne, antes do vínculo. — O que eu sou agora? — perguntei. — Ainda sou uma Legítima?

— Sim — ele confirmou —, mas você também é algo completamente diferente. Algo novo e sem definição. Você é, como você mesma já disse antes, um floquinho de neve especial.

Soltei uma risada trêmula enquanto inclinava a cabeça para trás contra a parede. Eu já havia dito isso várias vezes para... o Minduim. Tudo isso era muito, muito bom, mas ainda assim uma mega tonelada de coisas. Olhei para ele, com a garganta apertada novamente.

— Não sei o que dizer além de agradecer, e isso parece inadequado...

— Não é necessário agradecer. Isso não é uma recompensa pelo cumprimento do seu dever. Essa foi simplesmente a única maneira que eu soube para lhe mostrar que você não é apenas uma arma. Você é Trinity Marrow. Uma guerreira tanto mental quanto fisicamente, com gostos questionáveis em relação à comida, mas impecável quando se trata de televisão. Exceto *Sobrenatural*. Não gosto de como eles me retratam. Mas você é muitas coisas, inclusive minha filha.

Ah, meu Deus.

Lágrimas borbulharam dentro de mim, brotando em meus olhos.

— Não seja assim... como um pai.

— Não estou entendendo. — Sua voz estava cheia de confusão.

— É mais fácil pensar que você não se importa ou que tá só insatisfeito com tudo em geral — eu tagarelei apressadamente. — Porque assim não parece tão injusto que você não possa ser meu pai. Eu não tô perdendo nada. Você não tá perdendo nada, sabe? Porque você vai embora depois disso, certo? Você não pode ficar aqui. Não vou ter você.

— Não, não posso ficar aqui.

Lágrimas escorreram, molhando as minhas bochechas.

— E Minduim?

Ele então se moveu, ajoelhando-se ao meu lado. Com cuidado, ele estendeu a mão e enxugou as minhas lágrimas.

— Acho que você não precisa mais dele.

Mas eu precisava.

Eu sentiria falta daquele pateta e, no momento, não importava que Minduim fosse Miguel.

— Isso pode ser difícil de aceitar agora, mas, no fundo, você sempre soube que chegaria o dia em que teria de dizer adeus. Você queria que ele fosse para a luz, não queria?

Assenti com a cabeça.

— Isso não é diferente. Minduim não deixou de existir. Ele sempre estará presente. Eu sempre estarei aqui — ele disse, e minha respiração ficou presa. — Esta não será a última vez que você me verá. Posso lhe prometer isso.

Engolindo em seco, assenti mais uma vez. Entendia o que ele estava dizendo. Minduim não morreu. Ele era o Minduim. Eu entendia isso. Era hora de seguir em frente.

— Além disso — ele disse, com a mão quente encostada na minha bochecha. — Você ainda tem um propósito. Tanto você quanto Zayne. Mais cedo do que você provavelmente espera.

Eu me concentrei nisso, fungando.

— O-o que você quer dizer com isso?

Miguel ergueu uma sobrancelha.

— Meu irmão foi muito, muito danado durante sua breve estadia.

— Ah — sussurrei, e depois enrijeci. — Ah, nãooo.

Miguel acenou com a cabeça.

— Vamos ter de caçar e matar um bebê Anticristo?

Ele ficou imóvel.

— Não entendo como seu cérebro conecta o ponto A ao ponto B.

— Mas...

— Nenhuma criança, nem mesmo aquela criada por Lúcifer, é desprovida de esperança. Ele é o filho do povo. Eles decidirão o que acontecerá com ele.

Caramba, isso não era um bom presságio.

— Sempre há esperança — ele repetiu.

— Você já conheceu o povo? — perguntei. — As pessoas geralmente são ruins.

Ele sorriu.

— As pessoas são incríveis em sua capacidade de mudar. Alguns estão além disso, sim, e responderão por tudo no julgamento, mas a maioria... a maioria pode mudar. A maioria já é boa, mas, se essa criança cumprir o destino do pai, então, bem, a grande e última guerra virá.

— Que legal — murmurei.

— De qualquer forma, isso será daqui a algum tempo. Décadas antes, a criança terá de fazer uma escolha. Até lá, viva sua vida com a mesma coragem e tenacidade com que viveu até agora. Viva sua vida com propósito, minha filha.

Capítulo 35

Em um piscar de olhos, desapareci do quarto, mas não antes que meu... meu pai chamasse Lúcifer até ele. O que teria sido uma habilidade muito bacana de se ter quando Lúcifer desaparecera.

Mas eu não iria me irritar com isso agora.

Tenho certeza de que o meu pai estava com as mãos ocupadas devolvendo Lúcifer ao seu devido lugar. Eu também tinha certeza de que estava indo extraordinariamente bem, considerando que as primeiras palavras da boca de Lúcifer tinham sido:

— Então você veio me agradecer por salvar os Céus pessoalmente. Sinto-me honrado.

Lúcifer não pareceu muito surpreso ao me ver viva. Ele só disse tipo:

— E aí? — E voltou a concentrar-se em Miguel.

E agora eu estava no meio do...

— Que diabos? — sussurrei, virando-me lentamente.

Eu não tinha sido mandada de volta para o campo, mas sim para o... terraço do apartamento?

O meu olhar deslizou pelos cordões de luzinhas cintilantes que brilhavam suavemente, as cadeiras de praia e mesas de bistrô bem alinhadas. Por que ele tinha me mandado para cá? Zayne não estava nem perto do terraço do apartamento. Ele estava no campo que cheirava a enxofre e podridão nauseante.

Levantei as mãos quando me virei de novo, em direção à porta de acesso. Eu teria de solicitar um carro e pedir que me deixassem lá... no meio do nada.

Ou eu poderia ligar para Zayne. Dã. Busquei pelo meu celular e percebi que não o tinha visto desde que fora levada.

— Droga. — Marchei por uma mesa, mal resistindo à vontade de pegá-la e jogá-la pelo terraço.

Eu estava super agradecida por tudo que o meu pai havia feito, mesmo que algumas coisas fossem difíceis de entender e um pouco assustadoras, mas, sério? Ele me levou para o telhado em vez de para onde Zayne estava?

Eu tinha duas opções. Ou eu voltava a pé para o campo, ou esperava por Zayne no apartamento. Certo. Na verdade, não havia duas opções. Não era como se eu pudesse voltar a pé para aquele campo, e Zayne teria de voltar para casa eventualmente. Eu só iria enlouquecer ao esperar por ele.

Sentindo que já estava enlouquecendo com tudo o que estava acontecendo dentro de mim, atravessei o telhado. Havia muita coisa que eu precisaria resolver, mas, no momento, eu só conseguia pensar em Zayne. Eu sabia exatamente o que ele devia estar passando, porque já havia passado por isso, e não queria que ele passasse por esse tipo de agonia por mais tempo do que o necessário. E pelo menos ele não tinha desaparecido na minha frente. Ele devia estar em pânico e...

— Trinity?

Tropecei em meus próprios pés e minha respiração ficou presa na garganta. Ao me equilibrar, dei meia-volta.

Do outro lado do terraço, Zayne estava em um dos largos pilares, o vento arrebatando seu cabelo e as penas daquelas asas gloriosas, revelando as faixas pulsantes e reluzentes de *graça*. Naquele momento, fiquei impressionada com o quanto ele me lembrava os anjos de batalha que adornavam o teto do Salão Principal nas Terras Altas do Potomac. Ele quase não parecia real.

— Trinity — ele repetiu, com a voz rouca, mas ainda assim um dos sons mais bonitos que eu já tinha ouvido.

Cambaleei para frente, com o coração aos pulos.

— Sou eu.

Zayne foi tão rápido que nem o vi sair do parapeito. Ele estava lá e então estava na minha frente e, em um piscar de olhos, os seus braços me envolveram. Ele me puxou para seu peito, enterrando a mão e o rosto em meu cabelo enquanto suas asas se dobravam ao meu redor.

— É realmente você. Você tá realmente aqui. — Ele estremeceu enquanto eu inalava seu perfume de menta invernal. — Isto é real. Não é nenhum tipo de sonho. Estou segurando você de verdade. Você tá viva.

— Estou.

Zayne tocou as laterais do meu rosto com reverência e depois deslizou os dedos pela lateral do meu pescoço. Eles pararam no local onde meu pulso batia descontroladamente e, em seguida, ele procurou mais abaixo, pressionando a palma da mão no centro do meu peito, sobre o meu coração.

Ele estremeceu mais uma vez e caiu de joelhos diante de mim. Meu coração se apertou. As belas asas se espalharam pelo piso de ladrilhos enquanto ele segurava a minha cintura e me olhava fixamente.

— Você é tudo o que eu sempre quis, mesmo antes de saber o que eu queria. Era você. Sempre foi você — ele sussurrou, com a voz áspera. — E eu te perdi.

— Mas você não me perdeu. — Eu me ajoelhei na frente dele, segurando seu rosto entre as mãos. Seus olhos azuis vibrantes brilharam ao se encontrarem com os meus, e todo meu peito se apertou quando vi a umidade neles, o pânico e a tristeza, a centelha de esperança e, o mais difícil de tudo, o medo. Eu reconhecia tudo isso, e não queria nada mais do que afastá-lo desses sentimentos todos. — Isto não é um sonho. É definitivamente tão louco quanto um, mas é real. Eu estou bem. Estou viva. Aparentemente, estou realmente viva, e eu amo você. Eu amo muito você. Não digo isso o suficiente. Sei que não, porque sou estranha e desajeitada, mas eu amo você...

A boca de Zayne se fechou sobre a minha em um beijo que eliminou todo o medo e o pânico de quando eu acreditava que estava morrendo. Ele varreu a confusão e os pensamentos, não deixando espaço para nada além da sensação de seus lábios contra os meus, o gosto dele e a profundidade do que ele sentia por mim. Todo o medo e a tristeza que ele sentira alimentaram aquele beijo, assim como todo o seu amor, e esse amor não apenas ofuscou o que era ruim. Ele o destruiu, e fiquei impressionada com o quanto um beijo poderia revelar quando é compartilhado entre duas pessoas que se amam.

E nos beijamos mais e mais vezes, as lágrimas em meu rosto se misturando com as dele. Ele acabou se sentando e, de alguma forma, eu estava em seu colo, seu peito pressionado contra o meu e suas asas envoltas em mim. Eu achava que nunca pararíamos de nos beijar, porque havia uma alegria naquilo, um doce alívio pelo fato de que nós dois havíamos chegado muito perto de nunca mais ter aquela experiência vezes demais. Nós nos beijamos por uma eternidade, mas ainda não seria o suficiente.

— É você. — O calor de sua respiração tocou os meus lábios quando ele encostou a testa na minha, com o peito subindo e descendo pesadamente. — Ninguém consegue pronunciar tantas palavras em tão poucos segundos quanto você.

— É um talento — eu disse a ele.

Sua risada estava cheia de alívio.

— Como isso é possível, Trin? Você... — Sua voz ficou áspera. — Eu estava segurando você. Eu mal conseguia sentir sua respiração, e você parecia não me ouvir. Então você desapareceu. — Suas mãos deslizaram sobre as minhas bochechas. — Simplesmente sumiu.

— Sinto muito...

— Deus, Trin. Não peça desculpas. Você não fez nada de errado.

— Eu sei, mas também sei pelo que você passou e gostaria que não tivesse acontecido. — Virei a cabeça, beijando o centro de sua palma. — Eu mudaria isso se pudesse.

Ele roçou o nariz contra o meu.

— O que aconteceu?

— Meu pai — eu disse, tocando a curva da sua mandíbula. — É, hã, é realmente muito fora do comum, mas você estava certo. Sabe o que ele fez por você? Foi a maneira que ele encontrou de mostrar que se importava, e este... o motivo pelo qual não morri foi por causa dele. Sabe o feitiço que a Anciã me deu? Fez mais do que trazer você de volta pra mim. Ele nos vinculou. Tá vendo essa marca no meu peito? É uma marca de vínculo. Como o vínculo do Protetor, mas ao contrário e mais forte. Por causa disso, a lâmina angelical não me matou. Apenas me feriu. Eu não vou ficar velha. Não vou morrer a menos que algo aconteça com você. — Pressionei um dedo no centro de seu lábio inferior. — Então, você tá condenado a ficar comigo por, tipo, toda a eternidade. Parabéns.

Zayne se afastou o suficiente para que nossos olhos se encontrassem.

— Você... se você... você não mentiria sobre algo assim.

— Eu não faria isso. — Eu nunca tinha ouvido Zayne tão desconcertado antes.

Seus olhos estavam arregalados.

— Eu... Deus, Trin. Não sei o que dizer, a não ser como diabos você pôde sugerir que eu estaria condenado a ficar com você?

Eu ri, e a rigidez nos meus músculos começou a diminuir.

— Achava que eu ficar velha não era grande coisa? Você me amaria, com a bacia quebrada e tudo mais?

— Eu a *amaria* com bacia quebrada e tudo mais — ele disse, cem por cento sério. — Eu te amaria tanto quanto te amo agora quando você tivesse oitenta anos. De forma alguma eu deixaria que isso atrapalhasse o tempo que teria com você, mas não seria nada fácil te ver me deixar lentamente, dia após dia, ano após ano. E, quando esse dia chegasse, eu encontraria um caminho até você. Eu seguiria você. Nada teria me impedido.

A minha garganta fechou pela emoção.

— Eu sei.

Seu olhar procurou o meu.

— Mas não ter de se preocupar com isso? Temer esse dia? Saber que você vai estar ao meu lado daqui a cinquenta anos? Cem?

Agora não parecia ser um bom momento para mencionar a questão do Anticristo. Mais tarde.

— Quase não consigo acreditar que isto seja real. Que sejamos tão sortudos assim. — Seu olhar agora percorria o meu rosto. — Que nós temos isto. Um futuro real em que eu não esteja temendo o dia em que vou te perder e você não tenha mais uma obsessão por bacias quebradas.

Eu ri de novo, e mais tensão me deixou.

Ele me beijou, rápida e profundamente.

— Eu adoro esse som.

— Dá pra perceber — murmurei.

Seus lábios se curvaram em um sorriso contra os meus.

— Não sei o que dizer.

— Bem, eu não te contei tudo.

— Acho que nada poderia me chocar mais. — Ele beijou a minha bochecha.

— O Minduim era Miguel. Ou, ele é meu pai.

Zayne se recostou.

— Meu pai é o Minduim — repeti. — Ele tem sido o Minduim o tempo todo. Uma invenção de sua... juventude, ou uma manifestação. Algo extremamente bizarro e confuso.

— O quê?

Assenti com a cabeça.

— Você me ouviu. Era a única maneira de ele fazer parte da minha vida — eu disse a ele, expirando com dificuldade, e então contei a ele tudo o que meu pai havia me dito.

Tudo soava igualmente ridículo quando saía da minha boca.

— Certo. Você estava certa — Zayne disse quando terminei. — Isso é... eu nem sei o que dizer.

Bufei.

— Mas ele não costumava me espiar enquanto eu tomava banho? — Zayne perguntou.

Eu me encolhi.

— Ele disse que não era nada de pervertido e que não fazia isso metade das vezes que disse que fez, mas é, não sei.

— Eu simplesmente não vou pensar nisso.

— Deve ser melhor assim.

Ele passou a mão pela minha bochecha, pegando os fios do meu cabelo.

— O que você acha de tudo isto? — Ele deu um beijinho no canto do meu lábio. — Como você se sente?

— Eu... Deus, eu não sei. Acho que ainda não comecei a processar nada disso — admiti, mexendo nas pontas do cabelo dele. — Especialmente o quanto Miguel... meu pai fez por mim. O quanto eu nunca soube, e aqui estava eu, odiando-o. Odiando e falando tudo pra Minduim. E isso me faz sentir como uma idiota de primeira.

— Não se sinta como uma idiota de primeira — ele me disse, e ouvi-lo dizer aquilo me fez sorrir. — Acho que ele entende por que você se sentiu assim. Ele é seu pai. Ele te ama.

— Ele ama — sussurrei, respirando fundo enquanto olhava para Zayne. Havia muita coisa passando pela minha cabeça, mas eu teria... eu teria uma eternidade para processar tudo isso. — Nós derrotamos Gabriel.

— Derrotamos. — Ele beijou a ponta do meu nariz. — Nós salvamos os Céus.

— E Deus salvou a humanidade.

— Acho que também merecemos algum crédito por isso. — Seus lábios roçaram a minha testa. — Lúcifer desapareceu de novo.

— Foi Miguel — eu disse, imaginando se algum dia deixaria de me sentir estranha ao chamá-lo de meu pai ou de papai. — Ele tá sendo escoltado de volta ao Inferno. A propósito, como você sabia que eu estava aqui?

— Depois que Lúcifer sumiu, o Ceifador apareceu. — Ele encostou os lábios na minha têmpora. — Disse que eu encontraria o que estava procurando se voltasse pra casa. Eu sabia que ele devia estar falando de você, mesmo que eu estivesse com muito medo de ter esperanças.

Encostei a minha testa na dele.

— Ouvi dizer que você exigiu que Lúcifer me trouxesse de volta e depois chamou o Ceifador. Odeio que você tenha passado por isso.

— O que você passou quando eu morri foi muito pior. Sim, aqueles minutos pareceram uma eternidade pra mim, mas você passou dias assim. — Ele colocou a mão na minha nuca. — Mas não precisamos nos preocupar com a possibilidade de isso acontecer de novo. Estamos juntos agora.

— Para sempre.

— Para sempre — ele repetiu, beijando-me com suavidade.

Eu sorri.

— Precisamos avisar aos outros que eu tô bem.

— Vamos fazer isso. — Sua mão deslizou pela minha coluna enquanto suas asas se abriam —, mas não agora. Tenho prioridades diferentes que envolvem você e eu, e não me importo com o quanto isso me torne egoísta.

Fiquei sem fôlego quando sua mão deslizou pelo meu quadril.

— Acho que gosto quando você é egoísta.

Zayne ficou de pé comigo em seus braços.

— Você vai adorar quando eu terminar o que pretendo fazer com você.

E ele não estava errado.

Nem um pouquinho.

Em nosso quarto, sob o brilho da Constelação de Zayne, não apenas fizemos amor juntos. Nós mostramos um ao outro enquanto nos despíamos. Estava em cada roçar de nossas peles e em cada toque provocante e persistente. O amor brilhava a cada beijo e suspiro suave, e estava exposto quando os nossos corpos se uniram, incapazes de errar enquanto nos movíamos juntos, alimentados pela certeza de que tínhamos uma vida inteira, várias delas, de amor e aceitação, respeito e paixão. E mesmo assim, de alguma forma, nem isso parecia ser tempo suficiente.

Foi depois disso, enquanto eu estava esparramada sobre o peito dele e uma asa estava sobre as minhas costas, que Zayne perguntou:

— Você sabe o que vai acontecer com a sua visão?

— Não sei. Eu perguntei, mas ele também não sabia. É possível que a morte das células tenha parado ou que continue. É esperar pra ver.

— Como antes.

— Sim.

Ele continuou a traçar círculos ociosos na parte superior do meu braço.

— De qualquer forma, você consegue lidar com o que for.

Eu sorri.

— Nós conseguimos.

— Isso. — Ele esticou o pescoço e beijou o topo da minha cabeça. Passaram-se vários minutos de silêncio. — Eu já te disse como foi o cheiro do Céu pra mim?

Levantei a cabeça, tentando encontrar seu semblante na luz fraca do cômodo.

— Não, você não contou.

— Jasmim — ele disse. — O Céu tinha cheiro de jasmim.

Levei um tempinho... certo, provavelmente demorei mais do que deveria, mas depois a ficha caiu.

— Meu sabonete líquido é de jasmim.

— Eu sei — ele confirmou. — O Céu tinha seu cheiro.

O meu coração pulou e fez uma dancinha.

— Eu te amo.

Nós nos beijamos, e depois passamos o resto daquelas horas suavemente iluminadas mostrando um ao outro mais uma vez o quanto nos amávamos.

— Nunca pensei que estaria em um churrasco com demônios — Jada disse ao sentar-se à mesa de piquenique ao meu lado na noite seguinte. Ela balançou a cabeça. — Diabos, nunca pensei que veria Guardiões e demônios andando juntos.

Estávamos reunidos na casa de Roth e Layla, no quintal deles, ao lado de uma piscina extravagante, digna de um... príncipe demônio. A coisa tinha uma cachoeira de pedra!

— E não se esqueça do anjo caído. — Bati meu ombro contra o dela enquanto meu olhar se voltava para Zayne. Ele estava no pátio perto da piscina, conversando com Ty e Roth.

Fiquei chocada ao ver Ty chegando e ainda mais surpresa quando ele apertou a mão de Roth e de Cayman ao conhecê-los. E talvez eu tenha parado de respirar um pouco quando Nicolai chegou com Danika e Dez, que havia trazido a esposa. O fato de o chefe do clã de DC vir e trazer duas mulheres Guardiãs com ele era surpreendente. É verdade que os dois Guardiões homens não odiavam indiscriminadamente os demônios, mas isso também não significava que andassem com eles.

E eles estavam fazendo isso agora, perto uns dos outros, conversando e rindo de verdade. Jasmine e Danika estavam sentadas na borda da piscina, com as pernas balançando na água, enquanto Cayman jogava vôlei com Stacey.

Talvez o mundo tivesse acabado de fato.

Mas havia um motivo para comemorar. Gideon conseguira encontrar pedras preciosas suficientes para interromper as Linhas de Ley. Elas chegariam até o final da semana.

— Parece que é um novo começo — Jada disse. — Uma nova era.

— É mesmo. — Olhei de relance para Jada. Ela aceitara muito bem tudo o que eu tinha para compartilhar com ela. Até mesmo a parte de o Minduim ser meu pai. Acho que ela processou tudo isso melhor do que eu, mas Jada sempre foi incrivelmente pragmática. — Quando você acha que Ty será oficialmente designado para o clã de DC? Tipo, eles vão esperar até a próxima Premiação?

— Eu queria que não, mas você realmente acha que meu pai faria alguma coisa diferente?

Sorri.

— Provavelmente não.

— Você vai ir nos visitar, certo?

— Claro. Zayne e eu merecemos um tempo de descanso, e vamos aproveitá-lo assim que lidarmos com o portal.

Observei Zayne jogar a bola de praia de volta para Cayman.

Iríamos conhecer todos os lugares sobre os quais conversamos. Roma. Edimburgo. O letreiro de Hollywood. Todos os lugares. E depois voltaríamos para cá. No momento, planejávamos ficar na região, especialmente porque o Anticristo estava por aqui, em algum lugar, mas talvez fôssemos embora. Ainda não tínhamos certeza, e havia algo de empolgante em ter um futuro tão pouco planejado. Nem sempre seria fácil, e eu sabia disso. Teríamos de voltar àquela escola e interromper o portal. Havia os fantasmas e as Pessoas das Sombras, e ainda precisávamos descobrir como quebrar as proteções angelicais que os mantinham lá. Haveria mais demônios que não queriam seguir as regras e mais humanos estúpidos que, de alguma forma, fariam coisas piores do que qualquer força demoníaca poderia fazer. Além disso, havia a possibilidade de lidar com o Anticristo e o fato de que eu ainda poderia muito bem ficar cega. As coisas nem sempre seriam seguras ou divertidas. Haveria riscos e noites nada parecidas com esta, mas tínhamos um ao outro. Tínhamos os nossos amigos.

E isso era tudo que importava.

Algum tempo depois, as chamas estavam crepitando na fogueira. Estavam fazendo *s'mores* de verdade e eu estava nos braços de Zayne, com a parte de trás da minha cabeça encostada em seu peito enquanto olhava para o céu escuro.

Não havia estrelas que eu conseguisse ver, mas tudo bem. Eu tinha a Constelação de Zayne para contemplar todas as noites. Sempre lembraria de como o mar de luzes cintilantes e deslumbrantes era lindo. Aquela lembrança nunca desapareceria. Ela sempre estaria lá quando eu olhasse para o céu. Eu sempre veria as estrelas, não importava o que acontecesse, por causa dele.

Minduim.

Meu pai.

Obrigada, Pai. Falei as palavras sem emitir som, mas acho que ele as ouviu de qualquer forma.

Obrigada.

Agradecimentos

Chegar ao fim de uma série é sempre um momento agridoce, especialmente desta. Trinity sempre ocupará um lugar especial em meu coração, e espero que, por meio dela, você tenha aprendido um pouco mais sobre como é viver com retinite pigmentosa (RP).

Agradeço ao meu agente, Kevan Lyon, às editoras Natashya Wilson e Melissa Frain, à incrível equipe da Inkyard Press e à minha assistente, Stephanie Brown, por seu trabalho árduo e por seu apoio. Um grande agradecimento a Jen Fisher, Malissa Coy, Stacey Morgan, Lesa, Jillan Stein, Liz Berry, JR Ward, Laura Kaye, Andrea Joan, Sarah Maas, Brigid Kemmerer, KA Tucker, Tijan, Vonetta Young, Mona Awad, Kayleigh Gore, Krista e Valerie (por seu amor eterno por Zayne) e muitos outros que me ajudaram a manter a sanidade e a rir. Agradeço à equipe do ARC (Advanced Reader's Copy) pelo apoio e pelas resenhas honestas, e um grande agradecimento aos JLAnders por ser o melhor grupo de leitoras que uma autora poderia ter.

Nada disso seria possível sem vocês, leitoras e leitores. Obrigada.

